Himmelstürmer Verlag

Originalausgabe, 1. Auflage

Druck: Remarks-R, Riga
Umschlaggestaltung: Werbebüro Pingel, Hamburg
Foto: Thorsten Hodapp, http://www.male-appeal.de
ISBN 3-934825-14-1

Andy Claus

Masken aus Glas

Es gibt ein Leben nach dem Coming-out

Für Dedee &
in Erinnerung an Freddie Mercury
✝ 24.11.1991

FAZIT

Solange Menschen Regeln aufstellen
welche Liebe gelebt werden darf
wird es andere Menschen geben
die diese Regeln brechen
oder an ihnen zugrunde gehen.

Erst wenn schwule Liebe
sich nicht mehr verstecken muss
hat man endlich erkannt
dass nicht diese Liebe sich selbst
sondern die allzeit negative Phantasie
der vermeintlich moralischen Bürgerlichkeit
sie in den Schmutz gezogen hat.

Und dann wird man sie vielleicht endlich
als legitime Alltäglichkeit akzeptieren können.

A.C. 1993

In der Tiefgarage vor dem Amtsgericht traf Martin auf seinen Kollegen Robert, der ihm wieder einmal unaufgefordert und sehr plastisch intime Szenen der letzten Nacht mit seiner Frau Vera schilderte. Martin mochte es nicht, wenn er das tat, weil Robert scheinbar eine zweite Befriedigung dabei empfand, über seinen Sex detailliert zu berichten. Deshalb lenkte er ab:

"Ich habe heute einen schwierigen Fall. Amati heißt der Knabe. Mittlerweile stand ich fünfmal mit dem Pfändungsbescheid vor seiner Tür, aber er stellt sich einfach tot. Heute kommt der Schlosser mit. Ich bin doch kein Hampelmann!"

Mit einem durchdringenden "Pling" wichen die Aufzugtüren zurück und sie gingen gemeinsam den Gang entlang.

"Amati - Amati?! Der Name kommt mir bekannt vor."

"Das kann sein, man liest öfter in der Zeitung von ihm. Er ist Künstler, Maler oder so etwas."

Robert grinste.

"So eine Künstlerseele ist eben sehr sensibel. Das Geld für Partys ist da, aber Rechnungen sind schnöde Alltäglichkeiten, die man lieber ver-gisst! Vielleicht solltest du ihm noch eine Chance geben, bevor du massiv wirst!"

Martin schüttelte den Kopf.

"Ich hatte genug Geduld. Der Gläubiger wird unruhig."

Ihre Wege trennten sich. Martin erreichte sein Büro und erledigte sofort einige Telefonate. Er würde den unerfreulichen Auftritt bei Amati gleich anschließend hinter sich bringen, danach erst war er frei für seine Sprechstunde.

Zusammen mit einem Schlosser und zwei Polizeibeamten hielt er dann schon eine halbe Stunde später vor dem Haus des Malers in Köln-Bayenthal. Es war ein moderner Bungalow mit Flachdach über der zweiten

Etage. Er stand in einem mit exotischen Pflanzen wild über-wucherten Garten, in dem allein der Rasen kurz gehalten wurde.

"Also . . .", instruierte er die beiden Beamten, " . . . ich werde mich auf nichts einlassen und pfänden. Er ist einer der besonders Sturen, wenn er also tätlich wird, verlasse ich mich auf sie. Falls er überhaupt zu Hause ist. Ich hatte ihm zwar eine Mitteilung dagelassen über das, was ihm heute bevorsteht, aber er scheint das nicht ernst nehmen zu wollen."

Martin drückte auf den Klingelknopf. Nichts rührte sich, auch nach weiteren vier Versuchen nicht. Der Schlosser trat in Aktion. Wenige Minuten später war die Tür offen. Martin steckte den Kopf durch den Türspalt.

"Herr Amati, sind sie da? Mein Name ist Auer, ich bin Gerichtsvollzieher und habe mich bei ihnen angemeldet!"

Nichts rührte sich und die Männer betraten das Haus. Martin öffnete die Tür, die ihm am nächsten lag. Es war eine Küche, aufgeräumt und spiegelsauber. Dann fand er das Bad, poliert und aufgeräumt wie in einer Fernsehwerbung. Erst dann trat er durch die Tür am Ende des Erdgeschossflures. Sie führte direkt in die Garage, in der ein feuerroter Sportflitzer stand.

"Aha!" Martin nickte befriedigt

Die Schuld des Malers belief sich auf ungefähr dreißigtausend Mark und er hatte ein Objekt gefunden, das auf einen Schlag alles decken würde. So war es ihm am liebsten. Er würde Amati sofort nach dem Fahrzeugbrief fragen, wenn er ihn endlich einmal zu Gesicht bekam. Er ging zurück ins Haus und suchte nach einer Möglichkeit, seine Papiere abzulegen. Dabei fiel ihm die Wendeltreppe auf, die vor der Außenwand aus Glasbausteinen in die Höhe des ersten Stocks führte. Er ging hinauf und rief ein weiteres Mal Amatis Namen. Mittlerweile erwartete er nicht mehr, den Maler anzutreffen und öffnete oben die nächstliegende Tür. Es war das Atelier. Überall standen Leinwände, der Boden war mit Ölfarbe beschmiert und die Maisonne schien durch das sich über den halben Raum erstreckende Glasdach. Einen Tisch gab es nicht. Martin schloss die Tür. Er fand ein weiteres Bad, das ihm ebenfalls keine Möglichkeit bot, die anfallenden Schreibarbeiten auszuführen.

Dann stand er nach der folgenden Tür plötzlich in einem großen Schlafzimmer. Sein Blick fiel auf das ausladende, runde Bett und er glaubte, seinen Augen nicht trauen zu dürfen. Bei den beiden Akteuren dort handelte es sich eindeutig um zwei Männer. Sie knieten hoch aufgerichtet hintereinander im Bett, ihre Körper schienen miteinander verschmolzen zu sein. Dicht drängte sich einer an den Rücken des anderen. Martin sah die Hand, die auf der Hüfte des vorderen Mannes lag. Eine Hand, deren Knöchel sich weiß durch die Haut drückten, weil sie sich in Ekstase verkrampfte.

Die jungen Männer schienen alles um sich herum vergessen zu haben, denn sie reagierten nicht auf Martins Eintreten. Dieser hörte das leise Geräusch, sobald die Körper rhythmisch aufeinandertrafen und es schwoll in seinen Ohren zu einem Orkan an.

Das Blut pochte in seinen Schläfen als er die harten, kurzen Stöße und den stockenden Atem vernahm. Der blonde Mann, welcher vorn kniete, knickte jetzt ein, als habe er einen Schlag in den Magen bekommen und stöhnte auf. Martin sah die hektisch vor und zurück schnellende Hand vor seinem Unterleib und wollte eigentlich etwas sagen, aber seine Kehle war zu trocken. So übernahm es einer der Polizisten, sich bemerkbar zu machen:

"Hey, Sie!"

Die Worte hörten sich innerhalb dieser Szenerie reichlich albern an und so war die Antwort des schwarzhaarigen Mannes auf dem Bett auch nur ein gepresstes:

"A più tardi, stùpido!"

Im nächsten Moment schienen die Muskeln in seinem schlanken, sehnigen Körper zu erstarren. Selbst auf diese Distanz sah Martin die von Schweißperlen überzogene Gänsehaut, welche die gebräunte Haut überzog. Sein Blick streifte ohne Vorsatz die Hinterbacken des Mannes, er erkannte die Vertiefungen, die das Zusammenziehen der Muskeln dort gebildet hatte und gleich darauf bemerkte er, dass wohl auch der Vordermann von eigener Hand beschert zum Höhepunkt kam und sich anschließend entspannt seitlich aufs Bett rollen ließ.

Der ganze Akt hatte für Martin etwas Unwirkliches, ja Unmögliches. Aber er war nicht in der Lage, etwas zu tun, um diese peinliche Situation zu beenden. Er hörte die weiteren Aufforderungen des Beamten hinter sich und nahm aus den Augenwinkeln wahr, dass sich die Uniformierten in den Flur zurückzogen. Er wollte es ihnen gleich tun, aber er konnte sich immer noch nicht bewegen. Auch jetzt, als der Mann mit den blauschwarzen Haaren sich ihm zuwandte, blieb er wie angewurzelt an seinem Platz. Er sah ihn aufstehen und erkannte seinen makellos schönen Körper, als er nackt auf ihn zukam, als sei es das Natürlichste der Welt.

Martin wusste, dass Fernando Amati achtundzwanzig war, das stand in den Papieren. Aber als er jetzt noch immer schwer atmend dicht vor ihm stehen blieb, sah er ungleich jünger aus.

"Da haben Sie sich eine ziemlich dämliche Zeit ausgesucht für Ihren unerwünschten Besuch. Gut hingekriegt! Complimento!! Ich hoffe, Sie haben Verständnis für meine Prioritäten, wenn etwas erst einmal soweit gediehen ist . . ."

Fernando ließ den Satz unvollendet. Martin, der ihm nicht direkt in die tiefschwarzen Augen sehen wollte, versuchte seinen gesenkten Blick krampfhaft weg von den Lenden des Mannes zu wenden.

Es blieb ihm also gar nichts anderes übrig, als dem Maler ins Gesicht zu schauen. Das Lächeln auf den feinen Zügen des anderen kam ihm höhnisch und geringschätzig vor. Gewaltsam riss Martin sich zusammen und sagte heiser:

"Ziehen Sie sich etwas an. Ich warte draußen!"

Seine Zunge war wie ausgedörrt, er spürte ein Kratzen in seinem Hals. Er hielt es für Empörung und atmete tief durch. Dabei nahm er den leichten Geruch wahr, der von seinem Gegenüber ausging. Es war nur ein Hauch und nicht unangenehm, aber Martin glaubte Ekel zu spüren.

"Sie warten draußen? Eine wirklich gute Idee, vielleicht hätten Sie etwas früher darauf kommen sollen!"

Martin atmete jetzt mit offenem Mund und nahm den Duft Fernandos immer noch wahr, dabei hatte er genug zu tun, das plötzliche Beben seines Körpers unter Kontrolle zu bringen.

"Lass ihn doch. Vielleicht will er ja mitmachen!" kam jetzt die Stimme des zweiten Mannes vom Bett her. Das erst löste die unwirkliche Spannung in Martin. Er trat einen Schritt zurück.

"Ihr Benehmen ist skandalös und abstoßend."

Martin drehte sich um und es glich eher einer Flucht, als er aus dem Zimmer stürzte. Plötzlich war ihm übel, er machte zwei große Schritte in Richtung Bad und verschwand gerade noch rechtzeitig darin. Als er wieder herauskam, grinsten die beiden Beamten spöttisch, wurden aber sofort wieder ernst, als Martin sagte:

"Wir warten hier bis dieser . . . dieser Herr sich etwas übergezogen hat. Dann setzen wir die Amtshandlung fort!"

Es beruhigte Martin, an seine Arbeit zu denken. Irgendwie befriedigte es ihn auch, diesem verdorbenen Menschen dort drinnen nun etwas von seiner staatlich verliehenen Macht spüren lassen zu können. Seine irreale Aufregung legte sich etwas. Trotzdem konnte er nicht so recht zur Tagesordnung übergehen, was war das bloß für ein eigenartiges Gefühl, das sich seiner bemächtigt hatte? Eine seltsame Mischung aus Zorn und Missgunst. Etwas, dessen er sich nicht erwehren konnte. So verlegte er sich darauf, Konversation mit den Beamten zu pflegen.

"Ehrlich gesagt ist mir schon einiges passiert, aber so etwas nun wirklich noch nicht."

Antwort erwartend brachte er sogar ein Lächeln zustande und wunderte sich über seinen Blutdruck, der sein Herz noch immer rasen ließ. Wieso brachte ihn das Gesehene so vollkommen durcheinander? Er schrieb es der Fassungslosigkeit über das Erlebte zu und der Aversion, die er Fernando Amati gegenüber entwickelte.

Als keiner der Beamten etwas erwiderte, öffnete Martin seine Mappe und legte die Papiere auf die Ecke des Treppengeländers. Für den Beobachter sah es aus, als würde er darin lesen, aber in Wirklichkeit nahm sein Verstand die Buchstaben gar nicht auf, die ihm durch die Augen zuflossen. Jetzt öffnete sich die Tür und der junge Maler kam heraus. Er trug nichts als einen knappen, schwarzen Stringtanga aus Seide.

"Und was muss ich jetzt für Sie tun?"

Martin hörte den sanften, aber fordernden Ton in seiner Stimme und das machte ihn aggressiv und somit polemisch.

"Haben Sie nichts Anständiges, was Sie sich überziehen können? Nicht jeder kann mit einer solchen Offenherzigkeit umgehen!"

Fernando lächelte süffisant und strich sich leicht über den glänzenden Stoff der Wäsche, welche die Attribute seiner Männlichkeit kaum verbergen konnte.

"Eines wollen wir doch mal klarstellen, Signor Gerichtsvollzieher. Ich befinde mich in **meinem** Haus und nicht in Ihrem. Ich habe Sie nicht gebeten herzukommen. Hier bestimme **ich** die Hausordnung. Und wenn Sie Szenen, wie Sie es gerade erlebt haben, nicht ertragen können, dürfen sie nicht wie ein Dieb in fremder Leute Häuser eindringen."

"Ich bin kein Dieb! Ich habe . . ."

"Egal, was Sie haben. Ich habe auf jeden Fall nicht den ganzen Tag Zeit, um mich mit Ihnen herumzuschlagen. Also was wollen Sie?"

"Ihren Wagen! Geben Sie mir Ihren Fahrzeugbrief!"

"Warum sollte ich das tun?"

Fernando Amatis Ruhe trieb Martin weiter auf die Palme.

"Weil hier eine Forderung über dreißigtausendeinhundertsechzig Mark und zweiunddreißig Pfennige gegen Sie vorliegt und Sie augenscheinlich gar nicht daran denken, zu zahlen und lieber im Bett herumspringen, als sich Sorgen über Ihre Verbindlichkeiten zu machen."

Martin sprach, als schulde Fernando ihm persönlich das Geld und die beiden Beamten sahen sich verwundert an.

"Darf ich vorgehen?"

Ganz dicht ging Fernando an ihm vorbei und mit den geschmeidigen Bewegungen einer Raubkatze lief er die Treppe hinunter. Aus einem Tresor, der sich in der Küche hinter der Kachelwand befand, holte er ein Bündel Geld und blätterte die Scheine einzeln und betont lässig vor Martin auf die grüne Arbeitsplatte. Der Rest packte er demonstrativ langsam wieder weg, als ob er damit ausdrücken wollte, er hätte nicht die Veranlassung, sich über Peanuts Gedanken zu machen. Irgendwie war Martin enttäuscht und mürrisch begann er:

"Und warum haben Sie nicht gleich bezahlt? Schon als ich das erste Mal kam oder besser noch, bevor der Titel gegen Sie erwirkt wurde?"

Martin fühlte sich veralbert und es passte ihm gar nicht, seine sich selbst zugestandene Überlegenheit zu verlieren.

"Ich tue es jetzt, alles andere ist meine Sache. Sie wären arbeitslos, wenn es nicht . . . na sagen wir mal Missverständnisse. . . zwischen Geschäftspartnern gäbe. Was ist los, Signor Gerichtsvollzieher? Ist es Ihnen am Ende gar nicht recht, dass ich zahle? Bedauern Sie, dass Sie mich nicht auf dem Markplatz öffentlich auspeitschen lassen können? Was soll ich denn davon halten?"

Martin fühlte sich ertappt und zog es vor zu schweigen. Er hätte sowieso keine Erklärung gewusst. Er ahnte ja selbst nicht einmal, warum er so reagierte. Er füllte ein paar Papiere und die Quittung aus. Fernandos Lover war inzwischen bekleidet mit einem weißen Satinkimono ebenfalls in die Küche gekommen, stand nun hinter Fernando und hielt ihn mit seinen Armen umschlungen. Er küsste sein Ohr, dann lag sein Kinn auf der Schulter des größeren Malers. Seine blonde Mähne kontrastierte mit Amatis schwarzem Haar. Sie waren ein wirklich schönes Paar. Martin rief sich zur Ordnung. Was würde ihm denn noch alles auffallen?

Er brachte den Vorgang zum erforderlichen Abschluss und verließ das Haus. Seine beiden staatlichen Begleiter stiegen in den Streifenwagen und fuhren ab, während Martin seinen Passat zweimal abwürgte, bevor es ihm gelang abzufahren.

Er erledigte seine Arbeit über den verbleibenden Tag verteilt wie immer ohne Fehler. Erst einmal gelang es ihm, den Vorfall vom Morgen zu verdrängen. Er hatte sich noch niemals mit der Existenz von Homosexualität auseinandergesetzt, es war kein Thema, für das er sich jemals interessieren musste. Daran wollte er auch eigentlich nichts ändern. Er fand diese Art von Sexualität krank und unappetitlich - Punkt.

Bis zum Abend fand er dann sogar einen Weg, die unfreiwillige Komik an der erlebten Situation zu sehen. Er redete sich ein, gar nicht mehr nachvollziehen zu können, wieso es ihn so fertig gemacht hatte. Schließlich war es nicht das erste Mal gewesen, dass er einen Schuldner in einer verfänglichen Situation überraschte. Gehörte so etwas nicht eigentlich zum Alltag und war weniger dazu angetan, einen solchen Entrüstungssturm seinerseits losbrechen zu lassen?

In der Stunde vor Feierabend saß er in seinem Büro, machte Schreibarbeiten und schloss den Vorgang Amati endgültig ab. Sein Erlebnis hatte sich bereits herumgesprochen, obwohl er nur mit Robert darüber redete, und hinter vorgehaltener Hand wurden Witze über Martins empfindlichen Magen gerissen. Ihn selbst jedoch sprach wie allgemein üblich niemand auf die Vorgänge an. Auch an diesem Abend war er wieder pünktlich zu Hause. Er brachte seiner Frau wie jeden Monat an einem bestimmten Tag Blumen mit. Auf dem Weg ins Haus beschäftigte er sich in Gedanken schon wieder mit der Arbeit, die am nächsten Tag anlag. Dann sah er, dass die Rollläden seines Wohnzimmers herabgelassen waren. Ungewöhnlich, so fand er. Bereits eine solche Kleinigkeit war dazu angetan, ihn umgehend zu verwirren. Schließlich war es noch hell, wieso ließ seine Frau Nicole die Rollläden schon herunter? Als er aufschloss und die Diele betrat, nahm er sofort den würzigen Duft von gebratenem Fleisch wahr. Dann stand Nicole vor ihm. Sie umarmte ihn.

"Geh schon mal ins Wohnzimmer. Wir essen heute nicht in der Küche."

Martin war überrascht und kam der Aufforderung nach. Im Wohnzimmer, in welchem auch die Essecke stand, aßen sie eigentlich nur an Feiertagen. Was war los?

"Mach bitte den Wein auf!", rief Nicole aus der Küche und Martin entdeckte den festlich gedeckten Tisch. Kerzen brannten, sie hatte das gute Geschirr aufgetan und die Kristallgläser.

"Nanu? Habe ich etwas vergessen?"

Martin war dieser außerplanmäßigen Angelegenheit gegenüber sofort skeptisch.

"Nein, hast du nicht. Ich wollte über ein paar Dinge mit dir reden."

Er nickte und nahm die Flasche Bordeaux zur Hand. Eigentlich tranken sie beide sehr selten Alkohol, aber das hier war wohl eine Ausnahme. Worüber wollte sie reden? Es lagen seiner Meinung nach keine Probleme an. Er zog den Korken.

Später saßen sie sich gegenüber, er erzählte wie immer vom Tag. Von Fernando Amati sagte er nichts und es war das erste Mal, dass er ihr eine solch außergewöhnliche Begebenheit verschwieg. Er tat es auch eher unbewusst, hatte einfach keine Lust, darüber zu reden. Als er sich über die Heimlichkeit klar wurde, entschuldigte er das vor sich selbst damit, dass er ihr etwas so Unerquickliches ersparen wolle. Von dem, was Nicole ihm sagen wollte, erfuhr er noch nichts.

"Hat es geschmeckt?"

"Ja danke . . .wie immer!"

Martin zog sich mit der Tageszeitung ins Wohnzimmer zurück, während das Klappern aus der Küche ihm verriet, dass Nicole dort Ordnung machte. Später setzte sie sich dann zu ihm.

"Und? Was wolltest du mit mir besprechen?"

"Ach naja, es ist nur . . . ich sehe nichts anderes als den Supermarkt, den Park und die vier Wände hier. Ich würde gerne noch einmal mit dir ausgehen."

Martin entspannte sich. Das war es also.

"Dann schau doch im Laufe der nächsten Woche den Spielplan der Theater durch. Vielleicht gehen wir nächsten Freitag mal außer der Reihe hin!"

Sie schwieg und nahm die Fernbedienung in die Hand, ehe er danach greifen konnte. Das war nun wirklich außergewöhnlich und er sah sie fragend an.

"Martin . . . so kann es nicht weitergehen."

"Was kann so nicht weitergehen?"

"Alles, einfach alles. Unser Leben . . . mein Leben! Du weißt, ich stelle keine besonderen Ansprüche, aber wir sind erst achtunddreißig und leben nur nach diesem Plan, den du für uns gemacht hast. Nichts passiert, alles ist vorhersehbar."

Verständnislos schaute er sie an.

"Aber was heißt denn das? Sei doch froh, dass es keine unangenehmen Überraschungen gibt."

"Es gibt auch willkommene Überraschungen. Für dich ist dieses eingefrorene Leben völlig normal und ganz selbstverständlich nimmst du an, dass es das auch für mich ist. Das ist so, weil ich nie etwas gesagt habe! Aber warum können wir nicht mal heute gehen? Einfach so und wenn es nur ein Spaziergang ist."

"Wohin denn?"

Er war ehrlich verblüfft.

"Spaziergänge brauchen kein Ziel. Oder vielleicht gehen wir ins Kino und erst hinterher ein wenig bummeln. Wir haben doch nach niemanden zu fragen. Ich will auch mal raus hier, nicht nur, um in der Schlange vor der Supermarktkasse zu stehen. Freundinnen, die ich wenigstens einmal anrufen könnte, habe ich nur zwei und ich kann nicht den ganzen Tag mit ihnen telefonieren oder sie ständig besuchen. Sie haben schließlich ihr eigenes Leben. Mir fällt die Decke auf dem Kopf, warum kannst du das denn nicht verstehen?"

Er lächelte leicht spöttisch.

"Ach das ist es. Du glaubst, du verpasst etwas da draußen. Das ist nicht so, glaube mir. Von angeblichen Freunden wirst du doch nur irgendwann enttäuscht und es ist besser, wenn man dieserart Beziehungen locker hält!"

"Woher weißt du denn das? Du hattest doch noch nie Freunde! Da draußen ist das wirkliche Leben und ich will davon etwas mitbekommen!"

"Ich frage mich wirklich, was du dir unter dem wirklichen Leben Beeindruckendes vorstellst?! Das Chaos auf den Straßen? Die Betrunkenen in den Kneipen?"

Nicole schaute resignierend auf ihre Fingernägel.

"Du begreifst das wirklich nicht, oder? Ich langweile mich entsetzlich. Ich kann doch nicht immer nur putzen und waschen und kochen und fernsehen."

"Du langweilst dich?"

Allmählich wurde Martin ärgerlich. Dieses Gespräch störte seinen Tages-ablauf doch erheblich. Was war nur in Nicole gefahren?

"Ich wünschte mir, ich wäre so behütet wie du. Die Leute, mit denen ich umgehe sind Schuldner, die teilweise keine Schliche scheuen, ihren Verpflichtungen nachkommen zu müssen. Da kommen keine erstrebenswerten Gespräche auf! Tut mir leid, Nicole, aber ich kann das nicht nachvollziehen!"

Nicole nickte deprimiert.

"Ich weiß . . . ich weiß es ja."

Martin glaubte, einen aggressiven Unterton zu hören und als Nicole jetzt den Fernseher einschaltete, konnte er sich nicht konzentrieren.

"Ich möchte wissen, was wirklich mit dir los ist. Bisher hast du dich nie beschwert und auf einmal stört dich unser Leben?"

"Das tut es schon länger, aber ich habe geschwiegen. Das war wahrscheinlich ein Fehler. Irgendwie habe ich vielleicht auch immer noch auf ein Kind gehofft, dann wäre mein Leben nicht mehr so leer. Aber jetzt - ich werde immer älter und das kann unmöglich alles gewesen sein!"

Martin schien plötzlich zu verstehen. In einer Zeitschrift hatte er einmal einen Artikel über die Midlife-Crisis gelesen. Wahrscheinlich war es so eine Art Torschlusspanik, die sich ihrer bemächtigt hatte und sie durcheinander brachte. Er beschloss, das alles nicht überzubewerten und es auf keinen Streit ankommen zu lassen. Darum antwortete er eher beiläufig:

"Gut, wenn du unbedingt willst, plane etwas für morgen und wir werden ausgehen."

Sie nickte, wirkte aber weiter unzufrieden, während sie ihr Strickzeug aus dem Korb nahm, der immer neben der Couch stand. Sie hatte es geahnt, er verfügte nicht über die Spur einer Ahnung, was sie eigentlich wollte. Er würde sie nicht ernst nehmen und ihr wie einem treuen Hund das Ausgehen als Knochen hinwerfen, um seine Ruhe zu haben.

Eine Gameshow begann und eine halbe Stunde verging, in der alles wie früher zu sein schien. Martin beantwortete für sich selbst die Fragen, die den Kandidaten gestellt wurden, wie er es immer tat. Doch dann plötzlich fuhr er zusammen. Nicole war aufgesprungen und schleuderte die Nadeln mitsamt Wolle von sich. Über ihre Wangen rannen Tränen.

"Begreife es doch endlich . . . all die festgefahrenen Handgriffe, dieses tägliche Einerlei, wir ersticken genau an dem Staub, der nicht vorhanden ist, weil ich nichts anderes zu tun habe, als ihn ständig wegzuwischen. Aber es muss anders werden, ich bin noch zu jung, um lebendig begraben zu sein."

"Lebendig begraben sein ist, glaube ich, in jedem Alter unangenehm! Bitte, sei doch vernünftig."

Martin wollte einen Scherz machen, aber der Schuss ging unbestritten nach hinten los, denn Nicole wurde noch gereizter.

"Ich will nicht mehr vernünftig sein. Ich war verdammt noch mal lange genug vernünftig!"

Ihre Stimme war laut und überschlug sich fast. Ein Umgangston, der nun Martin seinerseits zornig, aber auch unsicher machte. Er hob die Brauen missmutig, nahm die Brille ab und rieb die roten Stellen an der Nase. Etwas riet ihm, nichts zu erwidern, um den Disput nicht weiter anzuheizen und sah seine Frau nur an. Sie stand jetzt mitten im Zimmer, schaute sich hektisch um, als suche sie etwas.

Dann machte sie plötzlich zwei hastige Schritte auf den Schrank zu, riss die Türe auf und begann wahllos, das Geschirr durchs Zimmer zu werfen. Rings um Martin klirrte es und vollkommen verstört sprang er nun ebenfalls auf.

"Nicole, was tust du denn da? Beruhige dich doch!"

Nicole lachte künstlich, dann sagte sie gefährlich leise und immer noch provokativ Geschirr zertrümmernd:

"Jaaa, das magst du nicht, richtig? Ich kann eben auch unberechenbar sein . . . ich bin eine Frau und kein Roboter."

Den Wurfgeschossen virtuos ausweichend wollte Martin beschwichtigen.

"Aber das habe ich auch nie angenommen!"

Und lauter fügte er an:

"Ich frage mich, wie man sich so gehen lassen kann! Du hattest doch früher nicht solche . . . solche Mucken! Hör endlich auf, Nicole . . . Nicole!"

"Ich will aber nicht, ich habe ein Recht darauf, das zu tun, was ich will, verstehst du? Ich! Ich will mir nicht wie ein blödes Möbelstück in unserer nicht mal ganz bezahlten Wohnung vorkommen. In deinem Job bist du vielleicht unkündbar, aber bei mir nicht, zum Teufel! Das Leben läuft nicht so ab wie ihr Beamten es glaubt. Es gibt immerhin noch Leute mit ein wenig Phantasie. Nein, lass das - lass mich los!"

Martin versuchte, seine Frau von ihrem zerstörerischen Tun abzuhalten, indem er ihre Hände festhielt. Er war vollkommen durcheinander und auch sauer.

Die Gewissheit, in Nicole die einzige Frau gefunden zu haben, die in dieser Weise mit ihm leben wollte, schwand mit jeder Minute ein wenig mehr. Schließlich wusste er sich keinen Rat mehr. Er holte tief Luft und brüllte entgegen seiner Gewohnheit zurück:

"Du wirst dich jetzt umgehend in einen vernünftigen Menschen zurückverwandeln! Du weißt ja nicht mehr, was du tust. Bring deine Hormone zum Schweigen, zum Donnerwetter!"

"Hormone? Was hat das denn bitte damit zu tun? Ich bin noch keine unberechenbare Frau in den Wechseljahren. Noch nicht! Versuche nicht wieder, mir die Schuld zuzuschieben. Ich bin es leid, dass du mir auf deine katzenfreundliche Art ständig ein schlechtes Gewissen suggerierst, wenn ich mal eigene Ideen habe. Wer gibt dir die Arroganz, zu glauben, ausgerechnet du seist das Maß aller Dinge? Ich weiß, jetzt kommt deine ganze Weltanschauung durcheinander, aber es wurde Zeit, dass dir das mal jemand sagt."

Sie stieß ihn von sich, zeigte sich von seiner erhobenen Stimme wenig beeindruckt und rannte in die Küche. Martin folgte ihr aufgebracht. Als sie sich dem Schrank näherte, stellte er sich davor und hielt die Türen zu. Nervös sah er ihr entgegen. Sie hingegen schien plötzlich ganz ruhig.

"Na? Überlegst du immer noch, ob ich verrückt geworden bin? Vielleicht bin ich das ja. Verrückt nach Abwechslung, Zerstreuung und Veränderung. Aber freue dich nicht zu früh, ich habe keine Angst vor der Zwangsjacke, denn sie könnte mich nicht mehr einengen als du es Tag für Tag tust!"

Sie strich sich erregt über die Augen.

Martin war ehrlich erschüttert und dachte nur über eines nach - wie konnte er diese unerfreuliche Szene endlich beenden? Es fiel ihm nichts anderes ein, als Nicole weiter zu beschwichtigen.

"Ich bin sicher, deine Nerven sind nur etwas überreizt. Das passiert jedem mal. Mach dir keine Sorgen, du brauchst wahrscheinlich nur Ruhe!"

"Siehst du? Du tust es schon wieder! Ich bin verdammt noch mal kein schwachsinniges Kleinkind. Ruhe? Sag, hast du mir auch nur eine Minute zugehört? Diese Ruhe ist es, an der ich ersticke. Ich lebe doch gar nicht wirklich. Aber du hast alles schon wieder in die Schublade eingeordnet, in der es dich am wenigsten stört. Aber du änderst nichts daran, ich bin ein Mensch mit Gefühlen, auch wenn du es nicht gern hörst. Gefühle, weißt du, was das ist? Sehnsucht, Freude, Liebe . . . meinetwegen auch Ent-täuschung und Wut. Alles ist besser als diese sterile Existenz. Aber solche Empfindungen gibt es nicht für dich. Ich liebe dich sehr, Martin. Immer noch und ich habe mir immer gewünscht, zu dir durchdringen zu können, deinen Panzer aufzumeißeln und viel dafür eingesetzt. Am Anfang habe ich in meiner Naivität geglaubt, ich könne dich ändern, du müsstest nur erst Vertrauen zu mir entwickeln. Ich habe vor mich selbst tausend Entschuldigungen für deine Kälte mir gegenüber gefunden. Deine Mutter, deine Angst vor Fehlschlägen, einfach alles mögliche. Aber du hast dich nicht geändert, nach und nach habe ich aufgeben und mir noch eingeredet, dass ich selbst schuld sei. Du bist schließlich der Gleiche geblieben, ich war es, die etwas anderes in dir sehen wollte. Und so habe ich auch in Kauf genommen, dass wir immer mehr wie Bruder und Schwester gelebt haben. Du warst einfach stärker als ich und auch, wenn du niemals darüber sprachst, ich spürte, dass du dir jede Berührung nur mir zuliebe gefallen lassen hast. Ich weiß nicht, ob du dir vorstellen kannst, wie sehr mich das jedes einzelne Mal verletzt hat."

Mittlerweile saßen sie sich gegenüber auf der Couch, die Aggression war dem Willen gewichen, das Problem auszudiskutieren.

"Nicole, es tut mir Leid."

"Sag das nicht, Martin. Du weißt doch gar nicht, was dir Leid tun soll. Genau das ist es eben. Du kannst keine Liebe annehmen, deshalb kannst du sie auch nicht geben!"

"Du hättest mir sagen müssen, dass du öfter mit mir . . . ich meine, bisher hatte ich immer angenommen, du willst nicht öfter Sex als ich. Du hättest nur etwas sagen müssen!"

"Weil ich dich liebe, habe ich das nicht getan. Aber darum allein geht es gar nicht. Man muss nicht miteinander schlafen, um sich seine Liebe zu zeigen. Es geht um Zärtlichkeit und Wärme, dann erst kommen die ehelichen Pflichten. Und wenn du ehrlich bist - mehr war das Körperliche nie für dich."

Martin war ehrlich betroffen. Er begann in einer Weise über ihre Ehe nachzudenken, die ihm bisher fremd war.

"Du hast Recht. Es fällt mir schwer, über meine Gefühle zu sprechen. Ich mache mir nicht mal Gedanken über sie. Mit dem Sex ist das so eine Sache, entschuldige, dass ich nicht bemerkt habe, dass ich dir damit weh tue. Es ist nichts Persönliches, ich meine, es ist nicht so, dass du unattraktiv für mich bist. Im Gegenteil, du bist hübsch, das sagen alle. Es ist nur so, dass ich nicht verstehen kann, wieso die Welt soviel Wert auf diese kurze Zeit der Lust legt. Ich habe es eigentlich nie verstanden und naiv, wie ich vielleicht bin, angenommen, du denkst genauso."

Plötzlich hatte er Angst - nackte Angst davor, dass sie ihn einfach verlassen würde. Deshalb fuhr er fort:

"Ich will dich nicht verlieren, das musst du mir glauben!"

Sie lächelte leicht.

"Das kann ich mir denken - denn ich bin es, die dir dieses weltfremde Leben erst ermöglicht. Ich sitze hier auf einer von dir geschaffenen Insel und du kommst abends heim, um zu essen und zu schlafen. Martin, ich liebe dich! Und trotz allem, was mich stört, kann ich achtzehn Jahre nicht einfach wegwischen. Wir sollten uns nur ändern, miteinander reden - nicht nur über die Preissteigerung, deinen Job und das Wetter. Und schenke mir keine Blumen mehr, nur weil du irgendwo mal gelesen hast, dass Frauen das mögen. Es sind nicht die Blumen, sondern der Anlass und der sollte nicht nur die Gewohnheit sein. Ich brauche dich!

Er nickte stumm und auch sie schwieg jetzt. Kurz sahen sie sich in die Augen, dann begann sie, das Wohnzimmer aufzuräumen und ließ ihn allein mit seinen Gedanken. Seine Konfusion ordnete sich jetzt langsam und er wusste plötzlich, dass ihm nichts anderes übrig blieb, als ihr Zusammenleben zu überdenken. Jetzt konnte er nicht mehr so tun, als sei alles in bester Ordnung. Es wäre Leichtsinn und er würde seine Beziehung zu Nicole aufs Spiel setzen.

Es war ihm also klar geworden, dass sie mehr von ihm erwartete, als er bisher zu geben bereit war. Nur was das war, blieb ihm unklar. Von Zärtlichkeit hatte sie gesprochen und davon, dass er seinen Gefühlen eine Chance geben sollte, auch den negativen. Er wusste nicht, wie er das machen sollte, denn er war fest davon überzeugt, tatsächlich nicht diese wechselnde Empfindungswelt zu haben wie all die anderen. Von klein an hatte er vermieden, Außenstehende an seinem Seelenleben teilhaben zu lassen. Er hatte sein bisheriges Leben lang unaufhörlich an diesem Kokon in seinem Inneren geformt und kam an das, was dort eingesponnen war, nun selbst nicht mehr heran. So hielt er die stoische Ruhe, die er an den Tag legte, für sein wahres Ich.

Erinnerungen wurden in ihm wach. Es hatte ihn damals nicht weiter überrascht, als er beim ersten intimen Zusammensein mit Nicole nichts als eine kurze Erleichterung empfand.

Obwohl er den Höhepunkt erreichte, machte der Akt ihn nicht zufrieden. Es war, als würde er essen, obwohl ihn eigentlich der Durst quälte. Dieser Umstand veranlasste ihn dazu, diese Erfahrungen auf ein Minimum zu reduzieren. Wenn er ehrlich war, in der letzten Zeit kam es sogar vor, dass seine mühsam erreichte Erektion plötzlich in sich zusammenfiel, wenn er versuchte, mit Nicole zu schlafen. Er hatte sich bemüht, das zu vertuschen und dabei geglaubt, seine Frau habe nichts davon gemerkt. Jetzt war er sich da nicht mehr so sicher.

Im Moment nahm er sich vor, er wolle sich, was sie betraf, in Zukunft mehr Mühe zu geben, mehr auf sie eingehen. Zwar wurde ihm noch nicht ganz klar, wie das genau aussehen sollte, trotzdem war er besten Willens. Zuerst einmal legte sie wohl Wert auf mehr Sex. Er würde das schon irgendwie schaffen, schließlich war er nicht impotent!

Er würde versuchen, ihr gegenüber nicht mehr erkennen zu lassen, dass er zu den Menschen gehörte, die keine Liebe im eigentlichen Sinne empfinden und diese dann noch mit dem Körperlichen unterstreichen konnten.

Und dass dies so war, dessen war er vollkommen sicher, er schrieb diesen jetzt als solchen untermauerten Defekt wieder einmal seinen Eltern zu. Es waren jedoch keine Vorwürfe, die er ihnen deshalb machte.

Etwas später setzte sich Nicole wieder zu ihm. Martin zögerte kurz, dann setzte er sich entgegen seiner Gewohnheit neben sie und blieb nicht auf seinem Sessel. Er legte seinen Arm um ihre Schultern. Ihre weichen, blonden Haare streiften sein Gesicht, als sie zu ihm aufsah.

"Ich werde mich bemühen, du darfst nur keine Wunder erwarten! Ich bin nun einmal ein alter Knochen, ich muss erst umdenken."

"Ich bin froh, dass wir endlich einmal über alles geredet haben. Viel mehr wollte ich doch gar nicht erreichen!"

Sie lächelte und Martin nickte nur. Er spürte ihr leichtes Zittern. Hatte sie seine Zuwendung wirklich so vermisst? Ihre Hand strich über seinen Oberschenkel und eine Sekunde lang fühlte er sich beengt. Aber sie ließ ihre Hand nur einfach auf seinem Bein liegen, machte keine Anstalten, das Zusammensitzen in irgendeine bestimmte Richtung zu lenken. Einen Moment schauten sie beide zum Fernseher und Martin wünschte sich, wieder wie sonst auf seinem Sessel zu sitzen. Die ganze Situation hatte etwas Provisorisches. Er fühlte sich unwohl, konnte sich nicht aufs Fernsehen konzentrieren. Er ließ sein Eheleben Revue passieren. Anfangs wollte Nicole Kinder, aber es funktionierte nicht. Unbewusst war Martin erleichtert, als Nicole immer seltener davon sprach. So entstand in einer schweigenden Übereinkunft das, was sie heute hatten - ein pflichtbewusstes Miteinander ohne die rätselhaften Entwicklungen einer leidenschaftlichen Liebesbeziehung.

Verschwommen wurde Martin klar, dass das einzige, das ihn gefühlsmäßig fortreißen konnte, seine Liebe zu vielem war, was mit Italien in Verbindung stand. Stundenlang konnte er den Klängen von Puccini, Verdi oder Rossini lauschen. Seine Musiksammlung war beträchtlich. Wenn er abends ausnahmsweise nicht mit Nicole vor dem Fernseher saß, machte er es sich in seinem Ohrensessel aus braunem Leder bequem, trank einen Cognac und ergab sich über Kopfhörer vollkommen den Klängen. Die temperamentvolle italienische Musik ersetzte Martin eigene emotionale Initiativen, er konnte sie empfinden ohne aus sich herausgehen zu müssen. Obwohl er die mediterrane Mentalität eigentlich als disziplinlos und unübersichtlich aburteilte, zog es ihn auch in anderen Bereichen zur italienischen Kunst. Er besaß Bücher, in denen die Werke von DaVinci, Titzian, Raffael und Tintoretto abgebildet und erklärt wurden. Die Erklärungen benötigte er eigentlich nicht, denn für ihn hatte jedes einzelne der auf Hochglanzbildern abgelichteten Werke durch eigene Interpretation eine ganz persönliche Bedeutung.

Allein sechzehn Bände besaß er über Leben und Arbeit Michelangelos. Ihn faszinierten seine Bilder, Fresken und natürlich die Bildhauerei. Natürlich standen in Martins dank Nicole immer staubfreien Bücherregalen auch in Leder gebundene Ausgaben italienischer Lyriker. Er besaß Originale sowie die deutschen Übersetzungen. Letztere, da war er sicher, hatten vieles dessen verloren, was der jeweilige Poet ursprünglich vermitteln wollte. Aber da Martin der italienischen Sprache nicht mächtig war, blieb ihm nichts anderes übrig, als auf die deutschen Fassungen zurückzugreifen. So besaß er Novellen von Boccacio, Gedichte des Carducci und auch Werke von dAnnunzio, deren teilweise faschistoiden Inhalt er oft genug mit sich selbst ausdiskutierte.

Das Herzstück seiner Sammlung war ein 1898 gebundener Roman von dAnnunzio, den er vor noch nicht allzu langer Zeit in einem Antiquariat aufgetan hatte und für den es keine deutsche Übersetzung gab. Er war sehr stolz darauf.

Wenn er sich also in etwas auskannte, so waren es die Dramen, Erzählungen und sogar Tagebücher italienischer Schriftsteller und hätte er einen Gleichgesinnten getroffen, wäre es wahrscheinlich zu stundenlangen Diskussionen gekommen. Allerdings passierte das nie.

Im Urlaub hatte er von der Sixtinischen Kapelle über das Juliusgrab bis hin zur Pieta aus Rondanini alles gesehen. Für Nicole, die während dieser Zeit lieber am Strand gelegen oder durch Boutiquen gebummelt wäre, war diese Begeisterung eine ausgesprochen kräftezehrende und nicht einmal interessante Angelegenheit. Einmal anschauen, das war noch bemerkenswert. Aber in jedem Urlaub wieder die gleichen Wege an die selben Orte war eigentlich nur noch das Aufwärmen einer Notwendigkeit. Trotzdem hatte sie ihren Mann bei der monotonen Abwicklung dieses seines abwechslungslosen Urlaubsprogramms immer begleitet. Ihm wurde klar, dass sie bisher eigentlich nur lebte, um es ihm recht zu machen. Dabei dachte er immer, er sei ein guter Ehemann mit dem Glück, auch eine gute Ehe führen zu können. Niemals hatte er Zweifel an der Beziehung und dass sie zerbrechen könnte, kam ihm unmöglich vor. Jetzt kamen bei ihm doch massive Bedenken auf. Er musste alles versuchen, um die Ehe zu retten. Schließlich wusste er ganz genau, dass er eigentlich nicht der Mann war, dem eine Frau den interessierten, zweiten Blick schenkte.

Seine leicht gebogene, römische Nase kam unter der Brille mit robustem Horngestell nicht zur Geltung und der Mund mit den schmalen Lippen ließ ihn ständig unzufrieden aussehen. Gerade jetzt, als er neben Nicole saß verstärkte sich dieser Eindruck noch mehr. Sein in den Grundzügen wirklich gutaussehendes Gesicht mit den hohen Wangenknochen und der scharf geschnittenes Kinn wirkte nicht anziehend, sondern allenfalls unnachgiebig auf den Betrachter. Irgendwie schien Martin immer hungrig. Allerdings legte er hierauf auch keinen Wert, schließlich war er verheiratet und es fiel ihm überhaupt nicht schwer, Nicole treu zu bleiben.

Sie liebten sich nicht öfter als in einer achtzehnjährigen Ehe allgemein üblich, dafür wurde seine Frau in all den Jahren zu einer Art Freundin, zum einzigen Menschen, dem er vertraute weil er sicher war, alle ihre Reaktionen vorausberechnen zu können.

Er erzählte ihr sogar, wenn eine der Schuldnerinnen ihm ein eindeutiges Angebot gemacht hatte, um ihn zum Übersehen gewisser Wertgegenstände zu überreden. Es war niemals eine wirkliche Versuchung gewesen, sein Bedarf an sexuellem Engagement wurde durch Nicole abgedeckt. Und wie er annahm, war auch seine Frau zufrieden mit der Regelung ihres gemeinsamen Lebens.

Sie hatten diese kleine Eigentumswohnung in dem dreistöckigen Altbau. Er würde noch fünfzehn Jahre an die Bank bezahlen müssen, ehe sein Zuhause wirklich ihm gehörte. Aber es war immerhin besser als zur Miete zu wohnen. Mit den Nachbarn hatte er Glück, für sie hielt er immer ein unverbindlich freundliches Wort bereit. Die Familie Auer war so unauffällig, dass es nicht einmal Spaß machte, über sie zu lästern, und genau das war es, was Martin brauchte wie die Luft zum Atmen . . . überschaubare

Verhältnisse rundherum. War auch daran etwas falsch? Er wusste es nicht.

Noch immer saßen sie nebeneinander, Martin wartete sehnlichst auf den Moment, in dem sie von sich aus von ihm abrücken würde. Sie allerdings machte keine Anstalten und so streichelte er eher mechanisch ihren Oberarm. Die Minuten, in denen er so über sein Leben nachdachte wurden zu Stunden, langsam tat ihm der Rücken weh. Nicole hingegen genoss Martins Nähe, spürte aber auch seine Befangenheit. Er veränderte seine Lage, trotzdem blieb die Beklemmung und die Frage, ob sie heute Nacht etwas von ihm erwartete.

Irgendwann später dann hatten sie das Fernsehen abgestellt und redeten. Noch einmal führte Nicole ihm ihr gemeinsames Leben vor Augen, die Vorzüge aber in erster Linie die Missstände, welche es in ihren Augen auszuräumen gab. Er gab vor, sie zu verstehen, auch wenn das bei weitem nicht der Fall war. Irgendwann sah er ihr dann in die Augen und wurde sich schlagartig klar darüber, dass sie heute wohl tatsächlich mehr von ihm wollte. Innerlich stellte er sich darauf ein und nahm sich vor, sie nicht zu enttäuschen. Wenn er nicht versagte, stellte sie sicher eine längere Zeit keine Ansprüche in dieser Richtung an ihn, damit beruhigte er sich. Durch das Zimmer klangen leise Klänge von La Traviata und sie saßen nun seit einigen Stunden nebeneinander auf der Couch. Die ganze Zeit über suchte Nicole Körperkontakt zu ihm und ihre offensichtliche Erwartungshaltung machte ihn befangen.

Er ertappte sich dabei, dass er wünschte, alles sei schon vorbei und er habe ihren Erwartungen entsprochen. Halbherzig erwiderte er ihre Zärtlichkeiten und spürte ihren heißen Atem an seinem Hals. Er hörte die Worte, ihre Stimme vibrierte. Leise antwortete er auf ihre ver-haltenen Fragen und zögerte den Gang ins Schlafzimmer hinaus.

Er hatte Angst, wieder zu versagen. Angst, dass seine Erregung, wenn er sie überhaupt erreichte, nicht so lange anhielt, wie Nicole es von ihm erwartete. Würde sie sich dann wieder damit abfinden wie so viele Male vorher? Der Druck, unter den er sich selbst stellte, machte ihm sehr zu schaffen, und als sie ins Bett ging, wäre es am liebsten in die entgegengesetzte Richtung geflüchtet. Eine Viertelstunde später folgte er ihr jedoch.

Sie hatte sich bereits hingelegt, lächelte ihm entgegen und beobachtete, wie er sich auszog. Dabei wirkte sie wie ein junges Mädchen, fast schon schüchtern. Sie hatte ihm zu verstehen gegeben, dass sie seine Zärtlichkeit wolle, es müsse nicht unbedingt ein Liebesakt im üblichen Sinne daraus werden. Martin wusste nicht, was er davon halten sollte, irgendwie fühlte er sich dadurch nicht erleichtert, sondern eher angegriffen. Auch der Leistungsdruck veränderte sich nicht. Als er zum Bett ging, schlug sie die Decke zurück und er sah im gedämpften Licht ihren gut gewachsenen, fraulichen Körper. Aber als er zu ihr schlüpfte, spürte er keine Erregung. Er fühlte ihr sanftes Streicheln und sah in ihren Augen das Verlangen. Er versuchte, sich gehen zu lassen, das Denken endlich einmal auszuschalten und nur noch Körper zu sein. Es gelang ihm wie so viele Male auch diesmal nicht.

"Nicht, Martin! Ich erwarte nichts von dir! Es bedeutet mir so viel, dich nur zu spüren," flüsterte sie.

Aber egal, was sie auch sagte, er glaubte ihr nicht. So lag er dicht bei ihr, spürte ihre Haut an seiner und hoffte, es würde bald beginnen, um es dementsprechend schnell abzuschließen. Initiative zeigte er allerdings nicht in diese Richtung und so begannen sie zu reden. Eine Stunde verging und Nicole drängte Martin, ohne es zu wollen, mit ihren Fragen immer mehr in die Ecke. Er hatte doch selbst keine Erklärung für seine Schwierigkeiten, wie sollte er sie ihr begreiflich machen? Sie sprachen sogar von einem Arztbesuch und selbst dazu erklärte sich Martin bereit. Er hatte ein schlechtes Gewissen, es konnte doch nur an ihm liegen, wenn er einer solch attraktiven Frau wie Nicole nicht das geben konnte, was viele andere Männer ihr sicherlich gern gegeben hätten. Das Gespräch zermürbte ihn und ihr Verständnis wirkte auf ihn wie eine Geste der Überlegenheit. Das blieb so, auch wenn er wusste, dass er ihr damit sicher unrecht tat. Zu gern hätte er ihr bewiesen, dass mit ihm und in ihrer Ehe alles in Ordnung war. Sie sollte nicht den Eindruck haben, dass er jetzt den Sex nur ihr zuliebe praktizierte. Aber Martin war ein schlechter Schauspieler!

Immer wieder überlegte er, wie er in die richtige Stimmung kommen konnte, strich über ihren Körper und stellte sich vor wie es sei, wenn er in sie eindringen würde. Die nötigen Impulse entwickelten sich dadurch nicht. Nicole bemerkte seinen Konflikt und gab auf.

"Gute Nacht, Martin!"

"Aber . . ."

Sie legte ihm einen Finger auf den Mund.

"Ist schon gut. Heute ist eben nicht die Nacht dafür. Mach dir keine Sorgen und schlaf jetzt. Ich liebe dich!"

Sie lächelte ihn noch einmal an, dann drehte sie sich um. Er sah ihre

Schultern, ihren bis zur Hälfte nackten Rücken. Langsam zog er ihre Decke weiter hinunter und schmiegte sich an sie. Ihre blonden, lockigen Haare kitzelten seine Nase, als sein Unterleib ihren Po berührte. Und plötzlich war die Erregung da und niemand hätte überraschter sein können als Martin selbst. Fast hastig schlug er die Decke weg. Als sie sich umdrehen wollte, kam von ihm nur ein heiseres:

"Nein, bleib so!"

Dann wusste er plötzlich genau, was er wollte.

Später war das, was Martin empfunden hatte weniger Befriedigung, sondern eher Freude, es geschafft zu haben. Das Gefühl grenzte an Euphorie und er machte sich keine Gedanken darüber, wie diese plötzliche Begierde zustande gekommen war.

Auch in den nächsten Tagen spürte er, dass da auf einmal etwas Fremdes in ihm war. Etwas, das er vorher noch nie wahrgenommen hatte. Etliches veränderte sich und er erlebte ein Verlangen, eine unbekannte Sehnsucht, die ihm manchmal ein wenig Angst machte. Es war Nicole, die diese Veränderung voll ausschöpfte und ehrlich annahm, nun käme ihre Ehe wieder in Ordnung.

Auch Martin versuchte seine Veränderung damit zu erklären, dass sie sich ausgesprochen hatten und ließ dabei etwas viel Naheliegenderes gar nicht zu. Bewusst wollte er jedenfalls keinen Zusammenhang zwischen seinem Erlebnis in Fernando Amatis Haus und dieser unbestimmten Ahnung sehen. Martin konnte sich nicht erinnern, jemals geträumt zu haben. Aber in einer der folgenden Nächte fuhr er plötzlich aus dem Schlaf hoch. Im Traum war er wieder in Fernandos Haus gewesen. Er hatte es durchsucht und dabei keine Vorstellung davon gehabt, was er eigentlich suchte. Jedes Mal, wenn er in einen der sich dort befindlichen Spiegel schaute, sah ihm das Gesicht des Malers entgegen statt seines eigenen.

Schweißgebadet und zwischen Traumanalyse und Ratlosigkeit hin und her gerissen, verließ Martin das Bett und ging ins Wohnzimmer. Er war aufgewühlt, setzte die Kopfhörer auf, um sich mit Musik zu beruhigen. Es gelang nur sehr langsam. Was war das bloß, das ihn so sehr durcheinander brachte und veränderte? Die Antwort auf seine Fragen schien da zu liegen, wo er auf keinen Fall danach suchen wollte und er tat es auch nicht.

Es verging fast ein Monat. Alles schien auch weiterhin gut zu laufen. Aber es ließ sich nicht leugnen - Martin war frustriert. Zum ersten Mal in seinem Leben fühlte er sich unbefriedigt und das, obwohl er in Sachen Sex momentan aktiver war als jemals zuvor, was allerdings in erster Linie Nicole freute. Ihm genügte auch täglicher Perfektionismus nicht mehr. Nichts von dem, was ihn früher interessiert hatte, konnte seine Aufmerksamkeit jetzt lange halten.

Er fand sein inneres Gleichgewicht nicht mehr und die gewohnte und immer so gepflegte kleine Welt drohte immer mehr aus den Fugen zu geraten. Dass er nichts dagegen tun konnte, weil er sich weigerte, nach den Ursachen zu forschen, machte ihn jede Stunde nervöser.

Selbst im Amt fiel allen bald auf, dass er reizbar und launenhaft war. Man rätselte, was ihn so beschäftigte und wieso er sich plötzlich so hektisch und verdrossen gab.

Eine kurze Zeit lang war er davon überzeugt, dass nun er derjenige mit Midlifeproblemen sei. Er glaubte sogar an einen bevorstehenden Herzinfarkt und ließ sich dahingehend untersuchen. Die Diagnose ergab, dass körperlich mit ihm alles in bester Ordnung war, was ihn allerdings so gar nicht beruhigen wollte. Denn irgendwo in seinem Unterbewusstsein schlummerte das, was ihn wirklich so veränderte und er fürchtete sich davor, es zu entschlüsseln. Um wenigstens oberflächlich zu einem Ergebnis zu kommen, schloss er irgendwann sein ständiges Rätseln gewaltsam und damit unzureichend mit der Erklärung ab, dass es wohl Nicole war, die ihm durch ihren Ausbruch in einer äußerst mysteriösen Weise die Augen darüber geöffnet hatte, dass es auch noch etwas anderes gab als das, was er bisher als perfektes Leben ansah.

Trotzdem tat er sein Bestes, so weit es ging verbissen an der alten Ordnung festzuhalten. Denn immer noch hasste er nichts mehr als Neuordnungen.

Mittlerweile war es Juli geworden. Nicole und Martin gingen jetzt tatsächlich öfter einmal ungeplant weg. Ein Essen, Kino, Theater - sie war ja so leicht zufrieden zu stellen. Sie verlangte nichts, was Martin überforderte.

Dann kam der Samstag, an dem allein durch einen ungeplanten

Spaziergang ihr ganzes, gemeinsames Leben in Scherben ging. Es war die Chaostheorie, die sich durch das Prinzip einer kleinen Ursache und der großen Wirkung wieder einmal bewahrheitete.

Alles begann damit, dass Nicole in der Tageszeitung blätterte, während Martin den Spiegel las.

"Du, Martin, was hältst du davon, wenn wir heute Nachmittag einen Bummel durch die Innenstadt machen?"

"Nur so oder mit einem bestimmten Ziel?"

"Ich dachte, wir gehen mal in die neue Galerie. Da gibt es eine Ausstellung. Bilder und Skulpturen, du interessierst dich doch für so etwas!"

"Das sind doch bestimmt moderne Künstler!", bemerkte er leicht abfällig.

"Ja, Michelangelo stellt nicht aus. Aber es gibt auch heutzutage noch Kunst, die sich anzuschauen lohnt. Die Skulpturen sind von einem Sven Söven und die Bilder . . . Moment, hier steht's. Die Bilder sind von Fernando Amati."

Wie elektrisiert fuhr Martin auf. Allein der Name hatte etwas in ihm angerührt. Einen Moment lang war er wie paralysiert. Seine Gesichtsfarbe wechselte in Sekundenschnelle Richtung rot und wurde dann kalkweiß.

"Was ist denn mit dir?", fragte Nicole besorgt.

"Ich . . . ich weiß auch nicht genau. Ich hatte so ein merkwürdiges Stechen in der Brust. Ist schon wieder vorbei."

Seine Antwort beruhigte sie augenscheinlich nicht.

"Ich fange an, mir wirklich Sorgen um dich zu machen. Du hast dich so verändert, bist unkonzentriert und überreizt. Du schläfst kaum noch. Was hast du denn?"

"Das sagst ausgerechnet du? Du wolltest doch, dass ich mich ändere. Habe ich aus der Wohnung einen Scherbenhaufen gemacht, damit alles anders wird oder du? Jetzt bemühe ich mich und es ist wieder falsch. Aus euch Frauen soll einer schlau werden!"

Martin fühlte sich attackiert, wusste aber gleichzeitig, dass es eigentlich nicht die besorgte Nicole war, die ihn provozierte. Er warf die Zeitschrift auf den Tisch, stand auf und ging zum Fenster. Mit den Händen auf dem Rücken starrte er hinaus.

"Willst du lieber hier bleiben?"

"Das habe ich nicht gesagt. Aber wir müssen ja nicht unbedingt in diese Ausstellung gehen."

Martin beruhigte sich langsam. Was war denn schon geschehen, weshalb er sich so aufregen musste?

"Hast du einen besonderen Grund für deine Abneigung? Du bist doch sonst Kunstliebhaber!"

"Ich habe bei diesem Amati einmal gepfändet. Beziehungsweise ich wollte, aber er hat bezahlt!"

"Na und? Dann ist doch alles in Ordnung."

"Es könnte trotzdem peinlich werden. Ich meine, falls wir uns dort begegnen!"

Martin gab nicht einmal sich selbst gegenüber zu, dass wahrscheinlich er es war, der nicht verkraften konnte, Fernando wiederzusehen.

"Vermutlich wird er dich gar nicht wieder erkennen. Außerdem hat er doch bezahlt, wie du sagst!"

"Warum sollte er sich nicht mehr an mich erinnern? So unscheinbar bin ich nun auch wieder nicht."

Irgendwie ärgerte er sich über die Vorstellung, Fernando könnte ihn bereits vergessen haben, während er selbst an ihrer Begegnung mental immer noch zu knabbern hatte. Martin ging zum Barfach und nahm sich einen Cognac.

"Alkohol? Jetzt, am helllichten Tag?", staunte Nicole.

"Ja, jetzt! Stell dir vor! Weil mir danach ist und ich vielleicht keinen Cognac mehr will, wenn es dunkel geworden ist. Es scheint nicht weit her zu sein mit deinem Änderungswillen, wenn gleich eine Welt zusammenbricht, sobald ich von mir aus mal etwas tue, das in irgendeiner Weise ungewöhnlich ist!"

Martins Unwille steigerte sich zur Erbitterung und Nicole sah ihn nur verständnislos an. Er konnte sich selbst nicht leiden und sie zog es vor, zu schweigen. Martin setzte sich auf seinen Ledersessel und schloss die Kopfhörer an.

"Du willst jetzt Musik hören?"

Diese Frage wollte Nicole eigentlich so gar nicht stellen und gleich anschließend biss sie sich deshalb auch auf die Lippen. Aber es war zu spät. Martin fuhr herum.

"Ja! Was dagegen? Darf man das auch nicht am hellen Tag? Oder muss ich erst einen schriftlichen Antrag stellen?", entgegnete er lauernd.

Nicole war entnervt, stand auf und ging aus dem Zimmer. Während Martin unter der Musikdusche saß versuchte er, nicht weiter nachzudenken.

Das gelang ihm jedoch nicht und er genehmigte sich einen weiteren Cognac.

Noch nie in seinem Leben hatte er getrunken, nur um zu trinken. Menschen, die das taten, waren für ihn hemmungslos und schwach. Das Gefühl, betrunken zu sein, kannte er überhaupt nicht und wollte es auch nicht kennen lernen. Er drehte die Flasche zu und atmete tief durch. Auf einmal kam er sich kindisch vor. Wie war es zu diesem Ausbruch bloß gekommen? Doch sicher nicht nur wegen dieser unglückseligen Situation im Haus des Malers.

Plötzlich sah er Fernando vor sich. Er erkannte jede Einzelheit des schmalen rassigen Gesichtes, die ausdrucksvollen Augen bis hin zu seinen sinnlichen Lippen. Martin erschrak.

Während ihrer gesamten Ehe hatte er noch niemals darüber nachgedacht, ob Nicole ausdrucksvolle Augen oder einen sinnlichen Mund hatte. Wo kamen bloß diese verrückten Gedanken her?

Er riss die Kopfhörer herunter und sprang auf. Die Unruhe war wieder stärker geworden und jetzt konnte er sich selbst nicht mehr betrügen. Sein Zustand hatte unzweifelhaft etwas mit Fernando Amati zu tun! Einer weiteren Erklärung vor sich selbst ging er dadurch aus dem Weg, dass er die verschiedenen Zimmer absuchte, um Nicole zu finden. Er hatte beschlossen, sich zu prüfen. Er würde in diese Galerie gehen und Amati gegenüberstehen. Dann würde sich herausstellen, was das alles zu bedeuten hatte.

Martin erkannte die Widersinnigkeit seines Tuns nicht, denn es war wohl kaum Fernandos bloßer Anblick, der ihm aus seinem Dilemma heraushelfen konnte. Vielleicht suchte er aber auch nur eine Entschuldigung, um den Maler wiederzusehen. Er bat Nicole um Verzeihung wegen seines Ausbruchs, aber sie schien diesen bereits vergessen zu haben.

Eigentlich wollte er für den Galeriebesuch einem seiner üblichen Anzüge den Vorzug geben, aber er überlegte es sich anders. Schließlich entschied er sich für eine modern geschnittene, beigefarbene Bundfaltenhose und einen hellen Pulli. Nicole war angenehm überrascht, äußerte sich jedoch nicht. Auf ein Sakko wollte Martin nicht verzichten, aber es war immerhin schon einmal ein Anfang.

Am späten Nachmittag befanden sie sich dann auf dem Weg zur Galerie. Als sie auf den Eingang zusteuerten, hatte Martin dieses Schmetterlingsgefühl im Bauch, von dem er bis jetzt amüsiert annahm, es sei eine Illusion von Verliebten.

Dann standen sie vor der gläsernen Fassade der Galerie. In schlichten, schwarzen Buchstaben standen die beiden Künstlernamen auf einer Leinwand aufgeführt, die direkt hinter der Scheibe auf einer großen Staffelei stand.

Allmählich wurde Martin wieder zornig. Er hasste dieses Gefühl, nicht zu wissen, wohin seine Stimmung in der nächsten Minute wieder abrutschen würde. Wo zum Teufel war seine gleichmütige Überlegenheit in allen Lebenslagen, auf die er bisher so stolz war? Er ertappte sich bei den Fragen, ob Fernando ihn wirklich nicht erkennen würde und Sven Söven der blonde Mann war, mit dem der Maler sein Bett geteilt hatte.

Martin hielt Nicole die Tür auf und leise Musik empfing sie. Der dicke Teppich schluckte ihre Schritte und wirkte in dem sonst rein funktional eingerichteten Raum wie besonderer Luxus. Neonstrahler beleuchteten die Bilder und Grafiken, die an den Wänden und Säulen verteilt hingen. Verglaste Regale durchzogen den großen Raum. Auf ihnen standen Plastiken und Skulpturen aus Stein und Ton. Martin warf nur kurze Blicke auf die Kunstobjekte, sein Augenmerk richtete sich eher auf die anwesenden Personen.

"Suchst du jemanden?"

"Ja sicher! Wenn ich Amati sehe, werde ich einen anderen Weg gehen. Aber er scheint nicht da zu sein!"

Nicole fand, dass Martin eher enttäuscht klang. Dieser durchquerte die Galerie im Stechschritt und Nicole hatte Mühe, ihm zu folgen.

"Ich wusste es, ich kann mit diesem modernen Kram nichts anfangen. Da kann man doch nichts erkennen! Was soll das sein? Außerdem sehen die Bilder aus wie gedruckt."

"Es sind aber Ölgemälde!"

"Und wenn schon. Sag mir mal konkret, was das da zum Beispiel sein soll? Eine bekleckerte Tischdecke?"

Martin kam in Fahrt.

"Dir fehlt es nur an Phantasie!", versuchte Nicole abzuwiegeln und wunderte sich ein weiteres Mal über ihren ansonsten so besonnenen Ehemann.

"Ich bin durchaus in der Lage, mir Gedanken darüber zu machen, was mich anspricht und was nicht. Und das da gefällt mir nun mal nicht."

Martin rannte weiter. Die ruhige Atmosphäre regte ihn noch mehr auf. Jemand kam mit einem Tablett und er nahm zwei Gläser Sekt an. Dann hörte er sich fragen:

"Sagen Sie, sind die Künstler nicht anwesend?"

"Im Moment nicht, aber sie werden kommen!"

Martin nickte und drückte Nicole das Glas in die Hand.

"Wunderbar, er ist nicht hier!", stieß er hervor und Nicole sah ihn leicht zweifelnd an. Sie liefen noch immer ziemlich konfus an den Bildern vorbei und hörten Gesprächsfetzen derjenigen, die wirklich aus Gründen der Kunst hergekommen waren.

"Hör dir die mal an. Die sind ja total überspannt!"

"Was ist mit dir los?", fragte Nicole ein weiteres Mal."Sie sind ein bisschen exzentrisch, das sind Leute mit Kunstverstand immer. Weißt du was? Wir trennen uns jetzt und sehen uns alles an!"

Damit war sie weg. Martin blieb in der Nähe des Getränketisches stehen und wusste nicht so recht wohin mit sich, als sie plötzlich wieder neben ihm auftauchte.

"Du wirst es nicht glauben!"

Ihre Stimme klang aufgeregt.

"Da hinten hängen einige Radierungen. Und eine von ihnen - naja, ich könnte schwören, das bist du!"

"Du träumst ja!"

"Komm und sieh es dir an, wenn du mir nicht glaubst."

Die Radierung hatte tatsächlich Martins Gesichtszüge, auch wenn der Künstler auf die Brille verzichtet hatte. Die Haare lagen locker und waren nicht wie beim Original durch Gel fixiert. Trotzdem konnte nicht einmal Martin es leugnen - es **war** sein Gesicht.

"Na, gefällt es Ihnen?"

Martin fuhr herum, als er die sanfte Stimme hinter sich hörte und stand Fernando Amati gegenüber. Erschrocken war er sich sicher, keinen Ton herausbringen zu können. Aber er antwortete doch.

"Im Gegenteil zu den anderen Machwerken kann man wenigstens etwas darauf erkennen!"

"Scusi - sagten Sie Machwerke zu meiner Arbeit?! Ich kann nicht behaupten, dass Ihre Arbeit als staatlich sanktionierter Dieb mir besser gefällt."

"Ich bin kein Dieb! Ich hole nur das was leichtlebige unzuverlässige Leute ohne Disziplin wie zum Beispiel Sie nicht herausgeben wollen, weil es einfacher ist, Schulden zu machen, als dafür geradezustehen und . . ."

"Schon gut! Vergessen Sie's. Sie haben den Zwischenfall also immer noch nicht verarbeitet. Sie dürften eigentlich alt genug sein, um über solchen Szenen stehen zu können. Nun, Sie können es nicht! Warum mag das wohl so sein?! Und weshalb sind Sie hier, wenn Sie nicht auf moderne Kunst stehen?"

Fernando grinste anzüglich.

"Meine Frau wollte herkommen!"

Nicole schaute peinlich berührt in eine andere Richtung.

"Ach so, naja - ich hätte es mir denken können. So eine verstaubte Beamtenseele kann die feinsinnige Arbeit eines Künstlers wohl nicht würdigen. Das überrascht mich nicht weiter. Sie werden Kubismus für ein neues Aktendeckeldesign halten. Picasso würde sich freuen, er konnte ziemlich ungehalten werden, wenn ein dilettantischer Ignorant versuchte, seine Kunst zu verreißen. Und also, solchen sehe ich Sie auch an, egregio Ladro. Soviel zu Ihrem Kunstverständnis aus meiner Sicht!"

Martins Augen wurden schmal, er musterte den Maler.

"Picasso würde mir vielleicht sogar recht geben. Denken Sie an sein künstlerisches Testament! Hat er da seinen Kritikern nicht bestätigt, dass sie recht hatten und er eigentlich seine Anhänger nur verspottete und dabei eine Menge Geld machte? Es tut mir Leid, aber auch Beamte sind nicht so beschränkt, dass sie Kubismus nicht vom Impressionismus unter-scheiden können. Trotzdem ziehe ich letzteren vor. Außerdem geht mein Verständnis so weit, dass ich bei dem, was Sie vorzuzeigen haben, nicht von Kubismus sprechen möchte. Es sieht eher aus, als hätten Sie ein Geometriebuch bunt ausgemalt! Und wenn ich Mathematik studieren will, gehe ich zur Uni und nicht in eine Galerie."

Fernandos schwarze Augen blitzten.

"Wenn Sie meinen - bitte! Ihre Sache! Ich vereinige reine Farbgebung und dem Kubismus verwandte Liniensysteme für die Darstellung meiner Objekte und Modelle. Es ist das, was mir gefällt und Gott sei Dank nicht nur mir, sondern auch vielen anderen."

Er verzog trotzig den Mund.

"Modelle? Sie wollen doch nicht sagen, dass bei einem der Bilder ein menschliches Wesen Modell gestanden hat. Was sehen sie denn dann zum Beispiel, wenn sie mich ansehen? Einen rotblauen Winkel?

Martin sah Fernando angriffslustig an.

"Wenn ich Sie ansehe, sehe ich einen farblosen Kreis ohne Anfang und Ende, der sich ständig nur um sich selbst dreht. Darf ich fragen, wo Ihr Kunstverstand geprägt worden ist? Sind es die geilen Werke der Zeichner an

den Trennwänden öffentlicher Pissoirs, die Sie normalerweise inspirieren?"
Martin grinste maliziös.
"Vielleicht sollten Sie genau da ausstellen. Denn dort, mein lieber Herr Amati, kennen Sie sich wohl besser aus als ich und wahrscheinlich auch jeder andere hier."
"Ich melde Zweifel an!", antwortete Fernando und man sah, er hätte gern mehr gesagt. Martin seinerseits glaubte, zu seiner überlegenen Art zurückgefunden zu haben, als er bemerkte, dass Fernando vor Wut bebte. Er übersah den erschrocken verständnislosen Blick Nicoles und auch die Menschentraube, die mittlerweile interessiert zuhörte.
Als Fernando noch nach Worten suchte, fügte er deshalb an:
"Wieso argumentieren wir nicht auf einer Ebene weiter, die nicht ganz so weit ins Ordinäre abrutscht?"
"Argumentieren nennen Sie das? Sie verreißen meine Kunst auf niederträchtige und unqualifizierte Weise. Da steht kein Sachverstand dahinter, sie mögen mich nicht und wir beide wissen, wieso das so ist!!"
Nicole sah zwischen den beiden ungleichen Männern hin und her. Sie spürte die starke Spannung und glaubte, vermitteln zu müssen.
"Sie müssen entschuldigen, Herr Amati . . .aber mein Mann kennt sich eher in der italienischen Hochrenaissance aus. Vielleicht hat . . ."
"Ach so - das hätte ich mir eigentlich denken müssen!", unterbrach Fernando sie wenig höflich und fuhr fort:
"Raffael, Michelangelo, Leonardo - da muss man keine Phantasie aufbringen. Das sind an sich schon klare Formen und schöne Körperlichkeit, man schaut es an und braucht keine Vorstellungskraft, um zu erkennen, was der Künstler aussagen wollte. Aber auch diese Maler und Bildhauer hatten nur das Ziel, die Wirklichkeit künstlerisch neu zu definieren. Andere Perspektiven, die Repräsentation individueller Persönlichkeiten und Themen aus der antiken Mythologie. Damals wurde ein neues Lebensgefühl gesucht und man fand es in dieser Kunstrichtung. Denken Sie an die Erschaffung Adams von Michelangelo. Aber ich glaube nicht, dass dieses Fresko in der Sixtinischen Kapelle etwas ist, das Ihrem Mann sehr zusagt. Die Ausstrahlung dieser Männerkörper ist ihm trotz der Muskeln wahrscheinlich zu . . ."
Fernando grinste.
" . . .zu feminin! Aber das war im 15. Jahrhundert. Was erwarten Sie, Signor Gerichtsvollzieher? Einen billigen Abklatsch? Man sollte als

Künstler doch immer versuchen, einen eigenen Stil zu entwickeln! Auch wenn er von manchen Menschen nicht so einfach zu verstehen ist wie ein Comic-Heft! Was ist mit van Gogh? Auch seine Kunst war damals neu, er verzichtete auf die optische Genauigkeit, spielte leidenschaftlich mit temperamentvollen Farben. Man hat ihn nie ernst genommen und ihn damit zum Wahnsinn gebracht. Erst nach seinem Tod begriff man."

"Ich habe nicht von Vincent van Gogh gesprochen. Ich liebe lediglich ästhetische, durchschaubare Bilder, das ist sicher kein Verbrechen. Nur weil ich mit so genannten Kunsterzeugnissen, auf denen ich nichts erkennen kann, nichts anfangen kann, bin ich noch lange kein Kunst-banause. Aber ich nehme an, wenn man zu Ihrem Teil der Bevölkerung gehört, legt man andere Maßstäbe an!", antwortete Martin eher zögernd.

Fernando zuckte die Schultern.

"Meinem Teil der Bevölkerung? Sie meinen, wenn man schwul ist, reagiert man sensibler gegenüber den schönen Dingen des Lebens? Da könnten Sie Recht haben. Ich kann mich außerdem nicht erinnern, dass ich Sie einen Kunstbanausen genannt habe."

"Nein, Sie sprachen von einer verstaubten Beamtenseele!"

"Das wundert Sie? Aber wahrscheinlich können Sie nichts für ihre subjektive Einstellung. In Ihrem Beruf darf man die Meinung anderer wohl nicht gelten lassen!"

"Wieso hören Sie nicht endlich auf, mich auf meinen Beruf zu reduzieren. Ich bin nebenher auch noch ein Mensch, ob Sie es nun glauben oder nicht!"

Fernando sah in die Runde. Die Szene schien ihm nicht einmal unangenehm zu sein.

"Ach? Tatsächlich? Dann finde ich es nur schade, dass Sie in Ihrer intellektuellen Entwicklung stehengeblieben sind, um anderen Leuten ihr Eigentum wegzunehmen. Vielleicht wäre Ihre Bildung ja entwicklungsfähig gewesen. Damals, vor hundertneunundneunzig Jahren!"

Damit drehte Fernando sich um und ließ Martin stehen.

"Was war denn das?", fragte Nicole.

"Das? Das waren die bornierten Äußerungen eines egomanischen Künstlers. Mir hält er die subjektive Sicht der Dinge vor. Ich möchte bloß mal wissen, wie er seine Kunst sieht."

"Na, du hast ihn auch ganz schön gereizt. Warum magst du ihn nicht? Das alles drehte sich doch gar nicht um seine Bilder, oder?"

"Doch, natürlich!", wich Martin aus.

"Das kannst du mir nicht erzählen. Was war denn das mit den öffentlichen Pissoirs und so weiter?"

Martin merkte, dass er um eine Aufklärung nicht herumkam.

"Ich darf nicht über Schuldner reden, das ist dir doch nicht neu. Nur eines kann ich dir wohl unbeschadet sagen . . . er ist homosexuell!"

Nicole sah ihn an, als erwarte sie, dass dieser Satz wohl noch weitergehen müsse.

"Ja und?", fragte sie nach, als Martin schwieg.

"Na, er ist einer von diesen Perversen und man sollte denken, er hält sich etwas zurück."

"Er soll also deine Meinung akzeptieren, weil du so großzügig bist, dich überhaupt mit ihm zu unterhalten?"

"Ja!"

Störrisch sah Martin vor sich hin. Nicole betrachtete nachdenklich die Radierung.

"Wieso hat er dich eigentlich gemalt? Man sollte nicht annehmen, dass er derart beeindruckt von seinem Gerichtsvollzieher war!"

"Was weiß ich? Es ist außerdem nicht gemalt. Es ist eine Radierung!"

"Das weiß ich doch. Eine Art des Kupferstichs, nicht wahr? Er scheint ganz schön was auf dem Kasten zu haben. Abgesehen davon, dass er auch noch umwerfend aussieht. Fast wie David Copperfield. Nur seine Nase ist etwas kleiner als die des Magiers. Und er hätte wohl auch kaum Interesse an Claudia Schiffer!"

"Seine Nase hat wohl nichts mit seinem Können zu tun!"

Martin wollte jetzt nicht über Fernandos überdurchschnittlich attraktives Aussehen sprechen und knüpfte an die Radierung an:

"Es ist eine Sonderform des Kupferstichs, stimmt. Die Kupferplatte ist mit Harz oder Wachs bedeckt, da ritzt man die Zeichnung ein. Dann wird . . ."

"**Man** ritzt überhaupt nichts ein. Der Künstler ritzt ein, nicht der Gerichtsvollzieher oder Gebrauchtwagenhändler. So etwas muss man nämlich können, so was ist nichts für einen künstlerisch und wahrscheinlich auch ansonsten impotenten Amtsschimmel."

Martin fuhr herum, Fernando war zurückgekommen. Aber jetzt stand der junge Mann neben ihm, den Martin bereits aus dem Haus in Bayenthal kannte und der wohl tatsächlich identisch war mit dem Bildhauer Sven Söven.

"Aha, Sie haben sich also Verstärkung geholt. Wie ich weiß, harmonieren Sie sehr gut miteinander!", war Martins bissiger Kommentar.

"Nur kein Neid! Ich brauche keine Verstärkung! Mit Ihnen werde ich allein fertig. Ich bin gekommen, weil ich Ihnen ein Angebot machen wollte."

"Was für ein Angebot?"

"Sie scheinen anzunehmen, ich könne nicht wirklich malen und würde mich aus diesem Grund dem Kubismus widmen."

Martin schwieg, dafür antwortete Nicole:

"Das meint mein Mann sicher nicht. Man sieht ja auch hier auf der Radierung, dass Sie . . ."

"Ach was, Radierung! Die Gesichtszüge eines Menschen bekommt jeder zweitrangige Karikaturist hin. Ich spreche von Ölmalerei!"

"Reg dich doch nicht so auf!" beschwichtigte Sven Söven nun seinen Freund und legte eine Hand auf dessen Schulter.

"Lass das, Sven. Lass mich in Ruhe. Das hier ist meine Sache. Ich kann das nicht auf mir sitzen lassen. Ich muss ihm beweisen, dass mein ureigener Stil keine Notlösung dafür ist, weil ich nichts anderes kann. Also Signor Gerichtsvollzieher, ich biete Ihnen oder Ihrer Frau an, Sie zu malen. Sie brauchen mich nicht zu bezahlen. Sie sollen nur zur Kenntnis nehmen, dass ich durchaus in der Lage bin, ein Porträt zuwege zu bringen!"

"Du bist ja total durchgeknallt!", mischte sich Sven im Brustton der Überzeugung wieder ein. Aber Fernando beachtete ihn nicht.

"Na, was ist? Es werden ganz klare Linien sein, so dass sogar Sie sie begreifen können."

Er sah dem sprachlosen Martin zornig in die Augen. Sven schüttelte wieder den Kopf.

"Du bist bescheuert, weißt du das? Ich glaub das einfach nicht! Wenn du jedem, dem deine Kunst nicht gefällt, ein Gratisbild malen würdest, wärst du innerhalb eines Jahres pleite. Warum begibst du dich unter dein Niveau? Du musst ihm gar nichts beweisen!"

Sven sah, dass auch diese seine Worte nicht zur Kenntnis genommen wurden und ging zurück in den vorderen Teil der Galerie. Fernando sah Martin noch immer unverwandt an und dieser wurde langsam unsicher.

"Vielleicht . . .vielleicht sollte ich mich bei Ihnen entschuldigen. Ihr Freund hat Recht, Sie müssen mir gar nichts beweisen, ich bin kein Kritiker. Ich weiß, auch Picasso hat wunderschöne Gemälde geschaffen, ich denke nur an Paolo als Harlekin. Ich glaube, es hängt in Paris. Vielleicht können Sie . . ."

"Kriechen Sie mir jetzt nicht in den Arsch und vergleichen Sie mich gefälligst nicht mit Picasso. Ich bin nicht größenwahnsinnig! Warum sagen Sie jetzt etwas, von dem Sie nicht überzeugt sind? Gut, Picasso findet also Gnade vor Ihren Augen, weil er einige Bilder gemalt hat, die Sie mögen. Aber das hat nichts mit mir zu tun. Ich bleibe bei meinem Angebot."

Jemand der Umstehenden sagte:

"Das würde ich mir nicht zweimal sagen lassen. Ein Amati wird heute schon durchschnittlich mit zwanzigtausend gehandelt."

Er fing sich einen vernichtenden Blick Fernandos ein.

"Sie sollten das nicht vom materiellen Standpunkt aus sehen,", sagte er dann scharf und zu Martin gewandt.

"Also, ich weiß nicht, was Sie sich davon versprechen."

"Dass Sie eventuell begreifen, dass ich verschiedene Stilrichtungen benutze, um meine vollkommen persönliche Lebenseinstellung zu vermitteln und nicht, weil ich nicht malen kann. Und da für Sie nur das Malerei ist, was Sie einwandfrei identifizieren können, gibt es für mich nur diese Möglichkeit, Sie an meine Kunst heranzuführen."

Martin fühlte, dass es dem jungen Maler ernst war und ihm wurde klar, wie sehr er ihn mit seiner Ablehnung verletzt hatte. Er beschloss, weiter einzulenken.

"Aber sehen Sie, meine Frau hat wahrscheinlich recht. Die Radierungen . . ."

"Hören Sie endlich mit den Radierungen auf. Ja oder nein?"

Martin war beschämt, am liebsten hätte er sich in Luft aufgelöst. Warum war er bloß hergekommen?

"Sie sollten meine Meinung nicht so ernst nehmen."

"Das tue ich auch nicht. Weder Sie noch Ihre Meinung nehme ich ernst, trotzdem fühle ich mich herabgewürdigt. Ich bin Künstler, kann ich was dafür, dass ich sensibel bin? Also, wann kann ich Sie oder Ihre Frau als Modell erwarten?"

Es sah aus, als dulde Fernando keinen Widerspruch.

"Was müssen wir denn tun?", fragte Nicole kleinlaut.

"Nichts weiter, nur Modell sitzen. Damit ich die klaren Linien hin bekomme."

"Wenn Sie malen, werden Sie das aber nicht umsonst tun. Wir werden dafür bezahlen und uns dann eben einen Amati in die Wohnung hängen. Auch wenn wir von selbst nie darauf gekommen wären."

Martin hatte ein wenig die verbale Orientierung verloren und wollte sich auf irgendeine Weise rechtfertigen.

"Ich glaube kaum, dass Sie als Beamter sich ein Bild von mir leisten können. Und wenn ich sage, ich male unentgeltlich, dann mache ich das auch. Maledetto! Man wird wohl noch seinen freien Willen haben dürfen!"

Martin erkannte, dass mit Fernando in seinem momentanen Zustand nicht zu reden war und um die fatale Szene endlich zu beenden, fragte er:

"Und wo wollen Sie malen? In Ihrem Atelier?"

"Nein, natürlich im Foyer des Bundeskanzleramtes. Klar in meinem Atelier! Wo das ist, wissen Sie ja wohl noch!"

"Und wie lange wird das dauern?"

"Jeden Tag eine Stunde drei bis vier Wochen lang. Aber Sie müssen nicht immer dabei sein. Kommen Sie, wann Sie wollen, aber wenn es geht bald. Ich habe nämlich das Gefühl, ich kann erst wieder richtig arbeiten, wenn ich das hinter mir habe."

Martin und Nicole kamen sich reichlich überfahren vor, als Fernando sich jetzt einfach umdrehte und grußlos wegging.

"Da hast du augenscheinlich seine Achillesferse erwischt. Und? Wann wirst du hingehen und dich malen lassen?", fragte Nicole.

"Ich? Ich dachte du würdest . . ."

"Nein, Martin. Das hast du dir eingebrockt, das löffelst du auch selbst aus."

Der Gedanke, nochmals in dieses Haus gehen zu müssen, machte Martin schon jetzt unruhig.

"Können wir gehen? Mir reichts nämlich!"

Martin wollte plötzlich nur noch weg von hier.

"Ja! Ich denke, das ist mehr als angebracht. Unheil haben wir wirklich genug angerichtet."

Sie hatten fast die Eingangstür erreicht, als sie laute Stimmen vernahmen. Es war ein ziemlich intensives Streitgespräch zwischen Fernando Amati und Sven Söven. Sven nannte Fernando einen „kompletten Idioten“, was dem Bildhauer seinerseits einen „unsensiblen Maurergehilfen“ einbrachte. Nicole und Martin konnten nur ahnen, dass es bei dem Disput um das Gratisbild ging.

Der kommende Sonntagmorgen war nicht beschaulich wie sonst. Diesmal war da etwas, das die Eheleute zum ständigen Disput brachte. Martin wollte sich nicht malen lassen. Nicole hingegen bestand darauf, dass er dem jungen Maler eine Chance gab, sich vor ihm zu rehabilitieren.

Sie einigten sich schließlich auf einen Kompromiss. Martin würde zwar nach Bayenthal fahren, sich jedoch nicht malen lassen, sondern sich entschuldigen. Damit wollte er Fernando sein Vorhaben ausreden.

Es war ihm gar nicht wohl, als er später vor dem Haus parkte. Als er klingelte, hoffte er, auch diesmal würde Fernando nicht dort sein. Er wurde enttäuscht. Fernando öffnete schon nach dem ersten Läuten. Der junge Italiener schien nicht überrascht zu sein.

"Ich habe Sie schon gestern erwartet . . . die Leinwand ist bereits gespannt!"

Er machte eine einladende Geste. Aber Martin blieb stehen.

"Sie missverstehen mein Hiersein. Ich will mich nicht malen lassen. Und ich will Ihnen nur sagen, dass Ihre Arbeit gut ist."

"Kommen Sie rein!"

Fernando zog Martin am Arm in den Flur, schloss die Tür und fuhr scharf fort:

"Entwerten Sie sich nicht noch mehr vor mir, indem Sie jetzt umfallen und so tun, als ob ich für Sie ein guter Maler bin, nur weil das einfacher ist. Ich glaube Ihnen sowieso nicht. Das passt doch nicht zu einem Gerichtsvollzieher."

In Martin formierte sich wieder einer der mittlerweile bekannten Zornesausbrüche.

"Warum greifen Sie mich schon wieder an? Ich bin hergekommen, weil es mir leid tut."

"Das glaube ich Ihnen sogar. Aber nur, weil sie feige sind. Das hilft mir nicht. Sie haben mich als Künstler angegriffen und mein Selbstbewusstsein getroffen."

"Ich hatte angenommen, Ihr Ego sei stark genug, um den dritten Weltkrieg zu überstehen!"

"Da haben Sie sich eben geirrt. Cappuccino?"

"Nein danke. Ich verstehe Sie nicht. Es wird sicher noch mehr Leute geben, die mit Ihrer Kunst nicht zurecht kommen."

"Die sind mir egal. Aber Ihnen will ich es beweisen."

"Und wieso ausgerechnet mir?"

Sie sahen sich kurz in die Augen und Martin spürte den starken Impuls, einfach wieder zu verschwinden. Als Fernando nicht antwortete, stieg seine Nervosität noch an. Trotzdem folgte er ihm die Treppe hinauf ins Atelier. Er hatte das Verlangen, das mit Fernando auszudiskutieren und besiegte so seinen Fluchtinstinkt, der irgendwo in seinem Inneren ununterbrochen Alarm schlug.

Fernando richtete seine Staffelei mit geübten Handgriffen nach dem Licht aus und Martin versuchte sich zu erinnern, was er eigentlich noch sagen wollte. Sein Kopf schien leer und so beobachtete er den Maler, sah seinen geschmeidigen Gang und die sensiblen Hände, die ein paar Utensilien zurechtlegten. Und dann plötzlich brach eine Frage aus Martin heraus, der er bewusst eigentlich keinerlei Bedeutung zugemessen hatte:

"Warum haben Sie diese Radierung von mir gemacht?"

Fernando sah ihn an und Martin glaubte, auf einmal nicht mehr atmen zu können. Zwei Seelen stritten sich in seiner Brust. Er wollte das Geheimnis klären, das sich in seinem Inneren um Fernando aufgebaut hatte und gleichzeitig wollte er nichts davon wissen.

"Alles, was mir gefällt, muss ich festhalten. Und Sie gefallen mir. Das heißt, Sie würden mir noch besser gefallen, wenn Sie sich mit Brille und Frisur dem Jahrhundert anpassen."

"Was soll das? Ich lege absolut keinen Wert auf die Schmeichelei eines . . . eines . . ."

"Eines Schwulen? Ach ja, ich vergaß, wir sind Untermenschen für sie."

"Reden sie keinen Unsinn. Mir gibt es eben einfach nichts, wenn mir ein Mann Komplimente macht!"

Es hörte sich an, als wolle Martin eher sich selbst davon überzeugen.

"Wirklich nicht?"

Fernando lächelte, wie Martin fand, auf eine deplacierte Weise wissend.

"Nein, allerdings nicht. Ich bin hier, um mich zu entschuldigen. Das habe ich gerade getan. Und jetzt werde ich wieder gehen."

Fernando musterte ihn mit bewegungslosem Gesicht.

"Also, ich werde dann gehen!" wiederholte Martin.

"Warum sträubst du dich so? Du änderst nichts damit, wenn du dich verleugnest!"

Martin glaubte sich verhört zu haben.

"Was reden Sie denn da?" antwortete Martin, während Fernando auf ihn zukam.

"Du weißt verdammt genau, wovon ich rede. Ich habe es sofort gespürt. Du vergisst, ich sah deinen Blick, als du mich und Sven überrascht hast. Und als du mich ohne Grund angreifen musstest, war ich mir sicher. Ich wusste, dass du selbst kommen würdest und nicht deine Frau!"

"Aber nur, weil sie nicht wollte!"

"Da bin ich ihr also zu Dank verpflichtet!"

In Martin stieg die Panik hoch wie eine Flut von heißen Nadeln.

"Tut mir Leid, ich weiß nicht, wovon Sie sprechen."

"Ich spreche davon, dass du mich berühren möchtest . . . jetzt und hier. Davon, dass du seit Wochen immer wieder an mich denkst. Und davon, dass du geil auf mich bist so wie ich auf dich."

"Ha!"

Martin lachte unnatürlich.

"Das ist es also. Sie wollen mit mir ins Bett - aber da muss ich Sie enttäuschen. Ich bin verheiratet, wie sie wissen."

Martin ging einen Schritt zurück, denn Fernando hatte ihn erreicht.

"Warum nennst du mich nicht Fernando?"

"Hören Sie nicht, was ich sage? Ich bin nicht homosexuell!"

"Nichts was du sagst ist von Bedeutung. Denn ich höre auch das, was du nicht sagst und du solltest auch mal in deine Seele schauen. Du wirst überrascht sein!"

"Künstler müssen wohl so theatralisch sein! Sie leben in einer Traumwelt und ich muss gestehen, so unverfroren hat mich noch niemand beleidigt."

Fernando streckte die Hände aus und nahm Martin die Brille von der Nase, ehe dieser etwas dagegen tun konnte.

"Wieso versteckst du solche Augen hinter Glas?"

"Geben Sie mir die Brille zurück!"

Martins Worte glichen eher einem verzweifelten Aufschrei, aber Fernando schüttelte nur den Kopf.

"Dann gehe ich eben ohne sie!"

Martin wandte sich um und wollte auf die Tür zugehen. Aber er tat es nicht. Was war das bloß, das ihn so wehrlos machte? Er wollte davonlaufen, aber gleichzeitig auch bleiben und jedes der Worte, die Fernando zu ihm sagte, in sich aufnehmen. Auf einmal wurde ihm klar, dass Fernando die

Wahrheit sagte und diese Erkenntnis war so ungeheuerlich für ihn, dass er nun doch zur Tür rannte. Wie im Traum hörte er Fernandos Stimme:

"Warum willst du nicht verstehen, dass niemand vor sich selbst weglaufen kann?"

Martin blieb stehen.

"Aber ich bin wirklich nicht homosexuell."

Martins Stimme hörte sich bei diesem letzten Versuch, sich zu rechtfertigen brüchig an. An der Ateliertür war er stehengeblieben.

"Dann komm her und beweise, dass du mich nicht willst!"

Martin spürte, wie Fernando sich ihm näherte und er begriff nicht, wieso er noch immer hier stand und dass er Fernando nicht einfach auslachte und das Haus verließ.

Dann lag Fernandos Hand auf Martins Schulter und dieser gab dem sanften Druck nach. Er drehte sich um.

"Du kennst also die Sehnsucht nicht, die ich dir beschrieben habe? Gut - dann muss ich mich wohl damit abfinden."

Seine eigenen Worte Lügen strafend, trat er dabei einen Schritt zurück. Er öffnete den Knoten, der sein Hemd vor dem Bauch zusammenhielt, dann lag das Kleidungsstück auf dem Boden.

Martins Adamsapfel hüpfte wie ein kleiner Vogel auf und ab, seine Zunge war wie ausgedörrt. Er sah Fernando unverwandt an, als dieser jetzt seine ausgefranste Jeans öffnete und ebenfalls zu Boden gleiten ließ. Er trug keine Wäsche und Martin starrte wie im Trance am makellosen Körper seines Gegenübers hinunter. Fernando kam nun näher und flüsterte:

"Wenn du nicht mit mir schlafen willst, geh jetzt."

Dabei berührten seine Hände bereits leicht Martins Taille. Als dieser noch immer keine Anstalten machte, etwas gegen diesen Kontakt zu tun, drängte er sich an ihn.

Martins Atem ging heftig, er schüttelte den Kopf und wollte Fernando nun auf einmal doch von sich stoßen. Dabei berührte er dessen samt-weiche Haut und fuhr zurück, als habe er sich verbrannt. Fernandos Nasenspitze traf fast die von Martin, dieser fühlte den heißen Atem des jungen Italieners auf seinem Gesicht. Der Ausdruck in Fernandos Augen schickte ein merkwürdig intensives Gefühl der Erregung durch Martins ganzen Körper und seine Knie wurden weich. Wie zum Test berührten Fernandos Lippen die von Martin - einmal und noch einmal. Martin schloss die Augen.

"Was ist? Warum verbietest du es mir nicht?", fragte Fernando atemlos, während seine Hand langsam über Martins Unterleib glitt und dort feststellte, dass das Geschehen diesen alles andere als kalt ließ. Martin fühlte die kühlen Lippen, die Fernando jetzt auf seinen Mund presste und erwiderte den Kuss, ohne die Augen zu öffnen.

Es war eine hilflose Geste, als er seine herabhängenden Hände anhob, sich aber nicht traute, den anderen anzufassen. Aber Fernando ergriff sie und presste sie gegen seine Taille. Martin spürte die Wärme unter seinen Handflächen und begann fast automatisch ihn zu streicheln.

"Oh nein, das ist doch Irrsinn!", stammelte er dann atemlos, als Fernando ihn endlich freigab. Er spürte ein unbezähmbares Verlangen in sich, alles andere wurde von dieser Begierde überdeckt. Fernando hatte begonnen, Martins Gürtel zu öffnen. Der Slip war für ihn kein Hindernis und als er sein Ziel dort erreicht hatte, stöhnte Martin dunkel auf.

"Komm mit!"

Martin folgte ihm ins Schlafzimmer, er hatte aufgehört, gegen die Windmühlenflügel seiner Befangenheit anzukämpfen. Fernando kam zu ihm, öffnete sein Hemd und streifte es zusammen mit dem Jackett über seine Schultern, von wo es auf den Boden fiel.

Dann lagen die Hände des Malers flach auf Martins Brust, seine Lippen tasteten sich über dessen Hals abwärts. Dieser stand starr, er hielt die Fäuste geballt als Fernando vor ihm auf die Knie ging und erneut nach seinem Hosenbund griff. Einen Augenblick nur schien der Schleier der Ekstase vor Martins Augen noch einmal zu zerreißen, er flüsterte:

"Nein, nicht . . .ich könnte nie ertragen, wenn . . ."

"Sei still und gib mir deinen Schwanz!"

Martin glaubte, den Boden unter den Füßen zu verlieren, als er beobachtete, wie Fernando vor ihm kniete und sein Mund sich öffnete. In seinen Lenden pochte sein Puls und er grub seine Finger in Fernandos schwarze Haare. Erst vorsichtig, doch dann immer heftiger gab er den Rhythmus an.

Sein ganzer Körper war reduziert darauf, diese wahnsinnige Erregung zum Höhepunkt zu bringen. Fernando ließ ihn gewähren, doch dann zog er sich plötzlich zurück und ging zum Bett. Er musste Martin nicht auffordern, ihm zu folgen. Er entledigte sich seiner restlichen Kleidung und sah dabei zu, wie Fernando sich selbst stimulierte. Dann war er bei ihm. Fernando führte Martins Hand und diese löste seine eigene ab. Plötzlich kam Martin dies völlig logisch vor. Natürlich, damit kannte er sich aus, wusste seit frühester Jugend, wie man damit umging. Was konnte folgerichtiger sein? Es vergingen nur ein paar Minuten, dann spürte Martin das Pulsieren und gleich anschließend die Wärme, die sich in seine Handfläche ergoss.

Fernando schloss die Augen und warf den Kopf in den Nacken, mit gespitzten Lippen blies er tonlos die Luft aus seinen Lungen. Dann ließ er sich auf das Bett fallen. Er griff hinter sich, warf Martin ein Paket Tempos zu und rollte dann betont langsam auf den Bauch.

Martins Reaktionen kamen rein mechanisch. Er säuberte sich, dann strichen seine Hände über Fernandos Rücken und Po. Die Scheu war verschwunden, ihm musste niemand zeigen, was zu tun war. Er dachte an die Szene jenes Morgens und zog Fernando an den Hüften näher zu sich heran. Mit den Fingern tastete er vor, dann drang er ohne weitere Vorbereitung in ihn ein.

Er registrierte den schmerzhaften Laut nicht, den Fernando von sich gab. Jeder seiner Muskeln war gespannt, er arbeitete ohne Rücksicht darauf hin, diese nie gekannte, exzessive Gier nach Befriedigung loszuwerden. Als die Überreizung sich endlich in einem scheinbar endlosen Orgasmus auflöste, zitterte er am ganzen Körper. Seine Nägel hatten sich in Fernandos Fleisch gebohrt, er kämpfte mit offenem Mund um jeden Atemzug. Genau in diesem Moment wurde ihm klar, dass ihn diese Leidenschaft nie wieder loslassen würde.

Er ließ sich neben Fernando aufs Bett fallen, fühlte sich ausgepumpt, vollkommen kraftlos und langsam ordneten sich seine Gedanken wieder. Als er jetzt Fernandos Hände spürte, welche seinen Körper liebkosten, wich er hastig aus. Ihm war plötzlich kalt, seine Zähne schlugen klappernd aufeinander, aber er wollte die Fürsorge nicht, mit der Fernando das Seidenlaken über ihn breitete.

"Gib dir keine Mühe!"

Martin erschrak vor seiner eigenen Stimme. Er schämte sich plötzlich, brauchte jemanden, dem er die Schuld für das Geschehene geben konnte. Jäh richtete er sich auf.

"Du willst doch jetzt nicht einfach abhauen?"

Auch Fernando setzte sich nun auf. Martin jedoch sah ihn auch weiterhin nicht an.

"Doch!", presste er hervor und begann hektisch, seine Sachen zusammenzusuchen. Fernando sprang vom Bett, hielt ihn fest und zwang ihn, ihm in die Augen zu sehen.

"Ich weiß ja, es wird schwer für dich werden, das jetzt zu akzeptieren. Lass uns reden!"

"Es gibt nichts zu reden! Du hast mich überrumpelt, bilde dir jetzt nichts darauf ein!"

"Nicht so, Martin . . . komm mir nicht so! Ich musste dich wohl zu nichts zwingen. Genauso wenig, wie man einen Löwen dazu bringen kann, eine Cobra zu vögeln, kann man einen Heten dazu bringen, plötzlich aus einer Laune heraus schwul zu sein. Aber du bist schwul und weißt das jetzt auch! Lerne damit umzugehen, sonst wird es dich auffressen!"

Martin tat, als habe er nichts gehört, zog sich verbissen weiter an.

"Sei nicht so stur. Hey àsino . . . ich rede mit dir!"

"Warum konntest du mich nicht einfach in Ruhe lassen? Wenn das alles nicht passiert wäre, hätte ich auch weiterhin meinen Frieden gehabt. Ich habe bisher nichts vermisst - gar nichts, hörst du? Keiner hat dich gebeten, Missionar zu spielen."

"Wäre . . . hätte! Ich habe dir nur gezeigt, wie Sex sein kann. Du bist darauf eingegangen, es hat dir gefallen und behaupte jetzt bloß nicht das Gegenteil! Du warst vollkommen ausgehungert und daran war nicht ich schuld. Du bist schwul, warst es schon immer und hast es nur nicht gewusst."

Martin erkannte die ganze Tragweite des Geschehenen, fühlte sich ohnmächtig gegenüber dieser Tatsache und reagierte deshalb vollkommen abwegig.

"Ich bin **nicht** schwul!"

Er sah Fernando störrisch an.

"Ich war erregt, da kann es schon mal passieren, dass man die Übersicht verliert!"

"Klar doch. Merkst du denn wirklich nicht, dass das Unsinn ist? Du kannst jetzt nicht mehr einfach so tun, als wäre nichts gewesen."

"Das werde ich dir beweisen!"

Martin verspürte plötzlich den unbändigen Drang, Fernando zu verletzen. Deshalb fuhr er fort:

"Ich will weder mit Ihnen noch mit anderen Perversen je wieder etwas zu tun haben. Haben Sie das verstanden? Wir kennen uns nicht, Herr Amati!"

Aber Fernando reagierte nicht wie erwartet aggressiv.

"Ich verstehe dich irgendwie, du kommst noch nicht damit klar. Jeden anderen hätte ich jetzt rausgeschmissen und ihm vorher noch einmal ordentlich in den Arsch getreten, weil ich mich so nicht behandeln lassen muss. Aber bei dir ist das was anderes. Ich mag dich, Martin. Das war schon vom ersten Augenblick so, als ich in deine Augen sah und du dich mir so überlegen fühltest. Überleg es dir noch mal. Ich werde auf dich warten!"

"Hören Sie auf. Ich will Sie nie wiedersehen. Ich werde jetzt hier raus gehen und wieder ganz normal sein. Ich will kein einziges Mal mehr an das denken, was passiert ist und was Sie betrifft . . . Sie sind mir völlig gleichgültig."

Damit drehte er sich um und ging zur Tür.

"Du verdammter Ignorant . . . und wenn du zerspringst, wir gehören zusammen! Du wirst es merken, spätestens wenn du das nächste Mal mit deiner Frau schlafen willst. Was immer du tust - ich werde in deinem Kopf sein und dein Schwanz wird die Erinnerung brauchen, um steif zu werden. Und dann wirst du wiederkommen!"

"Da können Sie lange warten,", war das letzte, was Martin sagte, dann rannte er die Treppe hinunter.

Fernando brüllte ihm hinterher:

"Crepare idiota! Ich könnte dich lieben, du blöder Hund!"

Aber Martin nahm das kaum noch wahr. Daraufhin raffte Fernando die Kissen zusammen und warf sie durchs Zimmer Richtung Tür.

"Das kannst du doch nicht machen, du Mistkerl!", sagte er dann leise und versuchte, seine sich überschlagenden Emotionen wieder zu ordnen. Das war eine Abfuhr, wie er sie bisher noch nicht erlebt hatte. Und ausgerechnet diesen Mann wollte er mit jeder Faser seines Körpers. Er schüttelte über sich selbst den Kopf. Warum hatte er Martin dieses Liebesgeständnis noch hinterher rufen müssen? Mit solch großen Worten jonglierte er doch sonst nicht, es war einfach nicht seine Art, guten Sex gleich an Gefühle zu koppeln.

Erst ein einziges Mal, er war noch sehr jung, hatte er einem Mann seine Liebe gestanden und ihn trotzdem verloren. Damals schwor er, sich nie wieder so weit zu öffnen. In der Szene hatte er erfahren, dass er damit ganz gut fuhr, immer war er derjenige, an dem die anderen sich die Finger verbrannten. Und nun das! Er entkorkte eine Flasche Sekt, trank einem imaginären Martin zu und sagte leise:

"Salute, Martin. Und wir werden uns wiedersehen, verlass dich drauf!"

Martins Stärke reichte gerade mal bis hinter das Steuer seines Wagens. Dort saß er, umklammerte das Lenkrad, bis seine Knöchel weiß durch die Haut schimmerten und versuchte, sich zu beruhigen. Tief in seinem Inneren wusste er, dass Fernando recht hatte. Er würde das alles nicht ungeschehen machen können, indem er versuchte, es zu vergessen.

Aber er musste dagegen ankämpfen. Er konnte nicht zulassen, dass diese krankhafte Begierde weiter von ihm Besitz ergriff. Er würde weiterleben wie bisher, nichts hatte sich geändert wenn er es nicht wollte.

Und er wollte nicht, das war das Einzige, was er im Moment genau wusste. Trotzdem empfand er eine unüberwindliche Leere in sich, als er den Passat schließlich startete.

Immer wieder sah er Fernandos Gesicht vor sich, glaubte, der sexuelle Höhepunkt, den er erlebt hatte, würde in ihm noch immer nachklingen. Er schmeckte Fernandos salzige Lippen, glaubte, seinen Duft in jeder Pore mit sich genommen zu haben. Und an diesem Punkt fiel ihm Nicole ein. Wie würde er ihr gegenüber treten? Sie würde auf alle Fälle merken, dass etwas nicht stimmte, so ein guter Schauspieler war er nicht. Wieder stand Fernandos Bild vor seinem geistigen Auge und er schüttelte den Kopf, um es endlich loszuwerden. Dabei überfuhr er beinahe eine rote Ampel. Ihm wurde klar, dass es das war, worüber alle redeten. Das Thema Nummer eins, das ihn bisher kalt gelassen hatte, weil er nicht wusste, wie es sein konnte. Nie hatte er sich so gehen lassen, die Intensität des Gefühls überraschte ihn und machte ihn gleichzeitig wehrlos.

Aber das würde ihm nicht wieder passieren, das schwor er sich noch einmal. Mit diesen Gedanken kam er zu Hause an und bemerkte jetzt erst, dass er seine Brille nicht hatte. Es war ihm egal, mit bebenden Händen schloss er die Haustür auf.

"Hallo, ich bin im Wohnzimmer,", hörte er Nicoles Stimme. Aber er wollte ihr jetzt nicht begegnen.

"Ich springe gleich unter die Dusche. Es ist unerträglich schwül und alles klebt mir am Leib."

Dann war er froh, die Badezimmertür hinter sich schließen zu können. Lange stand er im lauwarmen Strahl des Wassers und versuchte, die latente Erektion unter Kontrolle zu bekommen, indem er sie ignorierte. Er musste Fernando vergessen! Er redete sich ein, dass ihm dies nicht besonders schwer fallen würde. Menschlich bedeutete der junge Maler ihm nichts und was das andere anging - er war bisher ohne diese besondere Form der Erotik ausgekommen und er konnte wohl auch weiter darauf verzichten, wenn er sich Mühe gab. Als er schließlich frisch geduscht in der Diele stand, brauchte er noch immer Zeit zum Nachdenken. Deshalb begrüßte er Nicole nur kurz, vermied es sie anzuschauen und ent-schuldigte sich mit Kopfschmerzen, um ins Bett gehen zu können. Nicole brachte ihm ein Aspirin, ließ die Rollläden herab und wünschte ihm Besserung, was ihn in ein Meer aus schlechtem Gewissen eintauchen ließ. Bevor sie hinausging, kam dann aber doch noch die Frage, der er durch die angeblichen Kopfschmerzen eigentlich aus dem Weg gehen wollte.

"Wie war es denn bei Amati? Kann er's nun oder kann er's nicht? Wie weit ist er denn gekommen?"

Martin schluckte.

"Ich - ehm . . .",erst langsam wurde er sich klar darüber, dass Nicoles Frage sich auf Fernandos Malerei bezog und nicht auf andere Aktivitäten.

"Er kann sicherlich malen, ja. Aber ich habe ihm klar gemacht, dass er mich nicht malen wird. Das ist jetzt erledigt! Ich weiß ohnehin nicht, wieso ich zu ihm gefahren bin, er nimmt sich selbst viel zu wichtig und wird ganz bestimmt auch ohne meinen Segen weitermalen. Schließlich kann er nichts anderes. Ich habe keine Lust, mir von ihm wegen dieser Spinnerei ein schlechtes Gewissen einreden zu lassen. So und jetzt werde ich versuchen, etwas zu schlafen."

Das war ein glatter Rauswurf und Nicole schloss ohne weitere Nachforschung leise die Tür hinter sich. Martin lag in der Dunkelheit und starrte auf ein paar Lichtstrahlen, die sich einen Weg durch die Rollläden suchten und in denen feiner Staub tanzte.

Er überlegte und ließ seinen eigenen Schluss zu, dass er wohl tatsächlich eine schwule Ader hatte. Mehr gestand er sich nicht zu, aber das genügte auch. Es war ihm plötzlich ziemlich klar, warum er Nicole kein liebender Ehemann hatte sein können.

Kurz dachte er an seinen Vater. Wenn er damals etwas davon geahnt hätte, welche Vorlieben Martin entwickeln würde, wäre er im ersten Badewasser ersäuft worden, dessen war er sicher. Es war gut, dass nur er und Fernando etwas davon wussten. Martin würde den jungen Italiener nicht wiedersehen, also löste sich das Problem von allein.

Und nur in Fernando sah Martin sein Problem. Er vergaß, dass er über sich selbst etwas erfahren hatte, dessen er sich auch bei größter Selbstdisziplin nicht wieder entledigen konnte. Es würde nicht möglich sein, dieses Wissen in den Ecken seines Unterbewusstseins zu begraben, wo er alles unterbrachte, was er nicht verarbeiten konnte. Jedenfalls war er davon überzeugt, sein Leben würde genauso weitergehen wie bisher. Es gab, selbst wenn er gewollt hätte, keine andere Möglichkeit für ihn.

Er musste diesen Trieb einfach nur beherrschen, schließlich war er kein Tier und hatte die Fähigkeit, sich zu kontrollieren.

"Ach . . .und das sagst du mir einfach so? Was glaubst du, wer ich bin? Dein Psychiater?"

Mit geballten Fäusten stand der blondgelockte Sven Söven vor Fernando. Dieser hatte ihm gerade von Martin erzählt und auch gleich angefügt, dass er nichts unversucht lassen würde, ihn für sich zu gewinnen.

"Musst du hier so herumbrüllen? Ich höre noch ganz gut, du musst nicht gleich wie ein hysterisches Weib reagieren!", entgegnete Fernando sauer.

"Ich bin nicht hysterisch, ich kann nur nicht verstehen, was du von diesem Pomadenheini willst. Er hat keinen Stil, keine Klasse, kein Niveau. Außerdem sieht er beschissen aus. Ein fader Beamter ohne Phantasie und dazu noch verheiratet. Was soll das? Bist du jetzt völlig verrückt geworden?"

"Nein, ich bin nicht verrückter als sonst auch. Du hast ja keine Ahnung. Er hat das Gesicht eines römischen Gottes, eine herrliche Figur und wenn er dieses Zeug aus seinen Haaren lassen würde . . . jedenfalls war er wunderbar, ein Vulkan. Es war das erste Mal für ihn und als er . . ."

"Untersteh dich und komm auch noch mit Einzelheiten daher, du Schmierfink!"

"Bist du eifersüchtig oder was? Ich dachte, wir seien uns einig. Weißt du noch? Wir haben eine offene Beziehung, jeder macht, was er für richtig hält und wenn sich einer verliebt, wird der andere das akzeptieren!"

"Darin bist du dir wohl einiger als ich. Entschuldige, ich kann Sex, Alltag und Liebe nun mal nicht so toll trennen."

"Und was soll das bitte heißen? Dass wir uns nicht lieben, steht wohl fest oder hat sich daran was geändert?"

”Natürlich nicht!”

Fast hörte man bei Svens Rückzug die Bremsen kreischen. Beinahe hätte er sich verraten, dabei wusste er genau, dass Fernando nichts von Liebe hören wollte. Jedenfalls nicht im Zusammenhang mit ihm, Sven. Deshalb begann er nun:

”Dann erkläre mir doch mal, was du an diesem Langweiler so toll findest.”

”Wenn ich das wüsste, ging es mir besser. Da ist etwas, schon von dem Morgen an, als er hier war. Ich kann es nicht erklären, ich habe bisher auch nicht drüber gesprochen. Deshalb bist du wahrscheinlich auch so überrascht!”

”Überrascht? Fernando, mach keine Witze. Ich habe schon lange gemerkt, dass mit dir was nicht stimmt!”

”Wieso das denn? Ich habe mich doch zusammengenommen!”

”Wenn du das zusammennehmen nennst . . . du warst in letzter Zeit jeden Tag völlig bekifft, fertigst plötzlich eine Radierung mit dem Gesicht deines Gerichtsvollziehers an und gleich noch irgendwelche anderen mit, nur damit es nicht auffällt. Dabei hast du dich erst seit vier Jahren mit Radierungen beschäftigt. Dann führt dich dein Weg ständig rein zufällig am Amtsgericht vorbei. Du musst mich für ziemlich blöd halten. Ich versteh nur eins nicht - woher wusstest du eigentlich, dass du eine Chance hast? Der wirkte auf mich so hetero wie man nur sein kann.”

”Keine Ahnung, ich wusste es eben!”

”Und? Wie wird es jetzt weitergehen? Muss ich mein Bündel schnüren und wir werden uns nicht mehr sehen?”

”Er hat gesagt, er will mich nicht mehr sehen!”

Sven sah Fernando nachdenklich an.

”Gut! Aber genau genommen ist das keine direkte Antwort auf meine Frage, oder? Heißt das, solange er sich nicht meldet, darf ich mich weiter in deiner Gegenwart sonnen, meldet er sich aber, bin ich abgeschrieben und kann sehen, wo ich bleibe?”

”Was soll denn das, Sven? Unsere Freundschaft bleibt doch, sie hat eigentlich alles überlebt und . . .”

”Komm schon, Fernando. Sei gnädig und verschone mich bitte wenigstens damit. Ich habe nichts für Beziehungskisten übrig, die mit dem Satz „wir können doch Freunde bleiben“ enden. Das ist so demütigend. Ungefähr so, als nimmst du einem Hund das Steak weg, schmeißt ihm einen faulenden Knochen hin und sagst: Liebes Wauchen, du solltest nicht leben wie der Hund, der du nun mal bist, aber das Steak bist du nun wirklich nicht wert."

"Kann es sein, dass du eine Winzigkeit zu dramatisch bist?"

"Ich glaube nicht. Wenn du mit ihm zusammenleben willst, kann es gar nicht . . ."

Fernando lachte gezwungen auf.

"Zusammenleben? Er will nicht mal begreifen, dass er schwul ist. Und akzeptieren will er es erst recht nicht!"

"Ich wusste gar nicht, dass man danach gefragt wird! Heißt das, dass ich eine Galgenfrist habe?"

"Zwischen uns wird sich doch nichts ändern!", antwortete Fernando leichthin. Sven fühlte, dass er jetzt nicht weiter über ihre langjährige Beziehung nachdenken wollte. Sven dachte an all die Zeit, in der er immer für Fernando da war. Fernando hatte ihn als etwas naturgemäß Vorhandenes angesehen; so wie jeder Baum mindestens einen Ast hat und von seiner Seite eigentlich nie viel für ihre Beziehung getan. Jetzt, für einen völlig Fremden, engagierte Fernando sich plötzlich.

"Es wird sich also nichts ändern? Hurra, dann darf ich ja weiter deine emotionale Pinkelpause sein. Ein Hoch auf meine Geduld!"

Sven stand auf und goss sich einen neuen Whisky ein. Fernando war mit seinen Gedanken währenddessen ganz woanders. Ohne weiter auf Svens Bemerkung einzugehen meinte er:

"Im Grunde bin ich sicher, dass er wiederkommt. Dazu war es zu gut mit uns beiden!"

Sven dachte an all die erotischen Höhenflüge, die sie beide miteinander hatten und schüttelte nur den Kopf. Gestand Fernando ihm so wenig Wert zu, nur weil er immer für ihn da war? Sven beschloss, wieder zu seiner unkomplizierten Art zurückzukehren. Wahrscheinlich konnte er ja nicht mehr verlangen und auf diese Weise wenigstens mit Fernando zusammensein!

Er sprang über die Sessellehne ohne etwas von der Flüssigkeit aus seinem Glas zu verschütten. Fernando grinste.

"Das macht dir so schnell keiner nach!"

"Das nicht und so manches andere auch nicht. Aber das wirst du erst einsehen, wenn es zu spät ist!"

Fernando zog Sven zu sich heran.

"Was kannst du denn noch so alles?"

"He - ich denke, du bist verliebt?! Ich bin aber nicht dein fader Geldeintreiber. Fernando, was machst du denn da?"

Fernando zog Sven das T-Shirt aus der Hose und ließ eigentlich keinen Zweifel an seinem Vorhaben.

"Das wirst du gleich sehen!"

In den ersten Tagen nach diesem einschneidenden Sonntag fiel es Martin manchmal noch schwer, sich zu konzentrieren. Er ließ nicht locker, versuchte das Erlebnis mit Fernando zu verdrängen und hatte immer größeren Erfolg damit. Seine anerzogene, immer praktizierte Disziplin half ihm dabei. Er versuchte, die Sehnsucht zu unterdrücken. Gleichzeitig baute er seine Unzufriedenheit stufenweise ab. Wenigstens glaubte er das.

Die Wirklichkeit sah jedoch anders aus. Während er früher eher selten das Bedürfnis verspürte, sich selbst zu befriedigen, kam das jetzt immer öfter vor. Er widerstand, wenn auch nur mit größter Selbstbeherrschung.

Fernando war immer dann gegenwärtig, wenn Martin sich nicht unter Kontrolle hatte, so kurz vor dem Einschlafen oder im Traum. Wenn er mit Nicole schlief, musste er sich den Akt mit dem jungen Maler ins Gedächtnis zurückrufen, um auf Touren zu kommen und versuchte, darin nicht die Weissagung Fernandos wiederzuerkennen. Aber das alles würde vorbeigehen, das redete er sich immer wieder ein.

Fast lief alles wieder wie früher, nur ein besonders guter Beobachter hätte eine Veränderung an dem wieder stets korrekten, verantwortungsbewussten Beamten feststellen können. Anfangs konnte Martin über keinen der so beliebten Schwulenwitze lachen, die im Amt hin und wieder die Runde machten. Er glaubte, jeder könne ihn durchschauen. Natürlich sagte ihm seine Ratio, dass niemand wirklich darüber Bescheid wissen konnte und lachte fortan pflichtschuldigst mit.

Nur Nicole sah ihn manchmal nachdenklich an. So zum Beispiel, wenn er nach fünf Cognacs auf seinem Lesesessel einschlief oder seine Aktentasche im Büro vergaß. Solche Unregelmäßigkeiten waren bisher nicht vorgekommen.

Sie sprach ihn nicht darauf an, wenn er sich beim Spaziergang in einen Marathonläufer verwandelte und ohne nach links oder rechts zu sehen durch die halbe Stadt rannte. Eines Tages fand sie das Gel im Mülleimer, mit dem Martin seine Haare immer fixierte. Auf ihre Frage hin meinte er, die Zeit der verklebten Haare sei nun vorbei und auch das ergründete Nicole nicht weiter. Seit diesem Sonntag bei Fernando hatte sie die Brille nicht mehr an Martin gesehen. Er hatte nur nebenbei bemerkt, er habe sie zerbrochen. Nicole beobachtete plötzlich eine Eitelkeit an ihrem Mann, die ihr manchmal unheimlich wurde, und erkannte, dass er durchaus attraktiv aussah mit seinen zwar kurz geschnittenen, oben auf dem Kopf jedoch längeren Haaren, die ihm glänzend wie eine Matte aus rötlichbrauner Seide in die Stirn fielen.

Jetzt, wo seine Frisur nicht mehr am Kopf anlag, strich er sich die Haare von Zeit zu Zeit auf eine eigentümlich anmutige Weise nach hinten und diese Geste hatte etwas an sich, das Nicole aufregte. Sie wusste selbst nicht, wieso sie es nicht leiden konnte, sie wusste nur, dass diese Bewegung so überhaupt nicht zu Martin passen wollte.

In verschiedenen Momenten wirkte vollkommen fremd auf sie. Manchmal, wenn er sich unbeobachtet fühlte, hatte er die Gesichtszüge eines Menschen, der auf einem Bahnhof zwischen Aufbruch und Ziel nur Zwischenstation macht. Das alles ließ in ihr den Verdacht reifen, dass Martin eine andere Frau kennen gelernt hatte. Sie beschloss jedoch noch abzuwarten, da sich diese Befürchtung in nichts Greifbarem begründete.

Außerdem redete sie sich ein, sollte Martin eine Freundin haben, würde es von selbst zu Ende gehen. Für eine längere Beziehung hatte Martin einfach zu wenig Interesse an Sex und zuviel Pflichtbewusstsein ihr gegenüber, so hoffte sie.

Nicole wollte sich keine Probleme machen, wo es vielleicht keine gab. Wenn es wirklich so sein sollte und ihr Mann hatte sich kurzzeitig einer anderen zugewandt, neigte sie wohl eher dazu, sich eine Weile blind zu stellen. Das war besser als Martin vielleicht durch ein Ultimatum zu verlieren. Nicole war auch nicht der Typ von Frau, die Szenen lieferten. Zumal sie sich gerade jetzt besser verstanden als jemals zuvor in ihrer achtzehnjährigen Ehe.

Es war Anfang August. Während Martin verbissen an der Beibehaltung seines konventionellen Lebens festhielt, kam bei dem ohnehin etwas chaotisch veranlagten Fernando alles vollkommen durcheinander. Er hatte wissentlich nie etwas ausgelassen, das ihm einen neuen, noch nicht erlebten Kick geben konnte. Jetzt allerdings hielten es auch gute Freunde nicht mehr mit ihm aus. Er war launisch und unbeherrscht, niemand konnte sicher sein, dass sich nicht schon im nächsten Moment ohne Vorwarnung ein Kübel voll Beleidigungen und Gehässigkeiten über ihn ergoss. Es war wieder einmal Sven, der trotzdem aushielt. Er gab Kontra, dass die Fetzen und auch manchmal diverse Gegenstände flogen. Fernando konnte nicht mehr in der Weise arbeiten, die er gewohnt war und das machte ihn vollends unausstehlich.

Seit zwei Monaten hatte sein Stil sich total gewandelt, aus den phantasievollen Farbenspektren wurden trübe, finstere Darstellungen seiner Depression. Er malte jetzt impressionistisch. Die Bilder wiesen über die figurative Darstellung hinaus keine weitere Essenz mehr auf. Deshalb sah jeder genau, in welcher Stimmung der Maler sich bei der Erstellung befunden haben musste. Fernando malte Friedhöfe und Schlachthäuser. Nebenher fertigte er wie am Fließband Collagen, in denen er Liebes- und Sterbeszenen hemmungslos miteinander mixte, so dass sogar Sven nur noch von perversen Glanzleistungen sprach.

Sobald Fernando eine Arbeit beendet hatte, begann er die nächste, sein Atelier glich fast dem Szenario eines barbarischen Horrorfilms. Svens ermunterte ihn zum Weitermachen. Irgendwie nahm er an, dieses übertriebene Austoben habe eine therapeutische Wirkung, und Fernando käme so von seiner fixen Idee Martin weg.

Für Sven war es besorgniserregender gewesen, als Fernando in der Woche nach dem bewussten Sonntag jeden Tag ein paar Stunden vor dem Amtsgericht gewartet hatte, um Martin wenigstens einmal zu sehen. Im Anschluss daran bekam er einen Wutausbruch, verfluchte Martin in die tiefsten Tiefen der Hölle und schwor sich, nicht mehr den Idioten abzugeben. Daraufhin forderte er seinen blonden Freund zwei Tage lang sexuell bis zur Leistungsgrenze und wurde von diesem mit einem Vampir verglichen. Sven wollte es eigentlich nicht wahrhaben, aber er musste zugeben, dass die Sache mit Martin etwas war, das Fernando wirklich an die Substanz ging. Er hatte ihn noch nie so erlebt, Fernando war sonst eher der Typ, der ohne innere Konflikte reihenweise Herzen brach und den dies ohne eigenen Gefühlseinsatz eher amüsierte, im ungünstigen Fall schon mal nervte.

Obwohl Fernando nicht mehr von Martin sprach, wusste Sven, dass er täglich an diesen dachte und das tat ihm weh. Er liebte Fernando, was dieser allerdings nicht wusste, in seinem egozentrischen Narzissmus noch nicht einmal ahnte.

Dem sechsundzwanzigjährigen Sven war klar, dass er die freiwillig zugestandene Freundschaft nebst unverbindlicher Sex-Liaison aufs Spiel setzen würde, sobald der seine Freiheit über alles liebende Fernando von seinen wahren Empfindungen erfuhr.

Sven, der neben seinem Germanistikstudium, das seine gut situierten Eltern mit monatlich ein bis zwei großzügigen Schecks finanzierten, die Bildhauerei mehr als Hobby betrieb, war froh, in der Kunst ein gemeinsames Interesse mit Fernando zu teilen. Allmählich entdeckte man Svens Skulpturen in der Kunstszene, nicht zuletzt dadurch, dass er meist in einem Atemzug mit Fernando genannt wurde. Dies war es jedoch nicht, warum er immer Fernandos Nähe suchte. Sven war der Einzige, der Fernandos Lebenslauf fast lückenlos kannte und dem dieser ohne Vorbehalt vertraute. So wusste Sven, dass Fernando schon als Säugling mit seinen Eltern aus Sizilien nach Deutschland gekommen war. Hier wuchs er auf und von Kind an war er ein Außenseiter. Schon die Schule war ihm zu reglementiert und es blieb bis zum heutigen Tag so, dass es Fernando zu Sachen trieb, die sich vom Konventionellen extrem abhoben. Bereits als Kind hatte er die Angewohnheit, sobald die Resonanz auf seine Kapriolen zu stressig für ihn wurde, einfach alles hinter sich zu lassen und nach Sizilien abzuhauen. Dort fand man ihn dann meist bei seinen Großeltern in dem kleinen Ort Monreale bei Palermo.

An dem Tag, als ihm definitiv bewusst wurde, dass Frauen in seinem Leben wohl nie eine Rolle spielen würden, hatte er seinem Wesen gemäß ein kompromissloses Statement abgegeben und sich daraufhin mit seiner ganzen Familie überworfen. Allein seine Großeltern schienen seine sexuellen Ambitionen nicht zu interessieren und das hatte sich bis heute nicht geändert.

Fernando ging, beim Coming-out angefangen, eigene Wege. Er arbeitete in einer Autofabrik, auf dem Großmarkt und an Tankstellen, um sich durchzubringen. Dabei erfuhr er mehr als einmal von der Intoleranz gegenüber Schwulen, was ihn jedoch niemals dazu brachte, seine Natur zu vertuschen. Er entdeckte seine Malerei mit achtzehn, besuchte Kurse und förderte sein Talent selbst, bis er mit zwanzig in der Düsseldorfer Szene einen Kunsthändler kennenlernte. Bis zu diesem Zeitpunkt hatte er keine nennenswerten Erfolge, was sich nun schlagartig änderte.

Zwei Jahre lebte er mit dem Mann zusammen. Eine Zeit, von der er auch zu Sven niemals sprach. Sein Mäzen hielt Fernando in jeder Beziehung abhängig, sorgte jedoch im Gegenzug dafür, dass man den jungen Maler bald in Kunstkreisen der ganzen Bundesrepublik kannte. Sobald er später finanziell auf festeren Füßen stehen konnte als vorher bei seinen Gelegenheitsarbeiten, machte sich Fernando aus der Bevormundung frei und zog nach Köln, wo er seinen Erfolg ohne Schwierigkeiten weiter ausbauen konnte. Er lebte und arbeitete ungefähr ein Jahr in zwei kleinen Zimmern hoch über der Stadt.

Dort hatte er eine sehr kreative Phase, malte reichlich, verkaufte jedoch, um seinen Marktwert zu erhöhen, gerade soviel, um nicht in Vergessenheit zu geraten. Dann gab er einige seiner Arbeiten gleichzeitig an den Markt. Die Rechnung ging auf und bald konnte er sich das Haus in Bayenthal und einen überdurchschnittlichen Lebensstil leisten.

Während der ganzen Zeit blieb Sven bei ihm. Er war ein nützlicher, unkomplizierter Weggenosse, der immer dann in den Vordergrund trat, wenn Fernando deprimiert oder in Schwierigkeiten war. Sie lebten in Fernandos zwei Zimmern genau wie später in seinem Haus zusammen, obwohl Sven seine eigene Bleibe nicht aufgab.

Zusammen zogen sie sich tagelang zurück oder feierten exzessive Feten. Dabei kam es immer ausschließlich darauf an, wonach Fernando gerade der Sinn stand. Auch gemeinsame Reisen machten sie. So verbrachten sie ein halbes Jahr in den USA, als es Fernando finanziell noch nicht so gut ging. Sie jobten für ihren Unterhalt, blieben nie länger als zwei Wochen an einem Ort. Mit einem uralten Chevy durchquerten sie das Land und beendeten ihren Trip in San Francisco. Beide schwärmten noch oft von der Zeit, wo es für beide keine Zwänge gegeben hatte. Sven hatte das riesige, nikotingelbe Lenkrad des Chevys noch heute als Symbol für ihre schrankenlose Verbundenheit in seiner Wohnung an der Wand hängen. Damals, während dieser Zeit glaubte er noch, er habe eine Chance, von Fernando als Lebensgefährte anerkannt zu werden. Erst später wurde ihm klar, dass es für diesen nicht genügte, wenn man sich in Alltag und Sex verstand. Fernando suchte etwas anderes. Etwas, das er selbst nicht hätte erklären können, wenn ihn jemand danach fragen würde. So hatte Sven sich mit seiner Rolle abgefunden, denn so konnte er immerhin in der Nähe seines Freundes bleiben.

Die Lover wechselten, sie hatten für Fernando nur den Wert des momentanen Vergnügens. Sein Vertrauter blieb dabei allein Sven. Das hatte Bestand, bis Martin auftauchte.

Für Sven war Fernando nach all der Zeit auch in seiner Unberechenbarkeit berechenbar gewesen, er wusste, dass der junge Italiener bei den Allüren, die ihn niemals zur Ruhe kommen ließen, keine Zufriedenheit fand. Etwas in seinem Inneren trieb ihn immer weiter.

Bisher lebte er in seinen Alkoholexzessen und einer ständigen Marihuanawolke wie andere im Büroalltag. Jetzt, seit er Martin kannte und nicht mehr wiedersehen durfte, kam noch Kokain dazu. Dabei war er noch extremer und wenn er richtig drauf war, konnte ihn tagelang niemand aus dem Schlafzimmer bewegen. Er forderte Sven bis zur Erschöpfung und teilte die Matratze außerdem mit neuen Bekannten und alten Freunden. Sven war fest davon überzeugt, Fernando bemerke den Unterschied zwischen den einzelnen Körpern gar nicht mehr, es kam ihm nur noch darauf an, dass sie potent genug auf seine Anforderungen reagierten. Es kam auch vor, dass Fernando von einer Minute zur anderen alle rauswarf, das heulende Elend bekam und sich für seine Geilheit hasste.

Sven, froh einmal eine Verschnaufpause ohne Erektionszwang zu haben, nahm ihn dann gerne in den Arm und sagte die Worte, von denen er wusste, Fernando wollte sie jetzt hören.

Heute nun kam Sven vom Einkaufen. Er hatte dunkle Schatten um die Augen und das altbekannte Gummigefühl in den Beinen. Von Freitag an hatten sie sich mit nur stundenweisen Pausen in sexueller Aktivität ergangen und heute war immerhin Dienstag. Wenn es nach Fernando gegangen wäre, befände sich Sven genau wie er noch immer im Bett. Allerdings war der Kühlschrank leer und auch die Alkoholreserve neigte sich dem Ende zu. Letzteres ließ Fernando die Notwendigkeit eines Einkaufs einsehen. Als Sven jetzt nachsah, fand er seinen Freund nicht mehr im Schlafzimmer. Er öffnete die Vorhänge, ließ Luft herein, zog die Betten ab und hängte die Kissen zum Lüften auf den großen Balkon, der in den dicht bewachsenen Garten hineinragte. Dann räumte er den Einkauf aus und machte sich erst anschließend auf den Weg in den Keller, wo sich Schwimmbad und Sauna befanden. Wie einen dunklen Pfeil sah er Fernando in dem blau schimmernden Wasser mindestens einen Meter unter der Oberfläche vorwärtsschnellen. Verbrauchten sich die Energien des Italieners denn nie?

Sven wartete, bis Fernando auftauchte.

"Ich habe Pizza mitgebracht. Von Adriano. Magst du?"

Fernando schwamm zum Rand, stützte sich dort ab und schwang sich aus dem Wasser. Nackt und nass wie er war, kam er zu Sven, legte den Arm um seine Schultern und küsste ihn. Wortlos begann er gleich anschließend, dessen Hose aufzuknöpfen. Aber diesmal hinderte Sven ihn, indem er einen Schritt zurücktrat. Die Hände abwehrend erhoben sagte er:

"Es reicht! Dein Trieb ist ja apokalyptisch. Ich will jetzt essen, lass mich in Ruhe. Ich habe keine Lust!"

"Ach komm schon, Sven, essen können wir auch später noch," gurrte Fernando.

Und wieder einmal war es sein Wunsch, der zählte. Als sie später hochgingen, um die Pizza zu essen, war sie eiskalt. Fernando, der gerade eine Nase gezogen hatte, redete wie ein Wasserfall und aß gerade mal zwei Bissen, während Sven nur hin und wieder zermürbt nickte. Er war zum Umfallen müde und ausgelaugt.

"Was ist los mit dir?"

Mittlerweile waren sie im Schlafzimmer. Fernando sah zu, wie Sven mühsam das Bett bezog, ohne ihm dabei zu helfen.

"Ich merke schon länger, dass es mit deiner Kondition in letzter Zeit nicht mehr weit her ist!"

Sven richtete sich auf.

"Kondition? Mit Kondition kommt man bei dir nicht aus! In den letzten fünf Tagen haben wir alles in allem höchstens acht Stunden geschlafen."

"Schlafen? Wer will schlafen? Das können wir noch, wenn wir jenseits der Sechzig sind. Jetzt ist die Zeit, um zu leben!"

"Nur dass das Leben nicht ausschließlich unter der Gürtellinie stattfindet. Außerdem werden wir bei diesem Tempo schon mit vierzig aussehen wie Sechzigjährige."

"Ich frag mich wirklich, was du hast. Du beschwerst dich doch sonst nicht!"

Das Bett war fertig und Fernando machte einen Hechtsprung hinein. Sven verdrehte die Augen.

"Sonst bin ich auch nicht so müde. Ich will schlafen, weiter nichts. Mich bringt kein Koks wieder auf Touren, wenn ich abgeschlafft bin," sagte er eher zu sich selbst.

Aber Fernando fing den Ball trotzdem auf.

"Fängst du jetzt wieder damit an? Wirf mir nicht vor, dass du zu feige bist, Drogen sinnvoll einzusetzen. Man muss eben nur damit umgehen können, dann schaden sie nichts."

"Sie schaden nicht? Du meinst, dein Körper freut sich, wenn du ständig die Müdigkeitsgrenze ignorierst?"

"Si si, der clevere Sven. Du bist zum Kotzen langweilig, weißt du das? Schlafen, pausieren und ausruhen. Willst du deine beste Zeit verpennen?"

"Sag, was du willst - ich werde jetzt jedenfalls schlafen! Du kannst mich mal ganz ordentlich am Arsch lecken."

Sven legte sich neben Fernando und zog sich die Decke bis zur Nasenspitze hoch. Er fror vor Übermüdung.

"Sacco a pelo! Mit dir war wirklich mal mehr los!"

Fernando schaute Sven trotzig an. Dieser spürte den Blick selbst mit geschlossenen Lidern. Mühsam öffnete er die Augen wieder und sah Fernando an.

"Versteh doch, ich bin völlig kaputt. Meine Batterie ist alle - kein wie auch immer gearteter Saft mehr, kapiert? Tilt!"

"Schon gut. Schlaf, wenn du nicht anders kannst. Aber ich werde nicht da sein, wenn du wieder wach wirst."

Sven war in seiner Erschöpfung sogar diese Drohung egal. Er reagierte nicht, was Fernando zum Weitermachen anregte. Mit erhobener Stimme fuhr er fort.

"Du brauchst mich nicht zu suchen, ich werde nämlich dafür sorgen, dass du mich nicht findest. Aber mach dir bloß keine Sorgen, mir wird schon nichts passieren! Und wenn doch, bist du ja nicht schuld, denn du musstest schließlich schlafen. Das war wichtiger."

Sven sah Fernando unter halb geschlossenen Augenlidern an. In diesem Moment hätte er ihn am liebsten erwürgt.

"Bild dir nicht ein, dass ich dich suche. Es ist mir scheißegal, wenn du dich wieder in Schwierigkeiten bringst. Was habe ich damit zu tun, wenn du dich aufführst wie ein Schwachsinniger? Du bist kein Idiot und kannst die Verantwortung für dich selbst tragen. Jetzt lass mich endlich schlafen!"

"Oho, was für ein dominanter Mann du doch bist. Da bekommt man eine Gänsehaut vor soviel Härte."

"Verdammt, Fernando, du verlangst zuviel, begreife das doch endlich. Ich bin auch nur ein Mensch. Vielleicht hätte ich dir schon viel früher mal deine Grenzen zeigen sollen!"

"Niemand zeigt mir meine Grenzen, weil ich gar keine habe! Sag nicht, dass gerade dir das neu ist!"

Genervt setzte Sven sich wieder auf und vergrub seine Finger in der blonden Mähne. Die Müdigkeit hinderte ihn daran, auf Fernandos Worte nicht wie sonst besänftigend zu reagieren.

"Doch, auch du hast Grenzen. Eine davon ist Martin, nicht wahr? Da nützt dir dein Narzissmus überhaupt nichts, du bekommst ihn nicht. Dabei machst du dir und anderen Stress bis zum Umfallen, um nicht mehr nachdenken zu müssen. Aber davon habe ich die Schnauze voll, verstehst du!? Mach was du willst, aber lass mich da raus. Ich bin nicht dein Fußabtreter, du egoistisches Aas."

Fernando schlug wütend das Laken zurück und sprang auf.

"Das hat alles nichts mit Martin zu tun. Und tu nicht so, als müsstest du mein Psychiater sein. Ich komme allein klar, du bist es doch, der sich mit Freude in mein Leben einmischt, weil du nichts anderes hast."

Mit diesen Worten ging Fernando nackt wie er war hinaus auf den Balkon, stützte sich auf das Geländer und starrte in den Garten. Sven sah ihm hinterher, sein Blick streichelte jeden Zentimeter von Fernandos Körper. Er liebte diesen italienischen Spinner, deshalb konnte Sven nicht begreifen, wie vollständig der Hass war, der in diesem Moment in ihm brannte.

Gerade jetzt dachte er an die Momente, in denen Fernando sich in den Armen anderer wand und allein das reichte, um ihm Höllenqualen zu bereiten. Er verachtete sich für seine lediglich schwachen Versuche, sich dagegen aufzulehnen, wie selbstverständlich Fernando über sein, Svens Leben verfügte, ohne ihm das Recht zuzugestehen, auch an seinem teilhaben zu dürfen. Sven wurde sich wieder einmal klar darüber, wie sehr er sich selbst verleugnete, um bei Fernando bleiben zu können. Aber diesmal wollte er nicht wieder schwach werden, war einfach zu aufgerieben, um heute der verständnisvolle Part in dieser ungleichen Beziehung zu sein. Sollte Fernando doch machen, was er wollte! Wie befriedigend würde es für Sven sein, den Freund seine unüberlegten Aktionen dann ausnahmsweise auch selbst ausbaden zu lassen. Es wäre eine Genugtuung. Aber Sven war Realist. Er würde es nicht können. Wieder einmal hatte er verloren. Langsam schälte er sich aus dem Bett und folgte Fernando.

"Nimm ein paar Schlaftabletten, du musst unbedingt schlafen. Du bist doch vollkommen überdreht!!"

"Hol mir Wein, ja?"

War es Triumph in Fernandos Blick?

Sven nickte matt. Er brachte den Rotwein und startete einen neuen Versuch, Fernando endlich ruhigzustellen.

"Nimm zwei Metodril und komm mit ins Bett, okay?"

"Du bist ein Quälgeist!"

Fernando leerte das Glas in einem Zug. Dann ging er zurück und legte sich aufs Bett. Sven sah eine Chance, holte die Tabletten und Fernando nahm sie mit etwas Wein. Danach drehte er sich zur anderen Seite. Als Sven sich neben ihn legte, schien er bereits zu schlafen. Unruhig zuckten seine Augenlider. Erst als Sven sich dicht zu ihm legte, wurde er ruhiger. Sein Atemrhythmus normalisierte sich. So war es also, wenn ein selbstsüchtiger Mensch sich verliebte!

Irgend etwas musste geschehen, wer konnte wissen, wie weit Fernando in seinem Selbstzerstörungswahn noch gehen würde! Er war es einfach nicht gewöhnt, etwas nicht zu bekommen, das er haben wollte. Sven wollte später darüber nachdenken, jetzt konnte er einfach nicht mehr. Mitten in seinem Überlegungen war er eingeschlafen.

Erst am späten Abend erwachte er wieder. Der Platz neben ihm war leer wie auch das übrige Haus. Sven sah im Atelier nach und erstarrte.

Fernando hatte mit einem Messer sämtliche Bilder zerfetzt, seine Staffelei war nur mehr Kleinholz. Er musste sich dabei verletzt haben, Sven erkannte Blutspuren. Es sah also nicht so aus, als hätte Fernando für einen Kaffeeplausch mit Freunden die Wohnung verlassen. Er befand sich wieder einmal in einem Ausnahmezustand.

"Verdammter Idiot!"

In diesem Moment klingelte das Telefon. Sven hastete zum Apparat. Es war Uwe, jemand aus dem Bekanntenkreis der beiden Freunde.

"Hallo, Sven - sag, hast du eine Ahnung, wo Fernando sich herumtreibt?"

"Nein!"

"Das dachte ich mir. Er ist im *Glide*. Ich an deiner Stelle würde ihn da rausholen, ehe sie ihm die Seele aus dem Leib vögeln."

Sven kannte die Lederkneipe in der Altstadt. Er wusste, es waren abgefahrene Sachen, auf die man dort stand. Fernando war eigentlich bisher kein Fan der Sado-Maso-Szene gewesen, aber rechnen konnte man bei ihm bekanntlich mit allem.

Ohne sich zu bedanken warf Sven den Hörer auf die Gabel. Es gab kein Überlegen, er musste Fernando dort herausholen.

Spätestens als er jetzt sah, dass von dem morgens noch vorhandenen Kokainvorrat kein Stäubchen mehr übrig war, machte er sich auf den Weg. Fernando war mit seinem Lotos unterwegs, also nahm Sven ein Taxi. Vor dem *Glide* stieg er mit gemischten Gefühlen aus. Er klingelte, die Tür öffnete sich. Er wurde erst einmal abschätzend betrachtet.

"Ich suche jemanden!", meinte er erklärend.

"Tun wir das nicht alle?", antwortete der Türsteher, grinste und ließ Sven hinein. An der Bar sah er sich um. Nicht alle Teile des Glide waren übersichtlich, man hatte mit Plastikvorhängen einzelne Zellen unterteilt. Sven nahm sein Glas und ging ein paar Stufen hoch. Jetzt befand er sich auf einer Art Empore, die wenig erleuchtet eine Fläche eingrenzte, auf der sich gleichgesinnte Männer miteinander beschäftigten. Der Boden ringsherum war nass und der Geruch nahm Sven beinahe den Atem.

Er drängte sich an den Paaren vorbei, von Fernando fand er keine Spur. Seine Augen hatten sich an die Dunkelheit gewöhnt und schließlich fand er seinen Freund, festgeschnallt auf einer Sling-Matte. Fernandos Füße steckten in Schlaufen, seine Hände waren wie bei einer Kreuzigung rechts und links oberhalb seines Kopfes fixiert. Mit einem Gummiknüppel wurde er bearbeitet und die Reitgerte färbte seine Haut rot.

Fernando schien es zu gefallen. Er stöhnte und bat sogar um mehr. Sven glaubte keine Luft mehr zu bekommen. Er kannte Fernando in vielen Situationen, diese hier hatte jedoch etwas derart Erniedrigendes, dass es ihm den Hals zuschnürte. Die hämmernde Musik im Hintergrund trieb seine Emotionen auf den vorläufigen Höhepunkt und er beherrschte sich, um nicht ausfallend zu werden. Blitzschnell überlegte er, was für Möglichkeiten er hatte, Fernando da wegzuholen. Vernunftgründe würden ihn in seinem augenblicklichen Zustand nicht dazu bringen, aufzuhören.

"Bindet ihn los, ja?"

Sven wusste, wie idiotisch sich seine Bitte aufgrund der Situation anhörte. Man sah ihn auch einigermaßen erstaunt an.

"Was soll das denn?"

"Er ist mein Freund und ich glaube wohl kaum, dass er nüchtern hier wäre."

"Er ist hier und du bist überflüssig."

Die Männer waren gereizt und gingen dazu über, Sven nicht mehr zu beachten. Einer hielt Fernando das obligatorische braune Fläschchen unter die Nase und dieser atmete tief ein.

"Seht ihr denn nicht, dass er total neben sich steht? Er hat im Schnee gebadet, das merkt doch jeder!"

Niemand kümmerte sich um Svens Worte und dieser wusste nicht, was er noch tun sollte. Auch Fernando schien ihn nicht zu sehen, ihn direkt anzusprechen, wäre völlig zwecklos. Und so ging Sven zurück zur Bar. Ihm war mittlerweile alles egal, er würde jeden Ärger auf sich nehmen, um Fernando vor sich selbst zu schützen. Er rief den Typ hinter der Bar zu sich.

"Sorge dafür, dass Fernando mit mir hier verschwindet. Und zwar jetzt!"

"Spinnst du? Was soll das? Er ist doch freiwillig hier oder etwa nicht?"

"Freiwillig? Das kann man sehen wie man will, jedenfalls ist er bis zum Hemdkragen dicht. Und wenn du ihn da nicht herauspflückst, rufe ich die Bullen an. Dann gibt es eine kleine Razzia. Ich glaube kaum, dass du es darauf ankommen lassen willst! Die würden euch nur zu gerne den Laden schließen. Das interessiert mich nicht, glaub mir das!"

"Scheiß eifersüchtige Tucke! Du traust dich was! Es ist doch immer dasselbe mit euch Schwestern. Warum kommt ihr hier rein, wenn ihr auf soft steht!"

Er verschwand kurz im hinteren Teil des *Glide* und einige Zeit später kam Fernando auf unsicheren Beinen nackt nach vorne. Sein Körper war mit Striemen übersät. Sven verstand nur:

"Was willst du denn hier?", der Rest ging unter.

Er wollte es auch gar nicht hören und sammelte Fernandos Sachen auf, die ihm zugeworfen wurden. Er kam sich reichlich albern vor, als er versuchte, den sich windenden Fernando anzuziehen.

"Macht, dass Ihr hier wegkommt. Der Laden ist für Euch gestorben, klar?"

Natürlich war Sven das klar, er hatte im Moment andere Probleme. Fernando war fest davon überzeugt, zu wissen, was er tat. Er beschimpfte Sven, hatte jedoch nicht mehr die Kraft, sich körperlich gegen ihn zu wehren.

Er versuchte, Sven streng anzusehen, aber der Blick in seinen Augen war unstet und konnte sein Ziel nicht erfassen. Sven reagierte nur noch mechanisch, zwang Fernando seinen Willen auf und schleppte ihn hinaus, ohne auf sein undeutliches Schimpfen zu achten. Draußen ergatterte er ein Taxi. Mittlerweile hing der junge Italiener schlaff in Svens Armen und der Fahrer hatte Angst um seine Polster. Sven schaffte es jedoch, ihn mit einem entsprechenden Trinkgeld zur Beförderung nach Bayenthal zu bewegen. Dort lud er den fast bewusstlosen Fernando im Bad ab, zog ihn aus und duschte ihn ab. Dabei hielt er einen Monolog, den außer ihm selbst niemand mitbekam.

"Sven, die Glucke - ein echtes Boulevardstück. Du bist schlimmer als ein kleines Kind, das schadet sich wenigstens nicht mit Absicht selbst, das ist wirklich noch zu dämlich. Aber im Gegensatz zu dir lernt es aus seinen Fehlern . . ."

Unter solchen und ähnlichen Redeweisen brachte Sven es mit letzter Kraft fertig, Fernando im Bett zu deponieren wie ein Paket. Er wusste, dieser würde sich später an nichts erinnern, trotzdem tat ihm das Schimpfen gut.

Ungefähr eine Stunde blieb Sven noch neben Fernando sitzen, kontrollierte seinen Puls und die Atmung. Erst als sicher schien, dass der Maler vorerst nicht mehr aufwachen würde, ging Sven ins Schwimmbad und durchpflügte das Becken ein paar Mal. Das half ihm, den Stress ein wenig abzubauen. Um sich abzulenken, wollte er noch etwas lesen und sich dann wieder hinlegen.

Aber als er ins Schlafzimmer kam, fand er das Bett erneut verwaist. Aus dem kleinen Bad drang ein Lichtschimmer, aber dort war Fernando nicht. Sven spürte ihn schließlich in der Küche auf. Er hatte eine Flasche Sekt geöffnet, neben ihm auf der Arbeitsplatte lagen Tabletten. Er nahm immer fünf bis sechs von ihnen und spülte sie mit Sekt aus dem Wasserglas herunter.

Sven sah die Packung Metodril auf dem Kachelboden liegen. Mit einer Hand wischte er die Tabletten aus Fernandos Reichweite, mit der anderen rang er mit ihm um den Sekt. Sie fielen zu Boden, die Flasche zersprang. Sven zog Fernando wie ein betäubtes Kalb hinter sich her bis ins Bad, hielt ihm die Nase zu, dann brachte er ihn mit den Fingern zum Erbrechen. Verbissen kämpfte er dabei mit dem unzurechnungsfähigen Maler und brachte ihn schließlich wieder ins Bett. Sven vernahm aus seinem Gestammel öfter den Namen Martin und dass Fernando seinetwegen nicht mehr leben wolle. Ausgerechnet der sorglose Fernando kam jetzt mit dieser Floskel daher.

Jedenfalls wollte Sven sich einreden, dass dies eine pathetische Phrase seines Freundes war. Eine solche würde zweifelsfrei besser zu Fernando passen als der Vorsatz, sein Leben zu beenden für eine angebliche Liebe.

Doch irgend etwas sagte Sven permanent, dass es bei Fernando diesmal tiefer ging. Es war nicht nur eine theatralische Show, die er unter Drogen ablieferte. Und als Sven schließlich wieder etwas Zeit zum Nachdenken hatte, reifte ein Entschluss in ihm, dessen Ausführung ihm sicherlich nicht leichtfallen und vielleicht sogar den eigenen Boden unter seinen Füßen wegziehen würde.

Gegen Mittag des nächsten Tages, Fernando schlief noch, ging Sven dann zum Telefon. Er wählte die Zentralnummer des Amtsgerichtes und ließ sich mit Martin verbinden. Im Stillen schimpfte er sich einen kompletten Idioten, als er diesen dann endlich am Apparat hatte.

"Sven Söven hier. Herr Auer?"

Einen Moment war nichts zu hören, Sven glaubte schon, Martin habe wieder aufgelegt.

"Ja bitte?"

Ehe Martin die Möglichkeit bekam, wirklich mit Auflegen zu reagieren, sobald er den Namen des Anrufers erfuhr, fiel dieser gleich mit der Tür ins Haus.

"Sie müssen zu Fernando kommen. Das passt mir zwar nicht, aber er ist krank an Ihnen geworden. Er weiß nicht mehr, was er tut und wird sich Ihretwegen noch zugrunde richten."

Martin reagierte wie erwartet mit Abwehr.

"Ich habe damit nichts zu tun. Bitte belästigen Sie mich nicht weiter. Außerdem ist dies eine Dienstleitung, die ich nicht mit privaten Gesprächen blockieren kann."

"Sie hätten lieber, ich würde bei Ihnen daheim anrufen?"

Der Hörer in Martins Hand schien sich in flüssige Lava zu verwandeln.

"Wollen Sie mich erpressen?"

"Haben Sie nicht zugehört? Fernando reibt sich an Ihnen auf. Er bildet sich ein, Sie zu lieben. Gestern hat er versucht, sich umzubringen. Es ist Zeit, sich Sorgen zu machen!"

"Wie kommen Sie darauf, dass mich das interessiert?"

"Es ist mir egal, ob es sie interessiert. Sie hängen mit drin! Oder wollen sie bestreiten, dass Sie ihn gebumst haben? Ich weiß alles, er war so freundlich, mir bis ins letzte Detail von dem Manöver zu erzählen. Wir haben das alles sogar nachgespielt, wobei ich für eine Stunde Gerichtsvollzieher Auer war. Brrr, muss ich nicht haben. Es ist nicht seine Art, einem Typ nachzuheulen, aber in Ihrem Fall ist er nun mal leicht schizophren und . . ."

Sven hörte nur noch ein Klicken. Martin hatte aufgelegt. Langsam stand er von seinem Stuhl auf. Was blieb jetzt noch? Fernando wegen Suizidgefahr zwangseinweisen lassen? Das würde dieser ihm wohl nie verzeihen. So reifte ein anderer Plan in Sven. Er duschte, zog sich an und machte sich auf den Weg, diesen in die Tat umzusetzen.

&

Mit zitternder Hand legte Martin den Hörer auf. Plötzlich war es vorbei mit seiner erzwungenen Selbstkontrolle. Er dachte an die Schwierig-keiten, die ihm hier im Job entstehen würden, wenn die Sache mit Fernando herauskam.

Unvorstellbar!

Er musste das verhindern, wollte keine Konsequenzen aus einem Intermezzo ziehen müssen, das seinen Lebenslauf lediglich kurz berührt hatte. Nur am Rande dachte er darüber nach, was Sven gesagt hatte. Er glaubte nicht, dass Fernando versucht hatte, sich selbst zu töten. Er nahm vielmehr an, dieser hätte Sven vorausschickt, um den Kontakt aus was für einem Beweggrund auch immer wieder aufzunehmen. In Gedanken legte Martin sich schon die Worte zurecht, die er bei seinen Vorgesetzten vorbringen wollte, sollte eine echte Erpressung daraus werden. Eins war sicher - es stand Aussage gegen Aussage, man würde ihm nichts beweisen können. Trotzdem blieb in solchen Fällen immer etwas hängen. Und davor hatte Martin Angst. Mühsam versuchte er, sich wieder auf seine Arbeit zu konzentrieren, doch jedes Mal, wenn das Telefon anschlug, fuhr er zusammen.

Und dann war da noch eins - dauernd sah er Fernandos schwarze Augen vor sich, glaubte, seine Hände auf der Haut zu spüren. Die ganze Zeit über hatte er das erfolgreich verdrängt, nun stürzte alles wieder auf ihn ein. Es war ein verdammt starkes Gefühl, das ihn erschauern ließ, wenn er an Fernando dachte. Martin hatte keine Vergleichsmöglichkeiten, eine derart starke Gemütsbewegung empfand er noch nie beim Gedanken an einen anderen Menschen. War es das vielleicht, was man Verliebtsein nannte? Er wusste es nicht. Nur eines war ganz klar für ihn . . . er würde es sich nicht gestatten! So fand er für sich selbst viele Erklärungen. Nur eines durfte es nicht sein - die verbotene Zuneigung zu einem anderen Mann. Es blieb ein illegaler, perverser Trieb für ihn, denn nur gegen eine solche Vorstellung konnte er kämpfen.

ᘓ

"Ich hoffe, Ihnen geht es nicht gut, Sie Heuchler!"

Sven stand vor dem Amtsgericht und passte Martin nach Feierabend ab. Dieser erschrak bis ins Mark und hatte nur den einen Wunsch - so schnell wie möglich hinter der nächsten Ecke zu verschwinden, um nicht mit Sven gesehen zu werden. Im Laufen fuhr er Sven an:

"Was zum Teufel wollen Sie von mir?"

"Das habe ich Ihnen am Telefon bereits gesagt, bevor Sie es für richtig hielten, einfach abzuhängen."

Martin blieb stehen und schaute direkt in Svens blaue Augen. Eine Erwiderung fiel ihm nicht ein, deshalb fuhr Sven fort:

"Ich weiß, dass Sie glauben, Sie könnten so weiterleben wie bisher. Es ist mir egal, meinetwegen können Sie ruhig über diesem Selbstbetrug kaputtgehen. Aber Fernando werden Sie Ihrer unaufrichtigen Moral nicht opfern, dafür werde ich sorgen, Mann!"

"Was wollen Sie denn von mir? Ich bin keine Verpflichtung eingegangen und was Sie mir da von Herrn Amati erzählen . . . ich kann damit nichts anfangen!"

Sie gingen weiter Richtung Martins Auto.

"Ich will, dass Sie mitkommen und da sind, wenn er aufwacht."

"Das ist doch Unsinn. Er und ich, wir haben uns nichts zu sagen. Das sind zwei ganz verschiedene Welten. Was da passiert ist . . . es wird so etwas nie wieder geben. Ich habe mit diesem ganzen Schmutz nichts zu tun!"

Sven verzog das Gesicht zu einer süffisanten Grimasse.

"Tja, wenn Sie es so nennen müssen! Aber um bei ihrer Definition zu bleiben - es war schon immer so . . . wer im Dreck spielt, bekommt schmierige Hände. Sie können nicht einfach so tun, als ob das nicht passiert ist."

"Natürlich kann ich das! Für mich hat es einen solchen Vorfall nie gegeben."

"Dann wird sich das jetzt ändern. Kommen Sie mit nach Bayenthal ehe Fernando völlig durchdreht. Er glaubt wirklich, ohne Sie nicht mehr existieren zu können. Ich finde das zwar lächerlich, aber er besteht drauf."

"Und was soll ich bei ihm? Es wird nie eine Beziehung zwischen ihm und mir geben!"

"Das hoffe ich doch sehr!"

Inzwischen hatten sie Martins Auto erreicht und Sven fuhr ungerührt fort:

"Ich kann mir eigentlich nicht vorstellen, dass er Sie wirklich liebt. Es ist wohl nur so eine Art Übersprungverhalten von ihm. Er will einfach nicht akzeptieren, dass er etwas nicht bekommt, das er wirklich haben will. Das kennt er einfach nicht. So hat er angefangen, irgendwelche Qualitäten in ihnen zu sehen, die gar nicht da sind. Und es gibt nur eine Möglichkeit, ihm das auszutreiben - Sie kommen mit zu ihm!"

"Und dann? Er wird annehmen, ich will doch etwas von ihm. Das ist doch völlig paradox."

"Es kommt ganz auf Sie an. Zeigen Sie ihm, wer sie wirklich sind, damit er sieht, dass er einem Phantom nachjagt. Dem Idealbild eines Lovers, den es nicht gibt. Er muss unmissverständlich erkennen, dass Sie einfach nur ein verlogener Typ sind, dem man keine Träne nachweinen muss!"

Martin wollte gerade antworten, als ein paar Kollegen vorübergingen und ihm zunickten.

"Steigen Sie ein, Herr Söven. Wir müssen ja nicht wie auf dem Präsentierteller hier herumstehen!"

Im Wagen fuhr er fort:

"Sie kennen mich nicht und glauben mich richtig einschätzen zu können. Wer sind Sie? Ein direkter Nachfahre von Freud? Wieso denken Sie, dass er mich nicht wirklich liebt?"

Martin wunderte sich gleich anschließend über seine eigene Frage. Sven fing den verbalen Ball natürlich auf.

"Oh, liegt Ihnen vielleicht doch etwas daran? Das passt so gar nicht zu Ihrem sonstigen Verhalten! Fernandos Leidenschaft ist wohl nicht so ganz an Ihnen vorübergegangen. Das ist nicht weiter ungewöhnlich, er hinterlässt immer Druckspuren. Gute oder schlechte, das lasse ich mal dahingestellt!"

"Verdrehen Sie nicht die Worte, die ich sage. Natürlich liegt mir nichts daran. Um dieses ganze Theater zu beenden - gut, ich komme mit. Und ich werde ihm sagen, dass er sich das mit uns aus dem Kopf schlagen kann. Ich will das alles lediglich vergessen, ein für allemal."

Sven grinste.

"Mmh toll, ein Mensch der seine eigene Sexualität einfach verdrängen kann. Der erste, den ich in meinem Leben kennenlerne! Gratulation für soviel Selbstdisziplin, ein Hoch auf die Konsequenz in Ihrer Hose. Aber das soll mir recht sein. Wenn Sie ihm das so sagen, wird er wohl kapieren, dass er nichts mehr zu erwarten hat. Vielleicht kommt er dann mal wieder auf den Boden der Tatsachen zurück."

Während der Fahrt schwiegen beide Männer verbissen. Vor der Haustür meinte Sven noch einmal:

"Wecken Sie seinen Trotz, wenn Sie ihre Ruhe vor uns haben wollen. Machen Sie ihn nieder, das wird Ihnen wohl nicht sonderlich schwer-fallen. Meinetwegen sagen sie Ihm, dass Sie den Sex mit ihrer Frau dem mit ihm vorziehen oder ähnlichen Nonsens. Denn außer Ablehnung mag er es nicht, offensichtlich verarscht zu werden! Alles ist gut genug, ihn endlich von seinem Märtyrertrip herunterzubringen."

Sven ging ein paar Stufen zur oberen Etage hoch und bemerkte, dass Martin ihm nicht folgte.

"Was ist? Angst? Sie wissen doch so genau, dass Sie ihn nicht wollen. Dann wird Ihnen die kleine Komödie leicht fallen, um ihn ein für allemal loszuwerden. Sie werden doch wohl jetzt nicht den Schwanz einziehen!"

Martin überlegte kurz. Wenn es derart einfach war, sich Fernando und Sven vom Hals zu schaffen, würde er hinaufgehen. Da musste er jetzt durch. Und so folgte er Sven zum Schlafzimmer. Er war sich seiner Sache allerdings gar nicht mehr so sicher, als Sven die Tür öffnete und ihn an sich vorbei ins Zimmer schob.

Dann sah er Fernando schlafend im Bett liegen und hörte, dass Sven von außen die Tür ins Schloss drückte. Er ging durchs Zimmer und fragte sich, was er jetzt tun sollte. Ratlos stand er vor dem Bett. Der junge Italiener war nur teilweise zugedeckt, Martin sah seinen geschundenen Körper. Er wusste nicht, was und warum das passiert war. Aber er spürte den Drang in sich, Fernando zu berühren, ihm Linderung zu verschaffen. Wie von selbst streckte er seine Hand aus, wollte ihn berühren. Aber seine Finger blieben in der Schwebe, er wagte es nicht.

Aufgewühlt tastete sein Blick die Gesichtszüge des anderen ab. Voll Panik merkte er, dass seine Vorsätze ins Wanken gerieten. Er fühlte sich diesem Mann auf eine eigentümliche Weise verbunden, er wollte ihm nicht weh tun, sondern ihm nahe sein. Wie weit weg schien jetzt plötzlich all das andere, an dem er so verzweifelt festhielt. Es war unwichtig, ja schon beinahe lächerlich.

"Nein!", rief er aus, obwohl er dieses Wort eigentlich nur denken wollte und trat einen Schritt zurück. Seine Stimme überraschte ihn selbst, Fernando bewegte sich und stöhnte leise. Jäh fürchtete Martin den Augenblick, in dem der Maler erwachen würde, sah sich hektisch um und floh durch die offene Balkontür nach draußen.

Es war doch totaler Unsinn, dass er überhaupt hier verweilte. Die eben noch akzeptable Erklärung, zu welchem Zweck er hergekommen war, kam ihm jetzt völlig paradox vor. Fast verzweifelt rief er sich zur Ordnung. Er musste es schaffen, Fernando so vor den Kopf zu stoßen, dass dieser ein für allemal nichts mehr von ihm wissen wollte. Dann war der Weg frei! Er fühlte sich wie ein trockener Alkoholiker, vor dem ein aromatischer Whisky stand. Wenn er widerstand, würde er wieder zu sich selbst finden. Oder?

Martin wickelte sich so in seine eigenen, widersprüchlichen Gedanken ein, dass er nicht bemerkte, wie Fernando aufwachte. Als er sich jetzt umdrehte, erstarrte er zur Salzsäule. Fernando stand in der Tür. Er trug einen glänzenden, roten Kaftan, der ihn noch blasser wirken ließ und sah Martin schweigend an. Es war klar, dass er die Initiative dem anderen überließ.

"Ich bin gekommen, um mit dir zu reden!", begann Martin und sah in Fernandos Augen, dass auch er unsicher und befangen war.

"Ja und?"

"Sven sagt - ich meine, er sagt - es geht dir nicht so gut!"

"Ich habe eine Malblockade, das macht mich ein bisschen fertig. Aber was hast du damit zu tun? Weshalb bist du gekommen? Ich versteh nicht ganz!"

Martin wusste nicht, wie das Gespräch weitergehen sollte.

"Naja, Sven sagt, du hast versucht, dir das Leben zu nehmen. Wegen mir. Und da wollte ich dir sagen, dass . . ."

Weiter kam er nicht. Fernando bekam einen Wutanfall, der sich gewaschen hatte. Er schrie nach Sven, rannte ins Haus und dann in die Diele. Sven war zwar im Erdgeschoss, aber er hielt es für besser, so zu tun, als habe er sich in Luft aufgelöst. Deshalb kam der junge Maler auf den Balkon zurück.

"Sven hat sie nicht alle. Ich war mies drauf, aber das hatte nichts mit dir zu tun. Gar nichts! Und den pflichtbewussten Retter in schwerer Stunde brauchst du auch nicht geben. Ich komme schon klar. Es geht um andere, wichtige Sachen, nicht um dich!"

"Dann bist du nicht deprimiert, weil du mich liebst und ich keine Beziehung mit dir eingehen kann?"

Es war das, was Martin jetzt eigentlich nicht sagen wollte. Fernando prustete los, aber es wirkte zu aufgesetzt.

"Das ist ja nun wohl die Härte! Bild dir bloß nichts ein! Wenn ich Sven in die Finger bekomme, trete ich ihn in den Arsch, dass er drei Tage nicht sitzen kann. Dieser verfluchte Idiot!"

"Dann frage ich mich wirklich, warum ihr mich nicht in Ruhe lassen konntet!"

"Wieso ihr? Sven war das Kamel, das dich hergeholt hat, weiß der Geier warum."

"Dann kann ich ja wieder gehen!"

"Ich nehme an, ich muss dich nicht zur Tür begleiten!"

Martin wusste nicht, was er erwartet hatte, dies jedenfalls nicht. Er wunderte sich über seine Enttäuschung. Schon streckte er die Hand zur Klinke aus, als neben ihm an der Wand ein Glas zerschellte. Fast gleichzeitig hörte er Fernandos sich überschlagende Stimme:

"Du verfluchter Bastard! Du bist ja so cool . . . weißt du eigentlich, was du mir angetan hast? Ich kann nicht essen, nicht arbeiten und nicht einmal mehr schlafen, ohne mir vorher die Kanne gegeben zu haben."

Erschrocken fuhr Martin herum und sah Fernando an, der mit geballten Fäusten an seinem mit leeren Flaschen und verklebten Gläsern dicht besetzten Nachttisch stand. Auf einmal ergriff auch ihn der Zorn und er ließ sich auf die Art von Gespräch ein, die er eigentlich vermeiden wollte.

"Ich habe dir etwas angetan? Wovon redest du überhaupt? Wer hat es denn darauf angelegt, mein Leben zu zerstören?", brüllte er zurück.

"Ich habe dir nur gezeigt, wo dein Sex zu Hause ist. Ich habe dir schon einmal gesagt, dass ich nicht schuld daran bin, dass du schwul bist. Aber du bist zu engstirnig, um dir das einzugestehen. Statt dessen redest du dir ein, dagegen ankommen zu können und merkst gar nicht, dass du dich damit lächerlich machst. Von allen verlogenen Pharisäern bist du wohl der größte, du versuchst dich sogar selbst zu betrügen. Aber so gut im Blenden ist niemand! Glaub mir, irgendwann musst du aufgeben, das musste bisher noch jeder, der dagegen ankämpfen wollte. Und wenn du dann eines morgens aufwachst in deiner gespenstisch rationellen Welt, wirst du allein sein. Aber dann ist es zu spät für uns beide. Weißt du, ich kann eigentlich gar nicht wütend sein, du tust mir nur Leid - entsetzlich Leid!"

"Meine rationelle Welt ist alles andere als gespenstisch. Dass du sie so empfinden musst, ist mir allerdings klar. Du lebst von heute auf morgen, ohne Planung und mit nur einer Intension - nämlich der, wann du den nächsten Mann ins Bett kriegst. Und dabei ist dir egal, was du damit anrichtest!"

"Du bist ein subjektives Arschloch, hat dir das schon mal jemand gesagt? Dein Lebensstil ist eben nicht jedermanns Sache. Manche Menschen wollen Offenheit und die meisten wollen sich auch nicht ständig verstellen. Lass meine Art zu leben da raus. Ich mag das offensichtlich unabhängige Leben eines Künstlers führen, aber ich bin kein Heuchler und will alle anderen für die genau dadurch entstehende Unzufriedenheit bestrafen, indem ich Moralapostel spiele und den honorigen Menschen raushängen lasse. Dein Dasein ist so normal, dass es eher ein Gefängnis ist!"

"Du hast doch gar keine Ahnung, was die Norm ist. So wie ich Sven verstanden habe, gibt es für dich nur Sex und Drogen. Und darauf scheinst du auch noch stolz zu sein. Du bist liederlich und ausschweifend. Normal ist ein Fremdwort für dich, also tu nicht, als ob du als Einziger auf der Welt weißt, wie man lebt!"

"Nein, das weißt natürlich nur du!"

Sie sahen sich an und es schien keinen Weg zu geben, sich zu verständigen. Trotzdem hatte das ungewollte Gespräch zwischen ihnen etwas geöffnet. Martin war zum Bett zurückgekommen, jetzt sahen sie sich schweigend an. Martin spürte Zärtlichkeit und gleichzeitig Zorn, als er in Fernandos schwarze Augen schaute. Er schluckte und dieses Gefühl der Machtlosigkeit war wieder da. Eigentlich waren Worte doch so bedeutungslos . . .

Fernando fing die Stimmung wie mit einem Sensor auf. Er entspannte sich etwas und sagte sanft:

"Und wenn ich dir jetzt noch einmal sage, dass ich dich bei mir haben will? Wirst du mich dann trotzdem wieder allein lassen? Ich brauche dich, Martin! Ich will dir nichts antun, ich will nur glücklich sein mit dir. Muss ich dafür bestraft werden, dass ich . . . dass ich dich . . . versteh mich doch!"

Nun war Martin endgültig der Wind aus den Segeln genommen. Er konnte nichts anderes tun, als Fernando anzusehen.

Seine mühsam aufrechterhaltene Beherrschung fehlte plötzlich vollkommen und dieser Umstand machte ihn schwach. Trotzdem versuchte er, diesmal nicht den Kopf zu verlieren.

"Fernando, du musst auch mich verstehen. Ich hatte bisher immer einen gefestigten Weg, ich brauche diese Perspektive. Ich kann nicht von heute auf morgen alles ändern, ich könnte nicht leben wie du!"

"Aber du bist wie ich!"

"Nur, weil ich eine schwule Ader habe, bin ich noch lange nicht wie du! Uns trennen Welten! Selbst wenn ich wollte - ich kann es mir nicht so einfach machen!"

Zum ersten Mal hatte Martin ausgesprochen, was er bisher verdrängte. Tief in seinem Inneren wollte er Fernando, das war ihm jetzt klargeworden. Dieser stellte sich dicht vor ihn.

"Willst du es denn? Ich meine, es dir einfacher machen?"

Martin schwieg und sah auf seine Fußspitzen, um Fernando nicht ins Gesicht schauen zu müssen.

"Martin - per favore! Bleib bei mir! Wir haben ein Recht darauf, zusammen zu sein - glücklich zu sein!"

Fernando wunderte sich schon gar nicht mehr über sich selbst. Nie hatte er bisher jemanden diese Macht über sich gegeben.

"Ja, jeder hat ein Anrecht auf Glück. Auch meine Frau hat das und sie liebt mich. Ich tue ihr das nicht an!"

Fernandos Augen verengten sich kurz. Dann antwortete er leise, aber bestimmt:

"Du kannst es dir nicht aussuchen, du kannst nichts gegen deine Natur tun und es ändert sich nichts daran, wenn du sie vor ihr verheimlichst. Außerdem - wenn sie dich wirklich liebt, wird sie dich gehen lassen. Dann kann sie ihr Glück nicht auf deinem Verzicht aufbauen!"

"Du verstehst nicht - ich bin achtzehn Jahre verheiratet!"

"Dann hatte sie dich achtzehn Jahre! Mir würden die nächsten Minuten reichen. Bitte geh nicht!"

Martin merkte, dass sein Magen aufgrund der Aufregung zu rebellieren begann. Verstört schaute er sich um, dann rannte er plötzlich auf den Flur und ins Bad. Als er wiederkam, war er blass und hatte sich wieder etwas gefangen.

"Ich werde dann gehen!"

Fernando lächelte niedergeschlagen.

"Schön zu wissen, dass deine Gefühle für mich dich wenigstens zum Kotzen bringen!", meinte er dann leise.

Er saß auf dem Bett und schaute angestrengt zum Fenster hinaus, um Martin nicht ansehen zu müssen. Martin nutzte die Gelegenheit, sein kurzes und nicht wörtlich gemeintes: Auf Wiedersehen! war kaum vernehmbar, dann stürzte er auch schon fluchtartig zur Tür hinaus. Wenig später saß er im Wagen und atmete erst einmal durch.

Auf einmal dachte er an Nicole. Er kam zu spät heim, das war ungewöhnlich. Sie würde sich Sorgen machen und Fragen stellen - was sollte er ihr sagen?

An seiner aufgewühlten Stimmung würde sie unweigerlich erkennen, dass etwas passiert war. Nicht zum ersten Mal in letzter Zeit hatte er Angst, die Kontrolle über sich zu verlieren. Seine Gedanken wanderten zurück zu Fernando und er spürte die Sehnsucht wie einen bohrenden Schmerz in sich. Und plötzlich war ihm klar - er konnte jetzt nicht losfahren. Er wollte nur noch eines, wieder zurück zu Fernando. Alles hinter sich lassen, nicht mehr nachdenken, nicht mehr den Starken spielen müssen. Immer noch unentschlossen stieg er wieder aus, doch dann gab er seinem Verlangen endlich nach.

Als er an der Haustür ankam, öffnete diese sich, ohne dass er geklingelt hatte. Sven lächelte ihn an, Martin versuchte den Schmerz in seinen Augen zu übersehen. An ihm vorbei ging er wortlos nach oben. Musik drang aus dem Schlafzimmer und als er die Tür öffnete, sah er Fernando auf dem Bett liegen. Er hatte die Arme hinter dem Kopf verschränkt, starrte an die Zimmerdecke und bemerkte Martin nicht. Dieser kam sich jetzt ziemlich dumm vor.

"Ich bin wieder da!", rief er gegen die Klänge der Gruppe Queen an. Fernando richtete sich auf.

"Ist noch was? Willst du mir noch mehr weh tun?"

Martin schüttelte nur den Kopf. Dann richtete er sein Augenmerk außerordentlich aufmerksam auf den weißen Lammfellteppich vor dem Bett. Fernando stand auf und kam zu ihm. Nur kurz schien es, als stände noch etwas zwischen ihnen, dann küssten sie sich. Es war kein leidenschaftlicher Kuss, sondern der Austausch einer Zärtlichkeit, wie Martin sie noch nie gefühlt hatte.

Sein Mund berührte die weichen Lippen des jungen Italieners und es war, als ob Fernando seinen ganzen Körper streichelte. Alles lag in diesem Kuss, Glück und Schmerz, Tränen, Lachen und der Zweifel - all die Gefühle, die beide in letzter Zeit so durcheinander gebracht hatten.

Die letzten Bedenken fielen von Martin ab, jählings erkannte er, dass er den Kampf endgültig verloren hatte. Es gab ganz einfach keinen Zweifel mehr, er besaß nicht genügend Kraft, um sich selbst weiter zu belügen. Im Moment war alles unkompliziert, klar und einfach. Er fühlte Fernandos Hände, die begonnen hatten, ihn zu entkleiden und es war das, was auch er wollte. Er liebte diesen sensiblen, chaotischen Mann, ob das nun richtig war oder sittenlos - es war eben so! Zugegeben hätte er dies vor Fernando nicht, aber das änderte nichts an der Tatsache. Sich dessen bewusst, was er dieses Mal tat, öffnete er Fernandos gebundenen Gürtel und streifte ihm den Kaftan von den Schultern. Er begriff seine fast grenzenlose Erregung endlich als Tatsache, und als Fernando sich auf das Bett setzte, kniete er sich vor ihn. Sanft drückte er ihn in die Kissen. Seine Zunge erkundete Fernandos Haut und diesmal waren es Martins Lippen, die sich um Fernandos Erektion schlossen. Es war ungewohnt, soweit war seine Vorstellungskraft bisher nicht gegangen. Er atmete Fernandos Duft ein, schmeckte ihn und als dieser sich stöhnend aufbäumte, versank Martin mitten hinein in die Leidenschaft, die er bisher nur mit Fernando erleben konnte.

Sven hatte Martin zum Wagen rennen sehen und aufgeatmet. Er beobachtete ihn und harrte darauf, dass dieser den Motor startete und losfuhr. Als er dann jedoch wieder ausstieg, wurde Sven plötzlich klar, dass er zu hoch gepokert und verloren hatte. Später stand er dann vor der Schlafzimmertür und hörte die bekannten Geräusche. Etwas in ihm brannte, trotzdem blieb er stehen als wolle er sich selbst für seine Dummheit, Martin hergeholt zu haben, bestrafen. Er hatte geglaubt, die beiden Männer manipulieren zu können, nahm an, Fernando genau zu kennen.

Nur eines hatte er nicht berechnet und das war ein Faktor, von dem er bisher dachte, er spiele bei Fernando keine Rolle. Scheinbar liebte sein Freund den für Sven augenscheinlich so unoriginellen Herrn Gerichtsvollzieher Auer wirklich, auch wenn Sven das einfach nicht nachvollziehen konnte.

Es war kein Spiel wie sonst. Sven merkte, dass er zitterte, er hatte Angst. Gemeine Angst, Fernando für immer zu verlieren. Plötzlich wusste er überhaupt nichts mehr, alle Werte hatten sich verändert. Er ging ins Bad und jetzt waren die Tränen da. Er versuchte nicht, sie zurückzuhalten. Lautlos und mit offenem Mund weinte er, während er zusammengesunken auf dem Rand der Badewanne saß. Erst viel später hatte er sich soweit gefasst, dass er sich aufraffen konnte. Er wusch sein Gesicht, dann sah er in den Spiegel und grinste sich verächtlich zu.

"Lächle doch wenigstens, Bajazzo!"

In diesem Moment hasste er sich, kam sich vollkommen wertlos vor. Wieso konnte er Fernando nicht halten wo er doch alles für ihn tat? Mit den Gedanken an ihre gemeinsame Zeit versuchte er sich aufzubauen.

Und schließlich tröstete er sich damit, dass Fernando nun das hatte, was er wollte. Und die Erfahrung hatte Sven gelehrt, dass Fernando das Interesse an dem verlor, was er bekam und für das er nicht mehr kämpfen musste. Sicherlich, er hatte sich noch nie für etwas so gequält wie diesmal, aber das Grundprinzip würde gleich bleiben! So hoffte Sven jedenfalls. Und selbst wenn das nicht so war, Martin würde in dem Moment das Weite suchen, wenn Fernando ungeniert und nach alter Gewohnheit den üblichen Stress verbreitete, weil er es halt gewohnt war, dass sich alles nur um ihn drehte. Mit diesen Gedanken beschloss Sven, nach Hause zu fahren und zu arbeiten. Er legte einen Zettel auf das Schränkchen vor der Schlafzimmertür, warf noch einen schwer zu deutenden Blick auf die geschlossene Tür und machte sich auf den Weg.

Und es gab noch jemanden, der mit der neuen Situation nicht klarkam. Es war Nicole, die sich allerdings lediglich Sorgen um Martin machte, weil er nicht kam und seine Verspätung auch nicht wie sonst telefonisch angekündigt hatte. Es war mittlerweile immerhin fast zwanzig Uhr.

Sie saß neben dem Telefon und konnte an nichts anderes denken als daran, dass Martin vielleicht einen Unfall gehabt haben könnte. Sie setzte sich selbst eine Frist. Eine Stunde wollte sie noch warten, wenn sie bis dahin nichts von Martin gehört hatte, würde sie bei der Polizei anrufen und fragen, ob sich in der fraglichen Zeit ein Unfall ereignet hatte. Sicher, für manche Ehefrau wären ein paar Stunden Verspätung nichts Ungewöhnliches. Aber bei Martin kam das bisher nun einmal nicht vor, dementsprechend war Nicoles Reaktion.

Dauernd sprang sie auf, wenn sie ein Auto vor der Tür hörte und immer wurde sie enttäuscht, wenn es wieder einmal ein fremder Wagen war. Dann plötzlich schrillte das Telefon in die Stille hinein und ihr blieb vor Schreck fast das Herz stehen. Es war beinahe einundzwanzig Uhr, sie stürzte an den Apparat und atmete erleichtert auf, als sie Martins Stimme erkannte.

"Um Gottes Willen, Martin! Wo bist du denn . . . ich habe mir schreckliche Sorgen gemacht! Ist etwas passiert?"

"Du brauchst keine Angst zu haben. Du weißt doch, Robert versucht schon jahrelang, mich dazu zu bewegen, mal mit zum Kegeln zu gehen. Ich hatte auf einmal Lust, das zu machen. Es ist dir doch recht? Ja, und ich habe auch versucht, dich anzurufen. Es war aber die ganze Zeit besetzt und da ich weiß, dass du nicht so lange telefonierst, habe ich die Störungsstelle angerufen. Sie haben die Leitung überprüft und nun funktioniert es wieder!"

Die Lügen gingen ihm leichter von den Lippen, als er jemals angenommen hatte, und Nicole schien keinen Verdacht zu schöpfen. Als sie etwas von Turnschuhen sagte, die man zum Kegeln doch brauche, erklärte er, diese habe er sich vorher schnell noch gekauft. Später als sie auflegte, sah Nicole nachdenklich aus.

Martin hatte ihr gesagt, es könne spät werden und es hörte sich tatsächlich alles sehr glaubwürdig an. Nur eines störte sie dabei. Solche Augenblicksentscheidungen passten einfach nicht zu Martin. Nicht einmal jetzt, wo er sich verändert hatte.

Der Verdacht, dass Martin eine andere Frau kennengelernt hatte, war plötzlich wieder bestimmend in ihrem Kopf. Sie wusste nicht mehr, was sie denken sollte. Ohne wirklich vorzuhaben, dort anzurufen, suchte sie die Telefonnummer von Robert Wolff heraus. Unschlüssig saß sie auf der Couch, das Telefon auf den Knien. Die Ungewissheit zerrte an ihren Nerven. Wenn dieses Gefühl nicht gewesen wäre, das ihr zur Vorsicht riet, hätte sie keinen Grund gehabt, Martin nachzuspionieren. Sie kam sich auch nicht ganz korrekt vor, als sie, nachdem sie noch volle zwei Stunden abgewartet hatte, die Nummer dann wirklich wählte.

Sie hatte Robert noch nie angerufen und wusste deshalb auch nicht so recht, wie sie anfangen sollte, als er sich meldete. Schließlich begrüßte sie ihn, entschuldigte sich umständlich für die späte Störung und fragte ihn, ob es noch lange dauern könne, bis auch Martin nach Hause käme. Sie kam sich dabei vor wie die bewusste Ehefrau, die mit der Bratpfanne hinter der Haustür wartete. Robert war einigermaßen verwirrt.

"Tja, Frau Auer . . . ich verstehe nicht ganz. Ich weiß wirklich nicht, wann Martin heimkommt! Wie kommen Sie gerade auf mich?"

Ihre Knie gaben nach. Eigentlich unnötig, weiter zu fragen! Sie tat es trotzdem.

"Soweit ich ihn verstanden habe, wollte er heute mit ihnen kegeln gehen!"

"Martin und kegeln? Das möchte ich mal erleben. Nein, da müssen sie etwas falsch verstanden haben!"

"Das wird wohl so sein. Dann gute Nacht und entschuldigen sie noch mal die späte Störung!", beendete sie das Gespräch.

Nun hatte sie den Beweis, Martin belog sie. Sie ahnte es, zu sehr hatte er sich in letzter Zeit verändert. Und jetzt? Sollte sie ihn darauf ansprechen, wenn er heimkam?

Ihre Neugier riet ihr dazu, aber andererseits würde sie ihn vielleicht verlieren, wenn sie ihn unter Druck setzte. Später, sie lag schlaflos im Bett, traf sie dann eine entsprechende Entscheidung.

"Und du glaubst, das hat sie dir abgenommen?", fragte Fernando und küsste Martins Schulter, nachdem dieser aufgelegt hatte.

"Bisher hatte sie keinen Grund, mir zu misstrauen. Es ist noch nie vorgekommen, dass ich sie belogen habe!"

"Es steht dir frei, ihr die Wahrheit zu sagen und gleich hier einzuziehen. Das wäre sowieso das einfachste."

"Du träumst, Fernando. Ich kann sie nicht so verletzten! Das hat sie nicht verdient."

"Was würde sie denn mehr verletzten? Die Tatsache, dass du schwul bist oder die Heimlichkeiten?"

"Frag nicht so blöd. Beides natürlich. Wenn ich öfter zu dir kommen will, wird das heute der Beginn einer langen Reihe von Lügen gewesen sein und das wird mir nicht leichtfallen. Aber es lässt sich nicht mehr ändern, wir sind zu weit gegangen und ich möchte dich wiedersehen! Aber ich will auch mein Leben beibehalten!"

"Natürlich, du janusköpfige Schlange! Die Vorteile auf beiden Seiten nutzen! Bei Nicole und im Amtsgericht den gewissenhaften Biedermann, bei mir der leidenschaftliche Draufgänger! Wer wünscht sich so etwas nicht.

Vergnügen ohne Pflichten! Ist das deine Art?"

Martin überlegte. Sicher war das nicht seine Art, aber so hatte er es auch noch nicht gesehen. Es war alles noch zu frisch. Er wusste zwar jetzt, dass er immer wieder zu Fernando kommen würde, aber deshalb erwuchs ihm seiner Meinung nach keine Verpflichtung dem jungen Italiener gegenüber. Es war ihm unangenehm, dass dieser das zu erkennen schien. Fernando lag auf dem Rücken und stieß den Rauch seines Joints aus. Noch schien er ruhig, als er fragte:

"Du wirst also wieder zu ihr gehen?"

"Natürlich! Du kannst nicht im Ernst angenommen haben, dass ich hierbleibe!"

"Naja, ich hätte es wohl wissen müssen. Du kannst dich unmöglich jetzt schon zu mir bekennen. Dafür brauchst du Zeit. Ich werde warten, auch wenn Geduld nicht gerade meine Stärke ist."

"Fernando, ich habe nicht vor, mich irgendwann von Nicole zu trennen! Das muss klar zwischen uns sein. Nicole ist meine Frau und wird es bleiben! Wir gehören seit achtzehn Jahren zusammen. Du und ich, wir können uns treffen und Gott weiß, dass ich das möchte, das kannst du mir glauben. Uns verbinden eben andere Sachen . . ."

" . . . reine, unverfälschte Geilheit, si. Du musst nicht weiterreden!"

Fernando schwieg und Martin dachte nach. War es wirklich nur die Geilheit, die ihn zu Fernando trieb? Es konnte immerhin sein. Andererseits dachte er nicht unbedingt nur an Fernandos Körper, er mochte ihn wirklich. Die Sympathie war da, obwohl er kaum etwas über ihn wusste, ihn nicht kannte.

Allerdings änderte das nichts daran, dass er jetzt zum Beispiel heim wollte. Aber das konnte er dem anderen so nicht sagen. Erschrocken fuhr er aus seinen Gedanken, als Fernando den nächsten Sektkorken knallen ließ.

"Komm, lass uns jetzt nicht von Problemen reden. Ich möchte genießen, dass du noch bei mir bist!"

Fernando kuschelte sich wie ein kleines Kätzchen an Martin und dieser fühlte sich wohl. Trotzdem sagte er:

"Aber wir haben Probleme!"

"Du hast welche, ich nicht!"

"Du auch! Was ist mit Sven? Was wird er sagen, wenn du mich ihm vorziehst? Er liebt dich, vergiss das nicht!"

"Quatsch, er liebt mich nicht. Von Liebe war zwischen uns nie die Rede.

Es ist mehr . . . naja, eine Zweckverbindung. Ich baue Mist und er regelt es hinterher für mich! Wir hatten immer eine lockere Beziehung ohne gegenseitige Ansprüche. Das kannst du mir ruhig glauben, auch wenn das nicht in deinem sturen Beamtenschädel geht!”

”Eine recht einseitige Verbindung!”

”Ach was, er braucht jemanden, den er bemuttern kann, sonst ist er nicht glücklich. Wir sind Freunde, nichts weiter!”

”Wenn du ihn nicht liebst, gut. Aber er sieht das anders, glaub mir das. Sonst hätte er mich doch gar nicht geholt. Er hat sich schreckliche Sorgen um dich gemacht!”

”Das sehe ich ein bisschen anders. Wenn er mich wirklich lieben würde wie du sagst, hätte er dich nämlich nicht geholt. Das war doch dumm. Wenn ein Mensch einen anderen liebt, will er ihn für sich haben und holt sich keine Konkurrenten ins Haus! Also schieb mir den schwarzen Peter nicht zu, ich bin frei für dich. Du bist derjenige, der an seinem alten Leben festklebt.”

Nur eine Minute dachte Martin über die Möglichkeit nach, wirklich alles hinzuschmeißen, um mit Fernando neu anzufangen. Es war völlig utopisch, Unsinn darüber zu grübeln. Er verstand nicht, dass Fernando die Möglichkeit wirklich sah und antwortete:

”Ich bin Beamter, Fernando. Wenn meine Neigung herauskommt, ist das alles vorbei. Ich werde vielleicht meinen Job los, verliere Nicole und alles, was mir etwas bedeutet!”

”Tatsächlich? Und so verlierst du mich! Ich bin nun einmal nicht der Typ, der gerne die zweite Geige spielt. Ist es dir das denn wert?”

Martin schwieg und Fernando fragte nicht noch einmal. Er wusste, dass Martin sich zu diesem Zeitpunkt ganz bestimmt gegen ihn entschieden hätte und wollte nicht, dass dieser das aussprach. Deshalb griff er auf die einzige Sprache zurück, die sie beide verstanden. Seine Hände gingen an Martins Körper auf die Reise und dieser schloss die Augen. Er gab sich ganz dem Gefühl hin, das wieder von ihm Besitz ergriff.

”Ich will dich nicht drängen. Ich möchte nur, dass du eines weißt. Ich werde für dich da sein und versuchen, nicht ungeduldig zu sein! Irgendwann wirst du dich meiner nicht mehr schämen!”, flüsterte Fernando noch, aber Martin hatte schon wieder Schwierigkeiten, sich auf die Worte zu konzentrieren. So antwortete er nur unkonzentriert:

”Ich verspreche dir, darüber nachzudenken!”

Es war gegen vier Uhr in der Früh, als Martin schuldbewusst heimkam und den Wagen in der Garage abstellte. Er fürchtete sich vor dem Augenblick, in dem er Nicole gegenübertreten musste und hoffte inständig, sie möge schlafen. Morgen konnte er wieder denken und würde nicht mehr in einem solch desolaten Zustand sein wie jetzt, dann nahm sie ihm seine Lügen sicher ab. Hoffentlich fragte sie trotzdem nicht zuviel. Er nahm die Turnschuhe, die er sich von Fernando hatte geben lassen und ging ins Haus.

Im Dunklen schlich er durch die Wohnung, sein schlechtes Gewissen schlich wie ein Schatten neben ihm her. Er war vollkommen fertig und wollte nur noch ins Bett. Er spürte eine Erschöpfung, wie er sie noch niemals empfunden hatte. Sie verband sich mit tiefer emotionaler und körperlicher Befriedigung, aber dies auszukosten war jetzt nicht der Zeitpunkt. Er kam im Schlafzimmer an. Nicole lag auf der Seite, er erkannte nur die Umrisse ihres Rückens. Leise zog er sich aus und legte sich dann vorsichtig neben sie.

Dann dachte er wieder an Fernando. Dieser hatte ihm den Weg in eine anonyme fremdartige Welt gezeigt. Martin war nicht sicher, ob er ihm dafür danken oder ihn verurteilen sollte. Wenn er bei Fernando war, machte der es ihm einfach, nicht darüber nachdenken zu müssen. Aber jetzt war er wieder hier bei seiner Frau!

Martin wusste, er wollte den jungen Italiener wiedersehen, mit ihm weiterhin diese Leidenschaft teilen. Und er wollte gleichzeitig sein Leben weiterleben, wie er es gewohnt war. Es war ihm klar, dass er sich Fernando und Nicole gegenüber unfair benahm, aber es war Martin ein Leichtes, vor sich selbst Entschuldigungen zu finden. Er merkte gar nicht, dass er genau mit dieser Haltung die meisten seiner Grundsätze bereits aufgerieben hatte. Martin war neugierig wie ein Kind auf das, was er durch Fernando noch erfahren würde und diese Neugier verflocht sich mit einer enormen Furcht vor der Intensität dieser Zukunft. Wahrscheinlich würde er froh sein, immer wieder in den ruhigen Hafen Nicole zurückkehren zu können. Martin sah noch einmal Fernandos Gesicht vor sich, schien den Geruch des Joints bis jetzt in der Nase zu haben, dann war er eingeschlafen.

Er hatte nicht bemerkt, dass Nicole keineswegs schlief. Sie lag still auf der von ihm abgewandten Seite und starrte mit weit geöffneten Augen in die Dunkelheit. Ihr ganzes Weltbild war durcheinander geraten. Fast zwanzig

Jahre, in denen die Bastion Martin nicht gefallen war, zwanzig Jahre ohne Lügen

Nicole wusste, sie hatte keinen Einfluss auf die Ereignisse, sie kannte die Macht ihrer Gegnerin nicht. Ihre Waffen würden die Zeit und die Geduld sein. Irgendwann musste Martin anfangen, sich wieder nach seinem geordneten Leben zu sehnen. Und dann würde sie zur Stelle sein. Nicoles einziger Halt war Martins Pflichtbewusstsein. Und später dann, wenn die andere Frau den Fehler machte, ihn zu überfordern und der Reiz des Neuen nicht mehr so stark war, würde er in sein gewohntes Leben zurückkehren. Sie glaubte an das feste Band ihrer Vertrautheit, es war ihre einzige Hoffnung.

Nicole war sich in den Stunden, in denen sie schlaflos auf Martin gewartet hatte, erneut klar darüber geworden, dass sie ihn immer noch liebte. Sie hätte ihn nie wirklich aufgeben können und jetzt wünschte sie, sie hätte nie über ihre Unzufriedenheit geredet. Nun sah sie im diffusen Licht sein Profil und beugte sich vorsichtig zu ihm hinüber. Sanft küsste sie seine Wange und flüsterte leise:

"Ich werde warten und noch da sein, wenn du deinen Fehler einsiehst!"

Dann legte sie sich zurück in die Kissen und drängte die Tränen zurück. Er war nach Hause gekommen, war das nicht viel mehr wert als diese dummen Heimlichkeiten?

Fernando regte sich und warf die Beine über die Bettkante. Es ging ihm gut, obwohl er eigentlich noch nicht ausgeschlafen war. Er legte eine CD ein und drehte den Lautstärkeregler der Anlage ziemlich weit nach rechts. Zu den Klängen des Songs Bicycle der Gruppe Queen tanzte er ins Bad und unter die Dusche. Dort sang er, dass die Kacheln Mühe hatten, an der Wand zu bleiben.

Heute kam die Zugehfrau, also würde er wie immer fliehen. Er mochte es nicht, wenn ein Aufnehmer ihn durch die ganze Wohnung hetzte. Außerdem brannte er darauf, Sven von seinem Teilsieg zu berichten. Dabei machte er sich tatsächlich nicht die geringsten Gedanken darüber, ob der andere das auch wirklich hören wollte. Er sah in dem Jüngeren nicht nur den Geliebten, sondern auch einen geduldigen Zuhörer und Ratgeber. Zu sehr hatte er sich schon daran gewöhnt, dass der blonde Sven immer für ihn da war. Er nahm den Hörer und wählte immer noch unter lautem Singen Svens Nummer.

"Ja?", klang es ziemlich müde am anderen Ende.

"Sven?"

"Was denkst du, wer sich unter meinem Anschluss meldet? Der Dalai Lama?"

"Hallo, Sven! Kommst du her? Ich will mit dir frühstücken! Ich habe dir eine ganze Menge zu erzählen. Zuerst hätte ich dir am liebsten das Herz herausgerissen, aber es war doch eine gute Idee, dass du Martin angeschleppt hast!"

"Ist er denn nicht mehr da? Ich meine, weil du offensichtlich mit der zweiten Garnitur frühstücken willst?"

Fernando schien den bitteren Sarkasmus nicht zu hören.

"Er ist natürlich im Amtsgericht. Aber er war fast die ganze Nacht bei mir. Es war Wahnsinn - komm in die Hufe, Sven. Ich habe keine Lust, stundenlange Telefonate zu führen!"

"Ich kann nicht, tut mir Leid!"

Fernando glaubte, sich verhört zu haben.

"Du . . . du kannst nicht? Was heißt denn das?"

"Du weißt doch, ich habe schon lange vor, diesen großen Adler aus einem Dolomitblock zu meißeln. Heute werde ich nach Anröchte in den Steinbruch fahren und mir einen Stein aussuchen. Dafür muss ich gleich los, das ist nicht gerade nebenan!"

"Ach was! Jetzt hast du so lange gewartet, da kannst du auch noch einen Tag länger warten!"

"Das werde ich nicht tun! Ich mach das heute! Ich habe es mir vorgenommen und es wird Zeit, dass du dich endlich einmal daran gewöhnst - ich habe auch noch ein eigenes Leben! Ruf deinen Gerichtsvollzieher an, wenn du dich mit jemanden unterhalten willst. Gestern hast du mich nicht gebraucht, heute brauche ich dich nicht!"

Fernando war leicht verwirrt. Es war das erste Mal, dass Sven seine Vorhaben nicht umgehend umwarf, um mit ihm zusammensein zu können.

"Hey . . . he! Was ist denn mit dir los? Man könnte denken, du bist eifersüchtig!"

"Nein, ich bin nur nicht frei heute! Du weißt doch, ich bekomme den Marmorauftrag, wenn der Adler etwas wird. Und ich kann das Geld brauchen!"

"Brauchst Du Geld? Wieviel? Du musst mich nur fragen!"

Einen Moment war Stille in der Leitung. Dann meinte Sven:

"Du willst mich nicht verstehen, richtig? Ich will kein Geld von dir. Ich habe nur beschlossen, mich allmählich von dir abzunabeln. Ich kann es nämlich überhaupt nicht leiden, in die Ecke gestellt zu werden, wenn du etwas anderes vorhast. Und wenn du mich dann hervorkramst wie einen alten Schuh, ist das auch nicht gerade das, was mich zum Jubeln bringt!"

"Sag mir wenigstens, wo ich den Lotos gelassen habe. Dann kannst du meinetwegen gerne weiterbocken!", reagierte Fernando ungehalten ausweichend.

"Weiß nicht! Vor dem *Glide* habe ich ihn nicht gesehen!"

"Mamma mia! Na ja, ich werde ihn schon finden. Willst du wirklich nicht . . ."

"Nein! Sei mir nicht böse, ich muss jetzt auflegen und mich fertig machen!"

"Du liebe Zeit! Bist du heute zickig!"

"Ich weiß, das steht nur dir zu. Außerdem bin ich gar nicht zickig, ich kümmere mich zur Abwechslung lediglich mal um meine Sachen und reibe mich nicht an deinen auf! Was dagegen? Ciao, Sonny!"

Damit hatte Sven aufgelegt und Fernando schaute den Hörer in seiner Hand einigermaßen ratlos an. Dann warf er ihn auf die Gabel zurück. Er hatte jetzt keinen Sinn dafür, über Svens Beweggründe nachzudenken. Er wusste nur, dass es nun wohl kein ausgiebiges Frühstück geben würde, da Sven nicht gekommen war, um den Tisch zu decken. Er aß auf die Schnelle und im Stehen ein Schinkenbrot und wählte den Taxiruf, um als nächstes die Stadt nach seinem Auto zu durchsuchen.

Sven ließ das Telefon auf seiner Brust stehen. Er sah zur Seite in Uwes Gesicht, der noch fest schlief. Er hatte die Nacht mit ihm verbracht und war sich jetzt nicht mehr ganz im Klaren darüber, warum. War es Trotz Fernando gegenüber oder wollte er diesen eifersüchtig machen? Irgendwie musste er doch einmal erreichen, dass Fernando sich so fühlte wie er, Sven, sich so oft gefühlt hatte.

Jetzt kam er sich kindisch vor, wollte eigentlich lieber allein sein. Er dachte kurz über Uwes Angebot nach. Mit ihm wollte er den Stein besorgen, er hatte durch die Baufirma seines Vaters die Möglichkeit, Sven durch Geräte und Fachwissen zu helfen. Denn schon beim Transport des hüfthohen Quaders fingen die Probleme an. Deshalb hatte er sich entschlossen, die von Uwe gestellten Möglichkeiten in Anspruch zu nehmen und heute mit ihm nach Anröchte zu fahren. Später würde er den Stein in einer ungenutzten Lagerhalle der Firma abstellen und dort auch arbeiten.

Sven vergaß das Telefon und als er sich jetzt aufrichtete, polterte es zu Boden. Das konnte auch Uwe nicht mehr überhören, er blinzelte und krächzte ein heiseres: Morgen!? das eher wie eine Frage klang, als er Svens Miene sah.

"Mmmh!"

Sven stand auf und schlurfte in seinen heimeligen Jesuslatschen Richtung Küche, wo er fast einen Liter Orangensaft austrank. Uwe grinste.

"Kater?"

"Wohl eher Säbelzahntiger! Ich bin es nicht gewöhnt, soviel zu saufen. Das ist eher Fernandos Fachgebiet!"

"Du warst ganz schön knülle, das stimmt. Weißt du trotzdem noch, was wir heute vorhaben?"

"Ja!"

"Gut, ich kann um fünfzehn Uhr den Transporter abholen, ich habe gestern von der Kneipe aus noch mit meinem Vater gesprochen. Weißt du das auch noch?"

"Mensch, das ist ja ekelhaft! Mach keinen Stress, woher nimmst du die Kraft, du hast doch auch gesoffen!? Also, ich weiß nicht, wie Fernando das täglich überlebt!"

" Indem er wieder säuft! Merkst du eigentlich, dass du in jedem Satz von Fernando anfängst? Hast du auch noch etwas anderes im Kopf? Ich denke, du willst dich bei ihm etwas rar machen, damit er mal merkt, was er an dir hat!?"

Uwe war aufgestanden und ging zum Bad. Sven überdachte den gestrigen Abend und erinnerte sich daran, dass er Uwe mit seiner Fernando-Depression vielleicht doch überfordert hatte.

"Habe ich dich sehr genervt?"

"Ach was, du musstest dir das alles mal von der Seele reden! Und ich spiele öfter die Briefkastentante! Bisher hatte ich nicht gewusst, dass du so an ihm hängst! Er selbst weiß es wohl auch nicht!"

Uwe stand jetzt ebenfalls in der Küche, sein Badewasser war noch nicht fertig.

"Hast du Kaffee?"

"In dem Schrank da - du, das heute Nacht, ich meine . . . du sagtest da was von Liebe . . ."

Uwe hob wie abwehrend beide Hände.

"Du brauchst dich dazu nicht äußern. Ich bin kein Teeny mehr. Ich bin eigentlich auch ein freier Vogel - von Liebe reden gehört manchmal dazu. Ich war voll, das musst du mir schon nachsehen! Ich mag dich, da ist mir das eben so herausgerutscht. So, und jetzt zu etwas anderem. Willst du heute doch nicht in den Steinbruch?"

"Doch, natürlich. Ich bin ja froh, dass ich in der Halle deines Vaters arbeiten kann. Ich will jetzt wirklich mal was Eigenes anfangen. Damit er sieht, dass es auch noch andere Sachen gibt als ihn!"

"Das wäre vielleicht mal ganz gut! Aber nur aus Rache - das ist nicht der Sinn der Sache. Du musst aus vollem Herzen deine ureigene Kunst machen, sonst fällst du beim ersten Anruf von Fernando wieder um und fährst hin, um ihm den Hintern abzuputzen!"

"Er hat bereits angerufen. Und ich habe auch schon nein gesagt. Er war einigermaßen erstaunt, aber er wird nie kapieren, dass ich nicht nur für ihn auf der Welt bin!"

Uwe grinste. Inzwischen hielten eine dampfende Tasse Kaffee in der Hand.

"Du solltest ihn nicht ganz so heftig verteufeln! Du bist doch froh, wenn er immer wieder beweist, wie lebensuntüchtig er ohne dich ist. Dann bist du da und kannst ihn aus der Scheiße holen. Gib zu, das stärkt dein Ego."

"Du musst es ja wissen!"

Sven war unangenehm berührt. Das stimmte doch nicht, was Uwe da sagte! Er hatte Fernando nie darum gebeten, sich selbst und ihn in Schwierigkeiten zu bringen. Er konnte auch ohne das ganz gut leben. Uwes Verdacht war für ihn eine bösartige Unterstellung und Sven reagierte dementsprechend sauer. Er verließ die Küche so hastig, dass sein Kaffee überschwappte. Dabei sagte er:

"Wenn du mit den pseudo-psychologischen Studien fertig bist, kannst du nachkommen. Ich gehe wieder in die Kiste!"

Später dann entschieden sie, den Ausflug nach Anröchte auf den nächsten Tag zu verschieben und jetzt noch etwas an der Matratze zu horchen.

Der Wecker hatte wie an jedem Morgen geklingelt und Nicole weckte Martin mit einem Kuss. Das Frühstück war fertig, als Martin aus der Dusche kam. Er hatte schon wieder mit einem Ständer zu kämpfen gehabt und wäre am liebsten noch vor dem Dienst zu Fernando gefahren. Natürlich ließ er eine solche Pflichtvergessenheit nicht zu und kam jetzt fertig für den Tag in die Küche. Als er Nicole sah, stellte sich das schlechte Gewissen ein. So antwortete er auch nur mit einem knappen ja, als sie ihn fragte, ob ihm das Kegeln gefallen habe.

"Ich habe nur ein wenig Muskelkater!", fügte er dann noch an, um nicht ganz so mürrisch zu wirken.

"Natürlich, du bist solche Aktivitäten ja nicht gewöhnt!"

Martin horchte auf. Sah sie ihn nicht spöttisch an? Konnte es sein, dass sie wusste, wo er wirklich war?

Nein! Er schalt sich selbst einen Narren. Natürlich, er hatte davon gehört. Wer ein schlechtes Gewissen hatte, glaubte immer, andere könnten ihn durchschauen. Seine Frau ahnte sicher nichts! Später dann beim Abschied nahm Nicole den Beutel mit den Turnschuhen zur Hand.

"Sind das deine?"

"Ja, warum?"

"Ich meine nur - weil sie dir mindestens zwei Nummern zu groß sind. Gab es sie denn nicht in 42?"

Nicole studierte Martins Gesichtszüge und es bereitete ihr eine eigenartige Genugtuung, wie er sich quälte, um ihr eine einigermaßen glaubwürdige Erklärung zu liefern.

"Ich hatte nicht viel Zeit, da habe ich genommen, was da war. Es sind italienische Schuhe, die fallen meist klein aus!"

Martin wollte weg. Er konnte sich des Eindruckes nicht erwehren, dass Nicole ihn foltern wollte.

"Ach so! Na ja, ich wusste nicht, dass Puma eine Marke aus Italien ist! Übrigens, gehst du jetzt öfter so lange weg?", fügte Nicole jetzt noch ganz unschuldig an und Martin antwortete nur, dass die Turnschuhfirma in Italien vielleicht eine Zweigstelle habe und es sich schon mal ergeben könne, dass er länger weg sei. Dann machte er, dass er wegkam, ehe der Boden unter ihm sich auftat und den Meisterlügner verschluckte. Während der Fahrt ging ihm Nicole immer noch nicht aus dem Kopf. Sicher, sie war unbeteiligt und freundlich wie immer gewesen, aber trotzdem . . .

Für Nicole war jetzt klar, dass Martin nicht nur irgendetwas vertuschen wollte, sondern dass er tatsächlich eine Affäre hatte. Trotz allem tat ihr dieses Wissen gut, sie war augenscheinlich doch nicht das dumme Schaf, dem man alles erzählen konnte. Die aufkommende Vermutung, Martin habe sie vielleicht auch schon früher betrogen, kämpfte sie erfolgreich nieder. Sie schwor sich noch einmal, ihr neues Wissen intelligent und zu ihrem Vorteil einzusetzen und begann wie jeden Tag mit der Erledigung der Hausarbeit.

Martin hatte bei seiner Arbeit zunächst einmal keine Zeit, über irgendeines seiner Probleme nachzudenken. Erst später, als ihm Robert begegnete, wurde er unsanft daran erinnert.

"Hallo Martin! Ich hoffe, ich habe dich gestern nicht zu sehr hereinfallen lassen. Aber ich wusste eben von nichts und als sie mich plötzlich anrief . . . !"

Martin machte ein ratloses Gesicht.

"Wovon redest du?"

"Na, von Nicoles Anruf! Dein gestriger Ausflug wurde ihr wohl zu ausgedehnt. Jaja, Martin! Mir erzählst du immer etwas von Füße hochlegen, dabei machst du nachts die Stadt unsicher. Das hätte ich dir gar nicht zugetraut!"

Martin sah derart betreten aus, dass sein Kollege skeptisch wurde.

"Weißt du nichts von ihrem Anruf? Du willst sagen, sie hat dich erwischt und ist nicht mal wild geworden? Ich wünschte, das würde mir auch mal passieren!"

Martin wich alle Farbe aus dem Gesicht. Also hatte sein Gefühl ihn doch nicht getrogen, Nicole wusste tatsächlich, dass er sie belog.

"Was sagte sie denn?"

Robert gab bereitwillig Auskunft. Er genoss es, endlich einmal einen Anknüpfungspunkt gefunden zu haben und Martin aus dem Scheinwerferlicht des Perfektionismus hinaus drängen zu können. Wenig später verabschiedete sich Martin. Ihm war übel, er konnte sich nicht mehr auf seine Arbeit konzentrieren. Und zum ersten Mal erlaubte er sich selbst den Entschluss, früher Feierabend zu machen. Er gab an, zum Zahnarzt zu müssen und hoffte, Robert nicht schon wieder zu begegnen. Seine Gedanken kreisten ständig darum, was er Nicole erzählen sollte. Aber er sollte Pech haben. Wieder prallte er am Ausgang beinahe mit Robert zusammen.

"Außentermin?"

"Nein, ich muss zum Arzt!"

"Aha! Ist das mit Nicole geklärt?"

Martin schüttelte nur den Kopf und wollte gleich weitergehen. Aber Robert hielt ihn auf.

"Wenn du nicht weißt, was du sagen sollst . . . denk dran, du kannst es nicht schlimmer machen! Das Kind ist nun mal in den Brunnen gefallen. Wenn du mich fragst - sag ihr, du warst tatsächlich in Versuchung, hast aber dann nicht gekonnt. Verstehst du? Kein Ständer, infolgedessen auch keine Nummer!"

Martin sah Robert eigentümlich berührt an. Dieser hatte zwar schon immer Kontakt gesucht, so respektlos allerdings hatte er mit ihm noch nie gesprochen. Robert nahm Martins Schweigen als Zustimmung.

"Bestimmt, das hat anfangs bei mir auch geholfen. Jetzt glaubt Vera mir gar nichts mehr, aber damals . . . na ja, das wird dir jedenfalls eine Lehre sein. Auch wenn du Angst hattest, mir gegenüber deinen Heiligenschein zu verlieren - das nächste Mal sagst du mir gefälligst vorher Bescheid. Ich werde dich natürlich deiner Frau gegenüber decken. Ich muss nur davon wissen, damit ich im Notfall auch das Richtige sage!"

Der Gedanke, sich in Roberts Hand zu begeben, gefiel Martin gar nicht. Aber es war auch verlockend, schließlich hatte er keine andere Wahl. Sein Kollege schien förmlich darauf zu brennen, sein Komplice zu werden. Robert grinste breit und erwartungsvoll.

"Und? Hast du nun eine kleine Freundin oder nicht?"

Noch zögerte Martin. Dann begann er einer spontanen Eingebung folgend:

"Na ja, da ist . . . ja, ich habe eine Freundin. Aber erst seit kurzem und es ist das erste Mal. Sie ist Italienerin!"

"Tatsächlich?"

"Ja, sie ist die Leidenschaft in Person . . .!"

Martin kam in ein Fahrwasser, das ihn schon beim Aussprechen der Lügen Gewissensbisse bereitete. Trotzdem fiel ihm wieder einmal auf, wie leicht die Lügen an Alltäglichkeit und Realität gewinnen konnten. Robert begleitete Martin auf die Straße und auf den gegenüberliegenden Bürgersteig, wo der Passat parkte.

Martin hätte seinen Kollegen gerne abgeschüttelt. Er wollte die Vertraulichkeit auf dem kleinsten Level halten, aber Robert hatte so viele Fragen, dass er ihn nicht los wurde. Martin schloss seinen Wagen auf. Dabei log er weiter das Blaue vom Himmel herunter. In seinem Kopf gewann Carmen, wie er seine Geliebte für Robert getauft hatte, immer mehr an Leben. Schließlich schien Roberts Wissensdurst endlich gelöscht zu sein. Er holte seinen Schlüssel aus der Tasche und sagte:

"Dann will ich mal. Du weißt also, wenn ich dir helfen kann . . ."

Die plötzliche Vertraulichkeit nervte Martin, aber vorerst wollte er erst einmal nur aus dieser Situation heraus. Robert drehte sich um und auch Martin schaute in die Richtung, aus der sie gekommen waren.

Gleichzeitig entdeckten sie Fernando, der wie immer lässig in Jeans und Leder gekleidet und mit einem schwarzweißen Halstuch als Blickfang ausgestattet aus seinem Lotus stieg. Jetzt sprang er überaus graziös über die Begrenzungskette und kam lächelnd auf die beiden Männer zu. Martin erschrak bis in die Fingerspitzen und Robert meinte:

"Der da hat bestimmt keine Probleme mit Frauen! Sieh dir die Schwuchtel an! Wie der sich bewegt, man möchte umgehend nachsehen, ob eine Kerze in seinem Hintern steckt!"

Diesmal stieß sich Martin nicht an Roberts viel zu persönlicher und rüder Ausdrucksweise. Er fürchtete sich davor, dass Fernando ihn jetzt und hier in der ihm eigenen Art bloßstellen würde. Sein Herz stolperte, er sah Fernando weiter auf sich zukommen, es konnte sich nur noch um Sekunden handeln, bis er ihm in seiner lockeren Art um den Hals fiel und irgend etwas sagte, das ihn auffliegen ließ.

"Kennt der dich etwa?", fragte Robert auf einmal lauernd.

"Mich? Wie kommst du darauf? Ich dachte, er kommt zu dir!"

Martin warf Fernando einen kurzen, fast flehenden Blick zu und dieser blieb stehen, als habe ihn Martin auf Entfernung mitten ins Gesicht geschlagen. Martin öffnete den Wagen und warf seine Tasche hinein, ohne noch weiter auf ihn zu achten. Robert beobachtete Fernando, der sich wieder in Bewegung setzte.

"Können Sie mir sagen, wo der Bayenthalgürtel ist?", war die Frage, die er dann Robert stellte und dieser gab mit amüsiertem Gesichtsausdruck bereitwillig Auskunft.

Dann war die Situation entschärft und Fernando ging zurück zu seinem Lotos. Robert verabschiedete sich endgültig von Martin und dieser hörte mit gemischten Gefühlen, dass Fernando auf der Gegenfahrbahn aggressiv durchstartete und dann war er weg. Martin schlug aufs Lenkrad.

So konnte sein Leben doch nicht weitergehen! Es war zu einer Gratwanderung zwischen Leidenschaft, Lügen und sich ankündigendem Herzinfarkt geworden.

Er sah auf die Uhr. Durch seinen angeblichen Zahnarztbesuch hatte er drei Stunden gewonnen, die er Nicole nicht erklären musste. Er würde jetzt nach Bayenthal fahren und Fernando dort zur Rede stellen.

Das konnte doch selbst ein so egoistischer Unruhestifter nicht machen ohne zu wissen, was er damit anrichtete. Martin nahm den Versuch, ihn unfreiwillig zu outen, und nichts anderes sah er im Erscheinen des jungen Italieners, ziemlich persönlich.

Dabei wollte er die schmerzliche Enttäuschung, die er kurz in Fernandos Augen aufflackern sah, nicht wahrhaben.

Fernando war mit dem Taxi die Stellen abgefahren, an denen er seinen Wagen vermutete und hatte diesen erstaunlich schnell gefunden. Im Bahnhofsrestaurant gönnte er sich nun doch ein ausgiebiges Frühstück und fasste dabei den Entschluss, Martin im Amt zu besuchen. Vielleicht konnte er ihm dabei einen gemeinsamen Abend abringen. Er wollte vorher anrufen, aber Martin hatte ihn gebeten, das nicht zu tun. Er dachte tatsächlich nicht so weit, dass Martin durch sein Erscheinen vielleicht noch mehr Schwierigkeiten bekommen könnte als durch einen Anruf. Und so fuhr er ohne Hast Richtung Innenstadt.

Am Ziel angekommen, fand er merkwürdigerweise auch sofort einen Parkplatz, das Glück schien ihm hold zu sein, denn gleich darauf erkannte er Martin, der mit einem anderen Mann auf der gegenüberliegenden Straßenseite sprach.

Voll Wiedersehensfreude stieg er aus, dann sprang er über die rotweiße Kette und ging auf die Männer zu. Sein Blick begegnete dem von Martin und er lächelte ihn strahlend an. Nanu, hatte dieser ihn vielleicht nicht erkannt? Fernando suchte krampfhaft nach einer anderen Erklärung, die nicht so schrecklich weh tat wie die, die nun in seine Gedanken polterte wie ein Amboss.

Zögernd ging er weiter und begegnete nun dem beschwörenden Blick von Martin, der ihm plötzlich vollkommen fremd vorkam. Und jetzt wusste Fernando, Martin wollte ihn nicht kennen. Es war, als bohrten sich hundert kleine, heiße Pfeile in seine Haut. Wie von selbst blieb er stehen.

"Tradimento!", murmelte er und Verrat - hämmerte es auch weiter in seinem Kopf. Er fühlte sich emotional auf die schmerzhafteste Weise schachmatt gesetzt.

Trotzdem schaffte er es noch, Martin mit seiner Frage nach dem Weg ein Alibi zu verschaffen, dann drehte er sich um und wollte nur noch weg. Es tat höllisch weh, plötzlich hatte er Tränen in den Augen. Die Straße vor ihm verschwamm, als er auf das Gaspedal trat. Der so genannte Kavalierstart kostete den Lotos eine Menge Gummi. Wie von selbst befand er sich auf dem Weg zu Svens Wohnung. Er musste jetzt mit jemandem sprechen und da gab es nur diese Möglichkeit für ihn. Er vergaß Svens Vorhaben wegen Anröchte, stürmte die Wohnung unter Zuhilfenahme seines Schlüssels und landete in den noch immer abgedunkelten Räumen. Folgerichtig ging er ins Schlafzimmer und zog ohne Gnade die Vorhänge auf. Die beiden Männer im Bett sah er erst jetzt und ebenfalls erst jetzt fiel ihm ein, dass Sven doch gar nicht zu Hause sein wollte. Plötzlich hatte er eine unbändige Wut.

Nicht so sehr, weil Sven mit einem anderen dort lag, sondern weil er jetzt, wo er ihn brauchte, nicht für ihn da war. Belogen hatte er ihn augenscheinlich auch noch, um nicht nach Bayenthal kommen zu müssen. Fernando fühlte sich von der ganzen Welt mutwillig seiner Verzweiflung ausgeliefert. Er atmete durch, dann sagte er laut genug, um die beiden aus dem Schlaf hochfahren zu lassen:

"Beim nächsten Ton ist es vierzehn Uhr, fünfzehn Minuten und drei Sekunden!"

Sven brummte etwas, rollte auf die Fernando zugewandte Seite und versuchte, die Augen trotz Sonnenlicht zu öffnen, während Uwe noch eine ganze Weile experimentierte, um die störenden Laute in seinem Traum zu verarbeiten.

"Wo kommst du denn her? Was willst du hier?", war Svens erste Reaktion, als er gegen die Sonne gewonnen hatte und Fernando erkannte.

"Oh scusi, dass ich geboren bin. Ich denke, du kümmerst dich um den Stein? Aber statt dessen liegst du hier rum und tust, als ob du Ausreden erfinden müsstest, um nicht mit mir zu frühstücken. Ein einfaches nein hätte auch gereicht. Es tut mir schrecklich Leid, dass ich in diese Idylle hinein platze!"

Er strich sich übertrieben hektisch durch die Haare.

Sven hörte natürlich den Ärger in Fernandos Aussage und das gefiel ihm. Er setzte sich auf. Ohne auf Fernandos Zorn einzugehen, meinte er trocken:

"Ach, macht nichts! Die Stunden bis jetzt haben gereicht, den verpassten Schlaf nachzuholen. Übrigens habe ich nicht gelogen - ich überlegte es mir nur. Ich war zu müde, wir fahren erst morgen in den Steinbruch!"

Fernando nickte verdrossen, während Sven sich eine Zigarette anzündete. Einen Moment lang schwiegen sie sich ziemlich laut an. Es war gut, dass keiner die in Gedanken dem anderen entgegen gebrüllten Worte hören konnte.

Fernando zog sich einen Stuhl vor das Bett und setzte sich rittlings darauf.

"So! Aha!", sagte er dann aus dem Zusammenhang gerissen. Sven wartete eine Weile, dann begann er:

"Also, was ist los? Du Berg, entschuldige . . . du sonniger Hügel bist doch sicher nicht zum Propheten gekommen, um dann unfähig zum Dialog herumzusitzen! Du willst doch was!?"

"Allerdings! Ich wollte mit dir reden!"

"Ja und? Tun wir das doch!"

Finster starrte Fernando vor sich hin, die Kränkung von gerade eben gewann wieder Oberhand in ihm.

"Er hat mich übersehen. Einfach so, als wäre ich eine Tüte Müll, mit der man nichts zu tun haben will, weil der Gestank die gesündeste Lunge verseucht!"

"Was ist los? Wer denn? Wo?"

"Na Martin! Ich war bei ihm am Amtsgericht. Vor den Kollegen hat er so getan, als ob wir uns nicht kennen. Dieser scheinheilige Blender!"

Sven verstand.

"Ja und? Was hast du anderes erwartet? Doch bestimmt kein treuherziges Coming-out mitten auf der Straße im trauten Kreis seiner Kollegen!"

"Verstehst du denn nicht? Er sollte mich ja nicht küssen, aber er schämte sich sogar, mich zu kennen!"

"Und was willst du jetzt von mir? Ich kann dir dazu nur sagen, dass dir das bei deinem bewährten, alten Freund Sven nicht passiert wäre! Aber du bist ja so heiß auf diesen Spießer, dann musst du eben gewisse negative Erfahrungen in Kauf nehmen!"

Fernando ging auf den Angriff gar nicht erst ein, sondern sprach weiter, als habe Sven sich nicht dazu geäußert.

"Er hat zwar noch nie gesagt, dass er mich liebt, aber ich glaube, er tut es. Und wenn man jemanden liebt, verleugnet man ihn doch nicht, oder?!"

"Sag das nicht! Die nobelsten Leute wurden schon verleugnet. Sogar Jesus hatte Probleme damit, damals, nachdem der Hahn dreimal gekräht hatte. Und ich habe läuten hören, ihn liebt die ganze Christenheit. Gefällt dir die Gesellschaft nicht, in der du dich befindest, was das angeht?"

"Du kannst dich vor Schadenfreude wohl gar nicht mehr einkriegen, was? Ich kann es nicht lustig finden. Ich habe ihm nämlich geglaubt, dass er sein Leben ändern wird!"

Fernando hatte aus seinem Gedächtnis gestrichen, dass Martin gerade das nicht tun wollte und es auch niemals behauptete. Diese Realität passte er, wie es seine Art war, einfach an sein Wunschdenken an. Sven verzog das Gesicht.

"Wie ist das eigentlich, wenn man mit achtundzwanzig einen akuten Naivitätsanfall mit psychotheatralischer Liebeshalluzination bekommt? Hoffentlich ist das nicht ansteckend!"

Uwe, der mittlerweile auch die Augen offen hatte und den Worten folgte, sagte in die entstandene Gesprächslücke hinein:

"Wenn ich störe, müsst ihr nur so tun, als sei ich überhaupt nicht anwesend!"

Fernando sah Sven wütend an.

"Ich bin nicht hergekommen, um mich verarschen zu lassen! Und von dir erst recht nicht!"

"Nein, Martin kann das viel besser und ihm nimmst du es auch nicht übel! Ich weiß wie es ist, wenn man mies behandelt wird. Du zum Beispiel zeigst mir täglich, dass ich ein Kasper für dich bin! Drehe ich deshalb durch? Nein, ich küsse dir zum Dank dafür die Füße, wie es sich für einen Untergebenen gehört! Wie soll ich dir denn helfen? Deinen selbstzerstörerischen Schwachsinn durch eine blitzschnelle Kastration beenden? Wenn ich dir rate, Martin zu vergessen, was das Beste wäre, was würdest du mir dann sagen?"

"Fuck you!"

"Eben!"

"Gottchen, vielleicht bin ich plötzlich durchsichtig geworden!", meldete sich jetzt Uwe wieder. Scheinbar erschrocken tastete er seinen Oberkörper ab und sah von einem zum anderen. Wieder beachtete ihn niemand.

Fernando stand vom Stuhl auf und ging zum Fenster. In versöhnlicherem Tonfall fuhr er fort:

"Ich wollte wirklich nur mit jemanden reden. Es tut mir verdammt weh, dass er blinde Kuh mit mir spielt!"

"Natürlich, weil du so etwas nicht gewöhnt bist! Ich kann dir nur empfehlen, quäle dich ordentlich, in dieser Beziehung hast du eine Menge nachzuholen."

"Verdammt, Sven! Ständig machst du mich nieder - habe ich dir etwas getan? Was ist mit dir los?"

"Ich rede mit dir, wie du es willst. Willst du bestreiten, dass sonst du es bist, der mit Gefühlen spielt, meist das Match Ex und Hopp?"

"Aber wir sind doch Freunde!"

Fernando sah Sven hilfesuchend an und dieser spürte, dass es ihn selbst schmerzte, wenn er weiterhin in Fernandos Wunden bohrte. Deshalb suchte er nach einer tröstenden Floskel:

"Liebe kann eben weh tun! Es wird sich aufklären!"

Dann sah er Fernando zu, der ruhelos vor dem Bett auf und ab lief. Uwe hatte sich neben Sven im Bett aufgerichtet und machte einen letzten Versuch:

"Ich werde jetzt die Matratze anzünden und danach in den städtischen Bedürfnisanstalten eine lila Seekuh heiraten. Hat einer der Herren vielleicht berechtigte Einwände? Dann möge er sie jetzt vorbringen oder für immer schweigen!"

"Ja, mach mal!", antwortete Sven geistesabwesend und schaute Fernando an, der jetzt genau vor ihm stehenblieb und ausrief:

"Warum willst du mir einreden, dass ich nicht lieben kann? Ich habe Gefühle, verdammt!"

"Die haben andere auch - deshalb behandelst du sie auch nicht besser! Im Gegenteil! Und jetzt hör auf, hin und her zu rennen, du wirst noch einen Trampelpfad im Teppich zurücklassen!"

"Du kannst tatsächlich alles nur ins Lächerliche ziehen. Aber ich bin wirklich deprimiert!"

"Oh je! Das ist bitter! Soll ich dich schützend an meine starke Brust drücken? Das ändert aber auch nichts an den Tatsachen, das sage ich dir gleich!"

Sven grinste, aber Fernando fuhr ihn an:

"Selbst wenn du das ernst meinen würdest - es ginge wohl kaum! An deiner athletischen Brust pausiert bereits ein anderer. Scheinbar ist dir Freundschaft nichts mehr wert, wenn du dich anderweitig vergnügen kannst!"

Gerade darauf hatte Sven gewartet, allerdings nicht wirklich vermutet, dass Fernando so unverschämt sein würde, diesen Satz tatsächlich auszusprechen.

"Das ist doch nicht dein Ernst! Denk auch mal an unsere großzügige Beziehung, wenn es nicht um deinen Vorteil geht! Außerdem muss ich mich beeilen, es ist ja nicht abzusehen, wann du mich wohlwollend wieder zurück in dein Bett beorderst! Dann habe ich sowieso keinen Tropfen mehr übrig für anderweitige Abenteuer!"

Mit einem lauten Seufzer ließ sich nun wiederum Uwe zurück in die Kissen fallen.

"Vielleicht sollte ich mir einfach einen von der Palme holen, dann habe ich wenigstens auch meinen Spaß!"

Fernando hatte sich wieder hingesetzt und starrte schweigend vor sich hin.

"Und? Wo hält sich der Grund für deine Paranoia zur Zeit auf?", kurbelte Sven das versandete Gespräch wieder an.

"Ich weiß es nicht. Im Amt oder zu Hause - es ist mir egal und wenn er mitten in der Wüste sitzt und vor Durst verreckt!"

"Nanana! Sag jetzt nichts, was du später widerrufen musst. Das ist immer blamabel."

"Sven, es reicht! Ich habe das Gefühl, dir gefällt es, wenn es mir schlecht geht!"

"Aber ja! Sicher ist das so. Ich bin ein Monster, eine herzlose Bestie. Allerdings muss ich tatsächlich zugeben - es hat was! Wo du es doch ansonsten immer bist, der die anderen zum Teufel schickt; wobei es mich immer wieder am härtesten getroffen hat. Ich hänge bei dir an einem Gummiband! Geh weg - komm her - geh weg! Schwups - klatsch - schwups - tritt!"

"Maledetto, Sven! Es geht hier ausnahmsweise mal nicht um dich! Ich bin es, der Probleme hat! Außerdem hat Martin mich nicht zum Teufel geschickt. Man muss auch versuchen, ihn zu verstehen. Es ist ja nicht leicht, was er gerade durchmacht!"

"Sieh mal einer an, auf einmal! Du warst es doch, der sich aufgeregt hat, nicht ich. Ich hatte nichts anderes von ihm erwartet. Aber ich sehe ihn ja auch nicht durch eine rosarote Brille!"

"Und was willst du jetzt hören? Ja, allwissender Sven. Du hattest Recht. Ich krieche vor dir im Staub, bete dich an wegen deiner Weisheit und leiste Abbitte für den Fehler, einem anderen vertraut zu haben als dir! Schande über mich armen zurückgebliebenen Dummkopf. Du suhlst dich in deiner Rechthaberei wie ein Porco im Schlamm! Sag mir Bescheid, wenn es dir vor Wonne kommt, damit ich dir mit einem zwei Quadratmeter großen Handtuch aushelfen kann!"

Allmählich schien die Diskussion zu eskalieren. Svens blaue Augen blitzten auf.

"Bleibe sachlich und leg mir nichts in den Mund, das ich nie gesagt habe! Ich lass mir von dir kein schlechtes Gewissen einreden wegen Uwe. Es wurde im Bürgerlichen Gesetzbuch noch nicht verankert, dass ich allein dasitzen muss und darauf warten darf, dass du mich mal wieder brauchst. Das ist doch so, Uwe - oder? Uwe, sag auch mal was!"

Uwe fuhr auf und machte ein hocherfreutes Gesicht.

"Du meinst wirklich mich? Ich darf etwas sagen?"

Sven sah ihn verständnislos an, wandte sich dann aber sofort wieder Fernando zu.

"Um zu deinem Martin zurückzukommen - wie wäre es, wenn du rund ums Amtsgericht Wurfzettel verteilst mit einem Quiz. Wer zuerst errät, welcher der Geldeintreiber schwul ist, gewinnt ein Fahrrad und das Ganze hat den Vorteil, dass du ihm dann wenigstens gründlich das weitere Leben verpfuscht hast. Er ist dann auf dich und dein Wohlwollen angewiesen, denn sein jetziges Umfeld wird ihn fürderhin ignorieren. Ob er dir aller-dings dankbar dafür ist, lasse ich mal dahingestellt, das wäre wahr-scheinlich auch etwas zuviel verlangt! Und eventuell bist du ihm diese ganzen Unannehmlichkeiten auch gar nicht wert!"

"Was willst du mir eigentlich sagen? Dass ich eigentlich nicht den Dreck unter deinen Schuhsohlen wert bin?"

"Nicht doch, Fernando! Ich meine lediglich, dass er deine Liebesdienste zwar zu schätzen weiß, aber auch nicht auf sein treusorgendes Frauchen verzichten will, das ist auch schon alles. Seine Angetraute wird wahrscheinlich auf die Dauer etwas pflegeleichter sein als du. Denn - bei aller Freundschaft - du kannst ein ganz schön strapaziöser Intrigant sein, wenn man nicht aufpaßt. Nicht immer, aber immer öfter. Aber bei deiner enormen Fähigkeit zur Selbstkritik wird dir das ja nicht neu sein! Jedenfalls bezweifle ich, dass dieser Beamte flexibel genug ist, deine Eskapaden mitzumachen! Ich sag nur *Glide* - er hätte dich da sicher nicht herausgeholt!"

"Und von dir habe ich das auch nicht verlangt! Außerdem werde ich nicht mehr ausflippen müssen, wenn er bei mir ist. Mit ihm könnte ich ruhiger werden!"

"Da glaubst du wahrscheinlich auch noch dran. Ich würde sagen, das ist das Peter Pan-Syndrom im fortgeschrittenen Stadium. Du benimmst dich wie ein Kleinkind und redest dir dabei Sachen ein, die würde wahrscheinlich selbst ein echtes Kind nicht glauben!"

Uwe reichte es jetzt. Er schlug die Decke zurück.

"Also ich weiß ja, ihr werdet mich schrecklich vermissen - aber ich gehe jetzt ins Bad. Lasst euch nicht stören. Wenn ihr euch dann gegenseitig richtig fertiggemacht habt, könnt ihr mich rufen! Ich bringe Mullbinden mit."

Die beiden Streithähne sahen sich betroffen an. Dann sagte Fernando etwas ruhiger:

"Mir ist bekannt, dass du Martin nicht ausstehen kannst. Aber manchmal glaube ich, du bist eher auf seiner Seite als auf meiner!"

"Nein, ich bin nur realistisch! Sieh mal, er war bis heute sicher, ein Hete zu sein und dazu ist er Beamter. Und wenn so einer merkt, dass sein bisheriges Leben eine Lüge war, muss er erst einmal neu laufen lernen. Aber obwohl du dir einredest ihn zu lieben, gestehst du ihm keine Minute zu, erst einmal mit der neuen Sachlage klarzukommen!", versuchte jetzt auch Sven weniger angriffslustig einzulenken.

"Aber ich will ihm ja Zeit geben. Es war nur entsetzlich erniedrigend, als er da mitten auf der Straße mir gegenüber so reagiert hat! Wahrscheinlich hast du aber Recht. Ich werde mich zurückhalten und für ihn da sein, wenn er mich braucht. Und das so lange, bis er merkt, dass er mit mir zusammensein will wie ich mit ihm! Es stimmt, ich habe kein Recht, ihn zu bedrängen. Ich werde keine Ansprüche mehr stellen, er soll die Entscheidungen treffen."

"Fernando, eins muss man dir lassen. Du fällst wieder einmal von einem Extrem ins andere. Erst der absolute Cäsarenwahn und dann das zitternde

Maiglöckchen, das seine Schönheit der Sonne entgegenstreckt, bis es gepflückt wird. Ich gebe auf!”

Uwe erschien wieder in der Tür, er hatte sein schulterlanges, braunes Haar zu einem Zopf zusammengefasst und fragte:

”Und? Darf man sich wieder hereinwagen? Soll ich ein paar Brote machen? Und einen Kaffee?”

Er nahm wie selbstverständlich die Bestellungen der beiden anderen entgegen und verschwand wieder, diesmal Richtung Küche. Anschließend saßen sie zusammen am Tisch. Es war ein ziemlich schweigsames Essen, alle drei versuchten, das brisante Thema durch banale Liebenswürdigkeiten zu umgehen. Sicher war, dass das Gespräch mit Sven für Fernando diesmal reichlich unbefriedigend war.

Trotzdem machte er sich auch später keine Gedanken darüber, wieso sein Freund plötzlich wie ausgewechselt war. Zu seiner eigenen unbewussten Ehrenrettung und weil es für ihn am einfachsten war, hielt er es für eine Laune.

Schon von weitem sah Fernando Martins Wagen vor seiner Einfahrt stehen. Übriggebliebene Wut und Freude über das bevorstehende Wiedersehen mischten sich in ihm zu einem explosiven Gefühlscocktail. Wie sollte er ihm nun gegenübertreten? Wenn er offen zeigte, wie verletzt er war, gab er Martin einen zu großen Trumpf in die Hand. Andererseits wollte er auch keinen Stress machen, um Martin nicht zu vertreiben. Er fuhr seinen Wagen in die Garage und als er ausstieg, stand Martin bereits neben ihm.

”Du, es tut mir Leid wegen vorhin! Ich wollte dich nicht beleidigen - aber ich habe dir gesagt, dass wir uns nur außerhalb meines normalen Lebenskreises treffen können. Du warst einverstanden!”

Fernando sah in Martins Augen und plötzlich war all das gar nicht mehr so wichtig. Er hatte sich heute genügend gestritten, deshalb nickte er nur und streckte die Arme nach Martin aus, der ihm sofort entgegenkam. Einen Moment standen sie umschlungen neben dem Lotos, dann fragte Martin:

”Und? Wirst du dich in Zukunft daran halten? Sonst können wir uns nicht mehr treffen! Hörst du, Nando? So schwer es mir fällt, aber ich muss das zur Bedingung machen!”

Unbeabsichtigt hatte er für Fernando einen Kosenamen verwandt, was diesen nun endgültig zu Wachs in seinen Händen werden ließ.

Er hätte jetzt alles geschworen, nur um diese Nähe zu Martin nicht aufgeben zu müssen.

"Ich weiß ja, dass es dumm war, da aufzutauchen. Aber ich hatte Sehnsucht nach dir. Und du hast dich nicht gemeldet!"

"Ich war doch erst gestern Nacht bei dir. Ich . . . ich habe dich auch vermisst - ich wäre heute sowieso hergekommen, schließlich wollte ich auch - zu dir. Ich habe sogar einen Arztbesuch erfunden, um dich zu sehen!"

Es machte Martin ein bisschen Schwierigkeiten, so frei über seine Gefühle zu sprechen. Der ergebene Ausdruck in Fernandos Augen machte es ihm leichter. Er spürte auch wieder die hemmungslose Begierde in sich aufsteigen, die sich Bahn brechen wollte, obwohl er es in diesem Moment noch nicht zulassen wollte. Trotzdem konnte er es nicht verhindern, dass sein sanftes Streicheln über Fernandos Rücken immer hastiger wurde. Er wollte ihn besitzen, in seinem Kopf hatte plötzlich kein anderer Gedanke mehr Platz. Und schließlich versuchte er fieberhaft, die Knöpfe an Fernandos Hose zu öffnen. Er fühlte Fernandos heißen Atem in der Halsbeuge und merkte die Konzentration seines Blutkreislaufes im Lendenbereich.

Fernando drehte sich um und legte die Arme ausgestreckt auf das Dach des Wagens. Der letzte Blick, den er Martin zuvor zugeworfen hatte, war beispiellos devot und Martin wusste, der andere würde sich wie sonst vollkommen aufgeben. Das gab seiner Selbstbeherrschung den Rest. Er schob Fernandos Hemd hoch und presste sich an seinen Rücken. Dabei legte er seine Hände um Fernandos Brust und fand umgehend den Weg zur Hose, die er nebst Slip herunterriss. An der Taille zog er Fernando zu sich heran und öffnete nun seine eigene Hose, was ihm jedoch bereits beträchtliche Schwierigkeiten bereitete. Fernando blieb in dieser Stellung, bis Martin in ihn eindrang. Dann stöhnte er auf und seine Stirn schlug unsanft auf das Autodach. Martin gab in seinem Verlangen jede Selbstkontrolle auf, hemmungslos nahm er immer rabiater Besitz von Fernando und das Einzige, das er wahrnahm, war das laute Rauschen des Blutes in seinen Ohren.

Fernando hatte sich ihm im Halbdunkel der Garage genauso bedingungslos ausgeliefert, wie Martin egoistisch auf seinen Orgasmus hinarbeitete. Die Umgebung zählte nicht mehr, weder Vergangenheit noch

Zukunft hatten jetzt noch Bedeutung und die Gegenwart war zusammengeschmolzen auf die beidseitige Kapitulation vor der Lust.

Fernando erlebte die Auslöschung seines eigenen Egos und die völlige Verschmelzung mit Wesen und Körper eines anderen in dieser Form zum ersten Mal. Bisher hatte er sich die Kontrolle nie aus der Hand nehmen lassen, nicht im täglichen Leben und erst recht nicht beim Sex.

Er spürte das kühle Autodach unter sich und presste seine offenen, heißen Lippen auf das rote Metall. Er fühlte Schmerz, der sich auflöste in Leidenschaft und stöhnte laut auf. Ein letztes Mal empfand er Martins Erektion als seine eigene, bedingungslose Unterwerfung in sich, dann zog dieser sich zurück, presste sich gegen ihn und Fernando fühlte die Ejakulation an seinem Oberschenkel. Trotz des Höhepunkts blieb Martins innere Bereitschaft, es war wie ein Zwang, als er Fernando umdrehte, ihn mit sich zog und auf die Kühlerhaube legte. Schon von sich aus hob Fernando die Beine an, legte sie auf Martins Schultern. Wieder wurde er genommen, Martin wollte keine Verschnaufpause und während er beharrlich versucht, auf einen weiteren Orgasmus zuzusteuern, bearbeitete er seinen Freund mit der Hand so lange, bis auch Fernando schließlich soweit war. Verbissen kämpfte Martin mit seiner eigenen Erschöpfung. Er blieb auch dann noch in Fernando, als dieser gekommen war. Es war, als wolle Martin sich nicht damit abfinden, dass sein Körper jetzt so kurz nach dem ersten Mal nichts mehr hergeben konnte. Er schaffte es kurz, sich auf einen weiteren Orgasmus zu konzentrieren, aber dann musste er aufgeben. Die Überreizung schmerzte und er glaubte, Fernando verteile auf einmal Stromstöße. Er entfernte sich so plötzlich, dass Fernando beinahe vom Lotos abrutschte und blieb kurze Zeit schwer atmend und mit geschlossenen Augen stehen.

"Oh, Mann, was machst du mit mir?", sagte er dann keuchend. Fernando war aufgestanden.

"Ich mit dir? Du scheinst doch die versäumte Leidenschaft eines ganzen Lebens nachholen zu wollen! Lass´ uns ins Haus gehen, ich glaube, wir sind noch lange nicht fertig!"

Fernando zitterte leicht, als sie sich jetzt kurz umarmten, ein bisschen richteten und schließlich hineingingen.

Die Zeit verging in rasantem Tempo. Martin würde sich wieder eine Erklärung für Nicole einfallen lassen müssen. Dabei hatte er das gestrige Problem noch nicht einmal bewältigt. Aber daran wollte er erst denken, wenn es soweit war. Sie lagen frisch geduscht auf dem Bett.

"Martin, ich weiß wirklich nicht, was mit mir los ist. Ich habe das Gefühl, den Boden unter mir zu verlieren. Ich habe schon viel erlebt und bin auch nicht gerade der nervöse Typ, aber diese Intensität macht mir Angst!"

"Du darfst von mir keine Erklärung erwarten. Alles, was ich weiß ist, dass ich ohne dich und diese vollkommen irrsinnige Leidenschaft nicht mehr leben kann. Wenn ich bei dir bin ist mir alles egal, dann gibt es nur noch uns."

Sie küssten sich, jedes weitere Wort wirkte sowieso nur wie ein billiges Klischee, eine Replik von etwas, das schon tausendmal gesagt worden war. Die nur langsam verebbende Erregung machte einer sensitiven Verletzlichkeit Platz. Jeder hätte dem anderen mit einem unbedachten Wort die Hölle bereiten können, aber zwischen ihnen war nichts weiter als dieser vollkommene Gleichklang. Beide nahmen es wahr, beide staunten wie die Kinder über diese Erfahrung. Fernando strich Martin das noch feuchte Haar aus der Stirn.

"Ti amo, beniamino!"

Noch vor kurzem hätte Fernando über so einen Satz nur geschmunzelt, schon sehr oft hatte er sich über solcherlei Beichten lustig gemacht. Er fühlte sich durch die bisher immer gewahrte Distanz überlegen und über die infantile Blauäugigkeit einer Liebeserklärung konnte er nur lachen. Das sich dies alles, seine gesamte Weltanschauung binnen ein paar Tagen, so verändern könnte, damit hatte er nicht gerechnet und das machte ihn erst recht verwundbar.

Bei Martin war das anders. Er hatte sich noch nie Gedanken darüber machen müssen, ob er Liebe wirklich kannte oder nicht. Er nahm einfach an, was er Nicole gegenüber empfand, sei in weitester Auslegung wohl das, was man Liebe nannte und so konnte er es ihr auch sagen, ohne wissent-lich gelogen zu haben. Nicht oft sprach er von Liebe, aber manchmal schon. Jetzt, da die Emotionen ihn so unaufhaltsam überrollten, wusste er, dass er bisher keine Ahnung davon hatte. Er wollte keine Erklärungen für das für ihn Unbegreifliche suchen, das hätte ihn überfordert und gleich anschließend unumgänglich wieder zu seinen Problemen geführt. Er wollte alles mit Fernando erleben und bis zur Neige auskosten, allein das wusste er genau.

Irgendwann allerdings war es dann wieder soweit. Er sah auf die Uhr und die sagte ihm, dass er gehen musste. Nur ungern gab er diese Information an Fernando weiter.

"Ich weiß schon, deine Frau wartet! Ich finde es beschissen, dass sie die Macht hat, unsere Zweisamkeit zu unterbrechen, nur weil du irgendwann mal ein Papier unterschrieben hast!"

"Denkst du, ich gehe jetzt gerne?"

"Dann bleib doch heute Nacht hier! Erfinde eine Ausrede, das ist doch nicht so schwer."

"Nando, fang nicht wieder an. Es sind jetzt nicht einmal achtundvierzig Stunden seit wir wissen, dass wir etwas füreinander empfinden. Aber Nicole trifft an dem allen keine Schuld, ich kann nicht alles auf sie abwälzen. Sie verdient es nicht, dass ich mich ihrer jetzt entledige wie einer abgenutzten Jacke!"

"Du findest den Betrug also besser?"

"Besser nicht, aber weitaus gnädiger. Ich kann selbst noch nicht mit der Situation umgehen, wie kann ich das von ihr erwarten? Wahrscheinlich werde ich es ihr irgendwann sagen müssen - wenigstens ihr - aber noch nicht!"

"Wann denn?"

Fernando saß im Schneidersitz auf dem Bett und sah Martin beim Anziehen zu.

"Wenn die Zeit dafür da ist."

"Du machst es dir einfach! Und ich soll hier herumsitzen und darauf warten, dass du wieder einmal Zeit für mich hast! Außerdem halte ich die Vorstellung nicht aus, dass sie dir nahe ist, neben dir schlafen kann, während ich allein bin."

"Ich habe im Moment keinen Sex mit ihr!"

"Im Moment - wie beruhigend! Aber das ist es auch nicht allein. Ich weiß, dass du mit ihr nicht das empfinden kannst was du bei mir empfindest. Jedenfalls sexuell. Aber sie ist bei dir, ihr redet . . . und selbst wenn ihr nur gemeinsam ins TV starrt - es ist Zeit, die sie mir stiehlt!"

"Glaubst du nicht, das sollte man eher andersherum sehen? Nando, ich muss jetzt gehen. Bitte lass uns jetzt nicht kämpfen, das führt doch zu nichts. Ich verspreche dir, so oft wie möglich herzukommen."

Er setzte sich zu Fernando aufs Bett. Aber seine Rückverwandlung zum bürgerlichen Ehemann hatte schon während des Anziehens einen Graben zwischen ihnen aufgerissen. Auf einmal war jeder für sich wieder isoliert in seiner eigenen, sehr subjektiv gefärbten Welt.

"Du kommst mir vor wie eine Schlange, die sich häutet. Jetzt bist du nicht mehr der Mann, den ich liebe - die Metamorphose zum Spießer ist perfekt. Es macht mich verdammt unsicher, dass du dich so verstellen kannst.”

Martin legte die Hände vor sein Gesicht und rieb sich mit Fingerspitzen die Augen, bis er farbige Punkte sah.

”Mach es mir nicht so schwer, Nando! Ich werde dich anrufen und bei der nächsten Gelegenheit bin ich wieder bei dir. Mehr habe ich dir nie versprochen! Außerdem habe ich in drei Wochen Urlaub, dann können wir uns öfter sehen!”

”Klar, aber nur, wenn dir auch die passende Ausrede für Nicole einfällt! Ich komme mir als heimlicher Bräutigam ziemlich beschissen vor, weißt du das!”

Fernando sah in eine andere Richtung, als Martins Augen seine suchten.

”Lass mich nicht so gehen . . . bitte! Nicht schon wieder dieser Konflikt. Du kannst mich doch nicht zu einem Coming-out auf der ganzen Linie zwingen! Oder willst du das?”

Fernando erinnerte sich an das Gespräch mit Sven und beschloss, seine Wünsche zurückzustellen und einzulenken. Ausdrucksvoll, also im üblichen Sinne theatralisch, meinte er deshalb:

”Ich weiß ja, ich bin nicht fair zu dir. Glaub nicht, dass ich deine Situation nicht verstehe. Du bist in einer üblen Konstellation. Ich muss also zurückstecken, weil ich dich liebe. Und dass ich dich liebe, weiß ich inzwischen genau. Und deshalb könnte ich es nicht ertragen, wenn du meinetwegen leiden musst.”

Er ergänzte diesen Satz mit einem betörendem Augenaufschlag und fuhr fort:

”Ich werde also brav und voll Sehnsucht abwarten, bis ich das nächste Mal etwas von dir höre. Und ich werde hoffen, dass du sie nicht bumst, allein die Vorstellung bringt mich zur Weißglut - ich meine zum Heulen!”

Fernandos Auftritt mit dem perfekt regulierten, melancholisch unterlegten Timbre brachte Martin, abgesehen von dem kleinen Versprecher, der ihn kurz irritierte, das erwünschte schlechte Gewissen, in dem er sich inzwischen bereits zu Hause fühlte. Nicht, dass Fernando ihm willentlich etwas vorspielen wollte, dieser glaubte selbst an seine Märtyrerrolle und wirkte deshalb auch so überzeugend.

”Ich rufe dich gleich morgen früh an. Und ich werde nicht mit Nicole schlafen, das ist sicher. Ich habe bereits jetzt kein Rückenmark mehr, du hast schon dafür gesorgt, dass ich keine sexuellen Ambitionen mehr haben kann. Also keine Angst und bitte sei auch nicht deprimiert."

"Also würdest du mit ihr schlafen, wenn du nicht so ausgepowert wärst ... Martin, ich habe Angst. Egal, was du sagst, ich habe Angst, dass ich dich nicht wiedersehen werde!"

Martin stand auf und fühlte sich planmäßig wie ein Schuft.

"Das musst du nicht! Wirklich! Egal, was passiert, ich könnte nicht mehr mit Nicole - ich müsste sowieso immer an dich denken. Ich ehhh - ich geh jetzt!", brach er dann abrupt ab. Fernando nickte und stand ebenfalls auf.

"Wie lange hast du eigentlich Urlaub?", wechselte er dann ziemlich unvermittelt das Thema.

"Den ganzen Oktober über, warum?"

"Machst du eine Reise?"

"Eigentlich sind wir jedes Jahr nach Italien gefahren. Diesmal habe ich noch nicht gebucht. Ich war zu durcheinander, um an so etwas zu denken. Und Nicole hat auch nichts in dieser Richtung erwähnt. Wir werden wohl hier bleiben, sonst kann ich dich nicht sehen."

Martin fiel auf, dass es ihm immer leichter wurde, Entscheidungen kurzfristig zu fällen. Soeben hatte er den vertrauten Urlaub mit der Flinte des Opportunisten einfach exekutiert.

"Das wäre schön!"

Sie küssten sich, aber in Martin kam dabei keinerlei Gefühl auf. In Gedanken beschäftigte er sich schon mit dem Verfassen der neuen Ausreden für Nicole. Fernando registrierte es genau, deshalb schob er Martin Richtung Tür.

"Dann fahr endlich, in Gedanken bist du doch schon gar nicht mehr hier! Und vergiss nicht, mich anzurufen! Sonst müsste ich dich vom Amtsgericht abholen und das willst du ja nicht."

Er sagte es ganz unschuldig, aber Martin wusste genau, dass ein gewisses erpresserisches Potential dahintersteckte. In diesem Moment hätte er Fernando am liebsten geohrfeigt. Aber er zog es vor, einfach nur zu seinem Auto zu gehen und loszufahren.

Nervös sah Nicole auf die Uhr. Es war bereits zehn nach fünf, würde Martin heute wieder nicht heimkommen, weil er zu dieser anderen Frau ging? Und bekam sie abermals eine Ausrede serviert, die sie durchschauen konnte wie eine frisch polierte Glasplatte? Dann jedoch hörte sie seinen Wagen und begann automatisch, die Kartoffeln auf den Teller zu legen.

"Guten Abend!", begrüßte Martin sie und Nicole sah dieses eigentümlich fremdartige Leuchten in seinen Augen. Einen Moment lang überdeckte eine plötzliche Eifersucht all die kompromissbereiten Vorsätze, die sie sich zurechtgelegt hatte.

"Ich dachte schon, du würdest heute wieder nicht zum Essen da sein und wolltest dir vielleicht einen Boxkampf ansehen, bevor du heim-kommst", entfuhr es ihr.

Martin wusste, er musste es jetzt hinter sich bringen, deshalb ging er in die Offensive.

"Du . . . Schatz!"

Das Kosewort tropfte wie Sirup von seinen Lippen, als er es aussprach, aber er überspielte das innerliche Widerstreben meisterhaft.

"Ich muss mit dir reden. Ich glaube, mir ist etwas sehr Dummes passiert!"

Nicole erschrak bis in die Fingerspitzen und hätte beinahe die Schüssel fallenlassen. Wenn die Sache für Martin so wichtig war, dass er von sich aus mit ihr sprechen wollte, vielleicht wollte er sich dann wegen der anderen von ihr trennen!

"Was - was ist denn?"

Sie war ganz weiß geworden und musste sich setzen.

"Es ist . . . ich habe da eine Frau kennengelernt . . . eine neue Kollegin. Sie sieht ganz gut aus, aber das allein ist es nicht. Kurz gesagt, sie hat nach allen Regeln der Kunst mit mir geflirtet. Du kennst mich, so was hat mich sonst immer kalt gelassen. Na ja, sie lud mich zu sich ein, gestern. Es tut mir Leid, ich habe dich belogen, ich war nicht zum Kegeln."

Nicole spielte nervös mit den Spitzen ihrer Schürze.

"Und? Was ist passiert?",fragte sie heiser.

Martin kam sich vor wie Scheherezade beim Verfassen des tausendzweiten Märchens und wunderte sich über sein eigenes Leistungsvermögen in dieser Richtung.

"Für gestern hatte sie mich also eingeladen. Nicht allein, das wäre wohl zu offensichtlich gewesen. Sie sagte, es sei eine Party mit mindestens zehn anderen. Aber damit will ich mich nicht entschuldigen. Ich habe gewusst, dass sie etwas von mir will und deshalb wohl auch geschwindelt. Jedenfalls, als ich bei ihr ankam, war sie natürlich allein und hatte ein allzu romantisches Dinner bei Kerzenlicht vorbereitet. Eigent-lich wollte ich gleich wieder gehen, aber dann hatte ich Spaß an ihrer Entschlossenheit, mich zu verführen. Es war mir irgendwie angenehm, wie sie sich bemühte, ich geb es zu. Alle im Amt würden gerne mal mit ihr und ausgerechnet ich . . . das wertet mich in meinem Alter auf. Kannst du das ein bisschen verstehen?"

Martin schaute Nicole aufmerksam an.

"Ich soll das verstehen? Hast du denn nun mit ihr geschlafen oder nicht?"

"Als sie es sich später vorgeblich etwas bequemer machte und im Negligé zurückkam, habe ich mich gefragt, was ich denn eigentlich da wollte. Ich habe gekniffen, ich konnte einfach nicht."

Irgend etwas hinderte Nicole daran aufzuatmen. Woher kam denn dieses verräterische Funkeln in Martins Augen, wenn nichts passiert war? Als sie nichts sagte, fuhr Martin fort:

"Du kennst mich wahrscheinlich besser als ich mich selbst, Nicole. Es war das erste Mal, dass ich auf so etwas wenigstens teilweise eingegangen bin. Es war wohl nur ein dummer Männlichkeitstest, ob ich noch attraktiv genug für andere Frauen bin!"

Für Nicole blieb diese Aufklärung eher ein Rätsel. Für Martin war es bisher immer ziemlich egal gewesen, ob er attraktiv wirkte oder nicht. Das alles hörte sich eher wie die Definition aus einem Lehrbuch für Symptome der Midlife-Crisis an. Aber sie hörte weiter zu.

"Du musst mir glauben, dass es mir Leid tut. Ich war tatsächlich kurzfristig bereit, dich zu betrügen, habe es aber doch nicht getan. Jetzt liegt es bei dir, was du tun willst. Ich für meinen Teil konnte nicht einfach weiter zu dir heimkommen, als wenn nichts gewesen wäre. Wir haben uns nie belogen . . ."

Martin war bestürzt. An eine gewisse Fähigkeit in Sachen Notlüge hatte er sich bereits gewöhnt, aber das hier war absolut der Gipfel. Er fühlte sich nicht gut dabei, sie derart zu belügen, aber vordergründig hoffte er nur, dass sie ihm glaubte. Im Moment sah es erst einmal nicht so aus, sie schaute ihn wortlos an und diesmal wurde er weiß um die Nase. Durchschaute sie ihn?

Nicole war nicht sicher, welche Reaktion er jetzt von ihr erwartete. Für ihn sprach, dass er von sich aus zu dieser Erklärung gekommen war, gegen ihn allerdings sein offenkundig verändertes Auftreten. Nicole tendierte sehr stark dazu, Martin zu glauben. Sie wollte es einfach, denn damit lösten sich all die Sorgen und Ängste der letzten Zeit unproblematisch in Luft auf. Ihr wichtigstes Indiz für seine Untreue, die Lüge des gestrigen Abends, hatte er immerhin von sich aus widerlegt.

"Ich weiß nicht recht, was ich sagen soll, Martin", wich sie vorläufig aus.

"Ich möchte nur wissen, ob du mir das verzeihen kannst. Ich habe nicht geleugnet, dass ich mit dem Feuer spielen wollte. Aber es steht auch die Tatsache, dass nichts gewesen ist."

Nicole holte tief Luft. Dann entschloss sie sich, ihm das zu sagen, was er hören wollte.

"Ich finde es schön, dass du mir vertraust. Lass uns da weitermachen, wo wir vor dieser Frau waren. Wir dürfen nicht zulassen, dass sich jemand zwischen uns drängt."

Martin war sichtlich erleichtert. Roberts Plan ging tatsächlich auf!

"Eins musst du mir aber versprechen . . .", fuhr Nicole im gleichen Tonfall fort."Du darfst mich nicht mehr belügen. Es sind nicht so sehr die Tatsachen, die verletzen. Es sind die Lügen. Sie erniedrigen mich!"

Martin nickte nur. Er hatte ziemliches Herzklopfen und versuchte, nicht daran zu denken, wie unentwirrbar er bereits in seinem selbsterrichteten Lügengebäude verstrickt war. Er kam sich schäbig vor, fühlte sich hundsmiserabel. Die anfängliche Erleichterung, alles haarscharf vor der Entdeckung noch einmal hingebogen zu haben, wich anderen Gedanken. Hatte er wirklich das Recht, Nicole derart zu behandeln, nur weil Fernando plötzlich seinen Sexus freigelegt hatte wie den Nerv eines kaputten Zahns?

Andererseits wusste er genau, er hatte nicht die Macht, sich dagegen zu wehren. Verwundert nahm er zur Kenntnis, wie bizarr und umfangreich die Palette seiner Emotionen war und was er für Fernando alles in Kauf nahm. Jetzt wusste er, wie groß die Energie in seinem Inneren war, die ihn jetzt vorwärts und in die Arme des jungen Italieners trieb.

Als Nicole auf ihn zukam, um ihm einen Kuss zu geben, musste er sich zwingen, nicht auszuweichen. Dann jedoch erwiderte er diesen und dachte an Judas.

"Du riechst nach Alkohol!"

Sofort war wieder Misstrauen in Nicoles Stimme.

"Ja, ein Kollege geht in Rente. Zum Abschied gab er einen Sekt aus, ich musste ihm zu Ehren wenigstens ein Glas trinken!"

Für Martin blieb es beklemmend, wie virtuos er sich herausreden konnte. Nicole nickte nur. Sie hatte beschlossen, auch weiterhin nur abzuwarten. Die Zukunft würde zeigen, ob das, was Martin ihr erzählt hatte, wirklich der Wahrheit entsprach oder wenigstens irgendwann zur Wahrheit wurde.

"Wirst du jetzt immer misstrauisch sein, wenn ich mal etwas alleine unternehmen will? Ich meine, du warst es doch, die angeregt hat, das Leben nicht nur zwischen Arbeit, Fernseher und Bett zu verbringen! Immerhin solltest du auch mal was unternehmen. Du bist dabei doch nicht auf meine Begleitung angewiesen!"

Martins Frage klang beabsichtigt vorwurfsvoll.

"Ich weiß. Natürlich bin ich froh, wenn du auch mal andere Interessen hast. Nur die Frau passt da nicht ganz rein, so war es nicht gemeint!"

"Das war eine einmalige Sache und ich habe der Versuchung immerhin standgehalten. Aber mit Robert würde ich trotzdem gerne hin und wieder weggehen. Ich hatte ihn bisher eigentlich für einen dummen Hund gehalten, aber mittlerweile glaube ich, mit ihm Spaß haben zu können."

So war das also! Ihr wurde schlagartig klar, dass Martin sie weiter belügen würde. Aber sie schwieg, musste erst einmal allein sein und über alles nachdenken.

Deshalb stand sie auf und füllte die Teller weiter. Das Essen war kalt und schmeckte fad, beide schwiegen und hingen ihren eigenen Gedanken nach. Martin überlegte, welche Ausrede er benutzen konnte, um den nächsten Abend wieder mit Fernando verbringen zu können, und Nicole versuchte sich vorzustellen, wie das alles weitergehen sollte. Vorerst würde sie so tun, als sei alles in Ordnung, vielleicht kam sie damit zu dem Resultat, das sie sich vorstellte, und Martin wurde von allein klar, dass sie sein Zuhause war. Sie konnte es nur hoffen.

Als sich Nicole später im Bett an Martin kuschelte, vereiste dieser innerlich. Sie bemerkte es, gab ihm einen flüchtigen Kuss und zog sich wieder zurück. Dann begann sie ein für ihre Begriffe unverfängliches Gespräch:

"Was ist eigentlich mit deinem Urlaub? Fliegen wir wieder nach Italien? Du hast gar nicht erzählt, ob du dich schon darum gekümmert hast."

Martin fuhr zusammen und sein gerade noch vereistes Inneres fiel zu Boden und zerbrach dort klirrend in tausend Scherben. Er wollte jetzt schlafen und nichts mehr erklären müssen, zum Donnerwetter!

"Ich war noch nicht im Reisebüro. Es ist in letzter Zeit soviel passiert - ich hatte einfach keinen Kopf dafür. Vielleicht sollten wir ja hier bleiben, meine ständigen Italien-Bildungsreisen haben dich doch sowieso genervt! Wir können auch hier einiges zusammen unternehmen!"

Also wollte Martin sich nicht einmal für die Zeit der Reise von dieser anderen Frau trennen! Nicole schloss die Augen und versuchte ihr aufgewühltes Inneres im Schutze der Dunkelheit wieder in den Griff zu bekommen. Martin wartete ungeduldig auf ihre Reaktion. Nicht mal für ihn hörte sich Nicoles Antwort überzeugend an, als sie dann antwortete:

"Na ja, wenn du meinst! Dann bleiben mir wenigstens die Blasen an den Füßen erspart!"

"Wolltest du denn unbedingt wegfahren?"

Sie sah die gute Chance, ihn indirekt zu zwingen, eine Reise zu buchen und benutzte dabei seine eigene Spiegelfechterei als Druckmittel. Schließlich konnte er jetzt nicht plötzlich ehrlich sein, das verlieh ihr einen vordergründigen Vorteil.

"Es muss ja nicht wieder Italien sein. Ich möchte irgendwo ans Meer, in der Sonne liegen und faulenzen, tanzen gehen. Meinetwegen Spanien oder Frankreich. Was meinst du?"

Fieberhaft suchte er eine Satzstellung, die Nicole nicht allzu unmissverständlich klarmachte, dass er auf keinen Fall wegfahren wollte.

"Ich denke, es ist ein bisschen kurzfristig. Wir werden wohl nirgends mehr buchen können!"

"Es gibt bestimmt Möglichkeiten, wenn gar nicht anders, geht dann eben ein Last-Minute-Flug. Soll ich mal ins Reisebüro gehen?"

Martin schüttelte den Kopf, vergessend, dass sie das im Dunkeln nicht sehen konnte und antwortete abwiegelnd:

"Ich mach das schon. Gleich morgen abend nach dem Dienst gehe ich los, um mich zu informieren."

In der nächsten Woche übertraf Martin sich mit Roberts Hilfe selbst, was sein Versteckspiel anging. Er unterdrückte die Tatsache, dass Nicole wirklich über Nacht blind und taub geworden sein müsste, um nicht zu registrieren, dass etwas nicht stimmte. Er sah Fernando täglich, trotzdem war beiden die Zeit, die sie gemeinsam verbrachten, immer noch zu kurz.

Wenn sie sich trennen mussten, fühlten sie sich, unabhängig vonein-ander, als sei mitten in einem wichtigen Telefonat die Leitung zusammengebrochen.

Martin gestattete Robert nur ungern die Machtposition, ihn Nicole gegenüber mit angeblichen Ausflügen, Skatabenden und Veranstaltungsbesuchen abzuschirmen.

Ein unbestimmtes Gefühl warnte ihn davor. Er hatte jedoch keine andere Möglichkeit und das Vertrauen diesem Arbeitskollegen gegenüber wuchs langsam. Robert machte es ihm auch leicht. Schließlich war es sein Fachgebiet, eine Geliebte zu vertuschen und die Ehefrau ruhig zu stellen. Fernando blieb für ihn natürlich Carmen, Martin hielt an seiner Geschichte fest. In seiner momentanen Gemütsverfassung fiel ihm nicht auf, dass Nicole ihm schon lange nicht mehr glaubte und sie über ein Wissen schwieg, das er ihr nicht zugetraut hätte. Sie glaubte fest daran, dass ihr einziges Kapital, die achtzehn Jahre mit Martin, mit Sicherheit eines Tages mehr wert sein würde als die kurzfristige Liaison mit einer anderen. Es fiel ihr schwer, weiter geduldig seine Lügen anzuhören, aber trotzdem hielt sie daran fest. Nur in einem, das hatte sie beschlossen, durfte sie auf keinen Fall nachgeben. Sie würde mit Martin in Urlaub fahren und dort, weit weg von der anderen, versuchen, ihn zurück-zugewinnen. Darin sah sie die einzige Chance, die ihr blieb. So wartete sie auch nicht darauf, dass Martin etwas unternahm, denn dieser machte keine Anstalten, eine Reise zu buchen und kam immer mit neuen Ausreden. Sie ging selbst los, um irgend etwas zu reservieren und machte auch gleich, und ohne Martin vorab noch einmal zu fragen, Nägel mit Köpfen. Und so fand Martin an einem Abend neben seinem Teller zwei Tickets für einen Flug an die Cote d'Azur. Nicole hatte einen drei-wöchigen Urlaub in einem kleinen Ort namens Fréjus gebucht und ließ ihm keine Wahl. Es sollte gleich einen Tag nach Martins Urlaubsantritt losgehen. Nicole gab vor, in den nächsten Tagen nicht zu bemerken, wie bedrückt Martin war und kümmerte sich vermeintlich um nichts anderes mehr als um ihre Strandgarderobe. Für Martin war klar, es würde für ihn keine legitime Rückzugsmöglichkeit geben. Deshalb begann er darüber nachzudenken, wie er das Fernando beibringen sollte. Einmal begann er mit einer unschuldigen Andeutung, Fernando auf diese nun doch stattfindende Urlaubsreise mit Nicole vorzubereiten. Doch dieser bekam erwartungsgemäß umgehend einen Tobsuchtsanfall und vergaß dabei, wie rücksichtsvoll er Martin gegenüber eigentlich sein wollte. Also zog es

Martin seiner Nerven zuliebe vor, nicht weiter auf das Thema einzugehen. An seinem Grundproblem änderte er dadurch natürlich nichts, er schob den großen Krach nur vor sich her und begann die Zwickmühle, in der er steckte, zu hassen.

Unausweichlich kam der Tag, an dem Martin Fernando gegenüber Farbe bekennen musste. Er hatte sich von Robert daheim abholen lassen, um sein Alibi, mit ihm zum Bowlen zu gehen, perfekt zu machen. Wieder bemerkte er den deprimierten, wissenden Blick Nicoles nicht, seine Gedanken waren bereits bei Fernando.

Als er schließlich in der Innenstadt in ein Taxi umstieg, war ihm immer noch nicht klar, wie er seinem Freund auseinandersetzen sollte, dass ihm einfach keine andere Möglichkeit blieb, als mit seiner Frau in Urlaub zu fahren. Ihm war schon im Vorfeld übel, seine Magenwände schienen Volleyball zu trainieren.

Fernando erwartete ihn bereits an der Tür. Er legte die Arme um Martins Hals und küsste ihn zärtlich. Einen Moment lang entspannte sich Martin und genoss allein Fernandos Nähe. Als dieser schließlich wieder aus Martins Halsbeuge auftauchte, meinte er:

"Endlich! Es war so einsam hier seit gestern Nachmittag. Ich habe versucht, zu arbeiten - aber ich glaube, es ist nichts geworden. Du musst dir das Bild nachher ansehen, vielleicht siehst du ja, was dabei schief gelaufen ist. Hey, warum bist du so still?"

Beide hatten nicht bemerkt, wie sehr Martin bereits in Fernandos Lebenskreis eingebunden war. Es war ganz gewiss nicht nur der Sex, der sie zueinander trieb, das wussten beide mittlerweile. Deshalb merkte Fernando auch sofort, dass Martin etwas bedrückte.

"Sag schon, was ist passiert?"

Als Fernandos erneute Frage Martin auf die Toilette trieb, von deren Besuch er mit schneeweißem Gesicht zurückkehrte, begriff Fernando endgültig, dass etwas Unangenehmes auf ihn zukam. Sie gingen auf den Balkon, wo bereits Rotwein und Gläser auf dem Tisch standen.

"Sag doch endlich, worüber hast du dich so aufgeregt?"

Fernando ahnte nichts Gutes und sah Martin nervös an. Dieser begann stockend:

"Ich weiß nicht, wo ich anfangen soll . . . ich weiß nur eins, du wirst mich lynchen!"

"Erzähl schon!"

Und Martin wagte gezwungenermaßen den Sprung ins kalte Wasser.

"Ich dachte, Nicole hätte sich damit abgefunden, dass wir dieses Jahr keinen Urlaub machen. Aber sie stellte mich einfach vor vollendete Tatsachen. Sie hat gebucht und die Tickets lagen neben meinem Teller. Ich weiß nicht, was ich machen soll!"

Der erwartete Wutausbruch kam zunächst einmal nicht, statt dessen sagte Fernando ganz ruhig:

"Du hast immer vom richtigen Zeitpunkt gesprochen, um mit ihr zu reden. Ich denke, das ist er!"

Seine schwarzen Augen funkelten gefährlich und das wollte so gar nicht zu seiner wundersamen Sanftmut passen:

"Ich kann nicht, Nando! Ich weiß nicht, wie sie in einer so extremen Situation reagiert und sie kann mir immerhin den Boden unter den Füßen wegziehen. Was ist, wenn sie mich im Amt unmöglich macht? Dann habe ich keine Existenzgrundlage mehr!"

Fernandos Gesicht blieb unbeweglich.

"Wir haben das mehr als einmal besprochen und irgendwie habe ich gewusst, dass du den richtigen Zeitpunkt nicht erkennen wirst und wenn er dich in den Arsch beißt! Du willst ihn einfach nicht erkennen. Muss ich wirklich nachhelfen, damit du dein neues Leben endlich akzeptierst? Immerhin hast du auch nicht die geringste Ahnung, wie ich in extremen Situationen reagiere!"

"Willst du mir drohen?"

Martin fühlte sich in die Ecke gedrängt.

"Das kannst du sehen, wie du willst!"

Fernandos fein geschnittenes Gesicht war gerötet, die Martin bereits bekannte blaurote Zornesader auf der Stirn wurde langsam sichtbar.

"Nando, bitte - kann man mit dir denn nicht einmal vernünftig reden, wenn es um Probleme geht? Ich meine, auch wenn es nicht unmittelbar deine eigenen sind. Immer musst du ohne Rücksicht auf Verluste deinen Willen durchsetzen."

"Du meinst, es ist also nicht mein Problem, wenn du dich wegen mir schämst - wenn du mich zur Nutte machst? Okay, dann gib mir Geld, wenn ich mich von dir vögeln lasse, dann stimmen die Relationen wieder. Ich habe mich bei dir nun einmal gefühlsmäßig eingebunden und wenn sich das ändern soll, ändern sich auch für dich die Bedingungen, Bella!"

"Hör mir doch erst einmal zu, bevor du wieder ausflippst."

"Aber natürlich! Was willst du mir denn wieder vorschlagen, um dich vor einer Entscheidung zu drücken und das auch noch von mir absegnen zu lassen . . . na, was?"

Martin tappte wie erwartet in die Falle.

"Ich dachte, du kommst auch nach Fréjus! Dann könnten wir uns dort sehen, sooft du willst. Nicole liegt sowieso den ganzen Tag am Strand, das hat sie schon angekündigt."

Fernandos auf die Tischplatte trommelnde Fingerkuppen verrieten nichts Gutes.

"Madonna! Ich hätte nie gedacht, dass du ein solcher Feigling bist. Bevor ich es dir so einfach mache, greife ich auf eine gute, alte Sitte aus Sizilien zurück. Delete di Passione, weißt du, was das heißt? Mord aus Leidenschaft und dabei ist es mir auch egal, wenn ich in den Knast gehe. Ich weiß nicht, wieso du meinst, ich sei ein total dämliches Schaf, das sich einfach alles gefallen lässt. Ausgerechnet ich, der genauestens darüber Bescheid weiß, wie man unliebsame Lover auf demütigende Weise los wird! Ich weiß, dass es langweiliger wird, je mehr sich der andere gefallen lässt!"

"Fernando, denk doch erst einmal nach, bevor du sinnlos dein Adrenalin verschleuderst. Es wird genauso sein wie hier, nur dass wir dort freier sind und auch miteinander weggehen können!"

Fernando schüttelte den Kopf.

"Ich begreife nicht, dass du tatsächlich anzunehmen scheinst, ich würde auch nur im Entferntesten daran denken mitzukommen. Gerade das ist es ja. Es ist genau wie hier. Ich werde nicht auch noch dort der Clown sein, den du manipulieren kannst. Ein dämliches Arschloch, das im Zimmer sitzt und auf dich wartet. Das halte ich nicht aus, dabei wirst du auf mich verzichten müssen!"

"Das hältst du nicht aus. Immer nur du!"

Plötzlich war es Martin, der die Kontrolle verlor.

"Du - du und nochmals du! Wie mir oder Nicole zumute ist, danach fragst du nicht!"

"Im Gegenteil, ich habe viel zu lange danach gefragt. Es ist verdammt noch mal unter meinem Niveau, mich von dir benutzen zu lassen, ohne auf einer Entscheidung zu bestehen. Es mag dir vielleicht immer noch neu sein, aber für mich bist du mehr als ein Schwanz. Ich liebe dich. Wenn du allerdings mit ihr fährst, kannst du das mit uns vergessen und deine Feierabendbedürfnisse gemeinsam mit deiner Hand und der Erinnerung an mich erledigen. Denn mehr als eine erotische Marionette war ich ja sowieso nie für dich."

Sie sahen sich an, beide nicht mehr in der Lage, ihren jeweiligen Standpunkt auch nur annähernd auf den anderen einzustellen. Zu oft schon hatten sie darüber geredet und waren zu keinem Ergebnis gekommen. Trotzdem war diesmal etwas anders. Wütender Trotz machte es beiden unmöglich, sich zu verständigen. Gereizt strich Martin seine Haare aus der Stirn.

"Das ist also dein letztes Wort?"

"Si, Signor!"

Fernando nahm fahrig das Glas, ließ den Inhalt durch seine Kehle strömen und goss es sich gleich wieder voll.

"Du sagst also, dass das jetzt alles war?"

Martin wollte eine weitere Bestätigung hören, denn irgendwie konnte er es nicht glauben. Fernando musste einfach einlenken, das hatte er doch immer getan!

"Es ist vorbei! Du hast dich für sie entschieden, wenn du mit ihr fährst. Du willst meine Liebe nicht."

Fernandos Stimme war nicht fest, alle Aggression war aus ihr gewichen und auch er hoffte darauf, der andere würde zurückstecken.

"Das nennst du also Liebe? Du verlangst von mir, achtzehn Jahre einfach wegzuwerfen? Ich soll Nicole verletzen und mich ins Ungewisse fallen lassen. Das ist keine Liebe, das ist krankhafter Egoismus. Du bist berechnend und nur auf deinen Vorteil bedacht - nein, du liebst mich nicht!"

"Wenn du so über mich denkst frage ich mich, warum du immer noch hier bist! Ausgerechnet du redest von Egoismus, dabei bist du wohl eindeutig derjenige, der keinerlei Unannehmlichkeit für mich in Kauf nehmen will. Ich bin das wahrscheinlich auch nicht wert. Ich bin schließlich nur ein schwuler, italienischer Bastard, den man ausnutzt, solange er das mitmacht. Ich sag dir, wo dein Problem liegt - du kannst dich nicht damit abfinden, ebenfalls ein Schwuler zu sein und meinst, wenn du dich gegen mich entscheidest, bist du nicht mehr schwul. Das hat sich also immer noch nicht geändert. Mamma mia, war ich dämlich!"

Fernando schlug sich vor die Stirn und machte mit beiden Händen eine ausladende Geste Richtung Himmel.

"Und damit wären wir wieder am Anfang, nicht wahr?"

Sie standen voreinander und schrien sich an.

"Allerdings sind wir das!"

Fernando zitterte vor Wut und fuhr fort:

"Eigentlich waren wir nie weiter, denn mit dir scheinheiligem Mistkerl kann man nichts aufbauen. Du opferst einfach alles deiner Heuchelei und fühlst dich auch noch im Recht."

"Das ist nicht wahr und das weißt du genau. Ich habe einiges begriffen in der Zeit mit dir, aber ich kann mich nicht von heute auf morgen vollkommen ändern. Ich habe ein ganzes Leben aufzuarbeiten, das geht nicht in ein paar Minuten. Aber das ist für einen oberflächlichen Künstler wie du einer bist unverständlich, ihr seid anders als andere Menschen. Du lebst grundsätzlich nur so, wie es dir am bequemsten ist! Denn man lebt deiner Meinung nach ja nicht für seine Verpflichtungen, sondern einzig und allein aus Vergnügen. Und du merkst nicht, wie verantwortungslos das ist."

"Ach ja? Na und? Ich bin nun einmal gar nicht der Typ, der später in die Kiste steigt und dann froh ist, sich mit Ärger und Arbeit, die nur andere reich macht, das Leben versaut zu haben, weil das in einem alten, überholten Roman so gefordert wird. Ich glaube nicht daran, dass ein demütiges, saures Leben einem irgendwann einmal die Glückseligkeit bringt. Das wurde erfunden, um einfache Leute dazu zu bringen, das gefräßige, triebhafte Leben geiler Kardinäle zu finanzieren. Halleluja! Dir hatte ich mehr Verstand zugetraut. Ich jedenfalls will **jetzt** glücklich sein, denn wenn ich erst einmal den Löffel weggeschmissen habe, ist es zu spät dazu. Und außerdem, du willst es schließlich auch. Oder ist es nicht am bequemsten, alles nur heimlich zu machen? Hast du auch nur ein einziges Mal daran gedacht, dass ich . . ."

Der Streit setzte sich noch eine Viertelstunde fort.

Jede Gemeinsamkeit schien verloren, nur noch blanke Erbitterung war in ihnen und jeder blieb für sich uneinsichtig. Schließlich war es soweit und Martin verließ grußlos und noch immer aufgebracht das Haus.

In diesem Moment glaubte er sogar fest daran, dass ihm die endgültige Trennung von Fernando nicht weiter schwer fallen würde. Auf derlei Stress würde er in Zukunft gerne verzichten, schließlich wollte er sein eigener

Herr bleiben und nicht nur wegen ein paar guter Orgasmen die Kontrolle über sein ganzes Leben aus der Hand geben. Wenn es wirklich sein musste, konnte er immer noch jemand anderen auftreiben, der weniger Ärger machte als dieser von sich selbst überzeugte, ichbezogene Maler.

Im Moment hatte er sowieso die Nase gestrichen voll von zwischenmenschlichen Verwicklungen. Fernandos Gedanken waren ähnlich. Allerdings hatten sie beide etwas Wesentliches vergessen - sie waren sich näher gekommen und hatten begonnen, ihrer beider Leben miteinander zu verknüpfen. Es würde nie wieder lediglich die bloße Begierde sein, die sie miteinander verband.

”Es ist schon wieder nur der blöde Beantworter dran!”, beschwerte sich Sven und legte den Hörer auf.

Bereits seit drei Tagen hatte er nichts mehr von Fernando gehört und sich aus bekannten Gründen auch selbst nicht gemeldet. Heute versuchte er jedoch schon seit neun Uhr morgens, seinen Freund zu erreichen.

”Allmählich fange ich an, mir Sorgen zu machen!”, fügte er hinzu und Uwe, der gerade erst hereingekommen war, um Sven abzuholen, schüttelte den Kopf.

”Wenn etwas passiert wäre, wüsstest du es. Du weißt doch, sobald es ihm gut geht, ruft er dich nicht von sich aus an. Er und sein Martin haben bestimmt keine Zeit für dich, sie sind zu beschäftigt mit ihrem Glück!”

Uwe wollte Svens Trotz wieder wecken, diesmal jedoch funktionierte es nicht.

”Das kann ich mir nicht vorstellen. Als er wieder mit Martin zusammengekommen ist, hat Fernando mindestens alle zwei Tage angerufen und mir die Neuigkeiten aufgedrängt. Nun gut, ich wollte sie eigentlich nicht wissen, aber er hat sie mir trotzdem gesagt. Jetzt ist eine halbe Woche lang totale Funkstille, da stimmt was nicht!”

”Du suchst doch nur wieder einen Grund, nach Bayenthal zu fahren!”

Uwe hatte sich an den Gedanken gewöhnt, dass Sven und er eine Partner-schaft hatten und es war ihm gar nicht recht, dass Fernando sich auf diese für ihn charakteristische Weise körperlos dazwischen drängte.

”Und wenn es so wäre, ginge dich das auch nichts an!”

”Ich finde nur, du machst dir zu schnell Sorgen! Er ist erwachsen!”

"Das musst du schon mir überlassen. Im Gegensatz zu dir kenne ich Fernando schließlich!"

"Also gut! Und was heißt das jetzt? Wirst du heute nicht am Vogel arbeiten und statt dessen zu Fernando fahren?"

"Genau das heißt es! Und nenne meinen Adler nicht immer Vogel!"

Uwe sah Sven zu, der ein weiteres Mal den Hörer abnahm und eine Nachricht auf Fernandos Band hinterließ. Fast hatte Uwe daran geglaubt, er habe Sven für sich gewonnen, denn in den vergangenen drei Wochen hatten sich dieser und Fernando nur zweimal kurz gesehen.

Einmal tauchte der junge Italiener unangemeldet in der Lagerhalle auf und schaute Sven eine Weile bei der Arbeit zu, ein anderes Mal stand er morgens um acht mit Brötchen vor der Tür. Dabei schien er so gelöst und glücklich zu sein, dass es Sven jedes Mal einen Stich gab. Ein Moment, den Uwe wieder für sich nutzen konnte.

Er hatte in dieser Zeit zwar nur noch einmal mit Sven geschlafen, trotzdem machte er sich echte Hoffnungen auf eine längere Beziehung. Uwe war klar, dass Sven noch eine ganze Weile benötigte, um sich nicht nur räumlich, sondern auch emotional von Fernando zu entfernen, aber er glaubte, er könne die Geduld aufbringen und abwarten.

Nun war das, was er beobachtete, ein ziemlicher Rückfall und eines wusste er sofort, er musste Sven gewähren lassen, um es sich mit ihm nicht zu verderben. Gemeinsam verließen sie Svens Wohnung und Uwe sprach noch über eine Einladung seiner Eltern zum Abendessen am gleichen Tag. Sven sagte nicht fest zu, schließlich musste er erst sehen, was mit Fernando los war. Uwe nahm es widerwillig zur Kenntnis und sie trennten sich.

Auf dem Weg nach Bayenthal kümmerte Sven sich kaum um die Straßenverkehrsordnung. Er fuhr ständig mindestens neunzig, huschte bei gelb noch über die Kreuzung und betätigte sich als Lückenhopser, um schneller vorwärts zu kommen. Vor Fernandos Haus angekommen, bemerkte er zuerst den Lotos. Sein Freund war also aller Wahrscheinlichkeit nach im Haus. Warum ging er dann nicht ans Telefon? Hastig zog Sven den Schlüssel aus der Tasche und schloss auf. Sofort vernahm er"*Who Wants To Live Forever"* von Queen. Der Song an sich und die Lautstärke verrieten nichts Gutes und Sven rannte die Treppe hinauf. In der Pause zum nächsten Titel rief er nach Fernando, dann machte ihm der brüllende Sound des an sich sanften"*Friends Will Be Friends"* weitere hörbare verbale Äußerungen unmöglich.

Die Musik kam aus dem Atelier, aber Sven fand es leer. Sein Blick fiel auf ein kleines Porträt von Martin, die Farben waren noch feucht. Fernando hatte mitten durch das Gesicht ein großes, rotes Fragezeichen gezogen. Rund um die Staffelei türmte sich die Unordnung. Volle Aschenbecher, Gläser und leere Sektflaschen.

Nein, das sah wirklich nicht sehr ermutigend aus! Fernando hatte scheinbar nicht einmal die Putzfrau hereingelassen. Sven schaltete die Anlage ab. Die CD war auf Wiederholung eingestellt, die Musik hätte über Stunden oder sogar Tage dudeln können. Das allein war also kein Beweis dafür, dass mit Fernando alles in Ordnung war. Sven ging Richtung Schlafzimmer und öffnete die Tür.

Das Zimmer war abgedunkelt, als erstes schlug ihm ein schaler Geruch entgegen. Fenster und sogar Balkontür waren geschlossen, die sauerstoffarme Wärme versetzt mit abgestandenem Mariuhanaqualm trieb Sven die Tränen in die Augen.

Seine Hand tastete nach dem Lichtschalter und im nächsten Moment fiel sein Blick auf Fernando, der nur mit seiner Jeans bekleidet quer über dem Bett lag. Seine sonst gebräunte Gesichtsfarbe war teigig weiß und dunkle Schatten lagen um seine Augen.

Sven fühlte als erstes seinen Puls, dann riss er die Fenster auf.

Dabei stolperte er über eine Batterie von leeren Flaschen.

Fernando musste sich seit Tagen nur von Alkohol und Joints ernährt haben, eine nicht gerade vitaminreiche Diät, die auch einen Stärkeren umgehauen hätte. Es klimperte, als Sven die Flaschen mit dem Fuß aus dem Weg schob und sich auf das Bett setzte.

"He!"

Er schlug Fernando leicht auf die Wangen und dieser murmelte etwas Unverständliches. Sven bekam als Bonus seinen Atem ins Gesicht und schüttelte sich.

"Wach auf, sonst halte ich dir ein Streichholz an den Mund! Dann gehst du hoch wie eine Stange Dynamit!"

Sven rüttelte seinen Freund durch und bekam als Antwort etwas von - in Ruhe sterben lassen - zu hören.

"Oh nein, den Gefallen tue ich dir nicht! Du wirst jetzt aufwachen. Sofort!"

Fernando jedoch dachte nicht daran, er drehte sich auf die andere Seite und als Sven ihn aus dem Bett ziehen wollte, schlug er nach ihm. Sven musste seinen Plan, Fernando unter die Dusche zu schleppen, aufgeben. Das Vorhaben, seinen Freund aus seinem Halbkoma zu reißen, gab er deshalb jedoch nicht auf. Er ging ins Bad, füllte einen Eimer mit kaltem Wasser und goss letzteres erbarmungslos über Fernando aus. Die plötz-liche feuchte Ungemütlichkeit regte diesen nun doch dazu an, die Augen zu öffnen.

"Bist du bescheuert?", fuhr er Sven heiser an, richtete sich dabei etwas zu hastig auf und fiel wieder um.

"Das bist eher du. Ertrinkst du wieder in Selbstmitleid?"

"Ich wusste nicht, dass man Selbstmitleid in Eimern transportiert! Du bist es doch, der mich ertränkt!"

Fernando griff sich an den Kopf, der zu platzen drohte. Sven zog seinen Freund mühsam auf die Beine.

"Kannst du mich denn nicht einfach mal in Ruhe lassen? Ich habe dich nicht gerufen. Immer musst du dich einmischen. Ich will dich nicht hier haben, ich brauch dich nicht. Ich brauche niemanden . . . verschwinde!"

"Danke für den Arschtritt, aber das bin ich gewohnt. Ich werde trotzdem bleiben, bis du wieder klar denken kannst. Man kann dich wirklich nicht allein lassen."

Schließlich hatte Sven Fernando unter der Dusche abgesetzt, drückte ihn in die Wanne und hielt ihn dort fest. Dann drehte er das kalte Wasser auf und es schien ihn dabei nicht zu interessieren, dass es ihn selbst auch traf. Er sagte lediglich:

"Ich gehe Kaffee machen. Wenn du wieder klar im Kopf bist, komm runter!", und schüttelte seine nassen Locken aus.

Fernando jaulte schrill auf, versuchte hoch und unter den kalten Strahlen wegzukommen, aber er rutschte immer wieder aus und blieb schließlich zusammengezogen sitzen, als erwarte er das Fallbeil. Mit merkwürdig dumpfem Blick schaute er Sven hinterher, der ihn allein ließ, um in die Küche zu gehen.

Das kalte Wasser tropfte durch die schwarzen Haare auf seine Wangen, verfehlte zielsicher keinen Teil seines schmalen Körpers. Plötzlich dachte er wieder an Martin. Er schniefte, seine Nase färbte sich rot und begann zu laufen. Das Wasser im Gesicht mischte sich mit dem Salz seiner Tränen und immer noch saß er zitternd und mit aufgerissenen Augen in der Duschwanne. Klar im Kopf war er jetzt einigermaßen, aber er versuchte trotzdem nicht aufzustehen oder den Wasserhahn zuzudrehen. Statt dessen machte er sich so klein es ging, probierte so mit der verbliebenen

Körperwärme gegen die Kälte anzukommen. In dieser Weise saß er noch, als Sven schließlich wieder ins Bad kam.

"Wieso sitzt du denn immer noch hier?"

"Du willst doch, dass ich erfriere. Wie ich abkratze ist doch egal, Hauptsache es passiert bald!"

Sven drehte das Wasser ab, zog den willenlosen Fernando hoch und aus der Dusche. Er hatte eine Zeitlang damit zu tun, seinen Freund aus der nassen Jeans zu schälen. Er rubbelte ihn ab und kam sich dabei zum Erbrechen mütterlich vor. Fernando reagierte kaum, ließ sich hin und herschieben wie eine Puppe. Er zeigte keine eigene Initiative, bis sie schließlich in der Küche waren und eine dampfende Tasse Kaffee vor ihm stand. Hier wärmte er sich wenigstens seine immer noch klammen Finger am Porzellan. Sven machte Ordnung, rannte mit Flaschen und farbbekleckten Tüchern herum und leerte mindestens sieben übervolle Aschenbecher. Danach erst setzte er sich Fernando gegenüber auf einen Stuhl.

"Und? Was ist passiert?"

Fernando starrte beharrlich vor sich hin und machte keinerlei Anstalten, zu antworten. Sven verdrehte die Augen. Eigentlich konnte er sich denken, was passiert war, aber irgendwie war ihm dieses ungewöhnliche Schweigen unheimlich. Normalerweise erschlug Fernando Sven mit seinen in Worte gekleideten Gedanken, breitete alles vor ihm aus, analysierte es selbst und setzte es seitenverkehrt wieder zusammen. Damit nahm er der Substanz seiner Gefühle meist selbst die Ernsthaftigkeit. Aber jetzt schien er ganz in seine eigene Welt abgetaucht zu sein.

"Erde an Fernando - hörst du mich? Ich habe dich gefragt, was passiert ist!"

Wie erwachend schaute Fernando auf. Er lächelte verzerrt.

"Va bene! Was soll schon los sein? Martin ist weg. Für immer! Und ich habe ihm auch noch den Laufpass gegeben, weil ich mich wieder einmal nicht beherrschen konnte."

"So etwas habe ich mir schon gedacht. Dabei schienst du ganz glücklich in der letzten Zeit. Womit hat er dich denn wieder so schrecklich geärgert?"

"Es war wegen des Urlaubs. . ."

Fernando erzählte von den vergangenen Vorfällen und davon, wie sie sich gegenseitig behandelt hatten.

Sven hörte zu, ohne zu unterbrechen. Schließlich jedoch meinte er:

"Und warum rufst du ihn nicht an? Entschuldige dich bei ihm. Es ändert nichts, wenn du einfach immer weiter säufst!"

"Entschuldigen könnte ich mich höchstens für meine Worte, nicht dafür, dass ich seine Entscheidung fordere. Ich kann in dieser Sache jetzt nicht mehr nachgeben, sonst nimmt er mich künftig erst recht nicht ernst! Der Zug ist einfach abgefahren. Ende - aus - Applaus!"

"Und was hast du davon, wenn er dich ernst nimmt, ihr euch aber nicht mehr seht?"

"Ich weiß doch auch nicht - ich kann jetzt sowieso nicht denken. Wenn ich dir verspreche nicht zu saufen, lässt du mich dann wieder allein?"

Sven machte sich wirklich Sorgen. Dieses Alleinsein-Wollen passte überhaupt nicht zu Fernando. So ging er einfach nicht auf die Bitte seines Freundes ein. Er stand auf und wirbelte gemeinsam mit Meister Propper durchs Haus, während der unglückliche Fernando sich für fast drei Stunden in das wohlig warme Wasser der Badewanne zurückzog.

Später gingen sie gemeinsam einkaufen, denn in Fernandos Kühlschrank herrschte ein nahezu katastrophales Manko an allem. Fernando schlich wie der Schatten seiner selbst neben Sven einher. Sein Körper reagierte mit Schwäche auf die Misshandlung durch Drogen und Alkohol und er hätte sich am liebsten wieder ins Bett gelegt. Sven ließ das jedoch nicht zu und Fernando keine Minute aus den Augen.

Abends sagte Sven dann Uwe ab, weil er den Verzweifelten noch immer nicht allein lassen wollte. Gemeinsam mit Fernando saß er noch lange auf dem Balkon, sie tranken Rotwein und redeten.

Es passte Sven gar nicht, Martin partiell sogar verteidigen zu müssen. Er war, auch wenn er diesen Umstand manchmal verfluchte, nun einmal von Natur aus fair. Deshalb kam er wenn auch ungern nicht umhin, Fernando noch einmal zu verdeutlichen, dass Martin, wenn sein Charakter überhaupt etwas wert war, Nicole nicht einfach so verlassen konnte.

"Er würde sich das wahrscheinlich nie verzeihen. Das spricht doch nur für ihn."

Fernando hörte sich ziemlich überrascht an, als er fragte:

"Und warum bist du so sauer?"

"Weil du mich in die Situation bringst, dieses Arschloch auch noch zu rechtfertigen. Du weißt doch, ich kann ihn nicht leiden!"

"Du würdest jedem Recht geben. Hauptsache, er ist anderer Meinung als ich!"

"Sei nicht ungerecht! Fest steht, dass dein Martin mit mehr zu kämpfen hat als damit, sich zu dir zu bekennen. Er hat das Pflicht-bewußtsein gegenüber seiner Frau und er mag sie, auch wenn du das nicht hören willst. Schließlich waren sie achtzehn Jahre lang zusammen, ohne dass sie jemand dazu zwingen musste. Dazu kommt, dass er damit fertig werden muss, jetzt höchstselbst einer von uns für ihn noch gestern perversen Schwulen zu sein. Er hat Angst, seinen Job zu verlieren. Und da kommst du daher und willst, dass er das einfach so hinnimmt, um mit dir ein vollkommen anderes Leben anzufangen, von dem er nicht weiß, was es für Schwierigkeiten bringt. Das heißt doch nicht, dass du ihm nichts bedeutest!"

Fernando knabberte nachdenklich an seiner Unterlippe.

"Du meinst also, ich solle wieder nachgeben und ihn einfach mit seiner Alten in Urlaub fahren lassen? Tut mir Leid, das kann ich nicht!"

"Dann kann ich dir auch nicht helfen!"

In dieser Nacht schlief Sven bei Fernando. Sexuell lief zwischen ihnen nichts, Fernando versuchte es nicht einmal aus Protest gegen Martins Verhalten. Eine Sache, über die Sven einerseits froh war, die ihn jedoch auch wunderte. Fernando schien sich tatsächlich zu verändern. Sven begriff allerdings immer noch nicht, was an Martin Auer dran war, das seinen Freund derartig in die Knie zwang und normale Verhaltensmuster ins Gegenteil verkehrte.

Trotzdem hatte er das Gefühl, Fernando würde allmählich wieder vernünftig. Er wirkte langsam ausgeglichener. Und gleich am nächsten Morgen begrüßte Fernando Sven mit den Worten:

"Ich werde ihm noch eine Chance geben!"

"Ich nehme an, du meinst Martin. Aha, du willst also deinen aufopfernden Großmut unter Beweis stellen! Und wie?"

"Ich werde eine Reise buchen und ihm sein Ticket zuschicken. Er wird verstehen, was ich damit sagen will!"

"Sicher! Er wird verstehen, dass du ihm wieder die Coming-out-Pistole auf die Brust setzen willst und . . .!"

"Versuch nicht, es mir auszureden. Vielleicht weiß er ja mittlerweile, dass er lieber Zugeständnisse macht als mich aufzugeben. Ich glaube ganz fest daran, dass er mich liebt. Ich habe es in seinen Augen gesehen!"

"Wenn du meinst, so ist das richtig, kann dir das sowieso keiner ausreden!"

"Maledetto! Sven, ist es dir nicht möglich, nur ein einziges Mal meiner

Meinung zu sein? Gestern sollte ich mich bei ihm melden und jetzt soll ich wieder nicht. Weißt du überhaupt, was du willst?"

"Allerdings . . . ich will, dass du wieder vernünftig wirst! Das ist auch schon alles! Du meinst also, wenn er am Abflugtag zum Flughafen kommt, hat er sich für dich entschieden?"

"Si!"

"Das findest du demnach logisch? Und wenn er nicht kommt, fliegst du dann allein? Wohin überhaupt?"

"Mal sehen was ich buche, auf alle Fälle USA. Und wenn er nicht kommt, fliegst du eben mit!"

Sven fühlte sich von Fernando getreten, dieser jedoch schien keine Ahnung zu haben, dass er seinen Freund wieder einmal gekränkt hatte.

"Wenn er nicht kommt, mein lieber Fernando, kannst du allein fliegen oder dir einen anderen Dummen suchen, der drüben deine Launen erträgt. Ich werde jedenfalls nicht mitkommen, ich eigne mich nicht mehr als Lückenbüßer. Ich habe dazugelernt!"

Irritiert schaute Fernando Sven an.

"Per amor di Dio, Sven! Sei nicht so empfindlich! So habe ich es doch nicht gemeint! Es wäre nur schade, wenn das Ticket verfällt! Ich weiß doch, wie sehr du die USA liebst!"

"So sehr auch wieder nicht!"

Sven dachte an ihre gemeinsame Zeit drüben und ihm fiel der alte Chevy wieder ein, dessen Lenkrad an der Wand seiner Wohnung verstaubte. Aber es hatte keinen Sinn, jetzt sentimental zu werden. Trotzdem konnte er einen leicht wehmütigen Gesichtsausdruck nicht ganz verhindern und Fernando meinte:

"Was ist denn los? Habe ich dich mit meiner Melancholie angesteckt?"

"Das ist mal wieder typisch. Nein, ich bin nicht melancholisch! Warum sollte ich auch! Ich bin sechsundzwanzig Jahre alt, immer pleite und habe einen Freund, der mich nach Belieben hin und herschiebt. Was will ich denn mehr! Ich habe wirklich alles, was man sich nur wünschen kann."

Am gleichen Tag buchte Fernando zwei Flüge nach San Francisco.

Als Martin am Abend des Streites daheim ankam, war seine Wut bereits verraucht. Statt dessen wirkte die Auseinandersetzung bedrohlich auf ihn.

Er war sicher, Fernando hatte jedes Wort genauso gemeint, wie er es sagte und Martin hatte Angst, dass er etwas Unüberlegtes tat.

Sie hatten sich schon oft gestritten, meist ging es um den gleichen Punkt, aber diesmal hatte es etwas Endgültiges gehabt. Martin wusste jetzt, für Fernando musste es so aussehen als wolle er ihn demütigen. Aber es war ihm auch klar, dass er an mehr zu denken hatte als an seine leidenschaftliche Zuneigung zu dem jungen Italiener.

Da war Nicole, die nichts erfahren durfte, schon weil sie sein Alibi für alle anderen war. Die Vorstellung, dass sein gesamtes Umfeld von seiner Ver-anlagung erfuhr, versetzte Martin immer noch in echte Panik. Natürlich wollte er Nicole auch nicht verletzen, irgendwie fühlte er sich für die Tatsache, plötzlich schwul zu sein schuldig. Jetzt würde er sie wenigstens nicht mehr belügen müssen, weil er nicht mehr zu Fernando ging.

Allein deshalb versuchte er, seinen Schmerz über die Trennung in Arbeit zu ertränken. Bald wusste er, dass trotzdem immer noch zuviel Tag übrigblieb, wenn er aus dem Amtsgericht heimkam. Nicole fiel auf, dass er gleich fünf Abende nacheinander zu Hause blieb. Sie wagte noch nicht zu hoffen, dass das mit der anderen bereits vorbei war. Sie schwieg und wartete weiterhin ab.

Martin hatte den Hörer öfter als einmal in der Hand, um Fernando anzurufen. Dann jedoch wusste er nicht, was er ihm sagen sollte, denn an seiner Grundeinstellung hatte sich nichts geändert. Er konnte nicht nachgeben, und auch Fernando würde das nicht tun. Martin versuchte, sich damit abzufinden. Immer, wenn seine Sehnsucht am schlimmsten war, redete er sich ein, dass seine Beziehung zu Fernando sowieso keine Zukunft gehabt hätte.

Heute war Dienstag, morgen würde sein letzter Arbeitstag vor dem Urlaub sein. Er saß auf seinem Ledersessel vor dem Bücherregal und schaute sich seine Bildbände an.

Dabei ging ihm immer wieder eins durch den Kopf - wie sollte er den Urlaub hinter sich bringen? Er wollte nicht an die Cote d´Azur, wollte nicht den ganzen Tag dort herumliegen und doch nur an Fernando denken. Aber es gab einfach keine Möglichkeit für ihn, in Köln zu bleiben.

Er dachte auch an Sven, der sicher keinen Tag gewartet hatte, um sein verlorenes Terrain wieder in Besitz zu nehmen.

Die Eifersucht stieg wie eine lodernde Flamme in Martin hoch, er krallte seine Finger in eine Buchseite und zerknüllte sie dabei. Er konnte nicht verstehen, dass Nicole seine Unlust nicht zu bemerken schien. Sie beschäftigte sich den ganzen Tag mit Urlaubsvorbereitungen, führte Strichlisten, die sie systematisch abhakte und hatte aufdringlich gute Laune. Martin hatte immer noch nicht gemerkt, dass sie die Entgegen-kommende nur spielte, er war zu sehr mit sich selbst beschäftigt.

"Martin, was ist los? Du machst ja das Buch kaputt!"

Nicole tauchte kurz im Wohnzimmer auf, dann war sie wieder verschwunden. Martin strich betreten die Seite wieder glatt und sein Blick fiel auf die Fotos einiger Werke von Michelangelo.

Männer und Knaben mit kräftigen Körpern und ansehnlicher Geschlecht-lichkeit, und wieder dachte er an Fernando. Wie sollte er das aushalten? Er kam sich vor wie in einem Käfig und das Schlimmste dabei war, dass er sich selbst hätte aus diesem Gefängnis befreien können. Es gab keinen Zeitpunkt, an dem Martin nicht beide Seelen in seiner Brust schmerzhaft spürte. Aber er tat nichts, um diesen Zustand zu beenden, versuchte sich damit abzufinden, dass sein neues Leben mit Fernando zu Ende war, ehe es begann.

Am nächsten Morgen war er unausgeschlafen und reizbar. Das änderte sich auch im Amt nicht, was Robert zu der Bemerkung hinriss, Carmen hätte wohl einen anderen. Martin machte seine Arbeit und brachte so den Vormittag herum. Kurz nachdem er aus der Mittagspause zurückkam, überbrachte ihm der Bürobote einen Umschlag. Das war eigentlich nichts Ungewöhnliches, aber als er den Brief umdrehte und auf der Rückseite den Namen Amati las, kam er einfach nicht gegen das plötzliche Zittern an. Mindestens eine Minute lang war er nicht in der Lage, die Sendung zu öffnen. Dann nahm er sich zusammen. Im Kuvert lag nichts weiter als ein Flugticket und Martin wusste schon im nächsten Moment, was das zu bedeuten hatte.

Fernando hatte ein weiteres Mal nachgegeben, ohne wirklich nachzugeben, um ihm noch ein letzte Chance zu geben und ihn gleichzeitig wieder in eine akute Krise zu stürzen.

"Verdammt, es gibt entschieden zu viele Flugtickets auf der Welt!", murmelte er.

Sein Magen begann wie immer in unübersichtlichen Situationen zu rebellieren. Nur eine Sekunde dachte er daran, tatsächlich alles hinzuwerfen und mit Fernando nach San Francisco zu fliegen. Doch dann kramte er alle möglichen Bedenken hervor, die alle nicht den Punkt trafen. Er hatte kein Visum, keine Reiseschecks. Außerdem, was sollte er Nicole sagen? Ihm waren die Lügen ausgegangen!

Genau das war es aber - Fernando wollte, dass er endlich Farbe bekannte. Ein weiteres Mal brachte er Martin in den Konflikt, obwohl dieser doch wirklich alles versuchte, um diese Forderung zu verdrängen und sogar soweit ging, ihre Beziehung aufzugeben. Fernando hatte von San Francisco als Gay Capital Of The World gesprochen! Die Stadt galt als die Schwulenmetropole und das Reiseziel war nicht misszuverstehen. Warum konnte Fernando nicht verstehen, dass es diesmal nicht nach seinem Willen gehen würde? Martin schwankte zwischen Wut und Verzweiflung. Es widerstrebte ihm, dieses letzte Friedensangebot einfach auszuschlagen. Vielleicht sollte er doch noch einmal mit ihm reden! Andererseits wusste er bereits jetzt, wie das Gespräch ausgehen würde.

Martin hatte Schwierigkeiten, sich auf die noch anfallenden abschließen-den Arbeiten vor seinem Urlaubsantritt zu konzentrieren. Als er heimkam, konnte er nichts essen und hatte noch immer schreckliche Magenschmerzen.

Nicole überging das alles und erzählte im Plauderton von ihren Urlaubsvorbereitungen. In Martin baute sich so etwas wie eine Gewitterwand auf, er hätte nur zu gerne mit ihr gestritten, um den enormen Druck zu kompensieren, unter dem er stand. Übellaunig saß er auf der Couch und blätterte in einem Magazin, während Nicole geschäftig hin und herlief.

"Bist du bald fertig? Du machst einen ganz verrückt mit deiner Herumrennerei. Du liebe Zeit, wir wandern nicht aus, wir fahren für kurze Zeit nach Frankreich, das ist alles!"

"Das weiß ich doch! Aber du wirst mir nachher dankbar sein, wenn ich jetzt alles perfekt plane", antwortete sie im Vorbeigehen und ohne stehen zu bleiben.

Martin schickte einen genervten Blick zur Decke. Als sie aus dem Zimmer war, warf er plötzlich die Zeitung in die Ecke, sprang auf und folgte ihr. Sie saß wie ständig in letzter Zeit an der Nähmaschine und machte die letzten Stiche zur Fertigstellung eines Strandkleides.

"Kommst du noch mal zu einem Ende mit deiner Näherei? Überall liegen Flusen und Fetzen und Nadeln. Außerdem muss allein der Stoff ein Vermögen gekostet haben."

"Dann stell dir mal vor, was die Kleider fertig gekostet hätten! So war es weitaus billiger!"

"Kleider! Hast du denn gar nichts anderes im Kopf? Wir wollen dort doch an den Strand und nicht auf den Laufsteg."

Nicole stand auf und schaute ihn an.

"Willst du mir nicht endlich mal die Wahrheit sagen?"

"Die Wahrheit? Was für eine Wahrheit? Ich weiß nicht, wovon du jetzt schon wieder redest!"

"Ich rede davon, dass du gar nicht nach Frankreich willst. Davon, dass du Heimlichkeiten hast und davon, dass du ständig mit den Gedanken abwesend und schlecht gelaunt bist! Irgend etwas stimmt nicht und ich will endlich wissen, was das ist!"

Martin verzog das Gesicht.

"Nichts! Ich habe nur keine Lust auf überfüllte Strände!"

Er drehte sich um und ging hinaus. Aber diesmal folgte Nicole ihm.

"Martin . . . behandele mich gefälligst nicht wie eine Idiotin! Denkst du, ich merke nicht, dass dich etwas bedrückt?"

"Hör schon auf und bitte, lass mich endlich in Ruhe!"

Martins Gesichtsausdruck verriet deutlich, dass er nicht vorhatte, das Gespräch fortzusetzen. Nicole ahnte, dass es nichts bringen würde, Martin weiter zu bedrängen. Sie nickte und ging zurück ins Schlafzimmer. Es würde ein harter Kampf werden, den sie um Martin ausfechten musste und zum ersten Mal war sie unsicher, dass Geduld und Verständnis allein ihr helfen würden, ihn zurückzugewinnen. Sie hatte ja keine Ahnung gehabt, wie weit die Sache schon gediehen war!

Und auf einmal kam ihr der Plan, ihn durch den Urlaub zurückzugewinnen, wie blanke Theorie vor, die sich kaum in die Praxis umsetzen lassen würde. Trotzdem wollte sie es auch weiterhin versuchen.

Martin saß indes im Wohnzimmer. Der Fernseher lief, aber er schaute nicht hin. Plötzlich schien der Raum ihn zu erdrücken. Er musste raus, wenn er wieder Luft bekommen wollte. Ohne Nicole Bescheid zu sagen, verließ er leise die Wohnung. Trotzdem hatte sie ihn gehört. Als die Tür ins Schloss fiel, ließ sie sich auf die Bettkante fallen und begann zu weinen.

Martin ging zielstrebig auf die nächste Telefonzelle zu. Er würde Fernando anrufen und ihm sagen, dass er natürlich nicht mit nach San Francisco kam. Das wenigstens war er ihm schuldig. Er nahm den Hörer ab und mit jeder gedrückten Ziffer wurde sein Hals enger.

"Si, Amati!", erklang nach dem zweiten Freizeichen Fernandos sanfte, melodische Stimme.

Martin schluckte krampfhaft und schwieg.

"Pronto, chi c 'è?"

Martin hatte es immer gemocht, wenn Fernando italienisch sprach, jetzt trieb es ihm fast die Tränen in die Augen. Aber er beherrschte sich. Plötzlich kam es ihm unsinnig vor, Fernando weitere Rechtfertigungen für sein Zögern zu liefern. Trotzdem legte er nicht auf, saugte jeden Ton der Stimme am anderen Ende der Leitung wie ein Schwamm in sich auf.

"Ciao Martin! Du bist das doch, oder? Melde dich doch. Leg´ nicht auf, per favore!"

Erschrocken hing Martin den Hörer ab. Hart erwischte ihn wieder das Gefühl der Sehnsucht. Was blieb ihm jetzt noch? Er hatte nicht die Kraft, einen endgültigen Schlussstrich zu ziehen. Aber es fehlte im auch die Entschlossenheit, den Schritt zu tun, den Fernando von ihm erwartete. Wie ein geprügelter Hund verließ er die Telefonzelle und schlich dreimal die Straße auf und ab, ehe er wieder zurück in die Wohnung ging.

"Es hat sich niemand gemeldet! Aber ich weiß, es war Martin. Er hat heute das Ticket bekommen!"

Fernando ließ den Hörer sinken.

"Glaubst du immer noch, dass er kommt?"

"Ich hoffe es!"

Fernando ging zu seiner Anlage, hörte dreimal hintereinander Queens"*Bohemian Rhapsodie"* und tobte dabei durch sein Atelier. Dann fühlte er sich erleichtert.

Er hatte beschlossen, auch allein über den großen Teich zu fliegen. Drüben würde sein Verschleiß an Liebhabern gehörig steigen. Er hatte das Sven schon angekündigt worauf dieser nur freudlos grinste und meinte, dass jeder auf die Weise Selbstmord begehen sollte, die ihm am sympathischsten war. Und da Fernando sich nur selten schützte, war Sex für ihn wie Russisches Roulette.

Später verließ Sven Fernando zum ersten Mal seit fünf Tagen und fuhr nach Hause, nachdem er versprochen hatte, gleich am nächsten Morgen wieder da zu sein. Von da ab wusste Fernando nicht, wohin mit sich und die Minuten des Abends zogen sich wie Käse auf einer echt italienischen Pizza. Er wanderte mit Kopfhörern durch das ganze Haus, hörte"*We Will Rock*

You" und hämmerte jeweils zweimal im Takt auf den nächst erreichbaren Gegenstand, um dann einmal in die Hände zu klatschen.

Auf dem Weg in die Küche schlug er beinahe unfreiwillig einen Salto, als er versuchte, den Rhythmus auf die tief hängende Flurlampe zu trommeln.

Er malte im Atelier, aß in der Küche, rasierte sich im Bad und schaute Fernsehen, das alles mehr oder weniger gleichzeitig und schließlich nahm er sich eine Flasche Sekt mit ins Schlafzimmer. Irgendwann schluckte er zwei Tabletten, um endlich ruhig zu werden. Er wollte schlafen, sonst würde die Nacht nie ein Ende nehmen.

Die Müdigkeit ließ auf sich warten, deshalb rief er Sven an. Es war nicht der letzte Anruf in dieser Nacht, genaugenommen waren es exakt sechzehn und es zeichnete sich ab, dass sich zwei sehr müde, junge Männer am nächsten Morgen um sieben auf den Weg zum Flugplatz machen würden.

So traf Sven auch einen grenzenlos nervösen, übernächtigten Fernando an, der auch noch einen Sektkater hatte. Der Reigen begann, als Sven drei Minuten nach sechs vor dem Haus einparkte und mit einem – „ich dachte, du kommst überhaupt nicht mehr" - empfangen wurde.

Fernando stand mit seinen Koffern bereits an der Haustür und Sven musste auf den erhofften Kaffee verzichten. Fernando redete fort-während, während Sven seine Ohren auf Durchzug stellte, was keine Unhöflichkeit, sondern reiner Selbstschutz war. Fernandos Nervosität war reine Gewohnheitssache, aber heute drehte er noch kräftiger ab als das sonst der Fall war. Als sie am Flughafen aus Svens Opel Kadett Berlina Jahrgang '79 stiegen, war Sven ein Nervenbündel und bei Fernando kündigten sich Kopfschmerzen an.

"Das ist kein Auto, das ist eine Krankheit, amico!", beschwerte sich Fernando.

"Du musst nicht so viele Koffer mitschleppen, dann können wir mit dem Lotos fahren!", entgegnete Sven sauer, aber sein Freund ging nicht darauf ein.

"Jetzt ist er ganz bestimmt noch nicht hier. Guck mal für mich auf die Uhr!"

Es war knapp sieben durch, bis zum Abflug mussten noch sechs Stunden vergehen. Zeit, der Sven mit Schrecken entgegen sah.

" Er wird kommen, ich fühle es. Ich fühle es genau. Er ist kein Eis-block und wird mich hier stehenlassen! Was denkst du?"

"Sag mir, was ich denken soll und ich tu's!"

"Sei nicht blöd. Gehen wir einen Kaffee trinken? Zwischendurch müssen wir dann in der Halle nachsehen, ob er irgendwo steht und . . ."

Sven schickte einen komisch verzweifelten Blick zum Himmel. Das konnte ja wirklich noch heiter werden.

Zwei endlos scheinende Stunden vergingen, in denen sie Kaffee tranken und immer wieder durch die Eingangshalle liefen. Fernando glaubte vor Aufregung noch den Verstand zu verlieren, immerhin konnte es sein, dass er Martin gleich wiedersah und vielleicht verbrachten sie dann drei lange Wochen miteinander ohne sich verstecken zu müssen.

Drei Wochen, das kam ihm vor wie ein halbes Leben! Er redete sich immer wieder ein, dass Martin schon bald eintreffen würde. Aber die bevölkerte Halle blieb für ihn leer, Martin war bisher nicht eingetroffen.

"Denkst du immer noch, dass er aufkreuzt? Ich glaube, du wirst dich mit einem Solourlaub abfinden müssen!", sagte Sven wenig einfühlsam. Er konnte Fernandos fieberhaft erwartungsvollen Blick nicht mehr ertragen. Aber genau in diesem Moment erstarrte dieser und riss Sven am Arm herum.

"Maledetto, da . . . da ist er! Kneif mich, damit ich weiß, dass ich nicht träume!"

"Was? Warum?"

Im nächsten Moment sah auch Sven Martin, der an einem der werbewirksam aufgestellten Autos stand und sich suchend umblickte. Es tat Sven körperlich weh, als er das Aufleuchten in Fernandos Blick sah. Aber er sagte scheinbar leichthin:

"Du träumst nicht, er ist da. Manchmal ist es nicht zu fassen, dass dir einfach nie etwas wirklich schiefgeht. Okay, dann wünsche ich dir einen schönen Urlaub. Mich brauchst du ja jetzt nicht mehr!"

Zur Bestätigung kniff er Fernando kräftig in die Seite und dieser jaulte auf, musste dann jedoch grinsen.

"Grazie per tutto, Sven!"

Zu mehr war Fernando nicht in der Lage, er drehte sich um und ging auf Martin zu, der ihn immer noch nicht entdeckt hatte. Sven blieb noch einen winzigen Augenblick stehen, drehte sich dann um und ging, ohne die beiden noch eines Blickes zu würdigen Richtung Ausgang. Er würde sich während Fernandos Abwesenheit um das Haus in Bayenthal kümmern und auch wieder zur Stelle sein, wenn er zurückkam. Aber jetzt war er überflüssig und wollte das Gefühl nicht unbedingt weiter auskosten.

Fernando hatte nur noch Augen für Martin, der das Ticket nervös in den Händen drehend noch immer abwartend dastand. Dann war er bei ihm und erst im letzten Moment entdeckte ihn Martin und fuhr zusammen.

"Ich habe gewusst, dass du kommen wirst!", log Fernando überschwänglich.

"Ich . . ."

Weiter kam Martin nicht, Fernando umarmte ihn befangen und so zärtlich, dass es fast schon scheu wirkte. Martin gab sich nur eine Sekunde dem Glücksgefühl hin, das ihn bei dieser Berührung durchfloss. Dann war es, als ob er Fernando im Geiste von sich fortschleuderte, auch wenn er ihn nur sanft von sich weg schob. Fernando trat einen Schritt zurück.

"Ist es dir immer noch unangenehm, wenn ich dich in der Öffentlichkeit umarme? Ich hatte angenommen, du hast etwas gelernt - schließlich bist du hier! Aber du kannst dich beruhigen, hier am Aeroporto ist es ganz normal, wenn Leute sich umarmen!"

Es war Martin unmöglich, Fernando in die Augen zu sehen. Er schwieg noch immer.

"Was ist denn los?"

Fernando spürte ganz genau, dass irgend etwas schief lief. Krampfhaft versuchte er, das Gefühl nicht zur Überzeugung werden zu lassen. Martin räusperte sich heftig.

"Fernando, ich denke, du missverstehst mein Hiersein! Es tut mir Leid, ich hätte es wissen müssen. Ich werde nicht mit dir in die Staaten kommen, ich wollte es dir persönlich sagen und das Ticket zurück-bringen. Ich habe gedacht, wenigstens das bin ich dir schuldig!"

"Hast du gedacht! Aha! Wo ist dein Gepäck?"

Fernandos Hirn weigerte sich beständig, die Worte zu analysieren und richtig einzuordnen. In Gedanken übersetzte er sie sogar ins Italienische, aber das half ihm ebenfalls nicht, den Zusammenhang zu entschlüsseln. Er sah Martin hilflos an.

"Fernando, verstehst du mich nicht? Ich kann nicht mitkommen. Es hat sich nichts geändert, es ist nur . . . ich wollte dir das persönlich sagen!"

Eine unendliche Sekunde lang glaubte Fernando, sein Herz würde einfach stehen bleiben. Dann stotterte er:

"Du meinst . . . du willst sagen, dass . . . du bist nicht hier, weil du dich endlich entschieden hast, ich meine . . . du wirst nicht mitkommen?"

"Nein!"

"Martin, tu das nicht! Ich bin doch kein Spielball!"

Fernandos Enttäuschung schlug auf seine Stimmbänder, seine Stimme klang schrill. Ein paar Reisende drehten sich um und schauten ihn an. Verlegen zog Martin Fernando mit sich fort.

"Ich weiß ja, du hast dir Hoffnungen gemacht. Ich wollte mich auch bei dir entschuldigen für alles, was ich an diesem Tag gesagt habe. Ich wollte nicht so polemisch sein, aber anders konnte ich mit deiner Forderung nicht umgehen! Du wolltest eine Entscheidung und ich habe mich entschieden. Versuche bitte, mich zu verstehen!"

"Eine Entscheidung für Nicole? Und du denkst, du kannst auf Dauer damit leben und uns so einfach vergessen?"

"Ich werde dich nicht vergessen! Aber ich bin noch nicht soweit, mein Leben zu ändern! Glaube bitte nicht, dass ich dich nicht verstehen kann. Aber ich kann nur das tun was für mich das Richtige ist, weil ich auch nur mein Leben leben kann! Hier bitte . . . nimm das Ticket, dann kannst du es zurückgeben!"

Fernando glaubte endlos zu fallen, nichts und niemand hielt ihn auf, als er in diesem Abgrund versank, den man Frustration nannte. Jetzt hatte er verstanden und konnte nur noch eines versuchen - sein Gesicht zu wahren so gut es ging. Er wirkte sogar cool, als er antwortete:

"Bene! Dann muss ich mich also damit abfinden. Behalt das Ticket! Meinetwegen rahme es dir als Erinnerung an eine Zeit ein, in der du beinahe den Sprung in die Realität geschafft hättest! Fast hättest du dir gestattet, du selbst zu sein. Es ist misslungen, na ja! Ich werde es über-leben. Bei dir wird es schwieriger werden, denn unterdrückte Gefühle sind wie ein Python. Erst umklammern sie dich nur, dann erdrücken sie dich und schließlich bleibt das, was von dir übrig ist bis zur endgültigen Zer-störung in ihrem Inneren gefangen."

Die Worte wirkten trotz ihrer leicht pathetischen Aussage kein bisschen theatralisch, nur sachlich und Martin nickte.

"Ich weiß, was du meinst. Aber mein Entschluss steht fest! Irgendwann werde ich die Kraft haben, mich zu outen. Später, wenn ich es selbst soweit akzeptiert habe, dass ich dafür kämpfen kann!"

"Wenn du denkst, in Zukunft wirst du allein besser zurechtkommen als jetzt mit mir zusammen . . . arrivederci, Martin!"

Es war keine Wut in Fernando, nur eine grenzenlose Leere. Das war das endgültige Ende, das spürte er eindeutig

"Ich werde dann gehen! Ich wünsche dir trotz allem einen guten Flug! Vergiß mich, aber nicht unsere Zeit. Ich werde es auch nicht können!"

Martin lächelte, dann reichten sie sich die Hand wie Fremde.

Martin ging zurück durch das Gewühl der Reisenden und schaute sich nicht mehr um. Er würde heute Nachmittag mit Nicole nach Frankreich fahren und das alles nach und nach vergessen. Das jedenfalls hatte er sich vorgenommen.

Kampfbereit verdrängte er Fernandos Gesicht aus seinem Denken und richtete sich innerlich auf die drei nächsten Wochen ein. In der Wohnung angekommen, wurde er von Nicole auf eine ungewöhnliche Weise empfangen.

"Warum bist du zurückgekommen?"

"Wie? Ich verstehe nicht!"

"Du verstehst genau, Martin! Demütige mich nicht weiter, indem du wie bisher lügst. Ich habe dein Ticket gefunden - das für San Francisco. Du wolltest also mit ihr fahren! Deshalb wolltest du mir unsere Reise doch die ganze Zeit miesmachen! Was war es, das dich zurückgehalten hat? Dein Pflichtgefühl? Angst vor Konsequenzen? Sag, warum hast du nicht einfach eine weitere Ausrede erfunden, um mit ihr zu fahren? Du bist doch so geübt in Betrug!"

Martin fühlte seine Knie weich werden. Er tastete nach hinten, um sich auf den Küchenstuhl zu setzen und starrte Nicole dabei weiter voll-kommen entgeistert an.

"Du . . . du hast es gewusst?"

"Natürlich, für wie blöd hältst du mich? Aber ich glaubte, ich hätte eine Chance, wenn ich dir keine Szene mache . . . wenn ich weiter für dich da bin! Und wenn ich geduldig bleibe. Aber jetzt weiß ich eins - du wirst mich hassen, wenn du mit mir fahren musst. Du wirst immer denken, du hast durch mich etwas verpasst. Ich will aber, dass du von allein merkst, diese andere Frau hat nur den Reiz des Besonderen, wenn du sie heimlich treffen kannst. Du sollst merken, dass so ein Verhältnis nichts wert ist, wenn erst einmal das Versteckspiel wegfällt. Und deshalb wirst du jetzt zum Flughafen fahren und mit ihr fliegen. Wenn du dich beeilst, kannst du es noch schaffen."

Martin sah nicht sehr intelligent aus, als er sie ununterbrochen mit halboffenem Mund fixierte. Er war zu perplex, um in irgendeiner Weise zu reagieren. Nicole interessierte das nicht, sie fuhr einfach fort:

"Ich gebe zu, Urlaub ist noch lange kein Alltag. Trotzdem glaube ich, dass du merkst, was du an mir verlieren würdest. Tobe dich aus, vielleicht erinnerst du dich dann, dass Sex allein noch nie wichtig für dich war! So verdammt gut kann sie im Bett nun auch wieder nicht sein! Ich werde allein nach Frankreich fahren. Und glaub mir, ich werde mich genauso amüsieren wie du! Vielleicht sogar noch mehr!"

Martin wusste einfach nichts zu erwidern. Er ließ sich ins Schlafzimmer ziehen. Sie drückte ihm seinen Koffer in die Hand und musste sich dabei ziemlich anstrengen. Dann schob sie ihn Richtung Haustür.

" Nicole . . . was tust du denn da? Ich soll tatsächlich mit ihm . . . ehhh . . . mit ihr den Urlaub verbringen und . . ."

"Rede nicht, du hast keine Zeit mehr! Ich weiß, es ist ein gewagtes Spiel. Aber ich will dich nicht verlieren und ich möchte, dass du in mir mehr siehst als jemanden, dem du verpflichtet bist. Ich stehe dir nicht im Weg, aber glaube nicht, das mir das leicht fällt. Die einzige Chance für unsere Ehe ist deine freiwillige Entscheidung für mich."

Sie öffnete die Haustür.

"Geh Martin, ehe ich es mir noch überlege!", sagte sie noch einmal und schob ihn förmlich zur Wohnung hinaus.

"Wir werden reden, wenn du wieder zurück bist. Denk immer daran, dass dies keine Entscheidung ist. Ich lasse dir zwar deine Freiheit, aber ich hoffe, du kommst zu mir zurück und bist wieder intelligenter als dein Unterleib!"

Martin sah es in ihren Augen verräterisch schimmern und wollte etwas sagen, ihr wenigstens einmal widersprechen. Aber sie hatte ihn vollkommen überrumpelt und so blieb er sprachlos und die Wohnungstür schloss sich hinter ihm. Wie ein begossener Pudel stand er mit dem Koffer in der Hand da und konnte es einfach nicht begreifen.

Nicole hatte in diesen letzten Tagen die Hölle durchgemacht. Martin ging ständig wegen irgendwelcher Kleinigkeiten auf sie los. Das war etwas, das sie nicht aushielt. Mittlerweile war es egal wie oft sie sich zu Ordnung und Geduld rief, es ging einfach nicht mehr. Denn mittlerweile glaubte sie nicht mehr an den gemeinsamen Urlaub als eine Instandsetzungschance ihrer Ehe.

Als sie dann das Ticket gefunden hatte, wurde ihr endgültig klar, dass der Urlaub in Frankreich nur ein verhängnisvoller Fehlschlag werden konnte. Zurückgewinnen würde sie Martin dabei sicherlich nicht, sondern ihn lediglich endgültig verlieren. Und so hatte sie sich schweren Herzens zu dieser Entscheidung durchgerungen. Sie würde die für sie vielleicht negativen Konsequenzen in Kauf nehmen und darauf bauen, dass Martin zu ihr zurückfand.

Jetzt stand sie von innen gegen die Tür gelehnt und ließ ihren Tränen freien Lauf.

Minutenlang stand Martin vor der Tür, sein Finger schwebte kurz über dem Klingelknopf. Aber dann schweiften seine Gedanken ab zu Fernando. Drei Wochen würde er bei ihm sein können. Sicher, das waren nicht die Voraussetzungen, unter denen Fernando den Urlaub geplant hatte. Aber das musste dieser ja nicht unbedingt erfahren!

Schon arbeitete Martins Verstand daran, wie er die Situation am besten zu seinen Gunsten drehen konnte und dachte bereits gar nicht mehr darüber nach, wie viele seiner aufrechten Prinzipien er in der letzten Zeit über Bord geworfen hatte. Plötzlich dachte er glasklar nach.

Gut, Nicole hatte ihm die Möglichkeit gegeben, mit Fernando Urlaub zu machen. Das sie sich dabei nicht im Klaren darüber war, dass es nicht um eine Frau ging, tat nichts zur Sache. Nach der Reise konnte er zu ihr zurückkehren, dann würde man weitersehen. Was Fernando anging, dieser würde annehmen, Martin habe sich für ihn entschieden. In diesem Glauben musste er ihn auch lassen, denn nur das würde einen entspannten Urlaub garantieren.

Und auf einmal hatte Martin es sehr eilig, zum Taxistand um die Ecke zu rennen. Erst einmal zählten nur die drei Wochen, was danach kam, war unwichtig. Es blieb ihm noch eine knappe Stunde bis zum Take off. Als er am Flughafen ankam, drängte er sich durch die Menge, fand den richtigen Schalter heraus und checkte ein. Der Schweiß rann ihm in Strömen den Rücken hinunter, als er in der Abflughalle ankam.

”Sie müssen sich beeilen!”, informierte ihn ein junger Mann überflüssigerweise, denn das wusste Martin selbst.

Fernando trank drei Orangensaft und rauchte eine Zigarette nach der anderen, bis sein Flug aufgerufen wurde. Lustlos nahm er seinen Platz in der ersten Klasse ein und seine Kopfschmerzen wurden wieder stärker. Jede Bewegung, ja selbst seine Gedanken waren ihm zuviel, er empfand sie wie das sinnlose Auflehnen gegen eine schwere Krankheit, die zu besiegen er zu schwach war. Er versuchte, den leeren Platz neben sich zu ignorieren und kämpfte verzweifelt gegen die Tränen an, die sich immer wieder Bahn brechen wollten.

Er sollte das Kapitel Martin jetzt endlich abschließen, sein Leben musste schließlich weitergehen. Fernando spürte, dass er in der kurzen Zeit mit Martin reifer geworden war, aber es war eine peinigende Reife. Zum ersten Mal seit seiner ersten Enttäuschung vor über zehn Jahren hatte er wirklich geliebt, war bereit gewesen, für diese Beziehung seine Freiheit aufzugeben. Diese Liebe war nicht erwidert worden. Das Letzteres so war, davon versuchte Fernando sich selbst zu überzeugen. Vielleicht konnte er ja dann endlich seinen gesunden Trotz aktivieren und Martin vergessen.

Kurze Zeit nur war vergangen, als er eine Berührung an der Schulter spürte. Er sah auf und glaubte einen Augenblick lang, doch eingeschlafen zu sein und zu träumen. Denn dort stand Martin und das konnte schließlich nur ein Traum sein.

”Martin?”

Es war, als frage er in die Dunkelheit hinein, als könne er dem nicht trauen, was seine Augen sahen. Aber es war Martin. Er blieb unsicher lächelnd stehen als habe er einen Stock verschluckt und sie schwiegen sich an, bis die Stewardess Martin bat, sich zu setzen.

”Wie kommst du hier her?”

”Mir ist eingefallen, dass man dich nicht allein lassen darf, weil du dann immer Dummheiten machst!”

” Aber . . . aber heißt das, du hast Nicole die Wahrheit gesagt? Du hast dich wirklich für mich entschieden?”

”Ja!” antwortete Martin kurz angebunden.

Er wollte Fernando nicht mit einer langen, ausgedachten Story blenden, er wollte dieses Thema so schnell wie möglich beenden. Wichtig war nur, dass Fernando ihm glaubte. Und was sollte dieser anderes tun, eine weitere Erklärung als Martins Coming-out gegenüber Nicole konnte es für Fernando doch gar nicht geben, jetzt wo er hier war. Niemand konnte von selbst darauf kommen, dass sie ihn geschickt hatte.

"Magnífico, ich kann es kaum fassen! Grazie a Dio! Ich habe es mir so gewünscht."

Fernando griff nach Martins Hand und dieser sah sich verstohlen um, ob das auch niemand mitbekam. Der junge Italiener seinerseits war viel zu glücklich, um jetzt an andere zu denken. Der Transatlantikflug würde sie zuerst nach New York bringen und von dort flogen sie mit einem Inlandflug weiter nach San Francisco. Es vergingen also noch Stunden, bis sie allein sein konnten und die zwei Männer versuchten, die durch ihre Nähe immer weiter wachsende innere Spannung unter Kontrolle zu halten. Die verhältnismäßig lange sexuelle Enthaltsamkeit machte sich bei beiden bemerkbar.

"Ich glaube, ich halte das nicht mehr aus. Hier neben dir zu sitzen und dich nicht anfassen zu dürfen ist die Hölle!", flüsterte Fernando.

"So geht es mir auch, das kannst du glauben!"

Martin versuchte, mit dem Jackett die Wölbung in seiner Hose zu verdecken.

"Das sehe ich und das macht es nicht gerade einfacher! Mamma mia, bin ich geil!"

Kurz entschlossen legte Fernando seine Hand auf die eben noch unvollständige Schwellung unter dem Stoff von Martins Hose und es wurde ein kompletter Ständer daraus. Martin stieß geräuschvoll die Luft aus.

"Hör auf damit! Du bist verrückt!", sagte er leise und in seinen sonst so sanften, rehbraunen Augen spiegelte sich ein provokatives Verlangen wider.

"Es ist mir egal, wo wir sind. Es gibt überall Möglichkeiten, auch hier!"

Fernando begann, den Druck seiner Hand zu verändern und Martin war hin und her gerissen zwischen Lust und der Angst vor Entdeckung.

"Nando, bitte hör auf! Wenn das jemand sieht . . . das würde eine Blamage, die könnte ich mein ganzes Leben lang nicht vergessen . . . N-a-n-d-o!!!"

Martin griff nach der Hand seines Freundes und schob sie weg, doch dann machte er den Fehler, Fernando in die Augen zu sehen. Auch dort erkannte er die Leidenschaft, sein Freund schaute ihn an und atmete mit leicht geöffnetem Mund. Martin stellte sich vor, was Fernando mit seinem Mund alles tun konnte und hielt es nicht mehr aus.

Hastig stand er auf.

”Bin gleich wieder da!”

Er wurde von den anderen Passagieren nur kurz gemustert, dann schloss er auch schon die Tür der Toilette hinter sich und atmete auf. Er ging ans Becken, feuchtete sein Gesicht und die Unterarme an, es half nichts. Er konnte so nicht wieder zu seinem Platz zurück. Er ging zur Toilette und öffnete seine Hose. Aus der Enge befreit richtete seine Erektion sich auf und er griff danach, um sich ihrer zu entledigen. In diesem Moment klopfte es leise an die Tür.

”Martin? Mach bitte auf!”

Es war Fernandos Stimme und Martin erstarrte zur Salzsäule. Seine Erregung ließ nach und er blickte zur Tür als erwarte er das jüngste Gericht.

”Martin, lass mich rein! Ich kann das viel besser!”, flüsterte Fernando gerade noch hörbar.

Martin ging zur Tür und öffnete. Eigentlich wollte er hinausgehen, aber Fernando drängte ihn zurück und versperrte die Tür hinter sich. Übergangslos öffnete er seine Hose und drängte sich an Martin, dessen Begierde angesichts dieser Tatsache augenblicklich wiederkehrte. Ihr Kuss wirkte, als hätten sie sich wie Kampfhunde ineinander verbissen. Martin spürte den heftigen Puls in seinen Lenden und schloss die Augen. Er lehnte sich ans Waschbecken und überließ die Initiative vollkommen Fernando, der vor ihm auf die Knie ging. Gerade erst fühlte Martin die warme Höhle seines Mundes, als er auch schon die Kontrolle verlor.

”Vorsicht . . . ich kann nicht . . .”, versuchte er seinen Freund zu warnen. Aber Fernando dachte nicht daran, aufzuhören und gab sich erst zufrieden, als Martins letzte Kontraktion vorüber war.

”Wir sind irre!”, keuchte Martin leise. Seine Knie wackelten und Fernando richtete sich auf. Als Martin ihn anfassen wollte, wehrte er ihn jedoch ab. Langsam stimulierte er sich, genoss es, dass Martin ihn dabei beobachtete und kam fast genauso schnell zum Höhepunkt wie dieser. Er warf den Kopf in den Nacken und stieß die Luft durch seine zusammengepressten Zähne aus. Dann ließ er seinen Kopf erschöpft auf Martins Schulter sinken. Nur nach und nach entspannten sie sich, wollten einen Moment lang lediglich ausruhen. Aber schon beim nächsten Atemzug fuhren sie zusammen, weil es klopfte.

"Hallo? Alles in Ordnung?", hörten sie eine weibliche Stimme.

"Und jetzt?"

Bei Martin richtete sich jedes einzelne Körperhaar auf.

"Nichts! Geh du zuerst, ich komme dann etwas später nach!", flüsterte Fernando und fügte laut an:

" Alles wieder okay, meinem Freund ist nur schlecht geworden. Ich habe mich schon um ihn gekümmert!"

"Und wie du das hast!"

Martin grinste breit. Dann atmete er tief ein und entriegelte die Tür. Hochaufgerichtet ging er zu seinem Platz zurück und begegnete niemanden, der ihm das Geschehene hätte an der Nasenspitze ansehen können.

Fernando hatte es etwas später nicht so gut, denn ihm begegnete die Stewardess und ihr nachsichtiges Lächeln gab ihm zu verstehen, dass sie genau wusste, was abgelaufen war. Er hatte mit derlei Begebenheiten allerdings kein Problem und meinte nur entschuldigend:

"Es hat etwas länger gedauert. Scusi!"

Dann ging er zu Martin.

"Hast du auch das Gefühl, alle wüssten, was gerade war?", fragte dieser leise.

"Non m' importa! Mir ist überhaupt alles egal, wenn wir nur zusammen sind! Warum fragst du immer nach anderen!"

Fernandos Hand lag leicht auf Martins Arm und sie begannen, Pläne zu schmieden, wie sie ihren Aufenthalt in Amerika gestalten wollten.

Erst im Flugzeug hatte Martin erfahren, dass sie beim Christlichen Verein Junger Männer absteigen würden und er schaute Fernando leicht irritiert an. Fernando sah das nicht so eng, er wusste, dass sich im Gegensatz zu den YWCA für Frauen die YMCAs mit der Zeit zu richtigen Hotels entwickelt hatten.

Beide hatten während des Fluges nur kurz geschlafen und jeweils auch nur eine Kleinigkeit gegessen. In New York hatten sie eine Stunde Aufenthalt und als sie in San Francisco Airport ankamen, waren sie vollkommen geschlaucht und hungrig. Dort erwartete sie eine nahezu beklemmende Schöpfung aus Beton und Glas. Wege taten sich vor ihnen auf, an denen jede Fluggesellschaft ihren eigenen Terminal hatte, so dass sich der Flughafen über ein riesiges Gelände ausdehnte.

"Um Gottes Willen! Ich komme mir so klein vor! Bis wir hier herausfinden, bin ich im Stehen eingeschlafen", stöhnte Martin. Er spürte jede Rippe im Leib und befürchtete in diesem Gewimmel völlig konfus, nie wieder ein Bett zu Gesicht zu bekommen.

"Wir fahren gleich mit dem Samstrans, aber vorher muss ich zur Aid, ich habe nämlich vergessen, welchen Bus wir nehmen müssen um in die Golden Gate Avenue zu kommen. Sie liegt Richtung Civic Center, aber bei dem Gewirr hier . . . ich frag lieber! Warte du hier mit dem Gepäck, wir müssen uns ja nicht beide die Sohlen heißlaufen."

"Wo willst du hin?"

"Zur Traveller's Aid. Information für Reisende. Die wissen was und die Reisenden sind wir. Aller klar? Warte hier!"

"Du willst mit dem Bus fahren? Das dauert ja ewig und denk mal an die stickige Hitze in dem geschlossenen Raum! Tu mir das nicht an! Und wenn es schon sein muss, dann will ich mit dieser Bahn fahren, die man immer in den Filmen sieht! Die ist wenigstens teilweise offen."

"Die Cable Car? Die fährt nicht vom Airport aus. Weißt du, ich kenne das alles noch von der Zeit mit Sven, da hatten wir kaum Geld und der Bus war nun einmal das billigste. Natürlich können wir auch ein Taxi nehmen. Im YMCA haben wir eigentlich auch nur gewohnt, weil es nicht so teuer war. Als Anfangsadresse ist es gut. Ich hatte schließlich auch nicht so lange Zeit zum Planen. Morgen mieten wir uns einen Wagen und suchen ein anderes Hotel!"

Fernando hauchte Martin einen Kuss auf die Wange und war im nächsten Moment in der Menge untergetaucht. Später stellte Fernando fest, dass das YMCA renoviert wurde und hatte gleich darauf schon wieder eine Auseinandersetzung mit Martin. Dieser wollte partout ein Einzelzimmer. Fernando wandte sämtliche Überredungskünste an, aber es half nichts. So bezahlte jeder für sich seine dreißig Dollar mit Kreditkarte und sie gingen hinauf. Ihre Zimmer lagen nebeneinander. Fernando war immer noch leicht beleidigt, als er sein Zimmer öffnete und Martin meinte:

"Sei doch nicht gleich wieder eingeschnappt, Nando! Ich habe gehört, Amerika ist prüde und wenn wir einfach ein Doppelzimmer nehmen . . ."

". . . hätten wir immerhin fünfundzwanzig Dollar gespart. Außerdem ist nicht Amerika prüde, sondern du und du stellst sogar den Papst in den Schatten, der von Italien bis hierher reicht!"

Sie sahen sich an und mussten plötzlich lachen.

"Gut, Nando! Wenn wir uns ein Hotel nehmen, habe ich nichts gegen ein Doppelzimmer! Friede?"

Fernando nickte.

"Was ist? Gehen wir noch etwas essen? Ich bin zwar hundemüde, aber mein Magen würde mich schon nach zwei Stunden wieder wecken."

"Das können wir tun, aber erst einmal muss ich mich etwas frisch machen und vor allem umziehen!"

"Das muss ich auch. Apropos umziehen - hast du auch anständige Sachen dabei? Du willst doch nicht die ganze Zeit in diesen antiquierten Klamotten durch die Stadt laufen!"

"Nicole hat den Koffer gepackt, ich weiß nicht, ob sie die einzige Jeans, die ich besitze und noch nie getragen habe, mit hineingelegt hat. Ich bin eben kein Jeanstyp!"

"Das werden wir noch sehen!"

Sie trennten sich vorläufig, um sich anschließend zum Essen zu treffen. Martin duschte, danach schlüpfte er in die von Nicole nach Augenmaß gekaufte und tatsächlich auch mit gereiste, weiße Jeans. Zu dem weißen T - Shirt jedoch konnte er sich nicht durchringen, deshalb zog er ein Hemd an. Er fand sich wahnsinnig progressiv, als er auf die Krawatte ver-zichtete, ging aber erst aus dem Zimmer, als er trotz der achtunddreißig Grad in Schatten noch einen seiner Blazer übergestreift hatte. Er klopfte an Fernandos Zimmer, nichts rührte sich. Als er die Klinke drehte, fand er die Tür offen und ging hinein.

Fernando lag auf dem Bett und schlief fest. Er hatte sich noch nicht einmal ausgezogen. Martin lächelte. Eigentlich war es ihm ganz recht so, denn auch er konnte die Augen nicht mehr offen halten. So verbrachten sie den ersten Abend in den USA tief schlafend in getrennten Betten.

Als Martin die Augen wieder öffnete, schien die Sonne in sein Zimmer. Einen Moment brauchte er, um zu realisieren, wo er war und warum.

Kein Zweifel, er hatte das alles nicht geträumt, er befand sich tatsächlich in San Francisco. Er ging ins Bad und strich sich über sein stoppeliges Kinn. Nach der Dusche stellte er fest, dass er sich nicht rasieren konnte, weil ihm das entsprechende Adapter für die Stromversorgung fehlte.

Also machte er sich auf den Weg nach nebenan. Fernando würde Rat wissen. Wieder rührte sich nichts, als er klopfte. Aber diesmal schlief Fernando nicht, er lag nackt und nur halb mit einem Laken zugedeckt bäuchlings auf dem Bett und hatte seine Kopfhörer auf den Ohren. Er las zu den unvermeidlichen Tönen von Queen in einer Illustrierten und bemerkte Martins Eintreten nicht. Martin klinkte leise die Tür ein und schlich näher. Er betrachtete Fernando liebevoll, dann küsste er ihn auf die samtige, gebräunte Haut seiner Schulter. Fernando schrak zusammen und warf sich mit einem Aufschrei auf den Rücken, wobei das Laken völlig verrutschte und seinen makellosen Körper freigab. Er griff sich an den Hals, als könne er den Schreck dadurch mindern und riss sich dabei den Kopfhörer herunter.

"Aiuto!!! Maledetto, mich zu erschrecken, könnte mindestens für einen von uns tödlich enden! Ich hab gute Reflexe!"

Martin lachte und setzte sich aufs Bett. Fernando fuhr fort:

"Ich war vor zwei Stunden schon mal drüben bei dir. Aber du lagst noch so herrlich in Morpheus Armen, da konnte ich es nicht übers Herz bringen, dich zu wecken. Du kannst froh sein, dass ich nicht eifersüchtig bin auf diesen Morpheus. Du sollst neben mir doch keine fremden Götter haben. Auch keine Traumgötter!"

"Kleiner Spinner!"

"Ich spinne nicht! Morpheus ist wirklich der griechische Gott der Träume, übrigens der Sohn von Hypnos, seines Zeichens auch ein Traumgott. Der Apfel fällt nicht weit vom Stamm, weißt du! Dann gibt es in der Familie Hypnos Bruder Thanatos, der Gute ist etwas konsequenter. Er ist . . ."

" . . . der Gott des Todes, ich weiß! Und beide sind Söhne von Nyx, der Göttin der Nacht. Sie wiederum ist die Tochter des Chaos. Der Stammbaum der griechischen Götter ist verwickelter als der in der Kelly-Family. Aber worauf willst du eigentlich hinaus?"

"Ich wollte dir lediglich zeigen, wie intelligent ich bin. Aber du wusstest es wohl schon!"

"Aber du bist doch Italiener!"

"Ja und? Soll das heißen, dass ich nicht intelligent sein kann?"

"Nein . . . ich meine doch! Aber die römischen Götter müssten dir näher sein!"

"Na gut. Dann ersetzen wir eben Aphrodite durch Venus, Eros durch Amor und Nyx durch Nox! Soll ich weitermachen?"

Martin ließ es nicht dazu kommen, sie küssten sich. Fernando zog ihn zu sich und in der nächsten Stunde dachten sie weder an Griechenland noch an die Bewohner des Olymp.

Anschließend lag Fernandos Kopf auf Martins Bauch, er blies den Rauch seiner Zigarette langsam Richtung Zimmerdecke.

"Ich kann immer noch nicht glauben, dass wir zusammen in San Francisco sind. Ich hatte schon alle Hoffnung aufgegeben!"

"Denk nicht darüber nach, wir sind hier und aus!"

Martin befürchtete, Fernando würde ihn wieder nach Nicole fragen und wechselte schnellstens das Thema.

"Ich konnte mich nicht rasieren, der Stecker passte nicht. Hast du vielleicht . . ."

"Im Bad! Und hinterher gehen wir irgendwo hin für einen Brunch. Dann müssen wir zur Bank, ein bisschen Bargeld brauchen wir, auch wenn Amerika das Plastikkartenland ist. Als nächstes mieten wir ein Auto und suchen ein schönes Hotel. Okay?"

"Ich dachte, ich hätte Urlaub! Wie ich das sehe, habe ich hier mehr Verpflichtungen als daheim!"

Martin verschwand im Bad und als er zurückkam, lag Fernando noch immer auf dem Bett und ließ sich von der Musik berieseln.

"Ich möchte wissen, was du an dem Gedudel findest!", meinte er, nachdem er seinem Freund den Kopfhörer abgenommen hatte.

"Warum? Hast du was gegen Queen?", fragte Fernando lauernd.

"Gegen wen?"

"Die Gruppe, über du dich gerade beschwert hast!"

"Kenne ich nicht. Ich weiß nur, dass ich mit dieser Art von Musik nichts anfangen kann! Ich liebe italienische Opern, das ist wenigstens Musik. Du als Italiener . . ."

"Hör schon auf! Opern ziehe ich mir erst rein, wenn ich achtundneunzig und senil bin. Bei meinem Lebenswandel werde ich das ganz sicher nicht. Hier, hör mal rein. Man soll nicht über Dinge urteilen, von denen man keine Ahnung hat!"

Fernando hing Martin die Kopfhörer in die Ohren.

"Um Himmels Willen, was ist denn das?", rief Martin aus.

"Wenn das Musik ist, bleibe ich Verdi erst recht treu! Er war ein Genie."

"So alt bist du doch noch gar nicht! Oder hast du dich nur gut gehalten? Mensch, du hast tatsächlich keinen Schimmer vom Genius des Sängers von Queen!"

"Dafür benimmst du dich wie ein Twen. Walkman und Rockmusik! Und das mit achtundzwanzig."

"Wenn du dir die Songs von Freddie mal ohne Vorurteile anhören würdest . . ."

"Wieso Freddie? Ich denke, die Gruppe heißt Queen?"

" Freddie Mercury ist der Leadsänger der Gruppe. Ach, vergiss es!" Fernandos Entrüstung war nicht gespielt, er regte sich wirklich auf. Mit erhobener Stimme fuhr er trotzig fort:

"Jedenfalls hat Freddie mehr Sex ist der Stimme als andere in der Hose!"

Martin räusperte sich.

"Wie nennt man doch gleich die kleinen Mädchen, die den Rockgruppen an der Unterwäsche hängen? Groupies, nicht wahr?"

"Mach dich ruhig lustig. Mir gibt diese Musik jedenfalls was. Und wenn sie von jemanden wie Freddie gebracht wird, hat das noch eine besondere Qualität. Wenn er sich auf der Bühne bewegt, geht einem das Messer in der Hose auf, das kann ich dir versichern. Er erinnert mich immer an einen schwarzen Panther. Schau, das ist Freddie!"

Fernando hielt Martin ein Cover hin. Martin schaute sich das Bild an. Dann grinste er süffisant.

"Ein Panther also, aha! Ich wusste gar nicht, dass diese Raubkatzen Mausezähnchen haben!"

Im Anschluss an diesen Ausspruch fand ein Wettrennen durch das Zimmer statt, an dessen Ende Fernando Martin auf dem Bett zur Strecke brachte und sich auf seinen Bauch setzte. Martin fand das kindisch, aber es amüsierte ihn auch. Er warf sich unter Fernando hin und her.

"Geh runter von mir, ich bekomme keine Luft mehr!"

"Erst entschuldigst du dich wegen der Mausezähnchen!"

"Gut, hol das singende Nagetier her und ich werde alles widerrufen und ihm sagen, dass er keine Mausezähnchen, hat sondern ein Bibergebiss!"

Fernando drückte Martins Handgelenke auf das Bett.

"Sprich mir nach - Freddie Mercury ist ein Meister, ein Phänomen in der Rockgeschichte! Avanti!"

Martin entblößte die obere Zahnreihe und begrub seine Unterlippe darunter. So lispelte er dann:

"Freddie Mercury hat ein phänomenales Bibergebiss!"

Fernando verzog das Gesicht und stand auf.

"Dir ist ja nicht zu helfen. Du bist und bleibst ein stumpfsinniger Bürokrat. Was ist? Gehen wir jetzt endlich?"

Martin war inzwischen klar geworden, dass das Hören von Queen für Fernando einen besonderen Stellenwert hatte, er konnte nur beim besten Willen nicht nachvollziehen, was das für einer war. Aber weil auch er aus der von ihm bevorzugten Musik oft Kraft und Ruhe geschöpft hatte, nahm er an, bei Fernando müsse das mit dieser ihm bisher unbekannten Gruppe Queen wohl ähnlich sein.

Sie machten sich auf den Weg und da Fernando noch immer ein wenig frostig war, wollte Martin einlenken. Sie saßen in einem Café und aßen Eier Benedict, als Martin sagte:

"Komm schon Fernando. Wegen so etwas sollten wir wirklich nicht streiten. Ich habe ja gar nichts gegen deinen Freddie Queen. Ich kenne ihn schließlich nicht, habe nie von ihm gehört. Es ist nur etwas eigenartig für mich, dass du dich für eine fremde Person so engagierst. Hast du die Gruppe denn schon einmal live gesehen?"

Wenn Martin gewusst hätte, was jetzt folgte, würde er dieses Thema ganz sicher nicht angeschnitten haben.

"Er heißt Freddie Mercury! Freddie Queen, also wirklich. Es zeugt schon von einer Menge Ignoranz, nie etwas von Queen gehört zu haben, du alter Opa! Ja, ich war öfter bei Konzerten, das erste Mal 1979 mit knapp achtzehn Jahren bei einer Deutschlandtour. Sie hatten zu dieser Zeit schon eine Tonanlage von sechsundzwanzigtausend Watt und . . ."

Was nun kam, war ein anderthalb Stunden langer Monolog, in dessen Verlauf Martin einiges lernte, was er eigentlich gar nicht wissen wollte. Anschließend suchten sie sich ein Hotel und holten ihre Koffer vom YMCA in ihrem für drei Wochen gemieteten Ford ab. Schließlich überredete Fernando Martin zum Kauf von zwei weiteren Jeans und einigen T-Shirts. Nur Turnschuhe durfte er ihm nicht anhängen, das konnte Martin nun wirklich nicht mit sich vereinbaren. Den Sinn der T-Shirts sah er schon durch die herrschende Hitze von alleine ein, nach einem zweifelnden Blick in den Spiegel ging er auch tatsächlich damit auf die Straße. Es sollte bald zur Gewohnheit werden, seine alten Sachen beachtete er während des gesamten Urlaubes nicht mehr.

Abends fuhren sie dann mit der Cable Car nach Fisherman's Warf. Anfangs wurde Martin jedes Mal weiß um die Nase, wenn der Bremser sein gesamtes Gewicht benötigte um den Hebel herunterzuziehen und damit den grün-gelben, halboffenen Wagen zum Stehen brachte. Dann roch man heiß gewordenes Schmieröl, und das Metall schrie wie eine kalbende Kuh, was sich für Martin nicht unbedingt vertrauenerweckend anhörte. Nachdem er erfahren hatte, dass dies ganz normal sei und von den unterirdisch verlaufenden, durch das Bremsen gequetschten Stahlseilen herrührte, erschrak er nicht mehr. Ganz geheuer war ihm der Vorgang allerdings immer noch nicht.

In Fisherman's Warf schlenderten sie durch Geschäfte, Galerien und Andenkenläden. Sie sahen den Straßenkünstlern in den Freihöfen der Cannery und des Ghirardelli Square zu und erfuhren, dass auf dem Gelände ehemals zwei Fabriken standen, die irgendwann einmal zu dem riesigen Vergnügungs- und Einkaufscenter umgebaut wurden. Martin wunderte sich immer wieder über die völlig andere Perspektive und die besondere Größenordnung, die hier herrschte und gewöhnungsbedürftig war. Abends gingen sie essen und Martin entspannte sich etwas. Er hatte nichts mehr dagegen, dass Fernando ihn in der Öffentlichkeit küsste und den Arm um ihn legte. Es war wie das Eintreten in eine andere Dimension - die vierte Dimension San Francisco.

Sie planten für die nächsten Tage Ausflüge nach Alcatraz und Twin Peaks. Außerdem wollten sie sich die Golden-Gate-Bridge einmal aus der Nähe ansehen. Danach erst sollte der wirkliche, stressfreie Urlaub beginnen. Fernando wollte ein paar Leute besuchen, die er noch von seinem Trip vor drei Jahren her kannte und hoffte, er würde sie finden. Gegen ein Uhr nachts meinte Fernando dann:

"So, jetzt fährt die Cable Car nicht mehr. Erst morgen wieder ab sechs. Was machen wir jetzt? Wieder Taxi?"

Die Benutzung eines banalen Taxis kam Martin angesichts der ungewöhnlichen Impressionen wie ein Frevel vor. So beschlossen sie, noch zu bleiben. Es stellte sich zum ersten Mal seit langer Zeit wieder diese nicht zu erklärende Harmonie ein. Sie waren vollkommen im Gleichklang und konnten sich kaum vorstellen, jemals verschiedener Meinung gewesen zu sein.

"So könnte es bleiben!", sagte Fernando leise und sah Martin in die Augen. Dieser nickte und sie tranken sich mit dem Rotwein, der in der Farbe eines funkelnden Rubins in den Gläsern leuchtete, zu. Als der Laden später dicht machte, gingen sie hinunter zu den Docks. Am Municipal Pier spazierten sie eng umschlungen Richtung Bucht.

Martin spürte etwas, das er für Geborgenheit hielt, obwohl er sich an ein solches Gefühl nicht einmal aus seiner Kindheit erinnerte. Er erkannte zum ersten Mal bewusst in dieser Zeit mit Fernando, dass diese Ver-bundenheit nicht auf Leidenschaft basierte. Es wunderte ihn, aber er wollte nicht darüber nachdenken, wollte den Augenblick nicht zerstören.

Die Dunkelheit ging langsam in Grau über, als sie kurz vor Ende des halbrunden Piers stehenblieben. Martin atmete den Geruch des Meeres ein, dann schmiegten sie sich aneinander. Martin schmeckte die dünne Salzschicht, die auf Fernandos Lippen lag. So nahe wie jetzt waren sie sich noch nie gewesen und das lag nicht nur an der Umarmung.

"Es ist eigenartig, Fernando. Das ist der erste Augenblick in meinem Leben, den ich festhalten möchte. Sonst habe ich immer für die nächste Stunde und den folgenden Tag gelebt und gearbeitet. Ich habe mein Leben einfach so verplant, ohne von diesem Gefühl zu wissen. Ein Tag ohne Arbeit? Da habe ich mich immer nutzlos gefühlt. Aber jetzt . . . ich kann dir gar nicht sagen, wie ich das genieße. Und ich habe nicht einmal ein schlechtes Gewissen dabei. Niemand ist da, dem ich meine Kompetenz beweisen muss und der etwas von mir verlangt. Ich fühle mich einfach gut."

"Ich würde sagen, du bist zum ersten Mal in deinem Leben glücklich!", brachte Fernando es auf den Punkt.

Langsam wurde es hell und allmählich wurde auch der dichte Nebel sichtbar, der durch das Goldene Tor in die Bucht zog. Von der Brücke konnte man nur zwei rotgelbe Pfosten sehen. Sie wirkten wie lackierte Maiskolben, die senkrecht in einer Wolke steckten. Diese waren wenige Augenblicke später verschwunden, sie wurden umhüllt von der dichten Nebelwand wie auch anschließend Alcatraz. Martin sah sich um und konnte nur schweigen.

Er war überwältigt von allem, seine Empfindungen gingen vollkommen durcheinander und waren so stark, dass sie ihn schrecklich bedrängten. Dabei fühlte er sich beinahe von dieser Situation berauscht. Als er glaubte, vor Enthusiasmus platzen zu müssen, drängte es ihn außerordentlich, das in Worte fassen.

"Schau dir diesen Nebel an. Ich habe so etwas noch nie gesehen. Er ist wie eine Metapher für mein neues Leben und das Sinnbild für unsere . . . Liebe. Bisher wusste ich es nicht genau - aber jetzt möchte ich es dir sagen, weil ich sicher bin. Ich liebe dich, Nando. Und solange dieser Nebel jeden Morgen in die Bucht zieht, wird sich das auch nicht ändern!"

Fernando zog Martin an sich und schloss die Augen. Endlich hatte sein Freund das ausgesprochen, was er schon so lange hatte hören wollen. Jetzt ging es allerdings tiefer, als er erwartet hatte. Für ihn, den Fatalisten in Sachen Liebe, hatte diese ganze Situation etwas unrealistisches, jeden anderen hätte er nach einem solchen Ausspruch ausgelacht, aber bei Martin konnte er es akzeptieren, ohne die Allegorie des Nebels kindlich albern zu finden.

Für jeden der beiden Männer auf eine andere Weise schien die Zeit mit all ihren Problemen stehenzubleiben. Im Sport nannte man das wohl Auszeit, in der ein Moment bereits Vergangenheit war und der nächste noch nicht begonnen hatte. Der Alltag hielt den Atem an, während Fernando und Martin im Charisma dieser Stadt gefangen waren.

Allmählich ging die Sonne auf, durch den Morgennebel konnte man ihr goldenes Licht jedoch nur ahnen. Langsam erwachte das Leben in der Bucht, Fischerboote kamen zurück, um im Hafen ihren Fang zu entladen. Jetzt und hier ging der Charakter der faszinierenden Stadt auf die beiden Europäer über, sie erkannten in ihrer Vielfalt die Aufrichtigkeit ihres eigenen Gefühls, dem sie eine Chance geben würden. Es war kühl und während sie über sich und die Zukunft sprachen, standen sie nahe beieinander und wärmten sich. So verbrachten sie die Zeit, bis es fast fünf geworden war. Dann gingen sie den Pier langsam zurück, bis Martin plötzlich stehenblieb.

"Was ist los?", fragte Fernando.

Martin sah auf seine Hand, an der im ersten Licht sein goldener Ehering schimmerte. Dann schaute er Fernando an und zog den Ring vom Finger. Er musste nichts sagen, die Geste machte Fernando klar, was jetzt in Martin vorging.

Martin legte die Dokumentation seiner Ehe in seine Geldbörse. Dann gingen sie weiter und erreichten die erste Cable Car. Sie fuhr gerade an, und die beiden Männer sprangen noch auf, wobei Martin sich wie ein Freibeuter fühlte.

An diesem Morgen hatte sich für ihn etwas Entscheidendes geändert. Es glaubte, dass auf einmal alles für ihm möglich sein könnte. Er wollte dem Konventionellen nicht mehr soviel Bedeutung zugestehen. Selbst jetzt, wo die Euphorie einer angenehmen Müdigkeit gewichen war, fühlte er diese neue Kraft in sich. Es war Fernandos Zuneigung, die Magie der Stadt und nicht zuletzt der Bann des Morgens an der Bay, die ihm das intensive

Bewusstsein vermittelten, dass er frei sein konnte, wenn er es nur wollte. Alles zusammen hatte den verschlungenen Knoten aus anerzogenen und selbst auferlegten Verhaltensmustern wenigstens teilweise zerschlagen. An diesem Morgen war er sicher, er würde nach seiner Rückkehr mit Nicole sprechen und ihr die Wahrheit sagen.

Sie schafften es nicht, all die Sehenswürdigkeiten innerhalb der verabredeten Zeit hinter sich zu bringen, sondern benötigten ganze fünf Tage dazu. Sie machten jede der kleinen und größeren Touren, die ein Muss für jeden waren, der San Francisco besuchte.

Zu Twin Peaks, Alcatraz mit seinen inzwischen leeren, aber geschichtsträchtigen Zellen und der Golden-Gate-Bridge kamen Streifzüge durch Chinatown und den legendären Castro-District, aus dem Martin gar nicht mehr weg wollte.

Am dritten Tag brachen sie zu einem achtundsechzigstündigen Trip mit winzigen Schlafpausen nach Los Angeles auf. Sie hatten Venice und Malibu gesehen und keine Zeit gefunden, sich dem Strandleben dort zu widmen. Es gab einfach zu viel zu sehen. So verzichteten sie auf Santa Monica und Newport Beach und was Martin anging, schweren Herzens auf Disneyland und besuchten zur Abrundung noch die Universal-Studios.

Die Technik dort verpasste Martin eine Gänsehaut nach der anderen, er erschrak vor dem angreifenden, weißen Hai genauso wie beim sehr gut simulierten Kippen ihres Besichtigungsbusses während eines automatisch regulierten Erdbebens. Erst spät in der Nacht schlenderten sie den Hollywood Boulevard hinunter und betrachteten wie so viele vor ihnen die Hand- und Fußabdrücke der wirklich populären Stars von Liz Taylor bis hin zu Lassie direkt vor dem Chinese-Theatre.

Von diesem beschwerlichen Ausflug zurück, verbrachten sie den folgenden Tag bei einem Picknick im Golden-Gate-Park. Sie hatten die Wirkung von Schlafentzug und Rotwein unter heißer Sonne unterschätzt. Deshalb waren sie bereits abends gegen neun völlig erledigt ins Bett gefallen.

Heute nun war es bereits fünfzehn Uhr und dreißig Minuten, als Martin die Augen öffnete. Sie hatten nichts Bestimmtes vor, und er fühlte sich träge und streckte sich dementsprechend ausgiebig. Das weckte auch Fernando.

"Buongiorno Beniamino! Bist du schon ausgeschlafen?"

"Schon ist gut! Es ist Nachmittag und wir liegen hier herum, als ob der Urlaub ewig dauert."

"Du hast vollkommen Recht! Aber The American Way Of Life schlaucht eben. Heute gehen wir nur zum Strand. Allerhöchstens - einverstanden?"

"Denkst du, das lohnt sich? Wir haben sechzehn Uhr!"

"Da ist immer was los. Wenn die Sonne nicht mehr so heiß brennt, sogar mehr als tagsüber. Außerdem wird es wirklich Zeit, dass wir ein bisschen persönlichen Anschluss bekommen."

"Wie du meinst!"

Martin dachte nach, um dann fortzufahren:

"Wo willst du denn hin? Baker Beach oder Angel Island? In der Bucht ist das Wasser wärmer!"

"Ich dachte eher an Devils Slide, da braucht man wenigstens keine Badehose. Achtzehn Kilometer Richtung Linda Mar und man ist im Paradiso! Komm, aufstehen!"

Fernando richtete sich auf, dann schlug er sich plötzlich mit der flachen Hand vor die Stirn.

"Maledetto, Sven! Ich habe vergessen, ihn anzurufen!"

Martin nickte.

"Dann solltest du das nachholen."

Fernando nahm das Telefon und ließ sich mit Deutschland verbinden. Sven schien ziemlich außer Atem zu sein, als er sich meldete.

"Ja? Was ist denn?"

"Hallo Bella - altes Mädchen. Wie geht es dir?"

"Fernando? Natürlich Fernando! Erst hört man tagelang nichts von dir und dann . . . ist dir klar, dass es mitten in der Nacht ist?"

"Scusi Bella! Da habe ich nicht dran gedacht. Du hörst dich auch nicht an, als ob ich dich aus dem Schlaf gerissen habe!"

"Hast du auch nicht! Uwe und ich haben uns gerade mit besonders kniffliger Akrobatik befasst. Du weißt schon - Schlangenmensch und Schwertschlucker!"

"Dann scheinst du mich nicht sonderlich zu vermissen!"

"Doch, immer wenn uns der Messerwerfer fehlt! Und wie geht es euch beiden Beautys?"

Fernando hielt das Gespräch kurz, denn Martin stand bereits angezogen neben dem Bett.

"Was hat er gesagt?"

"Dass er gerade eine Nummer mit Uwe schiebt! Ich bin gleich fertig!", antwortete Fernando kurz angebunden und trennte sich nun endlich auch von der Matratze.

Martin ließ ihn nicht an sich vorbei, sondern zog ihn an sich. Seine Zunge spaltete Fernandos Lippen und der anfänglich sanfte Kuss wurde leidenschaftlicher. Martin spürte Fernandos Erregung in seiner Hand und sie ließen sich wieder aufs Bett fallen. Genau in diesem Moment war es, als würde die Erde zittern. Die Gläser auf dem Nachttisch klirrten und beide Männer erstarrten mitten in der Bewegung.

"Habe ich mir das eingebildet oder hat gerade wirklich die Erde gebebt?", fragte Martin unsicher.

"Wenn wir hier in der City nicht soviel zugenommen haben, dass der Boden wackelt, wenn wir uns in die Kissen fallen lassen, hat die Erde gebebt, jawohl! Aber das ist nicht ungewöhnlich, schließlich sind wir in San Francisco. Komm, lass uns weitermachen."

Er küsste Martins Brust bis hinunter zum Nabel und wollte seine Hose gerade öffnen, als dieser ihn ziemlich unsanft zur Seite stieß und aufsprang.

"Hey, was ist los?"

Fernando sah Martin irritiert an.

"Wir müssen raus hier!"

"Scemenze! Leg dich wieder hin! Du kannst dich nicht jedes Mal aus dem Staub machen, wenn die Andreas-Spalte sich meldet. Wenn das alle machen würden, gäbe es hier eine ständige Völkerwanderung."

"Meinst du wirklich?"

"Ja, vertrau mir ruhig. Das war ein Bambino-Beben, höchstens eine drei auf der Richterskala. Nichts Besonderes also!"

Fernando streckte Martin die Hand entgegen und dieser wollte sich zögernd gerade wieder aufs Bett legen, als ein weiterer Erdstoß ihn nun vollends verschreckte.

"Du kannst sagen, was du willst - ich gehe raus!"

"Martin, die Häuser halten was aus! Sie sind erdbebensicher gebaut, das darfst du nicht vergessen."

"Wenn du hier bleiben willst - bitte. Ich gehe!"

Fahrig stopfte er sich das in der Hast falsch zugeknöpfte Hemd in die Hose und verzichtete auf die Schuhe.

"He, warte!"

Fernando erkannte, dass er Martin nicht aufhalten konnte, schlüpfte schnellstens in seine abgeschnittene Jeans und rannte seinem Freund in dieser Aufmachung hinterher. Kurz vor der Treppe erreichte er ihn.

"Du willst doch wohl nicht die ganzen Etagen hinunterrennen?!"

Fernando hielt Martin fest, aber dieser machte sich hastig los.

"Lass mich gehen - bei Erdbebengefahr soll man keinen Aufzug benutzen!"

Fernando verdrehte die Augen und rannte hinter Martin her, während er mit weit ausholenden Armbewegungen ständig auf ihn einredete. Durch die Eingangshalle laufend, beendete er seinen Monolog mit:

" . . . und außerdem, wenn ein größeres Beben fällig wäre, hätten die Seismographen das aufgezeichnet und die Bevölkerung wäre gewarnt worden. Dio mio, Martin . . . bleib endlich stehen. Es ist zu heiß, um so herumzutoben!"

Aber Martin machte erst halt, als sie auf dem Vorplatz des Hotels standen.

"Seismographen? Und wie war das 1906? Da hat sich das Erdbeben auch nicht wohlerzogen angekündigt. Es war ein totales Desaster!", antwortete er atemlos.

"Die heutigen Messinstrumente dürften eine Kleinigkeit genauer sein als die von damals. Schau, die lachen schon über uns!"

Es stimmte, die meisten der Passanten schienen die Erdstöße schon wieder vergessen zu haben. Belustigt beobachtete man die unvollständig bekleideten, hektischen Männer.

"Na und? Besser übermäßig vorsichtig als tot. Caruso ist 1906 sogar im Schlafanzug aus dem *Palace* geflüchtet. Zugegeben, da war es mitten in der Nacht, aber er wäre auch am hellen Tag so hinausgerannt. Das hat ihm vielleicht das Leben gerettet. Gefahr rechtfertigt überstürzte Handlungsweisen doch wohl!"

Fernando grinste.

"Aber du merkst doch, dass alles ruhig ist!"

"Die Ruhe vor dem Sturm ist auch ruhig!"

Martin sah sich fieberhaft nach einem seiner Meinung nach sicheren Platz um. Als er dann jedoch wieder losrennen wollte, hielt ihn Fernando fest.

"Jetzt hör auf, komm mal wieder zu dir. Es ist nichts! Definitivo niente! Fine, Martin - es reicht jetzt! Außerdem bin ich das Sensibelchen, wenn schon, dann flippe **ich** aus. Aber ich bleibe ruhig . . . schau!"

Fernando hielt Martin seine nicht zitternden Hände zur Demonstration vors Gesicht.

"Du kannst dich auch mal irren. 1906 wies auch nichts auf ein größeres Beben hin. Ich habe darüber gelesen, mir ist alles im Kopf geblieben."

"Si Signor - du mit deinem 1906. Und Caruso rannte im Schlafanzug auf die Straße!"

"Ja, verdammt noch mal. Mach dich nicht lustig über mich. Er war genau wie ich das erste Mal hier, damals am 17. April 1906 hatte San Francisco vierhunderttausend Einwohner und für alle war die Nacht und für ungefähr siebenhundert auch das Leben morgens gegen Viertel nach fünf zu Ende. Hast du eine Ahnung, was so ein Beben anrichtet? Häuser stürzen über dir zusammen, die fragen dich vorher nicht, ob du Tourist bist oder ob du mit den Ängsten umgehen kannst, weil du hier lebst. Schienen schnellen wie Katapulte hoch und Brückenträger biegen sich wie gekochte Spaghetti . . . über Caruso brach jedenfalls die Decke zusammen und ihm hat keiner gesagt - komm schon, rege dich nicht auf, bleib doch liegen! Er brachte sich in Sicherheit und er ist nie wieder hier aufgetreten! Überlege mal, wie viele Opfer es heute geben würde. Also, ich will nicht dabei sein!"

Fernando schmunzelte, nickte und schaute Martin süffisant an, während er antwortete:

"Was ist? Sag was!"

Martin sah ärgerlich aus und schwieg.

"Ich warte!"

"Und auf was wartest du?"

"Na darauf, dass du anfängst, etwas aus *Carmen* zu trällern! Ich meine, wo du und Carlos doch soviel gemeinsam habt. Avanti . . . sing schon!"

Martin wollte es nicht, aber jetzt musste auch er grinsen und entspannte sich etwas. Dann, während sie wieder zum Hotel zurückgingen, meinte er:

"Nein, ich sollte wohl lieber nicht singen. Bizet würde sich im Grab umdrehen. Es tut mir Leid, ich habe nicht gewusst, dass ich so schnell in Panik komme. Du hast wahrscheinlich Recht, mit der heutigen Technik würde man bestimmt feststellen, wenn ein größeres Erdbeben zu erwarten wäre."

"Ach, Eroé mio . . . mein Held!"

Später gingen sie essen. Fernando ließ keine Gelegenheit ungenutzt, Martin wegen seines Ausbruchs auf den Arm zu nehmen. Sie änderten ihr

Vorhaben und gingen nicht an den Strand. Dafür brachte Fernando Martin in die Union Street. Dort gingen sie in ein Gartenlokal, das sich *Delancey-Street-Restaurant* nannte. Hier vermutete der junge Italiener einen der Männer, den er gerne wiedersehen wollte.

Sie setzten sich an einen Tisch und ein junger Farbiger, dessen kahlgeschorener Kopf wie braunes Glas glänzte, brachte ihnen etwas zu trinken. Fernando fragte nach einem John Smith, genannt auch Hurricane. Der junge Mann kratzte sich ausgiebig die Nase. Dann, bei der Antwort war sein Englisch extrem zu schnell, während er die Hälfte der Silben einfach verschluckte und weder Fernando noch Martin konnten ihn verstehen. Erst langsam kamen sie dahinter, dass der Farbige selbst erst kurz hier arbeitete und von einem Hurricane Smith nie gehört hatte. Er versprach aber, jemanden zu schicken, der bereits länger hier arbeitete.

Martin sah sich um und ihm fiel auf, dass alle Männer, die im Restaurant arbeiteten, kahlköpfig waren. Er fragte Fernando eher im Spaß, ob dies die neueste Mode sei.

"Alle sind Exhäftlinge. Jemand, ich glaube er hieß John Maher, hat eine Stiftung ins Leben gerufen für solche Leute. Er war selbst drogen-süchtig und kriminell und hat wohl die Erfahrung gemacht, dass man allein aus diesem Teufelskreis nicht mehr herauskommt. Das Ganze hier ist eine Art von sozialer Wiedereingliederung, die über dünnes Gerede hinausgeht. Diejenigen, die frisch aus dem Gefängnis kommen und keine Arbeit finden, kommen her und verpflichten sich für zwei Jahre, bekommen Arbeit und wohnen in einem Haus der Stiftung. So müssen sie nicht zurück in das kriminelle Umfeld. Das geht natürlich nur, wenn sie wirklich wollen, denn Maher hat es ihnen nicht einfach gemacht. Die Männer müssen sich den Kopf rasieren lassen und die Frauen dürfen während dieser Zeit kein Make-up benutzen. Soweit ich weiß, haben schon viele den Absprung geschafft, es hört sich also nicht nur theoretisch gut an!"

"Du willst sagen, dass wir hier von Kriminellen umgeben sind? Und hier hast du Bekannte?"

Martin sah sich wenig begeistert um.

"Keine Bekannten, Martin! Es sind Freunde! Du willst mir doch jetzt wohl nicht mit Vorurteilen kommen! Bemerke ich da wieder das typisch deutsche Beamtendenken? Vielleicht sollte man alle, die mal einen Fehler gemacht haben, den Haien vorwerfen."

Betreten sah Martin in sein Glas. Dann kam auch schon der junge

Farbige zurück. In seiner Begleitung befand sich ein rundlicher Latino, der Fernando sah und plötzlich über das ganze Gesicht strahlte. Auch der junge Italiener sprang auf, um den kleinen Mann zu umarmen. Ein ohrenbetäubender, unergründlicher Wortschwall ergoss sich über Fernando und dieser brüllte etwas genauso Rätselhaftes zurück. Dann schlugen sie sich in die Hände und umarmten sich ein weiteres Mal.

"Du liebe Güte! Ich dachte, solche Begrüßungen seien ein Hollywood-Klischee!", murmelte Martin leicht säuerlich. Er fühlte sich wie ein Außenseiter und hatte keine Ahnung, was vorging. Hin und wieder vernahm er den Namen Sven, den der Latino verfälschte und wie Scheeven aussprach. Er konnte nur vermuten, dass Fernando eine kurze Zusammenfassung der letzten drei Jahre abgeben musste. Jetzt zog sein Freund ihn zu sich hoch und er wurde vorgestellt.

Auch Martin zog der kleine, runde Mann herzlich an sich, küsste ihn auf die Wange und ließ ihn dann wie vom Donner gerührt stehen, während er lauthals lachte und etwas zu Fernando sagte. Es stellte sich heraus, dass der etwa Fünfzigjährige sich Destiny nannte und eigentlich auch nicht mehr in dem Lokal in der Union Street arbeitete.

Er verkaufte jetzt am eigenen Stand Fische in Fisherman's Wharf, ließ aber die Verbindung zur Delancey Street nie ganz abreißen. Mittlerweile waren auch noch andere Menschen hinzugekommen, es gab ein riesiges Hallo. Von allen Seiten redete man auf Fernando ein. Martin fühlte sich immer noch links liegengelassen, denn auch wenn sein eigenes Englisch alles andere als perfekt war, sprachen einige der anderen ein noch schlechteres. Sobald die Aussprache es unmöglich machte, sich zu verstehen, ließ man eben Hände, wenn es sein musste, auch Füße sprechen oder nahm Papier und Bleistift zur Hand. Manchmal fühlte Martin sich wie in einem Comic.

Lediglich ein smarter, noch sehr junger Boy, der sich Bo nannte, zeigte ein unverhohlenes Interesse an Martin, unterhielt sich mit ihm und brachte damit Fernando dazu, sich wieder etwas mehr um seinen Freund zu kümmern. Zu viert machten sie sich schließlich auf den Weg nach Sausalito, wo der für Martin noch geheimnisvolle Mann jetzt wohnen sollte, wie man inzwischen herausgefunden hatte. Fernando beantwortete keine der Fragen, die Martin in Bezug auf John Hurricane Smith stellte, aber aus den eigenartig mysteriösen Andeutungen musste Martin ent-nehmen, dass dieser Mann aus irgendeinem Grund eine Attraktion war.

Von Russian Hill aus fuhren sie mit der Cable Car wieder bis Fisherman's Wharf, dann stiegen sie dort am Hafen in eines der Ferryboats. Es dauerte ungefähr eine halbe Stunde, bis sie auf der anderen Seite in Sausalito ankamen.

Noch einmal versuchte Martin, etwas mehr über den Geheimnisvollen herauszufinden, auf dessen Bekanntschaft Fernando so stolz war. Er erfuhr, dass Sven und sein Freund während ihres USA-Trips heimlich etwa zwei Wochen bei ihm in einem Haus der Foundation wohnten. Und ein weiteres gab Fernando Martin noch mit auf den Weg:

"Mach bloß nicht den Fehler und sage Hurricane zu ihm! Für dich ist er erst einmal Mister Smith, da legt er großen Wert drauf. Wenn er dir anbietet, ihn mit seinem Rufnamen anzureden, hast du gewonnen. So dürfen ihn nur Freunde nennen!"

Martin wunderte sich schon gar nicht mehr. Fernando war doch eigentlich gar nicht der Typ, der andere Götter als sich selbst anbetete. Sie hatten die Hausboot-Siedlung erreicht. Die Boote lagen wie Eigen-heime auf dem Wasser, sauber und irgendwie anheimelnd. Manche waren ausgesprochen luxuriös, alle hatten Wasser- und Stromanschluss. Doch dort fanden sie ihr Ziel nicht, sie gingen weiter und jetzt erkannte Martin, dass es wohl zwei dieser Siedlungen geben musste.

Da war einmal die blitzsaubere; jetzt jedoch kamen sie in ein anderes Gebiet. Die Hausboote hier bestanden hauptsächlich aus alten, schäbig aussehenden Schiffswracks und hatten selbstgezimmerte Aufbauten. Die Materialien, die hierzu verwandt wurden, hatten nur eine Voraussetzung zu erfüllen - sie mussten billig und leicht zu organisieren sein. Metallteile, Holzbohlen, Rohre und sogar ausgediente Autos verwandelten sich in einer recht avantgardistischen Weise in bewohnbare Behausungen.

Martin sah sich verblüfft um. Sie kamen an Booten vorbei, deren Aufbau wie ein einfacher Bretterstapel anmutete und sahen Gebilde, die jeden Installateur in Erstaunen versetzt hätten. Martin konnte nicht umhin, Fernando zu sich heranzuziehen.

"Das wäre etwas für deutsche Behörden! Ein Verstoß gegen Schutzbestimmungen neben dem anderen!"

Fernando grinste abfällig.

"Die haben hier auch Behörden, überall gibt es Behörden. Wo sollten sonst die Beamten faulenzen? Aber sie kommen eben nicht dagegen an. Der illegale Teil der Siedlung ist bereits fest integriert. Und ich finde ihn gut. Es ist wenigstens nicht alles so schrecklich aufgeräumt. Das hier hat Phantasie, selbst wenn sie aus der Not geboren ist."

"Es ist ein Slum, Fernando!", stellte Martin kurz und nüchtern fest.

"Dio mio, kannst du mal aufhören, alles mit den Augen des pedantischen Deutschen zu sehen? Hier leben Outlaws, sie leben nicht gut, aber sie liegen auch niemanden auf der Tasche. Warum soll es heute nicht möglich sein, sich sein Leben zu gestalten, ohne auf die Meinung anderer Rücksicht nehmen zu müssen?"

"Du siehst das alles ein wenig zu romantisch. Aber ich denke, das passt zu dir!"

"Ich will jetzt keinen Streit, Martin. Aber eins möchte ich dir schon noch sagen . . . ich weiß, es wird dir schwer fallen, aber du bist in einem fremden Land und es wäre sicher sehr hilfreich, wenn du hier deine kleinlichen Maßstäbe weglässt. Du hättest doch auch ganz gerne, dass andere Leute ihre Vorurteile verlieren und zum Beispiel dein Schwulsein akzeptieren. Dafür musst du selbst auch erst einmal lernen, Toleranz für andere zu haben, ob dir ihr Lebensstil nun passt oder nicht. Niemand verlangt von dir, deine Meinung abzugeben. Also lass es auch bleiben."

Martin verzog das Gesicht. Er hätte darauf eine Vielzahl von Antworten gewusst, beschloss aber, sich einfach zu entspannen. Fernando hatte ja Recht, warum sollte er sich aufregen? Niemand verlangte von ihm, so zu leben oder über jemanden zu urteilen, er war lediglich zu Besuch hier und nicht als Hüter von Recht und vor allem Ordnung. Trotzdem fiel es ihm schwer.

Sie gingen weiter. Als sie fast am Ende des Stegs angekommen waren, fiel Martins Blick auf ein ungewöhnlich großes, etwa zwölf Meter langes Boot. Der Rumpf war hellbraun gestrichen und mit indianischen Zeichen versehen. Der Aufbau an sich schien aus Holz gefertigt, Querver-strebungen aus Stahl gaben ihm die nötige Stabilität. Er zog sich über die ganze Länge und ließ am Bug lediglich Platz für eine schmale, eiserne Wendeltreppe, die auf das Dach führte. Das Boot war anders als die rein zweckmäßig gebauten anderen Kähne, denn der gesamte Aufbau war ein einziges Kunstwerk. Wer immer es gebaut hatte, er legte Wert auf Ästhetik. Kein Zentimeter der Holzwand war frei, man sah Wigwams, auf denen die Baumrindenbedeckung fast greifbar erschien, Totem-Pfähle, deren Pflanzen und Tiermuster wie geschnitzt wirkten und Lagerfeuer, die beinahe loderten, obwohl sie genau wie alles andere nur gemalt waren.

Die Sonne über dieser Szene schien Wärme spenden zu können; aber die Attraktion waren die entsprechenden Bilder von Bären, Büffeln und Wölfen, die so real und anschaulich dargestellt wurden, dass der Betrachter jederzeit mit einem Angriff rechnen konnte.

Martin kannte dieserart Murals bereits aus der City, diese lebensecht wirkenden Malereien zierten sogar die Außenwand der Bank of America. Er war begeistert und konnte keinen Blick abwenden, während Fernando die Malerei studierte, als ob sie ihm Inspirationen für seine eigene Kunst geben könne.

Destiny rief etwas hinüber zum Boot und nur einen Moment später schien es, als trete jemand direkt aus einem der Indianerzelte. Die Illusion war so perfekt, dass Martin einen Augenblick lang glaubte, auch diese Person gehöre zum Gemälde. Da Bilder jedoch schon aus technischen Gründen nicht sprechen konnten, erkannte er, dass dies wohl John Smith sein müsse.

Er war überdurchschnittlich groß und Martin schätzte ihn auf sein eigenes Alter. Seine kräftige Gestalt mit den breiten Schultern ließ Martin hoffen, nie einen ernstlichen Streit mit ihm zu bekommen. Mister Smiths Kleidung war die der frühen Siebziger und bestand aus einer kurz über den Knien abgeschnittenen, ausgefransten Jeans und einem schwarzen T-Shirt, aus dem ebenfalls die Ärmel herausgetrennt wurden.

Das Auffallendste an ihm waren jedoch die wie schwarzer Lack glänzenden, glatten Haare, die bis an seine Taille reichten. Er hatte sie nicht zusammengefasst und als er jetzt die Planke vom Boot zum Ufer legte, fielen sie nach vorne. Martin erkannte, dass in wenige, dünne Zöpfe verschiedenfarbige Federn und Perlen eingeflochten waren.

John Smith, von seinen Freunden Hurricane genannt, war tatsächlich eine erstaunliche Erscheinung. Er hatte hohe Wangenknochen, eine scharf geschnittene Adlernase und neben seinen unergründlichen, dunklen Mandelaugen fielen noch die auffallend kräftigen, schneeweißen Zähne auf, die an ein Raubtiergebiss erinnerten.

"Warum hast du mir nicht gesagt, dass er ein Indianer ist?", flüsterte Martin Fernando zu. Mittlerweile waren sie über das schmale Brett hinüber zum Boot balanciert.

"Ganz einfach . . . weil ich dein Gesicht sehen wollte und ich muss sagen, es hat sich gelohnt. Der Begriff Indianer hat für dich sicherlich nur Bedeutung, wenn du an die Filme mit John ‚dem Macho‘ Wayne denkst."

"Es ist wohl nichts Besonderes, dass ein Europäer nicht jeden Tag einem Indianer begegnet und was mich betrifft, ich habe . . ."

John Smith näherte sich und Fernando griff beschwörend nach Martins Arm:

"Hör auf zu flüstern, sonst versteht er es noch falsch!"

Sie folgten dem Indianer im Gänsemarsch den höchstens fünfzig Zentimeter breiten Gang zwischen Rumpfoberkante und Aufbau bis ganz nach vorne und dann die Treppe hinauf aufs Dach. Dort erst wurde die Begrüßung nachgeholt.

Hurricane baute sich vor Martin auf und betrachtete ihn einen Moment lang schweigend. Martin stand unter dem kritischen Blick des mindestens einen halben Kopf Größeren wie unter einer heißen Dusche und konnte nichts dagegen tun, als ihm das Blut in den Kopf stieg und in seinen Ohren einen Trommelwirbel schlug.

Doch dann reichte ihm der hünenhafte Indianer die Hand und stellte sich als Hurricane vor. Martin hatte mit einem für ihn unverständlichen indianischen Dialekt gerechnet und musste sich erst an den breiten Brooklyn-Slang gewöhnen.

"Gut, du hast bestanden!", sagte Fernando zu Martin, als Hurricane sich anschließend mit Destiny unterhielt und grinste:

"Ich wusste ja, dass du kein schlechter Mensch bist!"

"Ist ja umwerfend! Mensch, Nando - er hat mich nur angesehen! Woher will er wissen, dass ich ihm nicht im ersten unbewachten Moment die Hose herunterziehen will? Oder Schlimmeres!"

"Er weiß es eben! Nenn es Intuition oder Menschenkenntnis - ich nenne es den Instinkt eines sehr alten Geschlechts, das, wenn man es genau betrachtet, eine viel beeindruckendere Kultur hat als wir!"

Martin bemerkte bei Fernando wieder den Wunsch, den Indianer zu idealisieren, aber auch er empfand eine eigentümliche Bewunderung für diesen Mann, der ohne etwas dafür tun zu müssen, diese merkwürdige Anziehungskraft auf ihn ausübte.

Sie wurden eingeladen, sich zu setzen und verteilten sich um eine kleine Feuerstelle, die aus Blech und Steinen bestand. Es ging Martin wieder einmal durch den Kopf, wie die deutschen Feuerschutzbestimmungen auf ein solches Projekt reagiert hätten, schwieg aber wohlweislich. So saßen sie im Halbkreis und tranken Bier, während die Sonne langsam unterging.

Martin erfuhr, dass Hurricane großen Wert darauf legte, noch ein reinrassiger Schoschone zu sein und keiner der häufigen Mestizen. Seine Eltern hatten ihn nach New York gebracht, als er knapp zwei Jahre alt war. Er fühlte sich dort jedoch nie wohl, hasste nicht nur den eisigen Winter. Obwohl er sich bewusst weder an L.A. noch an den Ozean erinnerte, verließ ihn niemals diese unbezwingbare Sehnsucht dorthin. Mit vierzehn dann riss er aus, verließ Brooklyn und machte sich allein auf die Odyssee quer durch den Kontinent.

Er reiste anderthalb Jahre, in denen er alle Kniffe lernte, um sich ohne großen Aufwand durchs Leben zu bringen. Das Einzige, was ihn durch die Zeit hindurch begleitete, war der Stolz auf seine Abstammung und er begann, diesen durch Gewalt zu unterstreichen, sooft er Gelegenheit dazu bekam. Mit sechzehn leitete er eine Gang in Los Angeles, mit knapp achtzehn machte er dann Schluss mit der Kleinkriminalität und überfiel eine Bank. Es folgten drei Jahre Jugendstrafe. Im Vollzug lernte er die wenigen Elemente, die er noch nicht kannte und tötete zwei Jahre nach seiner Entlassung, es war genau an seinem vierundzwanzigsten Geburtstag, während eines Streites mit bloßen Händen seinen Gegner.

Danach ging er für zwölf Jahre nach San Quentin, um sich anschließend mit Hilfe der Delancey-Street-Foundation aus diesem Teufelskreis von Gewalt und Kriminalität abzusetzen. Er wurde, nicht zuletzt weil er von L.A. wegblieb, nicht mehr straffällig, organisierte sich nach der Zeit in der Union Street das abgewrackte Hausboot und richtete es mit viel Mühe in kleinsten Schritten. Hier lebte er seit nun schon beinahe zwei Jahren und blieb immer allein. Trotzdem hatte er eine Menge Freunde, für manche Kids war er so etwas wie ein Guru. Sie versorgten ihn mit Essen, wenn der Verkauf von selbstgemachtem, traditionellem Schmuck und Öl-bildern mit dem Flair des alten Westens an Touristen einmal nicht so gut lief. Sie mussten diese soziale Maßnahme allerdings tarnen, denn wenn sie Hurricane zu auffällig helfen wollten, ließ er sie abblitzen.

Meist kam er allerdings allein gut klar. Er war wohl so etwas wie ein Lebenskünstler, eines von den Originalen, die es nicht mehr allzu oft gibt. Martin erkannte die völlig andere Mentalität des Indianers, obwohl dieser nicht viel sprach. Immer umgab ihn die weise Melancholie seiner alten Rasse, Martin konnte nicht anders, als ihn ständig zu beobachten.

Das Feuer loderte, als es schließlich ganz dunkel war, sie saßen und lauschten der dunklen Stimme von Hurricane, der während er mit Augen, die wie schwarzer Samt wirkten und seinen Geschichten erst den romantischen Touch gaben, meist der alleinige Redner war.

Sie schauten den Funken des Feuers nach, die sich in die Luft erhoben und kamen in eine bisher unbekannte Stimmung. Würde man ihm davon erzählt haben, so hätte Martin sicherlich nur mitleidig gelächelt. Solche Situationen waren etwas für weltfremde Spinner und man musste bereit sein, sich in diese Faszination fallenzulassen. Aber jetzt, wo ihm der Duft des über dem Feuer gegrillten Fleisches in die Nase stieg, fiel die Hülle des deutschen Beamten von ihm ab wie eine zu eng gewordene Haut und er glaubte, den Erzählungen eines uralten Medizinmannes zuzuhören.

Er verstand nicht alles, lauschte Hurricanes Stimme manchmal, ohne den Sinn seiner Worte zu verstehen, während eine federgeschmückte Pfeife immer wieder die Runde machte. Es war das erste Mal, dass Martin Marihuana rauchte, bei Fernando hatte er immer abgelehnt. Aber er fühlte, wenn er sich jetzt ausschloss, ginge die Irrealität des Augenblicks für ihn verloren und er handelte danach.

Später dann begann Hurricane mit dem überlieferten, monotonen Gesang und vor dem geistigen Auge seiner Zuhörer entstanden wie von selbst Bilder von Indianern und der Prärie. Wie Kinder ließen sie sich in die vollkommen andere Welt entführen. Weder von Destinys ununterbrochenem Redeverlangen noch von Fernandos Abneigung gegen alles zu Herzen gehende war etwas übriggeblieben.

Irgendwann anschließend, von allen außer Fernando unbemerkt geblieben, saß Bo direkt neben Martin und hatte seinen Kopf an dessen Schulter gelegt. Martin empfand es als angenehm, es gehörte einfach dazu und erinnerte ihn nicht in erster Linie daran, dass er schwul war.

Fernando nahm es zur Kenntnis, schwieg aber. Schließlich sang Hurricane zur Gitarre, was nicht ganz stilecht, dafür aber ungeheuer wirkungsvoll war. Gegen drei Uhr nachts zog der Schoschone sich dann zurück, aber das Gefühl der absoluten, situationsbezogenen Harmonie blieb. Der Gastgeber hatte Felldecken und Kissen verteilt, Martin und die anderen würden auf dem Dach des Bootes übernachten. Er und Fernando lagen dicht nebeneinander, das fast niedergebrannte Feuer warf einen orangeroten Schimmer auf ihre Gesichter. Jetzt lag Fernandos Kopf an Martins Schulter und er registrierte kurz Bo´s neiderfüllten Blick. Lächelnd kuschelte er sich noch näher an seinen Freund.

"Na? Habe ich zuviel versprochen?", fragte er dann in Bezug auf den Indianer.

"Ich müsste lügen, wenn ich sagen würde, ich sei nicht beeindruckt. Der Mann ist wirklich jemand, dem man in seinem Leben nicht oft begegnet - ein Individualist!", antwortete Martin und pustete das Fell weg, das seine Nase kitzelte. Dann fuhr er fort:

"Das alles hier ist so . . . so ursprünglich, man schämt sich nicht, wenn man plötzlich hoffnungslos romantisch wird. Und es ging uns allen so!"

Fernandos nickte, seine Hand suchte einen Weg unter Martins T-Shirt und blieb dort liegen.

"Das stimmt. Er erzeugt irgendwie eine berauschende Atmosphäre, der man sich nicht entziehen kann, selbst wenn man das will. Das war schon damals so, als wir ihn kennen gelernt haben, und da hatte er diesen Kahn noch nicht. Ich kann mich erinnern, Sven ist wochenlang in Mokassins gewandelt wie Jesus auf dem Wasser, um sich mit ihm solidarisch zu erklären. Hurricanes Aura scheint groß genug zu sein, um andere gleich mit einzuhüllen und plötzlich steht die Realität als Imagination da und man weiß nicht, wie das passiert ist. Ich finde, man spürt bei ihm, dass eine so große Kultur unvergänglich ist, auch wenn man sie ausrotten wollte. Alles, worum man sich sonst Sorgen macht, ist plötzlich un-wichtig, als hätte man einen Blick auf die wirkliche Identität seiner eigenen Seele geworfen. Ich weiß nicht, ob du verstehst, was ich sagen will . . .?"

"Ich denke schon!"

Martin schwieg einen Augenblick nachdenklich.

Dann antwortete er versonnen:

"Ich bin mir plötzlich klar darüber geworden, dass alle anerzogenen Werte platzen können wie eine überdimensionale Seifenblase. Sie kommen mir hohl vor, ich habe bisher ohne wirklichen Zugang zum Elementaren gelebt und war dabei auch noch so überheblich mir ein-zubilden, es gäbe einfach keine anderen Werte. Wenn ich mir vorstelle, wie weit wir uns allein von der Individualität entfernt haben, sie wie eine der größten Sünden behandeln. Irgendwann werden wir alle gleich sein und das meine ich nicht positiv, sondern gleich im Sinn von Uniformierung. Für uns ist nur wichtig, Geld zu verdienen, gut dazustehen. Gefühle werden vernachlässigt, eigene Werte stumm geschaltet. Nur nicht auffallen! Ich nehme an, wenn Hurricane durch die Türen unserer Stadtverwaltung ginge, würden die Mauern ringsherum sich vor Schreck in ihre Bestandteile auflösen, denn er scheint nur das wirklich Wesentliche zu sehen und Bürokratie gehört nicht dazu. Na ja, es ist heute wohl nicht mehr möglich, ohne uns Beamte auszukommen.

Nach dem Aufschwung in dieses unüberschaubare Metropolis benötigt man nun einmal Punkte, die all das Überflüssige regeln!"

Abrupt schwieg Martin und schaute über das seidig schimmernde Wasser. Fernando sah ihn überrascht an. Es wunderte ihn, dass sein Freund fast philosophisch sein konnte. Sie unterhielten sich noch eine ganze Weile in dieser Weise. Beide fühlten sich wie auf einem Gipfel, als hätten sich die ganzen Rätsel der Menschheit auf wenige Fragen reduziert, die ausgerechnet und ausschließlich Martin und Fernando jetzt beantworten konnten.

Irgendwann übermannte sie dann allerdings doch die Müdigkeit und sie schliefen ein.

Als sie gegen elf Uhr am nächsten Morgen erwachten, waren sie allein. Von den philosophisch-anarchistischen Betrachtungsweisen der Nacht war erst einmal nichts geblieben als Kopfschmerzen und ein fader Geschmack auf der Zunge.

Das Fell, mit dem sie sich zugedeckt hatten, entpuppte sich als billiger Webpelz, und die Flammen des Feuers waren einer hin und wieder sadistisch durch den Nebel gleißenden Sonne gewichen. Die Rebellion gegen das Establishment schmeckte plötzlich nach der kalten Asche, die sich durch den Wind auf dem Dach verteilte wie grauer Puder.

"Scheiß Marihuana!", entfuhr es Martin im Brustton der Überzeugung und genau genommen war das kein überzeugender Ersatz für ein"guten Morgen". Sie erhoben sich und streckten ihre klammen Körper.

"Mir ist kalt! Kann dieser blöde Nebel nicht mal vor Mittag verschwinden?", konterte Fernando.

Dann sahen sie sich an und begannen zu grinsen. Beiden fiel die intensive Diskussion der vergangenen Nacht ein und Martin meinte:

"Auch wenn sich das letzte Nacht anders anhörte - aber heute werde ich ganz bestimmt in meinem zivilisierten Hotelbett schlafen - auch wenn es in Metropolis steht und die amerikanische Bürokratie Steuern vom Hotelbesitzer verlangt! Ich eigne mich wohl doch nicht zum Revolutionär gegen die Brandung der Gegenwart. Das Elementare verträgt sich nicht mit meinem Ischias!"

"Das ist mir klar. Ich hatte mich auch schon gewundert! Aber zu meiner Schande muss ich eingestehen, dass sich mein Steiß ebenfalls an eine Matratze gewöhnt hat."

"Ich werde ihn dir gleich massieren, wenn wir wieder im Hotel sind! Aber erst nach einer dekadenten Dusche, bei der das Wasser aus der Leitung kommt und nicht erst aus dem Brunnen geholt werden muss. Außerdem würde mir eine Tasse Kaffee gut tun", konstatierte Martin.

Dann hörten sie auf, sich gegenseitig mit der vergangenen Nacht aufzuziehen. Sie kam ihnen ohnedies wie ein Traum vor. Etwas später dann, sie waren im Begriff nach unten zu gehen, bemerkte Fernando, dass das Thema seinen Freund immer noch nicht ganz losgelassen hatte, denn Martin begann erneut:

"Ich frage mich, wieso Hurricane die Macht hat, uns derart in seinen Bann zu ziehen. Es kann doch nicht nur das Marihuana gewesen sein! Ich denke doch, er selbst hat noch nie Büffel gejagt . . . wie kann er dann diese Präriefaszination, mit der ich wirklich noch nie was am Hut hatte, derart perfekt vermitteln?"

"Stimmt, man sollte annehmen, wer in Brooklyn aufwächst und dann noch ein Drittel seines Lebens in San Quentin zubringt, dem kommt diese Ausstrahlung irgendwo einmal abhanden. Vielleicht ist ja doch was dran . . ich meine, an der geheimnisvollen Kraft seines Volkes. Man kann eben nicht alles erklären!", antwortete Fernando.

"Tja, trotzdem hat uns die Realität unzweifelhaft wieder. Um in den Worten der letzten Nacht zu sprechen - die Innovation unseres mystischen Ichs musste der realen Praxis weichen."

Sie fanden Hurricane innerhalb seiner Unterkunft, er fertigte neuen Schmuck und grinste den beiden entgegen. Zusammen sprachen sie ein weiteres Mal über die letzte Nacht und tranken dabei Kaffee aus riesigen Keramiktassen. Selbst jetzt noch, am hellen Tag wo die Dunkelheit seine Gestalt nicht mehr mystifizierte, drängte sich Martin die Vorstellung von Hurricane mit Federschmuck und einem zum Angriff erhobenen Speer hoch auf einem weißen Hengst sitzend auf.

Gegen Nachmittag verabschiedeten sie sich und der Gruß des Indianers fiel auch bei Martin mit der Vertrautheit eines langjährigen Freundes aus, ohne dass er dabei allerdings die ihm eigene Distanz aufgab.

Wenig später setzten die beiden Freunde im Ferryboat über und die Cable Car brachte sie sanft aber entschieden wieder zurück in die Gegenwart. Sie hatten jedoch beschlossen, den Schoschonen noch öfter zu besuchen.

Die drei Wochen vergingen wie im Flug. Bisher hatte Martin sich nicht vorstellen können, wie einfach es war, zu fremden Menschen eine freundschaftliche Beziehung aufzubauen, wenn man nur auf sie zuging. Sie besuchten unzählige Lokale und stellten fest, dass es ihnen im *Hamburgers Mary* am besten gefiel. Es lag zwar in einer ziemlich düsteren Gegend an der Folsom Street, aber das Publikum sagte beiden zu. Dort trafen sie ein buntes Durcheinander aus Intellektuellen, Punks und Schwulen, sie wurden meist freundschaftlich aufgenommen und standen eigentlich keine Minute abseits. Trotzdem trennten sie sich so gut wie nie voneinander, fast war man geneigt, nach Punkten zu suchen, an denen sie miteinander verwachsen waren. Fernando verspürte zum ersten Mal nicht den Wunsch, so viele Bettgefährten wie möglich abzu-schleppen, und das war etwas, das ihn selbst wunderte.

Dafür war zwischen ihm und Martin immer die knisternde Spannung der Leidenschaft. Sie gaben ihrer Lust an allen möglichen Orten nach und wären damit in einem Fischrestaurant in Downtown beinahe böse aufgefallen. Einer der Kellner hatte sich irgendwie in der Tischdecke verfangen und diese beim Weggehen vom Tisch gerissen. Die beiden Freunde konnten nur unter Zuhilfenahme ihrer Servietten und Dank einer blitzschnellen Reaktion der peinlichen Entdeckung ihres interaktiven Spiels unterm Tisch entgehen.

Es war aber nicht so, dass sie nun an nichts Zusätzliches mehr denken konnten. Sie gingen öfter surfen, was Martin zuerst gar nicht gefiel. Es sollte sich jedoch herausstellen, dass er weniger oft seitenverkehrt im Wasser versank als Fernando.

Und immer wieder verbrachten sie Zeit zusammen mit dem Schoschonen auf dem Boot. Trotz der beginnenden Freundschaft erfuhren sie dabei jedoch nicht, ob er nun auf Männer oder Frauen stand. Hurricane war grundsätzlich allein oder gleich von zehn bis zwanzig Leuten umgeben.

Martin fühlte sich plötzlich auf eine unbeirrbare Weise emanzipiert, wenigstens glaubte er in dieser Zeit fest daran. In dieser völlig neuen Erlebniswelt war seine Homosexualität für ihn nicht mehr das diskrete Tabu, sondern wurde immer mehr zur Selbstverständlichkeit. Ihm kam zu Bewusstsein, dass die Veränderung der Gesellschaft in ihm selbst beginnen musste. Solange er als Angehöriger der schwulen Minorität glaubte, sein wahres Ich verstecken zu müssen, würde sein Umfeld seine Unsicherheit als Waffe gegen ihn verwenden. Zuerst sollte er ganz allein für sich akzeptieren, dass seine Liebe zu einem Mann keine Verirrung war, nichts

Schmutziges, dann hatte er die Chance, sein Leben neu einzurichten. Seine Neigung würde durch die im Anschluss daran zwangsläufig an den Tag gelegte Souveränität bis auf die unvermeidlichen, bornierten Aus-nahmen auch von der Umgebung legitimiert werden.

Jetzt, hier in San Francisco, glaubte er, sich soweit verändert zu haben, dass ein Coming-out in Deutschland kein Problem mehr für ihn werden würde. Er sah das Leben der Gays und wollte etwas von ihrer Freiheit mitnehmen.

Jedenfalls ging ihr Urlaub viel zu schnell zu Ende. Die drei Wochen verflogen, und beide versuchten bis zuletzt nicht an ihre Abreise zu denken. Martin hatte sich an das Zusammensein mit Fernando gewöhnt. Als sich der Urlaub dann doch dem unvermeidlichen Ende entgegen neigte, konnte er sich kaum vorstellen, wie es ohne ihre Zweisamkeit in Deutschland weitergehen sollte. Sie sprachen eher theoretisch darüber, wie es sei, wenn er zu Fernando ziehen würde. Festlegen konnte sich Martin in dieser Hinsicht nicht, obwohl sein Freund ihm wie schon öfter grünes Licht signalisiert hatte. Aber er freundete sich immer mehr mit dem Gedanken an und hatte sich fest vorgenommen, Nicole endlich die Wahrheit zu sagen. Das würde vielleicht der erste Schritt in die richtige Richtung sein, und da Fernando sowieso davon überzeugt war, dass er bereits mit seiner Frau gesprochen hatte, würde dies eine weitere Motivation dafür sein. Er musste die Wahrheit seiner Lüge anpassen und bekam trotz seiner inneren Wandlung gegen Ende des Urlaubs immer mehr Angst vor der eigenen Courage. In der letzten Nacht vor ihrem Heimflug blieben sie noch einmal in Fisherman's Wharf und sahen im ersten Morgenlicht den Nebel durch das goldene Tor ziehen. Melancholisch schauten sie dem Schauspiel zu und schwiegen. Jeder der beiden war mit seinen eigenen Gedanken beschäftigt. Noch einmal fühlten sie diese tiefe innere Verbundenheit miteinander und auch mit dieser Stadt. Jede Minute des Urlaubs wurde ihnen wieder gegenwärtig und sie wollten nur zu gerne daran festhalten, weil sie ahnten, die Abreise in ein paar Stunden würde der Anfang von etwas sein, das sie beide nicht einschätzen konnten. Dann machten sie sich auf den Weg zurück zum Hotel und fuhren mit einem wehmütigen Gefühl ein letztes Mal mit der Cable Car. Was ihnen jedoch am nächsten Tag wirklich fast das Wasser in die Augen trieb, war die lange Reihe Wagen, die laut hupend hinter ihrem Taxi herfuhr und sie zum Flughafen begleitete. Dort erst verab-schiedeten sie sich von allen. Vor allem die Trennung von Hurricane war hart, sie kamen nicht umhin, dem Schoschonen immer wieder zuzu-sichern, bei der nächsten Gelegenheit zurück nach San Francisco zu kommen. Sie versprachen es und mussten anschließend endgültig auseinandergehen.

ॐ

"Um wieviel Uhr musst du am Flughafen sein?"

Uwe setzte sich im Bett auf und streckte sich, während er Sven beim Anziehen zusah. Mittlerweile war es keine Seltenheit mehr, dass er die Nacht in Svens Appartement verbrachte. Letzterer hatte in den vergangenen Wochen viel gearbeitet, die Plastik würde wohl in absehbarer Zeit fertig werden; er rechnete mit Dezember.

"Ich muss um sechzehn Uhr losfahren."

"Und warum stehst du dann jetzt schon auf? Wir haben sechs Uhr morgens!"

"Ich will noch nach Bayenthal fahren und alles vorbereiten. Den Strom anstellen, Rasen mähen, ein bisschen saubermachen und einkaufen!"

"Wenn du dir deinen Hausmeisterposten bezahlen lassen würdest, hättest du nie wieder Geldsorgen!", antwortete Uwe ironisch.

Er sah Fernandos Ankunft mit gemischten Gefühlen entgegen. Sven würde wieder eingebunden sein und er, Uwe, rutschte automatisch auf den zweiten Rang. Aber er schwieg über seine Befürchtungen und fuhr statt dessen fort:

"Ich bleibe dann hier und warte auf dich. Heute liegt nichts Besonderes an. Wann wirst du denn ungefähr wieder da sein?"

"So gegen Abend . . . das heißt, wenn Fernando nicht zu sehr ins Erzählen kommt."

Sven kam zum Bett und verabschiedete sich mit einem flüchtigen Kuss von Uwe, dann verließ er seine Wohnung.

Gegen Mittag war er mit den Vorbereitungen fertig, fand aber, es sei noch zu früh, um zum Flughafen aufzubrechen. Er schaltete den Fernseher im Schlafzimmer an und streckte sich auf dem frisch überzogenen Bett aus. Es liefen gerade Nachrichten und er hörte lediglich mit halben Ohr. Doch plötzlich fuhr er wie elektrisiert auf. Atemlos lauschte er dem Bericht und hatte das Gefühl, jemand, der es nicht gut mit ihm meinte, schüttele ihn kräftig durch.

Ein schweres Erdbeben hatte in den frühen Morgenstunden die Bay

Area zwischen San Francisco und San José erschüttert. Die Schäden gingen in die Milliarden, wie viele Menschen verletzt oder getötet wurden, konnte man noch nicht sagen. Weitere Informationen dazu sollte es in den Abendnachrichten geben. In diesem Moment klingelte das Telefon.

"Hast du zufällig die Nachrichten gesehen?", fragte Uwe ohne Einleitung.

"Ja! Verdammt, weiß du ob das Beben nach unserer Zeit morgens war oder nach Pazific-Zeit?"

"Nein, ich habe sowieso nur die Hälfte mitbekommen, ich war gerade im Bad. Denkst du, sie sind noch früh genug weggekommen? Wie lange fliegt man denn?"

"Circa elf Stunden, wenn es keinen Aufenthalt gibt!"

Sven brach das Gespräch ab und versuchte zu berechnen, wann Fernando und Martin aufgebrochen sein mussten und wieviel Zeitverschiebung er zu berücksichtigen hatte. Er kam auf achteinhalb Stunden, war sich aber nicht ganz sicher. Jedenfalls nistete die Angst um Fernando sich tief in seinem Denken ein. Er hatte keine Nerven, um hier abzuwarten, ließ sogar den Fernseher an und machte sich auf den Weg zum Köln/Bonner Flughafen. Als er dort ankam, traf er einige Angehörige oder Abholer von Passagieren aus dem Erdbebengebiet.

Bei allen herrschte die Unsicherheit vor, niemand wusste etwas Genaues und so entstanden Gerüchte, die nicht gerade dazu beitrugen, die Gemüter zu beruhigen. Sobald sich jemand vom Flughafenpersonal blicken ließ, wurde er mit Fragen bombardiert. Es stellte sich heraus, dass der Flieger von New York aus wohl pünktlich abgehoben hatte, niemand gab jedoch Auskunft darüber, ob und wann der Zubringerflug gestartet war. Außerdem wusste natürlich niemand, ob alle das Flugzeug erreichen konnten. Die Zeit bis zur planmäßigen Ankunft zog sich scheinbar unendlich, doch dann sprang die Anzeigetafel ratternd um.

Ein Licht zeigte an, dass das so sehnlichst erwartete Flugzeug gelandet war. Der Aufregung folgte eine beinahe andächtige Stille, als die ersten Fluggäste den Zoll passiert hatten. Svens Puls schnellte in die Höhe, er hatte die schlimmsten Horrorvorstellungen. Doch dann endlich sah er Fernandos braungebranntes Gesicht. Er lief ihm entgegen und wollte ihn stürmisch umarmen, als sein Blick auf Martin fiel. Sein Gesichtsausdruck änderte sich und er reichte Fernando nur die Hand.

"Mein Gott, ich bin froh, dass du . . . ihr hier seid. Ich dachte schon, ihr hättet etwas von dem Erdbeben mitgekriegt! Wißt ihr schon . . .?"

"Ja, wir haben in New York davon gehört. Wir müssen unbedingt in San Francisco anrufen, um zu erfahren, ob jemandem von unseren Leuten etwas passiert ist!"

Fernando machte ein ernstes Gesicht. Die Sache ging ihm unter die Haut, das sah man. Er richtete Sven Grüße von Leuten aus, von denen manche vielleicht schon gar nicht mehr am Leben waren und das drückte die Wiedersehensfreude so ziemlich auf den Nullpunkt.

Für Martin gab es noch ein weiteres Problem. Er hatte sich zwar entschieden, wenigstens noch die paar Tage bis zum Arbeitsantritt bei Fernando zu bleiben, wusste aber nicht genau, was er Nicole sagen sollte. Kaum hatte er heimatlichen Boden unter den Füßen, da schlich sich der Wunsch wieder ein, Nicole zu belügen, um sie in ihrer Alibifunktion zu behalten.

Auf dem Nachhauseweg waren die Männer sehr ruhig und in Bayenthal suchte Fernando sofort sein Adressbuch aus dem Koffer. Er versuchte, eine Leitung nach San Francisco zu bekommen, aber immer wieder hörte er nur das Besetztzeichen. Sooft er es auch versuchte, er bekam keine Verbindung.

"Und jetzt?", fragte er nach einer Weile ratlos.

"Wir müssen Briefe schreiben, um zu erfahren ob jemanden etwas passiert ist!", antwortete Martin.

Seine Gedanken waren bei Hurricane, er sah vor seinem geistigen Auge das Gesicht des Indianers beim Abschied.

"Es wird lange dauern, bis wir wissen, was los ist!"

"Wir können nichts anderes machen, als die Briefe abzusenden und die Nachrichten zu verfolgen!"

Fernando nickte und schleuderte sein Adressbuch in eine Zimmerecke. Dann holte er sich Whisky und wunderte sich nicht einmal, dass welcher da war. Auch der volle Kühlschrank schien selbstverständlich, denn er verlor kein Wort darüber. Zusammen saßen sie um den runden Tisch im Atelier und redeten. Irgendwann sagte Sven:

"Man sollte es wirklich nicht für möglich halten, aber Martin sieht aus, als habe er sich gehäutet. Kaum wiederzuerkennen, dieser neue Look. Er steht ihm aber gut."

Fernando verzog das Gesicht.

"**Er** hat ihm auch vor der Reise schon gut gestanden!"

"Ich meine das neue Outfit!", verteidigte sich Sven und Fernando fügte an:

"Ich nicht!"

Martin schaute von einem zum anderen.

"Wenn ihr euch in Ruhe über mich unterhalten wollt, kann ich ja solange hinausgehen."

Fernando gab ihm einen Kuss und nahm zur Kenntnis, dass Martin dem Whisky ausnahmsweise genauso kräftig zusprach wie er selbst. Er wunderte sich darüber, er wusste ja nicht, unter welch großem Druck sein Freund im Moment stand. Für Martin war es klar, er musste Nicole anrufen und dann zu ihr fahren, um das klärende Gespräch hinter sich zu bringen. Er hatte sich vorgenommen, tatsächlich reinen Tisch zu machen und nicht mehr umzufallen, egal wie schwierig es werden würde. Er wollte einfach nicht mehr weg von Fernando, konnte sich nicht vorstellen, morgens wieder neben seiner Frau zu erwachen, von anderen Vertraulichkeiten ganz zu schweigen. Sven war es, der ihn aus seinen Gedanken riss und den Nagel auf den Kopf traf:

"Und wie hast du das Coming-out bei deinem Eheweib überstanden? Es war sicher sehr schwierig, ihr klar zu machen, dass du mit einem Mann in Urlaub fahren willst!"

Martin fühlte sich wie ein ertappter Sünder. Er registrierte kaum, dass Sven plötzlich zum vertraulichen du übergegangen war und versuchte nur, nicht erschrocken auszusehen.

"Es ging leichter, als ich dachte!", antwortete er halbherzig und lächelte gezwungen.

"Ich glaube, Martin hat drüben etwas gelernt!", warf Fernando ein und streichelte Martins Hand. Dieser lächelte unsicher und hatte nur den einen Gedanken - er musste Nicole anrufen und alles hinter sich bringen, bevor Fernando doch noch etwas erfuhr. Der war von dem angestrebten Gespräch natürlich nicht begeistert.

"Warum solltest du sie anrufen? Wenn was ist . . . sie weiß doch, wo du zu erreichen bist!"

Martin fand erstaunlich schnell eine Ausrede.

"Sie hat doch auch von dem Erdbeben gehört, sie macht sich sicher Sorgen. Ich muss schon so anständig sein und sie anrufen, damit sie weiß, dass ich in Ordnung bin. Das bin ich ihr wohl schuldig, oder findest du nicht?"

"Wenn du meinst!"

Die Kontaktaufnahme war Fernando gar nicht recht, das konnte Martin deutlich spüren. Trotzdem nahm er das Telefon vom Tisch und ging damit auf den Flur.

"Bleib doch hier oder hast du ihr etwas zu sagen, das ich nicht hören soll?"

In Fernando war das Misstrauen erwacht, seit er nach der Ankunft das erste Mal den Namen Nicole gehört hatte. Es wurde ihm klar, dass die Vertrautheit in San Francisco durchaus ein Selbstbetrug gewesen sein konnte.

"Du hast doch vor der Reise alles in Ordnung gebracht, oder etwa doch nicht!?"

Martin setzte sich wieder hin, starrte missmutig den Apparat an und brummte:

"Ja doch!"

Fernando wurde das negative Gefühl nicht los, das sich in Bezug auf Martin in ihm ausbreitete. Er nahm den Hörer ab, wählte Nicoles Nummer, dann reichte er Martin letzteren weiter.

"Hier bitte! Ich will nicht, dass du mir vorwirfst, ich hätte dich an deinen moralischen Pflichten gehindert!"

"Lass das, Nando! Behandele mich gefälligst nicht wie einen dummen Jungen!"

Er legte wieder auf und schaute das Telefon einen Moment an, als sei es sein schlimmster Feind. Fernando beobachtete ihn und verdrehte dann die Augen.

"Ich hätte es wirklich wissen sollen! Kaum sind wir wieder hier, bist du angespannt und gibst mir dafür die Schuld!"

Beleidigt stand er auf und verschwand Richtung Bad. Die Gelegenheit nutzend wählte Martin hastig die Nummer seiner Wohnung und hörte gleich darauf Nicoles Stimme.

"Ich bin es . . . Martin!"

Es war ihm momentan egal, dass Sven ihm gegenüber saß und skeptisch zuhörte.

"Martin!"

Es war eher ein Aufschrei, als Nicole seinen Namen aussprach.

"Dir ist also nichts passiert! Ich hatte schon befürchtet . . . Gott sei Dank! Wo bist du?"

"In Köln!"

"Und warum rufst du an? Kommst du nicht nach Hause?"

”Doch, aber nicht heute. Ich muss unbedingt mit dir reden, aber das geht nicht am Telefon!”

Einen Moment war Stille am anderen Ende der Leitung. Er glaubte schon, sie habe aufgelegt, aber dann vernahm er erneut ihre Stimme.

”Du willst bei ihr bleiben, hab ich recht? Du willst unsere Ehe einfach beenden, ohne darüber nachzudenken, dass nicht immer alles so rosig bleibt wie im Urlaub.”

Nicole sah ihren Plan fast bildlich scheitern, er fiel zusammen wie ein Kartenhaus.

”Bitte, Nicole, nicht jetzt! Ich kann dir das am Telefon wirklich nicht alles erklären. Ich komme morgen, ist dir das recht?”

”Natürlich! Noch ist hier wohl dein Zuhause!”

Martin legte auf und genau in diesem Moment war Fernando wieder zurück.

”Was willst du ihr erklären? Ich denke, es ist alles geklärt!”

Martin fuhr zusammen. Er ahnte, es würde fürchterlichen Ärger geben, wenn Fernando die Wahrheit erfuhr.

”Sie . . . sie kommt mit einigen Papieren nicht zurecht. Ich muss ihr dabei helfen.”

”Das hörte sich aber gar nicht nach Papierkram an!”

Fernando zündete eine Zigarette an und spielte anschließend ständig knipsend mit dem Feuerzeug, während Martin erst einmal weiter schwieg. Noch immer hoffte er inständig, Fernando möge nicht hinter sein Geheimnis kommen. Dann blieb ihm wenigstens die Möglichkeit, die fällige Beichte bei Nicole einfach nachzuholen und sein Freund musste nie erfahren, dass Martin unter falschen Voraussetzungen mit in die Staaten geflogen war.

”Was hat er noch mit ihr besprochen, Sven? Ich meine, als ich draußen war.”

Sven hob abwehrend beide Hände.

”Lass mich da bitte raus. Mein Name ist Hase, ich weiß von rein gar nichts.”

”Na toll! Danke, mein Freund! Martin, ich dachte du bleibst bei mir! Wenigstens bis zum Urlaubsende.”

Martin schwieg, während Sven ironisch grinste und einwarf:

”Tja . . . wenn du denkst du hast´n, springt er aus dem Kasten!”

Fernando stand auf, nahm sein Glas und ging auf den Balkon. Die beiden anderen folgten ihm mit etwas Verzögerung und als sie nach draußen traten, stand Fernando neben dem Stein-Apoll, der als banaler Lampenhalter diente. Er starrte abwesend auf die Insekten, die das Licht umschwirrten und ließ das Eis im Glas klirren. Sein Blick traf den von Martin und er sagte:

"Ich werde das alles nicht noch einmal mitmachen. Und ich werde dich nicht mit ihr teilen, comprènde? Sag mir jetzt die Wahrheit. Avanti, Martin - sùbito!!"

"Aber es gibt nichts, was du wissen müsstest!", versuchte Martin noch einmal auszuweichen.

"Das kannst du mir doch nicht erzählen, ich merke schon die ganze Zeit, dass du vor irgendetwas Angst hast! Und ich kann es nicht ver-stehen - jetzt, wo Nicole alles weiß kann doch nichts mehr passieren!"

Plötzlich kam ein außerordentlich wacher Blick in Fernandos Augen.

" . . . oder ist es das? Martin, du musst es mir sagen. Hast du ihr gesagt, dass du schwul bist? Weiß sie nun von mir oder nicht?! Hast du vor, zu ihr zurückzugehen? Martin, parlare finalmente!"

Martin wusste nun, dass er nicht umhinkonnte, Fernando die Wahrheit zu sagen und suchte verzweifelt nach den richtigen Worten. Sven sah es und zog sich zurück, um sich aus der Schusslinie zu bringen und im Schlafzimmer vor den Fernseher zu setzen. Er ahnte, dass das, was jetzt kam, nicht sehr erfreulich werden würde. Martin begann:

"Eins musst du wissen, Nando! Auch wenn ich nicht hier wohnen kann, will ich bei dir bleiben, daran hat sich nichts geändert. Es ist nur . . . ich habe dich angelogen. Ich . . . du musst das verstehen . . . ich wollte einen unbeschwerten Urlaub mit dir verbringen."

"Naturalmente! Und weiter?"

"Nicole hat gespürt, dass ich nicht mit ihr nach Frankreich wollte. Sie hat auch gewusst, dass ich jemanden habe. Und sie hat geglaubt, mich nur zurückbekommen zu können, wenn sie großzügig ist. Sie hat das Ticket gefunden und angenommen, ich wolle mit einer anderen Frau nach San Francisco fliegen. Sie ließ mich gehen, weil sie annahm, hinterher wäre ich abgekühlt. Sie hat hoch gepokert, aber sie hat verloren. Jetzt erst weiß ich genau, dass ich dich nicht aufgeben will. Und wenn du ehrlich bist, Nando - es ist doch egal, ob dieser Entschluss im Urlaub oder vorher gereift ist!"

Martins Erklärung war hölzern ausgefallen, wie auswendig gelernt. Er sah Fernando flehend an. Dieser schien noch einmal über das nachzudenken, was er gerade gehört hatte und allmählich schien er es zu begreifen.

”Du meinst, sie weiß nichts? Gar nichts? Sie denkt, sie bekommt dich wieder, wenn du von dieser angeblichen Frau die Schnauze voll hast? Das kann doch nicht dein Ernst sein. Ich glaube das einfach nicht. Du hast mich betrogen, Martin. Ich wäre nie mit dir weggefahren, wenn ich gewusst hätte, dass du die Entscheidung schon wieder umgangen hast. Kannst du dir auch nur im Entferntesten vorstellen, was jetzt in mir vorgeht? Alles war Lüge und du hast zugelassen, dass sich meine Verliebtheit in Liebe verwandelt. Du wolltest mich hilflos machen!”

Fernando drehte sich abrupt um und sah hinunter auf den Rasen. Schmerz und Wut mischten sich in seinem Inneren zu einem brisanten Mix. Martin trat hinter ihn und wollte die Hand auf seine Schulter legen. Aber Fernando wehrte sie ab und trat zurück. Er zeigte mit dem Finger auf Martin und schrie:

”Fass mich nicht an! Nie wieder, hörst du? Es war nicht deine Entscheidung, zu mir zu kommen. Sie hat dich zu mir geschickt, um dich jetzt zurückzufordern. Da hätte ich gleich in einem billigen Hinter-zimmer an der Cóte d´Azur auf deine betrügerischen Liebeserklärungen warten können. Aber jetzt treffe ich eine Entscheidung - ich will nie wieder etwas mit dir zu tun haben. Mach, dass du rauskommst, ich will dich nicht mehr sehen. Du ekelst mich an!”

Martin stand da und fand keine Erwiderung. Machtlos sah er zu, wie Fernando ins Haus rannte. Er wollte ihn festhalten, wollte ihm wenigstens noch einmal sagen, dass er auf jeden Fall mit Nicole sprechen würde und dass er sich doch jetzt entschieden hatte. Aber er konnte sich nicht bewegen. So stand er noch, als Sven neben ihm auftauchte. Dieser klatschte ein paar Mal lahm in die Hände.

”Bravo!”

”Was sollte ich denn machen? Er wollte es unbedingt wissen . . . und du weißt am besten, dass er nicht nachgibt!”

”Darin liegt das Problem wohl nicht. Du hast deiner Holden tatsächlich gesagt, du seiest mit einer Frau unterwegs?”

”Nein, sie hat es einfach angenommen und ich habe sie in dem Glauben gelassen!”

”Wie auch immer. Und jetzt wartet sie auf dich?”

”Ja, das tut sie wohl! Aber ich werde ihr . . .”

"Etwas Schlimmeres hättest du Fernando wirklich nicht antun können", unterbrach Sven Martins erneuten Entschuldigungsversuch.

"Er hat dir vertraut, obwohl er ansonsten nicht mal sich selbst über den Weg traut. Und jetzt muss er erfahren, dass deine Frau dich unter völlig falschen Voraussetzungen sogar noch zu ihm geschickt hat . . . schwer verdauliche Nachrichten für einen Narziss wie Fernando, fürchte ich. Komm, gehen wir rein und versuchen zu retten, was noch zu retten ist!"

Sie folgten Fernando, konnten ihn jedoch im ganzen Haus nicht finden. Statt dessen hörten sie den gequält aufheulenden Motor des Lotos.

"Oh nein!", stöhnte Sven.

"Kaum ist er hier, geht der Stress wieder los. Ich weiß wirklich nicht, wieso ich mich während eurer Abwesenheit nicht zu Tode gelangweilt habe!"

"Wo fährt er hin?"

"Gute Frage! Ich weiß es nicht, klar? Ich habe keine Ahnung, was er jetzt anstellen wird. Wahrscheinlich weiß er das selbst noch nicht einmal. Nur eins ist klar . . . er wird wieder spektakulär aus der Rolle fallen!"

"Und was können wir tun, damit ihm nichts passiert?"

"Nichts, absolut gar nichts! Wir müssen abwarten! Tja, das sind die weniger angenehmen Seiten von Fernando, gewöhne dich dran!"

"Das muss ich wohl gar nicht mehr. Er will mich bestimmt nicht wiedersehen!"

"Davon bin ich noch nicht überzeugt. Fernando ist in seiner Wut immer ziemlich radikal, das legt sich dann wieder!"

"Du meinst, ich habe noch eine Chance?"

"Vielleicht! Aber an deiner Stelle würde ich mich bei Nicole outen, bevor ihr euch wiederseht. Das verleiht deiner Argumentation vielleicht mehr an Glaubwürdigkeit!"

Martin überlegte. Dann hatte er den Entschluss gefasst.

"Dann fahre ich jetzt heim. Bitte komm mich in zwei Stunden dort abholen, ich will dir helfen, Fernando zu suchen."

Martin gab Sven seine Adresse, dann rief er ein Taxi an. Seine Koffer ließ er stehen, er würde ja wiederkommen.

Nicoles Aufenthalt an der französischen Küste verlief gemäß ihrer Stimmung eintönig. Als sie die erste Woche mit einsamen Strandspaziergängen hinter sich gebracht hatte, schloss sie sich einer Gruppe Deutscher an, deren Durchschnittsalter sich auf fünfzig belief und nahm in diesem Kreis an Bustouren und Tanzveranstaltungen teil. Ein paar Mal ließ sie sich zum Abendessen einladen, aber mehr wurde nicht aus den Bekanntschaften.

In ihrer Wut hatte sie Martin zwar gedroht, sich ebenfalls einen Liebhaber zuzulegen, aber jetzt in der Praxis sah das anders aus. Sie konnte einfach nicht, denn jede Minute des Tages dachte sie an ihren Mann. Sie war sich überhaupt nicht sicher, die richtige Entscheidung getroffen zu haben, denn immerhin konnte er auch positive Erfahrungen mit der anderen machen und was war dann?

Sie bereute ihren Entschluss immer dann am meisten, wenn sie allein im Bett lag und grübelte. Vielleicht hätte sie Martin doch zwingen sollen, mit ihr zu kommen. Aber dann sagte sie sich wieder, dass sie einfach noch nicht am Zug war. Sie hätte mit beiden Möglichkeiten immer den kürzeren gezogen. Und so kam sie gegen Ende der Reise zu dem Schluss, dass sie wahrscheinlich doch richtig gehandelt hatte, denn schließlich gab es nichts Desillusionierenderes als einen in Erfüllung gegangenen Traum. Das würde auch Martin erfahren - so hoffte wenigstens Nicole.

Wirklich schlimm wurde es für sie, als sie schließlich drei Tage früher als Martin nach Hause kam. Auch wenn sie sich mit der Präzision eines Uhrwerks stetig einredete, dass nur Geduld und ein kühler Kopf Martin zurückbringen würden, blieb die Tatsache, dass sie jetzt allein war.

Plötzlich schien das Leben mit Martin, das ihr noch vor wenigen Wochen trist und beängstigend einförmig vorgekommen war, die einzig akzeptable Zukunft. Sie wollte ihn zurückhaben, egal was passiert war mit dieser anderen Frau. Sie spürte, ohne ihn würde ihr Leben in diese Sinnlosigkeit abrutschen, die den Lebensmut zerstören konnte. Für wen würde sie sorgen, mit wem sollte sie sprechen wenn nicht mit ihrem Mann?

Heute nun hatte sie von dem Erdbeben gehört und verlor vor Sorge fast den Verstand. Sie rannte noch ruheloser durch die Wohnung als in den vergangenen Tagen, konnte sich außer auf die verschiedenen Nachrichtensendungen auf nichts konzentrieren. Sie war gerade in der Küche und aß ein Brot, als das Telefon klingelte. Das Essen entfiel ihren Händen, sekundenlang stand sie wie paralysiert vor dem Kühlschrank, dann rannte sie ins Wohnzimmer und hob den Hörer ab.

Zuerst war sie erleichtert, Martins Stimme zu hören. Aber dann kam ihr diese plötzlich eigenartig kühl und fremd vor. All ihre Befürchtungen schienen sich zu bestätigen, als er sie um ein Gespräch bat. Die Gewissheit, dass die Andere stärker sein würde als sie, lähmte Nicole. Was hatte sie in all den Jahren denn falsch gemacht? Was war es, das diese Frau Martin geben konnte und sie, Nicole, nicht?

Es konnte nicht nur Sex sein!

Martin hatte sich doch nie wirklich dafür interessiert, sonst hätte er von Anfang an auch mit seiner Frau in dieser Hinsicht mehr ausprobiert. Nicole verlor jedes Zeitgefühl, saß im Wohnzimmer und hing ihren trüben Gedanken nach. Dann vernahm sie den Motor eines Wagens, rannte ans Fenster und sah, dass Martin aus einem Taxi ausstieg.

Nicoles Augen brannten und erschrocken tastete sie ihr Gesicht ab. Dann lief sie atemlos ins Bad, kühlte ihr Gesicht mit Wasser und überpuderte die restlichen Tränenspuren. Warum kam er doch schon heute? War das ein Zeichen dafür, dass er es sich überlegt hatte? Oder konnte er es nicht erwarten, sich endgültig von ihr zu trennen? Würde er mit dem Schlüssel hereinkommen oder klingeln, als ob er schon gar nicht mehr hierher gehörte?

Bange Sekunden verstrichen, dann läutete es. Nicole biss sich auf die Lippen, damit der Schmerz ihr half, die Tränen niederzukämpfen und öffnete. Als sie Martin dann gegenüberstand, überwog einen Augenblick lang die Freude, ihn zu sehen.

"Endlich! Ich habe mir solche Sorgen gemacht!"

Sie umarmte ihn und konnte ein Aufschluchzen jetzt doch nicht verhindern. Jedoch merkte sie, dass er die Umarmung kaum erwiderte, zog sich verlegen zurück und fuhr sich hastig mit den Handrücken über die Augen. Sie ging vor ins Wohnzimmer und versuchte unbefangen zu wirken, ganz so als gäbe es keine Probleme zwischen ihnen.

Martin wurde sich klar darüber, dass er tatsächlich immer noch hätte bleiben können. Wahrschcinlich würde sie ihm nicht einmal Vorwürfe machen. Aber es gab kein Zurück mehr für ihn, denn als er die Haustür hinter sich ins Schloss drückte, schien ihm die vertraute Umgebung von der ersten Sekunde an die Luft nehmen zu wollen.

Sein Horizont hatte sich um ein Vielfaches erweitert, dass er keine erneute Stagnation ertragen konnte. Jetzt war er es, der dieses Leben nicht mehr hätte weiterführen können, weil es ihn erdrücken würde. Er fühlte sich zurückversetzt in die Zeit vor dem Urlaub und es war, als wolle die alte

Selbstverständlichkeit ihn wieder an die Vergangenheit fesseln. Das jedoch konnte er nicht zulassen.

Er folgte Nicole und wurde angesichts dessen, was er ihr sagen würde, von seiner Gewissensnot beinahe erschlagen. Er wusste, sie konnte nichts dafür, wollte ihr auch nicht weh tun. Aber gleichzeitig war ihm klar, dass er ihr Ehrlichkeit schuldig war. Und er brauchte diese ebenfalls, um sein neues Leben beginnen zu können.

Mittlerweile der Zeitpunkt mehr als reif, Offenheit der Maskerade vorzuziehen und Martin glaubte, irgendwann würde auch Nicole wissen, dass es letztendlich so das Beste für alle Beteiligten war. Sie setzten sich so, dass sie sich ansehen konnten und Martin begann ohne Einleitung:

"Ich musste einfach schon heute kommen. Es hat Probleme gegeben und ich muss es einfach hinter mich bringen!"

Nicole schluckte und sah Martin angstvoll schweigend an. Einerseits wollte sie Gewissheit, andererseits wünschte sie, dass Martin schwieg, weil Zweifel immer noch gnädiger waren als die Konfrontation mit den quälenden Tatsachen.

Martin fuhr fort:

"Du glaubst zu wissen, was geschehen ist und hast versucht mir eine zweite Chance zu geben. Aber du weißt nur die Hälfte. Ich muss mein Leben ändern, denn alles, was mir in der letzten Zeit widerfahren ist, verlangt nach einer Entscheidung."

Seine Stimme klang fast geschäftsmäßig und spiegelte nicht sein aufgewühltes Inneres wider. Auf Nicole wirkte er noch immer vollkommen fremd und sie ahnte, dass dies nicht nur an seiner neuen, legeren Kleidung lag. Martin hatte sich verändert!

Als sie glaubte, die Spannung nicht mehr ertragen zu können, floh sie in die Küche, um trotz der späten Stunde einen Kaffee aufzubrühen. Martin saß in dieser Zeit weiterhin im Wohnzimmer und hatte die schreck-lichsten Vorstellungen vom Verlauf der nächsten Minuten. Er wusste einfach nicht, wie er es ihr sagen sollte.

Gab es überhaupt einen Weg, seiner Frau zu erklären, dass man plötzlich auf Männer stand? Nicoles Bewegungen waren fahrig, als sie mit dem Tablett zurück ins Wohnzimmer kam. Sie hatte sich vorgenommen, egal was Martin ihr eröffnete, sie würde ihm den Weg nach Hause, den Weg zurück zu ihr offen halten. Und wenn er tatsächlich die Scheidung wollte, würde sie nicht einwilligen.

Dann saßen sie sich wieder gegenüber.

Trotz der Belastung erkannte sie in seinem Gesicht eine eigentümliche Zufriedenheit. Sie hatte geglaubt, Martin durch und durch zu kennen und nun wusste sie nicht einmal, wie sie ihn ansprechen sollte. In ihr Schweigen hinein hörte man nur das Knattern der Kaffeemaschine aus der Küche, bis Martin schließlich erneut begann:

"Alles, was ich dir jetzt sagen muss, wird dich schrecklich kränken. Aber eins musst du mir glauben - ich habe es mir nicht ausgesucht! Es ist ganz einfach passiert und ich konnte nichts dagegen tun. Zuerst wollte ich dagegen ankämpfen. Bis ich dann merkte, dass es keinen Sinn hat. Niemand kommt gegen sich selbst an!"

"Und es ist alles wegen dieser anderen Frau? Es muss doch noch einen Weg für uns geben! Martin, bitte!"

"Lass mich bitte ausreden, Nicole. Es ist nicht so, wie du denkst. Du weißt, ich bin nicht der Mensch, der wegen einer Liebelei alles hinwirft. Aber es ist mehr daraus geworden . . . viel mehr. Und hinzu kommt noch etwas anderes. Ernsthaft, Nicole, ich habe noch nie so sehr dein Verständnis gebraucht."

Es war, als wollten die Worte einfach nicht über Martins Lippen. Er sah in Nicoles Augen und wusste nicht weiter.

"Du weißt doch, dass ich Verständnis für alles habe, was dich betrifft. Ich möchte dich nur behalten!"

"Aber das, was mir widerfahren ist, verlangt eine Entscheidung. Nicole . . . ich bin schwul!"

Er brachte den Satz heraus, als lese er irgendwo ab, so als habe er gerade erst reden gelernt. Nicole schaute ihn verständnislos an. Dann lächelte sie.

"Was erzählst du da, Martin? Das kann doch nicht dein Ernst sein! Du musst mich nicht mehr belügen, ich bin bereit für das, was du mir sagen willst! Wirklich!"

"Nicole - bitte! Es ist mein Ernst. Es muss mein Ernst sein, denn ich liebe einen Mann und kann nicht mehr ohne ihn leben. Er gibt mir soviel, ich habe noch niemals . . ."

Nicole sprang unvermittelt auf.

"Du kommst hierher und erzählst mir so was? Verdammt, Martin, ich war auf alles gefasst, aber darauf nun wirklich nicht. Man kann sich verlieben, auch nach langjähriger Ehe kann man schon mal den Kopf verlieren. Aber das ist . . ."

Sie schwieg einen Moment und sah Martin nur an, dann fuhr sie etwas ruhiger fort:

" . . . es tut mir Leid, Martin, aber ich kann dir das nicht abnehmen. Ich glaube es einfach nicht. Kein Mensch wird einfach so zum Perversen. Es gibt doch keinen Grund dafür."

Sie schüttelte heftig den Kopf.

"Dafür kann es keinen Grund geben. Es ist meine Natur, Nicole. Ich habe es nicht gewusst, aber jetzt ist das anders. Ich kann nicht weiter mit dir zusammenleben, als hätte sich nichts verändert! Ich werde bei Fernando bleiben, es gibt für mich keinen anderen Weg mehr!"

"Fernando? Du meinst diesen Maler?"

Nicole konnte sich nur zu gut an den egozentrischen jungen Italiener erinnern.

"Du hast mir ja gesagt, dass mit ihm etwas nicht stimmt und vorsorglich auch, wie abgestoßen du davon warst. Dann hattet ihr Sex, als du an diesem Sonntag bei ihm warst?! Martin! Das ist das Ekel-erregendste, das ich je gehört habe. Ich kenne dich nicht wieder, du warst doch noch nie so . . . hemmungslos. Was ist in dich gefahren . . . du willst doch nicht als Schwuler weiterleben. Das ist unmöglich, Martin denk nach! Das bist du doch nicht!"

Martin war ganz ruhig geworden.

"Doch, Nicole, das bin ich. Und es ist nicht ekelerregend, es ist schlicht . . . eine andere Art von Liebe!"

"Hör auf, so dummes Zeug zu reden. Ich will das nicht wissen, es ist einfach eine Verirrung. Tu was dagegen, da muss es doch etwas geben. Eine Therapie oder so etwas, damit du nicht mehr dieses abartige Verlangen hast. Vielleicht war es dir ja nur zu langweilig, du wolltest etwas anderes ausprobieren."

"Und wieso hat es mir dann gefallen?"

Plötzlich sah sie nur noch rot.

"Sei still, ich will nicht hören, dass ich achtzehn Jahre mit einem widernatürlichen Monstrum verheiratet war! Was bildest du dir ein? Kommst her und sagst mir ins Gesicht, dass du schon immer abnorme Wünsche hattest, es nur nicht wusstest. Wieso konntest du dann mit mir schlafen? Ich habe keinen Penis, den du in den Mund nehmen kannst und du musstest mich auch nicht in den Hintern . . . igitt, ich könnte kotzen. Das ist das Dreckigste, was ich jemals gehört habe. Mein Mann ist einer von diesen Homos . . . was ist, lässt du dich von ihm auch bumsen?" Martin hatte Nicole noch nie so reden hören, er wusste nicht einmal, dass sie solche Worte in ihrem Vokabular speicherte. Er versuchte, sie zu verstehen und es fiel ihm verhältnismäßig leicht, weil er vor kurzem noch genauso gedacht hatte. Deshalb ließ er sich nicht aus der Reserve locken.

"So kommen wir nicht weiter, Nicole. Ich weiß, dass du verletzt bist. Aber ich hatte keine Wahl. Das alles hat nichts mit dir zu tun, es ist einfach passiert und . . ."

". . . nichts mit mir zu tun? Es hat nichts mit mir zu tun, dass du eines dieser schwulen Schweine bist? Mit wem hat es denn dann zu tun?"

Nicole war hochrot im Gesicht. Sie bekam kaum Luft und Martin wusste plötzlich, dass ein weiteres Gespräch jetzt zu nichts führen würde. Er stand auf.

"Ich wollte nur, dass du es weißt. Ich gehe jetzt zu Fernando zurück und wir beide werden reden, wenn du über alles nachgedacht hast und mich nicht mehr beschimpfst!"

"Da kannst du lange warten! Denk bloß nicht, du kannst einfach wiederkommen, wenn er dich nicht mehr will. Ich will kein Aids . . .", rief sie ihm hinterher, dann fiel die Tür zu.

Martin zitterte, er sah auf die Uhr und stellte fest, dass es noch eine halbe Stunde dauern würde, bevor Sven ihn abholte. Aber er musste raus hier, würde vor dem Haus auf ihn warten.

Als Martin nicht mehr da war, traf Nicole der Schock mit aller Kraft. Sie schloss die Augen, weil sich alles um sie drehte. Ihre Gedanken beschäftigten sich weiter mit Martin.

Das durfte doch alles nicht wahr sein, es war ein böser Traum! Aber sie war zu realistisch, um sich das Gehörte ungeschehen zu reden und begann nun, da die Wut langsam verrauchte, emotionsloser damit umzugehen.

Sie kam dahinter, dass es doch Anzeichen gegeben hatte, sie wussten sie eben nur nicht zu deuten. Alles fügte sich nun wie in einem Puzzle zusammen.

Martins innere Unruhe, seine Veränderung. Aber auch, dass er während ihrer gesamten Ehe keinen besonderen Antrieb zum Sex hatte. Beinahe wäre sie erleichtert gewesen, denn eines wusste sie jetzt - es lag nicht an ihr, dass er nicht mit ihr schlafen wollte. Sie hatte ihm lediglich nicht das geben können, was er brauchte. Noch dazu, wo er selbst davon nichts ahnte. Doch dann kam die Wut wieder, sie verfluchte Fernando, ohne den Martin auch heute noch nicht gewusst hätte, dass er etwas vermisste.

Und sie redete sich ein, Martin jetzt, nachdem sie alles wusste, nur noch hassen zu können. Sie versuchte, ihre Gedanken zu ordnen und schaute sich in der Wohnung um.

Was für eine Perspektive hatte sie noch? Martin war fort und sie sah keine Chance mehr, ihn zurückzugewinnen. Sie hatte sich noch nie mit der Homosexualität als solcher auseinandergesetzt, aber eines wusste sie - es würde für ihn kein Zurück zu ihr mehr geben. Sie war allein.

Sie hoffte plötzlich, er würde nicht den Mut finden, sich auch in seinem Beruf öffentlich zu machen, dann verband sie immerhin noch diese Heimlichkeit mit ihm. Aber schon im nächsten Moment wusste sie, dass dies ein morscher Strohhalm war, nach dem sie griff.

Sie setzte sich auf den Platz, auf dem noch vor ein paar Minuten Martin gesessen hatte und fühlte sich, als habe sie nach einer langen Zeit einfach ausgedient. Sie spürte diesen ungeheuren Zorn nicht mehr in sich, aber auch keine Kraft. Völlig in Gedanken nahm sie das Kissen, an dem er gelehnt hatte und drückte es an sich. Sie vergrub ihre Nase darin und versuchte, seinen Geruch zu erahnen. Aber selbst dieser war ihr fremd geworden.

Martin stellte sich etwas abseits des Eingangs. Er hatte Angst, sie könne sich soweit vergessen, dass sie ihm weitere Beschimpfungen noch von oben aus dem Fenster zurief.

Bis vor ein paar Minuten hätte er es nicht für möglich gehalten, dass Nicole so etwas überhaupt tat, aber nach ihrer Reaktion auf seine Beichte war er sich da nicht mehr so sicher.

Trotzdem blieb alles ruhig. Die Minuten, bis Svens metallicblauer Opel Berlina dann um die Ecke bog, vergingen ausgesprochen langsam. Martin hatte ständig das Gefühl, es stehe ihm noch etwas ausgesprochen Unangenehmes bevor. Er wünschte sich weit weg von seinem Zuhause, das ein solches für ihn eigentlich gar nicht mehr war.

Dann war Sven endlich angekommen, Martin stieg ein.

”Und? Hast du etwas von Fernando gehört?”

”Ich habe bereits sechs Läden abgeklappert, er ist nirgends auf-getaucht. Er ist wie vom Erdboden verschluckt, aber das ist seine Spezialität. Ich dachte, wir fahren jetzt mal nach Bayenthal. Vielleicht ist er dort und wenn nicht, telefoniere ich mal rund, ob ihn jemand gesehen hat. Das dauert wenigstens nicht so lange wie die ewige Parkplatzsuche, bevor man irgendwo rein kann!"

Martin nickte nur. Ihm war alles recht, wenn es nur losging, bevor Nicole seiner ansichtig wurde. Aber als Sven den Gang einlegte, erstarb der Motor, als habe es ihn nie gegeben. Sven fluchte und startete erneut. Nichts.

Martin schaute nervös zum Fenster hoch. Als sich dort nichts rührte, atmete er auf. Sven öffnete währenddessen die Motorhaube. Er rüttelte hier und dort, dann probierte er ein weiteres Mal zu starten. Immer noch nichts.

Martin hatte das Gefühl, der Autositz unter ihm habe Feuer gefangen. Am liebsten wäre er ausgestiegen und zu Fuß losgegangen, nur weg von hier wollte er.

"Ich muss irgendwo einen Hammer haben!"

Sven zog den Schlüssel und trabte gemächlich zum Kofferraum. Martin hörte ihn dort rumoren, dann hechtete er vorbei und hämmerte im Motorenraum unbekümmert auf irgend etwas ein. Martin verdrehte die Augen.

Wie lange würde es dauern, bis Nicole ans Fenster kam und nachsah, wer der Verursacher des Lärms vor dem Haus war? Am liebsten hätte er sich in ein Mauseloch verkrochen, aber schon allein von der Körpergröße her blieb das ein Traum und so wartete er weiter mit klopfendem Herzen.

Sven stieg wieder ein und drehte den Schlüssel. Tatsächlich, der Motor sprang an. Martin konnte es kaum glauben.

"Na also! Ich kenne doch meinen Maximilian! Manchmal braucht der Anlasser einen kleinen Klaps, damit er seinem Job nachkommt und anlässt!"

Martin wünschte, Sven möge nicht soviel reden, sondern endlich Kofferraum und Kühlerhaube schließen.

"Tritt bitte aufs Gas, damit der gute Max nicht wieder ausgeht!", wies Sven ihn an und Martin exportierte seinen Fuß vom Beifahrersitz aus umständlich aufs Gaspedal.

Dabei sah er erneut zum Fenster und erstarrte. Dort stand Nicole und sah direkt zu ihm hinunter. Er schluckte, dann jedoch stieg Sven endlich ein und es ging los. Martin war schon lange nicht mehr so erleichtert gewesen wie jetzt, wo der Wagen sich schnell vom Haus entfernte. Aber dann war auch schon gleich das nächste Problem zu lösen.

In Bayenthal war Fernando nicht und auch drei Telefonate führten zu nichts.

”Und was jetzt?”

Martin machte sich mittlerweile größere Sorgen als Sven, der mit Fernandos Eskapaden bereits reichlich vertraut war.

”Entweder wir warten hier oder . . . fahren wieder los.”

”Dann lass uns fahren, ich halte es nicht aus, nur hier herumzusitzen.”

”Ich bin sicher, du wirst deinen blinden Aktionismus auch noch verlieren, wenn du Fernando erst einmal in seinem Element erlebt hast. Aber gut, wie du meinst!”

Sie durchkämmten noch einmal systematisch die Altstadt und trafen dort statt Fernando Uwe.

”Was denn? Er ist gerade erst aus den Staaten zurück und der Stress geht wieder los?”

Uwe grinste höhnisch.

”Hast du ihn gesehen?”

”Nein, diesmal nicht, sonst hätte ich schon eine Notzuchtsmeldung durchgegeben. Wenn du nichts dagegen hast, komme ich mit. Sechs Augen sehen mehr als vier!”

”Ich komme mir vor wie Hans im Glück, ich bin mal gespannt, wie lang die Reihe hinter mir noch wird!”

Es gesellte sich niemand mehr zu ihnen. Sie durchsuchten weiter die von Fernando normalerweise frequentierten Szene-Kneipen, vom *Teddy-Treff* über den *Stiefelknecht* bis zum *Quo Vadis* fehlte keines. Im letzten Laden, dem *Monte Christo* in der Altstadt brach Mehmet in schallendes Gelächter aus, als er hörte, dass Fernando mal wieder für Aufregung sorgte. Der sympathische, scheinbar immer gut gelaunte Barkeeper riet den Hobbydetektiven, lieber einen zu trinken als einem nymphomanen Phantom hinterher zu hetzen.

Nach einem Kölsch befolgten sie dann seinen Rat und fuhren zu dritt zurück nach Bayenthal. Alle sahen den Wagen gleichzeitig, der mit voll aufgeblendeten Scheinwerfern nur zur Hälfte, dafür jedoch schräg in der Garage stand.

”Herzlichen Glückwunsch! Ich möchte wissen, auf was für einem Trip das Goldkind wieder ist!”, meinte Sven emotionslos, ging zum Wagen, stellte das brüllende Radio ab und parkte korrekt in der Garage ein. Dann meinte er genauso sachlich:

”Na fein! Ich bin mal gespannt, was unsere zweibeinige Wundertüte nun schon wieder zu bieten hat!”

Das Haus war hell erleuchtet und Sven dachte kurz nach. Dann gab er Martin die Order, besser erst einmal hier zu warten, während er und Uwe nachsahen.

Schließlich konnte man nicht wissen, was Fernando beim Anblick seines momentanen Lieblingsfeindes Martin inszenieren würde. Sie gingen auf das hell erleuchtete Haus zu und Sven schloss die Eingangstür auf.

Die Musik kam aus dem Atelier, Sven näherte sich fast andächtig langsam. Mitten im Zimmer, angestrahlt von der Neonbeleuchtung und einer Menge anderer Lichtquellen stand Fernando vor seiner Leinwand. Hektisch strich er Farbe auf das entstehende Bild. Die Ölfarbe klebte an seinen Unterarmen, im Gesicht und an der Kleidung.

"Er ist selbst schon fast ein Kunstwerk!", flüsterte Uwe und Sven legte seinen Finger auf den Mund.

"Pssst! Ich will erst die Lage checken, ehe er uns sieht!"

Sie beobachteten Fernando weiter. Auf die schwarze Grundierung kleckste er dunkelbraune Partien, trat dann einen Schritt zurück und betrachtete seine Arbeit.

"Maledetto - no!"

Ruhelos ging er hin und her, sein Werk dabei nicht aus den Augen lassend. Er veränderte mit fahrigen Bewegungen die Lage der umherstehenden Steh- und Nachttischlampen und schien trotzdem nicht zufrieden.

"Tetro!", hörten die beiden Lauscher ihn murmeln und plötzlich rief er laut aus:

"Verdammt, warum ist es so dunkel! Es ist zu finster!"

Fernando hatte die beiden anderen noch nicht bemerkt, zu sehr war er in seine dunkle Arbeit vertieft. Während Sven ihn belustigt weiter beobachtete, schweiften Uwes Blicke durch das grell erleuchtete Atelier. Ihrer beiden Köpfe dröhnten zu den Klängen von Queens *"Seaside-Rendezvous"* und die gelegentlichen Basstöne versetzten ihnen Magen-schläge. Dann hatte Uwe etwas entdeckt und stieß Sven in die Seite. Mit einem Kopfnicken wies er ihm die Richtung und Sven kannte plötzlich die Ursache für Fernandos eigentümliches Benehmen.

Auf dem Tisch inmitten bunt verschmierter Tücher, Farben, einem übervollen Aschenbecher und Bourbon-Whisky lag ein Spiegel so groß wie ein Handteller nebst einem silbernen Röhrchen.

"Dieser Schwachsinnige! Und dabei hat er mir versprochen, dieses

Zeug nicht mehr zu nehmen, seit er nach seiner letzten Spritztour drei Tage lang nicht sitzen konnte!"

"Na also, er ist wohl doch süchtig! Ich hab es dir gesagt, aber du willst mir ja nicht glauben!"

"Unsinn! Er benutzt das Zeug nur als Notausstieg, wenn mal was nicht nach seiner bezaubernden Nase geht!", wehrte Sven leise ab.

"Das heißt aber nicht, dass er resistent gegen eine Sucht ist. Denn es könnte immerhin sein, dass mal länger etwas nicht nach seiner Nase geht und schwups . . . braucht er das Zeug! Behaupte nicht das Gegenteil, ich habe schon Pferde kotzen sehen!", antwortete Uwe trocken.

Inzwischen war Sven schon auf dem Weg quer durch den Raum zur Anlage. Er stellte die Musik leiser und erst jetzt reagierte Fernando. Er sah ihn an. Seine Augen wirkten glasig, die Pupillen wie schwarze Untiefen im Ozean.

"Ciao, Sven, gut dass du da bist! Ich verstehe das nicht . . . ich kann machen, was ich will, es ist einfach nicht genügend Licht da!"

Er schniefte und sein Daumen huschte ein paar Mal über seine Nasenspitze. Sven kam näher und schaute sich das Lampenarsenal an.

"Du solltest vielleicht mit helleren Farben malen! Schwarz und braun sind nun einmal nicht sonniger."

Fernando sah ihn irritiert an, er konnte nicht begreifen, weshalb der andere sein Problem nicht verstand. Deshalb erklärte er es Sven, wie man es bei einem Kleinkind tun würde:

"Weißt du, Sven . . . ich kann doch nur das malen, was mir mein Gefühl sagt! Und das hat eben keine helleren Farben. Ich kann keine silbernen Ätherwesen malen, weil es mir beschissen geht. In meinem Inneren ist es dunkel . . . vollkommene Nacht!"

"Dann solltest du vielleicht eine Lampe fressen", antwortete Sven verdrossen und fuhr fort:

"Ich denke, du wolltest nicht mehr koksen. Reicht es nicht, dass du säufst, wenn es dir nicht gut geht? Du kannst froh sein, dass deine Leber nicht in der Gewerkschaft ist!"

Aber Fernando hatte sich schon wieder seinem Bild zugewandt. Er hielt die Hand mit dem Pinsel wie ein Torero hoch über den Kopf und stieß dann zu, um einen giftgrünen Punkt mitten auf das Bild zu setzen. Dann legte er den Kopf schief.

"No . . . nein! Das ist es nicht. Das fühle ich genau!"

Dann holte er die schwarze Farbe und klatschte eine Menge davon über den wehrlosen Punkt.

"Fernando! Ich rede mit dir!", versuchte Sven sich in Erinnerung zu rufen.

"Si . . . si! Ich höre ja zu!"

Aber er fummelte weiter an seinem Bild.

"Wieviel hast du genommen, du dämliches Arschloch?!"

Fernando lachte albern.

"Ein Pfund? Oder zwei? Wer weiß das schon!"

Jetzt erst sah Fernando Uwe, der noch immer neben der Tür stand und die Szene interessiert verfolgte.

"Oh, simpatico! Der Freund eines Freundes mit dem Gesicht eines Fremden an der Tür eines Hauses!"

Er ging zu Uwe und schaute ihn an, so gut es ging. Dann schmierte er die schwarze Farbe, die seine Hände überzog, von der Schulter angefangen bis zum Saum von Uwes weißem Hemd.

"Jetzt ist dein Hirn wohl vollends durch die Ohren verpufft oder was?"

Sven wollte ihn wegziehen, aber es war zu spät.

"Silenzio professore! Ich weiß nicht, was du willst. In einigen Jahren werde ich so prominent sein, dass er den Fetzen höchstbietend verkaufen kann! Dann muss mein Werk allerdings signiert sein. Komm her . . . hast du mal einen Kuli!"

Uwe wollte sehen, wie weit Fernando das Spielchen noch treiben wollte und reichte ihm einen Stift. Fernando setzte seine Unterschrift von Uwes Nacken an abwärts quer über seinen Rücken. Genervt schickte Sven einen Blick zum Glasdach.

"Hast du noch mehr von dem Dreckszeug?", fragte er an das vorherige Gespräch anknüpfend.

"Ob ich noch mehr Kulis habe? Hier nicht, ich male gewöhnlich mit dem Pinsel!"

"Koks, du blöder Hund! Ob du noch mehr Koks hast, will ich wissen!"

"Das geht dich gar nichts an! Lass mich gefälligst in Ruhe. Ich brauche dich nicht hier!"

Fernando reagierte gereizt, aber Sven gab nicht nach.

"Also, wo ist das Zeug? Ich will nicht, dass du dich umbringst. Du hast doch keine Ahnung, wann du aufhören musst, um wenigstens noch ein bisschen . . ."

"Du sollst mich zufrieden lassen!", giftete Fernando und ging zurück zu seiner Leinwand. Dort baute er sich auf, bog den Oberkörper etwas zurück. Dann wurden seine Augen zu Schießscharten, er befeuchtete den Daumen und peilte mit diesem das Bild an, indem er die Faust hin und her drehte.

"Vielleicht hast du ja Recht! Ich versuch's mal mit einer helleren Farbe!"

Er hielt die Dose mit der roten Farbe an die obere Kante des Bildes, während er sie herauslaufen ließ. Wie Blut suchte das Rot sich einen Weg über die Leinwand und verjüngte sich nach unten immer mehr, bis es in einzelnen Tropfen endete.

"Ja, das ist es!", rief Fernando aus.

Der gerade geführte Disput schien vergessen.

"Schau es dir an! Ich bin ein Genie! Das wahrscheinlich einzig schöpferische Talent dieses Jahrhunderts. Ich meine . . . wenn man von Roy Lichtenstein und Andy Warhol mal absieht. Ich sag doch immer, dass ich zu spät geboren bin . . . die Pop-Art ist eigentlich mein Gebiet!"

"**Art** kannst du unbeschadet weglassen. Poppen ist dein Gebiet!"

Sven verzog das Gesicht und sah Fernando weiter zu. Der drückte seine Handflächen in die dick aufgetragene Farbe und begann, die Abdrücke zitronengelb auszumalen, während das Rot immer wieder versuchte, die Stellen zu überfluten. Uwe konnte nur noch grinsen.

"Langsam verstehe ich, was du meinst. Er kann tatsächlich zauberhaft sein . . . manchmal hat er den Charme eines Kinder - eines zurückgebliebenen Kindes - das seine ersten Wasserfarbenbilder malt und sie für Kunst hält. Okay, jedenfalls wird es nicht langweilig mit ihm. Wenn ich es mir recht überlege, das, was er da malt, hat eigentlich überhaupt nichts mehr mit Kubismus zu tun!", flüsterte er.

"Natürlich nicht! Wenn er in diesem Zustand versuchen würde, ein Quadrat oder noch utopischer, eine Ellipse zu malen, würde doch nur ein Elefantenhintern daraus, der eventuell wenigstens einen rautenförmigen Schwanz hätte. Du hörst doch, er malt was er fühlt und scheinbar ist in seinem Inneren eine bunte Leuchtreklame angegangen!", antwortete Sven ebenso leise.

"Es ist wohl eher der Schnee, der glitzert!"

"Oder so! Fernando war schon immer flexibel. Nimmt er sich eben einmal die Pop-Art vor, dunkel oder erleuchtet, das ist wurscht. Obwohl das, was er da zum Besten gibt, für mich eher surrealistisch ist. Er wird wohl seine rational arbeitende Psyche und den größten Teil der Logik zum Vertrocknen nebenan auf die Wäscheleine gehängt haben und den verwahrlosten Kräften seines Unbewussten freien Lauf lassen! Na ja, ist ja auch egal . . . ich möchte nur wissen, was ich jetzt tun soll. Allein lassen kann ich ihn nicht. Seinen Kuckucks-Kleber kann ich auch nicht holen, Fernando würde ausrasten und dann kann ich für nichts mehr garantieren."

Sie sahen Fernando zu, der jetzt das große, zum Künstlerwerkzeug umfunktionierte Fleischermesser nahm und trapezförmig etwas von der Farbe abtrug, um den entstandenen Freiraum dann mit einer undefinierbaren Schattierung auszufüllen.

"Oh nein, was denn noch?", stöhnte Uwe.

Sven meinte:

"Na, immerhin ist es so was wie eine geometrische Form! Aber irgendwo muss er wirklich einen Hau weg haben!"

Ohne von der Leinwand aufzusehen, tönte Fernando:

"Ich habe das gehört!"

Weiter geschah nichts, er manipulierte noch immer an seinem Bild herum. In diesem Moment regte sich hinter den beiden Zuschauern etwas. Martin war es zu lang geworden und er hatte die offengelassene Haustür dazu genutzt, einfach nach oben zu kommen. Erschrocken versuchte Sven, ihn rückwärts wieder aus dem Zimmer zu schieben, was jedoch nicht gelang. Martin blieb wie angewurzelt stehen und starrte Fernando an, der ihn jedoch zum Glück noch nicht gesehen hatte. Dieser drückte gerade den dritten Hundertmarkschein in die Farbe und schien zufrieden damit zu sein. In diesem Moment läutete es. Das mittlerweile auf drei gestiegene Publikum fuhr zusammen, während Fernando weiterhin derart in seine Arbeit versunken war, dass er nichts hörte oder sah.

Sven machte sich auf den Weg zur Tür und zog Martin einfach hinter sich her die Treppe hinunter. Er öffnete und sah sich zwei Polizeibeamten gegenüber. Sven erschrak bis in die Fingerspitzen und dachte sofort an die Kokser-Utensilien auf dem Tisch und den feinen, weißen Staub, der noch auf dem Spiegel haftete. Seine Knie wurden weich.

"Eh . . . ja?"

Einer der Beamten grüßte und sagte:

"Es tut mir Leid, aber wir haben Beschwerden aus der Nachbarschaft. Hier soll seit Stunden bereits laute Musik dröhnen."

Sven nickte.

"Aha! Hören Sie denn etwas?"

"Im Moment nicht!"

"Eben, ich auch nicht! Mein Freund ist oben, er hat etwas zuviel getrunken. Aber ich habe die Musik abgestellt. Es wird Ruhe sein, die lieben Nachbarn können jetzt in ihre langweiligen Eichenholzbetten schlüpfen und im Stillen weiter Däumchen drehen! Denn wenn sie etwas anderes zu tun hätten, würden sie sicher nicht auf unsere Musik achten!"

"Wenn es so bleibt, ist es gut!"

Die Beamten grüßten erneut und Sven sah ihnen nur zu gerne auf den Rücken, als sie wieder Richtung Auto gingen. Gerade fiel ihm angenehm die knackige Kehrseite des jüngeren Polizisten auf, als plötzlich*"Is This The World We Created"* losbrüllte. Fernando hatte scheinbar befunden, dass ihm die Musik zu leise war. Sven Erleichterung machte echter Panik Platz, als die Polizisten sich umdrehten und erneut zum Haus kamen.

"Ich werde das sofort in Ordnung bringen. Wenn's nicht anders geht, drehe ich die Sicherungen raus!", versuchte er noch, das Schlimmste abzuwenden.

"Ich denke, wir sollten selbst mal mit dem Herrn sprechen! Ihr Einfluss scheint sich wohl doch in Grenzen zu halten!"

Sie gingen an Sven und Martin vorbei auf die Treppe zu, wobei Sven der Schweiß ausbrach.

"Oben?"

Sven nickte nur, dann rannte er hinter den beiden her die halbe Treppe hinauf.

"Moment, warten Sie. Er hat ein Nervenleiden und wird sich schrecklich aufregen, wenn er Ihre Uniformen sieht!"

"Warum? Hatte er negative Erfahrung mit der Polizei?"

"Nein, aber er steht auf Giorgio Armani und kriegt Schreikrämpfe, wenn er diese unangenehme Kombination von laubgrün und ver-waschenem kackbraun als Arbeitskleidung sieht! Er hasst Förster! Vielleicht war er in seinem früheren Leben mal ein Reh . . . !"

Der ältere Beamte grinste ein wenig, was jedoch nichts an seiner Antwort änderte:

"Es tut mir Leid, aber darauf können wir keine Rücksicht nehmen. Sie müssen verstehen, dass wir der Beschwerde nachgehen und die Ursache beseitigen müssen!"

Die beiden Polizisten gingen weiter und Sven versuchte ein letztes Mal, sie aufzuhalten:

"Was heißt hier Ursache beseitigen? Wollen Sie Fernando erschießen? Ich werde schon dafür sorgen, dass . . ."

Aber es war zu spät und Sven kapitulierte. Dann musste es eben seinen Lauf nehmen, er hatte alles versucht! Wie versteinert blieb er stehen und sah zu, wie die Beamten im Atelier verschwanden. Martin zupfte ihn zaghaft am Ärmel.

"Warum hast du denn solche Angst?", flüsterte er dann und kam sich dabei wie ein Schuljunge vor, den man beim Rauchen erwischt hatte.

"Warum? Na, du bist gut! Fernando staubt der Schnee schon aus den Poren und oben liegt alles rum!"

"Schnee?"

Martin konnte mit der Erklärung nichts anfangen.

"Herrschaftszeiten, ja Schnee. Keine Angst - du kannst den Pelz-mantel im Schrank lassen . . . sag mal, bist du gerade aus dem Ei geschlüpft? Fernando ist stoned, randvoll mit Kokain!"

Martin schluckte.

"Das . . . das habe ich nicht gewusst!", antwortete er heiser.

"Das kann ich mir denken. Komm, gehen wir hoch, vielleicht können wir noch verhindern, dass sie ihm beim Abführen Handschellen anlegen. Hoffentlich wirft er nicht mit Farbe! Das könnten sie persönlich nehmen!"

Sie standen fast schon vor dem Atelier, als die Musik verstummte. Ein paar Worte wurden gewechselt dann kamen die Polizisten ihnen bereits wieder entgegen. Sie verabschiedeten sich knapp und verließen das Haus. Sven gestattete sich jedoch erst aufzuatmen, als der Motor ansprang und die staatlich sanktionierten Waffenträger die Straße hinunterfuhren.

"Wie ist das denn jetzt wieder gutgegangen? Der Kerl hat ein Glück, das ist einfach nicht zum Aushalten!"

Sie gingen ins Atelier und fanden einen Fernando vor, der immer noch fröhlich vor sich hinwerkelte. Gerade war er dabei, die Ecken seines Kunstwerkes mit Kondomen zu verzieren, er drückte sie zusammen-gerollt in die frische Farbe.

Uwe stand wie vom Donner gerührt bewegungslos neben dem Tisch und hatte die Arme hinter dem Rücken verschränkt. Sein Gesicht hätte jede weiße Wand dunkel erscheinen lassen und Svens erster Blick fiel auf den Tisch. Er war leer geräumt, nichts wies auch nur im geringsten auf Fernandos Kokskonsum hin. Sven atmete auf, dafür wurde Uwe plötzlich bis zu den Ohren puterrot. Er nahm die Hände nach vorne und hielt sowohl den Spiegel als auch das Röhrchen zwischen den Fingern.

"Eine Minute länger und ich wäre tot umgefallen. Ich eigne mich nicht zum Kriminellen. Das war wirklich die absolute Härte! Und dieser

Unzurechnungsfähige da tut, als gehe ihn das alles gar nichts an. Also, das mache ich nicht noch mal mit, dafür ist dieser dusselige Italiener mir einfach nicht wichtig genug! Die Bullen müssen mich für bekloppt gehalten haben, aber ich habe es nicht fertiggebracht, mich zu bewegen oder was zu sagen!"

Sven lachte auf.

"Dann bist du wohl Don Quichote, der mit Silberröhrchen gegen grünbraune Windmühlenflügel kämpft."

Er gab Uwe einen geistesabwesenden Kuss und nahm die Utensilien an sich.

"Weg mit dem Zeug! Fernando würde sich im Knast nicht gut machen, na ja . . . oder zu gut. Aber das Überangebot an frauenlosen Männern würde auch seine Kapazitäten sprengen!"

Er warf die Sachen in eine Schublade, dann sah er Fernando an, der sich benahm, als sei er zwar unter ihnen, hielte sich dort jedoch in einer vollkommen eigenen Welt auf. Verzückt stand er vor dem Gemälde und plötzlich schien er sich an die anderen zu erinnern, ohne jedoch Martin bemerkt zu haben.

"Seht ihr? Da ist alles, was wichtig ist! Schwarz für die Trauer, rot für die Liebe und gelb für den Neid. Dazu kommen noch Geld und Sex . . . das ist klar! Und grün für die Untauglichkeit des Menschen, sich mit den Gesetzen der Natur abzufinden. Ich werde es"Neurotisches System" nennen, was meint ihr?"

Er sah sie an und Sven konnte Martin gerade noch hinter die offene Tür drängen.

"Bist du dann endlich fertig, Maestro!", fragte er.

"Ich weiß noch nicht! Die Rachsucht müsste noch mit hinein! Aber wie?"

"Das kommt auf die Stilrichtung an. Bleibst du der Pop-Art treu, klebst du am besten eine Schaufensterpuppe hinein, die einen Revolver-gurt trägt. Wenn du allerdings mehr zum Surrealismus neigst, würde schon ein schwarzer Schatten reichen, mit dem du am besten diese ganze schwache Leistung abdeckst!"

"Pazzo! Ich muss nur nachdenken. Warte mal . . . mir fällt was ein . . . mir fällt bestimmt was ein . . . mir ist noch immer etwas eingefallen . . . ich muss nur . . ."

Fernando verfiel in dumpfes Brüten, dann plötzlich sah er auf.

"Ist doch klar, dass ich blockiert bin. Keine Musik, kein Whisky - was ist das denn für ein Laden hier? Ich dachte, das sei mein Zuhause!"

Sven verdrehte ein weiteres Mal zermürbt die Augen.

"Ich denke, die Dröhnung, die du dir verpasst hast, reicht für drei Jahre. Du musst jetzt nicht auch noch trinken. Hast du überhaupt mitbekommen, dass die Polizei gerade hier war?"

"Nein, was wollte sie denn?"

"Natürlich fragen, ob sie dir Kokainnachschub aus der Aservatenkammer bringen dürfen! Sonderangebot! Bloß heute! Nur zwei Mark das Gramm. Sie liefern dir deine Tagesration auch vollkommen kostenfrei auf einem Bundeswehr-Tieflader! Bedeutende Konsumenten müssen schließlich gepflegt werden. Übrigens haben sie auch Särge im Sortiment und für den modebewussten Herrn Leichensäcke aus Polyäthylen."

"Bockmist! Was wollten sie, sag doch!"

"Brötchen verkaufen!"

Aber Fernando ging schon gar nicht mehr darauf ein. Ihn interessierte nur noch eines:

"Wo ist mein Spiegel?"

"Im Bad über dem Waschbecken, im Flur an der Garderobe, in der . . ."

"Hör auf mich zu verarschen!"

"Sollte ich vielleicht tatsächlich, du bist wirklich gearscht genug!"

Fernando war zum Tisch gegangen und vermisste seine Sachen. Konsterniert ließ er den Blick durchs Zimmer schweifen und wäre beinahe Martin ansichtig geworden, der immer noch hinter der Tür stand, sich dabei reichlich dumm vorkam und gerade einen Schritt aus der Deckung wagen wollte.

"Sag bloß, du hast noch mehr Koks hier? Fernando, es reicht jetzt! Hey - verstehst du mich? Es reicht!"

Allmählich wurde es Sven zuviel, aber Fernando bemerkte es scheinbar nicht. Er musterte ihn kurz, ging dann demonstrativ langsam zum Stereoturm. Im nächsten Moment brüllte er mit Freddie Mercury im Duett etwas von Galileo, Figaro und Magnifico. Er ließ es anschließend zu, dass Sven die Kassette herausnahm, sich vor ihn stellte und das Band mit weitläufigen Armbewegungen aus seinem Plastikmantel zupfte.

"So, das wäre's! Du bist tatsächlich das größte Arschloch aller Zeiten. Wie schön, ich habe ein Mega-Arschloch zum Freund! Gratulation, Sven!"

Sven wusste schon gar nicht mehr, ob er nun mit sich selbst oder Fernando redete, der augenblickliche Druck machte ihn vor Wut unfähig, zu denken. Er wollte nur eines - Fernando ruhig stellen. Aber dieser dachte gar nicht daran, es seinem Freund leicht zu machen. Er sah Sven mitten in dem um ihm auf dem Boden verteilten Magnettape stehen, grinste maliziös und rümpfte seine Nase. Dann zuckte er gekonnt gleich-gültig die Schultern und ging zurück zu seiner Staffelei. Das machte Sven nur noch zorniger.

"Du infantiler verantwortungsloser Idiot, meinst du, ich erwarte nichts anderes vom Leben, als dich zu beaufsichtigen? Das alles ist so albern, dass man sich eigentlich totlachen müsste! Aber dafür ist es dann doch zu traurig. Denkst du, so löst du deine Probleme? Willst du dein Leben lang ausflippen, wenn dir was nicht passt? Okay, dein Martin hat dich angelogen, aber er will hier bleiben, also wird er das mit seiner Frau schon noch ins Reine bringen!"

Fernando sah ihn an und nickte.

"Ja, gut so, Sven. Gib's mir . . . ich kann's ja vertragen! Und dabei hatte ich gedacht, wenigstens dir könnte ich vertrauen. Aber du bist gegen mich wie alle anderen auch. Mein Freund bist du wahrscheinlich nie gewesen. Wie wäre es, wenn du dir jetzt dieses kleine farblose Etwas unter den Arm packst . . ."

Fernando deutete auf Uwe.

" . . . und machst, dass du wegkommst. Lass mich ruhig allein, was aus mir wird, ist sowieso egal!"

Fernandos Augen glitzerten wie im Fieber.

"Du bist tatsächlich vollkommen irre, Fernando! Das ist eine waschechte Paranoia, die du da mit dir herumschleppst. Es ist eben nur noch die Frage, ob es Säuferwahnsinn, Altersverblödung oder Verfolgungswahn ist. Man sollte dich einfach totschlagen wie einen tollwütigen Hund, dann wäre der Welt geholfen! Und mir auch!"

Fernando entgegnete nichts mehr. Er sah Sven nur an. Seine schwarzen Augen wirkten riesengroß in dem schmalen Gesicht und sein Blick war starr, fast leblos.

Wie in Zeitlupe holte er ein kleines, flachen Tütchen aus der Hosentasche. Er schnitt die Schweißnaht mit der riesigen, farbbekleckssten Klinge des Messers auf, hielt es dann an die Nase und atmete dann den weißen Staub direkt aus dem Beutelchen ein. Das wiederholte er, bis kein Kokain mehr vorhanden war. Sven, der zuerst dazu springen und ihn hindern wollte, ließ es dann jedoch sein und resignierte schlicht. Fast tonlos sagte er:

"Dann bring dich doch um! Dir ist ja nicht mehr zu helfen! Das hier ist keine Sequenz, für die du beliebig oft die Klappe fallen lassen kannst! Irgendwann ist auch die Gunst deiner Gestirne ausgereizt! Aber dann bin ich nicht da, um dich aufzufangen, das solltest du wissen."

Fernando rollte im Anschluss an die drei Nasen Koks mit den Augen, taumelte und landete gerade eben noch auf einem Stuhl, nachdem er zwei Stehlampen und beinahe seine Staffelei umgeworfen hatte. Dort blieb er erst einmal, starrte versonnen vor sich hin und drehte das Messer in seinen Händen als sei es ein Schmuckstück, zu dessen Kauf er sich erst noch entschließen müsse.

"Ach Scheiße!"

Sven ging in den Flur und schimpfte vor sich hin, um nicht in die Versuchung zu kommen, einfach nur noch zu heulen. Uwe war ihm gefolgt, in der augenblicklichen Situation hatten sie Martin, und dass er vielleicht eine ungeplante Eigendynamik entwickeln könnte, ganz vergessen.

"Komm, Sven. Beruhige dich! Es ist doch nicht deine Schuld!"

"Das weiß ich auch. Aber er hat kein Recht, seine ganze Umgebung zu terrorisieren. Mir reicht es!"

Sie gingen nach unten in die Küche und Sven begann, Kaffee zu machen. Dann stand Martin plötzlich neben ihn.

"Das ist ja schrecklich! Macht er das öfter?"

"Nein, nur hundertsiebzig bis dreihundertfünfundsechzig Mal im Jahr!"

"Mach keine Witze! Was sollen wir denn jetzt tun?"

"Ich habe keine Ahnung. Ich weiß nur, was wir lassen sollen. Wir sollten ihn nicht reizen, der Gute ist im Moment nämlich eine Winzigkeit schizophren!"

"Aber ich muss doch mit ihm reden! Er wird mir zuhören, er hat immer . . ."

"Blödsinn, er wird rot sehen! Und zwar infernalisch rot. Versuch nicht, mir etwas über Fernando beizubringen, ich habe ihn studiert und morgen baue ich meinen Doktor. Mein Titel wird Dr. Fern. Söven sein!"

"Aber in San Francisco . . .", wollte Martin sich rechtfertigen, was Sven allerdings im Keim erstickte.

"Komm jetzt nicht damit! Du warst dein ganzes Leben lang schon antiquiert, bist doch eigentlich nur eine von Fernando erst nachträglich zum Leben erweckte Totgeburt und denkst nach drei Wochen USA den Blick für die ganz großen Zusammenhänge bekommen zu haben. Aber das stimmt nicht . . . auch dein neues Leben wird kein rosaroter Traum werden, Fernando ist zu kompliziert für solche Illusionen."

Sven begann, seine ohnmächtige Wut über Fernando an Martin auszulassen. Dabei war dieser sowieso schon völlig überfordert und sagte:

"Erzähl, was du willst. Ich geh jetzt zu Fernando!"

Damit war er zur Tür hinaus. Sven hatte nicht mehr die Energie, ihn aufzuhalten. Er fühlte sich in Bezug auf Fernando ohnedies machtlos. Sollten doch alle machen, was sie wollten! Sein Fatalismus hielt allerdings nur so lange an, bis er von oben Fernandos sich überschlagende Stimme hörte. Dann hielt ihn nichts mehr in der Küche. Er rannte nach oben, Uwe folgte langsamer.

Im Atelier ging es hoch her, Fernando hatte gerade einen Stuhl gegriffen, schwang ihn auf unsicheren Beinen stehend hoch über dem Kopf und sein Ziel war klar - Martin! Wie immer, wenn er emotional auf irgendeine Weise belastet war, wurde er zum Vollblut-Italiener.

"Tu traditore! Cordiali saluti a diavolo!", schrie er außer sich und dann flog auch schon der Stuhl. Martin konnte ausweichen und das Möbel verlor ein Bein, als es an der Wand abprallte. Martin floh ein weiteres Mal hinter die Tür und Sven wagte sich näher an Fernando heran.

"Hehehe - ruhig, ganz ruhig! Wir wissen ja, dass Sizilianer Temperament haben!", versuchte er, Fernando abzulenken. Doch dieser würdigte ihn keines Blickes, er wollte zur Tür. Sven ging auf Nahkampf und hielt ihn fest. Ein Schlag traf ihn am Oberarm und er stieß Fernando so jäh von sich, dass dieser das Gleichgewicht verlor und am Boden landete.

"Benimm dich endlich oder bist du reif für die Klapse?!"

Er rieb sich den Arm. Als nächstes flog ein Farbgemisch durch die Gegend. Diesmal war es Uwe, der gerade noch ausweichen konnte. Martin wagte es nicht, auch nur die Nase hinter der Tür herauszustrecken, sein Magen betätigte sich in altgewohnter Form und ihm war speiübel.

Sven tauchte unter dem fliegenden Kristallaschenbecher hindurch und hatte plötzlich eine der kalten Kippen im Mund. Er spuckte angeekelt. Dann machte Martin sich ungewollt bemerkbar, sein Magen krampfte vollkommen zusammen, er kam hervor und rannte so schnell er konnte würgend ins Bad. Uwe stand mit gefalteten Händen in dem ganzen Durcheinander und murmelte nur:

"Was für ein Irrenhaus!"

Fernando hatte aufgehört, nach werfbaren Gegenständen zu suchen und stand still neben seiner Staffelei. Er sah Sven mit rotgeäderten Augen entgegen.

"Bist du dabei, normal zu werden oder willst du mich nur in Sicherheit wiegen?"

Sven versuchte, seiner Stimme einen beruhigenden Tonfall zu geben, während er weiter auf Fernando zuging. Dieser verzog das Gesicht, als habe er es nicht unter Kontrolle, und Sven meinte:

"Was ist? Wirst du dich jetzt in einen Werwolf verwandeln? Sag mir das, dann muss ich mein Silberkreuz erst einschmelzen lassen!"

Er hatte Fernando jetzt erreicht und zog ihn an sich. Der wehrte sich nicht, hing ohne eigenen Willen in Svens Armen.

"Schön . . . siehst du! Es ist alles in Ordnung. Im Moment hat zwar ein Schluck Wasser in der Kurve mehr Rückgrat als du, aber immerhin versuchst du dich nicht mehr als Terminator!"

Er schob Fernando Richtung einem der nicht als Fluggerät missbrauchten Stühle und drückte ihn auf den Sitz. Dann warf er Uwe einen bedeutsamen Blick zu. Der hatte verstanden und nickte, wollte die Tür von außen ins Schloss ziehen.

Ausgerechnet in diesem an sich bereits einigermaßen entschärften Moment kam Martin von der Toilette zurück. Dort hatte er beschlossen, der Sache jetzt endlich ins Auge zu sehen und ein ruhiges, sachliches Gespräch mit Fernando zu führen. Ihm fehlte der Sinn dafür, dass dieser Augenblick wohl nicht der günstigste dafür sein würde.

"Ich will jetzt mit Nando reden. Geht ihr raus!"

Forsch und leichtfüßig, vollkommen überzeugt vom Gelingen seiner Aktion schaute er Sven an. Dieser erstarrte zur Salzsäule und schaute nun seinerseits in Erwartung eines Tobsuchtsanfalls zu Fernando. Dieser saß jedoch noch immer teilnahmslos vor ihm und so winkte Sven wie ein wild gewordener Verkehrspolizist, damit Martin das Zimmer wieder verließ. Der jedoch hatte entschieden, dass er allein wisse, wie jetzt mit Fernando umzugehen war. Schließlich glaubte er ihn aus dem Urlaub zu kennen, man konnte mit dem jungen Italiener reden, wenn man es nur richtig anfing! Also ignorierte er Svens verzweifelte Versuche, ihn aus dem Zimmer zu schicken.

"Nando, bitte lass uns miteinander sprechen!"

Sven schlug sich mit der flachen Hand vor die Stirn und platzierte seinen Körper als Sichtsperre zwischen Fernando und dem sich nähernden Martin. Zu spät, plötzlich war Fernando nämlich gar nicht mehr apathisch, sondern sprang auf. Er riss sich von Sven los und erkannte, dass es tatsächlich Martin war, der weiterhin auf ihn zukam.

"Bleib doch weg, du Kamel!", versuchte es Sven noch einmal und hätte mindestens sechs Arme benötigt, um Fernando wirkungsvoll festzuhalten. Es war abzusehen, dass er ihn nicht stoppen konnte, was Martin jedoch nicht im Geringsten abzuschrecken schien.

"Nando, es ist jetzt alles anders. Nicole weiß Bescheid, wenn du willst, kann ich hier bleiben!"

Fernando konnte den Sinn der Worte nicht begreifen, zu sehr war sein Geist mit Kokain verriegelt. Das Einzige, das er hörte war der Name Nicole, was ihn nun zur endgültigen Explosion brachte.

Hektisch sah er sich um und riss das erste, was ihm in die Finger kam, an sich. Es war das Fleischermesser. Sven griff nach Fernandos Hand, um es ihm wieder zu entwinden. Aber wieder setzte Fernando ungeheure Kräfte frei, er stieß Sven von sich wie eine lästige Fliege. Dann stürzte er mit erhobenem Messer auf Martin zu. Ehe er den wie ein in einen katatonischen Dämmerzustand versetzten Laboraffen dastehenden Martin allerdings erreichte, hatte sich Sven wieder aufgerappelt. Er warf sich zwischen die beiden, griff dann erneut nach Fernandos Arm. Aber der Griff ging ins Leere, ungehindert sauste die Klinge nach unten. Im nächsten Moment bekam Sven kreisrunde Augen.

"Mensch, du Geistesgestörter, was machst du denn da?"

Sven tastete seine Hüfte ab. Genau dort steckte das Messer bis knapp zur Hälfte in seinem Fleisch und die Jeans färbte sich langsam rot.

"Allmächtiger, Fernando - hast du vergessen, dass ich kein Blut sehen kann?"

Jetzt ging alles so schnell, dass niemand genau nachvollziehen konnte, ob erst Uwe wie ein Wilder auf Fernando zustürzte und ihn zu Boden schlug oder Sven, nachdem er das Messer herausgezogen hatte, Martin fast filmreif in die Arme sank, weil ihm schwarz vor Augen wurde. Martin hielt Sven fest, starrte auf das blutige, auf der Erde liegende Messer und konnte es einfach nicht begreifen.

"Steh nicht da wie ein Ölgötze, lege ihn nebenan auf das Bett! Ich ruf die Ambulanz und die Bullen an," schrie Uwe, aber Sven kam wieder zu sich.

"Langsam, Uwe!"

Seine Stimme war matt, er ließ sich von Martin ins Schlafzimmer führen und legte sich dort auf die Couch. Aufgebracht folgte ihnen Uwe, nachdem er sichergestellt hatte, dass Fernando wohl noch eine ganze Weile weggetreten am Boden liegen würde.

"Was heißt hier langsam. Der Psychopath hat gerade versucht, dich umzubringen!"

"Das wollte er doch nicht. Es war ein Unfall!"

Sogar in dieser Situation versuchte Sven noch, Fernando zu schützen.

"Wenn du denkst, ich tue, als ob nichts passiert wäre, hast du dich geschnitten. Ich . . .”

”Nicht ich habe mich geschnitten, er war es. Sei doch mal still - und hör zu!”

Jetzt erst kamen die Schmerzen und Svens Stimme war leise, deshalb kam Uwe näher.

”Ich will keine Polizei.”

”Das ist mir egal . . . ich rufe jetzt an!”

”Das wirst du bleiben lassen, verdammt noch mal. Ich will es nicht und er hat mich . . . mich getroffen und nicht dich. Guck lieber mal nach, wo die Wunde ist!”

”Ich bin kein Arzt!”

Sven fühlte, dass er einer Ohnmacht nahe war, deshalb wandte er sich an Martin.

”Hindere ihn daran! Ich will weder im Krankenhaus aufwachen noch darf er die Polizei . . . ruf David an, er . . .”

Sein Kopf sank zur Seite.

”Die zwei haben sich wirklich verdient!”, rief Uwe aus.

Er war unsicher geworden, weil er wusste, wenn er gegen Svens Willen handelte, verlor er ihn als Freund. Tat er es nicht, würde er ihn unter Umständen unter die Erde bringen müssen. Er überlegte. Auch er kannte David, er war Arzt und gut mit Fernando und Sven befreundet. Uwe stellte fest, dass er eigentlich ganz froh war, die Verantwortung für Sven aufgrund dessen eigener Anweisung an irgend jemanden weitergeben zu können. Er rief David an, gab eine kurze Beschreibung des Geschehens ab und beorderte den jungen Assistenzarzt direkt aus dem Dienst nach Bayenthal.

”Wir sollten uns die Wunde ansehen!” meinte Martin, um in der Wartezeit wenigstens etwas tun zu können und nicht nur hilflos herumzustehen.

”Fass ihn nicht an. Kümmere dich lieber um diesen wild gewordenen Italiener. Wenn er wach wird, sticht er uns sonst aus purer Gewohnheit noch alle ab!”

Martin ging ins andere Zimmer, während Uwe Mull auf die Wunde drückte, um die Blutung zu stillen. Fernando befand sich noch immer am Boden und rührte sich nicht. Mit offenem Mund lag er halb auf der Seite, der Speichel tropfte aus seinem offenen Mund auf den Boden.

Erschüttert sah Martin auf ihn hinunter, dann setzte er sich auf die Erde und bettete den Kopf seines Freundes auf seine Beine. Er strich durch

Fernandos dichtes Haar und wusste nicht, wo das alles hinführen sollte. Er hatte keine Ahnung, wie lange er so gesessen hatte, als es an der Tür klingelte. Er hörte Uwe hinunterrennen und nahm an, dass David gekommen war.

"Ich denke, er hat noch einmal Glück gehabt!"

David hatte sich aufgerichtet, nachdem er Sven schweigend untersucht und ihm dann einen Druckverband angelegt hatte.

"Die Verletzung befindet sich knapp über dem Hüftknochen, dadurch wurde die Klinge wohl abgelenkt. Der Stich ist nicht in den Bauchraum vorgedrungen, sondern mit der Spitze am Rücken knapp wieder herausgekommen. Lebenswichtige Organe wurden zum Glück wohl nicht verletzt! Ich glaube, innere Blutungen kann ich ausschließen, trotzdem würde ich ihn natürlich lieber in die Klinik bringen! Es ist euch hoffentlich klar, dass ich mich strafbar mache, ich müsste es melden."

"Er will's nicht. Er muss doch diesen unzurechnungsfähigen Fernando schützen. Dabei würden dem ein paar Monate Knast ganz gut tun!"

Uwe war erleichtert, aber dadurch vergrößerte sich seine Wut auf Fernando wieder.

"Sven ist bewusstlos, was er will, interessiert nicht. Wenn ihm etwas passiert, bin ich dran!"

Nachdenklich schaute David auf Sven, als auf einmal Martin in der Tür auftauchte.

"Ich weiß nicht, aber Fernando atmet so komisch. Er scheint keine Luft mehr zu bekommen, ich . . ."

David war schon unterwegs ins Atelier. Gemeinsam brachten sie den unruhig gewordenen Fernando auf sein Bett. Er schlug schwach um sich, ohne die Augen zu öffnen.

"Wieviel hat er genommen?"

"Was weiß denn ich! Jedenfalls hätte die Ration Koks ein Pferd aus den Hufen gehoben! Ich habe ihm dann eine in die Fresse gehauen, seit- dem ist er außer Gefecht!", antwortete Uwe genervt.

Eigentlich interessierte es ihn kein bisschen, was aus Fernando wurde. David kümmerte sich um den Maler, gab ihm eine Spritze, damit die Gefahr einer Atemlähmung ausgeschlossen und sein Kreislauf gestärkt wurden. Daraufhin wurde Fernandos Puls langsamer, er selbst ruhiger.

"Das ist eine klare Überdosis, er hat sich schlicht vergiftet. Aber jetzt wird er irgendwann einschlafen!", meinte David dann und blies sich heftig und abgekämpft die Haare aus der Stirn.

"Wieso? Er schläft doch!", meinte Martin.

"Das ist kein Schlaf, er ist bewusstlos. Kokain steigert die Gehirnfunktion. Er ist, in der Elektrikersprache ausgedrückt, einfach durchgeschmort. Zu viele Synapsen-Impulse oder ein zu kleines Gehirn, das ist Ansichtssache! Außerdem hat er einen nahezu explosiven Blutdruck. Er hätte genauso gut Nitroglyzerin trinken und danach Lambada tanzen können. Nun gut, es wird jedenfalls eine ganze Weile dauern, bis er wieder ansprechbar ist. Also Leute, ich kann nicht solange hier bleiben. Ihr solltet euch jetzt entscheiden, ob ihr die Verantwortung auf euch nehmen wollt. Es kann bei beiden in die Hose gehen! Herzversagen oder Gehirn-schlag bei Fernando, innere Blutungen bei Sven und dann noch . . ."

"Red nicht, mir geht es gut!", kam jetzt eine ziemlich dünne Stimme von der Couch her.

"Natürlich - wenn man davon ausgeht, dass es vollkommen normal ist, von einem Messer durchlöchert zu werden!"

David ging zu Sven und versuchte, ihn von der Klinik zu überzeugen. Doch dieser blieb stur. Er nahm David lediglich das Versprechen ab, nichts weiter zu unternehmen. Und so waren sie wenig später wieder allein. Martin und Uwe teilten sich die Krankenpflege in den nächsten Stunden, und es sollte sich herausstellen, dass weder bei Fernando noch bei Sven Komplikationen auftraten.

Fernando wurde zwar hin und wieder unruhig, mit verstörtem Blick sah er um sich und schien Schatten zu erkennen, die niemand von den anderen wahrnahm, aber er machte keine panischen Versuche, aufzustehen und war irgendwann fest eingeschlafen.

Die Zeit verging langsam und erst viel später gönnten die beiden unfreiwilligen Helfer sich ein Brot. Die Spannung hatte sich etwas gelegt, sie schalteten den Fernseher ein und schauten kauend auf die bunten Bilder, ohne zu wissen, was für ein Film dort gerade lief.

Draußen war es längst hell, als Martin im Sitzen einschlief. Daraufhin nickte auch Uwe ein, sein Kopf rutschte auf Martins Schulter und etwas später lag er auf seinem Schoß. Sie waren beide zu erholungsbedürftig, um davon etwas zu bemerken.

”Guten Morgen!”

Es war Sven, der gerade aus dem Bad zurückkam und die beiden weckte. Er ging langsam und hielt sich die Seite. Uwe war sofort hellwach und erhob seinen Kopf leicht irritiert aus Martins Schoß.

”Wieso läufst du hier rum. Du sollst flach liegen bleiben!”

”Was nützt das denn, wenn die Sanitäter pennen und ich mal dringend aufs Klo muss? Aber wenn du dich um mich kümmern willst, geh und mach mir was zu essen. Ich habe Hunger!”

Während Uwe in die Küche ging, sah Martin nach Fernando und erschrak. Das Kopfkissen und Fernandos Gesicht waren mit Blut verschmiert. Er tastete nach seinem Handgelenk und atmete erleichtert auf. Der Puls, und wie er anschließend feststellte, auch die Atmung waren normal. Durch den angestiegenen Blutdruck hatte Fernando lediglich Nasenbluten bekommen, eine Sache, von deren Wahrscheinlichkeit David bereits gesprochen hatte.

”Und? Wie geht es meinem Mörder?”

Sven hatte sich wieder hingelegt und schaute zum Bett.

”Ich glaube ganz gut. Mein Gott, ich hätte nicht gedacht, dass ich so was mal durchstehen muss!”, seufzte Martin.

”Du? Was hältst du von mir?! Nur die Tatsache, dass ich Erfahrung mit einem schizoiden Fernando habe, heißt schließlich nicht, dass ich mich nach derlei Hysterie sehne! Aber ich weiß, was du meinst! Tja, bei ihm musst du auf solche Eskapaden immer gefasst sein. Willst du ihn immer noch? Noch kannst du abspringen!”

Martin schwieg, also fuhr Sven fort:

”Ich bin mal gespannt, wann er wieder wach wird!”

”Aber ich war schuld an seinem Ausbruch! Und er wollte auch nicht dich verletzen, sondern mich!”

Sven entgegnete:

”Und den zweiten Weltkrieg hat es gegeben, weil dein Opa Hitler mal mit kalten Händen an die Kronjuwelen fasste! Komm schon, Selbstvorwürfe bringen nichts. Das ist nicht die richtige Basis, um mit ihm zusammenzuleben. Unser Schatz ist beinahe perfekt darin, sein Umgebung davon zu überzeugen, dass nur sie schuld ist an seiner Schwermut. Andere sind auch mal niedergeschlagen und drehen nicht gleich völlig ab. Er allerdings glaubt, er habe von Natur aus das Recht, eine schwer erträgliche Mischung aus Choleriker und sanftmütigem Kätzchen zu sein!"

Nachdem er etwas gegessen hatte, schlief Sven wieder ein. Uwe und Martin suchten krampfhaft ein Thema, über das sie sich unterhalten konnten und kamen im Zuge dessen auf den Glaskasten zu sprechen, der im Schlafzimmer an der Wand hing. In ihm befand sich eine sternförmige Sonnenbrille und eine schwarze Lederkappe mit silbernen Ketten.

"Woher hat er das?", fragte Uwe.

"Ich weiß auch nicht genau. Ich wollte mir die Sachen mal ansehen, aber ich durfte das Glas nicht öffnen. Er sagte, er habe das als Souvenir von einem Freund bekommen. Genau genommen von seiner ersten großen Liebe.", antwortete Martin ohne großes Interesse.

"Sieht jedenfalls gut aus."

Damit war das Gespräch schon wieder versandet und sie sahen auf die Mattscheibe. Erst gegen dreiundzwanzig Uhr kam Fernando wieder zu sich. Zuerst unbemerkt von den anderen überlegte er, was eigentlich passiert war. Er sah Svens Verband, während dieser noch schlief und erschrak. Schemenhaft fiel ihm der Streit mit seinem Freund ein, doch von der dreifachen Portion Kokain direkt aus dem Beutelchen riss der Erinnerungsfaden gänzlich. Trotzdem war er davon überzeugt, dass ein schlechtes Gewissen wohl angebracht sei.

Schuldbewusstsein war etwas, mit dem er nicht umgehen konnte, deshalb beschloss er einfach, nicht mit den anderen zu sprechen. Er stand auf und ging ins Bad, dann begann er wie ein kopfloses Huhn umherzurennen. Er verschlang Kopfschmerztabletten wie Smarties und antwortete auf keine der Fragen, die er von Martin oder Uwe gestellt bekam. So drehte er den Spieß einfach um, obwohl er zu gerne gefragt hätte, was mit Sven passiert war.

Martin glaubte, Fernando sei noch immer sauer wegen seiner Lüge, während es Uwe ziemlich egal war, wieso der Italiener auf stur schaltete. Irgendwann meinte er dann, auch ohne gefragt worden zu sein:

"Und? Bist du zufrieden mit dir? Du hättest ihn beinahe erstochen. Du kannst wirklich stolz auf dich sein. Eins kann ich dir aber versichern - wenn es nach mir gegangen wäre, würdest du jetzt gesiebte Luft atmen."

Martin schwieg dazu. Auch Fernando schwieg weiter, legte sich aufs Bett zurück und drehte den anderen den Rücken zu. Das war es also! Plötzlich hatte er Angst. Wie ging es Sven? Und wieso war sein Freund nicht im Krankenhaus und er selbst im Knast? Irgendwann hielt er es nicht mehr aus und ging hinüber zur Couch.

"Ja . . . schau dir dein Meisterwerk ruhig mal aus der Nähe an!", sagte Uwe gehässig, aber Fernando achtete nicht auf ihn. Er strich über Svens Hand, wovon dieser wach wurde.

"Aha, du bist zurück aus dem Land der Engel. Wurde ja auch Zeit!"

"Scusi Sven, mi dispiace! Ich wollte das nicht, ich kann mich auch an nichts erinnern! Wieso bist du nicht zum Arzt gegangen? Was ist denn überhaupt passiert?"

Sven erzählte den Hergang und Fernando hörte ziemlich bestürzt zu.

"Ich werde das Zeug nie mehr anfassen, das verspreche ich dir. Und diesmal halte ich mich daran!"

"Kann es sein, dass ich das schon mal gehört habe?"

"Ich sagte, diesmal halte ich mich daran! Willst du mir das jetzt mein ganzes Leben lang vorwerfen?"

Sven blies die Wangen auf.

"Dein ganzes Leben? Entschuldige mal, aber es ist gerade erst passiert. Es war mir einfach ein Bedürfnis, dir wenigstens einmal zu berichten, dass du versucht hast, mich abzustechen! Wenigstens das sollte erlaubt sein. Ohne mich hättest du jetzt immerhin einiges auf der Polizeiwache aufzuarbeiten!"

"Ach ja? Und was willst du jetzt von mir? Es reicht dir wohl nicht, dass es mir Leid tut! Ich soll dich vermutlich jeden Morgen auch noch mit einem Kniefall begrüßen! Dann gehe ich lieber gleich zur Polizei und bringe es hinter mich. Das ist immer noch besser als den Ausrutscher dauernd unter die Nase gehalten zu bekommen!"

Sven war erstens geplättet von soviel Impertinenz und zweitens noch zu geschwächt, um sich weiter mit Fernando auseinanderzusetzen. Er schloss die Augen und schlief fast übergangslos wieder ein.

Fernando war eingeschnappt, obwohl oder gerade weil ihm seine Entgleisung natürlich klar war. Um sich abzureagieren schrie er auf dem Weg zum Bett plötzlich Martin an:

"Was willst du denn eigentlich hier? Hast du noch nicht genug angerichtet?"

Dann legte er sich hin und zog das Seidenlaken bis über die Ohren.

"Aber . . ."

Martin war aufgesprungen. Es würde ihm also nichts anderes übrig bleiben, er musste gehen. Aber wohin sollte er mitten in der Nacht?

"Was willst du jetzt machen?", fragte Uwe, nachdem Fernando sich mit einem feuchten Lappen über den Augen wieder hingelegt hatte.

"Ich weiß auch nicht. Ich werde wohl meine Koffer nehmen und ein Hotel suchen!"

"Das ist doch Schwachsinn. Wir müssen auf Sven achten, die Diva da fühlt sich offensichtlich nicht zuständig. Also werden wir Sven jetzt mit ins Bett legen und es uns auf Couch und Sessel einigermaßen gemütlich machen."

Fernando sprang ohne ein Wort auf, schaute die beiden strafend an und nahm sein Bettzeug. Dann war er ohne ein Wort verschwunden. Übrig blieb nur das kleine, weiße Handtuch, mit dem er seine Stirn gekühlt hatte. Es fiel als Andenken auf den Boden. Er wollte am Swimmingpool übernachten, da gab es genügend Möglichkeiten und auch Wasser, um sich abzukühlen.

Martin hob das Tuch auf und Uwe fragte:

"Guck mal nach, wenn sein Gesichtsabdruck im Stoff hängengeblieben ist, sollten wir die Kirche vom neuen Messias benachrichtigen."

Martin lächelte bekümmert. Etwas in ihm wehrte sich dagegen hier zu bleiben. Aber er fühlte sich auch weiterhin verantwortlich für Sven. Deshalb beschloss er, bis zum nächsten Morgen zu bleiben, und erst dann wollte er überlegen, wohin er gehen sollte.

Die Zeit bis dahin kam ihm wie ein unüberwindlicher Berg vor. Außerdem war er vollkommen erledigt. Er konnte nicht fassen, dass er auf einem Schlag heimatlos und krimineller Mitwisser geworden war, nachdem ein paar Stunden vorher noch alles so positiv ausgesehen hatte.

Uwe sah nach Sven, dann kam er zu Martin zurück und meinte:

"Was ist, bleibst du?"

"Ja, aber nur bis morgen. Dann gehe ich, bevor Fernando mir über den Weg läuft."

Nur wenig später hatten sie Sven von der Couch zum Bett gebracht. Dort schlief er neben Uwe weiter. Martin rollte sich auf der Couch zusammen und wünschte, er würde endlich aus diesem Alptraum erwachen. Statt dessen fielen ihm die Augen zu und er schlief ein.

Gegen zehn am Samstagmorgen wurde Martin wach, weil Kaffeeduft seine Nase umschmeichelte. Er erfuhr, dass Sven sich so weit gekräftigt fühlte, dass er sich gleich anschließend von Uwe in seine eigene Wohnung fahren lassen wollte. Fernando ließ sich nicht sehen, wahrscheinlich hielt er sich immer noch am Pool im Keller auf. Martin brachte die beiden zur Haustür und erst dort fragte ihn Sven, was er nun vorhabe.

"Ich suche mir ein Hotel! Hier bleibe ich nicht und zu Nicole kann ich auch nicht mehr - ich weiß eigentlich überhaupt nicht, was jetzt passieren soll!"

"Geh in den Keller und rede mit ihm. Jetzt funktioniert das, er ist schließlich nüchtern. Wenigstens nehme ich das an! Er wird sich wie es seine Art ist noch einmal richtig austoben, dann kommt unweigerlich die Versöhnung!"

"Noch so eine Szene stehe ich nicht durch!"

"Ich kann dir nur raten, es zu versuchen. Wenn du natürlich zu feige bist . . . das ist allein deine Sache! Mir soll es nur recht sein, wenn du den Schwanz einziehst und kneifst!"

Martin nickte und schloss die Tür hinter den beiden. Es kostete ihn einige Minuten und jede Menge Selbstüberwindung, bis er die Stufen hinunterging. Er nahm allen Mut zusammen und drückte die Tür zum Schwimmbad auf. Fernando machte gerade einen malerischen Kopfsprung ins kühle Nass. Martin ging zum Beckenrand und blieb dort stehen. Genau zu seinen Füßen warf sich Fernando herum und durchpflügte ein weiteres Mal das Wasser bis zur anderen Seite. Er tat, als sähe er Martin nicht und stemmte sich etwas später exakt neben ihm aus dem Becken. Martin sah eine Möglichkeit zum Gespräch, räusperte sich die Kehle frei und begann:

"Willst du mir jetzt endlich mal zuhören? Nicole weiß Bescheid, ich habe ihr alles gesagt. Jetzt wäre der Weg für uns frei und . . ."

Er brach ab, weil er Fernandos Blick nicht ertragen konnte. Der junge Italiener stand direkt vor ihm und musterte ihn herausfordernd von oben bis unten. Dabei setzte er seinen nackten Körper wie eine Rüstung aus Unerbittlichkeit ein. Seine Nacktheit verfehlte die beabsichtigte Wirkung nicht, Martin wurde der Hals eng. Er wollte Fernando anfassen, spürte die alles andere überlagernde Leidenschaft in sich aufsteigen. Er machte einen Schritt auf seinen Freund zu, aber als er die Hand nach ihm ausstreckte, drehte dieser sich um und sprang wieder ins Wasser. Er durchschwamm das Becken und setzte sich auf den gegenüberliegenden Rand. Er schaute Martin entgegen, der sich nun demoralisiert auch dorthin auf den Weg machte.

”Rede mit mir, sonst gehe ich. Ich lasse mich von dir nicht weiter unter Druck setzen!”

Fernando legte sich zurück und stützte sich auf seine Ellenbogen. Wasserperlen schimmerten auf seinem nahtlos braunen Körper und Martin konnte nur noch daran denken, ihn zu berühren. Martins Blick fiel auf Fernandos Unterleib und er musste schlucken, als er registrierte, dass sich dort eine leichte Erregung abzeichnete.

”Fernando . . . hör auf damit! Sofort!”

Er wusste selbst, wie absurd sich das anhören musste, fuhr jedoch fort:

”Ich will keinen Sex mit dir, bevor alles geklärt ist!”

Sein begehrlicher Blick strafte die Worte Lügen. Verbissen versuchte er, an den vergangenen Abend zu denken, Fernando in einem anderen Licht als dem der Begierde zu sehen. Es war hoffnungslos, er spürte das leichte Ziehen in seinen Lenden und wusste, es hatte sich etwas aufgerichtet, das ihn in eine ganz andere Richtung als die der Vernunft drängen würde. Er ärgerte sich maßlos, blieb stehen und sah Fernando nicht mehr direkt an.

”Und? Was ist, wirst du jetzt vernünftig?”

Mehr aus den Augenwinkeln nahm er wahr, dass Fernando aufstand und langsam zu einem der drei umherstehenden Polsterliegestühle ging. Er ließ sich malerisch darauf niedersinken und tat, als sei Martin überhaupt nicht anwesend. Ein Bein hing über die Lehne, seine ganze Pose drückte Entspannung aus. Martin suchte noch nach weiteren Worten, als Fernando fast spielerisch zu masturbieren begann. Mit Daumen und Zeigefinger massierte er sich und benötigte schon sehr bald die gesamte Hand. Dann ließ er die harte Erektion auf seinem Bauch liegen und räkelte sich wie ein satte Katze auf dem Polster.

Martin ärgerte sich maßlos über sein kaum noch zu kontrollierendes Verlangen, denn er wollte Fernando diesen Trumpf einfach nicht in die Hand geben.

”Was willst du eigentlich?”, fragte er aufgebracht und wandte sich ab. Natürlich wusste er genau, dass Fernando auf simple Weise seine Macht über ihn demonstrieren wollte und zu seiner Begierde gesellte sich eine aggressive Stimmung. Trotzdem brachte er es nicht fertig, einfach zu gehen. Er hörte ein verhaltenes Seufzen vom Liegestuhl her und ein Schauer überlief ihn.

Dort lag Fernando, für ihn mit ein paar Schritten zu erreichen und Martin wollte sich nicht weiter mit erzwungener Zurückhaltung quälen. Er drehte sich in Fernandos Richtung und begann sich auszuziehen, ohne den anderen aus den Augen zu lassen. Dann war auch er nackt und ging zu ihm. Auf diesem Moment schien Fernando nur gewartet zu haben, schnell stand er auf und sprang ins Wasser. Die daraufhin aufkommende Wut verstärkte Martins Begierde noch, nicht mal der Sprung ins kühle Wasser konnte daran etwas ändern.

Sofort nahm er die Verfolgung auf und erreichte Fernando ungefähr in der Mitte des Beckens. Dort erwischte er sein Handgelenk.

"Du bleibst hier, du verdammtes Aas!"

Er heftiger Kampf folgte, in dem Martin, gestärkt durch seinen Zorn, die Oberhand behielt. Immer wieder tauchte Fernando unter, spuckte Wasser und versuchte zum Beckenrand zu kommen. Martin jedoch ließ das nicht zu. Der Wunsch, Fernando zu strafen gab ihm die nötige Dominanz. Er umklammerte den jungen Italiener und spürte seine Haut, welche sich an seiner eigenen rieb, was den Eroberungswillen zur Besessenheit machte. Fernando japste und schluckte Wasser, aber Martin gab nicht nach.

Irgendwann bekam er die Möglichkeit, seinen Bauch gegen den Rücken des anderen zu pressen und nutzte dessen Schwimmversuche, ihn in die richtige Stellung zu bekommen. Dabei hatte er Schwierigkeiten, nicht mit unter die Wasseroberfläche gezogen zu werden. Fernando hustete, tauchte wieder unter, während Martin sich zwischen seine zu einem Schwimmstoß gespreizten Beinen schob. Dies alles ging ohne Worte ab, nur das Keuchen war während des verbissenen Kampfes der beiden Männer zu hören.

Fernando breitete die Arme aus, als wolle er sich am Wasser festhalten. Immer kraftloser paddelte er, während Martin ihm seinen Willen aufzwang und wenig später gewaltsam in ihn eindrang.

Fernando stöhnte auf, wollte sich zusammenziehen und ausweichen. Dabei lief das Wasser ungehindert in seinen offenen Mund und in die Nase. Es blockierte seine Kehle, er übergab sich fast und bekam nur noch mehr Wasser in die Lungen. Er glaubte zu ersticken, wehrte sich wie in echter Todesangst, während Martin ihn nur festhielt und spürte, wie Fernandos panische Bewegungen ihn unaufhaltsam zum Orgasmus trieben. Als er soweit war, brüllte er während der Ejakulation die befriedigte Lust heraus, spürte für Sekunden nur noch den auf das Elementare beschränkten Instinkt eines Tieres in sich.

Dann war es, als ob der enge Kokon seiner blindwütigen Leidenschaft zerplatzte. Martin erschauerte, riss den nun plötzlich bewegungslos unter der Wasseroberfläche treibenden Fernando hoch. Was hatte er getan, wie konnte das passieren? Er zog seinen Freund zum Rand und aus dem Wasser. Er legte ihn auf den Rücken und drückte seine Arme gekreuzt auf seine Brust.

Eine kleine Wasserfontäne schnellte aus Fernandos Mund, dann würgte er und rollte dabei auf die Seite. Martin hatte Angst vor den folgenden Minuten. Er wusste, dass es für das, was er getan hatte, keine Entschuldigung gab. Er begriff selbst nicht, wie es zu dieser plötzlichen Unzurechnungsfähigkeit, zum völligen Fehlen seiner Beherrschung gekommen war. Wie sollte er es dann Fernando erklären?

Einige sehr bange Minuten verstrichen, dann hob Fernando den Kopf und sah ihn an. Sein Blick war sanft und das genaue Gegenteil dessen, was Martin jetzt erwartet hatte.

"Ich wollte dich nicht quälen . . . ich weiß auch nicht, was über mich gekommen ist . . .", versuchte er sich dennoch sofort zu rechtfertigen. Aber Fernando ließ sich nicht darauf ein. Er erhob sich und ging wortlos hinaus. Einen Moment zögerte Martin, dann folgte er ihm hinauf und fand ihn auf dem Bett liegend im Schlafzimmer. Unschlüssig blieb er in der Tür stehen.

"Komm her!"

Fernandos Stimme signalisierte nichts von der erwarteten Empörung und Martin kam der Aufforderung nach. Er setzte sich auf die Bettkante und sah Fernando an.

"Bist du denn nicht wütend? Ich meine, was ich gemacht habe, ist . . ."

"Ich nehme mal zu deinen Gunsten an, du weißt, dass ich kein Masochist bin und demzufolge auch nicht darauf stehe, beim Sex fast über den Jordan zu gehen. Aber ich muss eingestehen, dass ich zum Teil auch ein bisschen selbst schuld daran war - ich meine, durch mein Verhalten - ich habe möglicherweise etwas übertrieben und nur mich und meine Gefühle gesehen. Dabei habe ich nicht begriffen, wie groß der Druck für dich war . . . und auch für Sven. Es tut mir Leid."

"Mir auch."

Einen Moment schwiegen sie, dann nahm Fernando Martins Hand. Genauso, wie er aus heiterem Himmel seinen kompletten Intellekt wegwerfen konnte, wenn er wütend wurde, genauso entschied er in diesem Augenblick, dass er kein Chaos mehr wollte. Dazu kam, dass er die Wutausbrüche anderer nicht unter Kontrolle hatte oder steuern konnte, wie das wenigstens zum Teil bei seinen eigenen Attacken war. Deshalb nahm er nun ohne zu überlegen alle Schuld auf sich und zeigte sich einsichtig. Jetzt war ihm heftig nach Entspannung und Freundschaft!

Er sah Martin so entwaffnend verliebt in die Augen, dass dieser ihn zu sich heranzog, in die Arme nahm und einen Moment lang tatsächlich glaubte, Fernandos Einsicht begründe sich in einer veränderten Betrachtungsweise.

"Wir sind ganz schön verrückt, Nando! Wenn das wirklich Liebe ist dann wird mir klar, wieso sich aus diesem Grunde so viele unerklärbare Tragödien abspielen! Es ist wohl ein akutes Anzeichen für diese Gefühle, wenn man kaum noch logisch denken kann und was mich betrifft . . . ich hätte nie für möglich gehalten, dass ich mich selbst soweit vergessen kann, dass ich dir absichtlich weh tue. Mein Verstand sagt mir, ich habe mich einfach unverzeihlich gehen lassen, aber mein Empfinden will mich entschuldigen und meint, das hatte alles seinen Grund. Du hast es wirklich herausgefordert und ich kann mit so etwas einfach nicht umgehen. Allerdings wäre diese Erklärung zu meinen Gunsten wohl zu einfach."

Fernando streichelte ihn und antwortete ungewohnt zurückhaltend:

"Es hatte naturalmente seinen Grund! Ich werde mich bemühen, nicht mehr so übertrieben zu reagieren, wenn etwas passiert, das mir nicht gefällt. Du . . . ich möchte dich etwas fragen?"

"Seit wann kündigst du Fragen so wohlerzogen an?"

"Seit ich vorsichtiger mit den Gefühlen meiner Umgebung sein will. Du scheinst mir das noch immer nicht glauben zu wollen. Ich werde mich wirklich bessern! Was ich wissen will ist, wie das mit Nicole jetzt genau war . . ."

Martin gab sich Mühe, so emotionslos wie möglich über das Coming-out bei seiner Frau zu berichten.

Später dann lagen sie nebeneinander auf dem Bett und versuchten in Ge-sprächen, ihre Probleme zu bewältigen. Martin konnte, wenn er objektiv nachdachte, natürlich nicht recht glauben, dass Fernando die Zukunft nicht mehr nur subjektiv sehen und ihn damit tyrannisieren würde.

Aber Fernando sah scheinbar tatsächlich ein, dass die Angelegenheit mit Nicole auch jetzt noch nicht ausgestanden war. Trotzdem hielt er sich für stark genug, seinen Freund zu unterstützen anstatt ihn mit seinem Launen zu terrorisieren.

Es war nicht so, dass er Martin vorsätzlich etwas vormachte oder schauspielerte, er war allen Ernstes davon überzeugt, für Martins Ängste künftig Verständnis aufbringen zu können. Das galt auch für die Phase, während der dieser sein allgemeines Coming-out noch nicht übers Herz bringen würde.

Fernando erkannte an der Tatsache, dass Martin nicht ganz zu ihm ziehen, sondern sich eine eigene Wohnung in der Nähe suchen wollte, dass es wohl noch lange dauern konnte, bis dieser sich zu ihm und damit auch zu seinem Schwulsein bekennen konnte. Auch wenn es noch immer Fernandos Intention war, endlich offen mit Martin leben zu können, wurde er nicht wie sonst ärgerlich über die Erkenntnis, noch warten zu müssen.

Im Gegenteil, momentan sah es wieder einmal so aus, als ob sie nie wieder unterschiedlicher Auffassung sein würden. Fast erinnerte sie ihr Zusammensein an die unbeschwerte Zeit in San Francisco. Dennoch blieb ein Rest an Furcht vor dem, was kommen würde.

"Und ich habe das Bild wirklich fertig gestellt?", fragte Fernando einigermaßen überrascht.

"Das hast du allerdings . . . soviel ich weiß, wolltest du nur noch die Rachsucht hineinbringen!"

Es war der Sonntag danach, sie hatten eine anstrengende Nacht hinter sich und saßen in der Küche beim Frühstück. Fernando war noch nicht wieder im Atelier gewesen.

"Die Rachsucht also . . . mmmh! Dio mio, war das ein Trip!"

Fernando grinste. Später dann gingen sie hoch, der Maler sah sein Werk und brach in ein Gelächter aus, das ihm die Tränen in die Augen trieb.

"Und was habe ich diesem Ungetüm für einen Titel gegeben? Perfetto Paranoia?"

"Nicht ganz . . . du nanntest die Schöpfung"Neurotisches System"! Aber apropos Paranoia - du solltest Sven anrufen. Er hat sich wirklich Mühe gegeben mit dir und ich denke, du solltest dich bei ihm entschuldigen! Schon wegen der Körperverletzung."

Fernando war dieses Thema gar nicht recht, er wollte die Ereignisse dieser denkwürdigen Nacht nur so schnell wie möglich vergessen.

"Körperverletzung - hast du vielleicht gleich den Paragraphen bereit, nachdem meine Verurteilung stattfindet?"

"Das wäre wohl der Paragraph 223 StGB, gefährliche Körperverletzung mittels einer gefährlichen Waffe. Sven hat dir eine Strafe zwischen drei Monaten und fünf Jahren erspart, weil er nicht wollte, dass irgend jemand etwas davon erfährt!"

"Wenn ich das schon höre! Bist du Staatsanwalt? Dann fordere doch gleich mal dreieinhalb Jahre. In der Zeit, wenn ich im Knast schmore, musst du dann wenigstens nicht an deinem Coming-out basteln. Ich habe verstanden, dass Sven ein Heiliger ist! Aber ich habe mich schon bei ihm entschuldigt! Seid ihr denn erst zufrieden, wenn ich im Staub herumkrieche? Ich dachte, wenigstens du seiest auf meiner Seite. Naja, ich muss mich eben damit abfinden, dass du zum Wahnsinnigwerden kompromissbereit bist. Jedenfalls ist Sven jetzt dran mit einem Anruf!"

"Das ist doch nicht dein Ernst! Du hast dich entschuldigt und ihm gleichzeitig schon wieder Vorhaltungen gemacht."

Es war erst eine Nacht vergangen seit ihrer Versöhnung und schon kamen wieder die ersten Spannungen auf. Schließlich, wie konnte es auch anders sein, setzte Fernando sich durch, er rief Sven nicht an. Beide versuchten am verbleibenden Sonntag, kontroverse Themen zu umgehen, weil sie sich nicht streiten wollten. Zu frisch war die Versöhnung und sie wollten diese nicht gefährden und das Zusammensein genießen. Deshalb schrieben sie Briefe an verschiedene Adressen in San Francisco, um zu erfahren, was mit ihren Freunden dort beim Erdbeben geschehen war. Dann wollte Martin etwas Ordnung in die Wohnung bringen, die nicht nur im Atelier aussah, als sei eine Bombe detoniert.

Fernando jedoch verwies auf die Zugehfrau und verbot ihm diese Arbeit auf die sanfte Tour, indem er ihn für etwas anderes, rein körperliches in Beschlag nahm. Erschöpft lagen sie gegen Abend im Bett und Martin versuchte sich darauf einzustellen, dass er bereits am nächsten Tag wieder zur Arbeit musste.

Irgendwie kam ihm der Gedanke an sein Büro jetzt nach dem Urlaub fremd vor, so als habe er keinen Bezug mehr dazu. Er würde sich sehr umstellen müssen, um dort wieder Fuß fassen zu können, so dachte er. Nur etwas mehr als drei Wochen waren vergangen seit seinem letzten Arbeitstag, aber in dieser Zeit hatte sich seine Betrachtungsweise drastisch verändert. Das spürte er gerade jetzt sehr deutlich.

Fernando vermutete, dass Martin irgend etwas beschäftigte. Er versuchte dahinterzukommen, was das war, gab jedoch schon bald wieder auf. Es gehörte nicht zu seinen Eigenarten, sich ausführlicher mit den

Stimmungen anderer auseinanderzusetzen. Statt dessen bestellte er etwas beim Chinesen, um nicht selbst kochen zu müssen und wartete gekonnt passiv ab, bis sich Martins Stimmung wieder etwas aufhellte. Sie sahen fern und aßen. Dabei fiel Martins Blick erneut auf den im Schlafzimmer an der Wand angebrachten Glaskasten, der Brille und Kappe beinhaltete.

"Ich weiß, ich habe dich das schon einmal gefragt, aber mich würde wirklich interessieren, von wem du die Sachen hast, die du da hütest wie deinen Augapfel! Ist es aus Köln?"

"Keine Angst, du musst nicht eifersüchtig werden. Er ist kein Deutscher! Ich habe ihn lange nicht mehr gesehen. Na ja, wenigstens nicht persönlich. Die beiden Teile da sind für mich zum Talisman geworden, ich habe sie schon über zehn Jahre."

"Wer ist er denn?"

"Sein Name würde dir sowieso nichts sagen. Er ist Engländer, geboren wurde er allerdings auf Sansibar. Daher wohl auch das Temperament, mit dem er mich verführt hat, als ich knapp achtzehn war. Ich habe mich unsterblich in ihn verliebt, ach was . . . es war Liebe. Eigentlich war er der einzige, dem ich mein Herz geöffnet habe. Ich meine vor dir! Wir hatten nur eine Nacht, er war mein erster . . . aber auch wenn wir uns danach nie mehr gesehen haben, habe ich oft gedacht, ich würde sicher sterben, wenn ich nicht wenigstens von ihm träumen könnte. Na ja, ich war jung und dumm. Seither habe ich vermieden, mich zu verlieben. Man kann so etwas nämlich mit ein bisschen zur Schau getragener Oberflächlichkeit verhindern und ich bin wohl Meister aller Klassen darin, mir auf meine Art die angeblich in mich verliebten Männer vom Hals zu halten. Nur bei dir hat es nicht geklappt. Du bist eben meine zweite, große Liebe!"

Fernando unterstrich diesen Satz mit einer großen pathetischen Geste, lächelte und verhinderte mit einem Kuss Martins weitere Fragen. Dann begann er ein anderes Thema.

"Wirst du mir beim Aussuchen der Bilder für meine nächste Vernissage helfen?"

"Ich verstehe doch nichts davon, hast du das vergessen? Das solltest du lieber selbst entscheiden!"

Während sie später vom Bett aus einen Psychothriller schauten, bei dessen Handlung Fernando bereits im Vorfeld wusste wie sie weiterging, war Martin mit den Gedanken woanders. Fernando hatte von seiner Oberflächlichkeit gesprochen. Demzufolge wusste er genau, was alle anderen von ihm dachten, hatte diese Meinung sogar freiwillig begünstigt. Und das nur, um sich kein weiteres Mal mehr verlieben zu müssen und vor gefühlsbedingten Schrammen geschützt zu sein. Wieder einmal spürte Martin, dass in Fernando doch mehr schlummern musste, als er offen zeigte. Und er war sicher, all diese Geheimnisse irgendwann einmal zu erfahren, Fernandos wirkliches Selbst bar aller Maskierung kennen zu lernen.

"Er hätte wenigstens mal anrufen und sich für sein unmögliches Verhalten entschuldigen können!", meuterte Sven.

Eigentlich hatte er an seiner Adlerplastik arbeiten wollen, obwohl ihn seine Wunde schmerzte. Aber er konnte sich nicht konzentrieren, der Schock über das Geschehene kam bei ihm erst jetzt richtig durch und damit kam auch die Wut. Uwe war über Nacht bei ihm geblieben und nickte mit einem ironischen Grinsen.

"Wieso denn? Hat er dir etwa etwas getan? Ich meine, er ist doch nur ein wenig ausgeklinkt, nichts Ungewöhnliches bei ihm. Und du hast reagiert, wie er es erwartete . . . du hast die Hand über dein zweifelhaftes Heiligtum gehalten! Jetzt beschwere dich nicht!"

Sven funkelte Uwe ärgerlich an.

"Ich weiß, dass du eifersüchtig auf ihn bist. Dir ist klar, dass er und niemals du die erste Stelle in meinem Leben einnimmt. Aber deshalb könntest du mir trotzdem deinen dämlichen Sarkasmus ersparen. Ich habe dich nämlich die ganze Zeit über nicht im Unklaren darüber gelassen, dass ich keine Liebesbeziehung mit dir oder irgend jemand anderem eingehen werde."

Damit hatte er Uwe sichtlich getroffen.

"Natürlich, wenn du jemandem sagst, dass du sein Haus anstecken wirst und es anschließend auch wirklich tust, nimmt das dem Ganzen den Stachel! Du machst es dir bei allem sehr einfach, außer natürlich bei deiner italienischen Kathedrale, die außer dir jeder betreten darf und es auch tut. Es ist also vollkommen überflüssig, dass du dich für ihn reservierst."

"Das kannst du in Ruhe mir überlassen. Und wenn du jetzt weiter stänkern willst, würde ich vorschlagen, du machst dich vom Acker. Ich habe auch ohne dein dämliches altmütterliches Getue genügend Probleme."

Sven verzog das Gesicht und griff sich an die Hüfte. Aber Uwe ließ nicht locker.

”Du hast nur ein einziges Problem und das hat einen Namen. Es nennt sich Fernando”das Flittchen” Amati! Ich kann mir vorstellen, dass du dich mies fühlst. Niemand mag es, zum Abfalleimer umfunktioniert zu werden und bei Benutzung nicht mal ein Danke zu hören. Aber du solltest dir nicht Leid tun, du könntest es schließlich ändern. Ich jedenfalls wüsste dich zu schätzen. Wahrscheinlich ist dir das aber zu einfach, du jagst lieber einem Phantom nach, das dich niemals lieben wird wie ich es tue!”

”Ich habe dir schon oft genug gesagt, ich will keine Liebeserklärungen von dir. Und ich will auch dieses Gespräch nicht mit dir führen. Lass mich allein!”

”Tja, jetzt ist es wohl Zeit und du flüchtest wieder in deine Höhle, wie es sich für jeden einsamen Wolf gehört. Du bist blinder als jeder, der sein Augenlicht verloren hat. Du kannst die Wahrheit nicht verkraften, aber dadurch wird sie nicht besser erträglich, das kannst du mir ruhig glauben. Okay, ich geh jetzt. Tu mir den Gefallen und ruf mich an, wenn du dich wieder abgeregt hast.”

Damit war Uwe aus der Tür und Sven sah ihm betreten nach. Das Wissen, dass Uwe Recht hatte, machte die Erkenntnis nicht einfacher, dass er Fernando gegenüber wahrhaftig zu sanftmütig war.

Er konnte einfach nicht mit der Faust auf den Tisch schlagen und wollte auf keinen Fall, dass Fernando die Konsequenzen seines Tuns zu tragen hatte. Aber war er dabei so selbstlos, wie es aussah? Sven wurde sich klar darüber, dass er es irgendwo in seinem Inneren darauf anlegte, dass Fernando in seiner Schuld stand. Das war alles andere als edelmütige Hochherzigkeit. Sven wollte schlafen, aber seine immer um Fernando kreisenden Gedanken ließen das nicht zu. Dabei war er ansonsten kein konfuser Fanatiker, kein Wegbereiter für beweisbar hoffnungslose Affären. Er wusste, dass er einen Narren aus sich machte, aber das schreckte ihn in diesem einen Fall nicht. Trotzdem kannte er die Wurzeln seines Problems. Wieso konnte er nicht einsehen, dass er den jungen Italiener loslassen musste? Seine Ratio wies ihm diesen Weg, aber sein Herz kannte eine Menge Schleichwege, dies letztendlich doch zu umgehen.

Heute war Martins erster Arbeitstag. Er hatte sich leichter wieder in seine Aktenberge hineingefunden als befürchtet. Es war, als habe der

Schatten des früheren Martin an seinem Schreibtisch gewartet, um sich wieder über ihm auszubreiten und damit übergangslos alle neu gemachten Erfahrungen abzudunkeln. Seine Kollegen machten verhaltene Komplimente, was seine braungebrannte Haut anging und stellten fest, dass er irgendwie jünger aussah. Martin nahm es zur Kenntnis und ging seiner Arbeit so gewissenhaft wie immer nach, ohne weiter auf die anderen einzugehen. Nur eines war ihm schlagartig klar geworden - es würde auch weiterhin Lügen geben.

Während der folgenden Tage war das Leben für Martin ein Taumel zwischen verlogener Realität und hemmungslos ausgelebten, sinnlichen Experimenten mit seiner Lust. Emotional verfiel er Fernando immer mehr. Morgens nach einer exzessiven Nacht mit seinem Freund war der Schritt zurück in den monotonen Alltag wie der Sprung ins kalte Wasser. Aber er nahm es in Kauf.

Etwas anderes belastete ihn jedoch noch mehr als die Schizophrenie seines momentanen Lebenswandels, denn es grenzte an Psychoterror. Nach drei Tagen Abwesenheit hatte Nicole das erste Mal telefonisch den Kontakt zu Martin wiederhergestellt und das sporadisch immer um die gleiche Zeit wiederholt. Mitten in der Nacht rief sie an und begann mit einer Martin bisher unbekannten leicht lallenden Stimme, ihn unflätig zu beschimpfen. Obwohl Martin es versuchte, konnte er ihren Monolog nicht unterbrechen, es gelang ihm wegen seiner noch immer vor-handenen moralischen Bedenken auch nicht aufzulegen.

Letzte Nacht war es besonders schlimm gewesen und er nahm sich vor, nach dem Dienst am nächsten Tag bei ihr vorbeizufahren und wenigstens den Versuch zu machen, von Angesicht zu Angesicht und versöhnlich mit ihr zu reden. Vielleicht war es ihr dann nicht möglich, ihn auf die gleiche Weise abzukanzeln. Schon im Amt war er fahrig, sah dem Gespräch einigermaßen nervös entgegen.

Für Nicole war das Erwachen am Morgen nach Martins Coming-out die Hölle. Sie war erst gegen sieben kurz und unruhig eingeschlafen und fühlte sich beim Aufwachen gegen neun wie gerädert. Sie konnte immer noch nicht recht glauben, was passiert war.

So etwas gab es in Seifenopern, aber nicht im wirklichen Leben - nicht in **ihrem** Leben! Sie ging in die Küche und machte sich einen Kaffee. Essen konnte sie nichts, ihr Magen war wie verriegelt. Trotzdem begann sie gegen Mittag automatisch und mit bleischweren Gliedern mit der Vorbereitung des Essens. Kurze Zeit später wurde ihr bewusst, dass Martin nicht heimkommen würde und in einer Reflexreaktion auf diese Erkenntnis warf sie die halb geschälten Kartoffeln durch die Küche. Sie ging ins Bad und sah seinen Morgenmantel dort hängen. Sie verzichtete auf die Dusche und floh.

Aber unvermeidlich erinnerte sie überall in der Wohnung etwas an ihren Mann und immer wieder stiegen ihr die Tränen in die Augen. Gleichzeitig versuchte sie, sich mit der neuen Situation anzufreunden, sie wenigstens teilweise zu akzeptieren. Das ging soweit, dass sie sich selbst für ihre Reaktion Martin gegenüber ohrfeigen wollte.

In einer Minute nahm sie sich vor, Martin Verständnis entgegenzubringen, in der nächsten schon war sie so wütend, dass sie ihn am liebsten auf der Stelle bei seinen Vorgesetzten in Misskredit gebracht hätte, nur um ihm zu schaden.

Der erste Tag mit dem Wissen, dass sie Martin verloren hatte, zog sich in eine nahezu absurde Länge. Die Stunden, in denen sie nicht wusste, wohin mit sich selbst, schienen sich zu verdoppeln. Sie sah jetzt, wo sie nicht mehr für Martin sorgen sollte, keinen Horizont mehr und erkannte bitter, dass sie ihn zu ihrem ganzen Lebensinhalt gemacht hatte.

Irgendwann ging der Tag dann doch vorbei. Er war nicht geordnet gewesen wie früher, sie hatte alle Richtlinien über Bord geworfen, beschäftigte sich nicht eine Minute mit dem Haushalt. Für wen auch?

Sie selbst hatte andere Probleme als schmutzige Tassen und jemand anderer würde die Unordnung sowieso nicht zu Gesicht bekommen - denn sie war allein! Immer mehr hämmerte diese Gewissheit auf sie ein, sie misshandelte sich mit dieser Tatsache, ohne ihr auch nur eine Sekunde lang entrinnen zu können. Eine unruhige Nacht schloss sich an, in der sie sich in ihrem leeren Bett hin und her warf und einige Male schweißgebadet aus ihren verworrenen Träumen hochschreckte. Am nächsten Tag fühlte sie sich noch schlechter, überlegte kurz, ob sie Martin anrufen sollte, nur um seine Stimme zu hören. Sie entschied sich dagegen und suchte statt dessen ihren Arzt auf. Sie schilderte halb bei der Wahrheit bleibend ihre Situation, bekam Tranquilizer, ohne die Über-weisung zum Nervenarzt in Anspruch zu nehmen. Später dann fühlte sie sich nicht besser, aber angenehm müde und ging schlafen. Sie verschlief scheinbar traumlos den Nachmittag und die

Nacht, um beim Erwachen wenigstens nicht mehr so erschöpft zu sein. Sie stand auf, wollte duschen und sich anschließend Kaffee machen, um wenigstens scheinbar den gewohnten Tagesablauf aufzunehmen. Aber sie schaffte es einfach nicht. Eigentlich wollte sie nur eines - wieder in einen gnädigen Schlaf entfliehen. Und so tat sie nichts von den Dingen, die sie hatte tun wollen und nahm statt dessen wieder zwei der Tabletten, die ihr die ersehnte Ruhe bescheren würden.

Aber nachdem sie den dritten Tag verschlafen hatte, erwachte sie mitten in der Nacht. Das Medikament hatte seine rasche Wirkung verloren, dafür umnebelte es sie und machte sie aggressiv. So kam es in der dritten Nacht nach Martins Auszug zum ersten Anruf von vielen, bei denen sie Martin beschimpfte. Hinterher fühlte sie sich irgendwie leichter und wiederholte die unangenehmen Telefonate, sooft sie wach genug dazu war.

Der Feierabend kam viel zu schnell und Martin machte sich auf den Weg zu Nicole. Noch wusste er nicht, was er ihr sagen wollte und wäre, als er vor der Haustür stand, am liebsten wieder umgekehrt. Es dauerte nach dem Klingeln eine Weile, ehe sie öffnete. Dann glaubte er, seinen Augen nicht trauen zu dürfen. Nicoles schneeweißes Gesicht, umrahmt von einer strähnigen Frisur, die keine mehr war, und das Nachthemd um fünf Uhr nachmittags erschreckten ihn. So war auch seine erste Frage noch an der Tür, ob sie krank sei. Sie verzog nur den Mund und schlurfte in Richtung Wohnzimmer. Als er ihr folgte, fand er sie auf der Couch sitzend. Gierig trank sie ein Glas Mineralwasser leer und füllte es gleich anschließend wieder.

"Nicole, was ist los mit dir? Sag doch etwas. Sprich endlich mit mir."

Sie sah ihn aus schmalen Augen an und schwieg weiter. Martin sah sich um und begriff nicht, wie eine Wohnung in drei Tagen so herunterkommen konnte. Dann sah er die Packung der Tabletten auf dem Tisch liegen, nahm sie in die Hand und dann zur Kenntnis, was es war. Jetzt brach Nicole plötzlich ihr Schweigen und sagte:

"Da kannst du sehen, wohin du mich gebracht hast. Ich kann nicht mehr schlafen!"

Dann verstummte sie wieder. Martin wusste nichts zu erwidern, spürte nur plötzlich einen hilflosen Tatendrang in sich. So begann er gehetzt von der dämonischen Gestalt seines Pflichtbewusstseins, das ihm die Verantwortung für Nicoles Zustand suggerierte, aufzuräumen. Zwei Stunden vergingen, ehe er fertig war. Zeit, in der er kein einziges Wort mit Nicole wechselte, die sich auf die Couch gelegt hatte und dort ohne irgendwelche Reaktionen auf sein Tun liegenblieb. Jetzt jedoch musste Martin sich entscheiden.

Sollte er gehen, ohne mit ihr zu sprechen? Sollte er bleiben, damit sie keine Dummheiten machte?

"Nicole!"

Sein Ton war schärfer als beabsichtigt und sie öffnete gleichgültig die Augen.

"Was willst du noch? Hau doch ab zu deinem Beschäler. Wie du siehst, komme ich sehr gut ohne dich aus!"

"Können wir denn nicht miteinander reden?"

"Das tun wir doch! Und ich sage dir, dass du gehen sollst. Dein perverser Freund wartet doch sicher auf dich", antwortete sie schleppend.

"Es ist doch keine Lösung, dass du dich so gehen lässt und mir mit deinen Anrufen das Leben schwer machst!"

"Für dich wahrscheinlich nicht, aber für mich! Es ist das Einzige, was mir geblieben ist. Da siehst du, wie armselig du mich zurücklässt. Ich will, dass du täglich daran erinnert wirst, was du mir mit deinem widerlichen Trieb, gegen den du nicht ankommen willst, angetan hast. Ich werde nicht zulassen, dass du so einfach damit durchkommst. Du lässt mich in den Trümmern unserer Ehe zurück und bist auch noch zum Kotzen ausgeglichen. Aber du sollst wissen, dass du kein neues Leben auf einer Sünde aufbauen kannst. Niemand kann das."

Ohnmächtige Wut stieg in Martin hoch. Hatte er denn gar kein Recht auf ein eigenes, erfülltes Leben? Sollte er jetzt immer mit dem Gedanken leben, seine Zufriedenheit in der Niedertracht seiner Frau gegenüber begründet zu haben?

"Machst du es dir nicht etwas zu einfach?", begann er deshalb und fuhr fort:

"Willst du jetzt nur noch existieren, um mich zu schikanieren? Du hast ein eigenes Leben und wenn du nicht so verdammt tief im Selbstmitleid versinken würdest, könntest du anfangen, es zu leben statt mir meines schwer zu machen!"

"Natürlich, fall noch über mich her. Aber damit verdrehst du nicht die

Tatsachen! Nicht ich bin im Unrecht sondern du, der mit seiner Begierde nach einem Männerhintern eine achtzehnjährige Ehe kaputtmacht. Du hast eine Verpflichtung mir gegenüber, wenigstens das . . . denn das habe ich mir in all den Jahren, in denen ich dich von vorne bis hinten bedient habe, zumindest verdient. Das ist nicht zuviel verlangt und das wirst du irgendwann einsehen müssen, dafür werde ich sorgen! Wenn nötig auch dort, wo es dir bestimmt Schwierigkeiten macht - bei dir im Amt. Es gibt viele Wege für mich und ich werde sie auch gehen, darauf kannst du dich verlassen!”

”Ich habe die Verpflichtung, dich finanziell zu unterhalten, bis du wieder auf eigenen Füßen stehen kannst und nicht die, ab jetzt dein Kindermädchen zu sein, nur weil ich in Unkenntnis meiner wahren Natur irgendwann einmal diesen Fetzen Papier unterschrieben habe. Ich habe es mir niemals so einfach gemacht, wie du es mir jetzt unterstellst, weiß Gott nicht. Und ich will mich nicht von dir erpressen lassen, in keiner Weise. Warum willst du so unfair mir gegenüber sein? Ich versuche doch auch, das Beste daraus zu machen.”

”Ja, das Beste für dich! Einen Fetzen Papier also nennst du das, was wir uns damals, als mir noch ein anderer Weg offenstand als der, nur für dich da zu sein, versprochen haben. Dann sag mir doch, was ich jetzt mit knappen vierzig Jahren noch für eine Perspektive habe? Aber du siehst nur dich, das ist am einfachsten. Fair soll ich sein? Glaubst du wirklich, nur weil du nun mit mir reden willst, bist du fair zu mir? Dir ist doch egal, was ich fühle, am einfachsten wäre es, wenn ich einfach nicht mehr da wäre. Ich sag dir, warum du hier bist . . . du hast nur Angst! Eine Scheißangst, dass die im Amtsgericht erfahren, was du für einer bist!”

Sie stand hastig auf und hielt ihm die Hand mit dem Ehering entgegen. Mit einer plötzlich leiser werdenden Stimme formulierte sie den nächsten Satz, der Martin die Knie weich werden ließ:

”Sieh ihn dir an! Was wir hatten, war nicht nur eine Episode. Du warst mein ganzes Leben. Ich kann es nicht wegwerfen wie ein fauliges Stück Fleisch, weil mein Herz daran hängt. Und das ist noch sehr lebendig und schlägt nur weiter, um mir immer wieder neuen Schmerz zu bereiten. Martin, versteh mich . . . ich liebe dich noch immer. Warum kannst du das nicht begreifen? Ich muss doch alles versuchen, um dich zu halten. Was bleibt mir denn anderes übrig? Eine andere Basis gibst du mir doch nicht. Ich kann einfach nicht anders, ich weiß mir keinen Rat mehr!”

Mit geballten Fäusten und hängendem Kopf stand sie vor ihm, ohne ihn zu berühren. Plötzlich hatte sie ihm sagen müssen, was sie empfand und er fühlte körperlich ihre Verzweiflung, die sie hinter ihren Vorwürfen bisher so gut zu verstecken wusste. Sie wirkte so schutzbedürftig, als sie vor ihm stand und krampfhaft versuchte, das Beben ihres Körpers unter Kontrolle zu bringen, dass er nicht anders konnte als sie zu sich heranzuziehen und in den Arm zu nehmen.

Es war keine Liebe im eigentlichen Sinn, die diese Umarmung zeigte. Es war eine tiefe Zuneigung, Vertrautheit und sein Instinkt, ihr Kraft geben zu wollen für etwas, das er herbeigeführt hatte und nicht mehr ändern konnte.

In diesem Moment brach alles aus ihr heraus, laut schlunzte sie auf und presste ihren Kopf an ihn, dass ihm ein kalter Schauer überlief. Eine ganze Weile blieben sie so stehen, Martin begriff erst jetzt wirklich, wie sehr sie gelitten hatte.

"Ich will doch nicht, dass es dir schlecht geht. Aber ich hatte keine andere Wahl!", flüsterte er, nur um etwas zu sagen. Als sie sich wieder etwas beruhigt hatte, versuchte sie ihre roten Augen hinter ihrer Hand zu verstecken.

"Das weiß ich doch! Aber du musst mich auch verstehen!"

Es schloss sich ein Gespräch an, bei dem das erste Eis der verständigungslosen Wut endlich gebrochen war. Nicole konnte über ihre Gefühle sprechen, sie griff Martin nicht mehr so vehement an. Aber sie gab auch nicht nach. Er erkannte, dass sie immer noch damit rechnete, dass er zu ihr zurückkam. Und er wusste auf einmal, dass er ihr diese Hoffnung nicht nehmen durfte.

Später, als sie sich verabschiedeten, sagte er ihr zu, in der nächsten Woche wiederzukommen. Er glaubte, das würde ihr helfen, sich wenigstens nach und nach in die unvermeidliche Trennung hinein-zufinden. Nicole blieb zurück und stand noch eine Weile unbeweglich im Flur. Sie starrte auf die Tür, die sich hinter ihm geschlossen hatte und strich dabei nachdenklich ihre wirren Haare glatt. Wie hatte sie bloß ausgesehen? So konnte sie ihn niemals zurückbekommen!

In diesem Moment beschloss sie, ihm beim nächsten Mal sowohl die Wohnung als auch sich selbst nicht wieder in einem derart desolaten Zustand zu präsentieren. Und sie glaubte auf einmal zu wissen, dass in Martin noch Zuneigung für sie war. Zuneigung, die wieder zu Liebe werden konnte, wenn sie sich nur Mühe gab. Die Zeit würde für sie arbeiten.

Fernando war nicht gerade begeistert, als Martin seinen Plan fasste, zu Nicole zu gehen. Aber er sah ein, dass es so wie bisher nicht weitergehen konnte und so gab er nach und erwartete seinen Freund unruhig zurück. Immer wieder sah er auf die Uhr und ging zum Fenster weil er glaubte, Martins Auto zu hören. Er hatte es bisher noch nicht abgeholt, weil er einen Besuch bei Nicole lieber umging. Heute jedoch wollte er es mitbringen, weil das Fahren mit Bus und Bahn ihn nervte. Als Fernando Martins Schlüssel dann endlich hörte, atmete er auf. Er wollte es sich nicht eingestehen, aber irgendwie hatte er doch befürchtet, es käme ein Anruf und Martin sage ihm, dass er nicht zu ihm zurückkäme. Eigentlich, und das wusste der junge Italiener nur zu genau, gab es nichts, auf das er sich in seiner Situation verlassen durfte. Martin hatte sich noch immer für nichts wirklich entschieden. Er wohnte zwar bei ihm, wollte jedoch gleichzeitig eine eigene Wohnung und vielleicht ja auch wieder zurück zu Nicole.

Aber nun war Martin erst einmal hier. Fernando schwankte einen Moment zwischen Verdrossenheit und Freude, dann jedoch überwog eindeutig die Erleichterung. Sie verbrachten den Abend gemeinsam, aber als Fernando zärtlich werden wollte, blockte Martin das erste Mal ab. Seine Gedanken waren noch zu sehr mit Nicole beschäftigt, ihm ging ihre Reaktion nicht aus dem Kopf und ihm war einfach nicht nach Sex. Fernando verstand das falsch, er fühlte sich abgelehnt und zurück-gestoßen. Sofort ergänzte er das Unwissen über den Ablauf des Gesprächs der Eheleute durch Vermutungen und diese fielen nicht gerade günstig für Martin aus. Nachdem sie fast eine Stunde schweigend nebeneinander lagen und zumindest Martin auf den Schlaf wartete, begann Fernando:

"Dann hat sie es also wieder geschafft! Hat sie dir etwas vorgeheult? Ich verstehe das nicht, die Tränen von Frauen scheinen etwas Magisches zu haben. Heten können ihnen einfach nicht widerstehen. Das war schon bei Herodes Antipas so. Ein paar Krokodilstränen von Salome und Johannes musste dran glauben, fand seinen Kopf auf einem silbernen Tablett wieder. Du hast schon wieder ein schlechtes Gewissen und willst nicht, dass ich dich anfasse. Wenn es nicht zum Weinen wäre, müsste man dich wegen deiner Berechenbarkeit auslachen. Wahrscheinlich überlegst du, ob du nicht doch wieder zu ihr nach Hause gehen sollst."

Martin hatte auch ohne eine neuerliche Diskussion genug Dinge, die ihm die Stunden verleideten. Deshalb antwortete er nur kurz und abweisend.

"Interpretiere bitte nicht gleich wieder etwas in diesen Abend hinein. Es ist nichts vorgefallen, das meinen Entschluss hier zu bleiben ändert."

"So? Du hast dich entschlossen hier zu bleiben? Schön, dass ich das auch mal erfahre! Und das soll ich also glauben? Vielleicht hast du ja mit ihr geschlafen und es hat dir auf einmal wieder gefallen!"

Bereits hinreichend aufgerieben zwischen den Mühlsteinen seiner beiden Leben verdrehte Martin die Augen.

"Nando, bitte! Anstatt dass du dir mal die Mühe machst, mich zu fragen, was mich bedrückt, unterstellst du mir etwas, an das ich nicht mal im Traum gedacht habe! Ich mache mir Sorgen um Nicole, das ist alles. Du hättest sie sehen sollen, sie ist vollkommen am Ende. Und irgendwie hat sie ja Recht . . . ich trage einen Teil der Schuld daran. Nicht weil ich ihr schaden wollte, aber weil ich so egoistisch bin, jetzt mit dir alles nach-holen zu wollen, was ich verpasst habe und sie einfach allein zu lassen. Es ist nun einmal so, dass sie am allerwenigsten dafür kann!"

Anstatt nachzudenken, hörte Fernando nur das, was er hören wollte.

"Naturalmente, jetzt kommt das wieder! Soweit ich weiß, hieß der Märtyrer unter den Aposteln Simon Petrus und nicht Martin. Aber wenn du zu ihr zurückgehst, können wir das ändern, dann bin ich dein Nero! Nur dass ich nicht dich falsch herum ans Kreuz nageln lasse, sondern Nicole! Warum kann sie dich nicht einfach freigeben und ihr eigenes Ding machen? Aber ich sage dir, was ihr fehlt. Es ist die finanzielle Ab-sicherung, deine Beamtenrente, wenn es mal so weit ist und all die Annehmlichkeiten, auf die sie als deine Frau ein Anrecht hat."

"Spinnst du dir wieder eine Geschichte zusammen?! Kannst du dir nicht vorstellen, dass sie wirklich an mir hängt und mich zurück haben will? Außerdem will ich kein Märtyrer sein, diese salbungsvollen Überreaktionen passen wohl besser zu dir. Ich bin eben ein Mensch, der Verantwortung nicht einfach so abschütteln kann! Und ob es dir nun passt oder nicht - ich habe Verantwortung Nicole gegenüber. Aber ich sehe, du hast überhaupt nicht vor, dich auch nur einen Fingerbreit zu ändern. Du wirst mir weiter in den Rücken fallen, anstatt mich zu unterstützen! Du kannst es wahrscheinlich nicht nachvollziehen, aber nicht nur bei dir läuft manchmal was schief! Auch mir geht es ab und zu nicht gut, allerdings ist dir das vollkommen egal, das siehst du überhaupt nicht, weil dein Horizont nicht im Entferntesten bis zu den Problemen anderer reicht."

"Wenn ich Probleme habe, dann sind es auch welche! Bei mir sind die Seelenqualen nicht hausgemacht wie bei dir. Du musst endlich verstehen, dass du ein Anrecht auf dein Schwulsein hast, denn du hast lange genug zu ihren Gunsten darauf verzichtet. Wenn du erst einmal soweit bist, dann wird dir dein Gewissen auch nicht mehr sagen, dass du an Nicoles Zustand Schuld hast."

Martin hätte darauf einiges zu antworten gewusst, aber er schwieg. Sie waren wieder an diesem Punkt angekommen, an dem sie sich nicht mehr verständigen konnten. Er drehte sich auf die andere Seite und schlief immer noch mit dem Rücken zu seinem Freund etwas später auch ein.

Fernando hingegen lag noch länger wach. Seine Gedanken schürten einen hilflosen Hass auf Nicole, welcher er die Schuld daran gab, dass er Martin noch immer nicht ganz für sich haben konnte.

Als Martin am nächsten Morgen das Haus verließ, stellte Fernando sich schlafend. Auch über Tag telefonierten sie nicht wie sonst, und als Martin abends kam, fand er Fernando im Atelier.

"Guten Abend!", sagte er knapp, bekam aber keine Antwort. Daraufhin ging er in die Küche. Er hatte Hunger, fand jedoch den Kühl-schrank leer. Beim Hochgehen stolperte er über einen von Fernandos Schuhen und überschlug sich beinahe. Er kickte die Fußbekleidung mit einem Fluch von der Treppe. Anschließend ging er ins Bad, duschte und stand dann tropfend vor der Dusche, weil im ganzen Badezimmer kein Handtuch vorhanden war.

"Fernando?! Kannst du mir bitte ein Handtuch bringen?", rief er aus der Tür.

"Du weißt doch, wo sie sind! Ich arbeite!"

Augenscheinlich dachte Fernando nicht daran, ihm das Gewünschte zu bringen. So ging Martin los, schlitterte über den Flur ins Schlafzimmer und konnte sich dort vor dem Schrank endlich abtrocknen. Er beschloss, sich nicht weiter zu ärgern und ging ins Atelier, nachdem er sich in den Bademantel gewickelt hatte.

"Ich denke, wir sollten essen gehen. Es ist nichts im Haus! Ich lade dich ein, such dir ein schönes Lokal aus", sagte er jovial, so als habe es keine Auseinandersetzung gegeben.

"Hör ich da einen Vorwurf? Wenn du bekocht werden willst, musst du eben doch zu Nicole zurückgehen!"

Martin erkannte, dass mit Fernando noch immer kein Reden war und nahm sich vor, allein essen zu gehen. Er entschloss sich wieder einmal dazu, gleich am nächsten Tag in die Zeitung zu schauen, um sich eine Wohnung zu suchen. Der momentane Zustand jedenfalls schrie ihm seine Untragbarkeit geradezu entgegen. Er fühlte sich auf Fernando angewiesen, was gerade in einer solchen Situation sehr unangenehm für ihn war. Nur wenn er eine eigene Wohnung hatte, konnte er den ständigen Reibereien ausweichen. Dann erst bestand die Möglichkeit, dass Fernando etwas zurücksteckte.

Als Martin zwei Stunden später zurückkam, war Fernando nicht im Haus. Martin legte sich auf die Couch, um zu schlafen. Er wollte nicht im Bett liegen, wenn Fernando wiederkam, schließlich konnte man nie wissen, was dieser vorhatte. Vielleicht kam er ja nicht allein, nur um ihn zu reizen oder ihm weh zu tun. Aber Fernando kam überhaupt nicht und die Wohnung war immer noch verwaist, als Martin sich am nächsten Tag auf den Weg zum Amt machte.

Martin war nicht dazu gekommen, sich um eine Wohnung zu bemühen, seine Arbeit lastete ihn voll aus. Er wollte dabei nicht bemerken, dass ihm das eigentlich ganz recht war. Als er jetzt wieder auf dem Weg nach Bayenthal war, überfiel ihn zwar ein eigenartiges Gefühl, aber immerhin hatte er noch nichts in die Wege geleitet, das eine endgültige Veränderung nach sich zog. Natürlich wurde ihm wieder einmal klar, wie ungeregelt seine momentane Situation doch war. Er spürte, dass ihn diese Konstellation auf Dauer krank machen würde. Aber ganz hatte er den Plan mit der eigenen Wohnung immerhin noch nicht aufgegeben!

Als er den Wagen einparkte, stellte er sich schon auf einen erneuten Streit oder stumme Feindseligkeiten mit Fernando ein. Aber als er ins Haus kam, war wieder einmal alles ganz anders. Fernando empfing ihn zwar wortlos, aber mit einem Kuss. Das gesamte Haus war aufgeräumt und der junge Italiener hatte den Tisch gedeckt. Aus der Küche duftete es würzig. Ehe Martin etwas sagen konnte, redete Fernando.

"Du, es tut mir Leid. Es ist immer wieder das gleiche, ich will das auch gar nicht. Aber dann geht es wieder mit mir durch. Aber du weißt ja, was man Italienern nachsagt . . . Vesuvio und nichts geht mehr! Kannst du mir verzeihen?”

Martin war sicher, es würde wieder geschehen, aber natürlich war ihm der angebotene Waffenstillstand recht. So nickte er lächelnd.

”Okay, dann komm in die Küche, ich habe gekocht! Und ich habe eine Überraschung für dich.”

Martin musste grinsen, als er Fernando mit Tellern und Kesseln hantieren sah. Der Vergleich von Rudolf Nurejew mit dem gesamten Leningrader Kirow-Ballett auf einem bayerischen Schuhplattlerfestival drängte sich ihm auf. Fernando schwebte hierhin und dorthin, machte nahezu virtuos sechs Handgriffe gleichzeitig und stellte ihm dann hingebungsvoll einen dampfenden Teller vor die Nase. Dann öffnete er den übervollen Kühlschrank, um Wein herauszunehmen. Bevor er sich hinsetzte, hielt er Martin einen Brief entgegen. Es war eine Luftpostsendung und Martin wusste sofort, dass es die herbeigesehnte Antwort aus den USA war. Das Schreiben kam von Hurricane. Ihm selbst war nichts passiert, während sein Boot zerstört worden war. Auch Bo und die anderen waren mit kleineren körperlichen Blessuren davongekommen. Den Verlust von Wohnung und Auto hatten beinahe alle zu beklagen. Allein Destiny hatte es schwerer getroffen. Er ging in Fisherman’s Warf seiner Arbeit nach, als die Cable Car, die an der benachbarten Station wartete, beim ersten Erdstoß aus den Schienen sprang. Schneller als Destiny reagieren konnte, brachen die Wagen auseinander, einer rollte auf ihn zu, kippte dann um und begrub den kleinen Latino inklusive seines Fischstandes unter sich. Dabei wurde Destinys Hüfte zerquetscht und es dauerte Stunden, bis man ihn bergen konnte. Zeit, in der er ständig Gefahr lief, von den aufgewühlten Wassermassen dieses Hexenkessels ertränkt oder von irgendetwas erschlagen zu werden. Genau wie Fernando war auch Martin aufgrund dieser im Vergleich zu dem, was hätte passieren können, positiven Nachrichten erleichtert und sie begannen fast automatisch, ihre Zeit in San Francisco Revue passieren zu lassen.

In der folgenden Zeit lernte Martin die Kölner City neu kennen. Bald war er in der dortigen Schwulenszene zu Hause, blieb jedoch immer in der

Angst, entdeckt zu werden. Bisher war das nicht passiert, aber immerhin blieb die Möglichkeit bestehen.

Auch Nicole hatte es bisher vermieden, ihm weiterhin mit Entlarvung zu drohen. Er besuchte sie regelmäßig und hatte auf diesem Weg erfahren, dass sie dabei war, den Führerschein zu machen. Er hielt das für den ersten Schritt in die richtige Richtung, denn sie hatte etwas, dem sie sich widmen konnte. Fernando hielt sich zurück mit Vorwürfen, eigentlich hätte Martin keinen Grund gehabt, nicht wenigstens oberflächlich zufrieden zu sein. Aber er war es nicht. Immer, wenn er sich nach Feierabend in den lässigen Jeanstyp verwandelte, bedrängten ihn seine zwei Realitäten besonders stark. Er war einfach nicht der Mensch, der in einer solch unfertigen Situation glücklich sein konnte. Er wusste, dass er weiter musste, aber er hatte keine Ahnung, welche die richtige Richtung für ihn sein würde. Wenn Fernando ihm vermitteln wollte, dass nur ein vollständiges Coming-out ihm den inneren Frieden wiedergeben könne, wollte er das nicht hören. Er fühlte sich einfach noch nicht stark genug dazu. Und das, obwohl es inzwischen manchmal ziemlich eng wurde. Bisweilen hinderte ihn sein reduziertes Selbstbewusstsein nämlich daran, seinen Job zu machen. Er trat den Schuldnern nicht wie früher unumschränkt souverän entgegen. Besonders wenn sie ihn beschimpften, hatte er kaum noch etwas entgegenzusetzen. Seine Selbstsicherheit verringerte sich immer mehr, je länger er die Heimlichkeit praktizierte. Allein Fernando verstand, ihn von seinem Grundproblem abzulenken, bei ihm konnte er abschalten. Deshalb hatte er auch noch immer keine eigene Wohnung. Außerdem wäre dies schon wieder ein entscheidender Schritt, und gerade Entscheidungen waren es ja, mit denen Martin zur Zeit auf Kriegsfuß stand.

So blieb es erst einmal wie es war. Bis es sich schließlich zum ersten Mal wirklich zuspitzte, als Fernando ihm zum Geburtstag eine Cartier-Uhr schenkte. Das Zifferblatt des Chronometers mit dem breiten Bicolor-Armband aus Gold und Platin war umkränzt von Brillanten, die gemeinsam gerechnet circa zwei Karat hatten. Die Mondphasenanzeige lag eingebettet in winzigen Saphiren, die sich mit Rubinen abwechselten. Die Uhr wirkte gediegen, aber nach Fernandos Geschmack ausgesucht, eben auch ziemlich protzig. Auch wenn man den Schriftzug Cartier kaum lesen konnte, sah man diesem mit Liebe ausgesuchten Geschenk seinen hohen Wert an. Martin vermied es, das Schmuckstück im Amt anzuziehen, um sich nicht den Anschein von Bestechlichkeit zu geben. Denn auch wenn er nicht schlecht verdiente, dass er sich so etwas nicht hätte leisten können, war klar. Einmal nun vergaß er, seine Alltagsuhr zum Dienst anzuziehen und merkte dies erst, als Robert ihn auf die ungewöhnliche Kostbarkeit ansprach. Martin versuchte, den Wert herabzuspielen, aber Robert ließ sich nicht erzählen, dass man ein solches Stück auf dem Flohmarkt nachgeworfen bekam. Also musste Martin sich in kürzester Zeit wieder eine Lüge ausdenken, dass das Stück von Carmen stamme. Robert schien diese Erklärung zu schlucken, aber Martin saß der Schreck in den Gliedern. Wieder nahm er sich vor, alles zu ändern, wobei es aber wie immer beim Vorsatz blieb.

Sven hatte seine Skulptur inzwischen fertig gestellt. Obwohl Fernando das fertige Werk noch nicht begutachtet hatte, feierte Sven das Ereignis mit Uwe und drei Magnumflaschen Sekt in Bayenthal. Sven schien sich mit der Liebesbeziehung zwischen Martin und Fernando abgefunden zu haben, wie es wirklich in ihm aussah wusste jedoch niemand. Am allerwenigsten Fernando, für den Sven immer noch eine pflegeleichte Briefkastentante war.

Kurze Zeit später erst überzeugte Fernando sich das erste Mal davon, dass Svens Arbeit gut geworden war. Er besuchte ihn in der Lagerhalle von Uwes Vater. Der Maler umkreiste das Kunstwerk des Bildhauers ein paar Mal, dann strichen seine Fingerspitzen über einige besonders fein gearbeitete, steinernen Federn am Saum der Schwingen.

"Siehst du, und du hattest Angst, den Klotz nicht bewältigen zu können", meinte er dann anerkennend.

"Natürlich, aber **du** warst es ja wohl nicht, der mich dazu ermutigt hat!"

"Wieso, ich habe immer gesagt, dass du begabt bist . . ."

" . . . solange ich dir nicht die Schau gestohlen habe! Uwe war es, der mich dazu gebracht hat, mich wirklich dran zu wagen!"

"Ist doch egal! Fest steht, dass ich die Plastik wirklich gut finde!"

"Gut? Fällt dir kein anderes Adjektiv ein? Schweinekoteletts sind gut und Liebe am Morgen. Aber das hier ist Kunst! Streng dich mal an!"

"Va bene! Du hast in höchst vollendeter Form diffizile Gestaltung und grobe Meißelarbeit miteinander verknüpft und dabei ist ein höchst ungewöhnliches Werk entstanden. Dieser erregende Widerstreit zwischen Schwere und Bewegung . . . einfach meisterhaft. Es ist also zweifellos . . . **gut**! Vielleicht solltest du dich als nächstes wie Michelangelo an Donatello,

Quercia und der Antike orientieren und deinen ureigenen **David** erschaffen. Soviel Kunstfertigkeit ist doch zu schade, um ausschließlich Tiere zu formen. Nichts gegen die Fauna, aber ein gut gebauter **David** ist schon von höherem Anspruch!"

Fernando betonte David beide Male so übertrieben, dass Sven sich veralbert vorkam, er schenkte Fernando einen äußerst durchsäuerten Blick.

"Hör schon auf, verarschen kann ich mich alleine!"

"Tue ich doch gar nicht. Du solltest dir ein menschliches, besser männliches Modell suchen. Natürlich nicht den Spargeltarzan Uwe. Das müssen schon imposantere Formen sein! Was hast du denn auf einmal gegen die zwar realitätsbezogene, trotzdem aber alles idealisierende Hochrenaissance? Ich verstehe dich wirklich nicht!"

"Du verwechselst mich mit deinem nach Michelangelo verrückten Gerichtsvollzieher, das ist alles. Diskutiere mit ihm darüber. Für mich zählen auch Ernst Barlach mit seiner eigenwilligen Gestaltungsform und Hans Arp als Mitbegründer des Dadaismus als Beweis dafür, dass man auch scheinbar Absurdes faszinierend darstellen kann."

"Blablabla! Und wie wäre es mit Bernini als Vorbild? Seine Davidstatue ist immerhin fast hundert Jahre moderner als die von Michelangelo und hat mehr als zweihundert Jahre weniger auf dem Buckel als die von Donatello. Du hast doch Auswahl - Frührenaissance und Hochbarock. Dadaismus - tse. Läppische, nichts sagende Kunst gibt es schon genug!"

"Klar, Bilder mit eingeklebten Kondomen zum Beispiel."

"Das ist was anderes."

"Mein Adler auch. Er ist nicht belanglos! Und läppisch schon mal gar nicht!"

"Aber er ist ein Vogel!"

"Nenn meinen Adler gefälligst nicht Vogel! Was ist so schlecht an einem Vo. . . eh Adler?"

"Scheinbar galt man schon seit Menschengedenken nicht als vollwertiger Bildhauer ohne selbst geschaffenen David. Also versuch nicht, dich zu verteidigen, halt dich einfach ran und bau uns einen sensationell erotischen David!"

"Bauen? Ich bin kein Architekt! Wenn du mich nicht bald mit deinem David in Ruhe lässt, schiebe ich dir eine! Du kannst dir deine pseudo-künstlerischen Vorträge sparen. Und jetzt habe ich zu tun!"

"Wo ist eigentlich Uwe?"

”Er holt eine Laufkatze!”

”Der holt was?”

”Einen kleinen Kran! Der Adler ist schwanzlastig! Genau wie du! Da muss ich mir noch etwas ausdenken. Wie ist das eigentlich? Kommt ihr zur Eröffnung der Vernissage?”

Jetzt erst rückte Fernando mit der Überraschung heraus, die er für Sven bereithielt.

”Ich muss! Ich werde auch dort ausstellen!”

ಖ

Die Ausstellung, zwei Tage vor Sylvester eröffnet, wurde sowohl für Sven als auch für Fernando ein Erfolg.

Sven bekam den ersehnten Marmorauftrag und Fernando verkaufte sein”Neurotisches System” für den absoluten Höchstbetrag seiner bisherigen Bilder an einen Düsseldorfer Imbisskettenbesitzer, der den ganzen Abend vor seiner Neuerwerbung verbrachte. Er erging sich in immer neuen, phantastischen Auslegungen über den Sinn des Bildes und war fasziniert von der intelligenten Tiefe, der bedeutungsschweren, ironischen Inter- pretation des Lebens, das der Künstler so eindrucksvoll auszudrücken verstand.

Als Fernando den Scheck entgegennahm, fing er sich den hintergründigen Blick Svens ein, dem die Entstehung dieses Prachtexemplars eine Narbe an der Hüfte und ein beträchtlich großes Stück Erfahrungswert beschert hatte.

ಖ

Es war der Sylvester Morgen. Martin war kurz bei Nicole gewesen und hatte das erste Mal den Eindruck, sie wolle ihn nicht festhalten. Sie erzählte ihm, dass sie zu einem Sylvesterball eingeladen war und gab ihm gleich anschließend zu verstehen, dass sie noch viel zu erledigen habe.

Martin war etwas durcheinander, als er sich früher als erwartet zurück auf dem Weg nach Bayenthal befand. Nicole schien tatsächlich nicht mehr nur auf seine Rückkehr zu warten, sondern entwickelte eigene Interessen. Sie hatte eigentümlich fremd auf Martin gewirkt und ihm war nicht ganz klar, ob er sich darüber freuen sollte oder nicht. Er selbst konnte alle endgültigen Entscheidungen hinausschieben, sich die Rückwege offen halten so lange es ging. Aber wenn seine Frau nun urplötzlich eine Eigendynamik entwickelte?

Als er bei Fernando ankam, blieb keine Zeit mehr, darüber nachzudenken. Der junge Italiener sauste wie vom Leibhaftigen gehetzt durch das Haus und hinterließ wo er ging und stand ein unüberschaubares Chaos. Er suchte die Sachen zusammen, die er am Abend anziehen wollte und verbreitete dabei eine solche Unruhe, dass Martin sich still und leise in die Badewanne verzog, ohne vermisst zu werden.

Später stellte er fest, dass sich Fernandos Aufwand gelohnt hatte. In seiner original nachempfundenen, schneeweißen Kapitänsuniform sah er umwerfend aus. Durch die auf seine Taille zugeschnittene Jacke und die langen, nun weiß umhüllten Beine wirkte er noch größer, als er sowieso schon war. Die Bügelfalte in der Stoffhose war messerscharf und Fernando verbot sich das Sitzen, solange es sich umgehen ließ. Er hatte sich sehr viel Mühe gegeben, selbst unter der Schirmmütze lag jedes seiner blauschwarzen Haare, wie es sollte.

Martin blieb die Luft weg. Am liebsten hätte er seinen Freund gleich wieder ausgezogen, aber dazu kam es nicht, denn Sven und Uwe kamen an. Auch Sven hatte sich dem besonderen Tag gemäß herausgeputzt. Er erschien im schwarzen Lederdress inklusive silberbekettete Kappe. Seine blonden Haare hatte er streng zusammengebunden und wie es sich gehörte, trug er eine Spiegelbrille. Unter der an den Schultern sehr breit ausgestellten, mit Nieten und metallisch glänzenden Steppnähten abgesetzten Lederjacke trug er das gleichfalls schwarze, modisch weite Satinhemd bis zum Bund der superengen Hose offen. Auf seiner wie immer solariumbraunen Haut schimmerten silberne Ketten und beinahe sah er zu sexy aus, um echt zu sein.

Neben diesen beiden Paradiesvögeln wirkten sowohl Martin in seiner schwarzen Spencerkombination als auch Uwe im weißen Smoking automatisch wie graue Mäuse. Sie kamen zu dem Ergebnis, dass jede Beziehung nur einen Halbgott verkraften kann und fanden sich gezwungenermaßen damit ab. Alle vier waren bester Laune. Sie hatten vor, den Abend in ihrer Stammkneipe, dem *Tomb** in der Altstadt, zu verbringen.

Das Szenelokal"*Travestie-Tomb*"* war von Fernando sofort nach seiner Eröffnung zum Aufenthaltsort Nummer eins erkoren worden. Das lag neben

*Andy Claus, Herbstwind, Roman, erscheint 2002 im Himmelstürmer Verlag

den beiden Besitzern Dorian und Richard, die zu seinen besten Freunden gehörten, auch an der morbiden Aufmachung, die ihm natürlich sehr entgegenkam.

Der Schwulentreff war zurechtgemacht wie eine altertümliche Gruft. Er hieß *Travestie-Tomb*, weil die beiden Eigentümer am Wochenende ihre eigene, niveauvolle Show präsentierten. Diese war teils zum Schreien komisch, teils melancholisch oder vor blanker Ironie triefend und hin und wieder sogar hart an der Grenze zum schlechten Geschmack, ohne jemals wirklich unter die Gürtellinie zu treffen.

Dazu kam die Friedhofsatmosphäre und alles in allem war das etwas, mit dem sich Fernando natürlich identifizieren konnte. Er tat sogar einmal den Ausspruch, dass es für Schwule im Zeitalter von AIDS doch ganz nützlich sei, sich bereits vor dem Einfangen des Virus schon einmal mit dieser Umgebung vertraut zu machen. Sollte sich herausstellen, dass der jeweilige Kondommuffel das Milieu nicht schätzen konnte, war es für ihn nur noch halb so schwer, zum Kondom-Fetischisten zu werden und sich endlich zu schützen. Für die Unbelehrbaren, und dazu zählte Fernando auch sich selbst, machte dieses vorzeitige Training später den Absprung in das Unvermeidliche nicht ganz so hart, die Grundschule für das spätere Abitur sozusagen. Mit diesen Sprüchen handelte er sich eine Menge böser Kritik ein. Selbst Martin, der den teilweise beißenden Zynismus seines Freundes bereits kannte, glaubte damals, sich verhört zu haben. Es änderte jedoch nichts daran, dass sie im *Tomb* gern gesehen waren. Auch heute freuten sie sich auf den Abend, an dem sie ihren beruflichen Erfolg wie auch Sylvester feiern würden.

Mit der von einem Bergheimer Autoverleih angemieteten amerikanischen Stretchlimosine inklusive Chauffeur fuhren sie formvollendet vor. Eine Investition, die sich Fernando nicht hatte nehmen lassen. Alles sollte stimmen an einem Tag wie heute!

Sie schauten an der Fassadenverkleidung des *Tomb* hoch, die wie Felsgestein aussah und schon hier draußen düster wirkte. Dann kam das gewohnte Öffnen der oberen Tür, es bereitete Gänsehaut, denn sie kreischte über Tonband-Playback schrecklich in den Angeln. Die nach unten ins Kellerlokal führenden Stufen wurden grünlich-gelb beleuchtet. Das Geländer bestand schlicht aus einem Hanftau, eingelegt in Schmiedeeisenhalterungen. Die Mauer war teilweise grob behauen und scheinbar moosbewachsen, sie schimmerte feucht und wirkte so echt, dass man auch bei höheren Temperaturen zu frösteln begann.

Im Halbdunkel hingen ein paar Plüschfledermäuse, die besonders gelenkige Gäste immer mal wieder stibitzten. Es gab auch künstliche Spinnweben aus glänzendem, grauen Zwirn und haarige Spinnen, die in der allgemeinen Gunst allerdings nicht ganz so hoch im Kurs standen wie die possierlichen Flattervampire.

Das *Tomb* selbst bestand aus weißem Marmor und poliertem Eichenholz. Es war eingerichtet wie ein Mausoleum, man vermutete hinter den rechteckigen, in die Wand eingelassenen Platten tatsächlich Särge. Auf diesem Boxen standen die Namen schon verstorbener männlicher Schauspieler, Rockstars oder Showgrößen, bei denen es bereits zu ihren Lebzeiten ein offenes Geheimnis war, dass sie zum eigenen Geschlecht tendierten. Gestelle mit künstlichen Kränzen, die wie die Fledermäuse ebenfalls ständig erneut gekauft werden mussten, standen am Fuß dieser Memorial-Wand und die Illusion wurde durch die raffinierte Beleuchtung perfektioniert. Die große Tanzfläche lag etwa einen Meter höher als die übrige Bar und bestand aus glasklar durchsichtigem, stabilem Kunststoff. Unter ihm lag ein mittelalterlicher Friedhof, der im unheimlichen, silbrigen Mondlicht zur Erinnerung an so manchen Horrorfilm anregte. Beim Tanz schwebte man über vom Zahn der Zeit zerfressene Kreuze, verwitterte Grabsteine und Fragmente baufälliger Grüften hinweg, wobei man dann endlich einmal auf risikolose Weise die eigentümlich marode Romantik erleben konnte, der sich kaum ein Mensch entziehen kann.

Die Tische hatten das Aussehen von Sargdeckeln, an den Seiten waren Messinggriffe angebracht und man saß auf Steinsitzen aus Hartplastik. Auch die Theke entpuppte sich bei näherer Betrachtung als Marmor-Imitat, das jedoch ebenfalls seine Wirkung nicht verfehlte. Die Barhocker bestanden aus sehr dunklem Eichenholz. Das weitere Ambiente setzte sich aus vielen liebevoll ausgesuchten Kleinigkeiten dieses letzten Bereichs zusammen, der normalerweise aus Gründen des beträchtlich eingeschränkten Aktionsradius im Falle des persönlichen Ablebens von den wenigsten bewusst erlebt werden kann.

So gab es statt Kerzen schmiedeeiserne Grablichter, anstelle von Aschenbechern Miniatur-Urnen und die Getränkekarte war für alle sichtbar als Gedenktafel hinter der Theke in die Wand eingelassen worden. Statt verehrungswürdiger Namen standen erbauliche Drinks darauf, denen man im *Tomb* nur zu gern gedachte und sie sich auf die schwarz umrandeten Bierdeckel stellte, von wo aus sie dann den Weg allen Irdischen gingen.

Als Attraktion stand am Rande der Tanzfläche ein mit weißer Seide ausgeschlagener Sarg, in dem man sich fotografieren lassen konnte. Die Sache war ein Renner, niemals hätten die beiden Inhaber der Lokals gedacht, dass der Innenbezug des in diesem seltenen Fall zur Gast-Stätte umfunktionierten letzten Eigenheims mindestens einmal pro Woche wegen Verschmutzung in die Reinigung musste.

Es gab nur zwei Möglichkeiten, diesem Lokal, das mit jeder Fuge an die Vergänglichkeit erinnerte, entgegenzutreten. Entweder man mochte es und verstand die makabere Ironie, die es vermittelte oder war vollkommen dagegen. Diese Ablehnung wurde vom entsetzten Teil der erstmaligen Besucher meist mit der Vokabel geschmacklos erklärt. So sprach man es und kehrte niemals wieder. Fernando deutete das so, dass diese Erdenbürger Angst hatten, bei freiwillig herbeigeführtem Aufenthalt vielleicht dann, und nur dann dazu verdammt zu werden, irgendwann einmal selbst das Zeitliche segnen zu müssen. Davon wollten sie nichts wissen, reagierten konsterniert, ihrer möglichen Abberufung so unmiss-verständlich gegenüber zu stehen und machten sich vom Acker der Blasphemie, um nicht an den in Aussicht stehenden Totenacker erinnert zu werden.

Es war kurz vor zwölf, als Fernando Martin am Ärmel hinter sich her aus dem *Tomb* zog. Es war nicht allzu weit bis zum Rheinufer, wo sie dann mit einer Flasche Marne-Champagner standen. Sie schienen den kalten, durchdringenden Wind kaum zu spüren, während sie aneinander geschmiegt schweigend auf Martins Cartier-Uhr schauten, bis diese auf Mitternacht umsprang. Sie begrüßten das neue Jahr mit einem Schluck Sekt, dann küssten sie sich. Sie sahen zu, wie das Feuerwerk den nächtlichen Himmel in alle Richtungen über Köln in einen phantastischen, schillernden Traum verwandelte und fühlten sich einander auch ohne Worte wieder sehr nah.

"Ach, hier seid ihr! Wieder einmal mit dem Kopf in den Wolken . . . hätte ich mir ja denken können. Prost Neujahr, ihr Traumtänzer!"

Sven hatte Fernando Schlag zwölf vermisst und war auf die Suche gegangen. Jetzt beendete er mit seiner unübersehbaren Anwesenheit die traute Zweisamkeit ziemlich unsanft. Sein Gang war nicht mehr ganz so sicher. Noch dazu, wo er die Spiegelbrille immer auf der Nase hatte und kaum etwas sah. Er griff nach Fernando, zog ihn an sich und küsste ihn nach Martins Geschmack etwas zu lange, um ihm ein gutes Jahr zu wünschen.

"Wo ist Uwe?", fragte Martin in die innige Gunstbezeugung hinein, um diese endlich zu beenden.

Fernando für seinen Teil hatte die Abwesenheit von Svens

menschlichem Schatten gar nicht bemerkt. Nun schaute auch er Sven fragend an.

"Der Gute hatte ein wenig Übersoll geleistet, was das Trinken angeht. Als ich ihn das letzte Mal sah hielt er Jack, den Kellner für Greta Garbo."

Sie machten sich auf den Weg zurück zum *Tomb*, wo die Stimmung mittlerweile übersprudelte. Dort angekommen, stellte sich heraus, dass Uwe inzwischen eingeschlafen war. Dazu hatte er sich kunstvoll in den Sarg gelegt und schnarchte jetzt mit vor der Brust verschränkten Armen. Dabei grinste er breit und Sven begann, ihn zu fotografieren.

"Warum machst du das?", fragte Fernando verständnislos.

"Ich muss! Wenn ich ihm das morgen erzähle, glaubt er mir nie . . . es sei denn, ich kann es beweisen!"

"Blödsinn. Er schmunzelt doch! Der schläft nicht wirklich!"

"Doch, der pennt! Vielleicht träumt er gerade von unserer vereitelten Nummer heute früh! Sie ist etwas unsanft zu Ende gegangen, weil ich mich in der Stoßgeschwindigkeit verschätzt habe. Er ist Kopf über aus dem Bett geflogen und ich hinterher!"

Martin feixte und schaute amüsiert auf seine Schuhe, während Fernando antwortet:

"Du weißt doch, dass er ein zierliches Persönchen ist. Vielleicht solltest du das nächste Mal vorsorgen und ihn mit einem Bleigürtel beschweren, zumindest wenn du wieder so heißblütig bist!"

"Ja, ja! Wer den Schaden hat . . . vielleicht kann mir mal einer helfen, ihn da herauszuheben. Es ist doch wirklich wie ein böser Fluch. Egal, mit wem ich zusammen bin - ich habe immer wieder die gleichen Probleme. Jetzt muss ich mich um den besoffenen Uwe kümmern, sonst war es Fernando!"

Vorwurfsvoll sah er Fernando an. Der antwortete lakonisch:

"Vielleicht kann man dich nur besoffen ertragen!"

Nach einigen vergeblichen Versuchen, Uwe aus dem Sarg zu hieven, gaben sie auf. Er hatte trotz des Schlafes einen sehr starken Willen, wollte nicht hinaus und drehte sich schimpfend hin und her, während er sich festhielt. Deshalb beschlossen die drei anderen schließlich, ihn zu belassen wo er war. Sie gingen zurück zur Theke.

In dieser Nacht war auch Martin in bester Sektlaune, er hatte sogar eine Eroberung gemacht. Nicki, ein achtzehnjähriger farbiger Belgier wich zu Fernandos Ärger nicht mehr von Martins Seite. Nicki war auf eine ordinäre Art attraktiv, den meisten wurde schon beim bloßen Hinschauen heiß bis zu den Haarspitzen. Er wusste das zu nutzen und unterstrich seine Exotik durch die Kleidung. Er setzte seine hellbraune Haut, die schwarzen bis fast an die Taille reichenden, lockigen Haare genau wie seine leicht mandelförmigen, türkisfarbenen Augen perfekt ein, um seine Aus-strahlung zu unterstreichen. Heute befand er sich eigentlich in Begleitung seines derzeitigen Freundes Jürgen, der seinerseits weit weniger sexy wirkte und dessen Jahresringe sich bereits jenseits der Fünfzig ranken mussten. Für ihn, den Immobilienmakler, gab es allerdings keine größeren Schwierigkeiten, sich mit schönen Jungs zu umgeben, denn er war bereit, für entsprechende Leistungen großzügig zu zahlen. Er lebte wie in einem Rennen, das nach dem Motto je jünger - je lieber ablief. Schon allein das machte ihn für Boys wie Nicki natürlich interessant. Wenn dieser auch keine Leuchte im eigentlichen Sinne war, so schien doch klar, dass er knallhart geschäftsmännisch denken konnte, wenn es um seinen Vorteil ging. Er wusste, was er für seine Gunst verlangen konnte und jeder konnte sich denken, dass Jürgen besonders tief in die Tasche griff, um ihn zu halten. Neben dem Geldeinsatz musste er auch über so manche Unverschämtheit hinwegsehen, mit der ihn Nicki bedachte. Er ließ sich einiges gefallen, denn eines wusste er - sobald er mit Geld winkte, war Nicki lammfromm, und er konnte den Spieß umdrehen, wobei er sich bei dem Achtzehnjährigen mit entsprechenden Erniedrigungen reichlich entschädigte.

Und so nahm Jürgen mit säuerlichem Gesichtsausdruck, aber ohne Kommentar zur Kenntnis, wie demonstrativ Nicki Martin um-schwenzelte. War Martins Glas leer, brachte Nicki Sekt. Er zündete seine Zigaretten an und ließ ihn die Flamme ausblasen, schob andere Gäste vom Barhocker, damit Martin genau dort, wo er gerade stand, auch einen Sitzplatz hatte und sich nicht die Mühe machen musste, zwei Schritte weiterzugehen.

Bildlich gesehen hing er an Martins Lippen, fand alles, was dieser sagte, geil und super selbst wenn er nicht verstand, um was es ging und machte ihm ein Kompliment nach dem anderen. Sein Lachen perlte wie der Sekt im Glas, und das Versprechen in seinem erfahrenen Blick war eindeutig. Die ganze Zeit über umgab ihn diese fordernde Verdorbenheit mit einem Schuss naiver, verletzlicher Kindlichkeit und das war eine Mischung, der sich selbst Martin nicht ganz entziehen konnte.

Er fühlte sich Nicki gegenüber wehrlos, zum ersten Mal dachte er darüber nach, wie es sei, wenn er Sex mit einem anderen Partner als Fernando praktizieren würde. Verwirrt und auch manchmal etwas verlegen nahm er die unverhohlenen Annäherungsversuche des Jungen zur Kenntnis.

Nickis laszive Art und die damit verbundene Niveaulosigkeit, sobald er etwas sagte, stießen ihn ab, zogen ihn jedoch gleichzeitig auch an.

Martin ärgerte sich, dass er nicht einfach über der Sache stehen konnte und immer nervöser wurde. Schließlich hatte Nicki es geschafft, ihn auf die Tanzfläche zu schleppen und Martin kam schon nach kürzester Zeit beträchtlich ins Schwitzen und das nicht etwa, weil sie wild tanzten, nein, das Gegenteil war der Fall. Zu den langsamen Klängen des Blues schmiegte Nicki sich wie eine geschmeidige, kleine Raubkatze an ihn. Martin spürte deutlich die rhythmischen Bewegungen an seiner Hüfte und nahm den leicht süßlichen Vanilleduft wahr, welcher der Haut des anderen zu entströmen schien. Er nahm unwillig zur Kenntnis, dass seine Erregung stieg, er hatte plötzlich die wildesten Phantasien, was den jungen Farbigen betraf.

Als dieser dann gegen Ende des Songs den Schweiß von Martin Stirn wischte und ihn auf seinen Lippen verteilte, verließ Martin fluchtartig die Tanzfläche und Nickis Nähe. Er musste einfach weg, ehe er mitten auf dem Präsentierteller einen Ständer bekam. Nicki hatte sich daraufhin auf den Weg gemacht und ihm einen Handventilator besorgt, mit dem Martin seinen Wärmehaushalt wieder in Ordnung bringen sollte. Damit das funktionieren konnte, hätte Martin sich die Luftzufuhr in die Hose umleiten müssen, deshalb blieb sein Problem vorerst das, was es war - störend.

An der Theke wurde Martin dann von Jürgen angesprochen.

"Na? Heizt dir das Aas ordentlich ein? Schwer ihm zu widerstehen, ich weiß!"

Martin fühlte sich ertappt.

"Unsinn! Er ist einfach aufdringlich!", antwortete er deshalb ruppig.

"Na, wenn du genügend Bares hast, lass ihn ran, das ist die beste Möglichkeit, ihn wieder loszuwerden!"

Martin wurde einiges klar und er empfand es gelinde gesagt als Unverschämtheit, dass jemand annehmen könne, er hätte es nötig, zu zahlen.

"Ich bin mit Fernando zusammen! Ich brauche keinen Nicki. Du kannst also weiterhin dein Geld in ihn investieren, wenn du meinst, er ist es wert!"

Es kam nicht von ungefähr, dass sich Martin in diesem Moment ziemlich überheblich anhörte.

"Glaub mir, er ist es wert! Außerdem . . . du bist auch nicht mehr der Jüngste. Fernando wird sicher nicht aus Liebe mit dir zusammen sein."

Jürgen verzog höhnisch das Gesicht und in Martin stieg der Wutpegel noch ein wenig an.

"Ich glaube nicht, dass dich das etwas angeht. Jedenfalls solltest du nicht von dir auf andere schließen und alle über einen Kamm scheren. Es gibt Freier und es gibt Stricher, aber es gibt immerhin auch noch eine Menge anderer Leute!"

Martin beendete das Gespräch, indem er Jürgen den Rücken zuwandte und sein Glas ergriff. Irgendwoher aus der Menge stieß nun Fernando zu ihm, gab ihm einen Kuss und sah ihn prüfend an.

"Was ist mit dir?"

"Ich ärgere mich!"

"Warum? Ich dachte, der Abend gefällt dir!"

"Hat er auch . . . bis dieser Jürgen mir unterstellte, dass ich dafür bezahlen müsste, mit dir ins Bett zu gehen!"

Fernando grinste.

"Lass ihn doch. Er kennt es nicht anders. Stell dir vor, sein Gesicht würde dir entgegensehen, wenn du in den Spiegel schaust. Dann hättest du auch keine andere Möglichkeit, als zu löhnen."

"Deshalb muss er nicht gleich eine Weltanschauung daraus machen! Ich komme mir ganz schön blöd vor."

"Du musst das so sehen - es ist für ihn wahrscheinlich nicht ganz leicht, dass Nicki dir das freiwillig anbietet, wofür er bezahlen muss. Es genügt doch, dass wir beide wissen, wie es wirklich ist, mio Angelo! Aber mal was anderes - wirst du dieser grünäugigen Meerkatze nachgeben? Ich meine, es ist schon nicht mehr feierlich, wie er dich anmacht!"

Wieder kam Martin nicht daran vorbei, über die Möglichkeit nachzudenken.

"Ich muss zugeben, er gefällt mir. Aber er ist genau in dem Moment nicht mehr mein Fall, wenn er den Mund aufmacht. Ich will ihn nicht!"

"Du lügst! Er sieht verdammt sexy aus - auch wenn er `ne nervende Kreische ist!"

"Nein, ehrlich! Ich weiß doch, was ich an dir habe! Du bist auch sexy und dazu noch schön wie die Sünde. Komm schon, lass uns über etwas anderes sprechen!"

Aber es war nicht so einfach, Nicki zu vergessen, denn er brachte sich mit seiner plötzlichen Anwesenheit ganz schnell wieder in Erinnerung.

"Hi, da bin ich wieder! Brauchst du was, Tintin?"

Statt Martin zu sagen, duplizierte Nicki einfach die Endsilbe des Namens, etwas das Martin von Anfang an aufgeregt hatte. Er sah den zartgliedrigen Jungen im hautengen, schreiend roten Lederdress vor sich stehen. Der tänzelte gleich anschließend zu den Klängen der Musik von einem Fuß auf den anderen und lächelte dabei wie die Sphinx, provozierend und gleichzeitig wissend.

"Attenzione, gleich folgt wieder ein Großangriff!", sagte Fernando und sah Nicki verächtlich an.

Nicki trug unter dem modisch kurzen, seidengefütterten Lederspencer kein Hemd, dafür jedoch zierten verschieden lange, sehr dünne goldfarbene Ketten seine hellbraune Haut bis zum Nabel.

Plötzlich tauchte direkt hinter ihm jemand auf, zog ihn ziemlich unsanft zu sich heran und versuchte rabiat, ihn zu küssen. Nicki warf den Kopf zurück und lachte laut, seine weißen Zähne schimmerten dabei wie Perlmutt. Doch dann wurde sein Blick lauernd, er krümmte die Finger seiner rechten Hand zu einer Klaue und schloss sie ohne Zögern um die Männlichkeit des anderen. Dort verstärkte er den Druck, drehte kurz seine Hand und ließ wieder los, während der leidenschaftliche Kussräuber schlagartig seine Leidenschaftlichkeit verlor, sich vor Schmerz krümmte und eine ausgesprochen ungesunde, purpurne Gesichtsfarbe bekam.

Nicki zuckte grinsend die Schultern, hielt ihm noch den gestreckten Mittelfinger vor die Nase und stellte sich so dicht es ging neben Martin. Er sah ihn erwartungsvoll an, aber Martin schwieg. Dafür meinte Fernando:

"Was war das denn? Wollte der Bedauernswerte nicht genug zahlen? Du bist doch sonst nicht so empfindlich! Wählerisch warst du auch noch nie. Sonst wärst du nicht der kollektive Besitz aller Schwulen in Köln!"

"Vergiß Düsseldorf nicht!", antwortete Nicki gereizt und fuhr fort:

"Außerdem musst du wohl das Maul halten, du warst auch noch nie wählerisch, was deine Besteiger angeht. Ich bin wenigstens so intelligent und lass mich bezahlen, während du die Typen bedienst, ohne etwas zu bekommen. Ich geb zu, dass Schwänze mein Hobby sind - da gucke ich nicht so auf die Gesichter. Ja und? Manchmal tu ich's auch unentgeltlich, deshalb habe ich mich damals auch von dir knallen lassen. Aber das ist mir deine Fresse nicht noch einmal wert!"

"Du willst mich doch wohl nicht mit dir vergleichen. So eine abgenutzte Schlampe wie du bin ich in tausend Jahren noch nicht!"

Fernandos Augen funkelten angriffslustig, was die Rassigkeit seines Gesichtes unterstrich. Es sah dabei auf eine überfreundliche Weise geladen aus und Martin ahnte Fürchterliches. Nicki jedoch wirkte gelassen und antwortete:

"Und wieso sollte ich das nicht? Du hast auch nicht mehr zu bieten als

Riemen und Arschloch, was willst du also?”

”Ich habe wenigstens eine Kleinigkeit mehr Niveau als du. Man kann auch sagen, ungefähr eine Lastwagenladung mehr!”

”Red hier keinen geschraubten Scheiß, du bist auch nur ’ne mit Schmuck behangene Tunte!”

”Vielleicht! Aber ich versuche nicht wie du, mir soviel Schmuck umzuhängen, dass ich aussehe wie ein Weihnachtsbaum, nur um wertvoller zu scheinen als ich bin! Das ist doch alles Talmi, wenn die Goldauflage weg ist, lass das Zeug einschmelzen und dir ein Standbild daraus schmieden. Ich kann mir meinen Schmuck wenigstens selbst kaufen und er ist echt! Versuch doch erst gar nicht, mit mir zu diskutieren, dafür müsste dein Gehirn dir wenigstens zum Teil mal in den Kopf steigen und das würde dein Schwanz dir nie verzeihen!”

”Hört auf - sofort!”, mischte Martin sich jetzt ein.

”Das kann man ja nicht mit anhören!”

Fernando zuckte die Schultern.

”Entschuldige, aber das ist die einzige Sprache, die diese Pissnelke versteht!”

”Du kannst es aber auch ganz gut! Ich wusste ja nicht, dass du schon mal was mit ihm hattest!”

Martin wollte es nicht, aber er bemerkte, dass er eifersüchtig wurde.

”Na ja, wenn man nichts Anständiges findet . . . und im Bett, wo man weder denken noch reden muss, ist er eine Sensation!”

Nicki grinste spöttisch.

”Das Kompliment kann ich dir leider nicht zurückgeben. Du warst nämlich zu besoffen und irgendwann ist dir die Pfeife einfach umgekippt!”

”Das kann eigentlich nur daran gelegen haben, dass mir dein Arsch keinen Widerstand geboten hat, weil er schon zu ausgeleiert ist!”

”Oder daran, dass du langsam impotent wirst!”

”Na ja, ich gebe zu, wenn ich für jedes Mal, wo mein Schwanz mich im Stich gelassen hat, eine Mark bekommen hätte . . . hätte ich jetzt mindestens zwei Mark auf dem Konto und wäre reich!”

Martin ging die Gossensprache, die er von Fernando nun gar nicht gewöhnt war, reichlich auf den Senkel.

”Wenn ihr nicht sofort aufhört, verschwinde ich. Es tut mir Leid, aber so was muss ich nicht haben, wisst ihr!”

”Scusi! Aber der primitive schwarze Straßenköter bringt mich grundsätzlich zur Weißglut! Dabei hast du Recht, er ist es einfach nicht wert!”

Fernando gab Martin einen langen Kuss und Nicki kochte vor Wut fast über. Er nahm Martins freie Hand und drückte sie gegen die Wölbung in seiner Hose. Martin verschluckte sich, musste husten und stieß Fernando unabsichtlich von sich. Dieser sah, wo Martins Hand lag und seine Augen wurden zu Schießscharten. An seinem Zorn konnte auch nichts ändern, dass Martin seine Hand der von Nicki jetzt gewaltsam entriss.

"Also willst du doch. Dann nimm ihn dir, jeder kann ihn haben! Ich dachte, du hättest Geschmack, aber du denkst wohl auch nur mit dem Schwanz! Wenigstens dabei hast du dich sehr schnell in die Szene hineingefunden!"

Martin verdrehte die Augen, während Nicki zufrieden lächelte.

"Herrschaftszeiten, Nando! Komm mal wieder runter. Ich habe ihn nicht angefasst - er hat mich angefasst!"

"Hört sich ausgesprochen überzeugend an! Wenn du ihn knallst, sagst du dann, du hättest ihn gar nicht geknallt, sondern er hätte sich mit dir geknallt. Martin, der Dildo!"

Sie sahen sich in die Augen und mussten plötzlich lachen. Das wiederum war etwas, das nun Nicki wieder nicht passte. Noch weniger gefiel es ihm, als Martin sagte:

"Vielleicht kapierst du langsam, dass ich nichts von dir will. Deine plumpen Zudringlichkeiten werden das nicht ändern. Wie wäre es, wenn du uns jetzt allein lässt?"

Sauer und ein bisschen geknickt machte Nicki sich dann gezwungenermaßen an den Rückzug, seine türkisfarbenen Mandelaugen versprühten dabei ein kaltes Feuer. Er ging natürlich nicht, ohne die beiden noch einmal kräftig zu beschimpfen. Etwas später dann durften sie miterleben, wie er laut und deutlich über Jürgen herzog, ihn einen impotenten Schlappschwanz schimpfte und sich dabei durch die Menge knutschte.

Irgendwann kurze Zeit später näherte Sven sich von der Tanzfläche her und hatte den wieder aufgewachten und fast nüchtern wirkenden Uwe im Schlepptau.

"Wir hauen jetzt ab!"

"Schon?"

"Na ja, das Bett ruft!"

Sven grinste scheinbar grundlos. Dann stand plötzlich Nicki neben den beiden und hakte sich bei Sven unter.

"Und? Können wir gehen? Ich bin scharf wie eine Peperoni!", fragte er dann mit sinnlichem Gesichtsausdruck.

"Na, hoffentlich sieht dein Ständer nicht auch so aus. Ich hasse es, wenn der Kopf dünner ist als die Wurzel!", antwortete Sven.

Fernando verdrehte die Augen, sagte aber nichts und schaute statt dessen zu, wie die drei miteinander verschwanden. Zu Martin gewandt meinte er dann:

"Maledetta cagna! Jetzt nimmt er eben einfach Sven!"

"Neidisch?"

"Scemenze! Hauptsache, er zieht nicht mit dir ab! Was ist, wollen wir auch heim?"

Auch wenn Fernando es nicht einmal vor sich selbst zugab, diese Entwicklung verhagelte ihm gründlich die Stimmung. Und so war die lange Sylvesternacht schneller beendet als erwartet.

Die folgende Zeit fraß noch intensiver an Martins Nerven, als das bisher der Fall war. Sein doppeltes Spiel drohte dauernd aufzufliegen, mehrere Male wurde er von Kollegen in Fernandos Begleitung gesehen. Er brachte es einfach nicht mehr fertig, das Selbstverständnis, mit dem er mit seinem Freund umging, im Bayenthaler Haus zurückzulassen.

Er dachte nicht mehr darüber nach, wenn Fernando ihn auf der Straße kurz umarmte und so kam es, dass im Amt bald genau das gemunkelt wurde, was er eigentlich hatte vermeiden wollen. Trotzdem blieb er dabei, dass sich in seinem Privatleben nichts verändert hatte. Er hoffte nur, dass Dr. Schobert, sein oberster Vorgesetzter im Amtsgericht, keinen Wind davon bekam. So machte er weiter wie bisher und ignorierte dabei, dass er sich vorkam wie in einem ihm alle Sicherheiten raubenden Vakuum.

Heute nun war mal wieder Freitag und das herbeigesehnte Wochenende stand vor der Tür. Eigentlich hatte er angenommen, dass sein Außendienst um sechzehn Uhr beendet sein würde. Aber erst gegen Viertel vor fünf stand er vor dem Haus seines letzten Klienten. Er drückte zum wiederholten Mal auf die Klingel des verklinkerten Einfamilienhauses und wartete, während er die erforderlichen Papiere schon einmal aus der Aktenmappe nahm und sich anschickte, eine Benachrichtigung zu hinter-lassen. Doch dann öffnete sich die Tür und es war, als täte sich plötzlich der Boden unter Martins Füßen auf.

Vor ihm stand der Mann, den er von der Sylvesterparty im *Tomb* her als Jürgen kannte. Alle seine schlimmsten Vorahnungen und Befürchtungen nahmen mit seinem Gegenüber auf einmal Gestalt an - die Gestalt des alternden Freiers, mit dem er schon ohne die sich jetzt abzeichnenden Schwierigkeiten nicht klarkam. Aus dem Damoklesschwert, das die ganze Zeit über ihm geschwebt hatte, wurde innerhalb des Bruchteils einer Sekunde die reale Bedrohung, von der er immer gehofft hatte, sie verschone ihn.

"Oh, welch eigenartiger Besuch! Tut mir Leid, wenn du Nicki suchst . . . er ist nicht hier."

Jürgen dachte kurz nach, ehe er fortfuhr:

"Woher hast du eigentlich meine Adresse?"

Martin räusperte sich, aber der Ton wollte nicht aus seiner Kehle. Deswegen hörte sich seine Stimme belegt an, als er antwortete.

"Ich bin Gerichtsvollzieher und habe hier eine Forderung über insgesamt . . ."

Weiter kam er erst gar nicht, denn Jürgen brach in schallendes Gelächter aus, das erst abbrach, als er sagte:

"Da soll mal einer sagen, das Schicksal habe keinen Humor! Es ist wohl doch keine Floskel - ich meine die mit der verdammt kleinen Welt. Der Herr Gerichtsvollzieher kommt also, um mir mein Eigentum unterm Hintern wegzuholen. Na, komm rein! Wir müssen das ja wohl nicht hier draußen erörtern."

Martin folgte ihm ins Wohnzimmer und konnte noch immer keinen klaren Gedanken fassen. Er war wie gelähmt, unfähig seine gewohnte Autorität zu aktivieren. Wie ein gescholtenes Kind wirkte er, als er so dastand und Jürgen ansah, der sich lässig in einen seiner Sessel warf.

"Willst du etwas trinken? Du siehst aus, als hättest du einen nötig!", fragte Jürgen süffisant.

Schon allein das vertrauliche"Du" ließ die Beklommenheit in Martin nur noch stärker werden. Deshalb glaubte er, es käme schon gar nicht mehr darauf an und nahm etwas später den Drink entgegen. Er trank, ohne sich dafür zu interessieren, was das Glas enthielt.

Dann nahm er die vorderste Ecke der Couch in Beschlag, saß dort wie auf Nadeln. Er versuchte gerade, sich die nächsten Worte zurechtzulegen, als sich die Tür öffnete und ein höchstens vierzehnjähriger, blondgelockter Junge den Raum betrat. Er war nur mit einer Jeans bekleidet und zu seinem Äußeren fiel Martin nur der Begriff Rauschgoldengel ein. Er fragte sich, ob er ein weiterer bezahlter Loverboy des Immobilienmaklers war. Dann wunderte er sich, dass er jetzt überhaupt darüber nachdenken konnte. Der

Blondschopf ging auf Jürgen zu, dieser vertrieb ihn allerdings mit der Bemerkung:

"Nicht jetzt! Los, verzieh dich!", und einer lässigen Handbewegung über die Schulter hinweg. Zu Martin gewandt, meinte er anschließend:

"Du musst entschuldigen, aber das Taktgefühl dieser Stricher lässt zu wünschen übrig. Ihr Intellekt geht nicht über den Hosenschlitz hinaus - naja, man kann nicht alles haben. Wenigstens gehorchen sie!"

Der Namenlose blieb namenlos, drehte sich um und strebte beleidigt zur Tür. Bevor er jedoch das Zimmer verließ, meinte er noch gehässig:

"Okay - okay, ich wusste ja nicht, dass du plötzlich auf Grufties stehst! Wer bezahlt denn wen?"

Dann war er verschwunden.

"Und was kommt jetzt, Herr Gerichtsvollzieher Martin?"

Es kostete Martin eine fast übermenschliche Kraft, sich zusammenzureißen, um endlich zum Thema zu kommen. Dann platzte es aus ihm heraus:

"Ich wäre dir ungemein dankbar, wenn du mir die Summe von dreiundsechzigtausend gibst, und wir können die ganze Sache ad acta legen."

"Natürlich! Und ich wäre ungeheuer dankbar, wenn mir jemand das Geld schenken würde! Der Haken daran ist nur, dass das niemand tut, ich habe das Geld nicht! Ich bin pleite - na ja wenigstens offiziell! Meine Knaben werden mit jedem Lebensjahr teurer, das wirst du auch noch feststellen. Und sie sind so schrecklich habgierig! Sie wollen reisen, Schmuck und Nicki, das Miststück, hat sogar ein Auto bekommen. Na, er ist es wert gewesen. Man tut so einiges für ein bis zwei angenehme Spritzerchen! Eigentlich kann ich mir diese Annehmlichkeiten seit meinem Betrugsprozess nicht mehr leisten, die Einnahmen liegen im Keller, weil keine Aufträge mehr kommen. Aber wer will schon gern von seinem Lebensstandard herunter? Ich jedenfalls nicht!"

"Wenn du Sachen verschenkt hast, kann ich sie trotzdem pfänden - ich muss sogar, wenn die anderen Werte die Schuld nicht decken. Was hat denn der Wagen gekostet?"

"Geld, was sonst? Das geht dich gar nichts an, du wirst schließlich nicht pfänden!"

Jürgens Stimme klang eisig, er hatte es noch nicht ausgesprochen, trotzdem spürte Martin die Drohung. Er versuchte, sich seine weichen Knie nicht anmerken zu lassen und ging halbherzig in die Offensive.

”Was soll das? Du brauchst erst gar nicht persönlich zu werden, ich bin in einer offiziellen Funktion hier! Mir bleibt nichts anderes übrig, als meine Pflicht zu tun, der Gläubiger hat einen Titel gegen dich. Also ist es egal, ob wir uns privat kennen!”

”Das sehe ich aber ganz anders, mein Lieber! Ich denke doch, es ist eine hochbrisante Sache, die ich da von dir weiß.”

”Wieso?”

Martin beschloss, sich dumm zu stellen.

”Na, das ist doch ganz klar! Was sagt denn Vater Staat zu deinen Schwanzgelüsten? Du kannst mir nicht erzählen, dass deine Dienststelle Bescheid weiß!”

”Ich weiß nicht, worauf du hinaus willst. Wir leben doch nicht mehr im Mittelalter!”

”Das nicht. Ich weiß natürlich, dass man den Schwulen nicht wegen seines Schwulseins feuert! Aber da kann man andere Gründe finden, die dann so aufgebauscht werden, dass es zur Kündigung reicht. Sogar bei Beamten. Und wenn’s nicht klappt, machen sie dir eben das Leben dermaßen zur Hölle, dass du von allein gehst!”

Martins Magen begann wie immer in brenzligen Situationen zu rebellieren.

”Und was soll das im Klartext heißen? Was willst du?”

”Dass du mir nicht meine letzten Habseligkeiten rausträgst, das ist wohl mal sicher!”

”Also Erpressung?”

”Gib dem Kind Satan den Namen Engel und es bleibt trotzdem ein Teufelchen. Aber so hart würde ich das trotzdem nicht ausdrücken. Sagen wir mal so . . . du gehst und schreibst in deine schlauen Papiere, dass ich nichts habe.”

”Das kann ich nicht! Ich habe draußen zwei Autos gesehen, die muss ich . . .”

”Nein, nicht doch! Schrotthaufen waren das, ohne jeden Wert für dich. Ich bin sicher, du wirst zu dieser Überzeugung kommen. Sieh mal, ich muss meine Zelte hier in Deutschland sowieso abbrechen. Dazu verkaufe ich alles, räume die Konten noch mal richtig ab und bin Geschichte! Vier Wochen brauche ich noch, dann bist du mich los. Für immer . . . ist dieser Gedanke nicht bestechend?!”

”Du erwartest von mir, dass ich dich decke, damit du flüchten kannst? Du musst wahnsinnig sein!”

"Nicht wahnsinnig! Nur mit Vernunft ausgestattet! Glaub mir, ich weiß genau, dass du es nicht darauf ankommen lassen wirst. Euch Staatsdienern von Kanzlers Gnaden ist doch nichts wichtiger als der langweilige Job. Ihr klebt an eurem Stuhl wie Fliegen am Misthaufen . . . also versuch nicht, mir zu erzählen, dass es dir egal ist, wenn die im Amtsgericht erfahren, dass du auf Männer stehst! Also los - schreib - Jürgen Fischer besitzt nicht das schwarze unterm Fingernagel oder wie immer du es ausdrücken willst!"

"Und wenn ich es nicht tue?", fragte Martin überflüssigerweise.

"Bist du so blöd oder tust du nur so? Dann werde ich ein Gespräch mit deinem Vorgesetzten haben, das ist so logisch wie zwei mal zwei vier ist!"

"Man wird dir nicht glauben. Schließlich bin ich seit fast neunzehn Jahren verheiratet!", gab sich Martin nun unwiderruflich in Jürgens Hand.

"Mach dich nicht lächerlich! Das ist kein Beweis. Aber wenn du es drauf ankommen lassen willst - wir werden ja sehen, wer von uns überzeugender ist!"

"Und was hast du davon, wenn du meine Existenz ruinierst? Wenn ich nicht mehr da bin, kommt ein anderer und den kannst du nicht nötigen!"

"Du scheinst wirklich ein bisschen begriffsstutzig zu sein. Was ich brauche ist Zeit. Es ist ja nicht so, dass die sechzigtausend das Einzige sind, das ich zu bezahlen habe. Es ist nur die Eröffnung eines langen Reigens. Ich komme nie mehr auf die Füße, wenn ich brav und pflichtschuldigst bezahle, also kann ich nur noch alles zusammenkratzen und abhauen. Ich habe schon alles geregelt. Dir kann es doch egal sein, ob ich mich dabei strafbar mache. Ich gehe nicht in den Knast und dein Name bleibt sauber. Du musst nur jetzt und hier die Augen zumachen und alles vier Wochen rauszögern. Ich habe noch ein paar Maklergeschäfte laufen, in die einige Schlauberger, die ihr Geld besonders intelligent anlegen wollen, hoffnungsfroh investieren. Die will ich noch abzocken und du wirst mir die Möglichkeit dazu geben, indem du schweigst!"

Jürgen fühlte sich scheinbar sehr sicher. Martin spürte wieder das altbekannte Kratzen in seinem Hals. Hilfesuchend sah er sich um.

"Wo ist deine Toilette?"

Als er im Bad stand, hatte das Kratzen aufgehört. Er tupfte sein Gesicht mit kaltem Wasser ab und sah sich im Spiegel an. Jetzt war es also da, das Desaster.

Bald würde er vor den Scherben dessen stehen, was er sich aufgebaut hatte. Er war nicht der erste, dem so etwas widerfuhr, es kam auch nicht unerwartet. Aber jetzt war er sicherer denn je, dass er es nicht würde ertragen können. Er begann, darüber nachzudenken, was es für Konsequenzen nach sich zog, wenn er Jürgen nachgab. Konnte es nicht sein, dass er, wenn der andere weg war, noch einmal mit einem blauen Auge davon kam?

Als er zurück ins Wohnzimmer ging, hatte er einen vorläufigen Entschluss gefasst. Er würde gehen und erst einmal so tun, als habe er Jürgen nicht angetroffen. So hatte er Zeit gewonnen. Im Amt würde er das Ganze an einen Kollegen abgeben, ein Grund dafür fiel ihm schon ein. Weiter wollte er erst einmal gar nicht denken.

"Na? Entschieden?"

Jürgen saß auf der Couch, über seinen Schoß floss der blonde Jüngling wie Honig über ein Brötchen.

"Ich werde sehen, was ich tun kann. Ich gehe jetzt!"

"Na also, warum nicht gleich. Ich kann euch Leute mit Skrupeln nicht verstehen. Letztendlich kommt es doch nur darauf an, dass man so angenehm wie möglich durchkommt. Und dafür muss man eben den erforderlichen Weg gehen."

Martin verließ das Haus wie im Trance, setzte sich in seinen Wagen und wusste nicht, wie er nach Bayenthal gekommen war. Er schlich durch die Garage ins Haus wie ein geprügelter Hund, er wollte allein sein und über seine Situation und die Möglichkeiten nachdenken, die ihm blieben. Aber schon im Flur fing ihn Fernando ab.

"Du kommst spät! Aber das ist ausnahmsweise mal gut so, ich war sowieso noch nicht mit dem Kochen fertig. Jetzt können wir gleich essen!"

"Es tut mir Leid, Nando, aber ich habe keinen Hunger!"

"Was? Und dafür habe ich mich so angestrengt?"

Man sah Fernando an, dass er am liebsten explodiert wäre. Aber dann schien er Martins desolaten Zustand zu bemerken.

"He! Was ist denn mit dir? Ist etwas passiert?"

Martin stand mitten im Flur, die Aktenmappe vor den Bauch gepresst und wirkte, als ob er jeden Moment umfallen würde.

Sein Schweigen machte Fernando Angst.

"Sag doch was! Du siehst aus wie ein Gespenst! Hast du wieder Magenschmerzen?"

Er entnahm die Tasche Martins eiskalten Händen und warf sie achtlos auf den Flurschrank, dann begleitete er seinen Freund ungewohnt fürsorglich hoch ins Schlafzimmer, wo er ihn wie ein kleines Kind auf die Couch niederdrückte.

"Gib mir einen Brandy, ja? Bitte!"

Fernando erschrak bis in die Fingerspitzen. So hatte er Martin noch nie gesehen und Alkohol trank dieser sonst nicht so früh an Abend. Beim Eingießen des Brandys zitterten Fernandos Hände, er reichte Martin das Glas und wartete ungeduldig, wann dieser sein Schweigen endlich brechen würde. Aber Martin schwieg weiter.

"Willst du mir nicht endlich sagen, was los ist?"

"Es . . . es ist alles vorbei!"

Fernandos schwarze Augen wurden rund und sein Mund staubtrocken.

"Was heißt das? Martin, lass dir doch nicht jedes Wort aus der Nase ziehen - du machst mich verrückt! **Was** ist vorbei, red schon."

"Er wird es allen sagen, es gibt keinen Weg mehr. Ich hatte immer Angst davor und jetzt ist es soweit!"

"Hör auf, in Rätseln zu sprechen, ich bin nun einmal kein Hellseher! Wer wird was wem erzählen?"

Endlich hatte Martin sich so weit in der Gewalt, dass er Fernando die ganze Geschichte erzählen konnte. Als er geendet hatte, reagierte dieser jedoch anders als erwartet.

"Das war es also! Aber wieso regt dich das so auf? Es war doch abzusehen, dass es irgendwann so kommen würde. Du wartest die ganze Zeit auf die richtige Gelegenheit für dein endgültiges Coming-out. Ich habe dich in Ruhe gelassen, aber jetzt kommt der Zwang von außen . . . geh zu deinem Chef und erzähl ihm alles!"

"Du verstehst mal wieder gar nichts!! Kannst du dir nicht vorstellen, was mir jetzt alles bevorsteht? Selbst wenn ich von höherer Stelle keine Schwierigkeiten bekomme . . . die Tuschelei, jeder guckt mich an und stellt sich vor, was ich im Bett mache - ich könnte das nicht ertragen. Ich muss Jürgen nachgeben, mir bleibt keine andere Wahl!"

"Du spinnst doch total! Selbst wenn das gut abläuft, vielleicht kommt schon morgen der Nächste und erpresst dich. Daran solltest du immer denken. Martin, bitte sag mir - wann willst du endlich zu deinem Schwulsein stehen? Warum kannst du es nicht endlich akzeptieren? Mit diesem Versteckspiel machst du doch erst alles schlimm. Augenblicklich kann man dir außer deiner sexuellen Ausrichtung nichts vorwerfen. Aber wenn du nachgibst, haben sie einen Grund, dir etwas vorzuwerfen. Sei endlich schwul, Martin! Und das nicht nur im Bett!"

"Das bin ich doch. Ich selbst habe doch gelernt, damit umzugehen. Es muss trotzdem nicht jeder wissen!"

”Merkst du denn wirklich nicht, dass du dir etwas vormachst?”

”Bitte, Nando, es ist nicht die Zeit für Grundsatzdiskussionen. Das ist keine Spielerei, mein weiteres Leben hängt davon ab. Ich weiß nicht, was ich tun soll.”

Fernando legte seinen Arm um Martin.

”Ich dachte, du seiest schon weiter. Dio mio, ich wusste ja nicht, dass du dich selbst immer noch verachtest! Wie sollen dich denn dann andere tolerieren?! Hast du San Francisco vergessen? Das war alles so klar und einfach - auch für dich!”

”Das war Urlaub . . . verstehst du denn nicht? Die Realität ist nun einmal anders und nicht so, wie man sie sich wünscht!”

”Damals hast du aber anders geredet!”

Martin reagierte ungehalten, er wollte sich jetzt nicht mehr weiter mit Fernando darüber unterhalten. Irgendwo wusste er ja, dass sein Freund Recht hatte, vielleicht war er auch deshalb so sauer.

”Hör endlich auf. Du hattest noch nie ein Problem damit, deine Mitmenschen vor den Kopf zu stoßen. Das heißt nicht, dass ich das auch kann. Ich muss mit ihnen leben, sie jeden Tag sehen. Ich bin nicht so unabhängig wie du! Ich kann mir meine Umgebung nicht aussuchen.”

Fernando wusste nichts mehr zu erwidern. Schlagartig war ihm klar geworden, dass Martins scheinbare Akzeptanz eine Illusion gewesen war. In Wirklichkeit war er noch keinen Schritt weitergekommen. Es erschreckte den jungen Italiener, dass Martin wahrscheinlich sogar bereit war ihn aufzugeben, nur um den Schein zu wahren. Plötzlich war das halbe Jahr, das sie nun schon zusammenlebten, wie ein einziger, unwichtiger Tag, den man bei Bedarf wegwischen konnte.

Sie redeten noch lange, wie immer ohne dass sie eine Brücke zwischen den beiden Ansichten schlagen konnten. Etwas später wichen sie einem weiteren Gespräch aus, indem sie sich liebten, lange und fast verzweifelt.

Hinterher lag Fernando völlig erschöpft in Martins Arm. Sie schwiegen, während ihre Gedanken schon wieder um das Thema kreisten, das beide hassten. Fernando nahm Martins Hand und küsste jeden seiner Finger einzeln.

”Ti amo, mio Angelo. Egal, was passiert, ich liebe dich!”

Das trug nicht gerade dazu bei, dass Martin sich weniger wie ein Schuft fühlte.

”Ich habe dich nicht verdient, Nando, das weiß ich! Ich bin ein Feigling!”

Fernando schwieg dazu, er konnte dieser Erkenntnis einfach nicht widersprechen. Martin stand auf und ging zum Fenster. Er schaute hinaus in den Garten, wünschte sich kurz, ein Baum zu sein - ohne verwirrende Sexualität und nur von Frühling, Sommer, Herbst und Winter abhängig. Dann stand Fernando neben ihm und sie umarmten sich.

"Ich werde deine Entscheidung mit dir tragen, egal wie sie ausfällt."

Es war für den jungen Italiener eine ungewöhnlich defensive Entscheidung, aber er traf sie. Und plötzlich fiel es Martin nicht mehr ganz so schwer, selbst das Dilemma zu erkennen, in das er unweigerlich geraten würde, wenn er Jürgen nachgab. Er musste sich einfach outen, um dem allen zu entgehen.

Stundenlang dachte er darüber nach, wie man ein solches Coming-out überhaupt anfing. Als theoretischer Begriff war es ihm klar, aber wie sollte er es in die Praxis umsetzen?

"Vielleicht sollte ich zuerst einmal mit Robert sprechen?", platzte er am morgendlichen Kaffeetisch des nächsten Sonntags unerwartet heraus, nachdem sie vorher über die Kochzeit von Frühstückseiern diskutiert hatten.

"Ich denke, wir brauchen ihn nicht, um Eier zu kochen!", witzelte Fernando.

"Ich meine doch wegen meines Problems. Er kann mir eventuell einen Rat geben!"

Fernando sah Martin wenigstens schon mal mit seinen Zehen auf dem richtigen Weg und nickte.

"Das könnte etwas bringen. Ich glaube, wenn du im Amt mit deinem Geheimnis nicht mehr ganz so allein bist . . . na ja, auch wenn es nicht ratsam ist, die ganze Welt in Einzelgesprächen zu unterrichten, es könnte tatsächlich helfen!"

Gegen Mittag machte Martin sich dann tatsächlich auf den Weg zu Robert. Er hatte Angst vor der eigenen Courage. Aber mittlerweile war er zu dem Schluss gekommen, dass er nicht auch noch den letzten noch unangetasteten seiner Grundsätze, die Unbestechlichkeit, seinem neuen Leben opfern wollte. Noch konnte man ihm keine Dienstvergehen nachweisen, er hatte eine saubere Weste und das sollte nach Möglichkeit so bleiben. Aber gab es eine solche Möglichkeit?

Zwar befiel ihn bei dem Gedanken an Roberts wahrscheinlich ausgesprochen ironische Reaktion eine nachdrückliche Beklemmung, aber er war bereits auf dem Weg und wollte es nur noch hinter sich bringen. Immerhin konnte Robert ihm nicht den Kopf abreißen und irgendwie hoffte Martin auch, dass dieser Verständnis für alle Arten von Sex aufbringen konnte. Schließlich ging er selbst ständig fremd, wollte alles einmal ausprobiert haben. Mit dieser Betrachtungsweise kam Martin vor Roberts Haus an.

Er schaute das weiß getünchte Sechsfamilienhaus an, als müsse sogar dieses ihm die Absolution wegen seines Schwulseins erteilen. Kurz zögerte er noch, aber er wollte einfach nicht mehr nachdenken, ob er das Richtige tat. Seine grauen Zellen waren einfach müde und überfordert von dem ausweglos rotierenden Zyklus seiner Überlegungen. Er wurde wütend über seine plötzliche Hoffnung, Robert sei nicht daheim und verwünschte seinen Wankelmut, dann überwand er sich und rückte dem Klingelknopf heftig zu Leibe. Er wartete, bis der Summer ertönte. In der Tür der Erdgeschosswohnung stand Robert trotz Mittagszeit in einem braun gestreiften, altertümlichen Schlafanzug.

"Nanu? Du hier? Ist etwas passiert? Brauchst du jetzt ein Alibi für Carmen, weil du Nicole besuchen möchtest?"

Er kratzte sich vernehmlich durch die Bartstoppeln.

"Nein, ich . . . ich muss mit dir reden!"

"Das hört sich ja hochoffiziell an. Komm erst einmal rein, Vera ist nicht da, sie verbringt eine Woche bei ihrer Mutter. Du musst entschuldigen, aber ich bin erst heute morgen um sechs nach Hause gekommen. Willst du einen Kaffee?"

Martin ging an Robert vorbei in die Küche und dieser schlappte in seinen Filzpantoffeln hinterher. Während Robert die Kaffeemaschine bediente, schwiegen sie beide. Dann saßen sie sich am Küchentisch gegenüber.

"Und? Was ist das jetzt für ein spektakuläres Gespräch, das du mit mir führen willst!"

"Ich habe ein Problem!"

"Das denk ich mir! Will deine entzückende Italienerin dich nicht mehr? Oder will Nicole jetzt doch die Scheidung und dir beim Unterhalt das Fell über die Ohren ziehen?"

"Ich denke, um dir das zu erklären, muss ich ein bisschen weiter ausholen. Aber vorher möchte ich dir noch etwas vorschlagen!"

"Du liebe Zeit, bist du formell! Und was willst du mir nun vorschlagen?"

"Dass du nicht über das lachst, was ich dir jetzt anvertraue. Wenn doch, muss ich dir nämlich die Zähne einschlagen und ich habe sehr empfindliche Handknöchel!"

Es sollte ein Witz sein, aber Martins unverändert unfrohes Grinsen brachte Robert dazu, fürderhin erst einmal abzuwarten und ernst zu bleiben.

"Mach es nicht so spannend. Welche Bank hast du nun also ausgeräumt?"

Aber Martin wusste einfach nicht mehr weiter, Sätze formulieren schien plötzlich das schwerste auf der Welt zu sein. So starrte er in seinen Kaffee und schwieg. Robert stand auf, setzte sich auf den Stuhl direkt neben ihn und legte zur Demonstration seiner Solidarität die Hand auf Martins Schulter.

"Schieß los! So schlimm kann es doch gar nicht sein . . . du weißt doch, ich habe dir meine Freundschaft immer angeboten. Jetzt habe ich vielleicht die Möglichkeit, dir zu beweisen, dass ich es ernst meine!"

Martin sah auf und seinem Kollegen direkt in die Augen.

"Ich bin schwul!"

Wie elektrisiert zog Robert die Hand von Martins Schulter zurück und rückte etwas ab. Ihm war durch Martins Verhalten klar, dass dieser ihn nicht auf den Arm nahm. Trotzdem antwortete er:

"Mach keinen Quatsch! Du willst mich doch verulken! Wo ist das Tonband, über das du mit den Kollegen lachen willst?"

"Es ist mir ernst, ich bin schwul. Ich weiß es seit etwa einem halben Jahr und du hast mir geholfen, es zu vertuschen. Wenigstens vor Nicole. Sie weiß es jetzt, aber ich muss dafür sorgen, dass ich auch im Dienst nicht mehr erpressbar bin. Ich weiß nur nicht, wie ich das anstellen soll und habe gehofft, du könntest mir vielleicht dabei helfen!"

Robert ging demonstrativ zurück auf die andere Seite des Tisches, dann erst antwortete er:

"Ich denke, du hast eine Freundin und wohnst jetzt bei ihr!"

"Hast du mir nicht zugehört? Es stimmt, ich wohne nicht mehr bei Nicole. Aber eine Carmen gibt es nicht, ich wohne bei meinem Freund!"

Gedankenverloren wiegte Robert seinen Kopf.

"Was hat denn Nicole dazu gesagt?"

"Sie war genauso geschockt wie du!"

"Das kann ich mir denken. Das muss für die arme Frau ein Schock gewesen sein!"

"Für die arme Frau? Auf einmal hast du Mitleid mit ihr? Als du glaubtest, ich hätte eine Freundin, hast du mich ständig gedeckt.”

”Na, das war schließlich auch etwas ganz anderes, ich bin von falschen Voraussetzungen ausgegangen. Aber dann warst du es also doch, den ich kürzlich in trauter Zweisamkeit mit dieser offensichtlichen Schwuchtel gesehen habe! Mensch, das is´ ein Ding!”

”Ja, ich war wohl der Schwule, den du in Begleitung seines Freundes gesehen hast. Ich möchte dich bitten, von der Bezeichnung Schwuchtel abzusehen, ich bin nämlich keine! Und Fernando auch nicht!”

”Schwuchtel - Schwuler, das ist doch Jacke wie Hose! Wer von euch ist denn die Frau? Hoffentlich hast du dir wenigstens soviel Männlichkeit bewahrt, dass du ihn bumst und nicht umgekehrt!”

”Was soll denn das heißen? Wir sind beide Männer, schwule Männer eben. Wir sind weder Tunten noch Transvestiten und selbst wenn es so wäre . . . ich glaube kaum, dass du das Recht hast, über uns herzuziehen! Ich gebe gerne zu, Fernando wirkt ein wenig femininer als andere Männer, aber das ist auch schon alles.”

”Fernando heißt er also, dein Liebster! Wie niedlich!”, entgegnete Robert ausweichend und süffisant lächelnd.

”Ich bin nicht hergekommen, um mich von dir verarschen zu lassen. Was gibt dir das Recht, dich als etwas Besseres zu fühlen, zum Teufel noch mal?!”

”Was mir das Recht gibt? Na ja, sagen wir mal so - ich bin normal im Gegensatz zu dir, und das allgemeine Volksempfinden gibt mir da Recht! Das ist auch schon alles! Außerdem würde es mich interessieren, wie und wobei ausgerechnet ich dir helfen soll!”

Martin hatte es eigentlich schon aufgegeben, von Robert in irgendeiner Form Hilfe zu bekommen. Trotzdem gab er noch nicht auf.

”Wenn du mich nicht immer in dieser unqualifizierten Weise unterbrechen würdest, könnte ich endlich zum Punkt kommen. Oder denkst du, es macht mir Spaß, mein Intimleben vor dir auszubreiten?”

”Das kann ich mir denken. Ich würde mich in Grund und Boden schämen, wenn ich so was beichten müsste!”

”So? Es war aber gar nicht meine Absicht zu beichten. Außerdem schämst du dich doch auch in keinster Weise, wenn du deine Frau nach Strich und Faden betrügst. Im Gegenteil, du bist stolz darauf, sonst würdest du nicht noch damit hausieren gehen. Wie ist das denn mit den unzähligen Frauen, die dumm genug waren, an deine Versprechen zu glauben oder sich in dich zu verlieben, obwohl dir nur etwas daran lag, sie auf den Rücken zu legen? Heimlich hast du über sie geredet, hast sie lächerlich gemacht und die intimsten Sachen breitgetreten. Aber das ist ja normal, nicht wahr. Nur bei mir kannst du dann plötzlich die Moral entdecken, die du selbst niemals hattest!"

Martins Gesicht war hochrot, die Spannung der letzten Stunden wollte sich in einem Wutausbruch entladen, aber er kämpfte dagegen an, wollte sich nicht die Blöße geben, verletzt zu sein. Robert sah ihn, für einen kurzen Moment aus dem Konzept gebracht, an, dann begann er:

"Du musst mir schon zugestehen, dass man uns nicht miteinander vergleichen kann. Welchen Zusammenhang siehst du zwischen meinen Gespielinnen und deiner Perversität? Es gibt keinen. Es ist nun einmal das Privileg eines Mannes, sich Frauen zu nehmen! Es wird von ihm erwartet. Der Mann ist auf der Welt, um Frauen zu erobern, es ist Sport . . . ein Spiel! Die Frauen wissen das und lassen sich darauf ein. Ich jedenfalls habe noch keine zwingen müssen. Ich musste auch nicht auf Männer ausweichen. Mein Gott, Martin . . . so übel siehst du doch auch nicht aus, du findest bestimmt noch irgendeine."

Martin überlegte kurz, dann erst schien er verstanden zu haben und verdrehte entnervt die Augen.

"Ich bin nicht auf Männer ausgewichen, weil ich zu hässlich für Frauen bin. Ich könnte gar nicht mehr mit einer Frau, vielleicht solltest du versuchen, das zu verstehen. Und wenn du schon in alter Manier Schwulsein mit Perversion gleichsetzt . . . wie nennst du es dann, wenn jemand mit Frauen schläft, nur um wieder eine auf eine Liste zu setzen, die im Rentenalter auf mindestens fünfzehnhundert angewachsen sein soll? Ich zum Beispiel finde es weitaus krankhafter, wenn man in einer Frau nur ein dummes willenloses Stück Fleisch sieht, das besprungen werden will! Und ausgerechnet du fühlst dich in der Position, über mich zu urteilen."

"Das ist wirklich der Gipfel! Kommst her, lässt eine solche Bombe platzen und verlangst auch noch von mir, das abzusegnen!"

"Du musst gar nichts absegnen, du bist kein Priester!"

"Wie dem auch sei - ich finde, du solltest lieber ganz ruhig sein, denn du bist es wohl, der den schwarzen Peter hat."

Jetzt wurde es Martin endgültig zuviel. Er erhob sich so hastig, dass die Sitzfläche seines Stuhls in seine Kniekehlen schlug und er letzteren umwarf.

"Weißt du, tief in meinem Inneren habe ich eigentlich immer gewusst, dass du ein Arschloch bist. Dafür weiß ich absolut nicht mehr, wie ich so dämlich sein konnte herzukommen!"

"Das weiß ich allerdings auch nicht. Oder kann es sein, dass dir dein Femininchen nicht mehr ausreicht?"

"Was willst du damit sagen?"

"Na, man hört doch soviel über euch. Ihr treibt es wie die Karnickel überall und am liebsten in Gruppen. Es muss nur dunkel sein, damit man euch bei euren Abartigkeiten nicht beobachten kann. Das habt ihr mit den lichtscheuen Kanalratten gemeinsam. Ihr treibt es in Mannschaften und wisst niemals, welchen Pimmel ihr gerade im Maul habt! Zum Glück habt ihr noch soviel Anstand, dass ihr das besser diskret behandelt. Den Hals bekommt ihr deshalb noch lange nicht voll und vielleicht willst du ja mal ausprobieren, ob du zur Abwechslung mal mich ins Bett bekommst!"

Martin fühlte sich ins Gesicht geschlagen. Robert schleuderte ihm den letzten Satz so hasserfüllt entgegen, dass er einen Moment lang nicht wusste, wie er reagieren sollte. Er zwang sich weiterhin zur Ruhe, um dann doch zu antworteten:

"Ja, natürlich, hänge dich an deinen Vorurteilen auf. Karnickel und Ratten, fällt dir nicht noch etwas Dümmeres ein? Fernando und ich haben eine ganz normale Zweierbeziehung. Genau das, wozu du wie oft genug bewiesen offensichtlich nicht in der Lage bist. Wir lieben uns - Punkt! Ich weiß nicht, wie du dir schwulen Sex vorstellst. Ich weiß auch nicht, warum du ihn dir überhaupt vorstellen musst. Schließlich denke ich auch nicht darüber nach, was du abends im Bett machst. Oder was ihr so genannten Heten sonst so alles treibt. Vielleicht ein zehnjähriges Mädchen vergewaltigen . . . aber das ist ja entschuldbar, schließlich ist es Hetero-Sex."

"Komm jetzt nicht mit Polemik. Außerdem - wen meinst du mit ihr? Den normalen Teil der Bevölkerung? Hast du dich schon so mit den Schwulen identifiziert?"

"Warum auch nicht, ich bin einer von ihnen. Und ich bin sicher, du hast keine Ahnung davon, was Schwulsein eigentlich heißt. Es spielt sich nicht nur unter der Gürtellinie ab, aber das zu kapieren, dafür bist du zu verbohrt. Schweinische Phantasien sind das einzige, zu dem du fähig bist."

"Woher sollte ich die Ahnung auch haben? Ich habe mich nie mit so etwas beschäftigt. Warum auch? Solange ich denken kann, waren Schwule für mich nur Abschaum, nichts weiter als lächerliche Abziehbilder von echten Männern. Eine Subkultur, die sich besser bedeckt halten sollte, um keinen auf die Schnauze zu bekommen!"

So direkt mit der Intoleranz in Bezug auf Schwule konfrontiert, hatte

Martin nur noch einen Wunsch. Er wollte sich verteidigen, wollte zum ersten Mal sein Anderssein vertreten.

"Es ist einfach, so zu reden. Es ist auch einfach, seinen Verstand nicht einzuschalten, bevor man den Mund aufmacht. Weißt du, du bist ein Paradebeispiel für alle Chauvinisten, die ihren beschränkten Horizont als einzig gültige Weltanschauung hegen und pflegen. Ihr Intellekt reicht nicht über die Länge ihre Brustbehaarung hinaus. Entwicklungsstufe Gorilla! Na ja, wenn ich es mir genau überlege, ist dieser Vergleich eine Beleidigung für Gorillas. Ich gehe jetzt, damit du dir nicht wirklich noch einbildest, ich wollte mit dir etwas anfangen. Du bist zweifellos nicht mein Typ! Nur weil ich schwul bin, heißt das nicht, dass ich mich vor gar nichts grause. Ich war wirklich zu blöd, weil ich hergekommen bin um vielleicht einen Rat zu bekommen. Ich hätte es tatsächlich wissen müssen. Na ja, ich gehe dann!"

Ohne ein weiteres Wort Roberts abzuwarten verließ er die Küche und dann das Haus. Und jetzt spürte er, dass er, während er das Schwulsein vor seinem Kollegen vertreten hatte, plötzlich zu der Überzeugung gekommen war, dass es wahrhaftig keinen Grund gab, sich zu schämen. Er tat ja tatsächlich nichts, weshalb er verklemmt sein musste, erfüllte keine der negativen Hypothesen über die Minderheit, der er angehörte. Das angeblich gesunde Volksempfinden, vertreten diesmal durch den selbst ernannten Anwalt Robert, war ihm völlig egal gewesen. Und obwohl er mit seinem eigentlichen Problem keinen Schritt weitergekommen war, fühlte er sich irgendwie besser. Robert formulierte genau das, was auch Martin noch immer tief in seinem Unterbewusstsein pflegte und jetzt hatte er dies alles von sich aus widerlegt. Wenigstens insofern hatte ihm das Gespräch mit Robert also geholfen.

Wenig auf den Straßenverkehr konzentriert, fuhr er zurück nach Bayenthal. Je mehr die Wut nachließ, desto heftiger wurden wiederum seine Selbstzweifel.

Eigentlich erwartete er jetzt von zwei Seiten Ärger. Da war einmal Jürgen und zum anderen Robert, der seinen Mund über das Erfahrene sicherlich nicht halten konnte. Martin fand Fernando mit einer Tasse Kaffee im Atelier.

"Ciao! Schon wieder da? Es kann aber kein sehr ausgiebiger Rat gewesen sein, den dir dein Freund gegeben hat!"

"Freund? Hat sich was mit Freund. Das Arschloch hat mich eiskalt abblitzen lassen. Er will mit Schwulen nichts zu tun haben, weil durch ein bisschen Toleranz wohl seine Männlichkeit in Frage gestellt würde!"

Fernando fluchte innerlich. Er hatte gehofft, dass Martin nicht gleich beim ersten Mal negative Erfahrungen machte. Nach diesem Misserfolg würde Ehrlichkeit ihm wohl auch in Zukunft nicht unbedingt leichter fallen. Martin erzählte ausführlich, was ihm bei Robert widerfahren war und schloss damit:

"Ich hatte nie besonders intensive Beziehungen zu Robert. Er hat sich damit, dass er mir Alibis gab, eigentlich nur bei mir eingeschleimt. Trotzdem bin ich enttäuscht, ich weiß auch nicht, warum. Verdammter Mist, was hatte ich erwartet? Für einen wie mich war es schon immer schwer, Freundschaften zu schließen. Und das ist jetzt durch mein Schwulsein noch schwieriger geworden."

"Und wie nennst du unsere gemeinsamen Freunde? Die, welche dich durch mich kennen gelernt haben, und die dich auch mögen und akzeptieren?"

"Du verstehst mal wieder gar nichts, Nando. Das sind alles Schwule!"

"Ach so, und das zählt nicht oder was!? Du machst es den Leuten leicht über dich herzufallen, du denkst ja selbst so über uns."

"Du willst mich wieder falsch verstehen! Ich will in keinem Ghetto leben, das ist alles!"

"Ich verstehe nichts falsch. Warum legst du Wert auf das so genannte Establishment, das dich zwingen will, dich zu verstellen oder ganz kleine Brötchen zu backen, nur weil du schwul bist. Es wird wirklich Zeit für ein bisschen Selbstbewusstsein! Schwules Selbstbewusstsein, verstehst du? Das heißt nicht, sich äußerlich anzupassen und im Endeffekt mehr Hete zu sein als die Heten selbst. Du brauchst Selbstwertgefühl, das dir die Sicherheit gibt, so wie du bist nicht verkehrt zu sein oder dich entschuldigen zu müssen. Was du trägst ist eine Maske, die jedoch nicht für immer das verstecken kann, dessen du dich schämst. Es ist eine Maske aus Glas und immer wieder wird man dein wahres Gesicht durch sie sehen können, egal wie oft du sie heimlich einfärbst. Schau, Martin Luther King hat sich auch nicht in eine weiße Haut eingenäht, um akzeptiert zu werden. Er hat für ein schwarzes Selbstbewusstsein gekämpft und er hatte Recht. Niemand kann sich selbst verändern, indem er sein wahres Ego ignoriert und so tut, als ob er jemand anderer ist."

Martin nickte.

"Das hört sich alles sehr gut an, Nando. Aber so einfach läuft es nicht. Wir leben nun einmal in der Gesellschaft und wenn wir unnachgiebig unseren Weg gehen, werden wir genau deshalb bestraft. Sie sind die Mehrheit, das gibt ihnen Recht! Und irgendwie hat es die Natur wohl auch wirklich anders geplant. Schließlich sind Kirche und Staat sich dabei ausnahmsweise mal einigermaßen einig!"

"Ach so? Wer hat denn das alles geprägt? Staat, Kirche, Gesellschaft! Menschen waren es, kein höheres Wesen, das den Zeigefinger hebt und"du du" macht. Du weißt genauso gut wie ich, dass es Kulturen gibt, in denen ist Liebe unter Männern ganz normal."

"Na klar, und die sterben dann aus!"

"Maledetto, drehe mir nicht das Wort im Mund um! Du weißt genau, was ich damit sagen will."

Martin mochte nicht mehr zuhören. Das Thema stand ihm bis ganz oben hin, seine Entscheidungen wurden auch nicht leichter, wenn sie immer und immer wieder darüber diskutierten. Ständig wieder der gleiche Dialog, er kannte Fernandos Worte auswendig und lieber wollte er von den Geschehnissen überrollt werden, als dass er ihre drohenden Schatten ständig vor Augen hatte.

"Lass uns von etwas anderem sprechen. Ich muss es auf mich zukommen lassen, etwas daran ändern kann ich sowieso nicht. Mit Jürgen wurde der Berg erschüttert, aber durch Robert ist der Stein ins Rollen gekommen. Ich kann nichts anderes tun als abwarten!"

"Oh - ich habe dich noch nie in Gleichnissen reden hören. Das Schwulsein als Berg, der von einem Schwulen erschüttert wird und dann wegen eines Heten auseinanderfällt. Die Allegorie gefällt mir. Bene, reden wir trotzdem von etwas anderem."

So sehr sie sich auch bemühten, es kam kein Gespräch zustande. Dann, kurze Zeit später meinte Martin:

"Ich glaube, ich werde ein paar Runden schwimmen. Ich muss mich abreagieren. Kommst du mit?"

Fernando schüttelte den Kopf, er würde für die Zeit im Atelier bleiben. Martin hetzte schwimmend ein paar Bahnen ab, als sei der weiße Hai hinter ihm her. Gerade tauchte er am Rand ab, um sich wieder Richtung Mitte abzustoßen, als plötzlich Fernando am Becken stand. Und neben ihm, Martin glaubte seinen Augen nicht trauen zu dürfen, stand Robert.

Vor Schreck schluckte Martin einen Mund voll Wasser, hustete und kletterte dann aus dem Becken. Robert sah entgeistert an ihm hinunter und Martin wurde sich seiner Blöße bewusst, die hier bei Fernando etwas vollkommen Normales für ihn war. Er nahm ein Handtuch und schlang es um seine Lenden. Währenddessen musterte Fernando den ziemlich verkrampft dastehenden Robert eingehend und verhältnismäßig unhöflich. Martin strich sich die nassen Haare zurück und sprach Robert endlich an:

"Was willst du denn hier in der Höhle des Löwen? Hast du keine Angst, dass wir vom Sex besessenen Schwulen über dich wehrlosen Heten herfallen?"

Robert stand da, als habe er sein Leben lang dort gestanden, hatte den Eindruck einer ausgesprochen starken Bedrohung und fand trotz des Versteinerungsgefühls dann endlich seine Sprache wieder. Vor den ersten Worten räusperte er sich ausgiebig.

"Ich . . . ich bin gekommen, um mich zu entschuldigen. Als du weg warst, habe ich über alles noch mal nachgedacht . . . na ja, meine Reaktion war ziemlich blöd, das sehe ich jetzt ein. Ich habe dann Nicole angerufen, sie hat mir die genaue Adresse gegeben. Ich konnte schlecht ganz Bayenthal absuchen!"

Martin nickte und zog sich einen Bademantel über.

"Na gut, gehen wir nach oben. Oder willst du dich ausziehen und eine Runde schwimmen?"

Robert grinste verlegen und schloss sich Fernando und Martin an. Fernando ließ die beiden keine Sekunde allein, sie gingen zusammen hoch ins Schlafzimmer. Robert sah sich entgeistert um, was Martin zu dem Ausspruch veranlasste:

"Die Angst sitzt tief, nicht wahr? Hast du schon einmal etwas von Wohnschlafzimmern gehört? Wir gehen jetzt nicht ins Bett, wir fallen immer noch nicht über dich her . . . auch wenn man das bei Schwulen wohl nie weiß!".

Sie ließen sich auf der Couchgarnitur nieder, Fernando rollte sich wie ein Kätzchen zusammen, bettete demonstrativ seinen Kopf auf Martins Schoß und ließ sich kraulen. Hier in Bayenthal fiel es Martin nicht schwer, auch in Gegenwart von Robert zärtlich zu seinem Freund zu sein. Es war für ihn das, was man ein Heimspiel nannte. Ein wenig Trotz war natürlich auch dabei, und er weidete sich eine Weile am ratlosen Blick seines Arbeitskollegen. Er wartete ab, bis Robert wieder das Wort ergriff.

"Und? Nimmst du meine Entschuldigung an? Es war wirklich nicht so gemeint. Du weißt ja, wie das ist - da wird man mit etwas Neuem und Fremden konfrontiert und reagiert völlig über!"

"Und du meinst, deine Meinung über uns Schwule hat sich in zwei Stunden grundlegend geändert? Schwer vorstellbar bei der Vehemenz, mit der du mich angegriffen hast!"

"Das nicht! Aber ich versuche, meine Vorurteile abzubauen. Und ich finde, unsere Freundschaft sollte darunter nicht leiden, dass du jetzt einen Kerl . . . einen Mann liebst!"

Fernando stand auf und machte sich mit einem reizvollen Hüftschwung auf den Weg zum Barschrank. Er mixte ein paar Getränke zusammen, während Martin sich weiter mit seinem Kollegen unterhielt. Als Fernando zurückkam, sagte Robert gerade:

"Wenn ich mir vorstelle, dass du vor knapp einem Jahr noch der antiquierteste Typ im Amtsgericht warst - das ist schon eine außergewöhnliche Veränderung! Jetzt machst du mit einem Mann rum und . . . eh . . . ich meine, nun bist du mit Fernando zusammen und . . ."

"Halt mal!", unterbrach ihn Martin.

"Du solltest aufhören, in mir einen überempfindlichen Paradiesvogel zu sehen, das zu sein kann ich mir nämlich nicht leisten. Deshalb sind wir Schwulen vielleicht auch zu guter Letzt lebenstüchtiger als ihr, schon weil wir uns ein dickes Fell wachsen lassen müssen. Für uns ist doch nichts selbstverständlich. Zärtlichkeit nur im stillen Kämmerlein, Zusammenleben mit den blödesten Ausreden - da wird aus dem Freund der uneheliche Bruder oder sonst etwas. Es wird von uns erwartet, uns ständig zu verstellen und am besten lachen wir mit über uns, weil wir doch einsehen müssen, dass wir nicht ernst zu nehmen sind. Aber was soll's . . . okay, ich mache mit einem Schwulen herum! Ich bin durchaus mit den gängigen Mustern der allgemeinen Schwulenverarschung vertraut und ich komme zurecht damit. Ich weiß, dass du im Amt so ziemlich die größte Klappe hast, wenn es um so etwas geht. Also versuch nicht, mir zu vermitteln, das hätte sich geändert. Und da mir klar ist, dass du nicht der sensitive Typ bist, rate ich dir, nicht alles bis zum Kommastrich zu sezieren, was du sagst. Damit machst du dich unglaubwürdig!"

Fernando sah Martin erstaunt an, sagte aber nichts. Er wusste, dass das, was Martin im Brustton der Überzeugung von sich gab, eigentlich gar nicht seine innerste Überzeugung sein konnte. Trotzdem musste er zugeben, dass Martin seine bis zu diesem Zeitpunkt kaum vorhandene Selbstsicherheit als persönlichen Standpunkt gut verkaufte.

"Entschuldige, ich weiß eben nicht, wie ich damit umgehen soll."

Fernando hatte sich wieder neben Martin gesetzt, er küsste seine Schläfe, während ihm wohlwollend auffiel, dass Robert genierlich woanders hinschaute. Diese Reaktion brachte Fernando zu einem zufriedenen Schmunzeln, denn es gehörte eben zu seinen Lieblingsspielen, andere Menschen zu erschüttern. Es blieb Martin nicht verborgen, was sein Freund abzog und so meinte er:

"Das macht dir Spaß, was?"

Fernando sah ihn mit unschuldigem Augenaufschlag an.

"Was? Ich weiß nicht, was du meinst!"

"Ich bin sicher, du weißt es ganz genau!"

"Soll das heißen, dass ich dich in meinem eigenen Haus nicht küssen darf? Er kann ja woanders hingucken, wenn es ihn stört. Das wäre wohl noch schöner!"

Robert fühlte sich befleißigt, auch etwas dazu zu sagen.

"Schon gut, nehmt keine Rücksicht auf mich. Ich denke, es ist eine Gewöhnungssache!"

Fernando sprach Robert nun direkt an.

"Gewöhnungssache? Heißt das, Sie wollen hier einziehen?"

Dann stand er auf, weil es an der Haustür geklingelt hatte.

"Das ist ja der reinste Taubenschlag hier!", moserte er im Hinausgehen. Etwas später kam er mit Sven und Uwe zurück. Sven sah Robert, machte die falsche Verknüpfung und ging von der gegebenen Attraktivität des ihm noch unbekannten Besuchers aus. Er warf sich neben ihn auf die Couch.

"Also, ich bin Sven und du?"

Robert saß plötzlich wie auf heißen Kohlen. Er schaute mit einer solchen Eindringlichkeit auf seine Schuhspitzen, dass Martin lachen musste.

"Habe ich wieder einen Witz gemacht, ohne es zu ahnen? Ich spiele nicht gern den Clown, auch wenn es mir gut zu Gesicht steht!"

Sven sah von einem zum anderen. Er wurde mit einigen wenigen Worten über Robert aufgeklärt und sein Interesse schwand ausgesprochen schnell.

"Ja, ich denke ich geh dann wieder. Wir sind uns einig, Martin, nicht wahr?", fragte Robert kleinlaut.

"Einig? Nun, ich habe zur Kenntnis genommen, dass du dich bemühst. Ich danke dir fürs Herkommen!"

"Oh, geht er jetzt etwa meinetwegen.. Das muss nicht sein. Ich darf wiederkommen, wann ich will, er wohl kaum!", warf Sven ein. Damit stand er auf, stellte sein halbvolles Glas ab und brachte Uwe mit einem Kopfnicken Richtung Tür dazu, ihn zu begleiten..

"Jetzt kann ich dir doch noch erzählen, warum ich eigentlich zu dir gekommen war!", schlug Martin vor, und Robert setzte sich wieder. Martin begann, die Geschichte mit Jürgen zu rekonstruieren. Als er geendet hatte, benötigte Robert eine Weile zum Nachdenken, ehe er entrüstet antwortete:

"Das darf doch wohl nicht wahr sein! Ich meine, Vorurteile schön und gut, ich hatte auch welche - aber jemanden mit der zu erwartenden Intoleranz anderer zu erpressen, das ist schon der Gipfel der Frechheit. Es geht den Arbeitgeber nichts an, wen du liebst, weil das deine Arbeit nicht beeinträchtigt."

"Das hört sich gut an. Zu gut, möchte ich fast meinen!"

Fernando grinste eigenartig. Robert ließ sich dadurch nicht irritieren, er fuhr fort.

"Dann werden wir uns einen Schlachtplan zurechtlegen, damit der Typ erst gar nicht an dich herankommt."

"Und? Was soll ich dahingehend machen?"

Martin sah Robert gespannt an.

"Klar, ein Patentrezept habe ich natürlich auch nicht. Jedenfalls steht fest, dass heutzutage bei uns jeder auf seine Art glücklich werden darf - zugegeben, da ist die Voreingenommenheit, aber an ihr kann man arbeiten . . . so wie ich es versuche. Außerdem ist das Recht auf freie Entfaltung sogar im Grundgesetz verankert! Fest steht vorläufig wenigstens eines - du darfst dich nicht in die Hand dieses Kriminellen begeben."

"Hört sich vernünftig an, was er da sagt!", sagte Fernando zu Martin, als ob er über den Nachrichtensprecher im Fernsehen redete und fuhr fort:

"Und was passiert jetzt?"

Martin zuckte die Schultern.

"Ich habe immer noch keine Ahnung, daran hat sich nichts geändert, auch wenn Robert glaubt, einen Weg zu sehen!"

Robert nickte nachdenklich.

"Wir müssen auf alle Fälle in die Offensive gehen. Er darf gar nicht erst die Möglichkeit bekommen, etwas zu versuchen. Die Polizei bekommt einen Wink, dann sperren sie ihn ein. Aber um eines wirst du nicht herumkommen, Martin. Du musst zu Dr. Schobert gehen und ihm das alles schildern. Das ist zwar ein schwerer Schritt, aber als Vorbeugungsmaßnahme unerlässlich. Es bleibt dir nichts anderes übrig, als alles auf eine Karte zu setzen."

"Ich will mich aber noch nicht öffentlich machen. Das Gerede der Leute und du weißt doch, die bevorstehende Beförderung - es ist ein ungünstiger Zeitpunkt", versuchte Martin auch weiterhin seinen Standpunkt zu vertreten.

"Wenn du es so siehst, wird jeder Zeitpunkt ungünstig sein", antwortete Robert ganz in Fernandos Sinn.

"Und außerdem - bei dem Selbstbewusstsein, das du gerade eben bei mir zu Hause an den Tag gelegt hast, wird es dir nicht schwerfallen, den Leuten die richtige Antwort zu geben."

"Es ist nicht so sehr das, was sie mir ins Gesicht sagen werden, sondern das, was sie hinter meinem Rücken reden. Dagegen kann ich mich nicht wehren!"

"Ach komm schon! Es hat dir jahrelang nichts ausgemacht, dass sie dich belächelt haben, weil du einer der trockensten Amtsschimmel bei uns warst. Du warst eigentlich die typisch deutsche Karikatur eines Beamten. Sie haben dich Pedantenkuckuck getauft. Sag bloß, das hast du nicht gewusst?"

"Habe ich nicht! Aber das ist auch etwas anderes. Korrektheit - darüber kann man sich lustig machen, aber man kann sie niemanden vorwerfen. Es würde keiner sagen . . . Sie, Herr Auer, sind eine gewissenhafte Witzfigur, deswegen können Sie nicht befördert werden! Aber man kann mir sagen, wegen meines Privatlebens bin ich nicht der Richtige!"

Fernando hatte die ganze Zeit zugehört, jetzt mischte er sich ironisch lächelnd, trotzdem jedoch eine Antwort erwartend, ein.

"Martin, mir hast du nie etwas von einer Beförderung erzählt. Ich hatte immer den Eindruck, es läge rein an deiner seelischen Verfassung. Aber das sind ganz neue Gründe, warum du das Coming-out nicht willst."

"Es ist beides, Nando. Natürlich denke ich auch an meine Zukunft!"

"Wenn du lieber nicht die Wahrheit sagen willst, dann gehe wenigstens zu Schobert und beichte ihm quasi unter der Hand, du seicst mit Nicole in einem Schwulenladen gewesen, um dir das Spiel dort mal anzusehen. Da hat dich Fischer gesehen und als du ein paar Tage später bei ihm pfänden wolltest, hat er gedroht dir genau daraus einen Strick zu drehen! Angriff ist die beste Verteidigung, wie damals bei Nicole auch!"

Sie kamen überein, dass es genau nach Roberts letztem Vorschlag ablaufen sollte. Auch wenn es Fernando nicht passte, dass Martin sich dafür mit Nicole absprechen musste, so hielt er sich doch zurück. Er war der festen Überzeugung, die Zeit würde für ihn arbeiten. Er musste nur abwarten, denn irgendwann würde auch Martin nichts anderes mehr übrigbleiben, als sich zu outen.

Zunächst einmal ging alles reibungsloser, als Martin es erwartet hatte. Er gab die Vollstreckung des Titels gegen Jürgen Fischer ab und schrieb dann einen Bericht, den er persönlich bei Dr. Schobert vorlegte. Seine Erklärung, den Fall nicht übernehmen zu können, weil der Schuldner glaube, ihn mit den aufgeführten Tatsachen unter Druck setzen zu können, wurde von seinem Vorgesetzten vorbehaltlos akzeptiert.

Martin hatte auch mit Nicole gesprochen, die sich bereit erklärte im Notfall zu bezeugen, dass sie nicht getrennt lebten und tatsächlich an jenem Abend im *Tomb* gewesen waren. Das zog als Konsequenz nach sich, dass Martin nach dem Dienst immer erst zu Nicole fuhr, weil er befürchtete, jemand würde ihn beschatten. Fernando hielt ihm Verfolgungswahn vor, wenn er eine Viertelstunde, nachdem er bei Nicole angekommen war, wieder in seinen Wagen stieg, um über Umwege durch die ganze Stadt nach Bayenthal zu gelangen. Auch wenn Fernando versuchte, sich pflegeleicht zu halten, so gab es immer wieder Reibereien, in deren Anschluss sie sich einige Stunden aus dem Weg gingen. Die Versöhnung erfolgte dann meist mitten in der Nacht, und bis zum unausgeschlafenen Morgen konnte Martin seine Probleme vergessen. Auch die Anzeige bei der Polizei war gemacht worden, mittlerweile wurde gegen Jürgen Fischer ermittelt. Martin hatte alles angegeben, was dieser ihm im Glauben, die Kontrolle zu haben, erzählt hatte.

Bei der anschließenden, für Jürgen vollkommen überraschenden Durchsuchung seiner Geschäfts- und Privaträume wurden folgerichtig die nötigen Beweise sichergestellt. Wegen Fluchtgefahr musste er den Traum von der Südsee durch eine weniger komfortable Untersuchungshaft ersetzen. Das Ganze entwickelte sich eigentlich ganz gut, fast wäre Martin geneigt gewesen, an die Meisterung seiner Krise zu glauben. Aber dann, es war nach einer Woche Ruhe, bestellte ihn sein Vorgesetzter in offizieller Funktion zu sich. Martin hatte auf dem Weg zu ihm dieses miese Puddinggefühl in den Knien und glaubte, seine bisherige Begleiterin Fortuna vor dem geistigen Auge bröckeln zu sehen.

”Guten Tag, Herr Auer! Bitten, setzen Sie sich doch!”

Schon der Gesichtsausdruck seines Gegenübers schien nichts Gutes zu verheißen. Martin kam der Anweisung nach und hoffte, sein inneres Flattern würde sich nicht auf seine Stimme übertragen, als er antwortete:

”Sie haben mich rufen lassen?! Gibt es doch noch Probleme?”

”Das könnte man so nennen. Der Anruf, vor dem Sie mich gewarnt haben, ist vorgestern bei mir eingegangen. Herr Fischer rief an, um mir von Ihnen zu erzählen!”

Martin schluckte hart. Nur jetzt nicht unsicher werden, sich nichts anmerken lassen!

"Natürlich, damit habe ich gerechnet. Das sagte ich Ihnen aber auch! Er glaubt, ich hätte ihn ruiniert und vergisst dabei, dass er die Schulden selbst gemacht hat und ich nur der verlängerte Arm seiner Gläubiger bin. Er setzte ein schlechtes Gewissen meinerseits voraus, weil er mich mit meiner Frau damals in diesem Laden gesehen hat. Sie wissen, ich habe keinen Grund mich erpressen zu lassen, deshalb auch meine Reaktion! Sie hatten das zur Kenntnis genommen. Was hat er gesagt, dass es nun doch zu einem Problem wird?"

"Dazu kommen wir sofort!"

Martin hätte schwören können, der Sitz unter ihm habe Feuer gefangen, so heiß war ihm auf einmal. Gab es doch noch eine Unbekannte, die er nicht berechnet hatte?

"Ja - also, wie soll ich sagen. Dieser Herr Fischer hat nicht ein Wort über eine Kneipe verlauten lassen . . ."

Natürlich nicht! dachte Martin bei sich, diese Sache war schließlich schlichtweg erfunden!

" . . . er hat sich nur befleißigt, mir von der angeblichen Tatsache Kenntnis zu geben, dass sie sich bereits vor geraumer Zeit von ihrer Frau getrennt haben und statt dessen mit einem jungen Italiener in Bayenthal zusammenleben."

Der Schock gab Martin den richtigen Tonfall:

"Aber lieber Herr Dr. Schobert, das sind doch offenkundig die Hirngespinste eines Menschen, der sich an mir rächen will. Kann dieser Mann sich denn ausdenken, was er will, um mich zu diskreditieren? Sie wissen selbst, dass man in meinem Beruf vor Verleumdung niemals sicher ist. Seine Beweggründe sind vollkommen klar, deshalb wundert es mich, dass Sie ihm auch nur ein Wort glauben! Sie kennen mich nun schon fast zwanzig Jahre, trauen Sie mir wirklich zu, plötzlich den Boden unter den Füßen zu verlieren und homosexuell zu werden?"

"Das hat weniger damit zu tun, was ich ihnen zutraue oder nicht sondern eher damit, dass ich mir Gewissheit verschaffen muss. Ich muss Ihnen nicht extra sagen, dass gerade in einem Beruf wie Sie ihn ausüben, ein guter und gefestigter Leumund die Voraussetzung ist. Wo kämen wir denn hin, wenn jeder Schuldner die Möglichkeit hat, Sie zu nötigen, weil er irgendwelche geheimgehaltenen Geschichten aus ihrem Privatleben kennt!"

"Wenn Sie es so sehen . . . ausdenken können sich viele viel. Es kann doch nicht der Sinn der Sache sein, dass ich es sein soll, der das Gegenteil dieser dummen Story beweisen muss!"

"Natürlich, so habe ich auch reagiert, schon weil ich Ihr Persönlichkeitsprofil seit langen Jahren kenne und Sie einzuschätzen weiß. Aber dann hat sich durch Zufall ergeben, dass ein Kollege ihren Wagen tagtäglich in Bayenthal stehen sieht. Das lässt darauf schließen, dass Sie tatsächlich dort wohnen. Eine Änderung, die Sie hier bei uns nicht angegeben haben!"

"Ich komme mir wirklich vor wie bei einem Tribunal - ich habe mir nichts vorzuwerfen. Es kommt schon einmal vor, dass ich meinen Wagen verleihe. Ich nehme an, das ist kein Kündigungsgrund! Wer ist denn der Kollege, der sich so gut mit Autos auskennt? Meiner ist schließlich nicht der einzige Passat, der in Köln zugelassen ist!"

"Sie werden verstehen, dass ich auf den Namen nicht weiter eingehen möchte. Aber ich kann Ihnen versichern, dass er sich nichts dabei gedacht hat, er hat es eher arglos weitergegeben!"

"Ich für meinen Teil glaube allmählich vielmehr an ein Komplott gegen mich! Ich verstehe nur nicht ganz, wieso das so ist, denn ich habe mutwillig keine Feindschaften begründet, habe privat keine Kontakte zu Kollegen, weil ich die Problematik kenne."

Martin hielt nichts mehr auf seinem Stuhl, er war aufgestanden und kam sich jetzt vor dem Schreibtisch stehend irgendwie dumm vor.

"Bitte Herr Auer, setzen Sie sich doch wieder. So weit, an ein internes Komplott zu glauben, sollten Sie vielleicht doch nicht gehen. Ich kann verstehen, dass Ihnen dies alles nahe geht und versichere, dass ich nicht gerne in Ihrem Privatleben herumschnüffele. Sie sind nicht der erste Fall in dieser Richtung und ich glaube, wir werden eine Lösung finden. Aus Gründen der Interessenwahrung unserer Abteilung wie auch zu Gunsten Ihrer eigenen Belange frage ich Sie heute in offizieller Eigenschaft - Herr Auer, leben sie nicht mehr mit Ihrer Frau, sondern in Bayenthal mit einem Mann zusammen?"

In Martin gab es nur einen Gedanken. Er musste sich gegen die Anschuldigungen verwahren und durfte dabei nicht unsachlich werden. Selten war es für ihn so schwer gewesen, nicht völlig die Fassung zu verlieren.

"Aber ich habe Ihnen bereits gesagt, dass dies alles nicht der Wahrheit entspricht! Außerdem, es ist mir ein Rätsel, was Sie von mir erwarten! Soll ich mich hier hinstellen und laut verkünden, ich sei plötzlich schwul geworden? Was wäre denn, wenn Sie weiter ehrlich bleiben wollen, die Folge dieser Beichte?"

Martin wurde sich kaum bewusst, dass er seinem Vorgesetzten gegenüber damit eigentlich schon alles zugegeben hatte. Dr. Schobert antwortete eher ausweichend:

"Ich würde es zur Kenntnis nehmen und Sie wären nicht mehr erpressbar. Sie sollten eines verstehen - nicht die Tatsache ist der Hemmschuh. Es liegt zum großen Teil auch in meinem Ermessen, das muss ich dazu sagen. Für mich ist es nicht relevant, dass Sie eventuell homophil sind, sondern nur, ob Sie Ihre Arbeit ohne Einschränkungen ausführen können. Sollten Sie also etwas offenzulegen haben, tun Sie es. Infolgedessen wären Sie nicht mehr durch Intrigen zu nötigen!"

Martin merkte, dass er sich mit seiner Frage zu weit vorgewagt hatte, deshalb beeilte er sich, zu versichern:

"Wir brauchen uns über dieses Thema nicht weiter zu unterhalten. Es war eine aus Interesse gestellte und rein rhetorische Frage. Sie sagen also, man muss mit keinerlei Konsequenzen rechnen nach einem solchen - Eingeständnis?"

"Sie hätten nicht mit Konsequenzen zu rechnen, denn ich kenne Sie als einen zuverlässigen und loyalen Mitarbeiter und auch eine tiefergehende private Änderung würde Ihre berufliche Integrität wohl nicht in Frage stellen. Ich persönlich glaube, dass wir in einer aufgeklärten und großzügigen Gesellschaft leben und in einer solchen hat meiner Meinung nach niemand das Recht, über einen anderen zu urteilen, wenn sich dessen Ansichten oder Vorlieben von den eigenen unterscheiden. Auch nicht in einer Beziehung wie der des Arbeitsverhältnisses. Wenn ich jemanden das Vertrauen entziehe, dann muss er sich eines Vergehens schuldig gemacht haben, das dies auch verdient. Ich weiß, ich stehe mit meinen Ansichten teilweise allein, aber wie schon gesagt - ich vertrete sie so!"

Martin wurde das Gefühl nicht los, Schobert wolle ihm goldene Brücken bauen. Das änderte jedoch nichts an seiner Panik, er konnte einfach nicht darauf eingehen. Deshalb behauptete er stereotyp:

"Es ist sicherlich eine gute Sache, einen aufgeschlossenen Vorgesetzten zu haben. Vielleicht kommt mir das einmal in einer anderen Sache zugute. Jetzt jedoch brauche ich weder Verständnis noch Entgegenkommen. Ich bleibe dabei, weil es so und nicht anders ist. Mein Leben verläuft ganz normal, vielleicht manchmal sogar zu normal. Und ich habe nicht vor, etwas daran zu ändern."

Martin bekam ein spöttisches, fast überlegenes Lächeln hin und Dr. Schoberts Gesicht verschloss sich, obwohl er nochmal versuchte, es Martin einfacher zu machen.

"Wollen Sie nicht noch einmal darüber nachdenken? Ich kann Ihnen versichern, dass die anfänglichen Schwierigkeiten zu überwinden sind und ich voll und ganz hinter Ihnen stehen werde. Ich nehme an, ein ständiges Versteckspiel ist Ihrer Korrektheit genauso wenig zuträglich wie Ihrem Seelenfrieden!"

Martin konnte kaum glauben, was er da hörte. Mit allem hatte er gerechnet, damit jedoch nicht. Trotzdem wirkte er sehr ungehalten, als er etwas zu laut erwiderte:

"Dadurch, dass Sie mir einen Weg offen halten wollen und scheinbar keine Vorbehalte gegen Homosexuelle hegen, ändert sich die Wahrheit nicht! Die Verleumdung, ich sei schwul, wird auch durch Ihr wohlgemeintes Feingefühl nicht zur Tatsache! Ich lebe bei und mit meiner Frau und das wird sich nach meinem Ermessen auch nicht ändern!"

"Ich habe verstanden!"

Dr. Schobert machte ein paar Notizen, dann sah er Martin fragend an, weil dieser noch immer vor ihm saß.

"Und was kann ich jetzt tun, um mich vor diesen infamen Beschuldigungen zu schützen? Soll ich Herrn Fischer anzeigen?"

"Tja, sollten Sie das tun???"

Es war eher, als wolle Schobert Martin fragen, ob dieser es denn wirklich riskieren wolle, gegen die Wahrheit anzuklagen. Nach einer Kunstpause fuhr er fort:

"Ich an Ihrer Stelle würde abwarten, was die internen Untersuchungen ergeben. Wenn es so ist, wie Sie sagen, wird früher oder später herauskommen, dass Sie das Opfer einer Verleumdung wurden. Und was Ihre Kollegen angeht, kann ich Ihnen nur raten, eventuelle Spitzen zu überhören. Sie wissen, Spott macht erst Freude, wenn man merkt, das Ziel der Stichelei geht darauf ein und ärgert sich. Sie werden spätestens dann aufhören und sich zurückziehen, wenn klar ist, dass sich in Ihrem Privatleben wirklich nichts geändert hat. Auch das wird sich herumsprechen, naturgemäß natürlich etwas langsamer als die skandalöse Neuigkeit, der Sie aus dem einen oder anderen Grund verdächtigt werden!"

"Das hört sich einfach an, ich hoffe, ich kann mich auch daran halten!"

Martin stand auf, aber Schobert war noch nicht fertig. Er begann von neuem:

"Wenn eine gewisse Zeit vergangen ist, werden die lieben Kollegen wieder etwas anderes haben, das ihre Aufmerksamkeit und ihren Äußerungsdrang fesselt, so wie im Moment Ihre Geschichte und gestern eine andere. Das ist es ja, warum ich jedem rate, niemals Offensichtlichkeiten zu verheimlichen nur aus Angst vor Repressalien. Die Freude an heimtückischen Attacken vergeht schnell, wenn jemand selbstbewusst zu seiner Art zu leben steht. Aber dies trifft auf Sie augenscheinlich nicht zu, wie Sie versicherten. Deshalb werden wir versuchen, die ganze Sache so schnell wie möglich klärend zu widerlegen. Auf Wiedersehen, Herr Auer!"

Dr. Schobert nickte Martin mit einem sonderbaren Gesichtsausdruck zu, dann lieferte er das nach, vor dem Martin die ganze Zeit Angst hatte:

"Sie werden verstehen, dass ich Ihre Beförderung genau solange zurückstellen muss, bis die Sache geklärt ist!"

"Also doch Repressalien!"

"Ich verstehe Sie nicht, Herr Auer. Wieso sind das Repressalien, wenn der Vorwurf der Homosexualität nicht zutrifft? Ich muss lediglich sichergehen, dass Sie nicht unter Druck zu setzen sind. Das wären Sie nicht mehr, wenn Sie ihre eventuelle Homosexualität zugegeben hätten. Genau dann würden Sie auch erkennen, dass es keine negativen Folgen hat. Sie sind natürlich noch weniger angreifbar, da Sie bei Ihrer Frau wohnen!"

"Das heißt also, dass Sie meine persönlichen Verhältnisse jetzt überprüfen?"

"Ich denke, das liegt in Ihrem Interesse!"

Schobert stand auf und reichte Martin über die Schreibtischplatte hinweg die Hand.

"Gut, Herr Auer! Alles weitere wird sich finden. Vielleicht beruhigt es Sie, wenn ich Ihnen sage, dass ich die gesamte Beförderung bis zur Klärung auf Eis lege!"

Damit war Martin entlassen. Draußen atmete er erst einmal auf. Obwohl er sich von seinem Chef durchschaut fühlte, glaubte er, das Richtige getan zu haben.

Und auf dem Weg zurück in sein Büro fiel es ihm dann das erste Mal auf - grüßte man ihn nicht auf eine bezeichnende Weise überfreundlich? Stand man nicht direkt hinter seinem Rücken in kleinen Grüppchen zusammen, steckte die Köpfe wissend aneinander und trug ein maliziöses Grinsen im Knopfloch, das ohne Zweifel auf seine Person bezogen war?

Er war froh, als er endlich hinter seinem Schreibtisch saß. Auch wenn rein gar nichts Greifbares vorgefallen war, fühlte er sich wie nach einem Spießrutenlauf. Doch dann wurde er plötzlich ganz ruhig. Was hatte Dr. Schobert gesagt? Wenn er mit seiner Frau in geordneten Verhältnissen lebte, konnte ihm nichts passieren!

Es war plötzlich, als habe sich nur dieser eine Satz in sein Bewusstsein eingegraben. Er überlegte, während er scheinbar in eine aufgeschlagene

Akte starrte. Und irgendwann wurde er wieder zuversichtlicher. Er musste den momentanen Zustand doch eigentlich nur dem angleichen, was er offiziell zu Protokoll gegeben hatte. Das hieß, er musste, wenigstens bis die Wogen sich geglättet hatten, zurück zu Nicole. Sie hatte ihm den Weg zurück immer offengelassen.

Deshalb sah er das einzige Problem eigentlich in Fernando. Wie sollte er ihm seinen Entschluss erklären? Ach was, sein Freund würde ihn verstehen müssen! Schließlich blieb Martin nichts anderes übrig. Es würde ja nicht für immer sein.

Er durfte sich genau solange nicht mehr in Bayenthal sehen lassen, bis das berühmte Gras über die Sache gewachsen war. Wenn dann kein Schaf kam und fraß das überdeckende Grünzeug wieder ab, stand seinem weiteren Zusammensein mit Fernando nichts entgegen.

Schneller als er die Angelegenheit richtig durchdacht haben konnte, rief er bei Nicole an und stellte sicher, dass er für einige Wochen dort auf der Couch schlafen konnte.

Dann erst wählte er Fernandos Nummer und atmete eigentlich auf, als bei drei Versuchen besetzt war. Beim vierten Mal meldete sich niemand mehr, nicht einmal der Anrufbeantworter. Das hieß, dass Fernando das Haus wohl verlassen hatte. Martin wich trotzdem nicht von seinem Plan ab. Er hinterließ keine Nachricht, wollte persönlich mit Fernando reden und machte sich keinen Kopf darüber, dass sein Freund sich eventuell Sorgen machte, wenn er nach Feierabend nicht heimkam.

In seinem Kopf formierten sich die Gedanken wie Soldaten, schneidig und schön der Reihe nach. Allein der Krieger für die Beziehung mit Fernando war schon im Vorfeld und nicht einmal heldenhaft gefallen. Martin setzte einfach voraus, dass Fernando seine Zwangslage verstand. Schließlich sollte sich ja nicht wirklich etwas an ihrem Verhältnis ändern. Martin würde später, wenn es schon dunkel war mit einem Taxi nach Bayenthal fahren, ein paar Sachen abholen und seinen Freund beschwichtigen.

Trotz oder gerade wegen all seiner nüchternen Logik krampfte sich Martins Magen schon beim Gedanken an die Aussprache zusammen und als er seine Aktentasche und das Jackett nahm, um zu Nicole zu fahren, war ihm bereits übel. Seine Speiseröhre brannte, als habe er Essig getrunken und von Zeit zu Zeit hätte er sich am liebsten gekrümmt, wenn ihn unverhofft ein Magenkrampf erwischte.

Draußen auf dem Vorplatz traf er Robert, der ihm auf die entsprechende

Frage hin gestand, bereits gewusst zu haben, dass Jürgen Fischer angerufen hatte.

"Weißt du vielleicht auch, wer das ist, der ständig meinen Wagen in Bayenthal stehen sieht?", wollte Martin gleich anschließend wissen. Aber Robert schüttelte den Kopf.

"Keine Ahnung, davon weiß ich nichts! Mal was anderes - soll ich gleich bei dir und Nicole vorbeikommen? Dann könnte ich dich auch nach Bayenthal fahren und du musst kein Taxi nehmen, um ein paar Sachen zu holen. Ich denke doch, du willst zu deiner Frau!?"

Martin stimmte zu, wunderte sich aber im Stillen, wieso sich Robert schon so vollständige Gedanken über das gemacht hatte was er, Martin, jetzt tun würde. Er sprach mit Robert noch kurz über das, was im Gespräch mit Dr. Schobert alles zur Sprache gekommen war, dann machte er sich auf den Weg zu Nicole. Schon eine Viertelstunde später kam er dort an. Seine Frau saß im Wohnzimmer und lackierte sich die Nägel. Wie selbstverständlich grüßte sie Martin, der seit einiger Zeit nach einmaligem Klingeln wieder mit dem Schlüssel hereinkam.

"Und du willst wirklich bleiben? Meinst du, sie schicken dir den BND hinterher und testen, wo du schläfst?", meinte sie dann ohne aufzuschauen. Martin stand unentschlossen mitten im Zimmer.

"Ich weiß nicht recht, mit was ich rechnen soll. Aber hier fühle ich mich sicherer!"

"Natürlich! Trotzdem ändert das nichts an der Tatsache, dass du schwul bist. Gib es doch einfach zu und du kannst wieder ruhig und was für dich wichtig ist, neben Amati schlafen."

Es hörte sich kalt an, wie sie das sagte und Martin wusste nichts zu erwidern. Deshalb ließ er sie fortfahren:

"Aber du hast Recht, wahrscheinlich ist es besser, wenn niemand Fremder von deiner Veranlagung erfährt! Das Ganze wird dann zu unübersichtlich!"

Nicole rechnete noch immer mit dem kontinuierlichen Bindeglied zwischen ihnen, welches Geheimnis hieß und sie auf eine nebulöse Weise miteinander verband. Sie wich vom Thema ab, als sie jetzt fortfuhr, ohne auf eine Antwort Martins zu warten:

"Ich nehme an, du willst auf der Couch schlafen. Das Bettzeug liegt schon dort auf dem Sessel! Du wirst aber nichts dagegen haben, wenn wir zusammen essen. Ich bin froh, dass ich noch mal für jemanden kochen kann, deshalb habe ich etwas vorbereitet!"

"Gleich kommt Robert. Wenn es dunkel ist, fahren wir nach Bayenthal und holen ein paar Sachen ab!"

"Was sagt denn Amati zu deinem Entschluss?"

Wieder spürte Martin seinen Magen unangenehm drücken.

"Er . . . er weiß es noch nicht!"

Sie unterhielten sich eine ganze Weile über die augenblickliche Situation. Martin konnte Nicole nicht ansehen, wie sehr sie neue Hoffnungen aufbaute. Sie hatte sich kopfüber in ein distanziertes Verhaltensmuster geflüchtet, um Martin in keiner Weise zu bedrängen. Andererseits glaubte sie, Martin mit dieser Taktik wieder auf ihre Seite ziehen zu können. Selbst, wenn er nicht sofort wieder mit ihr schlief, konnte aus der für ihn unfreiwilligen Rückkehr wieder eine Beziehung werden - so jedenfalls hoffte sie im Stillen. Sie würde Martin von ihren ersten zögernden Schritten in ein neues, eigenes Leben nichts erzählen. Ein wenig hatte sie sich an ihre neue Freiheit gewöhnt, aber noch immer würde sie Martins Heimkehr allem anderen vorziehen.

Es schloss sich ein eher belangloses Gespräch an, über dem die Zeit bis einundzwanzig Uhr verging. Martin wurde stetig unruhiger. Ihm war noch immer latent schlecht und von der Mahlzeit, die Nicole ihm vorsetzte, konnte er nicht einmal ein Viertel essen, ehe ihn ein Brechreiz zum Aufhören bewegte. Es war genau zehn nach neun, als es klingelte. Robert war eingetroffen. Das erinnerte Martin nun vollends an Fernando und sein bevorstehendes Gespräch mit ihm.

Jäh sprang er auf, rannte ins Bad wo ihn ein Magenkrampf zum Klappmesser degradierte und ohne Vorwarnung nach vorne riss. Er würgte, bis ihm Tränen in die Augen schossen und war schneeweiß, als er ins Wohnzimmer zurückkam. Er setzte sich und starrte mit ausdruckslosem Gesicht vor sich hin. Dann bekam er wieder Schmerzen und krümmte sich. Robert und Nicole sahen sich schweigend an, ehe Robert das Wort ergriff:

"Ich glaube, es ist besser, wenn ich allein nach Bayenthal fahre und ein paar Sachen hole. Das Gespräch kannst du ja später noch nachholen."

"Das geht nicht!"

Martin atmete so flach wie möglich, um dadurch die Krämpfe unter Kontrolle zu bekommen und erträglicher zu machen.

"Fernando kann wenigstens erwarten, dass ich ihm alles erkläre. Das bin ich ihm nun wirklich schuldig."

"Und wenn du ihn anrufst?"

Martin überlegte, dann griff er zum Telefon. Endlos lange ertönte das

Freizeichen, aber niemand hob ab. Auch der Anrufbeantworter meldete sich nicht zu Wort, deshalb legte er unverrichteter Dinge wieder auf.

"Ich komme nicht darum herum, ich muss mitfahren!", meinte er dann zu Robert gewandt. Gleich anschließend jedoch wusste er selbst, dass dieses Vorhaben undurchführbar blieb. Er war einfach nicht in der Verfassung, in ein Auto zu steigen und konnte erst Recht kein Gespräch führen, von dem seine wichtigste Beziehung abhing.

"Vielleicht solltest du ein paar Worte schreiben - nur das Nötigste. Und morgen fährst du dann zu ihm!", schlug Robert vor. Martin freundete sich mit diesem Gedanken an. Alles war ihm lieber als sich jetzt nach Bayenthal zu quälen. Und so kam es, dass er ein paar erklärende Worte auf ein Blatt Papier schrieb. Er bat Fernando um etwas Geduld und darum, ihn anzurufen, sobald er wieder zu Hause sei. Dann bereitete er seinen Freund darauf vor, dass Robert aus gegebenen Anlass einige seiner Sachen holen würde und dafür von ihm den Schlüssel für das Haus bekommen hatte. Es folgten ein paar liebevolle Floskeln, welche Martin in diesem Augenblick zwar ernst meinte, die er aber auch wählte, um Fernando zu beruhigen. Den Briefumschlag reichte er Robert und bedankte sich im Voraus für dessen Hilfsbereitschaft. Dann wartete er noch ab, bis sein Kollege aus der Tür war, entkleidete sich bis auf die Unterhose und legte sich auf die Couch, die Nicole in der Zwischenzeit zum Bett umfunktioniert hatte. Er fühlte sich so schlapp, dass er tatsächlich kurz einschlief, was ihm die Wartezeit wesentlich verkürzte. Nicole ließ ihn schlafen und saß ihm eine ganze Weile gegenüber. Sie beobachtete ihn und wünschte sich, dass alles wieder so werden würde, wie es einmal war.

Robert fuhr ohne Umwege nach Bayenthal, in der Tasche den Brief, der für Fernando bestimmt war. Den Schlüssel benutzte er natürlich nicht. Er klingelte, weil er Licht im Haus sah. Und richtig, Fernando öffnete. Die Straßenbeleuchtung ließ seinen weißen Satin-Kaftan seidig schimmern.

"Was ist denn jetzt los?", fragte er ziemlich schroff.

"Ich komme im Auftrag von Martin und soll ein paar seiner Sachen abholen."

Fernando glaubte, ein dicker Gummihammer schlage ihm gezielt in die Kniekehlen. Als Martin nicht heimkam, hatte er sich schon einige schlimme Gründe ausgemalt, aber das hier war nicht dabei gewesen.

"Wieso Sie? Ich verstehe nicht! Warum ruft er nicht an?"

"Er hat es versucht, aber Sie sind nicht drangegangen. Kann ich jetzt mit hineinkommen und ein paar seiner Sachen zusammensuchen?"

Fernando pendelte zwischen Wut und Schmerz hin und her, trat aber zur Seite und wies Robert den Weg. Oben schaute er auf das Telefon und erkannte, dass das Klingeln leise gestellt und der Beantworter aus war. Er änderte nichts daran, sondern folgte Robert, der den Weg ins Wohnschlafzimmer bereits kannte. Dort standen sie sich gegenüber, Fernando sah Robert beklommen direkt in die Augen.

"Und? Was weiter?"

"Wie gesagt, komme ich ein paar Sachen abholen. Die anderen soll ich später beschaffen. Er will Ihnen nicht noch einmal begegnen!"

"Was soll das denn alles heißen? Parla sùbito! Lassen Sie sich doch nicht alles aus der Nase ziehen!"

Er nahm sich einen Drink und vergaß, Robert auch etwas anzubieten. Dieser ließ eine Minute verstreichen, dann begann er:

"Es tut mir sehr Leid, der Überbringer einer solchen Nachricht zu sein, das müssen Sie mir glauben. Leider hat Martin mich dazu auserkoren! Im Amt ist etwas geschehen und es bleiben Martin nur zwei Wege - entweder er erklärt öffentlich, schwul zu sein oder er geht zurück zu Nicole. Sie wissen selbst, Martin ist kein Held und er hat sich für seine Frau entschieden. Ich soll Ihnen sagen, dass alles zu Ende ist, er hat selbst wohl nicht den Mut dazu. Natürlich hat er Angst vor Ihrer Reaktion, das hätte ich auch nach einem so unsauberen Schluss. Bitte packen Sie die Sachen, die ich jetzt nicht mitnehmen kann, zusammen, ich hole sie dann morgen ab. Den Schlüssel soll ich gleich abgeben."

Fernando lauschte den Worten und übersetzte sie in seinem Kopf wieder einmal ins Italienische, wie er es immer tat, wenn er etwas einfach nicht verstehen wollte. Er glaubte, die Aussage hätte dann für ihn eine weniger erniedrigende Bedeutung. Aber der Sinn änderte sich nicht und es tat höllisch weh.

"Und er konnte mir das nicht selbst sagen? Ist ihm unsere Zeit nicht einmal soviel wert, dass er mir die Demütigung erspart, wenn Sie mir das ausrichten?"

Fernando hielt die Luft an, als könne das den Schmerz betäuben, der sich in seinem Inneren ausbreitete wie ein Flächenbrand. Sein Blick schien zu lodern, aber gleichzeitig wollte er einfach nur heulen. Er drängte die Tränen jedoch zurück. Hier und jetzt vor Robert wollte er sich nicht auch noch die Blöße geben zu weinen. Der hatte schließlich schon genügend Vorurteile gegen die seiner Meinung nach verweichlichten Schwulen!

"Wahrscheinlich nimmt er an, auf diese Weise begreifen Sie schneller, dass ihm an einem weiteren Kontakt nichts liegt! Wenn Sie gehört hätten, was er so alles über Sie gesagt hat - ich möchte es hier gar nicht wiederholen. Eins nur - er hält Sie für einen sexbesessenen, schwierigen Menschen und will Sie endgültig loswerden. Sie sollten auf seinen Wunsch eingehen und sich nicht mehr mit ihm in Verbindung setzen! Sie würden sich eine Menge demütigender Angriffe ersparen!"

"Worauf Sie sich verlassen können! Ich werde ihm ganz bestimmt nicht nachlaufen! Dieser miese Hund! Und so etwas habe ich geliebt!"

Fernando gab sich alle Mühe wütend zu werden, aber ihm fehlte die Kraft zu einem Ausbruch. Er nahm Martins Hausschlüssel aus Roberts Hand entgegen und sehnte den Zeitpunkt herbei, an dem der andere wieder ging.

Robert ließ sich Martins Sachen zeigen und packte den kleineren Teil davon ungeordnet in eine Tasche. Ohne noch viele Worte zu machen, verließ er gleich anschließend das Haus und ließ einen vollkommen erschütterten Fernando zurück.

Draußen trat ein Ausdruck der Genugtuung auf Roberts Gesicht. Er stieg in seinen Wagen und nahm den Brief, der eigentlich für Fernando bestimmt war aus der Tasche. Fast andächtig zerriss er ihn in winzige Teilchen.

Er wollte Martin von Fernando trennen und hatte diese Gelegenheit sofort genutzt und sein Ziel auf unkomplizierte Weise erreicht. Er wusste, es würde Martin sehr viel Lebensmut rauben, wieder allein dazustehen und dies hinderte ihn vielleicht auch daran, die Beförderung anzunehmen. Der nächste auf der Liste war er, Robert, selbst.

Anfangs hatte er beschlossen, Martin im Amt preiszugeben. Kurz hatte er darüber nachgedacht, ihm dazu zu raten, auf Jürgens Erpressung einzugehen. Dann wusste er, dies hätte ihn von Anfang an unglaubwürdig gemacht. Und so hatte er vorsichtig eingefädelt, dass Dr. Schobert Wind davon bekam, wo Martin jetzt wohnte. Dann jedoch wurde er sich klar darüber, dass das Schwulsein allein Dr. Schobert nicht dazu veranlassen würde, Martin zurückzustellen, und er musste seinen Plan ein wenig abändern. Die Sache heute war ihm nur zu gelegen gekommen. Denn eines wusste er - Martin würde in Zugzwang kommen, war der einzigen Sicherheit seines neuen Lebens beraubt. Und da er nicht der Stärkste war, würde er daran wohl zerbrechen!

Nicole öffnete ihm die Tür. Ohne ein Wort ging Robert ins Wohnzimmer, wo Martin gerade wieder aufgewacht war und nun einen Schonkaffee trank.

"Und? War er daheim? Was sagte er?"

Martin schaute ihn mit fieberhaft glänzenden Augen erwartungsvoll an. Robert wich seinem Blick aus.

"Nun, wie soll ich sagen . . . er war da! Und ich kann jetzt bestätigen, dass er ziemlich heftige Reaktionen haben kann. Martin, ich weiß nicht Recht wie ich es sagen soll. Er . . . er will dich nicht mehr sehen!"

"Waaas?"

Martin sprang auf.

"Was soll das heißen? Hat er denn meinen Brief nicht gelesen? Hast du ihm nicht gesagt, dass . . ."

"Moment, lass mich doch erst einmal aussprechen!", unterbrach ihn Robert ziemlich unsanft. Aber Martin brachte sowieso keinen zusammenhängenden Satz mehr heraus.

"Er ließ mich in seinem anmutigen Nachtgewand herein. Als er den Brief gelesen hatte, zerriss er ihn. Er schimpfte auf dich, nannte dich einen Feigling und schließlich forderte er seinen Schlüssel zurück. Ich wusste nicht recht, was ich tun sollte, aber es war schließlich sein Schlüssel - also habe ich ihn abgegeben. Dann hat er mich gebeten, nein er hat mir befohlen, morgen deine restlichen Klamotten abzuholen – **ich**, auf keinen Fall du selbst! Ja, es sieht so aus, als habe sich das Ganze von allein erledigt!"

Martins Herz setzte ein paar Schläge lang aus, seine erste Reaktion war der Griff zum Telefon. Er ließ sich durch Robert nicht daran hindern, Fernandos Nummer zu wählen. Aber sein Freund hob immer noch nicht ab.

"Ich sagte dir doch, dass er nichts mehr mit dir zu tun haben will. Ich an deiner Stelle würde mich nicht noch selbst beschämen und ihm hinterherlaufen. Also ehrlich, Martin. Du hast wohl mehr in ihn interpretiert, als dahinter war. Wenn du mich fragst - er ist ein ganz oberflächliches Arschloch. Vergiß ihn!"

"Dich fragt aber niemand. Rede nicht so über ihn, dazu hast du kein Recht! Er ist nicht oberflächlich, ich kann ihn sogar verstehen! Er fühlt sich von mir verraten!"

"Ich glaube, du willst nur die Fakten nicht erkennen. Ein wenig Stolz musst du doch noch übrig haben - er will dich nicht mehr. Wenn es schon ein Mann sein muss, es gibt noch genügend andere davon. Außerdem, ich könnte mir vorstellen mit seinem italienischen Temperament rammt er dir ohne dich zu Wort kommen zu lassen ein Messer zwischen die Rippen."

Roberts Worte trafen Martin hart. Sein anfänglicher Wunsch, sofort mit Fernando zu sprechen, wich der Furcht, sich ihm zu stellen. Irgendwo glaubte er zu wissen, dass Fernandos Reaktion nicht nur aus der Wut entsprang, wahrscheinlich hatte Robert Recht. Es war endgültig aus und Martin musste sich die Schuld dafür tatsächlich selbst geben. Sein schlechtes Gewissen brachte ihn dazu, den Gedanken an eine Kontaktaufnahme zu Fernando tatsächlich aufzugeben. Er resignierte, ohne sich dessen wirklich bewusst zu werden, denn er kannte Fernandos Unerbittlichkeit gerade in dieser Sache. Auf die Idee, seinem falschen Freund Robert zu misstrauen, kam er nicht.

In Fernando gewann inzwischen eine Vorstellung die Oberhand, vor der er am liebsten die Augen verschlossen hätte. Es wurde ihm immer klarer, dass Martin mit dieser Aktion seiner Feigheit den krönenden Abschluss gegeben hatte. Je öfter er sein Glas nachfüllte, um so sicherer war er, das Ganze würde zu Martin passen. Die gesamte Zeit über wollte er Sven anrufen, dann jedoch wollte er es auch wieder nicht. Er konnte sich die Reaktion seines blonden Freundes nur zu genau vorstellen. Trotzdem siegte schließlich sein Kontaktbedürfnis, er wählte Svens Nummer und machte sich als Begrüßung nicht mal die Mühe, seinen Namen zu sagen sondern begann sofort:

"Er ist weg! Einfach weg!"

" Wer? Was ist los?"

"Martin ist weg, der Waschlappen ist zurück zu seiner Frau gegangen und hat sich nicht einmal von mir verabschiedet oder irgendetwas erklärt!"

Auch wenn Sven durch das Telefon mitten aus dem Schlaf gerissen wurde, war er plötzlich hellwach.

"Was machst du gerade?" fragte er ahnungsvoll.

"Was wohl! Was würdest du denn machen? Ich trinke!"

"Ich komme! Bau keinen Bockmist bis dahin, nimm dich ein einziges Mal zusammen."

Sven warf den Hörer auf die Gabel und Fernando konnte nur vermuten, dass er sich jetzt in Windeseile anzog und nach Bayenthal kam. Eigentlich hatte er das gar nicht gewollt.

Er rannte im Zimmer herum und schrie italienische Schimpftiraden heraus, schwor Martin erst fürchterliche Rache und schließlich drohte er seinem nicht gegenwärtigen Freund mit unendlicher Gleichgültigkeit. Dann warf er sich auf sein Bett und begann, lautlos zu weinen. Tiefe Hoffnungslosigkeit war plötzlich in ihm und die Trauer bohrte in seinem Inneren, als umklammere jemand sein Herz. Das Leben ohne Martin mochte er sich nicht vorstellen, aber immer weiter kreisten seine Gedanken um diese Gegebenheit.

Er presste sein heißes Gesicht in die kühle Seidenbettwäsche. Vollkommen am Ende sah er keinen Weg, sein Leben allein weiterzuführen und der Alkohol tat ein übriges, um ihn darüber nachdenken zu lassen, wie er seinem Dasein und damit dieser Qual ein Ende bereiten könne. Tabletten schieden aus, bis diese wirkten, würde Sven bereits hier sein. Zum blutigen Öffnen seiner Pulsader tendierte er aus Gründen des Ekels vor Blut schon mal gar nicht. Was blieb also übrig? Er schaute das Bild auf dem Nachttisch an, das ihn selbst und Martin zusammen zeigte und sagte vorwurfsvoll:

"Alles, was jetzt passiert, hast du allein dir zuzuschreiben. Das macht man nicht mit mir. Ich habe dich geliebt und du hast mich umgebracht!"

Er hatte einen Entschluss gefasst und stand auf. Ganz in den Gedanken versunken, Martin mit dem, was folgen sollte, zu bestrafen und ihm so klar zu machen, welche Schuld er auf sich geladen hatte, ging er mit unsicheren Schritten Richtung Balkon. Der nackte, kleine Apoll hielt wie immer das Licht, als Fernando entschlossen begann, über die Balustrade zu steigen. Es waren sicher genügend Meter bis unten auf die Steinfliesen, dachte er bei sich, stand eine Weile vor dem Geländer und hielt sich fest. Der Garten vor seinen Augen begann zu verschwimmen, seine Gedanken wanderten wieder zu Martin. Das wirkte wie ein Startschuss, er schloss die Augen und ließ das Schmiedeeisen hinter sich los.

Sven fand die Haustür offen. Er wunderte sich darüber, diesmal nicht von lauter Musik empfangen zu werden, die Ruhe kam ihm ausgesprochen ominös vor.

"He, wo bist du?"

Er lief die Treppen hoch und drückte die nur angelehnte Tür zum Wohnschlafzimmer auf. Sein Blick fiel geradeaus auf das leere Bett und gleich anschließend durch die Balkontür hinaus. Er sah Fernando direkt auf den

Rücken. Er rief den Namen seines Freundes und rannte gleichzeitig los. Aber genau in diesem Moment ließ Fernando sich nach vorne fallen, der Balkon war leer, als habe nie jemand dort gestanden.

Sven blieb kurz wie angewurzelt mitten im Schlafzimmer stehen, sah hinaus, als stände er in den Rängen eines Kinos. Er schluckte, dann sprintete er hinaus. Er prallte mit einem solchen Schwung gegen das Geländer, dass er selbst fast hinüber segelte. Unten lag Fernando mit seltsam verdrehten Extremitäten. Sven stieß sich in entgegengesetzter Richtung vom Geländer ab und lief im gleichen Tempo ins Haus zurück und hinunter. Durch die große Glasschiebetür des Schwimmbads gelangte er nach draußen. Fernando lag größtenteils auf dem Rasen, lediglich der untere Abschnitt seiner Beine ragte auf die Steinfliesen.

"He, du Schwachsinniger!"

Sven wollte eigentlich brüllen, aber diesmal sah es zu ernst aus, er brachte nur ein nervöses Flüstern zustande.

Fernando stöhnte leise und mit geschlossenen Augen, Sven konnte jedoch keine äußeren Verletzungen feststellen. Er drehte den jungen, jetzt sehr blassen Italiener auf die Seite, stabilisierte so seine Lage und rannte zurück ins Haus, von wo aus er einen Rettungswagen orderte.

Anschließend ging er zurück zu Fernando. Er streichelte seinen Rücken, während die Minuten wie klebriger Sirup vorüber tropften. Dann, nach scheinbar endloser Zeit erkannte er den blauen, zuckenden Schimmer von der Straße her und ging, um die Haustür zu öffnen. Auf einer Trage transportierten die beiden Sanitäter Fernando zum Rettungswagen. Sven wich nicht von seiner Seite. Im Wagen hielt er die Hand seines Freundes, was ihm spöttische Blicke der Helfer in Weiß einbrachte, die augenscheinlich den Verdienstorden mit der Aufschrift *hetero* fest an ihrer Brust installiert hatten.

Tausend Gedanken gingen Sven durch den Kopf, diesmal hatte er echte Angst um Fernando. Auch wenn die Distanz vom Balkon in den Garten eigentlich nicht ausreichte, um sich umzubringen, konnte sie genügen, einen irreparablen, körperlichen Schaden zu verursachen. Sie hatten die Klinik fast erreicht, als Fernando die Augen aufschlug. Er schaute sich um, erkannte dann Sven neben sich und murmelte:

"Was soll das? Warum . . . warum bin ich denn nicht tot?"

Der Brandy-Atem schlug Salto vor Svens Nase und er verzog das Gesicht, während er antwortete:

"Es wird alles wieder gut! Mein Gott, Fernando! Wann wirst du endlich erwachsen?"

"Immer musst du mir dazwischenkommen!", hauchte der junge Maler noch matt, dann sank sein Kopf wieder auf die Seite. Sven wollte es nicht, aber ihm schossen die Tränen in die Augen. Er strich immer wieder über Fernandos Hand und hätte sogar beinah, auch wenn es seiner Überzeugung widersprach, gebetet. In der Ambulanz lief er unruhig hin und her, fragte jeden, der das Pech hatte, an ihm vorbei zu müssen, was denn nun mit Fernando los sei. Niemand konnte ihm Auskunft geben, bis das Bett inklusive Fernando heraus geschoben wurde. Sven baute sich vor dem Arzt auf, so dass dieser keine Möglichkeit hatte, an ihm vorbeizukommen.

"Bitte, können Sie mir sagen, was los ist? Ist er schwer verletzt?"

"Ja, ich weiß nicht, ob ich Ihnen da etwas sagen darf! Sind Sie ein Verwandter?"

"Das geht schon in Ordnung . . . ich bin sein Bruder!"

Sven versuchte so überzeugend wie möglich zu wirken. Der Arzt schaute leicht zweifelnd zwischen dem schwarzhaarigen Fernando und dem Blondschopf Sven hin und her.

"Was ist? Wollen Sie unsere Geburtsurkunden sehen, bevor Sie mir sagen, ob er sterben wird? Wir hatten verschiedene Väter, verdammt noch mal!"

Der Arzt nickte.

"Ja, also - Sie brauchen sich wirklich keine Sorgen zu machen. Er hat ein paar blaue Flecken und sein rechter, kleiner Zeh ist gebrochen!"

"Was denn? Das ist alles?"

Sven war auf eine angenehme Weise überrascht und fuhr fort:

"Aber er war doch bewusstlos . . . ich meine, da musste ich doch annehmen, dass er schwerer verletzt ist!"

"Sie haben natürlich richtig gehandelt, als Sie ihn herbrachten. Es ist nicht ungewöhnlich, dass er bei einem Alkoholspiegel von guten zweieinhalb Promille besinnungslos wird. Sie sagten, er sei aus einer größeren Höhe gefallen, der Schock hat ein übriges getan, um eine Ohnmacht herbeizuführen. Wie gesagt es ist alles in Ordnung, seine Konstitution wird ihm helfen, die leichte Alkoholvergiftung zu verarbeiten, auch wenn er wahrscheinlich arge Kopfschmerzen hat, wenn er aufwacht!"

Sven atmete auf, griff den völlig überraschten Arzt bei den Schultern und wirbelte ein paar Mal mit ihm herum. Sein weißer Kittel bauschte sich und das Stethoskop flog den Gang hinunter. Sven holte es augenblicklich zurück, drückte dem Arzt sein Handwerkszeug wieder in die Hand und sagte überschwenglich:

"Ich könnte Sie küssen, Herr Doktor! Ich kann Ihnen gar nicht sagen, wie erleichtert ich bin. Wie lange muss er denn noch hierbleiben?"

"Bis morgen möchte ich ihn zur Beobachtung auf der Station haben - um jedes Risiko auszuschließen! Sie sind also sicher, dass es ein Unfall war? Ich meine, wenn er einen Selbstmordversuch gemacht hat, müsste ich ihn zur Sicherheit in die Psychiatrie . . ."

"Nein, nein! Keine Angst, ich übernehme die Verantwortung. Ich bin morgen um neun Uhr wieder hier!"

"Warten Sie bis nach der Visite. Es genügt, wenn Sie gegen elf kommen, bis dahin hat er dann auch seinen Rausch ausgeschlafen!"

Sven verbrachte die Nacht im Bayenthaler Haus. Er dachte lediglich kurz darüber nach, dass Fernando den Versuch wiederholen könnte. Er wollte ihn nur aus diesen sterilen Räumen der Klinik herausholen und dann selbst auf ihn aufpassen. Er glaubte seinen Freund so gut zu kennen, dass er die Verantwortung zu tragen bereit war.

Am nächsten Tag war er dann auch pünktlich zur Stelle. Sein Freund schlief noch immer, Sven küsste ihn leicht auf die Schläfe und rückte einen Stuhl neben das Bett. Wenige Minuten später erwachte Fernando, öffnete die Augen jedoch nur halb. Sein Blick wanderte über die Zimmerdecke bis zum Fenster, dann erfasste er Sven. Dieser begrüßte ihn burschikos wie immer:

"Na, du Lebensmüder! Wie ist es, wenn man zu dämlich ist, sich umzubringen?"

Die Worte waren alles andere als himmlisch und Sven sang weder zur Harfe noch hatte er Flügel. Fernando erkannte schlagartig, dass dies nicht Wolke sieben war. Er wollte den Kopf heben, unterbrach den Vorsatz jedoch bereits im Ansatz und lag sofort wieder kraftlos im Kissen.

" Ich dachte, du wärst mein Freund! Ich liege hier, bin fast tot und du machst dich darüber lustig! Aber du wusstest ja noch nie, wann der Spaß vorbei ist!"

Der Gesichtsausdruck des jungen Italieners war ausgeprägt leidend.

"Da muss ich dich enttäuschen! So schnell stirbt es sich nämlich nicht!", antwortete Sven fast triumphierend.

"Wenn du wüsstest, wie ich mich fühle und wie stark meine Schmerzen sind, würdest du das nicht sagen!"

Fernandos Stimme hatte zum Satzende hin immer schwächer geklungen. Er machte eine kleine Pause, um dann noch kraftloser fortzufahren:

"Ich weiß, ich konnte mich immer auf dich verlassen, du warst das Beste, das mir als Freund passieren konnte. Entschuldige, dass ich mich manchmal daneben benommen habe, ich wollte dir ganz sicher keine Schwierigkeiten machen! Bitte, Sven, wenn du je etwas für mich empfunden hast, musst du mir noch einen allerletzten Gefallen tun. Ruf bitte Martin an, wenn alles vorbei ist. Sag ihm, dass ich ihn wirklich geliebt habe und dass ich ohne ihn einfach nicht mehr weitermachen konnte. Er soll sich keine Vorwürfe machen!"

Erschöpft schloss Fernando seine Augen. Er fühlte sich tatsächlich, als klopfe der Sensenmann an seine Tür, die theatralische Stimmung kam so unweigerlich dazu wie das Wort zum Sonntag zur ARD. Sven glaubte, seinen Ohren nicht trauen zu können, wusste nicht ob er lachen oder weinen sollte.

"Red keinen Unsinn. An einem gebrochenen Zeh ist noch niemand gestorben und das andere, was du fühlst, ist ein ganz ordinärer Kater. Und der geschieht dir recht!"

"Kater? Was redest du denn da?"

Irrte Sven sich oder klang Fernando schon lebendiger?

"Ja, Kater! So wie man ihn eben nach einem Besäufnis bekommt. Tu nicht, als sei dir so was fremd! Dieses Haustier ist bei dir doch ortsansässig!"

Fernandos elender Gesichtsausdruck verschwand von einer Sekunde auf die andere. Er setzte sich auf und tastete seinen Körper ab.

"Soll das heißen, dass ich gar nicht lebensgefährlich verletzt bin? Ich bin doch gesprungen oder habe ich das nur geträumt?"

"Du bist gesprungen. Unser Balkon ist aber zum Glück nicht das Empire State Building, so hat es eben nur deinen Zeh erwischt! Du solltest deinem Schutzengel für seine brillante Pflichtauffassung danken!"

Fernandos Augen funkelten vor plötzlicher Wut.

"Dann habe ich mich also gleich noch mal lächerlich gemacht, die Blamage mit Martin reichte wohl noch nicht! Ich glaube es nicht, ich bin ein Idiot. Stupidággine!"

Er schlug die Decke zurück und sah seinen verbundenen Zeh.

"Das ist doch wirklich urkomisch! Lach doch - tu dir bloß keinen Zwang an. Ich hab es wirklich verdient!"

Er stand auf und humpelte zum Schrank.

"Und? Was willst du jetzt machen?"

"Was wohl!"

Er fasste sich an den Kopf.

"Ich will ein Aspirin - oder besser gleich eine ganze Kiste von dem Zeug. Maledetto, ich denke das hier ist ein Krankenhaus. Beschissener Scheißladen!", brüllte er Richtung Tür und fuhr zu Sven gewandt leiser fort:

"Was ich jetzt tun will? Ich werde nach Hause gehen und mir etwas ausdenken. Wenn ich mich nicht wenigstens ein bisschen an Martin räche, werde ich platzen."

"Oje, armes Gerichtsvollzieherchen!"

"Das sagst ausgerechnet du?"

"Nicht, dass ich ihm deine Rache nicht von Herzen gönne, es geht um etwas anderes. Ich hatte eigentlich angenommen, du wolltest ihn wiederhaben und würdest deine Aktivitäten in diese Richtung lenken."

"Ich bin fertig mit ihm, ein für allemal. Wenn ich mir das gefallen lasse und ihm immer noch hinterherlaufe, kann ich nicht mehr in den Spiegel schauen. Außerdem komme ich mit Wut besser gegen meine Traurigkeit an, ich kenne mich schließlich."

Ein melancholischer Ausdruck trat in seinen Blick und dieser veranlasste Sven, nur die Hälfte von dem zu glauben, was sein Freund sich selbst und ihm vormachen wollte.

Fernando stieg in die Hosenbeine seiner Jeans und schwieg. Seine Gedanken drehten sich bereits darum, wie er Martin beibringen konnte, dass er ihn auf unverzeihliche Weise verletzt hatte. Und das, ohne ihm und ihrer verlorenen Beziehung offensichtlich nachzulaufen. Er musste sich etwas ausdenken!

Martin fühlte sich vollkommen gerädert, als er aufwachte. Um sich zum Dienst fertigzumachen, benötigte er zweimal soviel Zeit als sonst. Noch immer hatte er nicht ganz begriffen, was eigentlich passiert war. Natürlich, er wusste, wie gereizt Fernando gerade auf das Thema Heuchelei reagierte.

Und wie anders sollte er Martins Rückkehr zu Nicole auffassen? Es war und blieb ein weiterer Schlag in sein Gesicht und diesen letzten hatte Fernando sich eben nicht mehr gefallen lassen.

Später im Amt wollte Martin mehr als einmal Fernandos Nummer wählen, als er sich dann jedoch endlich dazu überwand, hob immer noch niemand ab. Kurz konnte er über seine Arbeit abschalten, begegnete auf dem Gang wieder vielsagenden Blicken und wurde sogar auf Jürgen Fischer angesprochen. Er verfluchte innerlich das Amt, in dem scheinbar alle nichts anderes zu tun hatten als stille Post zu spielen. Er rechtfertigte sich und blieb bei seiner Version des Falles, konnte sich aber immer weniger des Eindrucks erwehren, dass alle Bescheid wussten.

Im Moment jedoch war ihm das nicht einmal so wichtig, was ihn selbst wunderte. Fest stand, dass der Tratsch ihn wieder an Fernando erinnert hatte und er fühlte erneut dieses enorme Vakuum der Isolation in sich. Der Morgen verging und es war gegen fünfzehn Uhr, als Martin an seinem Schreibtisch sitzend plötzlich rhythmische Klänge vernahm, die er nicht einordnen konnte. Aber schon im nächsten Moment flog die Türe auf und er wusste plötzlich, um was es ging.

Fernando stolzierte herein. Er trug eine superweite, lila-pink karierte Bundfaltenhose mit einem Bund, der ihm eine Wespentaille bescherte. Dazu schmückte ihn ein lilafarbenes Sweatshirt, und als ob die Kombination noch nicht auffallend genug war, garnierte er sie mit einem mindestens zwei Meter langen, rosafarbenen Seidenschal. Er hatte letzteren ausgesprochen malerisch um seinen Hals und die Schultern drapiert. Auf seinen wohl frisierten Haaren saß neckisch schräg eine weiße Franzosenkappe. Zu allem Überfluss dröhnte aus einem winzigen Kassettenradio erstaunlich laut . . . *Ich bin, was ich bin!* Martin blieb fast das Herz stehen, als Fernando mit schwingenden Hüften das Büro in Beschlag nahm. Er bekam keinen Ton heraus, während Fernando flötete:

"Entschuldigung, ich suche meinen Freund. Er hat mich seiner Scheinheiligkeit geopfert, und ich würde ihm dafür gerne in den Hintern treten. Wissen Sie zufällig, wo der Mistkerl ist?"

Er stellte das Radio auf Martins Schreibtisch, ohne es abzuschalten und ließ sich auf den Besucherstuhl nieder. Er zupfte mit der Rechten Hand formvollendet an seiner Hose, während er in der Linken plötzlich eine silberne Zigarettenspitze hielt.

"Kann ich Feuer haben, während ich in diesem Büro auf den Mann warte, den ich einmal geliebt habe?!"

Jetzt endlich hatte Martin einen Teil seiner Fassung wiedergefunden, sprintete zur Tür und sah aus den Augenwinkeln noch ein paar seiner Kollegen auf dem Flur vor dem Büro.

Sie hatten aufgeschreckt durch die Musik wohl Fernando vorüberrauschen sehen und wollten nun wissen, was er mit Martin zu bereden hatte. Diese Szene passte nur zu gut in das neue Bild, das die lieben Kollegen sich machten. Hektisch schloss Martin die Tür und stellte sich innen mit ausgebreiteten Armen davor, als wolle er verhindern, dass jemand hereinkam. Sein Gesichtsausdruck war der eines gehetzten Tieres, er sah aus, als ob er für den Rest seines Lebens so vor der Tür stehen bleiben wollte.

"Und? Kriege ich jetzt Feuer?"

"Du solltest bei dem Veilchenduft kein offenes Feuer benutzen, du könntest explodieren. Bist du von allen guten Geistern verlassen? Wie kannst du mich denn so kompromittieren, ich habe dir doch nichts getan! Warum willst du mir denn schaden?"

Martin sah auf seine ausgebreiteten Arme und ließ sie anschließend verlegen sinken. Plötzlich fand er sogar eine gewisse Komik an der Sache. Fernando dachte da anders.

"So? Du hast mir also gar nichts getan, he?! Martin, du bist der mieseste Falschspieler, den ich je getroffen habe!"

"Nando . . . wir müssen reden. Du liebe Zeit, wo hast du bloß den Plunder her? Bitte gib mir die Möglichkeit, dir zu erklären, wie alles gekommen ist! Ich wollte nicht . . ."

Auf einmal war Martin trotz allem froh, Fernando zu sehen und wollte die Gelegenheit nutzen. Aber dieser blockte ab.

"Reden? Ich will nicht reden, dazu ist es zu spät. Was ich erreichen wollte, habe ich erreicht. Die hier im Amt werden das nicht mehr vergessen. Endlich mal ein Schwuler, wie man ihn sich vorstellt. Ein rosafarbener Freak! Und der kommt gerade zu dir! Vielleicht bringt dich das dazu, endlich ehrlich zu sein. Und jetzt - mach's gut! Auf Wiedersehen - nein, nicht auf Wiedersehen! Ciao, Martin!"

Damit stand er auf. Er öffnete erst die Tür, bevor er den Kopf gespielt hochmütig in den Nacken und den Schal mit Schwung nach hinten warf. Sein Gang war, als balanciere er auf einem unsichtbaren Seil, als er auf den Gang hinausging. Dann schien er es sich zu überlegen und kam noch einmal zurück.

"Ich hatte vergessen zu erwähnen, dass du nie wieder den Versuch machen solltest, Kontakt zu mir aufzunehmen. Denn ich bin es, der dich nicht mehr will und nicht umgekehrt! Sobald du es wagst, werde ich einen Killer engagieren, der dich wie einen tollwütigen Hund abknallt!"

Diese Worte sagte er nicht geziert wie alles andere vorher, seine Stimme klang dabei ausgesprochen maskulin. Auch wenn Martin wusste, dass Fernando es nicht wortwörtlich ernst meinte, wurde ihm genau in diesem Moment klar, dass es, wie er es geahnt hatte, wirklich der endgültige

Schluss-Strich war. Er wagte nicht, zu widersprechen und schrak zusammen, als plötzlich der junge Bürobote um die Ecke bog und im Zimmer stand, um etwas abzugeben. Fernando warf Martin einen provokativ wollüstigen Blick zu, dann tänzelte er hocherhobenen Hauptes hinaus. Die ganze Zeit über hatte man nichts von seinem gebrochenen Zeh gemerkt, der Schmerz war etwas, das ihm die Kraft gab, scheinbar so kalt zu bleiben.

In den ersten Minuten nach dem Abgang seines Freundes war Martin keines klaren Gedankens fähig. Er ließ sich auf seinen Stuhl fallen, nachdem er die Tür geschlossen hatte und starrte vor sich hin. Etwas später war es Robert, der ihn aus seiner Passivität riss.

"Was Schlimmeres hätte der Typ sich wirklich nicht einfallen lassen können. Was hat er sich dabei gedacht, dich hier im Amt unmöglich zu machen?"

Martin sah nicht auf, deshalb erkannte er auch nicht das breite, maliziöse Grinsen im Gesicht seines Kollegen. Er stand auf, ohne zu antworten und ging zum Fenster. Draußen sah er den Lotos Seven stehen, auf dem Beifahrersitz saß Sven. Fernando kam soeben über den Vorplatz, stieg ein, ohne sich noch einmal umzudrehen oder nach oben zu schauen, und der Wagen fuhr ab.

Martin knabberte an seiner Unterlippe, ohne es zu merken und wurde sich dessen erst bewusst, als er das Blut schmeckte. Er glaubte in diesem Moment, das alles nicht mehr ertragen zu können.

Er achtete auch nicht auf Robert, der, sich seinem Ziel wieder etwas näher fühlend, ohne ein weiteres Wort hinaus ging.

Drei Tage waren vergangen, seit diesem Dienstag im Amt. Fernando hatte gearbeitet und sich kaum Schlaf gegönnt. Aber er versuchte auch nicht, sich mit Alkohol oder Drogen zu betäuben.

Irgendwie war es selbstverständlich gewesen, dass Sven wieder bei ihm blieb, Fernando zeigte weder Freude noch lehnte er es ab, als dieser vorschlug, zurückzukommen. Sven selbst war es nicht weiter schwergefallen, Uwe davon zu unterrichten, dass sie sich wohl nicht mehr regelmäßig sehen konnten. In dieser Verbindung war es somit wiederum Uwe, den diese plötzliche Entscheidung schmerzte, der sich allerdings schnell tröstete.

Sven stellte bald fest, dass sich in seiner Beziehung mit Fernando trotz

Herstellung alter Zustände doch etwas geändert hatte. Es war das erste Mal, dass Fernando versagte, als sie versuchten, miteinander zu schlafen. Das war etwas, das Sven bisher noch nicht erlebt hatte und er machte sich Gedanken, ohne mit Fernando darüber zu sprechen.

Robert hatte wie angekündigt Martins restliche Sachen geholt, die allerdings nicht Fernando gepackt hatte. Sven nahm ihm ab, sich damit auseinanderzusetzen. Heute nun war es das erste Mal seit diesem Dienstag, dass Sven das Atelier betreten durfte, in dem Fernando die ganze Zeit unter Hochdruck gearbeitet hatte.

Er sollte seine Kritik über das Bild abgeben, in das der Maler soviel Zeit investiert hatte und glaubte nun, seinen Augen nicht trauen zu dürfen. Es war ein Landschaftsporträt und wirkte auf eine solch plastische Art harmonisch, dass Sven beinahe übel wurde.

Fernando hatte diese Art von Sujet-Malerei bisher als bigotte Farce verlacht. Landschaftsmalerei war bis zu diesem Zeitpunkt für ihn eine Angelegenheit, die nur Spießer und Krämerseelen zu schätzen wussten und die gehörten nun wirklich nicht zu dem Kreis von Kunstkonsumenten, die er mit seinen Werken erreichen wollte. Sven erkannte romantische Häuschen, eine putzige Kirche, grünes Gras und lauschige Plätzchen unter saftigen Bäumen.

"Und? Was hältst du davon?"

Fernando sah Sven zwingend an.

"Ich . . . ich weiß nicht. Ich bin ein bisschen, na sagen wir mal - überrascht!"

"Überrascht? Sven, sei doch einfach ehrlich. Es ist Kitsch! Meinst du, ich weiß das nicht? Es ist fürchterlich und das ist mir klar. Aber alles andere, was ich versucht habe, ist schiefgegangen. Es ist, als müsse ich diesen Mist malen. Ich glaube, ich bin reif für die Klapse. Mi sono sbagliare, aber ich kann nicht anders!"

"Zugegeben, es ist ein bisschen ungewöhnlich. Es fehlt eigentlich nur noch der röhrende Hirsch auf einer Waldlichtung!"

"Was nicht ist, kann ja noch werden!"

Resigniert starrte Fernando auf sein Werk und schüttelte gedankenverloren den Kopf.

"Oh nein, so weit wirst du nicht gehen! Vorher nehme ich dir die Farben weg!"

"Ich weiß selbst nicht, woran das liegt, aber wenn ich das da male, geht es mir besser. Das ist alles so friedlich, überhaupt nicht wie im richtigen Leben!"

"Was soll ich dazu sagen? Ich meine, für einen Künstler gibt es eben diese besondere Art, sein Innenleben zu verarbeiten. Als das mit Martin anfing, hast du aggressiv gemalt - weißt du noch, die Schlachthäuser? Und jetzt bist du deprimiert, willst deine Trennung damit kompensieren. Bei dir ist es natürlich gut, dass du sogar mit außergewöhnlichen Seelen-zuständen noch Kohle machen kannst! Obwohl ich mir nicht denken kann, dass dir das da irgendjemand abkaufen wird. Außerdem solltest du dich nicht im Atelier vergraben, lass uns mal wieder etwas unternehmen!"

"Ich habe keine Lust!"

"Das weiß ich! Aber ich bin entschlossen, dich zu deinem Glück zu zwingen!"

Fernando schwieg. Er hatte noch nicht einmal Lust, zu streiten. Deshalb redete Sven weiter:

"Was hältst du von einem Besuch im *Tomb*? Sie haben freitags eine neue Show, Dorian und Richard* sollen toll sein!"

"Sind sie doch immer. Bitte sei nicht böse, Sven - aber ich würde dort allen nur die Laune verderben!"

Sven zog die Augenbrauen hoch. War das noch der Fernando, den er kannte? Aber er gab nicht auf.

"Und was würdest du sagen, wenn wir ein paar Leute einladen? Dann feiern wir eben hier, es wird dir schon gefallen!"

"Das funktioniert nicht. Am Ende würden wir alle nur mit Leichenbittermiene herumsitzen!"

Fernando war Svens Geschmack extrem zu ruhig. Es war eine verzweifelte, augenscheinlich ungesunde Ruhe. Es schien, als ob der Italiener in der letzten Zeit gereift war.

Aber das, was Sven sonst immer herbeigesehnt hatte, war einfach zu schnell gegangen.

"Ich werde mich um alles kümmern, gehe einkaufen und lade die Leute ein. Bitte, Fernando, es wird dir helfen!"

"Na gut!"

Sven stand noch kurz und unentschlossen im Atelier herum, während Fernando eine neue Leinwand spannte, als fühle er sich schuldig, eine ihm übertragene Fließbandarbeit zu lange unterbrochen zu haben.

Sven konnte nicht fassen, wie wenig Widerspruchsgeist sein Freund hatte, auf Verlangen hätte er wohl sogar einen Blankoscheck ausgestellt

*Anmerkung: A. Claus, Herbstwind, Roman, Erscheint 2002 im Himmelstürmer Verlag

oder ihm sein Haus überschrieben. Langsam wurde es Sven unheimlich. In Gesprächen hatte er zwar festgestellt, dass Fernando noch lange Zeit benötigen würde, um über die Trennung von Martin hinwegzukommen, aber nun wurde ihm schlagartig klar, dass sein Freund nie wieder wie früher sein würde. Das berührte ihn sehr.

Aber dann beschloss er, vorläufig weiter zu versuchen, Fernando aus seiner Depression herauszuholen und leitete alles für die Party in die Wege. Sie sollte am Samstag steigen, und er hatte sehr viel zu tun bis dahin. Fernando kümmerte sich um nichts, er verbrachte seine Zeit weiterhin im Atelier, während Sven Einkaufszettel schrieb, die eher Romanen glichen, wie ein Weltmeister telefonierte und Termine abstimmte.

Martin hatte in dieser Woche all das erlebt, was es an versteckten und auch ganz offenen Diffamierungen zu erleben gab. Das reichte von hinterhältigen Solidaritätserklärungen bis hin zu präzisen Anfeindungen.

Was er immer geahnt hatte, wurde jetzt zur Gewissheit - er musste sich ein dickeres Fell wachsen lassen, wenn er das durchstehen wollte.

Nicole verhielt sich ihm gegenüber abwartend und fair. Sie hatte vor einiger Zeit begonnen, den Führerschein zu machen und zog dies und andere Unternehmungen ohne Martin auch weiter durch. Diesem war das recht, er befürwortete auch Nicoles Plan, anschließend den Personenbeförderungsschein zu beantragen, weil sie sich in den Kopf gesetzt hatte, später Taxi fahren zu wollen. Bis dahin würde noch einige Zeit vergehen, aber wenigstens hatte sie eine Perspektive.

Für Martin zeichnete sich ab, dass seine Rückkehr in die eheliche Wohnung doch endgültiger sein würde als geplant. Noch immer zögerte er, den Gedanken an eine eigene Wohnung wieder aufzunehmen. Er wollte nicht allein sein, wenn er abends nach Hause kam.

Nicole war für ihn da und in den Gesprächen mit ihr konnte er seine Einsamkeit besser ertragen. Er vermisste Fernando jeden Tag etwas mehr, ertappte sich dabei, dass er sich manchmal mit ihm unterhielt, wenn er allein war.

Mit Schrecken stellte er fest, dass er sich niemals so gut unter Kontrolle hatte, um Fernando ganz aus seinem Kopf zu verbannen. Und dieses Gefühl nahm nicht ab, sondern wurde immer intensiver. Trotzdem versuchte er damit genauso klarzukommen wie mit der Tatsache, dass auch der allgemeine Druck auf ihn stetig stärker wurde.

Heute nun war Freitag. Martin hatte einen anstrengenden Vormittag hinter sich und schickte sich an, in der Gaststätte schräg gegenüber essen zu gehen, wie es auch viele seiner Kollegen taten.

Auch heute traf er wieder einige Mitarbeiter und kam nicht daran vorbei, sich an einen Tisch zu setzen, an dem bereits zwei Verwaltungsangestellte und ein Rechtspfleger auf ihr Essen warteten. Man kannte sich vom Sehen, das Gespräch wurde wenigstens zu Anfang ziemlich allgemein gehalten. Aber Martin glaubte zu spüren, dass sich die harmlose Plauderei in eine bestimmte Richtung entwickeln sollte. Und dann war es auf einmal soweit und eine der beiden Frauen fragte scheinheilig:

"Herr Auer, ich glaube, Sie wissen, was im Amtsgericht im Moment die Runde macht. Ich bin froh, Sie einmal persönlich fragen zu können, wie diese Sache mit Jürgen Fischer nun wirklich abgelaufen ist. Ich höre nicht gerne auf Gerüchte und möchte mir ein eigenes Bild machen. Hat der Schuldner Ihnen wirklich unterstellt, homosexuell zu sein? Was ist denn an dem Vorwurf dran, dass Sie jetzt bei diesem italienischen Maler wohnen?"

Martin sah den heischenden Ausdruck in ihren Augen und ordnete das aufgeschlossen wirkende Lächeln demzufolge als falsch ein. So setzte er ebenfalls ein nicht so gemeintes Grinsen auf und antwortete:

"Ich sage es Ihnen jetzt wie auch schon vielen anderen vorher . . . ich wohne wie schon immer natürlich bei meiner Frau. Und das, dessen mich dieser Schuldner bezichtigte, ist einfach lächerlich!"

"Ach so!"

Die drei warfen sich einen bedeutsamen Blick zu. Martin sah in die Runde. Wieso sollte er hier vor Leuten, die ihn nicht im mindesten interessierten, Auskunft über sich geben?

Schließlich fragte er die Damen da vor ihm auch nicht, ob sie es lieber mit jungen oder alten Männern, vor vorn oder hinten, gefesselt oder im Freien trieben.

Dabei hätte er schwören können, dass jeder der drei auf seine Weise ein Meister der Verstellung war und was ihr persönliches Intimleben anging - je langweiliger es war, desto heftiger dichteten sie ihm, Martin, mit Begeisterung die Ausschweifungen an, die sie selbst nicht auslebten. Ihm war klar, dass er sie enttäuscht hatte, sie hätten viel lieber eine Beichte von ihm gehört.

Möglicherweise wäre dann Verständnis geheuchelt worden. Sie wollten sich, sobald er ihnen den Rücken zuwandte, in seiner angeblichen Sittenlosigkeit suhlen.

Sie würden Freude daran haben, sich sein Leben so pornographisch wie möglich auszumalen und das nur, um sich nachher sauber und stark wie Phönix aus der Asche über ihn erheben zu können. Keiner von ihnen wollte wissen, wie es wirklich war, und wieder einmal sah Martin die Ausweglosigkeit seiner Situation. Er erkannte die Doppelmoral ein weiteres Mal und sie ödete ihn an.

Plötzlich fielen ihm Fernandos Worte wieder ein. Wieso sollte er sich vor diesen Menschen rechtfertigen, warum wollte er so sehr von ihnen anerkannt werden, dass er sich selbst verleugnete? Er nahm sein Glas und bemerkte, dass der Rechtspfleger ihn merkwürdig und ziemlich unverschämt fixierte. Fragend erwiderte er den Blick.

"Ist etwas los?"

"Nein, eigentlich nicht. Ich frage mich nur die ganze Zeit, was in Ihnen vorgehen muss, nachdem dieser Mensch, ihnen eine solche Ungeheuerlichkeit angedichtet hat."

"Mit Ungeheuerlichkeit meinen sie die Homosexualität!?"

"Natürlich! Ich an Ihrer Stelle hätte den Kerl vor den Kadi geschleppt. So etwas kann man doch nicht auf sich sitzen lassen!"

"Ich hatte es ebenfalls erwogen. Aber hätte die üble Nachrede hinter vorgehaltener Hand dann aufgehört?"

Er schwieg kurz, um sich selbst antwortend dann fortzufahren:

"Eben!"

"Trotzdem . . . es wäre sicherlich vorteilhafter für Sie. Denn so, bitte entschuldigen Sie - wird sich immer der Verdacht halten, dass Sie etwas zu verbergen haben!"

Martin atmete tief durch, er wurde immer wütender. Äußerlich scheinbar noch vollkommen ruhig antwortete er:

"Sehen Sie, das mag ja alles sein. Aber der Mann sitzt sowieso in Haft. Ich habe einfach an den ganzen Ärger gedacht, den ich mir erspare, wenn diese Sache nicht vor Gericht kommt. Schließlich ist meine Stellung nicht gefährdet, es wird sich auch so alles klären!"

Jetzt meldete sich zum ersten Mal die zweite der Frauen zu Wort. Sie tupfte sich die Lippen ab und fragte:

"Man sagt, dieser junge Mann mit dem Radio, der gekleidet war wie ein . . . ein Dandy, sei der Maler Amati gewesen. Ist das wahr?"

Martin hatte bisher geglaubt, dass es ihm mittlerweile keine Schwierigkeiten mehr machen würde, Fernando zu verleugnen. Aber es tat ihm schrecklich weh, als er antwortete:

"Er war es . . . natürlich. Aber wie Sie wissen, hatte ich von Amts wegen Kontakt zu ihm. Wie Sie sich sicher ebenfalls erinnern können, habe ich ihn damals einmal in eindeutiger Pose mit seinem Freund erwischt. Diese Sache ging wie ein Lauffeuer herum und irgend jemand hat den Jürgen-Fischer-Fall und diese kleine Story miteinander verquickt und diese böswillige Unterstellung daraus erdichtet."

Jetzt starrten ihn alle drei mehr oder weniger unverhohlen an, und er fühlte sich reichlich unbehaglich. Dann jedoch hob sein Kollege das Glas Pils.

"Prost! Wollen wir für Sie hoffen, dass sich alles in Wohlgefallen auflöst."

Er grinste Martin aufmunternd zu. Dieser nahm sein Glas, stieß mit seinem Gegenüber an und stellte das Getränk dann zurück auf den Tisch, ohne getrunken zu haben. Niemand schien es zu bemerken. Dafür begann der Rechtspfleger, sich in einer ausgesprochen unfeinen, sehr persön-lichen Weise in seiner Philosophie über Schwule zu ergehen.

"Wissen Sie, ich bin sowieso der Meinung, das Problem der Schwulen wird sich schon bald ganz von alleine lösen!"

"Darf ich rein aus Neugier fragen, wie Sie das meinen?"

Martins Augen wurden schmal.

"Nun ja, manche sagen, Aids sei eine Strafe Gottes. Aber ich bin Atheist, mit dieser Erklärung kann ich nichts anfangen. Dafür habe ich eine andere Theorie. Es war schon immer so, dass die Natur ihre eigenen Fehler ganz allein korrigiert hat. Sie benötigt keine Hilfe beim Aus-sortieren von wertem oder unwertem Leben. Letztendlich wird es den Homos gehen wie damals den Dinosauriern - plötzlich wird es sie ganz einfach nicht mehr geben. Sie werden vom Erdboden getilgt sein, als habe es sie nie gegeben. Nur der wirklich starke, gesunde Organismus kann überleben, das sieht man überall in der Tier- und Pflanzenwelt. Und robust sind diese verzärtelten Schwuchteln ganz bestimmt nicht. Ich persönlich finde es ausgesprochen genial, dass die Natur diese Fehlkonstruktionen mit dem Virus genau dort erwischt, wo sie ihren kranken Neigungen nachgehen - im Bett!"

Er lachte so selbstgefällig, als habe er das Rätsel der Evolution gelöst und nahm einen Schluck Bier. Martin hingegen fühlte seinen Blutdruck steigen. Er hoffte, niemand würde auf diese verstiegene These eingehen, aber er wurde enttäuscht. Eine der beiden Frauen sagte:

"Ich glaube nicht, dass man das so pauschal sehen sollte. Was ist denn mit den vielen Normalen, die mittlerweile schon erkrankt sind? Um bei

Ihrem Dinosaurier-Vergleich zu bleiben, sind das dann wohl im übertragenen Sinne die zerfleischten Zufallsopfer eines Tyrannosaurusrex!"

"Sie sollten erst einmal darüber nachdenken, bevor Sie meine Überzeugung ablehnen. Natürlich ist es traurig, dass so viele Normale diesen verantwortungslosen Schwulen zum Opfer fallen. Das liegt wohl an den degenerierten Männern, die sich nicht entscheiden können. Sie sind es, die das Virus an unschuldige Frauen weitertragen. Aber ich denke, diese Frauen haben auch ein wenig selbst Schuld. Sie können mir doch nicht erzählen, dass man nicht merkt, wenn der Partner schwul ist!"

"Heißt das nicht bisexuell, wenn jemand mit Männern und Frauen ins Bett geht?"

Die Frau grinste verschämt bei dieser Frage, und Martin wäre fast geplatzt. Deshalb vermied er es, etwas zu sagen. Spätestens dann nämlich hätten alle gemerkt, wie er in Wirklichkeit dachte. Sein Essen schmeckte plötzlich so fade wie Zwieback pur.

"Ja, richtig! Bi nennt man es auch - in der Abkürzung!"

Martins Kollege kam sich scheinbar sehr belesen vor, als er diese Auskunft gab und Martin selbst begann darüber nachzudenken, ob die drei ihm Theater vorspielten. So hinter dem Mond konnte man doch in der heutigen Zeit eigentlich gar nicht mehr sein! Für ihn war das Schwulsein und somit die damit verbundene Terminologie zur Selbstverständlichkeit geworden. Er konnte es sich kaum vorstellen - aber es gab tatsächlich Menschen, die hierin wirklich nur abstrakte Vorstellungen hatten und im Verborgenen immer nur über minimale Informationen gestolpert waren. Und diese beschränkten sich meist auf das große *Igitt, ein Schwuler*. Nach diesen Kriterien sollte er sich in Zukunft verstellen müssen? Martin hatte keinen Hunger mehr, er schob den Teller von sich und zückte die Brieftasche.

"Aber, lieber Herr Auer, Sie wollen doch nicht schon gehen!? Oder ist Ihnen das Thema vielleicht doch zu unangenehm?", wurde er daraufhin lauernd befragt.

"Das Thema an sich ist mir nicht unangenehm. Aber ich mag es nicht, wenn man so ungeniert über Minderheiten herzieht. Dabei ist es egal, ob es nun um Schwule, Schwarze oder andersartige Religionen geht. Sogar Frauen werden, wenn es sich machen lässt, benachteiligt, und da kann man nun wirklich nicht mehr von einer Minorität sprechen. Frauen sind eben nur keine Männer. Sie sollten sich klarmachen, es sind Menschen, die sie in dieser Art aburteilen. Schwule sind Menschen! Keine Dinosaurier, die meines Wissens nach im Meteoritenhagel gestorben sind und wenn Sie auf dieser Analogie bestehen - was denken Sie, wie Sie nach so etwas aussehen? Ihre Theorie hinkt, und das kräftig!"

"Ich kenne diese Rechtfertigungen alle! Ich weiß, der Minderheitenschutz! Schwule, Behinderte, Asylanten. Alle haben eine Lobby, nur wir Normalbürger müssen uns allein durchsetzen. Aber ich bleibe dabei, dass die Natur mit diesen Abartigen aufräumen wird, ohne dass wir auch bloß einen Finger rühren müssen. Sie rotten sich durch ihren widerwärtigen Trieb sozusagen selbst aus und nichts anderes haben sie verdient."

Martins männliches Gegenüber wirkte ausgesprochen zufrieden, während Martin nun endgültig die Fassung verlor.

"Jetzt reicht es aber, denke ich! Für wen oder was halten Sie sich? Vielleicht für die Reinkarnation von Charles Darwin? Nach seiner Selektionstheorie hätten Sie Recht, es überleben nur die Starken, diejenigen, die sich den Bedingungen am besten anpassen können. Man kann das auf die Menschheit übertragen und sagen, nur die Opportunisten kommen durch in dieser Welt. Sie sind doch nur ein dilettantischer Anthropologie-Autodidakt, der sich wichtiger machen will, als er ist. Aber denken Sie mal darüber nach . . . möglicherweise ist gar nicht der standardisierte männliche Regel-Hetero der Beherrscher sämtlicher Minderheiten, ja sogar ganzer Völker. Auch wenn er sich in seiner grenzenlosen Selbstüberschätzung als die Krone der Schöpfung sieht, eventuell ist er doch nur die unvollkommene Zwischenstation auf dem Weg zur obersten Stufe der Entwicklung, wo dann letztendlich der schwule Mann als Nonplusultra der Evolution steht. Schließlich war auch der Neandertaler nur ein Fragment in unserer Vorgeschichte. Und kommen Sie mir jetzt nicht mit der Sicherung der Fortpflanzung. Die Befruchtung findet doch schon heute im Reagenzglas statt. Man könnte also davon ausgehen, dass die Wissenschaft sich weiterentwickelt hat, um die schwule Vormachtstellung ab dem Jahr X zu untermauern. Dann sind **Sie** es, der sich für seine sexuellen Vorlieben zu entschuldigen hat. Dann, wenn ein schwules, ungeschriebenes Gesetz in Kraft tritt müssen **Sie** sich verstellen, wenn Sie eine Frau besitzen wollen und dürfen es sich niemals anmerken lassen. Wie denken Sie, wird Ihnen das gefallen? Stellen Sie sich vor, jemand kommt und erklärt das Verlangen, in dessen Richtung Sie sich während Ihrer Pubertät entwickelt haben, für pathologisch und fehlgeleitet. Würden Sie sich von Frauen abwenden und schwul werden, nur weil irgendwer es so verlangt?"

Martin atmete tief durch. Seine sonst so sanften, braunen Augen waren dunkel geworden und funkelten. Die drei anderen starrten ihn an, aber nur der Rechtspfleger fand sofort Worte.

"Ich hätte niemals gedacht, dass ausgerechnet Sie, Herr Auer, die Phantasie für Sciencefiction haben. Merken Sie nicht, dass Sie sich mit Ihrem Plädoyer lächerlich machen? Etwas Widernatürliches kann man nicht dadurch legalisieren, dass man das Natürliche ad absurdum führt. Die Liebe zwischen Mann und Frau wird niemals vom schwulen Underground übertrumpft werden. Und daran, dass Frauen auf natürlichem Wege von Männern Babys bekommen, kann auch ihr Reagenzglas nichts ändern!"

"Nicht? Woher wissen Sie das?"

Martin ging sofort darauf ein und fuhr unbeirrbar und in einer für ihn auffallend unfeinen Art fort:

"Vor einigen hundert Jahren rieb man sich noch mit Kuhscheiße ein, um die Pest zu bekämpfen. Aber da der Mensch normalerweise lernfähig ist, wurde er schlauer und kennt heute einen effektiveren Weg. Man muss ihn eben nur finden!"

Martins Kollege suchte sichtbar nach Worten, er begann:

"Es ist grotesk, wenn. . ."

"Moment, lassen Sie mich aussprechen, ich habe mir schließlich auch ihren Dinosauriermist angehört. Natürlich ist das, was ich gerade anführte, nur eine Hypothese, eine zugegebenermaßen etwas infantile Parabel zu der ungeheuerlichen Aids-Theorie, die Sie allen Ernstes von sich gaben. Natürlich ist mir klar, dass Heterokontakte immer überwiegen werden, aber ich finde, dass es keine zahlenmäßige Überlegenheit sein sollte, die über Recht und Unrecht entscheidet. Dieses Prinzip geht grundsätzlich in die Hose, wie die Geschichte beweist."

Martin hatte seine Stimme nur wenig, aber doch merklich erhoben. Er war so sauer, dass er Fäuste machte, um nicht zu zittern. Wieder war die Frage da - was tat er hier eigentlich? Warum kämpfte er um Verständnis von Menschen, die ihm fremd und völlig egal waren?

Und plötzlich sah er klar. Es gab nur einen Weg, den er gehen konnte, um sich selbst wieder zu respektieren - er musste reinen Tisch machen - jetzt und hier. Er war so in seinen Gedanken versunken, dass er erst aufhorchte, als sein Gegenüber sich vernehmlich räusperte.

"Haben sie etwas gesagt?"

"Allerdings habe ich das! Ich sagte, dass ich es bedenklich finde, wie enthusiastisch Sie für diese Schwulen eintreten. Man könnte auf den

Gedanken kommen, dass die Gerüchteküche gar nicht so falsch kocht, was ihren Lebenswandel angeht!"

Martin gab sich den letzten, entscheidenden Ruck.

"Juckt es Sie nicht, deutlicher zu werden? Gut, ich werde Ihnen die Möglichkeit geben, sich von heute an den Mund über etwas zu zerreißen, von dem Sie wissen, dass es die Wahrheit ist. Lesen Sie es meinetwegen von meinen Lippen ab, damit Ihnen ja nichts entgeht . . . jawohl, ich bin schwul, ich bin einer von denen! Und wenn das in Ihren Augen mit Perversität gleichzusetzen ist, dann bin ich sogar darauf noch stolz! Alles ist besser als so ein inhumaner Volkstrottel zu sein wie Sie. Ich bin ein Mann und ich liebe einen Mann. Ich habe wunderbaren, tief befrie-digenden Sex mit ihm, ohne dass ein von ihnen umgedeutetes Killer-chromosom in der Maske des Aids-Virus mich vorsätzlich vernichten will. Ich bin schwul, also gehen Sie los und erzählen Sie die Neuigkeit allen, die sie hören wollen. Ich werde mich gerne den Diskussionen aussetzen, hoffe nur, die anderen Kollegen haben diesbezüglich mehr zu bieten als Sie!"

Martin stand auf und warf fünfzig Mark auf den Tisch. Er ließ im Gehen verlauten, dass ihm der Verlauf des Gesprächs eine Einladung wert gewesen sei und verließ die Gaststätte. Draußen war er noch immer in einem Erregungszustand, der an einen Rausch erinnerte. Ihn fehlte plötzlich jedes Verständnis für sein eigenes, bisheriges Verhalten. Nein, er bereute es nicht, er fühlte sich im Recht wie schon lange nicht mehr. Und er wusste, er musste es jetzt zu Ende führen. Er ging zurück ins Amtsgericht und fuhr mit dem Fahrstuhl hoch. Wenige Augenblicke später stand er vor Dr. Schoberts Büro. Er fand das ganz folgerichtig und musste nicht einmal darüber nachdenken. Kurz lächelte er sogar, weil sich ihm ein Vergleich für sein momentanes Verhalten aufdrängte. Er benahm sich wie der schwule Gladiator in einer Heteroarena, ein Kämpfer für das Recht, nach der eigenen Fasson glücklich zu werden. Er würde jetzt dort hineingehen und sich offenbaren, dann um Urlaub bitten, weil er persönliche Angelegenheiten zu regeln hatte.

Er nahm sich vor, in diesen Urlaubstagen definitiv herauszufinden, warum Fernando nun wirklich mit ihm Schluss gemacht hatte. Außerdem rechnete er sich jetzt nach seinem Coming-out eine Chance aus, seinen Freund zurückzugewinnen. Jetzt allerdings stand ihm erst einmal etwas Unangenehmes bevor. Er klopfte und landete zunächst im Vorzimmer, von wo aus ihm jedoch der Weg zu Dr. Schobert nicht verwehrt wurde. Dieser befand sich augenscheinlich gerade beim Aufbruch ins Wochen-ende, erkannte jedoch Martins aufgewühlten Zustand und bat ihn, sich zu setzen.

"Das wird nicht nötig sein. Ich will Sie nicht aufhalten - ich habe nur zwei Sachen vorzubringen."

"Und die wären?"

"Sie hatten Recht, alles ist besser als ein lebenslanges Versteckspiel. Was ist schon eine Beförderung gegen den lebenslangen Schmerz, wenn man ihr alles, was man liebt, geopfert hat? Ich habe viel zu lange gebraucht, um das zu erkennen. Ich habe gerade vor einigen Kollegen zugegeben, schwul zu sein und möchte das hier bei Ihnen noch einmal wiederholen. Ich nehme an, Montag spätestens eine Viertelstunde nach Bürobeginn weiß es hier jeder und ich will den anderen zuvorkommen und es ihnen persönlich sagen. Jetzt kann ich Ihnen auch aufrichtig für Ihr Verständnis danken."

Dr. Schobert schaute ihn einen Moment lang mit halboffenem Mund an. Dann fragte er:

"Und woher kommt dieser plötzliche Trend zur Ehrlichkeit?"

"Wissen Sie, ich reagiere ein wenig autistisch Änderungen gegenüber, da sperre ich mich. Wenn es dazu kommt, ziehe ich mich normalerweise lieber in ein Schneckenhaus zurück, auch wenn ich darin Gefahr laufe, zertreten zu werden. Aber eben da unten im *Goldenen Lamm* konnte ich es einfach nicht mehr ertragen, mich gegen die schmutzig-anzüglichen Andeutungen nicht wehren zu können. Und schließlich erwartete man auch noch, dass ich die zynischen Thesen gutheiße. Aids wurde zur Schwuleninquisition hochstilisiert. Vielleicht sollte ich dankbar sein, denn jetzt habe ich es geschafft, mich von meinen Ängsten zu befreien."

Bange Minuten vergingen, in denen Martin Schoberts Reaktion erwartete. Dieser ging zum Schrank und entnahm ihm eine Flasche Cognac und zwei Gläser, woraufhin Martin die Welt nicht mehr verstand.

Ohne ein Wort tranken sie sich zu und plötzlich sprach Anerkennung aus dem Blick des Vorgesetzten. Er hatte es plötzlich nicht mehr eilig und stellte es Martin frei, ihm zu erzählen, wie alles gekommen war. Später dann fragte Martin, obwohl er die Antwort zu kennen glaubte:

"Und was wird jetzt aus meiner Beförderung?"

"Ich werde sie befürworten!"

"Tatsächlich? Dann kann ich nur hoffen, dass man weiter oben genauso liberal eingestellt ist wie Sie es sind."

Martin konnte kaum fassen, dass auf seiner Beurteilung tatsächlich das begehrte TH stehen sollte.

"Ich wüsste nicht, was man Ihnen anlasten sollte. Sie sind weder unter die Freizeitluden gegangen noch haben Sie etwas ähnlich Ehrenrühriges vor. Bei Ihrer Arbeit macht Ihnen so schnell niemand etwas vor und das ist alles, was uns zu interessieren hat. Da Sie weiterhin in gefestigten Verhältnissen leben und sich privat nur neu orientiert haben, sehe ich wirklich keine Probleme."

Martin wagte kaum, die Frage nach dem Urlaub zu stellen und glaubte anschließend an eine Art himmlische Begünstigung, als ihm eine Woche bewilligt wurde, ohne dass er dies zwei Tage vorher beantragt hatte. Dann war er auf dem Weg in sein Büro. Dort angekommen, traf er auf Robert, der vorgab, ihn gesucht zu haben. Er wusste bereits von Martins Coming-out im *Goldenen Lamm* und sprach ihn sofort darauf an. Martin gab bereitwillig Auskunft und erzählte gleich anschließend auch von seinem Gespräch mit Dr. Schobert. Sein Monolog endete mit:

" . . . und es ist tatsächlich dabei geblieben . . . ich habe die Beförderung so gut wie in der Tasche. Schobert wird sie befürworten!"

Das Grinsen wurde von Roberts Gesicht gewischt wie Regen von einer Windschutzscheibe. Martin jedoch war viel zu durcheinander, um das zu bemerken. Die Erleichterung machte ihn gesprächig und er erzählte Robert auch noch von seinem Plan, zu Fernando zu fahren.

"Jetzt können wir unsere Beziehung neu beginnen. Ich bin fast sicher, dass er nachgibt und es noch nicht zu spät ist. Komisch, ich habe im Moment das Gefühl, als könne ich alle Hindernisse überwinden!"

"Du willst diesem affektierten Italiener also wirklich nachlaufen? Wenn du jetzt wieder nachgibst, hat er dich für immer in der Hand."

Robert erschrak über die Tatsache, dass seine kleine Intrige wohl bald aufflog und versuchte noch zu retten, was zu retten war. Aber Martin entgegnete:

"Du siehst das völlig falsch. Er hatte ja Grund, so zu reagieren . . ."

Noch im Hinausgehen erzählte Martin von seinen Plänen. Er würde ab jetzt offiziell bei Fernando wohnen und seinen Weg durch nichts mehr ablenken lassen. Robert hörte sich alles ziemlich schweigsam an. Es fiel ihm schwer, Martin nichts von seinen Gefühlen wissen zu lassen. Nach Martins Geständnis an jenem Sonntag war es Robert ausgesprochen schwer gefallen, seine Homophobie zu unterdrücken und den Plan auszuführen, den er sich zurechtgelegt hatte. Aber er hatte es geschafft, seinen Widerwillen zu besiegen um aus der Nähe und immer über den neuesten Stand informiert so zu tun, als wäre er ein Freund. Dabei hatte er die besten Möglichkeiten, genau dort anzusetzen, wo es seinem Kollegen schaden würde. Nun stand fest, dass Martin alles herausfinden würde.

Aber es war eigentlich schon egal, Robert würde einfach einen Bruch vortäuschen, der nach außen hin von seiner Seite kommen würde. Die Kollegen brachten sicher Verständnis dafür auf, wenn er mit einem Schwulen wie Martin nichts mehr zu tun haben wollte. Jetzt musste er sich jedenfalls nicht mehr heuchlerisch um Martins Freundschaft bemühen, die Sache hatte also auch etwas Gutes. So ganz gab Robert jedoch sein Vorhaben nicht auf, Martin Nachteile zu verschaffen, wo er nur konnte.

Martin fuhr derweil zu Nicole. Sie ließ sich ihre Enttäuschung nicht anmerken, als er ihr von dem Geschehenen erzählte. Zwar hatte sie sich vorsichtig gestattet, die Zukunft etwas optimistischer zu sehen und begann ängstlich zu hoffen, dass Martin wenigstens bei ihr wohnen blieb. In diesem Falle hätte es vielleicht immer noch eine Chance für sie beide gegeben. Noch dazu weil sie gemerkt hatte, dass er keinerlei Ambitionen zu haben schien, andere Männer als Fernando kennen zu lernen. Jetzt jedoch wollte er zurück zu seinem Maler und die Vorzeichen, dass sich wieder alles einrenkte, standen durch Martins Coming-out günstig.

So musste Nicole wohl wieder einmal verzichten. Dieses Mal allerdings hatte sie sich besser unter Kontrolle. Und so fand Martin nichts dabei, in ihrer Gegenwart bei Fernando anzurufen um ihm zu sagen, dass er am nächsten Morgen, dem Samstag also, mit ihm zu reden hätte. Er traf allerdings nur Sven an, von dem man nicht behaupten konnte, dass er Martins Stimme gerne hörte. Als er dann erfuhr, dass Martin auch noch vorhatte, Fernando am nächsten Morgen zu besuchen, war es mit seiner Partylaune für diesen Samstag nicht mehr weit her.

Martin versicherte sich zweimal, dass Sven Fernando seinen Anruf auch ausrichten würde und bat zur Bestätigung um den Rückruf des jungen Italieners. Die Vorzeichen, dass jetzt doch noch alles gut würde, standen tatsächlich sehr günstig. So glaubte wenigstens Martin.

Als Sven auflegte, begriff er, dass ihm wieder einmal die Felle fortschwimmen würden und wieder einmal würde er derjenige sein, der die schlechten Zeiten mitmachen durfte und danach in die Röhre schaute. Er hatte unversehens einen solchen Hass in sich, dass er nur noch rot sah und das Tablett mit dem Abendessen vom Telefontisch fegte. Das dabei entstandene Scheppern rief Fernando auf den Plan.

"Was ist denn passiert?"

"Nichts! Ich habe nur das Tablett fallenlassen!"

Fernando betrachtete nachdenklich das in Hüfthöhe an der Wand klebende Spiegelei.

"Hattest du dabei Rückenwind? War was Wichtiges?"

Fernando sah auf das Telefon.

"Nur wegen der Party morgen . . .!"

Fernando nickte desinteressiert und ging zurück ins Atelier, wo sein neu angefangenes Bild auf ihn wartete. Sven ließ das Essen einfach liegen und folgte ihm.

"Wie ist das eigentlich, Fernando . . . wenn Martin plötzlich vor der Tür steht? Lässt du ihn herein?"

"Wie kommst du denn jetzt darauf? Er wird nicht vor der Tür stehen. Er hat mich zum Teufel geschickt, hast du das vergessen?"

"Beantworte doch einfach die Frage!"

"Nein, er müsste wieder gehen!"

"Du lügst dich selbst an. Du würdest ihn hereinlassen und ich dürfte wieder mein Bündel schnüren. Fernando, ich halte den Druck nicht mehr aus, ich komme mir vor wie ein Idiot. Ich bin für dich nur ein Notnagel und das habe ich einfach nicht verdient. Was hat denn dieser bescheuerte Martin, was ich nicht habe? Ich tue alles für dich und du trittst mich dauernd in die Weichteile!"

Fernando konnte nicht ganz nachvollziehen, was in Sven vorging. Er hatte ihm doch mit keinem Wort einen Anlass gegeben, jetzt unbedingt dieses Streitgespräch führen zu wollen. Dementsprechend ratlos sah er seinen Freund an.

"Was hast du denn? Du bist hier, Martin kommt nicht mehr - für dich ist doch alles in bester Ordnung!"

"Ist es nicht!"

Svens Stimme klang schrill.

"Du bist so versponnen in deine eigenen Leiden, dass du nicht merkst, wie es in mir aussieht. Ich habe doch immer schon alles aufgegeben, um bei dir sein zu können aber du hast weiter nach einem Traumprinzen gesucht. Was ist, bin ich so hässlich? Fernando, bitte . . . ich halte es nicht mehr aus, nur geduldet zu sein bis zum nächsten Lover. Was willst du denn mehr als einen Menschen, der alles für dich tun würde und das auch schon oft genug bewiesen hat. Vergiss doch endlich Martin, ich bin da und ich bin Realität!"

Sven brach ab und schaute Fernando, der verwirrt näherkam, in die Augen.

"Ich verstehe nicht . . . was ist denn los mit dir? Warum hast du nie etwas gesagt, wir sind doch Freunde und . . ."

Plötzlich war Sven alle bisher mühsam aufrechterhaltene Vorsicht egal.

"Hör doch auf mit dieser Komödie, Fernando. Ich scheiß auf deine Freundschaft. Bist du blind? Verdammt noch mal, ich liebe dich, du Arschloch, ich habe dich immer geliebt aber du warst zu beschränkt und mit dir selbst beschäftigt, um das zu merken. Du hast alles angenommen, was ich dir gegeben habe, aber nichts kam zurück. Gar nichts! Vielleicht war es dir auch gleichgültig. Trotzdem, es wird Zeit, dass du etwas zur Kenntnis nimmst. Ob es dir passt oder nicht . . . ich bete dich an, dich und den verfluchten Boden, über den du gehst. Wenn du nicht da bist, fehlt mir die Luft zum Atmen. Ich kann nicht ohne dich sein, ich habe es versucht, das kannst du mir glauben! Und du weißt genau, warum ich es dir nie sagen konnte. Du hättest mich schneller abserviert, als ich hätte gucken können. Das stimmt doch!"

Sven verstummte, weil er diesen eigenartigen Ausdruck in Fernandos Augen erkannte. Und schlagartig wurde er sich darüber klar, dass er zu weit gegangen war.

Er hatte es nicht geplant, das Geständnis war einfach so aus ihm herausgebrochen. Jetzt sah er den Fehler, aber es war zu spät. Sven zitterte am ganzen Körper und wusste plötzlich, dass er Fernando aufgrund dessen verlieren könnte. Dieser hatte sich schon früher nicht vollkommen auf ihn eingelassen und jetzt war ein reichlich unpassender Augenblick für eine solche Szene, weil zu Fernandos Unabhängigkeitswillen auch noch der Schatten von Martin zwischen ihnen stand.

Nun, wo die Emotionen in Sven so weit zurückgedrängt waren, dass er wieder klarer denken konnte, war er sicher, dass er nichts Dümmeres hätte tun können, als vor Fernando die bisher dicht gehaltene Deckung aufzureißen.

Fernando war überrollt worden von Svens Ausbruch und hatte jetzt nur das Interesse, die alte Distanz wiederherzustellen, ohne Sven allerdings verletzten zu wollen. Er hatte an die freie Beziehung geglaubt, die sie über all die Jahre zu haben schienen. Und in einem musste er Sven Recht geben - würde er von seinen Gefühlen gewusst haben, hätte er ihn nie so nah an sich herangelassen. Es hätte nicht die geringste Chance gegeben für diese lange Beziehung.

Kurz dachte er wieder an Martin, der versucht hatte, ihm das, was Sven gerade zugab, zu vermitteln. War er, Fernando, wirklich so blind, dass er das offene Scheunentor nicht sah, auch wenn er direkt davor stand?

Mittlerweile saßen sie am Tisch. Fernando war unsicher und seine Hand lag auf der von Sven. Er war überfordert und Sven hätte sich am liebsten geohrfeigt. Wortlos stand er auf, um den Flur sauberzumachen und damit Zeit zu gewinnen. Wie hatte er sein am besten gehütetes Geheimnis preisgeben können?

Nun würde Fernando ihn nicht mehr anrufen, wenn er Probleme hatte, ihm nicht mehr alles erzählen. Mit seinem Geständnis war ihre Beziehung auf eine Ebene gerutscht, wo sie zum Scheitern verurteilt wurde. Was sollte er jetzt tun? Gesagt war gesagt!

So blieb ihm nichts anderes übrig, er musste alles auf eine Karte setzen. Entweder es funktionierte oder er hatte verspielt. Er ging zurück ins Atelier, wo Fernando immer noch bei einer Cola am Tisch saß. Er setzte sich zu ihm und sammelte seine gesamte Überzeugungskraft.

"Hey . . . ich glaube, ich habe etwas übertrieben! Du willst doch nicht sagen, dass du das, was ich sagte, ernst genommen hast!"

"Was soll das denn jetzt?"

"Du liebe Zeit, Fernando! Du kennst mich also immer noch nicht. Ich wollte dich aus deinem blöden Tief lotsen. Und in einer schlauen Psycho-zeitung habe ich einmal gelesen dass so was am besten funktioniert, wenn der Deprimierte die Gelegenheit bekommt, sich um einen anderen Deprimierten zu kümmern. Dabei vergisst er für eine Weile oder sogar ganz seine eigenen Probleme! Ich habe mir gedacht, dass es sehr logisch klingt. Oder etwa nicht?"

"Natürlich!"

Fernando sah Sven zweifelnd an.

"Du kannst mir nicht erzählen, dass du ein so guter Schauspieler bist. Ist schon gut, es wird sich nichts an unserer Beziehung ändern, ich mag dich doch auch!"

Es klang wirklich nicht sehr überzeugend und Sven ließ sich nicht eine Sekunde lang täuschen.

"Komm schon. Ich wollte dich wahrhaftig nur aufmuntern. Zuge-geben, jetzt weiß ich selbst, dass es eine blöde Idee war. Geschenkt! Vergiss es einfach, vielleicht kann ich dir ja auch auf eine andere Weise gute Laune für die Party verschaffen! Wie wäre es mit der Muppet-Show?"

Fernando sah immer noch nicht sehr überzeugt aus. Deswegen ließ Sven seine Gefühle noch einmal zu, die Verwundungen der letzten Jahre trieben ihn zu einer Höchstleistung. Er fiel vor Fernando auf die Knie, dabei rannen Tränen über sein Gesicht und er schluchzte auf.

"Ich liebe dich, Fernando. Ich habe dich immer geliebt und kann nicht ohne dich leben. Auch wenn du meine Gefühle jetzt kennst - gib mir noch eine Chance, ich will dich nicht verlieren! Ich will dich oder wenigstens den Pavian im Zoo, der immer auf dem zweiten Stein von Rechts sitzt!"

Svens Tränen nässten Fernandos Hosenbein und dieser saß stocksteif da. Eine Minute verging, dann richtete Sven sich auf. In seinen Augen schim-merten noch die Tränen, aber er grinste von einem Ohr zum anderen.

"Und? Bist du jetzt überzeugt? Ich bin tatsächlich reif für einen Oscar. Nein wirklich, du solltest mich nicht auf eine Stufe stellen mit diesen Idioten, die dich schon nach einem einzigen One-Night-Stand zu lieben glauben. Im Gegenteil, ich bin wohl der Einzige, der dir in dieser Be-ziehung so lange Zeit widerstehen konnte und es wohl auch weiterhin kann!"

Er lachte jungenhaft und Fernando wusste nicht mehr, was er glauben sollte. Sven hatte es mittlerweile wenigstens geschafft, einen Zweifel in ihm zu wecken.

"Also, das machst du bitte nie wieder. Es kann nur zur Katastrophe führen, wenn du versuchst Amateurpsychologe zu spielen. Ich habe wirklich genug mit mir zu tun und das wird nicht leichter, wenn du so tust als würdest du meine Hilfe brauchen . . . ehrlich Sven, ich hätte nicht gewusst, wie es mit uns weitergehen sollte, wenn das eben wirklich dein Ernst gewesen wäre."

"Gib's zu, du hast es nur zu gerne geglaubt! So etwas streichelt dein Ego, nicht wahr? Tut mir Leid, aber mich kannst du nicht in deine Trophäen-Sammlung einreihen. Ich bin und bleibe unabhängig. Ich bin doch nicht blöd und gebe meine Freiheit auf, wenn ich auch so alles von dir haben kann. Und jetzt entschuldige mich bitte, ich muss mal für Königstiger!"

Sven schwamm auf einer selbst erzeugten Welle der Überlegenheit, die bis kurz unter der Oberfläche nur aus Verzweiflung bestand. Aber er hielt sich gut. Jetzt floh er Richtung Tür. Fernando rief ihm noch: "Das ist keine Psychologie, das ist Psychoterror", hinterher, dann schloss sich Sven entgegen seiner Gewohnheit im Bad ein. Er hätte diese Schmieren-komödie keinen Moment länger durchgehalten. Er sah in den Spiegel, seine Augen und Nase waren noch rot. Er schüttelte resignierend den Kopf. Wieso verlangte das Leben solch verlogenen Szenen? Er drückte seine Fäuste Rechts und links des Spiegels gegen die Kacheln, schloss die Augen und fühlte sich jetzt vollkommen ausgepumpt. Aber er hatte gleichzeitig auch das Gefühl, früh genug die Bremse angezogen zu haben. Auf diese Weise hatte er seinen Freund wenigstens nicht verloren, wenn - ja, wenn Martin nicht wirklich hier auftauchte!

Er wusch sein Gesicht, sah wieder in den Spiegel und entblößte die ebenmäßige Reihe seiner weißen Zähne. Wie ein Hund mit hochge-zogenen Lefzen knurrte er sich an und hatte fast seinen alten Gleichmut wiedergefunden. Zu lange trainierte er bereits, seine Gefühle zu kontrollieren. Schließlich fasste er einen Entschluss. Er würde Martins Anruf vor Fernando verheimlichen!

Es konnte immerhin sein, dass er wenigstens einmal Glück hatte und Martin kam nicht, wenn Fernando nicht zurückrief. Sven hatte sich vorgenommen, in dieser Sache einmal mit härteren Bandagen zu kämpfen und nicht in dem Umfange aufrichtig zu sein, wie speziell Fernando es gewöhnt war. Schließlich war er auch nur ein Mensch!

Am Samstagmorgen lotste Sven Fernando unter einem Vorwand in die Stadt. Als sie gegen fünfzehn Uhr zurückkamen, glaubte Sven, dass die Gefahr vorbei war. Die beiden Männer konnten beginnen, sich auf den Abend vorzubereiten. Von Martin hörten sie auch weiterhin nichts und als die ersten Gäste eintrafen, begann Sven immer mehr daran zu glauben, dass Martin nun nicht mehr kommen würde und atmete auf.

Fernando trank seit dem frühen Nachmittag und das hatte seine Stimmung tatsächlich ein paar Nuancen aufgehellt. Und auch wenn er es nicht zugeben wollte, Svens Auftritt, ob er nun ernst gemeint war oder nicht, riss ihn tatsächlich ein wenig aus seiner Lethargie. So hatte er sich vorgenommen, auch ein wenig Spaß zu haben.

Sie erwarteten etwa dreißig Gäste und hatten eine Menge damit zu tun, jedem Ankömmling ein erstes Glas in die Hand zu drücken. Dorian und Richard, die beiden Besitzer des *Tomb* waren die ersten, die eintrafen und von da an ging es Schlag auf Schlag. Bald hatte Sven keine Zeit mehr, über irgendetwas anderes nachzudenken als über seine freiwillig übernommenen Gastgeberpflichten.

Und so nahm er einfach an, Martin wäre am Vormittag da gewesen und musste unverrichteter Dinge wieder abziehen. Schon bald darauf tummelten sich die ersten Besucher im Pool, wegen der Hitze stieg die Fete gleich dort im Schwimmbad und schon wegen des Grillens natürlich im malerisch zugewachsenen Garten.

Und wie immer kam schon gleich von Anfang an die Stimmung auf, die man von Amati-Festen kannte, auch wenn Fernando selbst diesmal nicht den Ton angab.

ꝺ

Martin war tatsächlich gegen zehn Uhr am Morgen in Bayenthal gewesen. Als er niemanden antraf, sank seine Euphorie ein wenig. Damit, das Fernando nicht anrief, hatte er gerechnet, aber er hatte auch angenommen, wenn er ihm gegenüberstand, würde er ihn nicht wegschicken können.

Nun bekam er ihn erst gar nicht zu Gesicht und setzte sich bedrückt ins Auto. Was nützten die besten Vorsätze, wenn immer alles schieflief? Aber er wollte noch nicht aufgeben, deshalb nahm er sich vor, es gegen Abend noch einmal zu versuchen. Er musste einfach mit Fernando reden.

Gegen einundzwanzig Uhr machte er sich erneut auf den Weg. Während der Fahrt ignorierte er alle negativen Gedanken. Fernando würde zu Hause sein, sie konnten auch wieder neu anfangen!! Als er vor dem Haus ankam, bemerkte er zuerst einmal die vielen Autos.

Durch das geöffnete Fenster seines Wagens hörte er"*Good Company"* von Queen und dem Klang nach konnte die Musik nur aus Fernandos leistungsstarken Boxen dringen. Die Haustür stand offen und dauernd sah man jemanden hineingehen oder herauskommen. Einen Moment lang konnte Martin ein penetrant stechendes Gefühl nicht verhindern, das in ihm hochstieg.

Da litt er seit der Trennung Höllenqualen, verging vor Sehnsucht beinahe und Fernando feierte fröhlich. Sekundenlang war wieder der abgegriffene Gedanke da, dass sein Freund ihn tatsächlich nur loswerden wollte und deshalb auch alles so schnell überwunden hatte.

Dann jedoch schüttelte Martin den Kopf, als könne das die heimtückischen Gedanken vertreiben. Er würde sein Vorhaben jetzt durchziehen!

Gerade wollte er aussteigen, als ein Taxi um die Ecke bog. Vor dem Haus hielt es an und es war Nicki, der ausstieg. Martins Puls verdoppelte sich beinahe, die Eifersucht erwischte ihn kalt. Was lief in dem Haus ab?

Fernando hatte ihm von seinen Partys erzählt, sie waren alles andere als jugendfrei. Nicki sah heute, sofern das überhaupt möglich war, noch aufreizender aus als sonst. Er trug eine superenge, weiße Fransenjeans, die seine anregende Kehrseite fast zur Hälfte freigab und ein ebenfalls weißes Muskelnetzshirt, durch das seine dunkle Haut schimmerte, als schreie sie danach, entblößt zu werden. Seinen Hals umschloß ein rotes Tuch, während er zu dieser sommerlichen Kleidung knöchelhohe, schwarze Schnürschuhe trug. Die langen Haare waren in einem Zopf zusammen-gefasst, als i-Punkt saß lässig und mit dem Schirm in den Nacken eine schwarze Kappe auf seinem Kopf. Nicki ging ein paar Schritte Richtung Haus, dann wandte er sich noch einmal zum Taxi um. Er griff sich nach Michael Jackson Manier an seine sehr eng in Jeansstoff verschnürte Männlichkeit, schob ein paar Mal ruckartig den Unterleib vor und verab-schiedete damit wohl den Fahrer. Dann strebte er zur Haustür, aus der gerade jemand, den Martin nicht kannte, den Kopf steckte und ihn begrüßte.

Im nächsten Moment war niemand mehr da, aber Martin schaffte es nun nicht mehr auszusteigen. Irgend etwas hinderte ihn daran, ganz in Gedanken drehte er den Zündschlüssel und ließ den Wagen langsam anrollen. In die Art von Fete, die dort drinnen stattfand, wollte er nicht hineinplatzen!

Er nahm den direkten Weg nach Hause zu Nicole. Diese jedoch hatte ihn überhaupt noch nicht erwartet, das zeigte sich genau in dem Moment, als Martin die Tür aufschloss, ohne diesmal vorher geklingelt zu haben. Es war circa halb zehn, aber in der gesamten Wohnung wurden bereits die Rollladen heruntergelassen. Außer der kleinen Lampe auf dem Fernseher brannte nirgends Licht und Nicole war anscheinend nicht in der Wohnung. Doch gerade, als Martin den Fernseher anschaltete, obwohl er wusste, er würde sich nicht konzentrieren können, hörte er ein verhaltenes Gelächter. Mit der Fernbedienung in der Hand ging er zurück in die Diele und jetzt sah er den gelben Streifen unter der Schlaf-zimmertür.

Nicole war also doch hier! Wieder hörte er ein Kichern und erkannte nun die Stimme seiner Frau. Plötzlich gab es für Martin keinen Zweifel mehr - sie war nicht allein. Das war eine so unerwartete Erkenntnis, dass Martin sogar Fernando einen Moment lang vergaß.

Er dachte an den Mann im Bett seiner Frau und wunderte sich über den Ärger, den er auf einmal empfand. Er hatte immer gewollt, dass Nicole sich neu orientierte, aber jetzt überraschte es ihn doch unangenehm. Die Stimme von Nicole änderte sich, wurde dunkel. Ihr Lachen ging in Seufzen über, dann in Stöhnen. Martin glaubte seinen Ohren nicht trauen zu dürfen. Er versuchte sich zu erinnern, ob sie bei ihm schon einmal solch akustische Reaktionen gezeigt hatte und kam zu dem Ergebnis, dass dies während ihrer langjährigen Ehe nicht vorgekommen war. Das gab ihm einen Stich. Obwohl er die Erklärung in seinem Schwulsein fand, war er doch im landläufigen Sinne Mann genug, um während der Erkenntnis im Sinne seiner Frau beim Sex nicht besonders gut anzukommen, verletzt zu sein.

Dann wurde er sich klar darüber, dass er wie ein Voyeur vor der Tür stand und ging zurück ins Wohnzimmer. Er setzte sich vors TV-Gerät und regelte den Ton so weit herunter, dass er nur jedes dritte Wort verstehen konnte. Es lief sowieso nichts, das ihn interessiert hätte, und seine Gedanken waren überall anders, nur nicht bei der Mattscheibe. Er hatte angenommen, jetzt alle seine Gefühle und Probleme im Griff zu haben, statt dessen fühlte er sich schrecklich.

Da lag Nicole im Nebenzimmer mit einem anderen und fühlte sich den Geräuschen nach Recht wohl dabei. In Bayenthal lief eine von Fernandos freizügigen Partys und nur er, Martin, war allein. Alle Türen blieben zu für ihn, obwohl er sie nicht selbst zugeschlagen hatte und das machte ihn einsamer denn je.

Etwas später dann hörte er Nicoles Stimme, sie war laut und wurde unterbrochen von einer ebenso lauten Männerstimme. Offensichtlich waren die erotischen Momente vorbei, Martin glaubte, obwohl er die Worte nicht verstand herauszuhören, dass es sich jetzt um ein Streit-gespräch handelte. Er schaltete den Fernsehton vollkommen stumm und horchte.

Als plötzlich die Schlafzimmertür aufging, erschrak er ein wenig, weil er sich ertappt fühlte. Er hörte den Mann sagen:

"Jetzt stell dich bloß nicht so an! Willst du jetzt auch noch die Hand über die beiden halten? Du solltest mir dankbar sein. Komm jetzt wieder her!"

Das Letzte hatte wie ein Befehl geklungen und Martin, glaubte, die Stimme zu kennen. Aber Nicole, die immer noch in der offenen Schlafzimmertür zu stehen schien, antwortete unwirsch:

"Es ist wohl besser, wenn du jetzt gehst! Du glaubst doch nicht, dass ich unter diesen Umständen wieder zu dir unter die Decke krieche, so nötig habe ich es auch wieder nicht!"

"Natürlich, ich habe dich gerade satt gemacht, nachdem du achtzehn Jahre gehungert hast. Jetzt kannst du mich ja rauswerfen, an dem Orgasmus kannst du bestimmt eine Weile zehren nach deinen sonstigen Erfahrungen!"

"Du bist widerlich - und dazu ein ganz hinterhältiges Stück Dreck. Komm jetzt raus aus meinem Bett, ich schäme mich, auf dich hereingefallen zu sein! Aber eins will ich dir noch sagen - lieber mach ich es mir selbst als dich noch mal an mich heranzulassen."

Martin konnte sich nicht helfen, er musste den Mann kennen, der jetzt, wie es sich anhörte, neben Nicole in der Schlafzimmertür stand.

"Wer sagt dir, dass ich an dich noch mal ran will? Wenn ich ein Brett nageln will, gehe ich zu Obi."

Dann kam Nicole ins Wohnzimmer, sah Martin auf der Couch sitzen.

Entgeistert zog sie ihr Schlaf-Shirt herunter.

"Du . . . du bist hier?"

"Wer ist da?"

Wieder die Männerstimme! Wenn Martin doch nur eingefallen wäre, wo er sie schon mal gehört hatte. Aber dann löste sich das Rätsel, hinter Nicole tauchte Robert auf und er trug Martins Morgenmantel.

"Du?", riefen Martin und Robert wie aus einem Mund. Verblüfft waren sie beide. Sie starrten sich eine Weile schweigend an, während Nicole sich ausgesprochen unbehaglich fühlte. Gleich anschließend suchte Robert sein Heil in der Flucht. Er drehte sich einfach um, stürmte ins Schlafzimmer, um sich anzuziehen und sie hörten in Rekordzeit und mit einem gewaltigen Bums die Haustür zufallen.

"Es tut mir Leid . . . ich werde den Schlüssel nicht mehr benutzen", sagte Martin zu der zögernd noch immer in der Tür stehenden Nicole.

"Emh . . . nein, das kannst du ruhig. So oft kommt das sicher nicht vor, schließlich bin ich nicht nymphoman geworden. Ehrlich gesagt, weiß ich auch nicht genau, wie es so weit hat kommen können. Er war einfach . . . lieb und ich so allein."

"Du musst dich vor mir nicht Rechtfertigen. Du bist frei!"

"Ich weiß, aber es ist ein komisches Gefühl. Als wir vor vier Monaten begannen, uns zu sehen, war ich vollkommen fertig. Aber das weißt du ja. Durch Roberts Charme oder das, was ich dafür hielt, hat er mir einen Teil meines Selbstbewusstseins wiedergegeben. Blumen, Theater, Essen gehen - ich habe das alles so vermisst, verstehst du? Aber heute weiß ich, er kann mich nicht mehr täuschen. Ich werde ihn ganz bestimmt nicht wiedersehen. Er ist dermaßen hinterhältig - du hast ja keine Ahnung. Ich geh ins Bad, bitte sei so lieb und mach uns einen Kaffee, ich habe dir etwas zu erzählen!"

Eine halbe Stunde später saßen sie sich dann gegenüber. Eine von Martins Verdi-CDs lief und leise Töne von Macbeth erfüllten den Raum.

"Wieso bist du denn schon wieder hier? Wenn ich ehrlich bin - ich habe eigentlich gar nicht mehr mit dir gerechnet!", fragte Nicole, um das Gespräch zu beginnen.

"Ich glaube, ich habe einen Fehler gemacht, als ich dachte, Fernando leidet genau wie ich unter unserer Trennung. Das Gegenteil ist der Fall, er feiert und fühlt sich wohl. Ich habe gedacht, er hat Schluss gemacht, weil er verletzt ist - weil ich ihn zu oft gekränkt und verleugnet habe. In Wirklichkeit ist es wohl so, dass er nur die Gelegenheit wahrgenommen hat, um mich endlich loszuwerden. Natürlich, er ist so attraktiv, er muss sich nichts von mir gefallen lassen! Er hat ja Auswahl. Da bin ich wohl von falschen Voraussetzungen ausgegangen, aber ich dachte tatsächlich, er würde mich lieben. Er hat es leicht gehabt, mich zum Narren zu halten. Jedenfalls geht es ihm gut, wahrscheinlich denkt er gar nicht mehr an mich. Das Kapitel ist für ihn längst abgeschlossen."

Er machte eine kurze Pause, in der er nachdenklich auf seine Hände schaute, dann fuhr er fort, als wolle er diese negativen Gedanken über Fernando von sich schleudern:

"Was wolltest du mir denn sagen?"

"Es ist wegen Robert, das ist einiges . . .!"

"Ich habe dir doch gesagt, du musst mir nichts erklären. Es ist allein deine Sache, was du tust. Ich bin wohl der Letzte, der dir Vorschriften machen kann!"

Er sagte es zwar, aber es klang nicht sehr überzeugend. Auch Nicole bemerkte das, ging allerdings nicht weiter darauf ein. Statt dessen antwortete sie:

"Es geht nicht um den Sex, den ich mit ihm hatte. Natürlich kannst du mir nichts verbieten, nachdem dein eigener Lebenswandel sich derart verändert hat. Das wäre wohl noch schöner. Es geht darum, dass er es war, der dich und Fernando auseinandergebracht hat. Wahrscheinlich erzählte er es mir, weil er glaubte, dass sein Verhalten in meinem Sinne sei."

"Wovon sprichst du?"

"Davon, dass er alles andere als dein Freund ist. Du hättest ihn unter keinen Umständen allein zu Fernando schicken dürfen . . ."

Nicole erzählte Martin, was sie von und über Robert erfahren hatte und dieser entdeckte endlich, wie niederträchtig sein angeblicher Freund ihn getäuscht hatte und das nicht nur bei Fernando, sondern auch im Dienst. Eine Weile brauchte er, um die Erkenntnis zu verdauen. Dann sprang er einer plötzlichen Erleuchtung folgend auf.

" Weißt du, was das bedeutet? Fernando hat nicht Schluss gemacht, er glaubte, ich sei es gewesen! Deshalb auch sein Auftritt im Amt. Er war ganz einfach sauer, weil er glaubte, ich sei ohne eine Begründung einfach zu dir zurückgegangen. Ich muss zu ihm, sofort! Wenn ich ihm von Robert und meinem Coming-out erzähle, wird alles wieder wie es war. Ich danke dir, Nicole!"

Martin hätte beinahe gejubelt und hatte plötzlich keine Minute mehr zu verschenken. Er achtete nicht weiter auf Nicole, die in diesem Augen-blick wusste, sie würde ihn ein weiteres Mal verlieren, ohne ihm wieder nähergekommen zu sein. Martin verließ die Wohnung, während sie krampfhaft versuchte, an ihr neues Leben zu denken. Fest wollte sie daran glauben, es auch allein zu schaffen.

Es war schon Mitternacht durch, als Martin zum dritten Mal innerhalb eines Tages in Bayenthal ankam. Diesmal stieg er aus und ging unbeirrbar auf das Haus zu. Egal, was jetzt noch kam, wenn Fernando alles wusste, würden sie wieder zusammenkommen!

Sie mussten die Vergangenheit vergessen, wenigstens den Teil, der sie auseinanderbrachte, dann konnten sie neu anfangen. Eigentlich hatte Martin keine Zweifel mehr an Fernandos Liebe, seit er von Roberts Verrat wusste, und dementsprechend optimistisch ging er der Begegnung mit seinem Freund auch entgegen.

Er würde die Missverständnisse ausräumen und dann war der Weg in eine Zukunft mit Fernando frei. Martin erreichte die Haustür, auf der von außen der Schlüssel steckte. Er ging hinein und vernahm Gelächter aus dem Garten. Durch die Küche ging er hinaus.

Einige Paare tanzten zu der mittlerweile leisen Soulmusik, andere lagen herum und schmusten. Martin sah die große, offene Schiebetür zum Schwimmbad und ging die fünf weiß gekachelten Stufen hinunter. Im Pool schimmerten ein paar Punktstrahler und ließen das Wasser wie Kristall wirken. Das war die einzige Beleuchtung.

Neben den großen Pflanzen ringsherum standen die Korbstühle wie immer, aber Martin sah, dass zusätzlich Luftmatratzen herumlagen. Sogar mitten auf dem Wasser lag ein Pärchen auf einer großen, silberfarbenen Luftinsel und gab sich der Zärtlichkeit hin, als sei es allein hier.

Martin sah sich um. Er konnte Fernando nirgends entdecken, wollte den Liebespaaren oder Trios andererseits auch nicht zu nahe kommen. Der Gedanke, dass Fernando dort irgendwo mit dabei war, machte ihn nervös. Er wollte nicht eifersüchtig sein, aber das Steuern derartiger Gefühle gelang ihm genauso wenig wie anderen. Deshalb gab es nur eines . . . er durfte seinen Freund nicht in der Umarmung eines anderen finden! Schon der Gedanke an diese Möglichkeit trieb Martin dazu, sich nicht allzu genau umzuschauen. Vielleicht würde Fernando ja ihn entdecken! Aber es war nicht die Stimme des jungen Italieners, die ihn jetzt begrüßte.

"Hi, Martin! Wo kommst du denn plötzlich her?"

Es war Uwe, der sich nun nur mit einem Handtuch bekleidet von einem der Liegestühle erhob. Augenscheinlich war er allein. Martin lächelte ihm zu.

"Ich muss mit Fernando reden. Ich weiß nicht, ob Sven dir erzählt hat, was in der letzten Zeit passiert ist . . ."

Martin umriss kurz die letzten Geschehnisse.

"Und da suchst du dir ausgerechnet einen Tag wie heute aus, um mit Fernando zu reden? Hoffentlich erlebst du nicht gleich wieder eine böse Überraschung."

"Es kann keine bösen Überraschungen mehr geben! Ich weiß nicht, ob du das verstehst, aber selbst wenn er mit Typen rummacht . . . das ist ja nicht gegen mich. Er denkt noch, dass ich mit ihm Schluss gemacht habe. Wenn er einen Typen hat . . . na ja, dann will er sich wahrscheinlich rächen, sein Selbstbewusstsein aufbauen oder was weiß ich. Aber er liebt mich!"

Während Martin das sagte, glaubte er selbst an seine Worte, sie hörten sich verlockend logisch an.

"Ich weiß nur, dass ich Sven im gleichen Moment los war, als du gegangen bist. Er ist wieder hier eingezogen und hatte nicht mal das Gefühl, mir etwas erklären zu müssen. Es ist manchmal ganz schön deprimierend . . . der Idiot, den Sven für Fernando abgibt, der bin ich für Sven. So setzt sich die Reihe fort. Einer ist des anderen Hanswurst!"

Uwe trank einen großen Schluck seines Coco Punk Lopez, während Martin eher aus Verlegenheit an dem ebenfalls alkoholfreien Amazonas nippte, den Uwe ihm geholt hatte. Dabei sah er sich weiter um. Es gab ein paar unübersichtliche Punkte im Raum. Martin wäre gerne dort hingegangen, um Fernando zu finden, aber die Angst überwog. Dann fiel ihm plötzlich etwas ein.

"Und wo ist Nicki?"

"Auf irgendeiner Matratze, wo sonst? Übrigens, wusstest du schon, dass Fernando vom Balkon gesprungen ist . . ."

Eine weitere halbe Stunde verging, in der Fernando nicht auftauchte. Martin wurde allmählich ungeduldig. Er ging schließlich in den Garten und sah sich um. Auch die letzten Tänzer waren in irgendwelche Ecken verschwunden. Jemand war dabei, einer der steinernen Götterfiguren seine Liebe und Verzweiflung zu gestehen und nahm dabei Anleihen bei Goethe. Martin ging mit dem Glas an ihm vorbei und blieb dann stehen. Er vernahm die theatralischen Worte:

" . . . trocknet nicht, Tränen der ewigen Liebe! Ach, dem nur halb getrockneten Auge, wie öde, wie tot die Welt ihm erscheint! Trocknet nicht, Tränen unglücklicher Liebe . . .”

Der steinerne Gott zeigte sich nicht sonderlich beeindruckt und Martin musste trotz seiner Anspannung grinsen. Er ging weiter. Unter einem der Bäume schnarchte nackt und an eine mindestens zwei Meter lange, aufgeblasenen Gummibanane geschmiegt der blonde Dorian aus dem *Tomb*, während sein Freund Richard nirgends zu sehen war.

Auf der Bank zwischen den beiden großen Kiefern am Ende des Gartens hatten sich zwei Jeanstypen ineinander verbissen, während jeweils der eine den anderen hektisch befriedigte. Gerade als Martin sich wieder umdrehen wollte, verloren sie das Gleichgewicht und fielen auf den Rasen. Sie rollten aus wie ein abgebremstes Auto und machten dann, als sei das gar nicht passiert, weiter. Martin drängte sich die Vorstellung auf, wie die beiden jetzt von der Erde aufgesogen wurden und die Fortsetzung ohne Unterbrechung eben in der Hölle stattfand. Man war ja flexibel!

Wenig später saß Martin wieder bei Uwe am Pool. Er spürte, dass er langsam müde wurde.

”Ich glaube, ich lege mich hier irgendwo hin, morgen früh werde ich ihn ganz sicher finden.”

Auch wenn er sich einredete, es würde ihm nach dem neuen Kenntnisstand nichts ausmachen, wenn er Fernando tatsächlich mit einem anderen sah, so war es ihm doch lieber, es nicht darauf anzulegen.

”Ich muss mal für kleine Jungs. Bist du noch hier, wenn ich wiederkomme?”, fragte Uwe und stand auf.

”Wahrscheinlich!”

Martin wartete eine Viertelstunde. Als Uwe dann immer noch nicht zurück war, entschloss er sich irgendwo eine Lagerstatt zu suchen. Dafür wollte er nicht unbedingt hier bleiben, wo eindeutige Geräusche doch ziemlich an seinen Nerven zerrten. Er dachte an Fernandos Schlafzimmer und wollte sich dort auf die Couch legen.

Er kam aus dem Keller, aber dann an der ersten Stufe nach oben zögerte er. Irgend etwas in seinem Inneren warnte ihn, dort hinaufzugehen. Aber etwas anderes wiederum zog ihn mit Macht die Treppe hinauf. Im Flur war es dunkel und durch die Glasbausteine fiel nur das Licht der Außenbeleuchtung, als er schließlich tatsächlich hochging.

Dann stand er vor der Schlafzimmertür und hörte erst jetzt die Musik. Jemand war bereits drin und soviel Logik, hinter der Tür Fernando zu vermuten, hatte Martin natürlich.

Er streckte die Hand zur Klinke aus, dann zog er sie zurück. Alles sprach dagegen dort hineinzugehen, aber er konnte sich einfach nicht umdrehen und weggehen. Wieder streckte er die Hand aus, kämpfte erneut mit sich, um dann doch die Klinke niederzudrücken. Lautlos schwang die Tür nach innen und gab ihm den Blick auf das große Bett frei, das auch unter der indirekten Beleuchtung nur zu gut zu erkennen war.

Wie ein Pascha lag Fernando auf dem Bett, natürlich war er nackt und im ersten Moment stieg in Martin Verlangen auf. Zu lange hatte er auf den Körper seines Freundes verzichten müssen. Aber dann erkannte er die ganzen Zusammenhänge und das war wie ein Eimer Eiswasser, ausgeschüttet über Libido und Gemüt.

Neben Fernandos Hüfte kniete Nicki, dessen Hände und Arme von dem Kokosöl glänzten, mit dem er Fernandos Körper massierte. Eher unterschwellig nahm Martin noch immer in der Tür stehend den Duft des Öles wahr.

Er konnte seinen Blick nicht abwenden, seine Füße klebten förmlich am Boden. Sanft und gefühlvoll glitt Nicki an Fernandos Männlichkeit auf und ab, straffte die Haut, um sie dann wieder zu entspannen. Martin sah auch Sven, der neben dem Kopf seines Freundes hockte. Fernando hatte die Augen geschlossen und seine Lippen umschmeichelten die harte Erregung seines blonden Freundes, während dieser seinen Unterleib sanft vor und zurückschob.

Bis ins kleinste Detail sog Martin das Bild in sich auf, erkannte, dass Sven sich jetzt zurückzog und Fernando zwei Finger in den Mund schob. So zog er seinen Kopf zurück, nahm dann die Sektflasche, um sie ihm an die Lippen zu setzen. Gierig saugte Fernando den prickelnden Inhalt aus der Öffnung, während seine Hand schon wieder Svens Lenden suchte und an der gespannten, schimmernden Haut seiner Erektion auf und abglitt.

Martin wollte weg, aber er blieb weiter stehen wie ein hypnotisiertes Kaninchen. Er bewegte sich nicht und erkannte nun noch einen weiteren Mann, der von Rechts in sein Blickfeld kam. Sein schlanker, sehniger Körper war im diffusen Licht nur schemenhaft zu erkennen, während er sich jetzt auf die untere Betthälfte vor Fernando kniete und Martin so den Blick auf seinen Freund nahm. Er schob Fernandos Becken hoch, im nächsten Moment flog eine Tube Irgendwas neben das Bett. Martin sah, dass sich die Muskeln am Po des Mannes verhärteten und er nach vorne stieß. Gleichzeitig vernahm er das heisere Aufstöhnen von Fernando, den gleichen Ton den er nur zu genau kannte.

Der Laut nistete sich in seinem Kopf ein und er hätte beinahe wie ein misshandelter Wolf aufgeheult. Verzweifelt versuchte sein Verstand andere, weniger schmerzhafte Erkenntnisse zu haben, wollte sich ab-lenken von den Geschehnissen.

So erkannte er in dem Mann, der zuletzt dazugekommen war, Richard aus dem *Tomb*. Wieder versuchte Martin, sich loszureißen, um endlich weggehen zu können. Aber es war, als habe er ins Angesicht der Medusa gesehen, als sei er zu Stein geworden und allein sein Herz pochte noch menschlich. Er hörte Fernandos unartikuliertes Seufzen, sah wie Richard immer wieder und immer heftiger in ihn eindrang und es traf direkt auf seine ungeschützte Seele. Dort brannte sich jede Bewegung, jedes Geräusch ein wie mit Höllenfeuer. Martins Lippen bebten, aber sein Blick blieb klar. Er spürte den Schmerz seiner eigenen Fingernägel, die sich in die Handfläche bohrten. Er sah Sven aufstehen und zu Nicki gehen, den er zu sich hochzog. Sie pressten ihre Lippen aufeinander, aber es war keine Zärtlichkeit darin. Als Nicki mit seinem Mund an Svens Körper hinabgleiten wollte, hielt dieser ihn auf. Er drehte ihn mit dem Gesicht Richtung Bett.

Behutsam, aber bestimmt dirigierte er den jungen Farbigen so, dass der sich auf dem Bett kniend vornüberneigte und wieder Fernando widmete. Er spreizte Nickis Beine mit dem Knie und Martin erkannte, dass Sven während er Nicki nahm, nur in Fernandos Gesicht schaute. Sein Atem ging schwer, sein Gesicht war von Schweiß bedeckt und er wirkte sehr konzentriert, als er sich langsam, fast bedächtig bewegte. Seine Hände strichen über Nickis samtig glatte, dunkle Haut, hin und wieder schlug er mit der flachen Hand zu.

Mit offenem Mund und starrem Blick saugte er noch immer jede der Bewegungen von Fernando in sich auf. Als dieser dann von Nickis Hand beschert den Höhepunkt erreichte und den rauen, fast tonlosen Klagelaut von sich gab, den auch Martin nur zu gut kannte, begann Sven, wie wild auf seine eigene Ejakulation hin zu arbeiten. Sein sonst ebenmäßiges Gesicht war verzerrt und die Lippen verdeckten die zusammengepressten Zähne nicht mehr.

Nicki gab einen verhaltenen Schrei von sich, aber für Sven war er in diesem Augenblick nur ein Mittel zum Zweck. Als er dann schließlich soweit war, formten seine Lippen tonlos immer wieder Fernandos Namen.

Martins Magen vibrierte, er hatte das Gefühl sich hier und sofort übergeben zu müssen. Noch immer stand er wie festgewachsen, beobachtete wie Sven und Richard sich zurückzogen und ermattet einen Platz suchten, an den sie ausgestreckt liegenbleiben konnten. Fernando war es, der Nicki herumzog, sich rittlings über ihn setzte und mit hinter sich aufgestützten Armen rhythmisch seinen Unterleib bewegte, bis auch Nicki sich zusammenrollte und abgeschlafft und bebend liegenblieb.

"Hast du deinen Masochismus mittlerweile weit genug getrieben?"

Plötzlich stand Uwe neben Martin, seine Hand lag auf seiner Schulter. Er trat an ihm vorbei und zog hastig die Tür ins Schloss. Martin stand immer noch mit dem Gesicht Richtung Schlafzimmer, kurz presste er seine Augen zu, dann schüttelte er den Kopf.

"Hast du das gewusst - ich meine, wusstest du, dass sie hier oben sind?"

Er sah Uwe an, dieser nickte mit einem nicht zu deutenden Gesichtsausdruck.

"Ja, klar! Ich habe sie von dannen schweben sehen, Fernando mit einem nicht übersehbaren Ständer vorneweg. Und dass sie hier oben kein Mensch-ärgere-dich-nicht spielen, konnte ich mir denken. Ich wollte dich damit aus naheliegenden Gründen aber nicht belasten. Komm schon, lass dich nicht beeindrucken. Das da drin ist purer Sex, aber du sagst, Fernando liebt dich. Dieses Suppenhuhn Nicki konsumiert er nur. Vergiss, was du gesehen hast, du willst doch neu anfangen!"

Uwe zog Martin mit sich die Treppe hinunter und dieser ließ sich das gefallen. Erst als er weiter in den Keller wollte, blieb Martin stehen.

"Ich muss gehen!"

Martins Inneres war ein Schlachtfeld. Er spürte nicht die erwartete wütende Eifersucht, nur Trauer, die sein Herz zu sprengen drohte. Er würde dieses Bild nie mehr vergessen können, nie mehr würde Fernando für ihn vertraut sein. Fernando gehörte nicht mehr zu ihm, es war zu spät!

"Bleib doch. He, ich denke es macht dir nichts aus, weil ihr nur aus einem Missverständnis heraus auseinandergegangen seid!"

"Das glaubte ich auch. Aber das - weißt du, ich dachte es gibt etwas nur zwischen Fernando und mir. Ich war so blöd! Gerade da oben hat er den Sex genauso erlebt wie bei mir, es gab keinen Unterschied. Ich war nur einer unter vielen bei ihm. Und dabei war er alles für mich . . . ich hatte doch nur ihn."

Martin schaute vor sich auf die Erde und wiederholte so leise, dass Uwe ihn kaum verstehen konnte:

"Nur ihn!"

Er vergrub sein Gesicht in den Händen und schluckte krampfhaft. Uwe merkte, dass sein Gegenüber unter Schock stand und wusste nicht recht, wie er darauf reagieren sollte. So bat er Martin noch einmal, wieder mit nach unten zu kommen. Dieser schüttelte jedoch ein weiteres Mal den Kopf.

"Ich muss gehen."

"Kommst du wieder?"

"Nein!"

"Soll das heißen, dass es zwischen euch diesmal schon wieder zu Ende ist, bevor ihr wieder angefangen habt? Das ist doch blöd! Außerdem - denk auch mal an mich! Wenn ihr nicht wieder zusammenkommt, kriege ich doch Sven nie zurück!"

Das war ein Aspekt, mit dem Martin sich jetzt wirklich nicht auseinandersetzen konnte. Er wollte sich umdrehen und gehen, aber Uwe hielt ihn noch zurück.

"Was ist mit Fernando? Soll er erfahren, dass du hier warst?"

Martin überlegte, dann antwortete er:

"Sag ihm bitte nichts. Man muss nicht wieder alles aufwühlen. Für ihn ist unsere Beziehung schon lange beendet, also belassen wir es dabei. Wem würde es nützen, wenn er es erfährt?"

"Er soll also auch nicht wissen, dass du dein Coming-out hattest?"

"Wozu denn? Es ist zu spät!"

"Ich möchte es ihm aber sagen! Hast du denn nichts Persönliches, was ich ihm ausrichten kann?"

"Nein!"

Martin Antwort fiel schroff aus. Dann jedoch dachte er nach und fügte an:

"Wenn du unbedingt willst, dann sage ihm, dass es keinen Nebel mehr gibt in der Bucht von San Francisco!"

"Was?"

Uwe schaute ihn verständnislos an. Dann jedoch nickte er.

"Aha, Geheimsprache! Okay, ich sage es ihm!"

Martin drehte sich um und ging auf die Haustür zu, ohne noch etwas zu sagen. Er musste raus hier, weg von seinen zerbrochenen Träumen, weg von der Bankrotterklärung seiner Gefühle und weg vom Ort seiner eigenen Naivität, für die er sich in diesem Augenblick hätte ohrfeigen können. Trotz der lauen Sommernacht saß er in seinem Passat und spürte die Kälte, die aus seinem Inneren kam. Jetzt gab es nichts mehr, für das es sich lohnte, Emotionen zu entwickeln. Er war trotz allem, was er auf sich genommen hatte allein. Und die Worte, die seine Mutter vor so langer Zeit zu ihm sagte und die er bereits vergessen glaubte, kamen zurück in sein Bewusstsein. Es war besser, überhaupt nicht lieben zu können als durch eine solche Hölle gehen zu müssen.

Und er nahm sich vor, nie wieder einen Menschen so nah an sich herankommen zu lassen, wie er es Fernando gestattet hatte.

Er fuhr los, ohne zu wissen, wo er hinwollte und landete schließlich in der Nähe des Bahnhofs. Dort parkte er den Wagen am Bushof und ging hinunter zum Rhein. Er starrte in die schwarzen Fluten und der nächt-liche Wind ließ ihn schaudern. Der Geruch des Flusses hüllte ihn ein und er atmete tief durch. Es war befreiend und er wurde ein wenig ruhiger. Er ahnte das gegenüberliegende Kennedyufer mehr, als dass er es sah und vermutete hinter den etwas weiter entfernt liegenden Lichtern den Tanz-brunnen. Er betrachtete seine Umgebung, und die neuen Eindrücke legten sich wie ein kühler Verband auf die frisch gerissenen Wunden in ihm.

Er schaute zur Hohenzollernbrücke hoch und plötzlich musste er seinen Schmerz hinausbrüllen.

Sein Schrei jagte über das Wasser und der Fluss trug den Klang seiner Stimme mit sich fort. Langsam ging er die Promenade entlang, durchlebte alles noch einmal, glaubte manchmal, Fernando abgrundtief zu hassen und wusste doch gleichzeitig, dass er seine Liebe zu ihm in Zukunft tief im Inneren verschließen würde.

Als die Schwärze der Nacht sich dann allmählich in dieses verwaschene Grau verwandelte, hatte Martin ganz für sich einen Entschluss gefasst. Er würde von nun an das Leben eines Schwulen leben und für seine Rechte kämpfen, aber er würde es alleine tun!

Jetzt endlich rang er sich zu der Kompromisslosigkeit durch, die er für sein neues Leben brauchte. Er hatte erkannt, dass er seine Zukunft nicht von anderen Menschen abhängig machen durfte und entschloss sich, sich nun doch eine Wohnung zu suchen. Er würde die Scheidung einreichen und ganz von vorne anfangen. In diesem Leben war weder für Fernando Platz noch für kindliche Träume vom Glück zu zweit.

Martin wollte den Pfad der Realität nie wieder verlassen, das allein würde sicherstellen, dass ihm niemand mehr weh tun konnte.

In und um Fernandos Haus war das Erwachen am nächsten Morgen mit Kopfschmerzen und schlechtem Gewissen verbunden. Verschiedene nächtliche Verbindungen lösten sich klammheimlich auf, um zu den Konstellationen zurückzufinden, in denen sie gekommen waren. Es gab hysterische Ausbrüche und stumme, aufgebrachte Blicke, die wie Pfeile wirken sollten, obwohl die Absender sich als über der Sache stehend klassifizierten.

Im Garten erwachte Dorian total unterkühlt, die Riesenbanane in seinem Arm war schlaff und er hatte sich mit ihr zugedeckt. Die Luft war eben raus, nicht nur aus dem Gummiobst, sondern aus allen Aktivitäten der Nacht. Dorian ging auf die Suche nach seinem Freund Richard und Uwe ahnte Schlimmes, als er an ihm vorübereilte und die Kellertreppe hinauflief.

Aus der Küche kam Nicki in den Garten und von dort ins Schwimmbad. Er hatte einen eigenartigen Gang und ziemlich kleine Augen. Uwe sah ihn an und nahm einen kräftigen Schluck aus der neben ihm stehenden Wodkaflasche. Anschließend hustete er und als er damit fertig war, stand Nicki neben ihm.

"Mensch, hab ich einen Hunger! Bumsen macht schlapp, heute werde ich den ganzen Tag nur fressen, damit mein Darm mal etwas anderes zu tun hat!"

"Halt die Schnauze, du ordinäres Stück Scheiße!", fauchte Uwe.

"Uui - da hat aber jemand schlecht geschlafen! Meine Ausdrucksweise ist also ordinär, ja? Und wie nennst du deine?"

In diesem Moment hörte man laute Stimmen von oben, die Tür zum Schwimmbad flog auf und die Klinke hämmerte gegen die Wand. Als nächstes sah man Richard, der nackt wie er gerade noch in Fernandos Bett geschlafen hatte, am Pool entlang rannte und von einem fuchsteufelswilden Dorian verfolgt wurde.

"Bleib stehen, du Mistkerl! Dass du dich nicht schämst! Du bist sechsundvierzig, ich bin siebenundzwanzig Jahre jünger, du verdammter Hengst! Man sollte denken, ich genüge dir. Wenn hier jemand fremd geht, weil er mehr braucht als er kriegt, bin ich das doch wohl!"

Mittlerweile hatten sie den zweiten Lauf um das Becken gestartet, noch war Richards Vorsprung groß genug. Sollte es tatsächlich jemanden gegeben haben, der noch schlief, war auch dieser jetzt wach. Eben hatte Richard einen der vielen Stühle übersehen, stolperte schmerzlich und landete im Wasser, dicht gefolgt von Dorian, der mit einem allerdings gewollten Kopfsprung an seiner Seite landete.

"Ich mache dir einen Knoten in deinen Schwanz, du - du geiles Monster!"

Damit zog er seinen Freund unter Wasser, der prustend wieder auftauchte und während des Hustens versuchte, Dorian zu beruhigen.

"Lass es dir doch erklären . . . bitte Dorian!"

Und schwups war er wieder unter Wasser. Gleich anschließend zog ihn Dorian an den Haaren wieder hoch und das Spielchen ging weiter. Mittlerweile war auch Fernando angekommen, in der Hektik hatte er seinen Kaftan seitenverkehrt angezogen. Nun zupfte er nervös an den Nähten und rief eher beiläufig:

"Dorchen, hör auf. Du bringst ihn ja um!"

Dann setzte er sich zu Uwe, Sven und Nicki.

Fernando versuchte, die Gedanken an die vergangenen Stunden zu verdrängen, was ihm angesichts der anderen allerdings ziemlich schwer fiel.

Dorian und Richard balgten sich inzwischen auf der Luftinsel im Wasser, sie schienen sich schon wieder etwas nähergekommen zu sein. Außer den am Tisch Sitzenden waren inzwischen alle mit größeren oder auch weniger schlimmen Bauchschmerzen in ihren Alltag zurückgekehrt, das Haus war leer und verriet nichts mehr von der Partylaune der Nacht. Das Gespräch verlief lahm und etwas später ging Sven, um den Kaffee zu holen. Er war eigentümlich in sich gekehrt an diesem Morgen, meist wich er dem Blick von Fernando aus. Er konnte sich selbst nicht ausstehen, denn eigentlich hatte so etwas wie letzte Nacht nicht mehr vorkommen sollen. Er wusste doch, dass ihn diese Art von Kontakt wieder ver-wundbarer machte. Denn auch wenn er normalerweise Sex ohne Liebe praktizieren konnte, bei Fernando war das für ihn so gut wie unmöglich. Jetzt wirkten seine türkisfarbenen Augen kalt und desinteressiert, nichts verriet sein aufgewühltes Inneres. Als Nicki an seiner Seite auftauchte und gerade etwas sagen wollte, ließ ihn ein einziger Blick aus Svens Augen lieber schweigen.

Man war sich im allgemeinen nicht besonders zugetan an diesem Morgen, jeder verarbeitete die letzte Nacht auf seine Weise, wobei in Dorian und Uwe, den beiden nicht beteiligten, natürlich der größte Frust wohnte. Uwe für seinen Teil wartete auf den richtigen Zeitpunkt, die Bombe platzen zu lassen. Er war sicher, Fernando damit ordentlich eins auswischen zu können und freute sich auf diesen Augenblick der Genugtuung.

Allein Nicki schien seinen Rhythmus schon wiedergefunden zu haben. Er würzte das immer noch belanglos dahin plätschernde Gespräch mit seinen altbekannten Unanständigkeiten und beschwerte sich, als Sven ihm den Mund verbot. Sven saß zum Wasser gewandt, hielt zwischen seinen Händen eine große Keramiktasse und fror.

Eigentlich wollte er, dass auch die Letzten gingen. Wenn alle fort waren, würde er mit Fernando wenigstens noch ein paar Stunden schlafen gehen können. Aber er konnte nichts machen, schließlich war es nicht sein Haus. Und so saß er weiterhin nur schweigsam da und beobachtete verschnupft die Versöhnung von Dorian und Richard auf dem Wasser.

Fernando rührte in seiner Tasse, um das halbe Pfund Zucker zu verteilen, das er hineingestreut hatte, als Uwe ihn ansprach:

"Und wie fandest du die Nacht nun?"

Fernando sah ihn fragend an.

"Nutzbringend! Warum?"

"Weil so eine unüberlegte Nacht einen manchmal mehr kosten kann als sie wert ist!"

"Was willst du von mir? Ich kann auch nichts dafür, wenn du dich für diese Art von Spiel ohne Grenzen nicht eignest."

"Ich meine ja auch nur! Es gibt Menschen, die können so etwas nicht akzeptieren!"

"Klar! Du zum Beispiel! Aber das ist mir ziemlich egal. So eine Nacht verpflichtet zu nichts, sie lenkt von Problemen ab und am nächsten Tag ist wieder jeder, wo er hingehört!"

"Mit mir hat das nichts zu tun. Um mich geht es nicht!"

"Warum kläffst du mich die ganze Zeit an? Ich bin nicht der Mond! Sag endlich, was du von mir willst oder halt den Mund. Ich habe auch ohne dein Gesülze schon Kopfschmerzen genug! Fest steht, dass die, denen mein Lebensstil nicht gefällt, nicht herzukommen brauchen."

"Stil? Na, wie auch immer - ich habe letzte Nacht erfahren, dass es in der Bucht von San Francisco keinerlei Nebel mehr geben soll!", ließ Uwe jetzt selbstzufrieden die Bombe platzen.

Während Sven und Nicki verständnislos auf die Erklärung des Satzes warteten, schrillten in Fernando die Alarmglocken. Er sprang auf.

"Dio mio, was hast du da gesagt? Uwe - war er hier? Sag doch schon!"

Uwe machte eine Kunstpause und weidete sich an Fernandos aufgerissenen Augen, in denen die Furcht stand.

"Ja, M-a-r-t-i-n war hier. Leider konnte ich nicht verhindern, dass er in die erste Etage ging und dort hat er dann das Finale eurer Stammtischrunde mitbekommen."

Fernando wurde weiß um die Nase. Er setzte sich wieder und versuchte die Konsequenzen des Gehörten zu ergründen. Was hatte Martin denn überhaupt hier gewollt?

"Warum war er hier?"

"Er wollte dir sagen, dass er sein Schwulsein jetzt auch im Amt öffentlich gemacht hat. Und außerdem hat dieser Robert euch auseinandergebracht, Martin war es nicht, der Schluss machte."

Uwe grinste breit, während ihm Sven beinahe an die Kehle gegangen wäre. Fernando sprang ein weiteres Mal auf. Dabei verschätzte er sich in der Entfernung zum Tisch, er riss ihn hoch, beförderte ihn danach inklusive allem, was darauf stand in den Pool, wobei Dorian die Zuckerdose abbekam.

"Hey, bist du bescheuert?"

Fernando achtete nicht auf ihn, er war schon unterwegs zur Treppe. Sein überstürztes Handeln veranlasste Sven, sofort hinter ihm herzurennen, nachdem er Uwe noch ein paar stichwortartige Fragen gestellt hatte.

Er fand Fernando bäuchlings auf dem Bett, das Gesicht in den Kissen vergraben.

"Ach, komm! Es wird schon eine Lösung geben!"

"Ich werde zu ihm fahren! Das ist die Lösung."

Sven schaute hinaus. Ein Sommerregen kam wie Seidenschnüre vom Himmel. Sven rechnete sich aus, dass der Alkohol, den Fernando noch im Blut hatte, in Verbindung mit den nassen Straßen nicht unbedingt das war, was man sich wünschte, um irgendwo sicher anzukommen. Außerdem zog gerade ein Gewitter auf, plötzlich wurde es so dunkel, dass Fernando seine Nachttischlampe anknipste.

"Du wirst jetzt nirgendwo hinfahren. Du musst nicht immer gleich alles überstürzen und das machen, was dir gerade als erstes in den Kopf kommt. Du solltest mir lieber helfen, im Garten Ordnung zu machen!"

Er schaute hinaus und sah, wie das Wasser sich in den beiden rußigen Grills sammelte. Und dann plötzlich prasselten Hagelkörner in der Größe von Taubeneiern in den Garten.

"Versuch nicht, mir das auszureden. Ich muss wissen, was er gesehen hat, und ich will es ihm erklären!"

"Was willst du ihm denn erklären? Uwe sagt, es hat deinem Martin nicht gefallen, wie wunderschön du deinen Orgasmus erlebt hast. Ich weiß ja nicht, welchen von den vielen er mitbekommen hat, aber er hat bisher wohl angenommen, dass du bei anderen Typen auch in anderen Tonlagen hechelst!"

"Maledetto, was soll denn das? Orgasmus ist Orgasmus - da ist in solchen Nächten doch trotzdem kein Gefühl dabei! Das habe ich nur bei ihm, warum kann er das nicht verstehen? Ich meine, er wusste doch, dass ich kein Chorknabe bin. Und ich nahm an, dass wir uns nicht wiedersehen würden. Wirklich, Sven! Du weißt doch am besten, dass ich es mir nicht leicht gemacht habe. Und er muss jetzt annehmen, mir hätte sein Weggang nichts ausgemacht."

Fernandos Augen wurden feucht, aber er weinte nicht. Er dachte weiter nach und wiederholte dann noch einmal sein Vorhaben, jetzt sofort zu Martin fahren zu wollen. Es gelang Sven nicht einmal mit der Ankündigung, der Hagel würde den Lack des Lotos verkratzen, ihn davon abzubringen. Schließlich schaffte er es wenigstens, sich selbst als Fahrer aufzudrängen. Ihm war wohler, wenn er Fernando begleiten konnte und dieser nicht selbst fahren musste.

Kurz verabschiedeten sie Nicki, Uwe und die beiden aus dem *Tomb*, dann fuhr Sven den Wagen aus der Garage. Fernando stieg ein und sie fuhren los, ohne dass Fernando genau gewusst hätte, was passieren würde, sollte er Martin gleich gegenüberstehen.

Mittlerweile hatte es aufgehört zu hageln, die Straßen allerdings waren noch immer nass. Deshalb fuhr Sven nicht besonders schnell. Sie bogen vom Aggripina-Ufer auf den Ubier-Ring und plötzlich verdunkelte sich der Himmel erneut. Als sie den Chlodwigsplatz hinter sich gelassen und den Sachsenring fast erreicht hatten, passierte es dann. Plötzlich schienen die Dämme des Himmels zu brechen. Hagelkörner peitschten auf alles, was sie erreichen konnten und eines von ihnen zerschmetterte die Windschutzscheibe des Lotus Seven wie durch einen Schuss. Sven stieg sofort auf die Bremse, der Wagen schlitterte ein Stück, um dann zum Stehen zu kommen.

Einen Moment lang schauten sich Sven und Fernando an, Sven wollte gerade fragen, ob alles in Ordnung sei, als sich die Ereignisse überstürzten. Ein Lieferwagen kam aus der Ulrichgasse herausgeschossen, ein gewaltiger Schlag riss den kleinen Sportwagen herum. Der Fahrer des VW-Busses hatte die Kontrolle über seinen Wagen verloren und prallte in voller Fahrt seitlich auf den stehenden Lotos.

Sven wurde derart herumgerissen, dass er glaubte, sein Genick würde brechen wie ein Streichholz. Sie schleuderten über die Straße und prallten auf der anderen Seite gegen einen parkenden Wagen. Einen Moment war Ruhe, eine künstlich wirkende Ruhe. Es gab weder Motorengeräusche noch hörte man irgendwelchen Straßenlärm von außen her. Sven kam sich vor wie in einem luftleeren Raum, so als bewege er sich auf dem Mond. Er versuchte, sich aufzurichten und stieß gegen den ungewöhnlich dicht neben ihm sitzenden Fernando. Als Sven jetzt langsam den Kopf auf seinem schmerzenden Hals drehte, um nach Fernando zu sehen, erschrak er. Sein Freund hing bewegungslos im Gurt, während die Beifahrertür fast auf seinem Schoß lag.

"Fernando . . . hallo, sag doch was . . . bitte!"

Aber es kam keine Reaktion. Hastig versuchte Sven, sich aus dem Wagen herauszuwinden, konnte aber die Tür nicht öffnen. So kurbelte er die Rückenlehne seines Sitzes herunter und robbte über die Rückbank, um Fernandos Tür aufzudrücken. Das allerdings war gar nicht möglich.

Inzwischen jedoch war Hilfe da, man schob den Lotos vom parkenden Wagen weg, Metall kreischte und federte nach. Sven schnallte Fernando ab, dann bekam einer der Umstehenden die Fahrertür auf. Er konnte aussteigen und versuchte anschließend auch Fernando herauszuziehen. Die Seitenscheibe war zersplittert und der junge Maler blutete aus verschiedenen kleinen Schnittwunden. Seine Rechte Hand war zwischen dem Sitz und der deformierten Tür eingeklemmt. Es dauerte eine Weile, bis sie freikam und Sven seinen Freund endlich aus dem Wrack befördern konnte.

Dann war auch schon der Rettungswagen an der Unglücksstelle. Fernando wurde auf eine Trage geschnallt, seine Arme mit einer Art Luftkissen fixiert. Er war immer noch nicht bei Bewusstsein, eine Tatsache, die Sven Sorgen bereitete. So fragte er während der Fahrt ins Krankenhaus einen der Sanitäter, ob er schon absehen könne, welche Verletzungen sein Freund davongetragen hatte.

"So wie es aussieht, hat er beide Handgelenke gebrochen, vielleicht auch die Unterarme. Dann sind da natürlich die Schnittwunden. Mehr kann ich nicht sagen, es wären Vermutungen!"

Wenige Augenblicke später öffnete Fernando die Augen. Er sah Sven an, als erkenne er ihn nicht gleich.

"Was ist denn nun schon wieder passiert?", flüsterte er anschließend.

"Wir hatten einen Unfall. Rege dich bitte nicht auf, es wird schon wieder! Wir sind auf dem Weg in die Klinik!"

"Ich habe keine Zeit dafür. Ich muss zu Martin, das weißt du doch."

"Wenn wir im Krankenhaus sind, werde ich ihn anrufen!"

Sven wollte Fernando beruhigen, er rechnete nicht mit der Reaktion, die jetzt kam. Sein Freund fuhr zusammen.

"Nein . . . nein, du darfst ihn nicht anrufen, sonst denkt er, ich hätte das absichtlich gemacht, um ihn wiederzusehen. Aber diesmal kann ich nicht dafür, das muss ich ihm unbedingt selbst erklären! Ruf ihn nicht an, Sven!"

Fernando hustete, dann würgte er und musste sich übergeben. Sven machte dem Sanitäter Platz, damit dieser mehr Bewegungsfreiheit hatte. Er drängte sich ans Fußende und spürte, wie sehr ihn sein Genick schmerzte.

Im Krankenhaus wurden sie erst einmal getrennt. Svens Schleudertrauma behandelte man mit einem dicken Polster um den Hals, das ihm schnelle Kopfbewegungen erschwerte. Gleich anschließend suchte er Fernando und hatte diesmal vorgesorgt. In seiner Brieftasche zusammen mit seinen Papieren trug er jetzt immer eine Willenserklärung seines Freundes bei sich. In ihr wurde sichergestellt, dass Sven bei einem eventuellen Notfall Auskunft verlangen konnte und Fernandos Interessen wahrnehmen sollte, konnte dieser das nicht selbst. Sven hatte darauf bestanden, schließlich konnte man nie wissen und die Erfahrung seit der Geschichte mit dem Zeh sollte sich nicht wiederholen.

So bekam er dann auch die Auskunft, Fernando befinde sich im OP, was nicht gerade dazu beitrug, dass Sven ruhiger wurde. Er schlich zweieinhalb Stunden durch die Gänge der Klinik, vernichtete im Foyer eine ganze Packung Zigaretten, um dann noch nervöser zu werden, weil der Krankenhauszigarettenautomat die von ihm bevorzugten Benson & Hedges nicht anbot. Er zog Marlboro, die er noch nie vertragen konnte, und eine Viertelstunde später war ihm zu seinen Kopfschmerzen auch noch vom Magen her übel. Er ging kurz hinaus, warf die Zigarettenpackung in die Büsche und atmete ein paar Mal tief durch. Der kalte Schweißfilm, der sich auf seiner Haut gebildet hatte, verflüchtigte sich langsam und er konnte wieder umkehren. Zurück in der Notaufnahme, fragte er augen-blicklich die zuständige Schwester und erfuhr, dass Fernando bereits in einem Zimmer auf der Intensivstation lag. Man führte ihn dorthin und er schaute durch eine Glasscheibe.

Es gab ihm einen Stich, seinen Freund dort so liegen zu sehen, angeschlossen an einer Menge grüner Schläuche und dem Tropf, dessen Kanüle in seinem Handrücken steckte. Fernando schlief und die weißen Bettbezüge ließen ihn noch blasser wirken, als er sowieso schon war. Sein Rechtes Handgelenk lag in Gips genau wie sein linker Ellbogen, sonst konnte Sven keine weiteren Verletzungen erkennen. Erst später durfte er zum Arzt, der sich bereit erklärte, ihm Auskunft über Fernandos Zustand zu geben.

"Warum ist er denn operiert worden? Doch sicher nicht wegen der Armbrüche!"

"Die Brüche haben wir gerichtet. Aber durch den Aufprall ist es zu einem Berstungsbruch am Schädel gekommen. Das heißt, dort ist der Knochen an mehreren Stellen eingerissen, als die Elastizitätsgrenze überschritten wurde."

Alarmiert fuhr Sven auf.

"Er hat also einen Schädelbruch? Wird er heilen? Werden Folgeschäden möglich sein?"

"Die Folgen eines Schädeltraumas hängen nicht vom Zusammenwachsen des Knochens ab, sondern von der Schädigung der Weichteile darunter. Das war bei Herrn Amati das Problem! Wir haben einen erhöhten Hirndruck diagnostiziert, und ich musste dadurch auf eine Verletzung der Schläfenschlagader schließen. Da das Blut im Schädel nicht ausweichen kann und das Hämatom auf das Gehirn drückte, mussten wir aufmachen und das Blut ausräumen."

"Sie . . . sie meinen, sie haben seinen Kopf geöffnet?"

"Selbstverständlich! Ohne diesen operativen Eingriff wäre er in der Bewusstlosigkeit an den Folgen des sich ständig erhöhenden Hirndrucks gestorben!"

Sven schluckte, ihm wurde schwindelig.

"Und was heißt das jetzt? Wird er wieder gesund?"

"Aller Wahrscheinlichkeit nach wird er morgen aufwachen und sich dann langsam erholen. Ich denke, er hat das Schlimmste überstanden, auch wenn man den menschlichen Körper nie so gut kennt, dass man Komplikationen ausschließen kann. Die Schnittwunden und Knochenbrüche sowie die Fissur der beiden Rippen werden in vier bis fünf Wochen ausgeheilt sein. Bis dahin brauchen wir Geduld!"

Sven ging zurück ins Krankenzimmer und setzte sich an Fernandos Bett. Vorsichtig legte er seine Hand auf die seines Freundes und hing Erinner-ungen an vergangene Zeiten nach. Erst kurz nach zwölf mitten in der Nacht verließ er das Krankenhaus. Er tröstete sich damit, dass Fernando am nächsten Tag aufwachen würde und nahm sich vor, dann wieder bei ihm zu sein. Aber Fernando wachte nicht auf - weder am nächsten Tag noch in den Wochen darauf.

Die Ärzte fanden keine Erklärung dafür, weil der Heilungsprozess an sich ohne Probleme verlief und auch der Hirndruck normal blieb. Sven durchlief alle Stadien der Hoffnung und Verzweiflung.

Er vernachlässigte sein Studium und natürlich auch seine Bildhauerei und verbrachte jede freie Minute am Krankenbett. Nacheinander nahm man

Fernando die Verbände ab, sein für die Operation geschorenes Haar war schon wieder etwas nachgewachsen, aber sein Gesicht blieb blass und die Wangen fielen immer mehr ein. Täglich kam eine Krankengymnastin, um Bewegungsübungen mit ihm zu machen. Sven sah oft zu, um jedes Mal den Tränen nahe zu sein, wenn er den noch schönen Körper seines Freundes schlaff im Griff der Therapeutin hängen sah. Oft genug wusch er seinen Freund selbst, lernte auch ein paar der Übungen, die Fernandos Muskeln geschmeidig halten und einem Durchliegen vorbeugen sollten. Er konnte es nicht ertragen, wenn fremde Menschen ihn berührten und Dinge machten, von denen Fernando nichts mitbekam.

Ansonsten hielt Sven sich an sein Versprechen Fernando gegenüber, er benachrichtigte Martin nicht von den Geschehnissen. Dabei war es ihm natürlich ganz Recht, dass Letzterer nichts davon erfuhr. Auf diese Weise war er, Sven, der einzige, der an Fernandos Bett saß. In dieser Zeit wohnte er in Bayenthal, erledigte Anrufe von Freunden, sagte die anstehenden Termine aus Krankheitsgründen ab und kümmerte sich um Haus und Garten.

Zwei Monate lang lag Fernando jetzt schon im Koma, alle Freunde wussten mittlerweile Bescheid, nur selten rief noch jemand an. Die anfängliche Anteilnahme war schon wieder einer Art gelassener Akzeptanz gewichen. Man würde schon erfahren, wenn sich an Fernandos Zustand etwas änderte.

Martin verbrachte die Zeit nach seinem letzten Besuch im Bayenthaler Haus damit, sein neues Leben einzurichten. Er war froh, dass er nichts mehr von Fernando hörte, auf diese Weise wurde alles nicht noch schwerer, als es ohnehin schon war. Er glaubte, die Entscheidung der endgültigen Trennung wurde von Fernando respektiert. Martin brach als nächsten Schritt alle Kontakte in die Kölner Schwulenszene ab. Wahrscheinlich war es auch diesem Umstand zu verdanken, dass er nicht erfuhr, was mit seinem Freund passiert war. Er hatte sich dazu entschlossen, erst einmal mit sich selbst ins Reine zu kommen, ehe er wieder Kontakte schloss.

Sein Leben hatte sich vollkommen verändert. Wie er befürchtet hatte, gaben ihm seine Kollegen nur selten die Gelegenheit, sich ihrer üblen Nachrede zu erwehren. Die Angriffe kamen feige und anonym immer dann, wenn er nicht damit rechnete. So klebte eines Tages ein Plakat der Aids-

Hilfe an seiner Bürotür, ein anderes Mal lag ein Schwulenpornoheft auf seinem Schreibtisch und an einem Morgen saß ein grüngelber Knetgummipenis auf seinem Telefon, als solle er es bewachen.

Bis auf einige wenige, für die sich nichts änderte und die sein Schwulsein schlicht und einfach nur zur Kenntnis nahmen, wichen seine Kollegen ihm aus oder hielten wenigstens eine reservierte Distanz, wenn sich ein Kontakt nicht umgehen ließ.

Robert war ein führender Kopf, was die Gehässigkeiten anging. Er erzählte jedem, dass er mit Martin nicht mehr klarkam, eben weil dieser pervers und augenscheinlich auch noch stolz darauf sei. Martin legte eine äußere Gleichmut an den Tag, welche die meisten nicht verstehen konnten. Er ließ sich nicht aus der Reserve locken, auch nicht wenn es ganz dick kam. Seine Souveränität war echt, was die anderen nur noch mehr dazu herausforderte, ihn zu schneiden.

Mittlerweile war Martin bei Nicole ausgezogen. Durch Zufall war es ihm gelungen, ganz in der Nähe des Land- bzw. Amtsgerichts eine Zweizimmerwohnung aufzutun. Sie lag in einem dreistöckiger Altbau und erfüllte die Ansprüche, die Martin hatte. Er konnte dort für sich bleiben, denn die Mieter grüßten sich zwar freundlich, hatten jedoch keine anderweitigen Gemeinsamkeiten.

Direkt über Martins Wohnung im dritten Stock wohnte ein Klavierlehrer, dessen Tonleitern Martin schon mal nervten. Aber da der Mann die Ruhezeiten einhielt, versuchte er sich daran zu gewöhnen. Rechts auf seiner Etage war das Domizil eines Schriftstellers. Da dessen Einnahmen scheinbar noch nicht für die Anschaffung eines Computers ausreichten, konnte man im Treppenhaus zu allen möglichen und unmöglichen Zeiten das Klappern seiner Schreibmaschine hören.

Inzwischen reichte er die Scheidung ein, mit der Nicole jetzt einverstanden war.

Martin war in seiner Wohnung an den Abenden allein, er ging auch nicht aus. Anfangs, als diese Neuerungen noch frisch waren, fand er sich ohne Schwierigkeiten hinein. Aber dann, als der Alltag kam, begann seine Einsamkeit.

Er fürchtete die leere Wohnung, die ihn nach Feierabend erwartete. Er glaubte, die Decke fiele ihm auf den Kopf, deshalb richtete er es so ein, dass er Überstunden machte und nahm sich Akten zur Bearbeitung mit heim. Glücklicher machte ihn dies aber auch nicht, es kam vor, dass er wie ein Raubtier in seinem Käfig durch die Wohnung lief und keinen Frieden fand.

Dazu kam, dass ihn immer öfter unverhofft und mit einer nahezu irrsinnigen Intensität das Verlangen nach körperlicher Befriedigung überfiel. Von dieser Leidenschaft musste er sich dann selbst befreien. Das jedoch ersetzte ihm nicht Fernandos Zärtlichkeiten, konnte seine Nähe nicht im mindesten ausgleichen.

Martin dachte noch oft an die Zeit mit dem jungen Italiener. Jeder Tag war ein Wettlauf zwischen Verstand und Herz. Meist schaffte er es, dem Verstand den Siegeslorbeer umzuhängen, aber auch das machte ihn nicht zufrieden. Deshalb begann er darüber nachzudenken, ob er nicht doch wieder einmal ausgehen sollte. Aus Angst, Fernando oder jemand anderem aus dieser Zeit zu begegnen, würde er jedoch nicht in eine der ihm bekannten Kneipen gehen. Auch andere Städte hatten Schwulentreffs und er begann, sich darüber zu informieren.

Schließlich entschloss er sich, nach Düsseldorf zu fahren. Dort würde er mit Sicherheit keine Bekannten treffen, die dumme Fragen stellten und seine Wunden wieder aufrissen. Er hatte sich nicht getäuscht und sah nur fremde Gesichter, allerdings fand er auch keinen neuen Anschluss. Seine kühle, distanzierte Art war nicht dazu angetan, sich schnell Freunde zu machen. So stand Martin meist nur ein paar Stunden an der Theke und hörte anderen beim Gespräch zu, um dann unverrichteter Dinge und allein wieder zurück nach Köln zu fahren.

Jetzt im Oktober kam noch hinzu, dass er bald Urlaub hatte und das brachte die Erinnerung an San Francisco zurück. Zuerst hatte er wegfahren wollen, aber dann fehlte ihm der Antrieb dazu. Er wartete sehnlichst auf den Tag, an dem er die Erinnerung an Fernando endlich würde begraben können.

Heute war Mittwoch und sein erster Urlaubstag. Schon als er erwachte, spürte Martin diese enorme Geilheit, die sich unter der Dusche noch verstärkte. Er wollte ihr diesmal nicht nachgeben, wusste er doch, dass er momentan hinterher seine Einsamkeit doppelt spürte und seine kurz-zeitige Befriedigung übergangslos in Depressionen überging.

So ließ er sich kaltes Wasser über den Körper laufen, was ihm auch kurz half. Aber schon beim Frühstück bemerkte er wieder das leichte Ziehen in seinen Lenden. Er wurde wütend. Noch war er der Herr über seinen Körper und nicht umgekehrt!!!

Deshalb machte er sich auf den Weg, um einige Erledigungen hinter sich zu bringen, ohne weiter auf seinen halb aufgerichteten Ständer zu achten. Er wollte auf die Bank und zum Friseur, außerdem musste er noch etwas einkaufen. Erst gegen sechzehn Uhr war er wieder zu Hause. Kaum hatte er die Haustür hinter sich geschlossen, war die innere Unruhe wieder da.

Er wollte raus hier - aber wohin? Auch sein momentaner innerer Aufruhr würde nichts an seinen Kontaktschwierigkeiten ändern. Er machte sich einen Kaffee, setzte sich ins Wohnzimmer und wollte ein wenig lesen.

Aus dem Zeitungsständer fischte er ein Magazin, das er sich irgendwann einmal besorgt hatte. Sein Blick fiel auf eine Anzeige: *"Gesunder, attraktiver, gutbestückter Jeans & Lederboy steht großzügigem Herrn für phantasievolle, ausdauernde Spiele zur Verfügung. . .!"*

Martin warf die Zeitung quer durch das Zimmer, um sie danach gleich wieder aufzuheben, weil die Unordnung ihn störte. Schließlich sah seine Wohnung immer korrekt aus, kein Stäubchen lag herum geschweige denn Sachen. Er ging in die Küche, spülte seine Tasse ab und kam sich vor wie ein liebeskranker Kater.

So schlimm war es eigentlich noch nie, die ganze Zeit über hatte er eine latente Erektion und sein G-Punkt scheuerte am Gummi seines Slips. Er schaltete den Fernseher ein, sah einigermaßen aufmerksam die Tages-schau an und nahm dann sein Fotoalbum zur Hand. Da war Fernando auf Hurricanes Hausboot, Fernando am Twin Peaks und Fernando in der Badewanne, Fernando, Fernando, Fernando

Martin dachte an damals, als diese Fotos entstanden und ihm fiel ein, dass er direkt nach der Badewannenaufnahme mit Fernando geschlafen hatte. Er würde nicht daran vorbeikommen. Er wirkte ziemlich leidenschaftslos, als er sich ein Handtuch besorgte, sich auf die Couch setzte und seine Hose öffnete. Er legte sich zurück. Mit leicht geöffnetem Mund fühlte er seine eigene Berührung und sein Atem wurde allmählich schneller. Dann war es auch schon wieder vorbei, er warf das Tuch auf seinen Bauch und zog die Beine an, während er sich auf die Seite rollen ließ und so zusammengezogen liegenblieb.

Sein Blick fiel auf Fernandos Porträt und wieder war diese maßlose Zärtlichkeit in ihm. Er wollte die Wärme seiner Haut spüren und nicht das Velours der Couch, wollte mit ihm sprechen und nicht der Ansagerin im Fernseher zuhören. Dann war es wieder da, dieses gemeine Gefühl der Frustration, der absoluten Leere und der Katzenjammer war stärker denn je. Er ging unter die Dusche.

Kein Zweifel, so konnte es nicht weitergehen, er brauchte soziale Anbin-dungen, die über seinen Arbeitsplatz hinausgingen. Zwar wollte er keine feste Beziehung, aber wenigstens reden wollte er mit jemanden, vielleicht auch unverbindlichen Sex haben.

Er stieg aus dem Duschbecken und zog sich den dunkelblauen Bademantel an, der nur bis zu den Knien reichte und seine Beine von dort abwärts so schrecklich aussehen ließ, dass sein Freund ihn nie hatte leiden können.

"Verdammt!", schimpfte er daraufhin laut. Gab es in seinem Leben denn keine anderen Erinnerungen als die an Fernando?

Später saß er wieder vor dem Fernseher und wusste nichts mit sich anzufangen. Sauer drückte er auf den Ausknopf der Fernbedienung, ließ sich zurückfallen und starrte mit hinter dem Kopf verschränkten Armen an die Decke. Eigentlich hatte er nur eine Chance - er musste jemanden kennenlernen, mit dem er zusammensein konnte, ohne dass dieser Ansprüche an ihn stellte oder eine Beziehung wollte. Und da gab es eigentlich nur zwei Möglichkeiten. Die erste der beiden war ein Stricher, die zweite Gleichgesinnte.

Fernando hatte einmal vom *Poseidon-Bad* erzählt, das war eine Gay-Sauna in Wuppertal. Natürlich gab es hier in Köln das Badehaus, den Faun oder die *Phönixsauna*, aber Martin hatte immer noch die Furcht, Fernando zu begegnen, deshalb war ihm die etwas weiter entfernte Sauna lieber. Und wenn er es sich richtig überlegte, war ihm die zweite Möglichkeit mit den Gleichgesinnten lieber, als dass er jemanden für seine Dienste bezahlen musste.

Als sei in der Wohnung Feuer ausgebrochen, sprang er plötzlich auf. Man hätte den Eindruck bekommen können, als wolle er sich selbst keine Möglichkeit mehr geben, den Plan wieder umzuwerfen, deswegen zog er sich überhastet an. Er würde jetzt nach Wuppertal fahren, damit sich dort alles von selbst ergab. Er hatte so etwas noch nie gemacht, vertraute jedoch darauf, dass er nicht allzu viel eigenen Einsatz brauchte, um einen Partner zu finden. Schließlich machten auch andere diese Sache irgendwann einmal zum ersten Mal. Lässig gekleidet mit Jeans und Lederjacke stieg er erwartungsvoll in seinen Passat. Doch schon bei Leverkusen überfielen ihn die ersten Zweifel. Er fuhr trotzdem weiter. Wenn er immer wieder aufgab, würde er nie ein Erfolgserlebnis verbuchen können. Und schließlich konnte er nicht ausnahmslos im Andenken an Fernando leben, so als sei dieser gestorben und habe ihn allein und hoffnungslos zurückgelassen.

Gegen halb neun war er in Wuppertal. Zuerst kurvte er ziellos durch Oberbarmen und hatte keine Ahnung, wo er sich befand. Schließlich landete er aber doch in der Berliner Straße und hatte Glück, denn er war der zehnte Gast. Mittwochs hatte jeder erste und jeder zehnte Gast freien Eintritt und er nahm das als ein gutes Omen. Drinnen schaute er sich erst einmal um, dann ging er, um sich auszuziehen.

Irgendwann landete er auch wirklich in eine der drei Saunen, konnte sich seiner Anwesenheit dort allerdings nicht sonderlich erfreuen. Obwohl dem nicht so war, hätte eine fünf Zentimeter dicke Stahlwand nicht deutlicher signalisieren können, dass er nicht angesprochen werden wollte.

Martin war so angespannt, dass er bereits zusammenfuhr, wenn sich einer der anderen nur ansatzweise in seine Richtung bewegte. Er sah sich um, als befände er sich in Feindeshand und hielt es schließlich nicht mehr länger aus; er floh Richtung Schwimmbad. Dort angekommen, entschied er sich, doch nicht schwimmen zu gehen und duschte aus Verlegenheit.

Natürlich sah er andeutungsweise den regen Verkehr, das Rein und Raus in den Kabinen sowie die eigenartig verklärten Gesichter im Whirlpool, aber es war ihm einfach unmöglich, sich in irgendeiner wie auch immer gearteten Weise zu öffnen und Kontakte zu schließen. Mittlerweile hatten sich anfangs vielleicht noch interessierte Blicke in belustigtes Beobachten verwandelt. Das wurmte ihn, trug aber in keiner Weise dazu bei, dass er sich legerer gab. Das Gegenteil war der Fall, er fühlte sich bespitzelt und das raubte ihm den letzten Rest Natürlichkeit. Es dauerte nicht lange, und Martin entwickelte so etwas wie Fluchtinstinkt. Er wusste plötzlich, dass er sich selbst weder überlisten noch zwingen konnte und ihm stand der Sinn unversehens auch nicht mehr nach Gesellschaft.

Zurück in seiner Wohnung war er geschlaucht und sauer. Geschlaucht, weil die Hitze in der Sauna und die Fahrt ihn ermüdet hatten und sauer, weil es für ihn keine Möglichkeit zu geben schien, aus seiner Isolation herauszukommen. Jedenfalls hatte er wenigstens keine Probleme beim Einschlafen. Dafür bescherte ihm das Erwachen wieder die vollkommene Starre jenes Körperteils, der eigentlich flexibel zu sein hatte. Er schwang die Beine aus seinem Bett, sah nach unten und verdrehte die Augen. Wieder kam er nicht umhin, selbst Abhilfe zu schaffen.

Um sich abzulenken verbrachte er den Tag damit, die saubere Wohnung noch sauberer zu putzen. Als er mit allem fertig war, glich sie eher einer sterilen Krankenhausstation als einer normalen, menschlichen Behausung. Erschöpft verzichtete er auf eine schnelle Dusche, sondern gönnte sich ein ausgiebiges Entspannungsbad. Kurz schlief er ein und als er später erwachte, war die Geilheit wieder da. Er wollte es nicht wahrhaben, aber sein ganzes Denken drehte sich darum, endlich jemanden zu finden, der ihm dauerhafter Befriedigung bescherte als er das selbst vermochte.

Er hätte nie für möglich gehalten, dass es ihn einmal so erwischen würde. Aber er sah auch ein, dass er daran nichts ändern konnte. Es blieb ihm nichts anderes übrig als seinem Körper nachzugeben.

Und so beschloss er, nach der Pleite am Vorabend, nun die andere Möglichkeit auszuprobieren. Er würde die Schwulenlokale aufsuchen, von denen er genau wusste, dass Fernando sie nicht frequentierte. Er kannte durch die Erzählungen seines Exfreundes lediglich zwei Stricherlokale, eins davon war das *Hühnerfritz.* Genau dorthin führte ihn sein Weg. Der nicht besonders freundliche Mann hinter der Theke schaute Martin nur einmal an und wusste, dass dieser nicht hierher gehörte.

Das ließ er ihn auch spüren, denn Martin musste doppelt so lange auf sein Glas Kölsch-Cola warten wie die Stammgäste. Er hatte das Gefühl, der kleine, dicke Glatzkopf, wolle ihn loswerden. Als der Bierdeckel vor ihm nach ungefähr zehn Minuten immer noch verwaist war, entschloss er sich, tatsächlich das Feld zu räumen. Warum sollte er bleiben, im Laden befand sich sowieso kein Junge, der ihm gefiel. So verließ er den kleinen Ecktisch und drängte sich zur Tür, als ihm genau dort ein schlanker, schwarzhaariger Boy entgegenkam. Ein paar Sekunden gab es Blick-kontakt, dann zückte der Schwarzhaarige eine Zigarette.

"Hast du mal Feuer?"

Als Martin ihm die Flamme entgegen hielt, umfing der Boy die Hand mit dem Feuerzeug und schaute ihm direkt in die Augen, während er an der Zigarette zog. Dann richtete er sich wieder auf, stieß den Rauch aus und lehnte sich mit einem angewinkelten Bein gegen die Mauer, ohne seinem Vorhaben nachzukommen und hineinzugehen. Lässig steckte er eine Hand in die Jeans und fixierte Martin unmissverständlich. Er war sicher, einen potentiellen Kunden vor sich zu haben, und als Martin zwar stehenblieb, aber schwieg, ergriff er die Initiative.

"Auf was stehst du?"

"Ich . . . weiß nicht!"

Der Loverboy wusste sofort, dass Martin eine leichte Beute war, jemand ohne Erfahrung, den man ohne Schwierigkeiten übervorteilen konnte.

"Ich bin Sascha *. Hast du deinen Wagen hier?"

Martin nickte nur und ging einfach los. Bald merkte er, dass der andere

*Anmerkung: A.Claus Sascha, Roman erscheint 2002 im Himmelstürmer Verlag

ihm folgte und wurde nervös. Allerdings nahm er sich vor, es diesmal durchzuziehen. Am Auto angekommen, schloss er zuerst die Beifahrertür auf, Sascha stieg ein.

Er ließ Martin nicht einmal dazu kommen, den Schlüssel ins Zündschloss zu stecken, sondern zog ihn gleich zu sich heran.

Er presste seinen Mund auf den von Martin, dieser spürte die fordernde Hand an seinem Unterleib und erkannte dann, dass Sascha versuchte, seine Hose zu öffnen. Er befreite sich.

"Warte, nicht hier!" unterbrach er atemlos Saschas Ansinnen, doch dieser antwortete darauf lakonisch:

"Ich weiß, ich bin ja nicht blöd! Ich wollte dich nur schon ein wenig anwärmen!"

Martin startete den Wagen und fuhr über die Zoobrücke, dann hinüber zu den Messehallen. Dort stellte er den Motor ab und schaltete die Scheinwerfer aus. Sascha hätte ihn gar nicht aufheizen müssen, denn Martins Erregung pochte so stark, dass es ihm fast weh tat. Er legte sich etwas zurück und öffnete seine Hose nun selbst. Sascha stieg kurz aus, ließ seine Jeans fallen und kniete sich dann auf den Beifahrersitz, um sich zu Martin hinüber zu beugen. Dessen ansehnliche Erektion verschwand fast völlig in Saschas Mund, so dass Martin sich unwillkürlich aufbäumte. Das Blut rauschte in seinen Ohren und er strich die nackten Schenkel des Jungen hinauf. Als er jedoch mit dem Finger in ihn eindringen wollte, verwandelte sich die professionell willenlose Geschmeidigkeit des

Strichers in eine ebenso professionell geschäftsmäßige Frostigkeit.

"He, nicht so schnell, wir haben erst etwas zu erledigen. Blasen kostet fünfzig, wenn du mich knallen willst, kriege ich hundert. Dafür lege ich mich auch auf die Kühlerhaube!

Versteh mich nicht falsch, aber Vorkasse muss sein. Ambulant kann man sehr schnell auf die Schnauze fallen, ich hab da so meine Erfahrungen!"

Martins Erregung ließ rapide nach, aber er gab Sascha das Geld, ohne den Versuch zu machen, ihn im Preis zu drücken. Daraufhin drehte sich das Verhalten des Liebesdieners ein weiteres Mal um hundertachtzig Grad. Er führte Martins Hand dorthin, wo er sie gerade erst abgewehrt hatte und ließ seinen Unterleib kreisen. Dabei begann er heiser, ihm irgendwelche Komplimente zu machen. Aber Martin war abgekühlt. Er konnte es nicht fassen, jetzt hatte er die Möglichkeit und seine Männlichkeit sackte ab wie ein Stein im Wasser.

"Komm mit raus, hier ist es zu eng!"

Sascha stieg mit noch immer um die Fußknöchel gewickelter Jeans aus und ging nach vorne. Als Martin nicht gleich nachkam, begann er zu masturbieren und legte sich dann bäuchlings auf die Kühlerhaube. Das war der Moment, in dem Martin ausstieg und zu ihm ging. Seine Erregung nahm wieder zu, als er hinter Sascha stand aber für den Geschmack des Strichers zögerte er wohl doch zu lange.

"Was ist los? Du hast dafür bezahlt, jetzt komm schon. Ich habe nicht ewig Zeit!"

Das und der Gedanke an seinen damaligen Sex mit Fernando in der Garage war das endgültige Aus für Martin. Das Teil, das ihn in den letzten Tagen mit seiner Standfestigkeit ununterbrochen genervt hatte und das er jetzt am nötigsten brauchte, fiel in sich zusammen wie Hefeteig im Durchzug.

"Verdammt noch mal, kannst du nicht die Klappe halten?!", entfuhr es ihm, und er wunderte sich nicht über die für ihn ungewöhnliche Aggressivität. Sascha sah kurz über die Schulter zurück.

"Was ist denn jetzt los? Oh, hängen im Schacht! Das kriegen wir schon wieder hin!"

"Nein, lass das! Ich kann nicht, zieh dich wieder an!"

Martin schloss seine Hose.

"Hab ich was falsch gemacht? Du hast für eine zufriedenstellende Nummer bezahlt und ich möchte, dass du wieder zu mir kommst."

"Bestimmt nicht. Zieh dich an und lass mich in Ruhe, ich habe es mir anders überlegt!"

Sascha zog seine Jeans hoch, dann legte er los:

"Wenn du denkst, ich gebe dir jetzt die Kohle wieder, hast du dich geschnitten. Ich bin nicht die Wohlfahrt, wer bezahlt mir die Zeit? Ich kann nichts dafür, dass du impotent bist!"

"Behalt das Geld und verschwinde!"

Martin stieg wieder ein und Sascha, der beruhigter wirkte, fragte durch die noch offene Beifahrertür vorsichtig:

"Kannst du mich nicht wieder mit zurücknehmen. Wenigstens bis zum Dom!"

Aber Martin reagierte nicht, er beugte sich hinüber, riss die Tür ins Schloss und startete durch. Etwas zu heftig ließ er die Kupplung los, der Passat reagierte dementsprechend. Martin hörte nicht mehr, dass Sascha hinter ihm schrie:

"Autofahren kannst du also auch nicht!"

Er hämmerte den Gang hinein und fuhr los, als habe er vergessen, dass er nicht in einem Porsche saß. Vollkommen frustriert pendelte er noch eine Weile ziellos und sauer durch das nächtliche Köln. Schließlich landete er, seiner eigenen Überzeugung zufolge natürlich völlig zufällig, in Bayenthal. Beinahe zwei Stunden stand er ohne Licht vor Fernandos ebenfalls unbeleuchtetes Haus und versuchte sich vorzustellen, was dieser jetzt tat. Einmal war er fast so weit, einfach auszusteigen und zu klingeln, aber dann stand das Bild von Fernando und den drei anderen wieder vor seinem geistigen Auge und er blieb sitzen. Wenn er geahnt hätte, dass Fernando zu dieser Zeit bereits über sechs Wochen im Koma lag, wäre mit Sicherheit einiges anders gelaufen.

ß

Sven hatte sich in dieser Zeit vollkommen auf Fernando eingestellt. In der Klinik gewöhnte man sich schnell an den ständigen Besucher, manchmal folgten ihm mitleidige Blicke. Er ließ es sich nicht nehmen, Fernando aus vielen Büchern vorzulesen, brachte ein Radio mit, um Musik zu spielen und redete unaufhörlich so mit ihm, als ob er bei Bewusstsein sei. Seine Fürsorge war rührend und bald machte ihm kaum eine Schwester noch irgendwelche Vorschriften, auch oder gerade weil er der Belegschaft fast die gesamte Arbeit mit seinem Freund abnahm. Trotzdem erfüllte sich seine Hoffnung nicht, Fernando blieb weiterhin in jenem fernen Kosmos zwischen Leben und Tod, den noch niemand erforschen konnte.

ß

Als der Urlaub endlich hinter ihm lag, war Martin froh, wieder eine Aufgabe zu haben. In seiner Wohnung wäre er fast wahnsinnig geworden, daran konnten auch die ausgiebigen Spaziergänge nichts ändern. Nur einmal hatte er noch versucht, jemanden kennen zu lernen. Dazu war er zum Hitzler gefahren, einer Art Kontaktstraße etwas außerhalb von Köln. Entweder war an diesem Tag nichts los, oder Martin hatte die kleinen Freizeit-Abenteurer dort durch sein geheimdienstlerisches Auftreten verscheucht. Jedenfalls blieb er auch diesmal allein. Danach gab er es vorläufig auf, er hatte die Enttäuschungen satt. Deshalb hatte sich auch an seinem Einsiedlerleben genauso wenig geändert wie an der Notgeilheit. Irgendwann fand er sich damit ab, weil er glaubte, ihm bliebe keine andere

Möglichkeit.

In der folgenden Zeit besuchte er ein paar Mal den Schriftsteller in der Wohnung nebenan, nachdem sie sich über eine heruntergefallene Packung Eier zufällig im Treppenhaus kennen gelernt hatten. Sie tranken Whisky zusammen, aber da der ungefähr Vierzigjährige sich mit seinen Romanfiguren unterhielt als seien sie Realität und das auch noch ganz normal fand, wollte es Martin nicht auf einen näheren Kontakt ankommen lassen.

Ein paar Mal ging Martin mit Nicole aus. Sie hatte jetzt den Führerschein und ging zur Volkshochschule, um Englisch zu lernen. Außerdem belegte sie einen Tanzkurs und töpferte. Wie sie Martin erzählte, hatte sie beim Tango irgendwann Ralf kennen gelernt und sie schien den drei Jahre jüngeren Busunternehmer zu mögen.

Es war keine Eifersucht mehr in Martin, es war eher Neid. Neid auf jeden, der nicht wie er allein war und der wenigstens einen kleinen Zipfel vom Glück erwischen konnte.

Nach einem weiteren Monat entschied sich Martin noch einmal, auf die Piste zu gehen. Schließlich konnte nicht mal er immer nur Pech haben. Er entschied sich wieder für Düsseldorf.

Gegen zweiundzwanzig Uhr an einem Freitag kam er im *Bel Ami* an und als der Laden um ein Uhr schloss, war er noch immer allein. Dafür hatte er mindestens sechs Kaffee getrunken und fühlte sich vollkommen aufgedreht. Auch wenn er die Hoffnung auf eine Bekanntschaft aufge-geben hatte, wollte er noch nicht nach Hause, deshalb versuchte er es noch nebenan ins *Les Papillons*. Dort sah er sich den letzten Teil der Show an und hielt sich diesmal an einem Glas Wasser fest. Dann plötzlich sah er schräg gegenüber ein Gesicht, das ihn elektrisierte. Es war ein sehr junges Gesicht, eingerahmt von schwarzen Haaren und mit ebenso schwarzen Augen, die mehr Raum einnahmen, als ihnen eigentlich zustand.

Die Ähnlichkeit mit Fernando verschlug Martin den Atem, auch wenn dieser Boy dort ungleich jünger und um einiges kleiner war. Er musste sich zwingen, ihn nicht ständig anzustarren. Das gelang ihm nicht immer und schon bald hatte der Junge seine Blicke bemerkt. Martin sah ihn von der Theke weggehen und auf sich zukommen. Sofort stellten sich seine unsichtbaren Stachel auf, aber der andere ging vorbei, ohne ihn anzusehen und verschwand Richtung Waschraum.

Martin entspannte sich wieder, ließ jedoch die Stelle, an welcher der Junge verschwunden war, nicht aus den Augen. Als dieser dann zurückkam, holperte Martins Herz wie ein Holzrad auf Kopfsteinpflaster und er zwang sich, woanders hinzuschauen. Deshalb bemerkte er auch erst etwas später, dass das Objekt seiner gerade eben wieder erwachten Leidenschaft sich nun in Begleitung eines älteren Mannes befand. Dieser redete wie wild auf den zierlichen Schwarzhaarigen ein und Martin hätte gerne verstanden, um was es ging. Ein paar Mal streifte er den Blick des Jungen, der jetzt fast gehetzt wirkte, was seine Augen noch größer wirken ließ.

Der ältere Mann machte dem Rätseln bald ein Ende, er warf einen Schein auf die Theke und zog den Jungen einfach hinter sich her aus dem Lokal. Keiner der Anwesenden kümmerte sich darum und auch Martin blieb sitzen und wartete ab. Dann jedoch, nur wenige Minuten später, hielt ihn nichts mehr auf seinem Sitz. Er wollte wissen, was da vorging und verließ das Lokal, nachdem er gezahlt hatte. Einige hundert Meter die Straße hinunter sah er die beiden tatsächlich wieder. Der Mann hatte den Schwarzhaarigen noch immer nicht losgelassen, jetzt drückte er ihn mit dem Rücken gegen eine Hauswand und redete noch immer laut auf ihn ein.

" . . . ich bin nur halb so blöd, wie du vielleicht denkst, . . ." und Martin sah, dass der Ältere jetzt die Hand erhob.

"Nicht schlagen! Bitte!"

Der Junge duckte sich und schützte seinen Kopf mit den Armen, als die flache Hand ihn auch schon traf. Das war der Startschuss für Martin, eilig lief er auf die beiden zu.

"Aufhören . . . hören Sie auf!"

Er griff nach der wieder erhobenen Hand.

"Okay - okay! Lassen Sie mich los, verdammt noch mal!"

Der Mann ging einen Schritt zurück, dann wandte er sich noch einmal an den zusammengesunken am Fuß der Mauer sitzenden Jungen.

"Irgendwann einmal kommst du an der Richtigen und dann kriegst du was du brauchst, verlass dich drauf!"

Martin glaubte schon, er habe es geschafft, aber ehe der Ältere ging, versetzte er dem Jungen noch einen Tritt in die Hüftgegend, der diesen aufschreien ließ. Dann ging er die Straße hinunter, ohne sich noch mal umzudrehen. Martin hockte sich hin und der Junge sah ihn verschüchtert an. Seine vollen Lippen zitterten und in den dunklen Augen standen Tränen. Es war ein Bild des Jammers und alles, was Martin jetzt noch fühlte, war der Schutzinstinkt eines Überlegenen gegenüber dem Schwächeren.

"Wie heißt du?"

"Axel!"

Martin richtete sich auf und streckte Axel die Hand hin. Dieser ließ sich hochziehen und blieb leicht vornübergeneigt vor ihm stehen.

"Sollen wir wieder rein gehen?", fragte Martin weiter.

Axel schüttelte den Kopf.

"Wer war der Kerl, was hat er von dir gewollt? Soll ich dich nach Hause fahren? Lass dir doch nicht alles aus der Nase ziehen."

Martin erfuhr, dass Axel beinahe achtzehn war und wunderte sich, weil er ihn viel jünger eingeschätzt hätte. Weiter brachte er in Erfahrung, dass seine neue Bekanntschaft keinen Schlafplatz hatte und dieser Mann ihn hatte zwingen wollen, mit ihm nach Hause zu gehen. Martin hatte keine Schwierigkeiten, Axel eine Schlafstelle in seiner Kölner Wohnung anzubieten. Überhaupt war seine sonst nicht zu überwindende Hemmung dem Jungen gegenüber plötzlich wie weggeblasen. Axel erklärte sich bereit, mit nach Köln zu fahren, nachdem Martin ihm versichert hatte, ihm wirklich nur eine Schlafstelle anbieten zu wollen.

In diesem Augenblick war er sogar selbst davon überzeugt, in Axel nicht mehr wie am Anfang nur das Sexobjekt zu sehen. Er wollte ihm lediglich helfen. Später vor seiner Haustür traf er den Schriftsteller, der völlig betrunken war und vergeblich versuchte, das Schlüsselloch zu treffen. Martin half ihm dabei und der Autor bedankte sich, indem er sagte:

"Verbindlichsten Dank! Der trunkene Jahwe aller Schriftsteller soll mit Ihnen sein. Oh, nicht allein heute - ich wünsche Ihnen eine wunderschöne Nacht. Bei mir wird das wohl keine solche werden. Holger starb heute Nacht, deshalb bin ich auch besoffen. Ich muss Gordon helfen, er ist tief depressiv, aber das Leben muss weitergehen. Ich hoffe, das Geklapper meiner Schreibmaschine stört euch nicht bei euren . . . beim Schlafen!"

Der Schriftsteller war der einzige im Haus, der von Martins Veranlagung wusste und er hatte kein Problem damit. Schließlich schrieb er über Schwule, ohne selbst schwul zu sein. Jetzt stieg er als erster schwankend die Holztreppe hinauf. Als er hinter seiner Tür verschwunden war und auch die Haustür von Martin sich wieder geschlossen hatte, fragte Axel das erste Mal etwas aus eigenem Antrieb:

"War Holger sein Freund?"

"Ach Gott, das kann man so nicht sagen. Er ist Schriftsteller, Holger und Gordon sind die Titelfiguren seines neuesten Romans. Er hatte letzte Woche schon Angst, dass Holger sterben muss!"

Axel sah ihn ungläubig an.

"Du willst mich verarschen, oder? Er ist doch der Schriftsteller, wenn er diesen Holger also nicht sterben lassen will, dann stirbt er auch nicht. Das kann er doch machen, wie er will! So ein Quatsch!"

"Das habe ich auch gedacht, aber wie er sagt, führen seine Helden ein ziemlich rabiates Eigenleben. Er glaubt fest daran, dass er nichts selbst entscheiden und nichts am Ablauf ändern kann. Sie sagen ihm, was weiter passiert. So wie ich ihn einschätze wird er eines Tages Holgers Grab auf dem Friedhof suchen! Und wie ich ihn einschätze, wird er es sogar finden!"

"Also ist er bescheuert!", stellte Axel noch einsilbig fest, dann schwieg er wieder. Mittlerweile waren sie im Wohnzimmer angekommen. Martin machte Axel ein paar Brote und während dieser aß, richtete er ihm ein Bett auf der Couch. Als der Junge etwas später aus dem Bad kam, unterhielten sie sich noch eine Weile und meist war es Martin, der sprach. Auch wenn Axel ein Fremder war, genoss er dessen Gegenwart. Er erzählte eine Menge über sich, Axel war ein guter Zuhörer und wirkte auch interessiert. Irgendwann später allerdings sank sein Kopf doch zur Seite und er war übergangslos eingeschlafen. Martin stand auf, strich ihm noch einmal sanft über die seidigen Haare und löschte das Licht beim hinausgehen.

Am nächsten Tag war Samstag und er würde endlich einmal nicht allein frühstücken müssen. So ging er ins Bett und konnte wegen des vielen Kaffees nicht gleich einschlafen. Kurze Zeit später glaubte er dann, ein leises Stöhnen zu hören. Er lauschte und glaubte schon, sich geirrt zu haben, als ein Aufschrei folgte, der ihn erschrocken aus dem Bett springen ließ. Er ging ins Wohnzimmer und machte Licht. Axel schlief, aber in seinem Traum focht er scheinbar einen fürchterlichen Kampf aus. Er warf sich von einer Seite auf die andere, stieß nicht zu verstehende Wortfragmente aus. Martin setzte sich auf die Kante der Couch und legte seine Hand auf die des Jungen. In diesem Moment erwachte Axel und schaute Martin verständnislos an. Er entzog ihm die Hand und wich bis zur Couchlehne zurück.

"Es ist alles in Ordnung, du hast nur geträumt!"

Nur langsam entspannte sich Axel, dann versuchte er ein Lächeln und wirkte eher, als wolle er anfangen zu weinen. Er ließ sich nach vorne fallen, umfing Martins Taille mit den Armen und drückte sein Gesicht gegen dessen Bauch. Sanft streichelte Martin seinen Rücken, sprach beruhigende Worte. Aber Axel ließ ihn einfach nicht los. Martins Hand lag auf seiner Haut unter dem halb hochgerutschten T-Shirt und er fühlte sich niederträchtig, als er plötzlich an Sex dachte. Vorsichtig löste er Axels Arme und drückte ihn zurück in die Kissen.

"Hier kann dir nichts passieren. Schlaf jetzt weiter. Ich muss auch ins Bett!"

Dann stand er auf und ging zurück in sein eigenes Bett. An Schlaf war immer noch nicht zu denken, aber diesmal hatte es einen anderen Grund. Es war wirklich wie verhext - auf eindeutige Angebote konnte er nicht reagieren und diesen hilflosen Jungen da nebenan wollte er haben! Machte seine Begierde ihn wirklich zu einem derart verkommenen Satyr, dass er ohne Rücksicht auf Verluste nur noch seine Lust befriedigen wollte?

Er ließ sich auf die Seite rollen und zog die Beine an, um jede Berührung des Bettzeugs mit seinen Genitalien zu verhindern. Trotzdem blieb der Ständer und er wurde langsam wieder zornig. Es war zu blöd, er wusste bald wahrhaftig nicht mehr, was er machen sollte. War er wirklich nur noch der charakterlose Sklave seinen eigenen Triebes? Mit gespannten Sinnen lag er im Dunklen, als er das leise Quietschen der Schlafzimmertür und anschließend tappende Schritte vernahm. Er wagte nicht, sich zu bewegen.

Er bemerkte die Regung neben sich auf der Matratze und jemand zog an seiner Decke. In diesem Moment setzte er sich jäh auf und knipste die Nachttischlampe an.

"Was willst du denn hier?", sagte er, ungehalten und eine Kleinigkeit zu laut fuhr er als er keine Antwort bekam, fort:

"Du magst mich ja für den guten Onkel halten, aber ich kann dir versichern, dass ich auch nur einer von denen bin, die dich haben wollen. Treib es also nicht auf die Spitze!"

Axel reagierte nicht auf die Worte, im Gegenteil. Er zog sein T-Shirt aus und schmiegte sich an Martin. Dabei griff er über diesen hinweg und machte das Licht aus. Nun gab es für Martin definitiv kein Zurück mehr. Er gab einen beinahe unnatürlich anmutenden, dunklen Laut von sich, als Axel sich an ihn drückte. Und dann vermischte sich seine Leidenschaft mit den Erinnerungen an Fernando und der aufstachelnden Wirkung des jungen Körpers neben ihm. Er zog Axel an den Haaren von sich herunter und drückte ihn mit seinem eigenen Gewicht zurück aufs Bett. Er verwandelte sich in eine Art seelenlosen Roboter, Axel musste für Martins Entbehrungen in der letzten Zeit büßen und stöhnte mehr als einmal schmerzvoll auf.

Er wand sich unter Martin, als sich dessen Rhythmus der pochenden Erregung anpasste. Schließlich zwang Martin den Jungen mit einer solchen Heftigkeit dazu, ihn oral zu befriedigen, dass dieser sich beinahe übergeben musste. Dann war auch schon wieder alles vorbei, Martin lag auf dem

Rücken und atmete heftig. Als er wenige Minuten später Licht machte und Axel anschaute, bekam er ein schlechtes Gewissen. Aber er hatte keine Lust, sich zu entschuldigen.

"Du hast es ja nicht anders gewollt!", meinte er und fühlte sich plötzlich wie ein Sexualverbrecher. Gaben die nicht auch immer ihren Opfern die Schuld?

Aber Axel machte ihm keine Vorwürfe. Er stand wortlos auf, ging kurz ins Bad und kuschelte sich danach an Martin, um an seiner Schulter übergangslos einzuschlafen.

Das Wochenende neigte sich für Martins Geschmack viel zu schnell dem Ende zu. Er tauchte in die intensive Sinnlichkeit des Jungen ein, sie hatten noch ein paar Mal Sex, der allerdings von Martins Seite gemäßigter ablief. Er fühlte sich wohl, Axel verlieh der sonst so leeren Wohnung ein wenig Persönlichkeit und Wärme. So bestand er auch nicht darauf, dass der Junge die Wohnung verließ, bevor er am Montagmorgen zum Amt fuhr.

Er dachte während der Arbeit öfter an Axel, freute sich diesmal auf den Feierabend, weil der bittere Beigeschmack der Isolation wegfiel, die Wohnung ihn diesmal nicht wie ein Krake der Verlassenheit umarmen würde. So erledigte er seine Arbeit, fuhr auf dem Nachhauseweg an einer Pizzeria vorbei und nahm das Abendessen gleich mit. Bepackt mit Aktentasche und Pizza schloss er seine Tür auf und rief mit dem Schlüssel zwischen den Zähnen:

"Ich bin da!"

Er bekam keine Antwort, brachte das Essen in die Küche und legte dort auch die Aktentasche ab.

"Axel?"

Er sah ins Schlafzimmer, aber das nicht gemachte Bett war leer. Im Wohnzimmer dann musste er sich erst einmal setzen, um das zu verkraften, was er dort sah. Die Türen seines Schrankes standen offen, die Schubladen lagen umgedreht auf der Erde und alles war durchwühlt. Das große Bierglas, in dem er für den Notfall immer etwas Geld aufbewahrte, lag zerbrochen auf dem Teppich und war leer. Es waren höchstens zweihundert Mark, die ihm fehlten, aber es war auch nicht die Tatsache des Verlustes, die ihn schmerzte. Es war der Vertrauensbruch, mit dem er niemals gerechnet hatte. Natürlich, anderen konnte so etwas passieren, aber doch nicht ihm! Erst jetzt sah er sich das Schlafzimmer genauer an und erkannte, dass auch seine Nachttischschublade durch-stöbert wurde. Das Geschenk von

Fernando, die Cartier Uhr, war ebenso fort wie die goldenen Manschettenknöpfe und das Identitätsband aus Platin mit Fernandos eingraviertem Namen. Er fluchte und stieß die Lade so heftig zu, dass die Nachttischlampe bedenklich wackelte. Dann ging er zurück ins Wohnzimmer. Was war jetzt zu tun?

Den Gedanken zur Polizei zu gehen, verwarf er sofort wieder. Auf die Definition Beischlafdiebstahl auf irgendwelchen Formularen konnte er sehr gut verzichten. Ebenso auf die schadenfrohen Blicke, die man für einen Schwulen bereithielt, der sich von einem Jungen ausnehmen ließ. Er war ziemlich ernüchtert, konnte nicht akzeptieren, so blöd gewesen zu sein und entschloss sich, nach Düsseldorf zu fahren und dort wenn irgend möglich die Spur Axels selbst aufzunehmen.

Als erstes ging er ins *Les Papillons*, wo er den Jungen getroffen hatte, doch wie er eigentlich auch schon erwartet hatte, traf er diesen dort nicht zum zweiten Mal. Er klapperte *Bel Ami* und *Flair* ab, um schließlich bei Wilma zu landen. Axel traf er nicht, dafür jedoch den Mann, der den Jungen an jenem Abend vermöbelt hatte.

Er setzte alles auf eine Karte und sprach ihn an, um im Anschluss daran einiges zu erfahren, das ihn vor sich selbst und seinem Gegenüber noch dümmer erscheinen ließ. Auch diesen Mann hatte Axel bestohlen und war dabei auf die gleiche, freche Weise vorgegangen. Auch er zeigte den kleinen Dieb nicht an, aber er hatte eine andere Erklärung dafür als Martin. Nämlich die, dass Axel sowieso noch nicht alt genug für eine Strafe sei. Martin traf beinahe der Schlag, als er auf diesem Weg erfuhr, dass er mit einen Zwölfjährigen geschlafen hatte. Jetzt wusste er, dass ihm die Initiative vollkommen aus der Hand genommen war und fand sich gezwungenermaßen damit ab.

Wieder vergingen die Wochen, die Tage schmolzen dahin, ohne dass er irgendeine bleibende Essenz aus ihnen ziehen konnte. Es war ein Abend so gleichförmig wie alle vorher gerade hatte er seine Wäsche aus der Maschine genommen und sie in den Trockner umgeladen, als es klingelte. Er konnte sich nicht vorstellen, wer ihm einen Besuch abstatten wollte. Er ging, um zu öffnen und einen Augenblick lang glaubte er seinen Augen nicht trauen zu können.

"Du hier? Was willst du denn von mir?"

Es war Ende November, drei Monate lag Fernando nun schon im Koma und immer noch war keine Änderung abzusehen. Sven hatte kaum noch Kontakte zu anderen, sein Lebensinhalt war allein Fernando in seinem Krankenbett. Auch von Uwe hatte er sich endgültig getrennt, dieser hatte sich in seiner phlegmatischen Art schnell hinein gefunden und sich als neuen Freund eine echte Tunte an Land gezogen.

Für Sven würde es keine neue Beziehung geben. Es tat ihm weh, dass sein Freund vor seinen Augen immer mehr verfiel und er nicht das geringste dagegen tun konnte. Ein Tag verlief wie der andere, erst Uni dann Klinik. Mittlerweile hatte er es ganz übernommen, seinen Freund zu pflegen. Er wollte einfach nicht, dass jemand seinen früher bildschönen und heute abgemagerten Freund so sah. Vor drei Wochen hatte er aufgehört, Fernando zu rasieren, weil dessen Wangen immer mehr einfielen und er den Anblick nicht mehr ertragen konnte.

Nun bedeckte ein schwarzer Bart Fernandos Gesicht, der ihn noch fremder aussehen ließ. Das nasskalte Wetter passte zu Svens Stimmung, man hätte annehmen können, er habe das Lachen verlernt. Außer im Krankenzimmer, wo er sich am Ton seiner eigenen Stimme festhielt, redete er immer weniger. So war das auch, wenn er von Zeit zu Zeit ins *Tomb* ging, um sich dumpf zu betrinken. Mittlerweile sprach ihn niemand mehr auf Fernando an, man konnte schon an seinem Verhalten erkennen, dass sich am Zustand seines Freundes nichts geändert hatte.

Heute nun stand plötzlich Nicki neben ihm, Sven schaute ihn mit leicht verwaschenem Blick an und starrte dann wieder in sein Bierglas. Die Musik im *Tomb* überdeckte die Begrüßung, und erst als Nicki sich neben ihn setzte, reagierte Sven wieder.

"Ich kann mich nicht erinnern, dass ich dich eingeladen habe. Ich will allein sein!"

"Oh, schlechte Laune! Wo ist denn Fernando? Gibt es wieder Zoff und du musst es an anderen auslassen?"

Sven sah Nicki benommen an, seine Hand umklammerte das Glas so fest, dass man Angst haben musste, es würde zerspringen.

"He, ich rede mit dir!"

Nicki sah zur Theke und erkannte, dass Richard ihm durch hastige Handzeichen zu verstehen gab, zu ihm zu kommen. Er kam dem nach und erfuhr erst jetzt, dass Fernando im Koma lag.

"Es tut mir Leid, aber das ist das erste, was ich höre. Ich war ein paar Monate in Frankfurt. Du weißt doch, die Sache mit Jürgen! Seine Gläubiger wollten den Schmuck und das Auto wieder einkassieren und das sehe ich nicht ein. Schließlich habe ich hart dafür gearbeitet und was habe ich mit Jürgens Schulden zu tun? Was ist denn jetzt mit Martin?"

Hier konnte ihm Richard auch nicht weiterhelfen, niemand wusste, wo Martin geblieben war. Deshalb ging Nicki zurück zu Sven.

"He, ich wusste das nicht mit Fernando. Tut mir Leid. Wird er denn wieder gesund?"

"Weiß nicht!"

"Wo ist denn Martin hin?"

"Interessiert mich nicht!"

Nicki merkte, dass er so nicht weiterkam, Sven wollte nicht reden. So versuchte er, seine Fragen auf den Punkt zu bringen.

"Wie heißt Martin mit Nachnamen?"

"Arschloch - Martin Arschloch!"

"Ich will nicht seinen zweiten Vornamen wissen, sondern den Nachnamen. Mensch, Sven, stell dich nicht so an!"

Sven blinzelte schräg nach oben und sah Nicki ins Gesicht. Der Alkohol machte ihm bereits sehr zu schaffen.

"Auer heißt er, warum? Er weiß nichts von Fernando, er ist einfach abgehauen und hat kein Recht mehr auf ihn. Fernando gehört mir . . . nur mir, verstehst du?"

Der junge Farbige nickte nur und ging zurück zur Theke. Er wusste, was er wissen wollte. Noch am gleichen Abend suchte er Martins Telefonnummer aus dem Buch und schrieb gleichzeitig auch die Adresse heraus. Jetzt, wo Martin wieder frei war, hatte er vielleicht eine Chance!

Gegen halb sieben am nächsten Tag kam er dann vor dem Haus an, in dem Martin seine Wohnung gemietet hatte. Wenige Minuten später stand er dann dem miesepetrig dreinschauenden Martin gegenüber.

"Du hier? Was willst du denn von mir?"

"Sollen wir das etwa hier auf dem Flur besprechen?"

Martin trat zur Seite und gab den Weg frei. Nicki ging an ihm vorbei, ehe dieser es sich wieder anders überlegte. Im Wohnzimmer musste Martin ihm erst gar keinen Platz anbieten, Nicki warf sich gleich lässig auf die Couch.

"Ich habe gehört, du bist nicht mehr mit Fernando zusammen. Ich stehe immer noch auf dich! Und da dachte ich mir, ich sollte es noch mal versuchen."

"Du hast es versucht - jetzt kannst du wieder gehen!"

Martins Antwort fiel knapp und ziemlich unfreundlich aus. Aber Nicki ließ sich davon nicht beeindrucken.

"Ich dachte, ich bekomme wenigstens etwas zu trinken. Ich habe dir doch nichts getan!"

Martin dachte an Fernando und verknüpfte das wieder einmal mit diesem denkwürdigen Abend, an dem der kleine Eros ziemlich tief durchs Schlafzimmer des Bayenthalhauses flog und außergewöhnlich viele Pfeile verschoss. Aber Nicki konnte nichts dafür, deshalb versuchte er, wenigstens ein wenig einzulenken.

"Natürlich hast du mir nichts getan - aber deshalb müssen wir unseren Kontakt nicht intensivieren. Ich habe mich vollkommen aus der Szene zurückgezogen, seit ich mit Fernando auseinander bin. Und das soll auch so bleiben!"

"Glaub nicht, dass ich das verstehe. Aber ich werde mich wohl damit abfinden müssen. Dann weißt du also auch nicht, was mit Fernando passiert ist?!"

Martin horchte auf. Sein Interesse und die Neugier waren geweckt.

"Was ist denn mit ihm passiert?"

Ein unbestimmtes Gefühl hinderte Nicki daran, ihm die Wahrheit zu sagen. Wenn Martin sich erst einmal wieder für Fernando interessierte, hatte er, Nicki, wieder keine Chance mehr. Deshalb antwortete er:

"Nichts Besonderes. Ich dachte nur . . . du weißt also nicht, ob er einen neuen Freund hat oder was er jetzt macht?"

"Nein, und ich will es auch nicht wissen. Der Teil meines Lebens ist abgeschlossen. Ein für allemal."

Martin machte Kaffee, sie sprachen über verschiedene, belanglose Sachen, bis Nicki sich verabschiedete, weil er von Martin auf mehr oder weniger deutliche Weise dazu genötigt wurde. Schon eine halbe Stunde, nachdem Nicki gegangen war, lag Martin im Bett.

Durch den Besuch des Strichers war seine Vergangenheit mit Fernando wieder nähergerückt und er wollte möglichst schnell einschlafen, um wieder vergessen zu können. Aber gegen dreiundzwanzig Uhr klingelte es zum zweiten Mal an seiner Tür. Er fluchte und hatte eigentlich vor, das Geräusch zu ignorieren, aber dann ertönte die Türglocke erneut. So stand er auf und drückte auf den Türöffner. Als sich nichts tat, öffnete er die Wohnungstür. Eine Gestalt, die direkt vor ihm kauerte, kippte ihm entgegen und er erkannte Nicki, der zusammengekrümmt halb in seiner Diele und halb noch auf dem Flur lag.

"Was ist passiert? Nicki . . . was ist denn nur . . .?"

Jetzt erst fiel das Licht aus der Wohnung auf das Gesicht des farbigen Belgiers. Lippen und Augenbrauen waren aufgesprungen, seine taillenlangen Haare waren dilettantisch abgeschnitten und die restlichen Stummel standen zottelig in alle Richtungen. Überall klebte Blut und Nickis Kleidung war zerrissen.

Martin versuchte, ihn aufzurichten, aber dieser stöhnte vor Schmerz laut auf und knickte wieder weg. Nebenan öffnete sich die Tür, der Schriftsteller steckte seinen Kopf hinaus.

"Ist was passiert? Kann ich helfen?"

"Ich weiß nicht, was - bitte rufen Sie einen Rettungswagen. Und dann können Sie mir helfen, ihn hineinzubringen!"

Gemeinsam trugen sie den mittlerweile Bewusstlosen hinein und legten ihn auf Martins Bett.

"Wenn ich doch nur wüsste, was passiert ist!"

Martin erkannte jetzt erst das ganze Ausmaß von Nickis Verletzungen. Seine Jeans war durchweicht von Blut und es färbte augenblicklich auch das Bett unter ihm rot. Der Schriftsteller verzog das Gesicht.

"Wollen Sie sagen, Sie haben den rosa Winkel noch nicht gesehen, den sie ihm angesteckt haben? Schauen Sie doch, wie malerisch der Totenkopf darauf gedruckt ist. Drunter steht . . . für ein sauberes Deutschland! Er ist zusammengeschlagen worden, weil er schwul ist. Und wahrscheinlich auch, weil er schwarz ist. Ich kenne das! Wissen Sie, ich bin Jude und habe schon länger bemerkt, dass diese Nazi-Strömungen wieder stärker werden! Man kann seine Augen noch so fest zudrücken, es führt kein Weg daran vorbei, dass man als wie auch immer geartete Minderheit nicht mehr sicher ist."

Martin wurde noch eine Spur blasser. Mittlerweile hatte sich der Geruch des warmen Blutes in seinem Schlafzimmer ausgebreitet, und er musste sich Mühe geben, seinen Magen unter Kontrolle zu halten. Dann war der Rettungswagen da und die beiden Sanitäter kümmerten sich ohne Fragen sofort um Nicki. Sie wollten ihn auf die Trage legen, aber er war inzwischen wieder erwacht und begann vor Schmerz zu schreien. Dabei wies er immer wider auf seinen Rücken.

"Wir können ihn so nicht transportieren, wahrscheinlich kommen wir nicht darum herum, ihn hier zu untersuchen!"

Irgendwie praktizierten sie ein Gummituch unter Nicki, dann begannen sie, ihn zu entkleiden. Über Funk wurde der Notarzt geordert, der etwas später vorsichtig erste Diagnose stellte.

"Er hat einen Fremdkörper im Rektum. Es ist eine Flasche, nur der Hals schaut noch heraus. Aber wenn ich mich am Blutverlust orientiere, muss sie kaputt sein, bei jeder Bewegung schneidet sie ihn inwendig mehr auf! Ich habe ja schon verdammt viel gesehen, aber so etwas war noch nicht dabei!"

Martin war ein wenig zur Seite getreten, nun sah er, dass durch den Flaschenhals unaufhörlich Blut sickerte. Er ließ sich auf seinen Wäschekorb sinken und vergrub das Gesicht in den Händen. Als er wieder hinsah, hatte der Arzt Nicki bereits eine schmerzstillende Spritze gegeben und war bemüht, die Flasche zu entfernen. Bald konnte man erkennen, dass sie wirklich ungefähr in der Mitte zerbrochen war.

" . . . wahrscheinlich haben sie ihm die Flasche verpasst und ihn hinterher zusammengetreten. Die restlichen Scherben und der Boden müssen noch im Körper sein. Wir müssen selbst die kleinste Scherbe verwahren. Ich brauche eine Tüte!", ordnete der Notarzt an.

Mehr wollte Martin nicht hören, er gab dem Schriftsteller einen Wink und sie gingen, um im Wohnzimmer je ein halbvolles Wasserglas Cognac zu leeren. Dann stand einer der Sanitäter in der Tür.

"Also - wir fahren jetzt. Wollen Sie mitkommen?"

Martin überlegte kurz, dann nickte er. Im Krankenhaus machte er die üblichen Angaben, was er nicht wusste, entnahm man Nickis Personalausweis. Er redete auch mit den Polizeibeamten, die kamen, um ein Protokoll aufzunehmen. Viel konnte er ihnen nicht sagen, sie würden für die endgültige Aufklärung dessen, was passiert war, warten müssen, bis Nicki wieder erwachte. Vorerst war dieser jedoch im OP. Martin sah keinen Sinn darin, länger in der Klinik zu bleiben, so eng war seine Bindung zu Nicki nicht und dieser würde, wenn er auf die Station kam, sowieso schlafen.

Deshalb machte er sich wieder auf den Heimweg. Als er mit dem Taxi dort ankam, fühlte er sich wie gerädert. Zuerst beseitigte er die Blutspuren in seinem Bett und drehte die Matratze um. Die Wäsche verschwand in der Maschine, und er gleich anschließend unter der Dusche. Er fühlte sich schmutzig, aber daran änderte sich auch nichts, als das Wasser über seinen Körper rann. Eigentlich wollte er gleich wieder ins Bett gehen, aber an Schlaf war nicht zu denken, deshalb klingelte er kurz entschlossen bei seinem Nachbarn. Dieser öffnete noch genauso unrasiert wie vorhin und mit einem Bleistift hinter dem Ohr.

"Kommen Sie rein! Wissen Sie schon etwas Neues?"

Das erste Mal im Büro sitzend, sonst hatte er immer nur das Wohnzimmer gesehen, erzählte Martin was der Schriftsteller noch nicht wusste.

Dann, als der Autor in die Küche ging, um Whisky in Gläser zu füllen, sah Martin sich verstohlen um. Er betrachtete die nahezu grandiose Unordnung ringsherum, einen zerschlissenen Teppich auf lackierten, roten Holzbohlen und dann den mit vielen Scharten versehenen Schreibtisch, der bepackt war mit Weltliteratur, Lexika und Duden. Die schwarze Uralt-Schreibmaschine stand neben einem beleuchteten Globus, eine halbvolle Kaffeetasse war inmitten von mindestens zwanzig bunten Billigkulis abgestellt. Der Aschenbecher war genauso voll wie der überlaufende Papierkorb, zerknüllte Papierseiten lagen wie ein Nest um die Schaffensstätte des Autors herum. Martin rückte bis zur Kante des durchgesessenen Sessels vor, weil eine Feder penetrant versuchte, sich tiefer ins Fleisch seiner Kehrseite zu bohren.

"So, hier ist Ihr Drink. Ich habe leider kein Eis mehr, mein Kühlschrank hat sich im Alleingang abgetaut. Keine Ahnung, warum er so was macht!"

Martin nahm lächelnd das Glas entgegen, sah ein wenig unglücklich aus, als er so steif auf der Sesselkante balancierte und der Schriftsteller meinte:

"Sagen Sie nichts, ich weiß was Sie denken. So sieht es halt bei einem verkannten Genie aus. Warten Sie mal, bis ein Verlag endlich darauf kommt, dass meine Vermarktung eine Goldgrube werden kann, dann sieht es hier anders aus. Textcomputer, Designermöbel und eine vollauto-matische Küche, die sogar die Eier selbst kocht und sie mir mit einem Morgengruß ans Bett bringt. Bis dahin allerdings muss ich noch ein wenig darben . . ."

Er zuckte die Schultern und warf einen bedeutsamen Blick durchs Zimmer.

"Aber da bewahrheitet es sich mal wieder - der Weg zum Ruhm ist lang und dornig. Es tut mir Leid, vielleicht sollten wir ins Wohnzimmer gehen, da ist es gemütlicher!"

Etwas später stießen sie auf das Du an. Martin erfuhr, dass der Schriftsteller Andreas hieß und auch, dass er achtunddreißig war. Sie diskutierten noch eine Weile über Nicki, den aufkeimenden Rechtsextremismus, Politik und Weltgeschehen. Dann spürte Martin den ungewohnten Whisky schon beinahe zu sehr und hatte die richtige Bettschwere, um wenig später sofort einzuschlafen.

Am nächsten Tag nach der Arbeit fuhr er ins Krankenhaus. Nicki wirkte noch ein wenig benommen, aber er versuchte schon wieder ein Grinsen.

"Und? Wie ist die Operation verlaufen?", fragte Martin, nachdem er sich einen Stuhl ans Bett gezogen hatte.

"Ich denke, sie haben die Reste des Glas-Dildos wunderbar entfernt! War nicht so ganz mein Fall, diese Art von Sex!"

"Und wie geht es dir jetzt?"

"Blendend, sieht man das nicht?"

Er lächelte schmerzvoll und fuhr fort.

"Die Ärzte haben bestimmt auch nicht oft die Möglichkeit, im Dienst zu puzzlen. Sie haben die Flasche bis zur letzten Scherbe rausgeholt und wieder zusammengesetzt, damit sie auch sicher sein konnten, dass nichts drin bleibt. Das musste ja auch sein - stell dir mal vor, jemand knallt mich und da drin ist eine Scherbe und . . ."

"Deinen bizarren Humor scheinst du jedenfalls noch immer zu haben!", unterbrach Martin ihn, und Nicki antwortete diesmal weit weniger frivol.

"Den kann mir niemand so einfach abschneiden! Bei den Haaren war das leichter!"

Plötzlich hatte er Tränen in den Augen.

"Es waren acht oder neun, genau weiß ich das nicht. Sie haben mich verprügelt, mir die Hose heruntergezogen, mich festgehalten und dann - na, du weißt schon. Anschließend haben sie wieder auf mich eingeschlagen und mich getreten, bis ich liegengeblieben bin. Dann müssen sie mir wohl die Haare abgeschnitten haben!"

Nicki schluchzte auf und wandte sich ab. Plötzlich war nichts mehr übrig von dem frechen Stricher, vor Martin im Bett lag ein Häufchen Elend, das Trost brauchte. Er nahm Nickis Hand und einen Moment lang herrschte Schweigen. Fast neigte Martin dazu, zu glauben, dass Nicki bei seiner täglichen Tour durch so viele Betten eigentlich nur auf der Suche nach ein bisschen Liebe und Zuwendung war. Aber sicher war er sich da nicht.

Eine Stunde später verließ Martin die Station wieder und ging zum Aufzug. Als der Fahrstuhl sich öffnete, stand er Sven gegenüber. Sie starrten sich an, ein wortloses Aneinandervorbeigehen war so gut wie unmöglich. Während Martin lediglich überrascht nach Worten suchte, reagierte Sven umgehend aggressiv.

"Was machst du denn hier? Lässt du dich endlich auf deinen Geisteszustand untersuchen?"

"Ich - ich habe jemanden besucht! Und du? Ich hoffe, du musst nichts Schlimmeres behandeln lassen als einen Tripper!"

Damit war wenigstens schon einmal klargestellt, dass sich zwischen ihnen auch nach dieser verhältnismäßig langen Zeit nichts geändert hatte.

”Ich besuche auch jemanden!”

Damit ließ Sven Martin einfach stehen, während dieser ganz in Gedanken auf den Knopf drückte, um den Aufzug zurückzuholen. Dann sah er Sven hinterher. Wen wollte er wohl besuchen? Es war doch hoffentlich nicht Fernando, der hier lag! Plötzlich war Martin auf eine furchtsame Art neugierig und als der Aufzug auf der Etage stoppte, war er schon nicht mehr da, um einzusteigen. Er folgte Sven durch die Schwingtür auf die Privatstation.

”Kann ich Ihnen helfen?”, fragte ein Pfleger, der ein leeres Bett an ihm vorüberrollte und seinen fragenden Blick richtig zu deuten wusste.

”Ja, eh - ich habe gerade Sven Söven hier hineingehen sehen. Wir kennen uns, aber er hat mich leider nicht gesehen. Können Sie mir sagen, wo er hingegangen ist?”

”Natürlich . . . er ist auf Zimmer 23, fast am Ende des Ganges - bei Herrn Amati!”

Martin fuhr zusammen. Also wurden seine Befürchtung bestätigt! Eigent-lich hätte Martin jetzt wieder gehen können, aber er brachte es nicht fertig. Langsam setzte er sich in Richtung des angegebenen Zimmers in Bewegung und als er davor stand, kostete es ihn eine Menge Überwindung anzuklopfen.

”Herein!”

Als er im Zimmer stand, fiel sein erster Blick auf Sven, der das Bein des im Bett liegenden Patienten knickte und streckte. Als nächstes sah er dann die abgemagerte Gestalt mit Vollbart, die nur mit einem Kranken-haushemd bekleidet war. Als Sven ihn sah, wollte er losschreien, ihn hinauswerfen, aber ein Blick in Martins Gesicht genügte und er brachte keinen Ton heraus.

Martin kam näher, ohne den Blick von Fernando zu lassen, seine Augen verrieten, dass er nicht glauben konnte, was er dort sah. Auf seinen Zügen lag maßlose Bestürzung, als er das Bett erreichte. Er streckte die Hand aus und strich über Fernandos geschlossene Augen bis zum Bart, dann starrte er Sven an.

”Was ist passiert?”

Seine Hand lag auf der knochigen Schulter seines Exfreundes, er musste sich wahnsinnig zusammennehmen, um seinen Schock nicht zu offensichtlich werden zu lassen. Sein Blick fiel auf das Bein Fernandos, das zerbrechlich dünn in Svens Hand hing und Sven beeilte sich, ihn zuzudecken.

”Was ist passiert?”, wiederholte Martin unwillkürlich flüsternd.

"Warte draußen!", stieß Sven aus.

Martin nickte nur, drehte sich um und ging wie eine Aufziehpuppe wieder hinaus. Dort landete er im nächsten Besucherbad und kühlte sein Gesicht mit Wasser. Dann ging er zurück vor Zimmer 23 und wartete auf Sven, der ihn seinerseits etwas später in die Cafeteria schleppte. Erst dort begann er mit der Erklärung dessen, was vorgefallen war.

"Es war ein Autounfall am Tag nach der Party!"

Sven verschwieg, dass Fernando auf dem Weg zu Martin war, als es passierte.

"Hat er - ich meine, wollte er sich wieder umbringen oder war es diesmal . . ."

"Tse - nein, warum auch! Über das Ende eurer Beziehung war er weg und im allgemeinen hat er eigentlich den gleichen Überlebenswillen wie jeder andere von uns. Natürlich wollte er sich nicht umbringen, ich bin gefahren. Aber ich war ebenfalls nicht schuld! Es war der Auffahrunfall eines anderen Wagens auf unseren Lotos, die Straße war nass."

"Er liegt jetzt schon seit Monaten hier? Was ist denn mit ihm?"

"Er liegt im Koma. Die wissen auch nicht, warum!"

"Und wieso hast du mich nicht angerufen? Ich meine, in einem solchen Moment sind doch alle anderen Meinungsverschiedenheiten nicht mehr so wichtig."

"Wir spielen hier nicht nach den Drehbüchern von Gute Zeiten, schlechte Zeiten! Und was heißt hier überhaupt Meinungsverschiedenheiten? Zwischen euch war alles vorbei, erinnerst du dich? Was willst du also? Du hast nichts mehr mit Fernando zu tun, ob er fröhlich herum-tanzt oder halbtot im Bett liegt, für dich ändert sich dadurch gar nichts. Außerdem wollte er nicht, dass ich dich anrufe!"

"Aber ich will etwas für ihn tun. Irgend etwas muss es doch geben, was ich für ihn tun kann!"

"Warum denn? Sag mir warum? Willst du einfach wieder auftauchen und ihn mir wegnehmen, wie du es immer getan hast?"

Sven sprang auf und kümmerte sich nicht um die anderen Leute, die interessiert herüber schauten und fuhr fort:

"Weißt du, wie ich gelitten habe die ganze Zeit über? Ich war allein und immer für ihn da und jetzt kommst du und willst dich einschleimen. Aber du hast Pech, diesmal kann er dich nicht vorziehen, denn er sieht dich nicht und er hört auch nicht deine verlogenen Phrasen. Ich glaube kaum, dass du täglich herkommen willst, ohne eine Veränderung bei ihm zu sehen und dabei dein eigenes Leben aufgeben wirst. Aber wenn du meinst, dann komm jeden Tag, wasche ihn, reibe seinen Bauch für die Verdauung und mach mit ihm die Bewegungsübungen, bei denen du glaubst, sein magerer Körper fällt einfach auseinander wie morsches Holz. Komm ruhig, mal sehen, wie lange deine angebliche Liebe hält, wenn du seine Bettpfanne ausleerst und er weiß nicht mal etwas davon. Du hast ihn sausenlassen, weil du uns zusammen im Bett gesehen hast. Das muss ja wirklich eine gigantische Liebe sein! Was glaubst du, wie oft ich ihn in den Armen anderer gesehen habe! Aber ich bin trotzdem weiter für ihn dagewesen, egal, wie weh es mir getan hat. Du hast nur deine kleine, dumme Eifersucht gesehen, sie war dir wichtiger als alles andere. Und jetzt kommst du her in deiner üblichen naiven, verschissenen Selbstverständlichkeit und willst dich wieder zwischen uns drängen. Aber das werde ich nicht zulassen, hörst du? Niemals! Er gehört mir, wenigstens jetzt gehört er allein mir! Hau endlich ab und komm nie wieder!"

Während der letzten Worte war Sven noch lauter geworden, jetzt rannte er einfach an Martin vorbei und aus der Tür.

Einen Moment war Martin unfähig, zu reagieren. Dann folgte er Sven zurück auf die Station. Diesmal klopfte er nicht zuerst an, sondern öffnete die Tür und war im nächsten Moment schon im Zimmer. Sven kniete auf Fernandos Bett und presste den schlaffen Körper seines Freundes an sich. Als er Martin sah, brüllte er:

"Geh weg hier! Raus! Du hast hier nichts zu suchen, er ist mein Freund! Hau endlich ab, du Scheißkerl, ehe ich dich wegjage wie du es verdienst!"

Martin konnte sich nicht bewegen, konnte sich einfach nicht losreißen von diesem Bild. Sven schaute ihn unverwandt an, dann begann er erneut:

"Verdammt, geh endlich!"

Er schaukelte mit Fernando im Arm hektisch vor und zurück und fügte plötzlich leise und fast flehend an:

"Lass ihn mir, bitte. Nimm mir Fernando nicht wieder weg, ich habe doch nur noch ihn!"

Inzwischen hatte man draußen mitbekommen, dass etwas nicht stimmte. Zwei Schwestern kamen herein, andere folgten. Sven saß immer noch auf dem Bett und wiegte Fernando, wie man ein Baby wiegen würde. Man legte Martin nahe, hinauszugehen und sprach ihn dort auf Svens Verhalten an. Ihm wurde geraten, erst einmal nur zu den Zeiten wiederzukommen, zu denen Sven in der Uni war. Das würde schwierig werden, denn das war meist vormittags. Aber Martin wollte es versuchen. Als er heimfuhr, fühlte er sich wie in einem Alptraum gefangen, aber all seine Versuche aufzuwachen mussten fehlschlagen, weil es sein wirkliches Leben war, das ihn so sehr beutelte.

In den folgenden zwei Wochen schaffte Martin es jeden Tag, einen Besuch bei Fernando in seinen Außendienst einzubauen. Er blieb dafür, um vor sich selbst bestehen zu können, freiwillig abends länger im Amt. Mit Hilfe des Krankenhauspersonals konnte er es immer verhindern, Sven zu begegnen.

Er saß an Fernandos Bett und wurde sich darüber klar, dass er seine Gefühle für ihn nicht verloren, sondern nur verdrängt hatte. Er schaute in das abgemagerte Gesicht seines ehemaligen Freundes und glaubte, es sei keine Zeit vergangen, seit sie zusammengewesen waren. Genau wie Sven redete er mit Fernando, glaubte aber im Gegensatz zu Sven noch immer, dass die Möglichkeit des Erwachens bestand.

Es gab Tage, an denen Fernando die Augen offen hatte. Martin sah dann den leeren Blick seiner einst so schönen Augen und glaubte, an seinem Schmerz ersticken zu müssen.

Obwohl er sich vorgenommen hatte, sich im Falle des Aufwachens von Fernando nicht mehr zwischen diesen und Sven zu stellen, ging er nicht den leichteren Weg, einfach von der Klinik wegzubleiben. Er hätte es nicht gekonnt, denn jetzt wollte er für ihn da sein, auch wenn Fernando ihn nicht bemerkte!

Natürlich ging er auch zu Nicki, der sich schnell erholte. Und er kam mit der Zeit zu dem Schluss, dass Nicki wirklich der oberflächliche Junge war, den er jedem demonstrierte. Er begann, die Pfleger anzumachen, führte wieder die gleichen Reden wie früher und tat, als ob ihm das alles niemals passiert sei.

Zuerst hatte Martin daran gedacht, ihn über Weihnachten, wenn er die Klinik wieder verlassen hatte, einzuladen und war dabei weniger ein Samariter als ein einsamer Mensch, der die Feiertage nicht allein verbringen wollte.

Aber er überlegte es sich. Wahrscheinlich wog Nickis Gegenwart nicht den Stress auf, den er zu verbreiten in der Lage war. Und Martin fühlte sich eher in der Lage, ein Weihnachtsfest ohne Gesellschaft hinter sich zu bringen als einen Menschen zu ertragen, auf den er sich einfach nicht einstellen konnte.

Sven erholte sich von seinem Nervenzusammenbruch und nahm sich zu-sammen. Auch wenn die Angst blieb, dass Martin sich wieder einmischen könnte, wurde er ruhiger, als er ihm nicht mehr in Fernandos

Nähe begegnete.

Es war Sylvester und er hatte sich vorgenommen, die Jahreswende bei Fernando zu verbringen. Schon nachmittags war er dort, hatte eine Flasche Sekt mitgebracht. Nun saß er am Bett seines Freundes und hing Erinnerungen nach. Als es zwölf Uhr wurde und draußen das Feuerwerk losging, ließ er den Sektkorken knallen und goss zwei Gläser voll. Eines stellte er auf Fernandos Nachttisch, befeuchtete dessen Lippen mit Sekt und trank ihm zu.

"Lass uns gemeinsam darauf trinken, dass in diesem Jahr alles wieder gut wird!"

Er nahm einen Schluck, dann ging er zum Fenster und schaute in den nächtlichen Himmel hinauf. Im Hintergrund lief leise eine CD von Queen und Sven badete in seinen Erinnerungen.

"Weißt du noch, Fernando? Die vielen Jahreswechsel, die wir miteinander hatten! Du warst immer so voller Leben. Du hast mich manchmal ganz schön genervt, aber irgendwie habe ich das auch gebraucht. Aber das hast du auch genau gewusst. Mit dir konnte es einfach nicht langweilig werden, du warst immer - eben einfach Fernando."

Er ging zurück zum Bett, nahm Fernandos Hand und legte seine Stirn darauf.

"Du bist mein Leben gewesen und du wirst es auch immer bleiben. Ich lasse dich nicht im Stich. Niemals!!"

Einen Moment lang schwieg er, seine Augen wurden feucht. Dann riss er sich merklich zusammen und nahm das Buch *Die Unzertrennlichen* von Bari Wood wieder zur Hand, aus dem er Fernando vorlesen wollte. Er schlug die Seite 168 auf und begann:

" . . . Michael saß mit Romer in Cambridge beim Abendessen. Sie waren in Gabys Restaurant gleich um die Ecke von ihrem Haus. Das Lokal war voller blonder Männer in engen Hosen, die ihm Blicke zuwarfen und immer wieder einen Vorwand fanden, am Tisch vorbeizugehen . . ."

"Ich glaube, in das Lokal möchte ich auch mal!"

Sven registrierte den geflüsterten Satz, aber begriff nicht sofort. Immer wieder hatte er sich ausgemalt, wie es sein würde, wenn Fernando eines Tages doch erwachte und jetzt schaute er ihn begriffsstutzig an und konnte es einfach nicht glauben. Er wollte aufspringen, Fernandos Namen rufen, es allen gleichzeitig mitteilen - aber er saß nur regungslos da und starrte Fernandos an.

"Gibst du mir zu trinken? Mein Mund ist so trocken!"

Fernandos Stimme hörte sich belegt an und so leise, dass Sven Mühe hatte, ihn zu verstehen. Aber vielleicht war es auch nur Svens Herzschlag, der alles andere übertönte. Jetzt sprang er endlich auf, nahm das Glas Sekt vom Nachttisch und goss den Inhalt ins Becken. Dann füllte er Wasser hinein und flößte Fernando davon ein.

"Danke!", flüsterte sein Freund und schloss erschöpft die Augen.

"Fernando! Nicht wieder einschlafen!", rief Sven aus.

Er hatte panische Angst, Fernando könne wieder ins Koma abgleiten.

"Aber ich bin müde! Wo bin ich überhaupt und wieso fühle ich mich so komisch? Und warum bist du so aufgeregt? Was ist denn los mit dir?"

"Was mit mir los ist? Mit mir? Na, du machst mir vielleicht Spaß! Ich werde gleich verrückt vor Glück, ansonsten ist eigentlich alles in Ordnung!"

"Bin ich in einer Klinik? Was ist denn passiert?"

Fernando hob den Arm, um sich über den Mund zu wischen, kam aber erst gar nicht so weit. Er schaute auf seine Hand.

"Was ist das denn? Wieso sind meine Finger so dürr? Und weshalb wiegt mein Arm plötzlich eine Tonne?"

Jetzt erreichte er sein Gesicht und fühlte den Bart.

Seine Augen wurden groß, sie wirkten in dem viel zu schmalen, halb zugewachsenen Gesicht wie schwarze Fünfmarkstücke.

"Wie lange liege ich schon hier?"

Sven drückte auf den Rufknopf um einen Arzt herbeizuholen und antwortete:

"Kannst du dich denn nicht mehr an den Unfall erinnern? Seither bist du nicht mehr aufgewacht!"

"Dann hab ich ja jetzt genug geschlafen!" antwortete Fernando noch, dann schlief er übergangslos wieder ein.

"Fernando!"

Es war beinahe ein Kreischen, Svens Stimme überschlug sich vor Angst, dass Fernando wieder ins Koma gefallen war. Das Zimmer füllte sich, später würde der Arzt einen ganz normalen Schlaf diagnostizieren. Sven blieb anschließend siebenundzwanzig Stunden ohne Unterbrechung bei seinem Freund, nur hin und wieder fiel er im Sitzen in einen unruhigen Schlaf. Dann musste er kapitulieren und fuhr nach Hause, um sich einmal richtig auszuschlafen.

Martin hatte am Neujahrsmorgen angerufen, um zu erfragen, wann Sven bei Fernando sein würde. Wenn dieser gegangen war, wollte er kommen und am Bett seines Freundes sitzen. Aber man sagte ihm, es sei nicht abzusehen, wann Sven die Klinik verlassen würde und er erfuhr auch den Grund.

Fernando war aufgewacht!

Die anfängliche Freunde wurde von der Tatsache getrübt, dass er Fernando jetzt nicht mehr wiedersehen konnte. Er würde sich an das Versprechen sich selbst gegenüber halten und sich nicht wieder zwischen Sven und Fernando drängen. Er hatte einfach nicht das Recht dazu, denn nicht er war es, der so viel auf sich genommen hatte, um den jungen Italiener zu pflegen. Es würde ihm schwer fallen, Fernando nicht wiederzusehen, jetzt, wo er wieder bei Bewusstsein war. Aber er wusste, dass es keinen anderen Weg für ihn gab.

Er hatte angenommen, bereits alle Stufen der inneren Überwindung kennen gelernt zu haben, aber er litt schrecklich. In den folgenden Wochen besiegte ihn die Resignation immer mehr. Er musste sich zwingen, nicht einfach von den geregelten Bahnen seines wieder perfekt geordneten Tagesablaufes abzuweichen und nur seine lebenslang trainierte Disziplin trieb ihn zum Durchhalten. Wenn er morgens keinerlei Antrieb hatte, aufzustehen und seinen Pflichten nachzukommen, zwang er sich dazu. Kontakte pflegte er nur zu Andreas, dem Schriftsteller, und Nicole, aber auch das hielt sich in Grenzen. Meist war er allein. So konnte er sich auch nicht vorstellen, wer zu ihm wollte, als es Mitte Februar an seiner Haustür klingelte. Andreas war im Urlaub und Nicole befand sich auf einer Bustour nach Spanien. Von ihnen konnte es also niemand sein. Er ging zur Tür und glaubte seinen Augen nicht trauen zu dürfen.

"Hurricane! Das gibt es doch gar nicht! Wo kommst du denn her?", rief er auf deutsch aus und fügte, als er Hurricanes ratloses Gesicht sah, an:

"Come in!"

Es war schon ein eigenartiges Bild, in diesem hausbackenen, altdeutschen Holztreppenhaus einen Indianer stehen zu sehen. Er stand dort in seiner Kluft, mit offenen, taillenlangen Haaren mit eingeflochtenen Federn und Perlen und sollte eigentlich wie ein der Jahreszeit angepasster Karnevals-scherz wirken. Aber irgendwie sah er trotzdem nicht verkleidet aus, er lebte sein Outfit und war deshalb für Martin auch nicht lächerlich.

Als sie sich schließlich im Wohnzimmer gegenüber saßen, war es für Martin plötzlich, als sei kein Tag vergangen seit damals. Vor seinem geistigen Auge tauchten die Murals auf, das Hausboot und die Cable Car. Einen Moment vergaß er seine momentane Situation, vergaß seine Trennung von Fernando und hatte wieder ein Stück des Glücks in seinem Herzen, das er so unverfälscht nur in San Francisco empfunden hatte. Als er jedoch dann in das ernste Gesicht des Schoschonen blickte, wurde ihm klar, dass er Träumen nachhing, dass nichts mehr so war wie zu jener Zeit und sein Inneres zog sich wie unter einem Eishagel zusammen. Er fand keine

Worte, scheute sogar davor zurück, Hurricane in die Augen zu sehen. Doch das alles konnte ihn nicht daran hindern, dem Indianer zuzuhören. Und er hörte ihm zu!

"Und du glaubst wirklich, Hurricane holt dir Martin her? Du fliegst in die USA und bezahlst ihm das Ticket, um bei Martin einen Fürsprecher zu haben. Es wäre wahrscheinlich einfacher gewesen, wenn du selbst zu deinem dusseligen Gerichtsvollzieher gegangen wärest."

Sven schlug die Beine übereinander und lehnte sich im Sessel zurück. Seit Fernando vor zwei Wochen aus dem Krankenhaus gekommen war, wusste Sven bereits, dass er ihn wieder verloren hatte.

Fernandos einziger Gedanke schien zu sein, wieder mit Martin zusammenzukommen. Es war, als habe sich dieser Vorsatz in Sperrschrift in jede einzelne seiner Gehirnwindungen eingebrannt und Sven wusste, er war vollkommen machtlos. Nichts was er tat oder sagte, konnte etwas an Fernandos Entschluss ändern und Sven hatte kapituliert, weil er wenigstens ein Stück seines Selbst in die neue Zeit, in die Zeit ohne Fernando, retten musste. Sein Kampf war zu Ende, er fühlte sich ausgebrannt und der Punkt war da, an dem er nicht mehr zurück konnte. Wenn er jetzt den Anschluss an sein eigenes Leben verpasste, würde er an Fernando verglühen wie eine Sternschnuppe beim Eintauchen in die Erdatmosphäre. Er hatte sich vorgenommen, endlich die Vernunft siegen zu lassen und auch wenn es ihm schwerfiel, versuchte er nicht mehr, Fernando zu halten. Jetzt saß er seinem Freund in Bayenthal gegenüber, sah ihn an und erwartete seine Antwort.

"Ich muss es einfach versuchen, comprènde? Wenn ich zu Martin gehe, schaut er mich an und denkt an diese Nacht. Wenn Hurricane geht, denkt Martin an San Francisco, unsere Liebe dort und das Leben, das uns beide glücklich gemacht hat. Nur so habe ich eine Chance, dass er mir verzeiht!"

Sven nickte. Ihm war das alles so egal, es ödete ihn an und er hätte am liebsten in Fernandos Gesicht geschlagen, in dem nur Martin zu lesen stand und keinerlei Verständnis für seine, Svens, Qualen. Wie hatte er jemals annehmen können, der junge Italiener würde ihn eines Tages verstehen oder auch bloß seine innere Selbstaufgabe erkennen? Für ihn gab es nur sich selbst, es spielten die Emotionen anderer Menschen keine Rolle. Der Nachgeschmack dieser Erkenntnis war bitter, auch wenn sie bereits fast so alt war wie ihr Beziehung selbst. Sven suchte fast automatisch nach etwas, womit er seinerseits Fernando einmal weh tun konnte. Irgend etwas, von dem er wusste, dass es ihm nicht passen würde. Und so sagte er:

"Ich werde dann mal losgehen, ich will in die Altstadt!"

"Kannst du denn nicht warten, bis Hurricane wieder da ist? Ich kann das einfach nicht allein durchstehen, die Zeit vergeht so schrecklich langsam."

"Wir müssen alle mal durch solche Zeiten und bei den meisten ist niemand, der Händchen hält. Es tut mir Leid, Fernando. Ich sehe gar nicht ein, mir mit dir nervösem Hemd den Abend um die Ohren zu schlagen, ich will raus und einen Typen abschleppen. Ich bin geil, was soll ich machen?"

"Maledetto Sven! Kannst du an nichts denken als an Sex? Es gibt auch noch andere Werte!"

Sven verschluckte sich an seinem Drink und konnte nicht verhindern, dass er einen Teil der Bourbons über die Sessellehne prustete.

"Das sagst ausgerechnet du?"

"Ja, ausgerechnet ich! Man entwickelt sich schließlich weiter, lernt aus seinen Fehlern. Weißt du, jeder sollte nur Ratschläge von Leuten ernstnehmen, die Erfahrung haben. Wenn ich sage, Sex ist nicht alles dann nicht, weil ich keinen abgekriegt habe, sondern weil ich alles schon mal gemacht habe. Ich finde das ehrlicher als zum Beispiel jemanden, der gegen Alkohol wettert und hat in seinem ganzen Leben noch keinen getrunken. Deshalb kann ich auch sagen, dass es Wichtigeres als Sex gibt. Es ist oft so, dass man etwas gestern noch für ideal gehalten hat, heute jedoch schon weiß, dass es nur eine unreife Fehlentscheidung war. Und nur Ignoranten halten an ihren Entscheidungen fest, als seien sie das unumstößliche Gesetz des Lebens und geben niemals zu, sich geirrt zu haben. Eigentlich sollte jeder intelligente Mensch in der Lage sein, durch seine Erfahrungen klüger zu werden."

"Na, dann musst du ja umwerfend klug sein, Erfahrungen hast du schließlich reichlich!"

"Warum willst du mich unbedingt missverstehen? Ich meine nicht nur die Erfahrungen beim Sex. Ich meine die Erfahrungen im Schmerz oder die der Angst. Ich meine den Zorn, wenn gute Freunde einen verraten, die . . ."

"Ich kann mich nicht erinnern, dass dich wirklich gute Freunde schon mal verraten haben und . . .!"

"Lass mich ausreden - ich meine auch die Gleichgültigkeit, wenn das Leben einen ankotzt und die Freude, wenn man merkt, es gibt jemanden, der einen versteht und einfach da ist!"

"Komisch, was du da sagst! Hast du dich denn schon mal gefreut, wenn ich für dich da war? Wenn's so war, dann hast du ein unwahrscheinliches Talent, dich zu verstellen! Es ist haarsträubend! Fernando, es tut mir Leid, aber ich muss es dir sagen. Du hast ´nen Knall."

Sven nahm Fernando diese angeblichen Erkenntnisse nicht ab. Wenn er eine so philosophische Einstellung hatte, könnte er nicht so leben, wie er es tat. Wahrscheinlich wollte er ihn mit seinem Reden nur dazu bringen noch hier zubleiben um nicht allein zu sein.

"Ich habe gewusst, was ich an deiner Freundschaft habe! Ich bin nicht der Typ, der dauernd Komplimente macht."

"Natürlich! Ist schon okay! Eine solche Bewusstseinserweiterung ergibt sich wohl zwangsläufig nach einem Koma. Da kann ich nur froh sein, dass du kein Jahr weg warst - denn dann würdest du wahrscheinlich vollkommen durchgeistigt in einem selbsterrichteten Elfenbeinturm sitzen und deine neu entdeckte, esoterische Virginität in die Welt hinaus schreien. Aber selbst das würde nichts an der Tatsache ändern, dass ich mich jetzt auf den Weg machen werde."

Genau in diesem Moment ertönte die Türglocke und Fernando erstarrte in der Bewegung, sein Glas blieb auf halber Höhe hängen. Sven nickte.

"Jetzt wird sich also herausstellen, wie groß die Überredungskunst unseres Schoschonen ist!"

Aber er stand nicht wie gewohnt auf, um die Türe zu öffnen. Auch Fernando stand noch immer stocksteif mitten im Zimmer und bat nun fast flehend:

"Bitte, Sven! Geh hinunter und schau nach, wer es ist. Ich kann nicht!"

"Das wirst du schon selbst machen müssen! Es ist dein Haus, Martin ist deine große Liebe und Hurricane bekam von dir den Auftrag! Du scheinst zu vergessen, dass ich hier auch nur Gast bin!"

Fernando sah ihn verständnislos an. Aber er ging nach unten, atmete tief durch und öffnete die Haustür. Aber nur der Indianer stand dort. Anstatt ihn zu begrüßen, sagte Fernando zu sich selbst:

"Naturalmente, Finale Fernando! Du hast verloren."

Aber Hurricane widersprach ihm und wies hinter sich auf die Straße. Und dort erkannte Fernando Martins Passat. Einen Augenblick glaubte er nicht, was er sah, aber es war tatsächlich Martin, der jetzt langsam ausstieg und zum Haus herüber kam. Einen Moment lang sahen sie sich nur an, jeder der beiden hatte so viel zu sagen, zu viel für diese Sekunden des Wiedersehens. Deshalb schwiegen sie. Martin hob die Arme ein wenig in Fernandos Richtung, dieser war dankbar für diese Geste und griff nach Martins Händen.

"Endlich!"

Fernandos Stimme war wie ein Hauch bei diesem Wort, dass aus der tiefsten Tiefe seines Herzens zu kommen schien. Dann schlang er die Arme um Martins Hals und dieser umfasste Fernandos Taille. Für Hurricane schien es eine Ewigkeit, dass sie so standen, für Martin und Fernando waren es nur Bruchteile von Sekunden. Nun kam Sven aus der Tür, schaute die beiden an und obwohl er dachte, er würde stark genug sein, fuhr ihm der Schmerz in jeden Teil seines Körpers. Er konnte den Blick nicht abwenden und erinnerte sich erst in dem Moment an die geplante Fahrt in die Altstadt, als der Schoschone sanft die Hand auf seinen Arm legte. Er sah den Indianer mit trübem Blick an und nickte. Dann meinte er leise und auf englisch:

"Willst du mitkommen? Ich zeige dir Köln . . . die zwei brauchen jetzt niemanden!"

Als Svens Uralt-Opel mit den beiden schon um die nächste Ecke verschwunden war, standen Fernando und Martin noch immer engumschlungen da. Erst jetzt schien die Welt ringsherum wieder zu erwachen.

"Gehen wir rein?", flüsterte Fernando und Martin nickte nur. Seine Knie waren weich wie damals bei der allerersten Umarmung, und er folgte Fernando nur zu gerne ins Haus. Sie gingen hinauf, um sich dort wieder gegenseitig in die Arme zu nehmen. Und dann war sie da, unabdingbar glitten sie beide hinein in diese Leidenschaft, die sie in dieser Form nur miteinander empfinden konnten.

Hinterher, als sie Haut an Haut auf dem Bett lagen und dem Zigarettenqualm nachsahen, der langsam zur Decke stieg, erschien es ihnen, als sei keine Zeit vergangen. Und trotzdem hatten beide eine ganz persönliche und für jeden unverzichtbare Entwicklung durchgemacht, ohne welche es dieses Wiedersehen nicht hätte geben können. Sie sprachen über alles, räumten viele der Missverständnisse aus und waren sicher, alles andere würde sich mit der Zeit ergeben. Und Zeit, das schien klar, hatten sie nun genug. Schon an diesem Abend planten sie ihre Zukunft, wollten keine Minute des Lebens das sie jetzt erwartete, verschenken.

Der nächste Tag war der erste in Martins beruflichem Werdegang, an dem er sich krank meldete, obwohl es ihm mehr als gut ging. Fernando schlief noch, als er den Hörer auflegte und ein bisschen an seinem schlechten Gewissen zu knabbern hatte. Aber heute war Freitag und er wusste, er würde sowieso nicht in der Lage sein, konzentriert zu arbeiten. Es war ein Ausnahmezustand!

Deshalb verscheuchte er die weniger guten Gedanken und ging in die Küche, um Kaffee zu machen. Dann fiel ihm Hurricane ein. Er wusste, der Indianer würde unten am Pool schlafen und ging hinunter, um ihn zum Frühstück zu wecken. Vor der Tür stehend hörte er Stimmen und war sich daraufhin nicht mehr so sicher, ob er hineingehen sollte. Schon zu viele unliebsame Überraschungen hatte er mit zufällig geöffneten Türen erlebt. Aber dann erkannte er in dem einen Redner Sven und drückte auf die Klinke.

Als erstes fiel sein Blick auf die rückwärtigen, ebenmäßigen Linien von Hurricanes nackten, muskulösen Körper. Die nassen Haare klebten bis zur Taille an seiner dunklen Haut. Als nächstes entdeckte Martin ein paar deutlich hellere Arme, die diesen Athletenkörper umfangen hielten und Hände, die voll Verlangen über die Hüften des Indianers strichen.”Oh verdammt - ich werde in meinem Leben nie wieder eine Tür öffnen oder gleich ein Hobby daraus machen!”, schoss es Martin durch den Kopf. Aber gerade, als er sich leise wieder zurückziehen wollte tauchte Sven hinter dem Hünen auf. Auch seine blonde Mähne war nass und Wasser perlte von seiner Haut.

”Kann es sein, dass du es dir zur Lebensaufgabe gemacht hast, mich in erotischen Situationen zu überraschen!? Das ist das dritte Mal! Du scheinst wirklich der geborene Voyeur zu sein, vielleicht solltest du mal auf die Couch!”

”Bitte entschuldigt! Ich wollte nur fragen, was ihr . . .”

Hurricane hatte sich umgedreht und Martin vergaß einen Moment lang, was er sagen wollte, als er die Körpermaße nun insgesamt sah.

”. . . na ja, was ihr zum Frühstück wollt. Ich mache gerade Kaffee!”

Seinem Blick war unschwer anzumerken, dass er sich darüber wunderte, wie außergewöhnlich der Indianer gebaut war und dabei fielen ihm nicht unbedingt nur die schmalen Hüften oder das breite Kreuz auf. Sven strich über die unbehaarte Brust dieses Traummannes bis hinunter zum Nabel und antwortete:

”Frühstück ist gut! Guck mal auf die Uhr! Aber ein Kaffee ist auch nachmittags gut. Am besten kommt ihr runter, hier ist es schöner als oben. Und feuchter!”

Er grinste hämisch und Martin floh die Treppe hinauf zu Fernando. Sanft streichelnd weckte er ihn und sie versanken erst einmal in einem beinahe endlosen Kuss. Dann schnupperte Fernando.

”Kann es sein, dass es hier nach Kaffee riecht?”

”Ja! Ich habe aber gedacht, wir frühstücken am Schwimmbad. Hurricane hat nämlich einen Lover und wir sollen an der Pool kommen.”

”Was denn, unser Schoschone ist schwul? Das wusste ich nicht - das weiß, glaube ich, niemand! Hat er denn wenigstens einen guten Geschmack?”

”Ich denke . . . ja!”

”Wenn Sven gewusst hätte, das sein Indianer auf Männer steht, hätte er sicher alle Register gezogen, um ihn zu bekommen. Das muss ich ihm sofort erzählen. Gibst du mir mal das Telefon?”

”Ich fürchte, er weiß es schon! Er ist auch unten! Sind ein schönes Paar, die beiden!”

”Oh!”

Mehr brachte Fernando nicht heraus, er sah ziemlich verblüfft aus. An seinem Gesicht konnte Martin jedoch nicht ablesen, was er jetzt dachte. Gemeinsam gingen sie nach unten und verbrachten dort den restlichen Tag mit Gesprächen, die von gelegentlichem Schwimmen unterbrochen wurden.

Es war Mitte Mai, eigentlich wollte Martin seine Wohnung schon im März aufgeben. Aber irgendetwas hinderte ihn daran und so schob er es vor Fernando immer auf einen Mangel an Zeit, dass er die Kündigung hinausschob. Wenn er darüber nachdachte, fand er irgendwo in seinem Inneren noch immer Zweifel, wollte nicht abhängig sein von seinem Freund. Solange es für ihn eine Ausweichmöglichkeit gab, konnten sie sich bei einem Streit aus dem Weg gehen. Allerdings nutzten sie diese Möglichkeit nicht, denn die meiste Zeit über verstanden sie sich ausgezeichnet und Martins Wohnung blieb verwaist. Natürlich gab es manchmal kleinere Wortgefechte, meist ging es um Fernandos Schlamperei oder, im umgekehrten Fall um die übermäßig korrekte Art von Martin.

Aber diese Missklänge hielten sich in Grenzen, meist genossen sie ihr erneutes Zusammensein ungetrübt. Immer mehr von Martins Habe fand den Weg in das Haus in Bayenthal, so sein geliebter Feierabendsessel, seine gesamte klassische LP- und CD-Sammlung und andere, mehr oder weniger nützliche Teile.

Hurricane für seinen Teil war nicht wie er es vorhatte, schon zwei Tage nach seinem ersten Zusammensein mit Sven wieder zurück in die USA geflogen. Er verlängerte seinen Aufenthalt kurzerhand und verlagerte seinen Urlaubswohnsitz aus Fernandos Haus in Svens Wohnung. Oft verbrachten sie ihre Abende zu viert, auch wenn da eine nicht zu bestimmende Spannung war. Martin glaubte, diese baue sich auf Svens enttäuschter Liebe zu Fernando auf. Aber dann erkannte er wieder, wie verliebt Sven in den Indianer war und dieser scheinbar auch in ihn und hatte wieder Zweifel.

Es hätte eine Zeit der beinahe perfekten Harmonie sein können, wenn da nicht Robert gewesen wäre. Im Amtsgericht hatten sich die meisten an Martins Schwulsein gewöhnt, es gab zwar keine übertriebenen Solidaritätserklärungen, aber auch die Angriffe hatten sich gelegt. Sie waren langweilig geworden und außerdem hatte ihm ein anderer Kollege den Gefallen getan, bei einer Razzia aus seinem Stammbordell geholt zu werden und das war jetzt viel interessanter.

Trotzdem ließ Robert keine Ruhe aufkommen. Immer wieder stichelte er, schürte die Anfeindungen erneut und hetzte über Martin, wo er nur konnte. Nur ihm war es zu verdanken, dass nicht endlich Gras über die Sache wachsen konnte.

Mehr als einmal war Martin abends völlig fertig. Jetzt, wo alles hätte gut werden können, machte ihm Robert aus einem unerfindlichen Grund einen Strich durch die Rechnung und terrorisierte ihn, wo er nur konnte. Er behandelte Martin wie ein minderwertiges, des Lebens unwürdiges Geschöpf, obwohl ihn dieser nicht ein einziges Mal wegen der Intrigen zur Rede gestellt hatte.

Martin wusste mittlerweile nicht mehr weiter und war schon froh, wenn einmal ein Tag ohne unangenehme Zwischenfälle ablief. Robert trug seine Verachtung immer wie eine zum Stich bereite Waffe vor sich her und fand stets wieder einen Grund, sich zu beschweren und auf angebliche, von Martin verschuldete Fehler hinzuweisen. Einige von diesen Fehlern gab es wirklich, aber nicht Martin hatte sie gemacht, sie wurden ihm untergeschoben.

Dr. Schobert jedoch blieb auf Martins Seite, er leitete vier von fünf Beschwerden erst gar nicht weiter, weil ihm klar geworden war, mit welchen Mitteln Robert kämpfte. Aber es war abzusehen, dass es nicht immer so weitergehen konnte, steter Tropfen höhlt bekanntlich den Stein und irgendwann würde etwas Entscheidendes an Martin hängenbleiben.

"Und wie lange willst du die Spielchen dieser Natter noch mitmachen?"

Fernando reagierte leicht gereizt, wenn Martin nach einem langen Arbeitstag wieder einmal völlig am Ende war. Er selbst wäre ganz anders mit Robert umgegangen, aber Martin hatte ihn gebeten, sich da rauszuhalten.

"Was soll ich tun? Etwa vor Roberts feigen Winkelzügen kapitulieren?", fragte Martin jetzt lauernd, weil er schon ahnte, auf was Fernando hinaus wollte.

"Das wäre jedenfalls besser für deine Nerven! Schmeiß den Kram doch hin - du findest schon einen anderen Job!"

Es war das erste Mal, dass sich in Martin wieder dieses wohlbekannte Gefühl bemerkbar machte, das immer dann aufkam, wenn er zu etwas gedrängt werden sollte. Und eines wusste er ja aus Erfahrung - wenn Fernando sich etwas in den Kopf gesetzt hatte, würde er auch dafür kämpfen. Und das hieß wiederauflebenden Stress der althergebrachten Weise. Diesmal jedoch würde er sich von Anfang an dagegen stellen. Deshalb antwortete er scharf:

"Nando, versuche es erst gar nicht! Merkst du denn nicht, dass du wieder beginnst, Forderungen an mich zu stellen? Zuerst sollte ich Nicole verlassen. Als ich das getan hatte, hast du verlangt, dass ich mich vor allen zu dir bekenne. Ich tat es! Mein Coming-out war das nächste und jetzt, wo ich das alles hinter mir habe, soll ich den Job schmeißen, obwohl ich keine anderen Perspektiven habe. Denkst du nicht, du gehst etwas zu weit?"

"Du tust gerade so, als ob du das alles nur für mich getan hast! Na gut, du hängst also an deinem Beruf - aber etwas musst du gegen diesen Robert tun. Er macht dich sonst noch völlig fertig!"

"Da muss ich dir Recht geben. Aber was kann ich tun? Wenn ich doch bloß wüsste, warum er mich so hasst, ich habe ihm niemals etwas getan."

"Das kann ich nicht beurteilen, aber eins ist sicher - sein Hass auf Schwule ist krankhaft!"

Es war nicht das einzige Mal, dass ein Gespräch in dieser Richtung stattfand. Immer öfter versuchten sie gemeinsam eine Lösung zu finden. Und so wurde das Thema schließlich auch im *Tomb* angeschnitten, Sven und Fernando übersetzten die wichtigsten Gesprächsteile für Hurricane ins Englische. Dieser schwieg einen Moment, dann erst antwortete er:

"Und wie wäre es, wenn wir mal darüber nachdenken, wie wir diesen paranoiden Schwulenfeind zur Strecke bringen, ehe er wirklichen Schaden anrichtet?"

"Wir sollten es wenigstens mal versuchen. Wir müssten etwas mehr über ihn wissen. Hat er einen schwachen Punkt?", fragte Fernando unternehmungslustig.

Martin nickte.

"Das hat er allerdings. Frauen sind seine Achillesferse, er hatte schon immer jede Menge Freundinnen!", gab er dann bereitwillig Auskunft.

"Das ist doch schon mal was. Dann müssen wir eine finden und ihm auf den Hals hetzen! Vielleicht erfahren wir so, warum er Martin nicht in Ruhe lässt. Und wahrscheinlich finden wir auch eine Möglichkeit, ihn zu stoppen."

Fernando war in seinem Element, vielleicht gab es ja wirklich eine Chance. Es wurde ein langer Abend. Später stießen noch Uwe und sein neuer Freund Cornelius in die traute Runde. Cornelius, ein höchstens zwanzigjähriger, äußerst femininer Junge himmelte sofort und offensichtlich Hurricane an, bewunderte ihn nicht zuletzt wegen der durchgestandenen Zeit in San Quentin und tat alles, um seine Aufmerksamkeit auf sich zu ziehen. Während Sven Eifersucht Martin gegenüber empfand, war Uwe wütend auf Fernando und Hurricane. Martin hegte noch immer seinen Unwillen in Bezug auf Sven und Fernando konnte Coco von der ersten Minute an nicht ausstehen.

Es wurde ein reichlich explosiver Abend. Die sarkastischen

Anspielungen, Seitenhiebe und Sticheleien sausten hin und her, jeder wollte herab-lassender sein als das erwählte Objekt seiner Spöttelei und schließlich stritten sie sich kreuz und quer über die belanglosesten Dinge. Trotzdem, sie wussten selbst nicht wie er zustande gekommen war, hatten sie noch vor dem Auseinandergehen einen Plan, wie Martin zu helfen sei. Und soweit man das abschätzen konnte, war es ein guter Plan.

Es war kurz vor fünf, Robert saß am Steuer seines Wagens und wartete gerade darauf, dass sich die Schranke öffnete, um das Parkhaus zu verlassen. Er war zufrieden, denn heute hatte er Martin wieder Nachteile gebracht, auch wenn es nur ein kollektives Hohngelächter beim Essen war. Robert lenkte seinen Wagen auf die Straße, als ihm die junge Frau zum ersten Mal auffiel, die eilig vorbeilief und von einem etwas älteren Mann verfolgt wurde. Die Frau wirkte sehr attraktiv, deshalb war Roberts Interesse sofort geweckt, wie ein Jagdhund nahm er Witterung auf. Schon war er dabei zu überlegen, wie er Kontakt schließen konnte, als der Zufall ihm scheinbar günstig gesonnen war.

Er stand in der Schlange vor der Ampel und wandte den Blick nicht von den beiden Mimen auf dem Gehsteig. Der Mann hatte die Frau jetzt erreicht und hielt sie fest, während er auf sie einredete. Dann holte er aus und schlug ihr mitten ins Gesicht, das glaubte Robert jedenfalls zu erkennen. Sofort war der Kavalier in ihm geweckt, das war die Chance! Er lenkte sein Auto aus der Wagenreihe und wollte gerade die Tür öffnen, als die Frau auch schon auf ihn zukam.

"Bitte, helfen Sie mir! Nehmen Sie mich mit!"

Robert nickte nur und stieß die Beifahrertür auf.

Während Cornelius, umwerfend in seiner Rolle als Frau, um den Wagen herumging, zwinkerte er Richard aus dem *Tomb* zu, der in diesem Schwank den Part des Bösewichts übernommen hatte. Dann stieg er ein.

"Danke! Fahren Sie los, ehe er Ihr Auto beschädigt. Ihm ist in seiner Wut alles zuzutrauen. Deswegen will ich mich ja auch von ihm scheiden lassen. Aber er will das nicht einsehen und - ach übrigens, ich heiße Coco!"

Cornelius alias Coco hatte weniger Probleme als befürchtet, Robert konnte es kaum abwarten ihn zum Abendessen einzuladen. Das einzige Problem, das hätte auftauchen können, war Cocos etwas rauchige Stimme. Aber gerade diese schien Robert anzumachen, er zweifelte nicht einen Augenblick daran, eine echte Frau vor sich zu haben.

"Sie sind wirklich ein Ritter!"

Die Ampel sprang schon wieder auf rot, als Robert sich eingereihte und er hatte die Muße, Coco anzusehen. Dieser bemerkte seinen Blick und schüttelte die lange, rote Mähne, bevor er sich eine Zigarette anzündete. Dabei kamen seine mit langen, roten Nägeln bewehrten Finger ausgesprochen gut zur Geltung. Sie verbrachten den Abend bis zwanzig Uhr in einer Gaststätte und die Zeit verging mit einem hemmungslosen Flirt und dem frivolsten Smalltalk, den Robert je erlebt hatte. Danach wollten sie in einem Steakhaus essen gehen. Robert war vollkommen sicher, dass er diese Frau haben musste. Sie gehörte einfach in die lange Reihe seiner Gespielinnen, von denen einige nicht einmal halb so attraktiv waren wie Coco.

Er konnte sich schon an ihrem/seinem Outfit nicht satt sehen und bewunderte den hautengen, schwarzen Satinanzug mit silberfarbenen Applikationen. Er hätte die Taille unter dem Lackgürtel am Liebsten gleich mit beiden Händen umfassen können und freute sich schon darauf, nach dem Essen mit einer solchen Frau genau in das Tanzlokal zu gehen, in dem man ihn bereits kannte.

Coco machte alles bereitwillig mit. Er wusste, worauf es ankam und hatte sogar Spaß an der Show, die Robert zu seinem willfährigen Opfer werden ließ.

Gegen ein Uhr in der Nacht betraten sie dann mit großen Schritten auf das Finale zusteuernd Cocos Wohnung. Er war ganz froh, die roten Zwölf-Zentimeter-Pumps endlich achtlos in die Ecke kicken zu können und selbst das tat er mit der Grazie einer Diva.

Am Nachmittag hatten in der Wohnung noch homoerotische Bilder gehangen. Gemeinsam mit Fernando hatte Coco diese, sein Rasierzeug, das er wegen seines geringen Bartwuchses sowieso nur alle paar Tage brauchte, und alles was sonst noch auf die Wohnung eines Mannes hinwies, weggeräumt.

Bereits den ganzen Abend über hatten sie Sekt getrunken, nun holte Coco eine Flasche schweren, spanischen Weins. Flink öffnete er fünf Retardkapseln Valium und streute deren Inhalt in Roberts Glas. Er reichte seinem männlichen Gast das Getränk und entschuldigte sich gleich anschließend damit, es sich etwas bequemer machen zu wollen. Damit ging er über den Flur ins Schlafzimmer, wo bereits seit zwei Stunden Uwe auf ihn wartete.

"Du hattest gesagt, um elf wärst du hier! Macht es dir soviel Spaß, den Mistkerl zu verführen?", leitete Uwe ein Streitgespräch ein, das mehrere Minuten dauerte. Dann hörten sie Robert leise an die Tür klopfen und erstarrten. Hatte er etwas gehört?

"Ich komme gleich!", flötete Coco.

Dann war er blitzschnell umgezogen und ging in einem ausgesprochen verlockenden Nachtgewand wieder zurück ins Wohnzimmer. Robert verschlug es erst einmal den Atem. Coco trug ein bodenlanges, rosafarbenes Seidennachthemd, das wie ein Abendkleid eng am Körper anlag und jede Körperrundung erkennen ließ. Roberts Blick tastete über die Hüften, die langen Beine und wieder zurück über die Taille zur Brust. Dass er hierbei einer Täuschung unterlag, bemerkte er natürlich nicht. Über diesem rosa Hauch trug Coco einen so gut wie durchsichtigen weißen Chiffonmantel, der wie es sein sollte, alles das nur erahnen ließ, was Coco hätte verraten können.

Wäre Roberts Ehefrau Vera in einem solchen Aufzug zu ihm gekommen, hätte dieser wahrscheinlich einige Zeit gebraucht, um sich von einem Lachanfall zu erholen. Aber jetzt und hier knisterte die Luft, atemlos sah er Coco zu, der jetzt das Licht herunter dimmte und Musik anschaltete.

Dann saßen sie nebeneinander. Coco sprudelte scheinbar nur so über beim Reden, niemand konnte ahnen, dass ihm allmählich die Worte ausgingen. Deshalb war er auch heilfroh, als sich bei Robert die ersten Ausfall-erscheinungen bemerkbar machten. Seine Augen wurden klein und die Sprache schleppend und obwohl er gerade noch scharf wie ein Rasiermesser war, konnte er plötzlich die Augen nicht mehr offen halten. Mitten in einem heißen Zungenkuss schlief er ein. Das war der Startschuss für den letzten Akt der Posse. Uwe kam aus dem Schlafzimmer, in der Hand hatte er einen Fotoapparat. Coco zog sich aus, um anschließend in Strapsen und einen knappen Tanga zu schlüpfen.

Robert wurde ebenfalls entkleidet und dann auf die Couch gelegt. So wurden ein paar Schnappschüsse gemacht, die Robert mit hundertprozentiger Sicherheit davon abbringen würden, weiterhin gegen Martin Front zu machen.

Am nächsten Morgen erwachte er angezogen, aber frierend, in seinem Auto, das direkt vor seiner Haustür abgestellt war. Es war schon schwer genug, Vera die Nacht zu erklären, aber noch schwerer fiel es ihm sich zu erinnern, was denn eigentlich passiert war.

Nach der Bilderentwicklung wurde im Hause Amati herzlichst gelacht. Die besten und kompromittierendsten Vergrößerungen wurden ausge-wählt, auf allen sah man deutlich Roberts Gesicht und Coco, den bis auf die Strapse nackten Mann in Damenperücke und Strapsen. Martin nahm die

Top- Ten der Fotos mit ins Amtsgericht. Fernando hätte es lieber gehabt, wenn er sie dort verteilt hätte, aber Martin wollte sich nicht rächen, sondern lediglich seine Ruhe. Deshalb legte er den Umschlag ohne Worte oder ein Begleitschreiben auf Roberts Schreibtisch, als dieser gerade einmal nicht in seinem Büro war. Dann war alles getan, er musste nur noch abwarten.

Aber wenn er damit rechnete, Robert käme in sein Zimmer gestürzt und würde ihn zumindest verbal auseinandernehmen, hatte er sich getäuscht. Alles blieb ruhig. Von diesem Tag an allerdings änderte sich Roberts Verhalten schlagartig. Es kamen keine Angriffe mehr, er hetzte niemanden mehr auf und gab sich Martin gegenüber fast schon ein wenig ängstlich. Man rätselte allgemein, woher dieser plötzliche Sinneswechsel kam. Die Erklärung hierfür glaubte man dann drei Tage später gefunden zu haben.

Da war es nämlich, als der Brief ohne Absender ankam, der in irgendeinem Büro von irgendeiner Verwaltungsangestellten geöffnet wurde. Er enthielt eines der brisantesten Hochglanzfotos mit dem nackten Robert unter einem erregten, fraulich ausstaffierten anderen Mann und war von diesem Tag an sehr, sehr lange das Tagesgespräch. Das Foto wurde sogar durch den Kopierer gejagt und überall verteilt, damit auch wirklich jeder etwas davon hatte. Es war nicht Martin, der hinter dieser Aktion steckte, solcherlei Genugtuung war nicht ganz sein Stil.

Fernando allerdings war erst jetzt zufrieden, er konnte den Schmerz nicht einfach vergessen, den er empfunden hatte, als Roberts Intrige Martin und ihn auseinandergebrachte hatte.

Der Sommer war ausgesprochen heiß. Ende Juli hielten es nicht mehr viele in Köln aus. Ausgenommen waren hierbei diejenigen, die aus arbeits- oder finanztechnischen Gründen daheim bleiben mussten.

Fernando und Martin allerdings hatten sich freiwillig entschieden, erst zum Jahresende wegzufahren. Fernando hatte eine Arbeit angenommen, die ihn mehr forderte als erwartet. Er sollte einen Spitzweg kopieren und das kleinformatige Gemälde bereitete ihm einige Schwierigkeiten. Die Nachbildung begann ihn zu langweiligen und er entschuldigte sich damit, dass es sowieso nicht seine Art sei, sich mit den Federn anderer Maler zu schmücken. Trotzdem zog er die Sache durch und setzte unter das Bild seinen Namenszug. Dann ging er zur Feier der Fertigstellung wie mindestens zehn Mal über den heißen Tag verteilt ins Schwimmbad.

Sven kam gegen Abend, er war zur Zeit allein, denn sein indianischer Freund war inzwischen wieder abgereist. In zwei Tagen würde Sven ihm über den großen Teich folgen und dann seinerseits dort Urlaub machen. Sven wollte sich bereits heute von Fernando verabschieden, deshalb war er hier. Gemeinsam nahmen sie ein Bad und lagen anschließend nackt und schon wieder schwitzend in der Sonne. Sven war gerade dabei, Fernando mit Kokosöl einzureiben, was eine schon lange nicht mehr vorgekommene Vertraulichkeit darstellte, als eine Stimme vom Balkon her ertönte.

"Ich hoffe, ich störe nicht! Fernando, warum ist nichts Kaltes im Kühlschrank? Es kann doch nicht so schwer sein, dafür zu sorgen, dass bei dem Wetter etwas Kühles im Haus ist!"

Fernando schaute hoch und sah gegen das gleißende Sonnenlicht Martins Silhouette. Wie schon öfter wurde in diesem Moment sein Trotz geweckt.

"Entschuldige bitte, aber ich habe bis vor einer Stunde gearbeitet, ich kann auch nicht an alles denken! Nimm Eis in den Orangensaft, anstatt so einen Aufstand zu machen!"

Dann nahm er das Öl und rieb demonstrativ gefühlvoll nun seinerseits Sven ein. Martin oben auf dem Balkon zog sich sauer zurück. Es war nicht so sehr das Fehlen eines kalten Getränkes, das ihn fuchste. Einerseits machte das Wetter aggressiv, andererseits stieg die Eifersucht in ihm hoch, als er Sven und Fernando so einträchtig dort unten liegen sah. Er ging zurück in die Küche, stellte gleich sieben Säfte ins Eis und schmollte.

Am nächsten Tag begann Fernando bereits ein neues Auftragsbild. Er war unkonzentriert und schob das auf die Hitze. Als Martin abends heimkam, begrüßten sie sich nur kurz und Martin ging sofort in die Küche, um einen Kartoffelsalat für den späteren Abend vorzubereiten. Etwas Warmes würden sie sowieso nicht essen können.

Als die Kartoffeln dann im Topf kochten und er den heißen Dampf mitbekam, fragte er sich nicht zum ersten Mal, warum er die meisten Haushaltspflichten auf sich nahm, obwohl er den ganzen Tag arbeiten ging. Da freute er sich natürlich besonders, als Fernando ihm von oben aus dem Atelier die Bitte zurief, ihm einen eiskalten Cidre zu bringen.

Martin tat es, aber als er Fernando das Glas reichte, meinte er mürrisch:

"Du könntest dir deine Sachen auch selbst holen. Ich habe schließlich den ganzen Tag gearbeitet."

"Ach ja? Und ich vielleicht nicht? Hältst du das, was ich mache für Spielerei?"

"Ja, natürlich!", brummte Martin und machte sich wieder auf den Weg nach unten. Über die Schultern rief er aber noch:

"Und wenn du es einrichten kannst, mach die Musik etwas leiser! Das nervt!"

Einen Augenblick später stand Fernando oben am Geländer.

"Hast du unter Umständen noch etwas?"

"Willst du das wirklich wissen? Dann sag ich es dir - mir passt es nicht, in der Küche zu stehen und für uns zu kochen. Einmal möchte ich nach Hause kommen und ein Essen steht auf dem Tisch!"

"Dann such dir eine Frau, Nicole ist ja wohl nicht mehr frei!", antwortete Fernando knapp und ging wieder ins Atelier. Martin schluckte hart. Das war nicht gerade das, was er hören wollte. Natürlich, Fernando arbeitete genauso hart wie er. Und wenn es nach seinem Freund ging, musste er nicht kochen. Fernando würde jeden Tag essen gehen, das war kein Problem für ihn. Diese Lebensweise jedoch passte nicht in das Muster, das Martin von einem geregelten Dasein hatte. In der Küche überdachte er das Wortgefecht noch einmal und musste plötzlich grinsen. Sie stritten sich schon wie ein altes Ehepaar! Später dann ging er zu Fernando und sie hatten Besseres zu tun als zu zanken.

Ein paar Tage verliefen friedlich. Doch dann kam der Abend, an dem Martin ein besonders leckeres Sommeressen gemacht hatte, um Fernando zu überraschen. Dieser würde wohl bald von einem Galeriebesuch zurückkommen. Martin deckte den Tisch im Garten, holte Wein aus dem Keller und wartete. Doch dann musste er erfahren, dass Fernando keinen Hunger hatte.

"Das ist doch nicht dein Ernst? Das war ziemlich viel Arbeit!"

"Aber ich habe trotzdem keinen Hunger! Außerdem ist es kein Weltuntergang, wenn ich einmal nicht esse, was du mir vorsetzt!"

"Klar, du hast dir die Arbeit ja nicht gemacht! Außerdem hört sich das an, als müsstest du dir mein Essen größtenteils zwangsweise zuführen, um mir einen Gefallen zu tun!"

Martin sah Fernando angriffslustig an. Dieser verdrehte genervt die Augen.

"Mamma mia, ich habe heute keinen Hunger! Verstehst du? Heute! Es ist einfach zu heiß, um zu essen."

"Ich weiß ja, du trinkst lieber. Soll ich in den Keller gehen und dir drei Flaschen Champagner raufholen? Das wird als Abendessen genügen!"

"Jetzt reicht es aber, Martin! Du machst mich wahnsinnig! Ist dir aufgefallen, wie sehr du dich in den letzten Monaten verändert hast? Schon wie du herumrennst - mit Schürze, fehlen nur noch die Lockenwickler und der Morgenmantel zur amerikanischen Seifenopernschlampe. Und vielleicht noch die Kräutergesichtsmaske gegen Krähenfüße."

"Schlampe? Wer ist denn von uns schlampig? Du bist es doch, der ständig Unordnung macht und alles liegenlässt, wo er es gerade gebraucht hat!"

"Ja, Martin - das kommt auch noch dazu. Deine ständigen Nörgeleien. Nando, musst du die nassen Handtücher immer in eine Ecke schmeißen? Nando, geh doch bitte auch mal einkaufen! Nando, dein Zahnputzglas ist weiß von Zahnpasta, wie unappetitlich! Nando, du hast die Dusche wieder nicht richtig zugedreht, denk an die Wasserrechnung! Und wenn ich mit dir schlafen will, bist du vom vielen Gekeife zu müde dazu! Ausgehen willst du auch nicht mehr - Martin, was ist los mit dir?"

"Das kann ich dir sagen, Fernando! Du bist ein Schlamper, wie er im Buche steht und wenn ich nicht ständig alles aufräumen würde, wärst du schon lange im Chaos untergegangen. Du akzeptierst einfach keine Regeln, Ordnung ist ein Fremdwort für dich. Du isst, wenn du Hunger hast, schläfst wenn es dir gerade einfällt und arbeitest je nach Bedarf manchmal sechsundzwanzig Stunden oder auch gar nicht. So kann ich aber nicht leben, schließlich habe ich eine Arbeit, nach der ich mich zu richten habe. Es gibt nun einmal Erfordernisse, nach denen man leben muss, sonst verliert man den Überblick!"

"Du willst mir also sagen, dass es besser ist zu essen, wenn die Uhr auf eine bestimmte Uhrzeit springt, auch wenn man keinen Hunger hat und sich hinzulegen, wenn es dunkel wird, auch wenn man überhaupt noch nicht schlafen kann!? Martin, du warst doch am Anfang nicht so!"

"Am Anfang? Natürlich, da habe ich mich auf dich eingestellt! Ich konnte oft genug im Amt die Augen kaum offen halten, weil wir die Nacht über unterwegs waren. Aber jetzt leben wir zusammen, ich will nur ein wenig Normalität in unser Leben bringen und ein ganz klein wenig Disziplin!"

"Und dafür soll ich jetzt mein Leben ändern? Was willst du aus mir machen? Einen Schoßhund? Normalität, wenn ich das schon höre - sag lieber Stupidität! Wenn dich dein Job so einengt, wirf ihn hin! Es gibt auch andere Möglichkeiten, Geld zu verdienen, bei denen du nicht funktionieren musst wie ein Uhrwerk!"

"Klar, jetzt kommt das wieder. Ich bin einfach nicht der Typ, der sich so gehen lassen kann. Eine Zeitlang geht das. Aber wenn ich den Dreck liegenlassen würde, bis die Zugehfrau einmal pro Woche kommt, bräuchten wir bald eine Kletterausrüstung, um uns im Haus fortzubewegen!"

"Meinst du nicht, du übertreibst mal wieder maßlos? Ich habe schließlich auch gelebt, bevor du hier eingezogen bist!"

"Das bestreite ich auch nicht. Da hattest du Sven, der dir alles nachgeräumt hat. Du findest immer einen Dummen, auf dessen Rücken du Dolce Vita spielen kannst!"

Martin riss sich die Schürze vom Bauch und warf sie wutentbrannt in eine Ecke. Dann rannte er ins Wohnschlafzimmer, setzte sich auf seinen Ledersessel und seine Kopfhörern. Unter der Leitung von Leonard Bernstein versuchte er zusammen mit den Wiener Philharmonikern von seiner Palme wieder herunterzukommen. Er funktionierte nicht, er stand wieder auf und ging auf den Balkon. Was zum Teufel war los mit ihnen? Wieso konnten sie nicht mehr miteinander sprechen? Martin wünschte, er hätte sich mehr unter Kontrolle gehabt, er wollte doch gar keinen Streit.

"Du!? Jetzt habe ich doch Hunger. Gehen wir raus? Scusi, ich wollte dich nicht anschreien, das ist wohl das Wetter. Das macht mich ganz verrückt. Du hast Recht, ich werde ordentlicher werden, okay? Aber nur, wenn du nicht auch noch von mir verlangst, die Putzfrau arbeitslos zu machen!"

Fernando stand hinter ihm und lächelte entwaffnend. Martin gab nur zu gerne nach, als sein Freund die Arme um seinen Hals legte und ihm einem Kuss auf die Nasenspitze gab. Wie er gekommen war, verflog der Frust auch wieder und sie gingen hinunter, um hinter dem Haus zu essen.

Aber schon eine knappe Woche später kam der Anschlusskrach. Wieder einmal ging es um die Garderobe von Fernando, die er vor dem Bett auf der Erde liegenließ und einfach darüber stieg. Martin hatte versucht, das genauso zu übersehen wie die Schuhe auf der Treppe und die vielen Gläser auf dem Nachttisch. Aber als der Berg von Sachen vor dem Bett immer höher wurde und Fernando nun bereits seit drei Tagen ohne eine Miene zu verziehen darüber kletterte, platzte Martin doch wieder der Kragen. Später war es das erste Mal, dass sie auseinandergingen, ohne sich zu versöhnen. Wohl war beiden nicht dabei und während des Tages nahm sich jeder von ihnen fest vor, am Abend den ersten Schritt zur Versöhnung zu gehen.

Es war Mitte November. Ihre Streitigkeiten waren auf dem besten Wege, zu Grundsätzlichkeiten zu werden. Sie hatten aufgehört, sich gegenseitig überzeugen zu wollen. Verbissen vertrat jeder nur noch seinen eigenen Standpunkt und gab dem anderen die Schuld für die Krisen. Martin dachte mehr als einmal daran, zurück in seine Wohnung zu gehen. Dort konnte er leben, wie er es gewohnt war.

In einem sauberen, aufgeräumten Umfeld mit geregelten Zeiten und ohne einen Partner, der die Nacht zum Tage machte. Aber dann, sobald er die Entscheidung beinahe getroffen hatte, erinnerte er sich daran, wie es damals war, als er allein dort wohnte. Er würde zwar ohne Stress leben, aber auch ohne Fernando, und so kam es, dass er immer kurz vor seinem Auszug wieder die Bremse trat und doch blieb.

Fernando konnte nicht verstehen, dass Martin nicht wenigstens am Wochenende ganz zwanglos leben konnte, schließlich hatte dieser sich auch früher an seine unorthodoxe Zeiteinteilung angepasst.

Aber Martin meinte, ein solches Wochenende würde seinen Zeitrhythmus für die ganze Woche durcheinander bringen. Und so schlief er sogar samstags schon gegen zweiundzwanzig Uhr, und das war genau der Zeitpunkt, wenn Fernandos Unternehmungslust erwachte. Sie merkten beide, dass etwas schief lief in ihrer Partnerschaft, aber weder Martin noch Fernando konnte herausfinden, was genau das war. Sie spürten beide nur immer diese unterschwellige Wut, es war wie ein plötzliches Kräftemessen, wie das stetige Testen, wer von ihnen den stärkeren Willen, den längeren Atem hatte.

Heute morgen war Martin allein erwacht. Am gestrigen Sonntag hatte Fernando ausgehen wollen, aber Martin war zu müde. Außerdem befürchtete er, am nächsten Morgen nicht ausgeschlafen zu sein und hoffte, Fernando würde das einsehen und ebenfalls zu Hause bleiben. Aber irgendwann in der Nacht hatte sich der junge Italiener doch auf den Weg gemacht und kam erst wieder zur Tür herein, als Martin gerade Kaffee trank.

"Guten Morgen!", sagte er aufgeräumt, aber sein Freund reagierte nicht.

"Hallo, ich sagte guten Morgen!", wiederholte Fernando etwas lauter.

Es schloss sich ein Sieben-Uhr-morgens-Streit an, dem Martin erst durch die Fahrt ins Amtsgericht entfloh. Wieder einmal merkte er, dass seine Arbeit ihn eigentlich schon lange nicht mehr ausfüllte. Er hielt lediglich daran fest wie am letzten Strohhalm eines für ihn planmäßigen Lebens, um mit Fernando nicht völlig in diese Regellosigkeit abzurutschen.

Im Gericht konnte er sich immer wieder erfolgreich einreden, er habe auch weiterhin einen geordneten Tagesablauf. Das änderte jedoch nichts daran, dass er sich dort nicht mehr wohl fühlte. Er sah mittlerweile nicht ausschließlich den aus dem einen oder anderen Grund berechtigten Anspruch des Gläubigers, sondern erkannte auch die Notlagen der Schuldner und das war keine gute Entwicklung für einen Gerichtsvollzieher.

Zwar ließ er sich nichts zuschulden kommen und tat seinen Job, aber oft fehlte es ihm an der Überzeugung, das Richtige zu tun. Heute wurde er sich schon während der ersten Hälfte des Vormittags darüber klar, dass er bei Fernando mal wieder überreagiert hatte. Natürlich, warum sollte dieser nicht allein ausgehen, wenn er selbst keine Lust hatte mitzukommen?

Er konnte von seinem Freund nicht erwarten, dass er daheim blieb, nur weil er einen ständig müden Freund hatte, der sich krampfhaft an seine Regeln hielt.

Und so beschloss Martin, Fernando als Friedensangebot die neue CD von Queen zu schenken.

Auch Fernando überlegte sich, nachdem er ausgeschlafen war, dass er vollkommen überreagiert hatte, und sie sich wieder versöhnen sollten. Deshalb machte er sich daran, den Rasen zu mähen, er wollte Martin zeigen, dass er sich wenigstens bemühte.

Tatsächlich begab er sich im klammen Novemberwetter hinaus, um das Gras zu kürzen, auch wenn er diese Arbeit seit seiner frühesten Kindheit hasste. Ein paar Mal hätte er am liebsten alles hingeworfen, aber der Gedanke an Martins Anerkennung ließ ihn durchhalten und schließlich hatte er es geschafft. Kurz vor fünf Uhr war er fertig und hatte sich im Wohnzimmer gerade einen Drink genommen, als Martin eintraf. Noch hatten sie sich nicht gesehen, noch hegten Martin mit der CD und Fernando aufgrund des geschorenen Rasens die besten Absichten für eine Versöhnung.

Aber dann sah Martin die Schmutz- und Grasspuren auf der Treppe und dem hellen Teppich vor dem Bett. Und so war das erste, was er sagte, als er seinem Freund gegenüberstand:

"Das darf doch nicht wahr sein! Du bist ja schlimmer als ein kleines Kind! Hast du im Sandkasten gespielt oder was?"

Einen Moment lang schwieg Fernando, er dachte an die viele Arbeit, die er sich wegen der gewünschten Versöhnung gemacht hatte und das nur, damit es im gleichen Trott weiterging. Und im nächsten Moment flippte er total aus. Er rannte an Martin vorbei die Treppe hinunter und weiter in den Garten. Mit der Schubkarre voll Gartenabfälle und Gras fuhr er durch die Küche wieder herein und leerte sie im Flur vor der Haustür. Er griff in das Pflanzen- und Erddurcheinander und warf es nach allen Seiten. Überall klebte der feuchte Schmutz, Fernando war schließlich selbst voller welker Blätter und dunkler Erde. Martin stand fassungslos am oberen Geländer und beobachtete den jungen Italiener, während auch er hin und wieder von einer Salve getroffen wurde und nicht mal versuchte, auszuweichen.

"Da . . . da hast du . . . du Meckerziege! Da, und noch etwas. Hol schnell den Putzeimer und mach wieder sauber!"

Dann rannte er mit der Schubkarre wieder hinaus und ließ Martin inmitten des Chaos allein. Wenige Minuten später war er zurück, hatte drei Blumentöpfe aufgeladen und begann, die teilweise schon abgestorbe-nen Geranien bis weit ins Wohnschlafzimmer zu werfen, manche landeten sogar auf dem Bett. Sie hingen über der Stehlampe, lagen auf dem Fernseher und im Bücherregal. Immer noch starrte Martin Fernando mit halboffenem Mund an.

"Da, siehst du? Jetzt ist es dreckig. Aber es ist mein Dreck in meinem Haus und du hast überhaupt nichts dazu zu sagen. Nichts! Nothing! Niente!"

Fernando war die Treppe hochgekommen und steckte die letzte Blumen-zwiebel mit dem breiigen Rest der Pflanze vorne in Martins Hemd. Dann ging er an ihm vorbei in sein Atelier, wo er sich in den übelsten, italienischen Redensarten erging. Martin war froh, dass er nichts davon verstand und schnupperte. Es gab keinen Zweifel, es roch nach Friedhof im Haus.

Er schaute an sich herunter und erinnerte sich erst jetzt an die CD, die er krampfhaft in der Hand hielt. Umgehend fiel auch ihm ein, mit welch guten Vorsätzen zur Versöhnung er heimgekommen war und seine Überraschung verwandelte sich ohne irgendwelche Zwischenstationen in Wut. Er drehte sich um, aber Fernando verschwand gerade im Bad.

Martin wartete einen kurzen Moment, dann folgte er ihm, pflückte die CD auseinander und warf alles in Einzelteilen über die Wände der Duschkabine. Er drehte sich wortlos um und rannte, so wie er war, zurück zu seinem Auto.

Er fuhr in die Stadt, obwohl er keine Lust dazu hatte und landete im *Tomb*, wo er sich bei Dorian und Richard den ganzen Frust von der Seele redete.

Er bemerkte, dass der blonde Dorian Mühe hatte, bei seinen Erzählungen über Fernandos Ausbruch ernst zu bleiben und musste nach Beendigung der Litanei selbst beinahe lachen.

Fernando für seinen Teil wusste jetzt, dass auch Martin eigentlich mit dem Vorsatz zur Versöhnung nach Hause gekommen war, er legte das Cover der CD zu Trocknen aus und hörte sich eher halbherzig die Musik an. Wo war Martin hingefahren?

Eigentlich fiel ihm nur das *Tomb* ein, sonst ging er nirgends alleine hin. Dort war es auch, wo er seinen Freund etwas später fand. In dieser Nacht schafften sie es zum ersten Mal seit fast vier unnachgiebigen, kämpferischen Monaten, sich wirklich auszusprechen. Martin gab sogar zu, dass seine Unausgeglichenheit tatsächlich auch ein wenig von seinem mittlerweile nicht mehr sehr geliebten Job herrührte und Fernando bekannte, dass er schon ein ganzes Leben lang Schwierigkeiten damit hatte, sich nach anderen zu richten.

Schließlich waren sie überzeugt, in Zukunft besser miteinander auskommen zu können. Sie wollten sich jedenfalls Mühe geben. Irgendwie hatten sie beide den Eindruck, dieses letzte Gespräch hätte mehr gebracht als so viele widerstrebend geführte vorher. Und tatsächlich schienen sie von nun an vorsichtiger miteinander umzugehen.

Martin übersah fortan so manche Unordnung mit einem Lächeln und versuchte, sich nicht daran zu stören. Fernando seinerseits bemühte sich, ordentlicher zu werden und bereitete sogar hin und wieder das Essen vor, bevor Martin aus dem Amt kam. So verging seit langem wieder einmal eine harmonische Woche.

Auch der folgende Sonntag, verlief so ausgeglichen, dass sich beide wohl fühlen konnten. Sie waren abends essen gewesen und kamen gegen dreiundzwanzig Uhr zurück. Martin stellte den Fernseher an, er wollte die Tagesthemen sehen, und als diese begannen, lagen sie schon aneinandergekuschelt im Bett. Dann fuhr Fernando plötzlich zusammen. Die Nachricht war, dass Freddie Mercury, Paradiesvogel und Leadsänger der Gruppe Queen gegen 20 Uhr in seinem Haus im Londoner Stadtteil Kensington an den Folgen einer Lungenentzündung gestorben war.

Noch kurze Zeit vorher hatte er in einer Pressekonferenz öffentlich gemacht, dass er an Aids erkrankt war, etwas, das viele bereits vermuteten. Martin nahm Fernando fester in den Arm, aber dieser zeigte keine Gefühlsregung. Nur sein Gesicht war wächsern geworden und er presste heiser hervor:

”Diese verfluchte Seuche, diese gemeine Scheißkrankheit! Nicht er! Es war zu früh! Es war einfach noch zu früh! Warum denn bloß? Ich kann es nicht begreifen!”

Dann schwieg er wieder. Etwas später schlief Martin ein, er war einfach zu müde, um den schweigend in den Fernseher starrenden Fernando weiter zu beobachten.

Erst drei Stunden später wurde er wieder wach und war allein. Erschrocken schaute er nach und fand Fernando in seinem Atelier, wo er der Musik von Queen zuhörte und leise sang: *There's No Time for Us, There's No Place For Us!*

Martin ließ ihn in Ruhe und ging zurück ins Bett.

Am nächsten Tag im Amtsgericht war Martin die ganze Zeit unruhig. Er hatte ein paar Mal versucht, Fernando zu erreichen, aber es hatte niemand abgenommen. Martin dachte an Fernandos deprimierten Gesichtsausdruck und befürchtete, sein Freund würde mal wieder so reagieren, wie andere Menschen nicht reagieren würden. Als er dann abends nach Hause kam, sah er diese Befürchtung wenigstens teilweise bestätigt.

Fernando war nicht da, im Schlafzimmer hatte er so etwas wie ein

Stillleben hinterlassen. Auf dem Bett fiel eine einzelne, langstielige rote Rose sofort ins Auge. Sie wirkte auf der weißen Seidenbettwäsche wie ein Blutstropfen. Um sie herum verteilten sich Zeitungsausschnitte, die allesamt über Freddie Mercurys Tod berichteten. Außerdem lagen dort noch Bilder des Stars, Videos, Kassetten und CD´s, angeordnet wie eine Collage. Martin wusste nicht, was er davon halten sollte. Wo war Fernando?

Er sah sich um, öffnete auch die Schränke. Aber nichts fehlte. Selbst das Auto stand in der Garage und es sah so aus, als ob der junge Italiener nur mal eben zum Einkaufen gegangen war. Ein unbestimmtes Gefühl jedoch sagte Martin, dass es wohl doch Grund gab, sich Sorgen zu machen.

Und dann fiel sein Blick auf den Glaskasten, in dem die Kappe und die sternförmige Sonnenbrille gelegen hatten. Diese beiden Teile waren das einzige, was außer Fernando im Haus fehlte und Martin konnte sich nun erst Recht keinen Reim mehr auf das Verschwinden seines Freundes machen. Er beschloss, erst einmal abzuwarten. Den ganzen Abend über wanderte er unruhig durchs Haus, schaute das Telefon beschwörend an, als würde es dadurch endlich klingeln und ihm mitteilen, wo Fernando geblieben war. Aber es tat sich nichts und so lag Martin sprungbereit und noch angezogen auf dem Bett.

Es blieb auch weiterhin unnatürlich ruhig. Martin versuchte sich auf eine Hommage an Freddie Mercury zu konzentrieren, die im Fernsehen lief, und sah plötzlich einen Videoclip der Gruppe aus den Siebzigern. Freddie Mercury trug darin eine sternförmige Brille und Martin zog plötzlich Parallelen zwischen Fernandos erstem Lover aus England und dem Sänger. Konnte das sein?

Er nahm sich vor, Fernando nicht darauf anzusprechen, wenn er wiederkam. Er wollte eventuelle Wunden nicht erneut aufreißen. Es war Vergangenheit und irgendwann musste man einmal damit abschließen. Später fiel Martin noch immer angezogen in einen unruhigen Schlaf und als er am nächsten Morgen wieder erwachte, war er noch immer allein.

Von der Arbeit aus rief er verschiedene Freunde an, niemand wusste etwas von Fernando. Martin machte bereits um vierzehn Uhr Feierabend und suchte abends, als er immer noch nichts von seinem Freund gehört hatte, viele ihrer öfter frequentierten Gaststätten auf. Aber Fernando blieb verschwunden. Am folgenden Abend ging Martin zur Polizei und meldete seinen Freund als vermisst.

Er erfuhr, dass es in der in Frage kommenden Zeit keinen Unfall mit Personenschaden gegeben hatte, es war auch niemand in die Ausnüchterungszelle gekommen. Zurück in Bayenthal klingelte das Telefon, als Martin gerade die Haustür aufschloß. Er ließ alles fallen und überschlug sich fast, als er die Treppe hinauf rannte. Aber es war nur Sven.

"Und? Hast du etwas von Fernando gehört?"

Als Martin verneinte, war das Gespräch auch schon wieder beendet.

Es vergingen vier Tage und noch immer hatte Martin kein Lebenszeichen des jungen Italieners.

Er war mittlerweile nur noch ein Nervenbündel. Er ging zum Arzt und dieser musste ihn nur ansehen, um ihn eine Woche krankzuschreiben. Das allerdings gab Martin nur noch mehr Gelegenheit, über Fernandos Verbleib nachzudenken.

An diesem Morgen hatte er gerade die Post aus dem Kasten geholt, als er erkannte, dass ein Brief von Fernandos Bank dabei war. Dieser hatte die Auszüge schon länger nicht abgeholt, deshalb sandte man sie ihm zu. Martin riss den Umschlag auf und wusste nun, dass Fernando zwei Schecks eingelöst hatte. Der große, imaginäre Stein fiel endlich von seinem Herzen. Fernando lebte, augenscheinlich ging es ihm gut! Sofort wählte er Svens Nummer. Dieser war nicht zu Hause, also sprach Martin die gute Nachricht auf Band.

"Fernando ist auf Sizilien! Wir brauchen uns keine Sorgen mehr zu machen!"

Noch am gleichen Tag buchte Martin einen Flug nach Catánia. Schon am nächsten Morgen um halb zehn ging seine Maschine. Der Weg von Catánias Flughafen bis nach Palermo in dem alten, klapprigen Bus war eine ausgesprochen intensive Strapaze für seine Bandscheiben. Im Gewimmel von Palermos Straßen enterte Martin ein Taxi und ließ sich das letzte Stück bis Monreale bringen.

Der Chauffeur des Wagens redete unaufhörlich, obwohl Martin keines der Worte verstand und unterstrich seine Landschaftsbeschreibungen mit den Händen und manchmal sogar mit den Füßen. In solchen Momenten ruckte der Wagen, weil er den Fuß vom Gas nahm und Martin bemerkte wieder sehr deutlich, dass er einen Magen hatte.

In dem kleinen Ort Monreale stand Martin dann mit seinen Koffern auf der Straße und wusste nicht mehr weiter. Irgendwo hier gab es das Haus der Familie Amati, er musste nur versuchen, sich durchzufragen. Ein Unternehmen, das ohne italienische Sprachkenntnisse nicht besonders leicht werden würde.

Martin jedenfalls beschloss, mit der Suche in der nächsten Taverne zu beginnen. Schon dort hatte er Glück, er erfuhr, dass Fernandos Großeltern etwas außerhalb des Fischerdorfes wohnten, in einem noch kleineren Ort namens Verrazano.

Der Carabinieri mit der vom Wein geröteten Nase erklärte sich bereit, ihn dorthin zu fahren. Und so saß Martin schon wenig später in dem kleinen, weißen Wagen und fieberte der Begegnung mit Fernando entgegen. Verrazano bestand aus kaum mehr als zehn Häusern, besaß aber einen eigenen, winzigen Fischereihafen, in dem zur Zeit ein alter Kutter und zwei kleinere Boote lagen. Netze waren gespannt, alte und flickten sie. Dann stoppte der Polizeiwagen, der Carabinieri wies auf ein flaches Haus aus Naturstein.

"Casa di Amati, prego!"

Martin faltete sich aus dem Fond des kleinen Wagens und ging auf das Haus zu. Eine alte, runzlige Frau kam ihm neugierig entgegen, sie war so schwerhörig, dass Martin sie anschreien musste, um zu erfahren, wo sein Freund sich im Moment aufhielt. Sie nahm ihm kurzerhand den Koffer ab und kümmerte sich nicht um seinen Protest. Dann schickte sie ihn zum Hafen, lächelte ihm mit unvollständigem Gebiss noch einmal zu und schlurfte mit dem Koffer ins Haus. Erst später sollte sich herausstellen, dass er Fernandos Großmutter damit bereits kennen gelernt hatte.

Martin machte sich auf den Weg zum Meer. Es war kalt und er zog sich die Jacke enger um die Schultern. Er ging an der Kaimauer entlang und sein Blick fiel auf den alten, verrosteten Kutter. Der Kahn wirkte ziemlich verwahrlost, fast rechnete man damit, dass er jeden Moment versank.

Aber auf ihm erkannte Martin Fernando. Sein Freund trug einen dicken, blauen Rollkragenpullover, durch ein paar Löcher sah man das weiße Hemd, das er darunter trug. Hochaufgerichtet war der junge Italiener dabei, mit dem Taschenmesser ein Tau durchzusäbeln, der Wind zauste sein Haar und er wirkte auf Martin vollkommen verändert und sogar ein bisschen tollkühn. Langsam ging Martin näher und jetzt hatte ihn Fernando gesehen.

Er ließ die Hände sinken und schaute ihn aus seinen schwarzen Augen an, dass Martin die Knie weich wurden. Dann sprang er mit einem großen Satz an Land und sie umarmten sich zur Begrüßung.

Später dann wurde Martin der ganzen Familie vorgestellt, man saß um einen derben Holztisch und trank Chianti. Zuerst hatte Martin Fernando Vorwürfe wegen seines plötzlichen Wegbleibens machen wollen, aber er tat es nicht, weil Fernando von sich aus erzählte, warum er es getan hatte.

Er hatte es nicht mehr ausgehalten, der ständige Stress mit Martin hatte ihn zermürbt, er wollte lieber gehen, als das Scheitern seiner großen Liebe erleben zu müssen. Er hatte sich seine Flucht nach Italien schon länger ausgemalt, der Tod von Freddie Mercury war der endgültige Auslöser für eine Kurzschlussreaktion gewesen. Er wollte weg aus dem Novemberdeutschland, weg von allem.

Martin erzählte von seiner Suche nach Fernando und bekam von Fernando dafür ein wenig Einblick in die Familie Amati.

Sie hatten gerade eine Pechsträhne hinter sich, ihr Fischkutter war vor nicht allzu langer Zeit gesunken, und da sie wie die anderen Familien auch vom Fischfang lebten, packten sie eine gute Gelegenheit beim Schopf und kauften ein etwas größeres Schiff. Dieses würde das Überleben von mindestens vier Familien sichern, wenn es erst einmal, und da begann das Problem, seetüchtig gemacht worden war. Und so arbeitete das halbe Dorf mit und auch Fernando hatte sich angeschlossen. Er empfand es als angenehm, körperlich zu arbeiten, fiel abends müde ins Bett, um morgens früh wieder aufzustehen wie er es schon lange nicht mehr gemacht hatte.

Es war schon dunkel, als sie noch einmal hinausgingen. Sie liefen durch die Dünen, während der eisige Wind wenigstens Martin sehr zusetzte. Als sie sich in die Arme nahmen, spürte er ihn jedoch nicht mehr.

Er sah in das vom Mond beschienene schmale Gesicht von Fernando, das unter der Strickmütze eigentlich fremd wirken sollte, aber er spürte, dass sie sich schon lange nicht mehr so vertraut gewesen waren. Sie verbrachten die Nacht in verschiedenen Zimmern und sahen sich erst am nächsten Morgen wieder. Fernando ging heute nicht zum Kutter, er wollte den Tag mit Martin verbringen und ihm das sagen, was er gestern umgangen hatte.

"Ich werde vorerst nicht nach Deutschland zurückgehen. Ich gehe vielleicht nie wieder zurück. Ich will hier bleiben!"

Martin schüttelte den Kopf, er lächelte unsicher.

"Das meinst du doch nicht im Ernst! Du bist in Köln zu Hause, das kannst du nicht einfach aufgeben!"

"Ich muss es tun, Martin! Ich habe viele Fehler gemacht, habe gelebt, als ob jeder Tag der letzte sein würde. Und ich bin dabei immer unzufriedener geworden. Ich habe die ganze Zeit über etwas gesucht und wusste nicht, was das war. Ich habe dich gefunden, aber auch du hast diese innere Leere in mir nicht ganz füllen können. Nicht einmal meine Malerei war ehrlich, sie hat nicht mehr gespiegelt, was ich fühlte, sondern ich habe Aufträge ausgeführt. Bitte verstehe mich nicht falsch, ich liebe dich immer noch, wahrscheinlich sogar mehr denn je. Aber ich muss etwas ändern. Deshalb werde ich bleiben! Vielleicht kaufe ich ein Ausflugsboot oder baue bei Monreale ein Hotel auf. Erst einmal werde ich allerdings hier bei meiner Familie bleiben und ihr helfen, wieder auf die Beine zu kommen. Es ist ein schönes Gefühl, gebraucht zu werden!" Martin schluckte.

"Nando . . . ich brauche dich doch auch!"

"Nein, Martin. Was du brauchst, ist das geregelte Leben in Deutschland, dein Amtsgericht, auch wenn du oft darauf schimpfst. Du brauchst mich nicht, wir haben zu wenig gemeinsame Interessen! Ich habe es schon länger gemerkt, wir haben zwar geredet, aber wir haben uns nicht mehr verstanden. Mio Angelo, ich werde die Zeit mit dir niemals vergessen. Es wäre schön, wenn es Wunder gäbe, dann könntest du hier bleiben und alles würde ganz anders."

Fernando lächelte, er wusste, dass es keinen Weg dorthin gab. Und so kam unaufhaltsam der Tag, an dem Martin wieder abreisen musste.

Fünf Tage war er geblieben, fünf Tage, in denen sie nicht miteinander geschlafen hatten, weil die bevorstehende Trennung plötzlich alles anders machte. Wenn sie sich ansahen, war da nur Zärtlichkeit, nicht die altbekannte Leidenschaft und das war etwas, an das sie sich beide erst gewöhnen mussten. Sie spürten Nähe, ohne Sex zu wollen. Aber sie wussten beide, dass ihre Vertrautheit zu Ende gehen würde.

Martin hatte seine Sachen gepackt, während Fernando tatenlos an der Tür stand und ihm zusah.

"Du kannst mich besuchen, wenn du Urlaub hast! Und wir werden uns schreiben", sagte Fernando in die Stille.

"Natürlich!", antwortete Martin, aber irgendwie wussten beide, dass sich dies nicht ergeben würde. Martin verabschiedete sich von der ganzen Familie, die ihn aufgenommen hatte wie einen heimgekehrten Sohn, dann begleitete Fernando ihn zur Straße. Bis Monreale wollte er zu Fuß gehen, von dort aus ging es mit dem Taxi gleich nach Catánia zum Flughafen. Fernando wollte noch ein Stück mitgehen, aber Martin schüttelte den Kopf.

"Nein bitte! Ich möchte mich hier von dir verabschieden. Es wird doch mit jeder Minute nur schwerer!"

Eng umschlungen standen sie einen Moment am Straßenrand.

"Ti amo, mio Angelo!", flüsterte Fernando, aber Martin war nicht in der Lage, etwas zu antworten.

Er nickte nur, sah in Fernandos Augen, in denen es verräterisch schimmerte und drehte sich dann weg. Er ging einfach los, ohne sich umzusehen. Fernando blieb stehen und schaute ihm nach, bis ein

Eselskarren Martin überholte und er hinten aufsprang, nachdem der Mann, der die Zügel hielt, ihn dazu aufgefordert hatte. So konnte er sich wenigstens ein Stück des Weges ersparen. Während der Karren über den Schotter Richtung Monreale holperte, sah Martin Fernando am Straßenrand immer kleiner werden. Dann brachten sie die erste Kurve hinter sich und sein Freund war vollkommen verschwunden.

Fernando ging zurück zum Haus, als er Martin aus den Augen verloren hatte. Aber dort hielt ihn nichts und so lief er los über die scheinbar endlosen Straßen und Wege, durch teilweise auch jetzt im Dezember noch grüne Vegetation. Aber er hatte keine Augen für die Schönheit der Natur.

Irgendwann kam er dann an den Strand. Er strich durch das hohe Gras und spürte den feuchten Sand in seinen Schuhen. Er kümmerte sich nicht darum und ging weiter. Dann kam er am Hafen an. Sein Körper war müde von dem langen Weg und auch vom Trennungsschmerz, und er setzte sich auf eins der Fässer, die dort standen. Von diesem Punkt aus konnte er den Amati-Kutter sehen und nach einer Weile verschwamm sein Blick wieder.

Am Horizont erkannte er undeutlich ein Flugzeug. Ob Martin in dieser Maschine saß? Er spürte den Schmerz tief in seinem Inneren und wusste, auch wenn er das Richtige getan hatte, würde er lange nicht darüber hinwegkommen. Wehmütig wischte er sich über die Augen, als sich eine Hand auf seine Schulter legte. Er sah auf und traute seinen Augen nicht.

"Martin? Du bist noch hier?"

"Mir ist eingefallen, dass man dich doch nicht allein lassen kann! Wir wissen beide, dass du nur Dummheiten machst, wenn man dich aus den Augen lässt!"

Fernando sprang auf.

"Was soll das heißen?"

"Das heißt, dass ich Dr. Schobert ein Telegramm geschickt habe, die Kündigung kommt eingeschrieben hinterher. Du hattest Recht, ich habe an meinem Beamtentum festgehalten, als gäbe es keine andere Möglich-keit für mich. Zeig mir denjenigen, der zwanzig Jahre einen sicheren Job hat und den dann plötzlich aus einer Laune heraus hinwirft. Aber ich weiß, ich mache keinen Fehler. Mir ist klar geworden, dass ich bei dir sein will, Nando!"

Fernando schwieg. Dies würde sicherlich nicht die letzte Entscheidung in ihrer beider Leben sein, aber vorerst wohl die einzig richtige.

citizen-b Faust - mein teuflischer Liebhaber

Es gibt nur einen einzigen Menschen, der die bevorstehende Apokalypse aufhalten kann: Wolfi Faust! Der aber ist ein zügelloser Don Juan, der nur eins im Kopf hat: Sex, Sex und noch mehr Sex!
Faust muss gegen mörderische Hexenmeister und heimtückische Vampire antreten, seinen inneren Schweinehund überwinden und der großen Liebe ins Auge schauen, während das Ende der Welt immer näher rückt...
Nach dem schwulen Kulthit MEIN NAME IST FAUST! gibt es endlich neue Abenteuer mit Faust, dem diabolischen Jack und ihren faszinierenden Freunden. Jetzt noch spannender, noch fantastischer, noch witziger, noch erotischer und noch schwuler!

300 Seiten DM 25,43 EUR 13,00
ISBN 3-934825-16-8

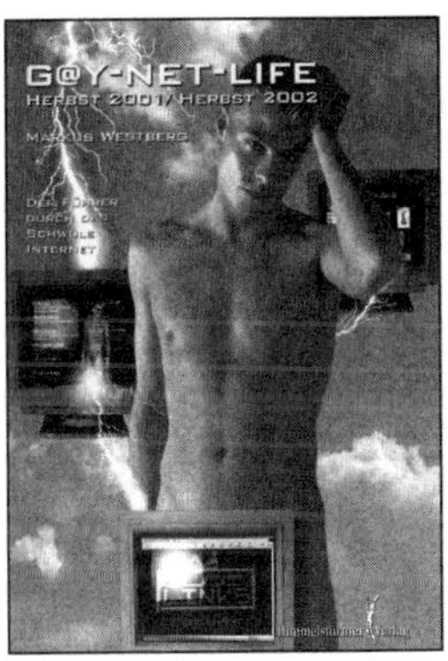

Markus Westberg G@y-Net-Life

Der umfangreichste gedruckte Internet-Suchkatalog Europas für Schwule, Lesben, Bisexuelle und Transsexuelle führt auf über 600 Seiten mehr als 2000 Links auf, die größtenteils auf ihre Präsentation, ihren Infogehalt, ihre Handhabung, die Kompetenz und Aktualität etc. hin überprüft und bewertet worden sind.

650 Seiten, brosch., DM 32,27 EUR 16,50
ISBN 3-934825-15-X

Stefan Mielchen Die Homo-Ehe

Sachbuch des Jahres

Mit der Eingetragenen Lebenspartnerschaft werden schwule und lesbische Paare erstmals in Deutschland staatlich anerkannt. Die Homo-Ehe verschafft Heiratswilligen viele Vorteile, eine völlige Gleichstellung erreicht sie nicht. Zehn Jahre wurde um den richtigen Weg gestritten: Das Buch dokumentiert die politische Auseinandersetzung in Deutschland, lässt Befürworter und Gegner zu Wort kommen, zeigt die rechtliche Situation in anderen europäischen Staaten auf und erläutert als Ratgeber ausführlich Rechte, Pflichten und Alternativen.

250 Seiten, brosch., DM 26,80 EUR 13,70
ISBN 3-934825-13-3

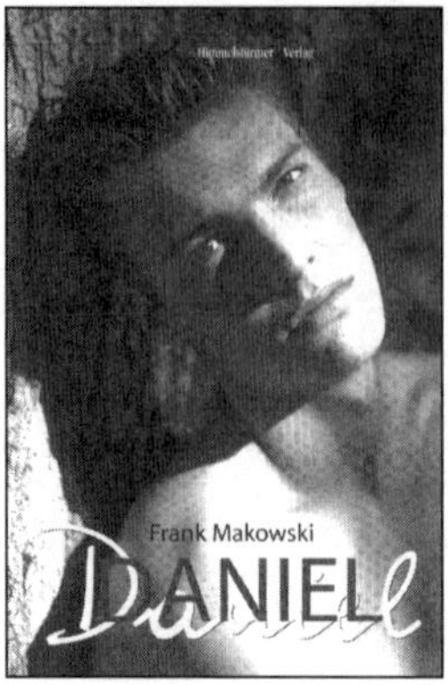

Frank Makowski Daniel

„Dieses ist eine wahre Geschichte.
Alle Personen sind nicht frei erfunden und jede Ähnlichkeit mit noch lebenden Personen ist kein Zufall.
Es ist die Geschichte meines Coming-outs, meiner ersten großen Liebe und deren Ende.
Es ist ein Aufruf und eine Ermutigung an alle, ihr Schwulsein zu akzeptieren, es zu leben und es zu lieben."

350 Seiten, DIN A5, brosch., DM 26,80
ISBN 3-934825-12-5

Arne Pahlke Sonne, Blut und Sterne

Thriller

Das Schicksal führt Julian, einen coolen Ecstasy-dealer, und dessen Geliebte, eine heroinabhängige Straßenhure, und Timo, einen totgeweihten Stricher, sowie einen bestialischen Serienkiller auf abenteuerliche Weise zusammen. Die verzweifelte Verfolgungsjagd ist gleichsam eine Reise in die eigene, düstere, von ihnen sorgsam verdrängte Vergangenheit.

256 Seiten, DIN A5, gebunden, DM 29,80
ISBN 3-934825-04-4

Boris v. Brauchitsch Perlen vor die Säue

Der greise Bauunternehmer Joseph Blader will seiner Heimatgemeinde Kretingen ein Kunstmuseum schenken. Doch wer braucht schon ein Museum? Der letzte Wille zur Kunst des einst mächtigsten Mannes der Stadt stößt an allen Fronten auf erbitterten Widerstand. Den gilt es zu brechen, und Blader heuert zu diesem Zweck einen glatten und dynamischen Direktor an, der sich jedoch bald schon als stur, schwul und wenig provinztauglich erweist. Kretingen macht mobil gegen den Fremden und die Kunst. In immer neuen Kapriolen entwickelt sich die Parabel einer zivilisierten Kulturvernichtung...

186 Seiten, DIN A5, gebunden, DM 29,80
ISBN 3-934825-11-7